論創ミステリ叢書 63

菊池幽芳探偵小説選

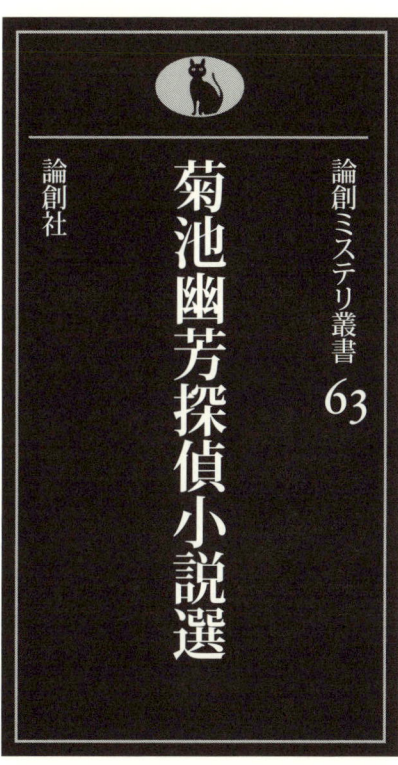

論創社

菊池幽芳探偵小説選　目次

凡例

一、「仮名づかい」は、「現代仮名遣い」（昭和六一年七月一日内閣告示第一号）にあらためた。
一、漢字の表記については、原則として「常用漢字表」に従って底本の表記をあらため、表外漢字は、底本の表記を尊重した。ただし人名漢字については適宜慣例に従った。
一、難読漢字については、現代仮名遣いでルビを付した。
一、極端な当て字と思われるもの及び指示語、副詞、接続詞等は適宜仮名に改めた。
一、あきらかな誤植は訂正した。
一、今日の人権意識に照らして不当・不適切と思われる語句や表現がみられる箇所もあるが、時代的背景と作品の価値に鑑み、修正・削除はおこなわなかった。
一、作品標題は、底本の仮名づかいを尊重した。漢字については、常用漢字表にある漢字は同表に従って字体をあらためたが、それ以外の漢字は底本の字体のままとした。

宝庫探険 秘中の秘

不思議の顔

（一）

余は極めて不思議なる物語を諸君に語るべし。そはたしかに諸君の好奇心を満足せしめ得るならんと信ず。

余堀彦市（ほりひこいち）は当年三十二歳の男子にして、この物語の当時は医師を業としいたるなり。名誉もなければ、資産もなく、また毫（すこ）しも野心なき平凡の人間なりというは、恐らく余を評したる適当の言葉なるべし。

ある夏の初（はじめ）余は都合ありてこれまで勤めいたる病院を辞し、ぶらぶらと遊びいたるに一日わが心安き間柄にて、かねてある商船会社の船長をなしおる萩原辰蔵といえる男尋ね来り、四方山（よもやま）の話の末、

「堀さん今度私（わし）の乗ってる鶴嘴丸（つるはしまる）が地中海を廻ってくる積りだがどうです、一ツ海上旅行をしてみませんか。定期船でないから幾日かかるとも予定は出来ませんが、貴君（あなた）も今はお暇な身体なら、少し位延（のび）ても構わんでしょう、この土曜日に出帆しますがどうです、随分呑気で気が晴れますぜ」

萩原船長のこの勧誘は最も余の意に適いたれば、余は一も二もなく承諾を表したるが、やがてこの物語の生ずる発端とは知られたり。

かくて土曜日となれば、鶴嘴丸はいよいよ余等を乗せて倫敦（ロンドン）なるテームス河を出帆しぬ。鶴嘴丸は大いなる船にもあらず、また定期郵船にもあらねば、余の船室（キャビン）の如きも小さくかつ不潔にして、愉快なる航海の出来得べしとも思われず。余は乗込みたる許りには、余りに軽率にも約束せし事を悔むの心さえ生ぜしも、軈（やが）て海に出（いず）れば折柄六月の末の事とて、そよ吹く風の肌に当るも心地善く、倫敦の下宿屋に燻（くすぶ）りて暮すよりは遥にましなりと、いつか気も軽く、脳もまた軽くなるを覚えぬ。

かくて鶴嘴丸は仏蘭西（フランス）より西班牙（スペイン）、葡萄牙（ポルトガル）と寄港地を繞（めぐ）れる後、いつかヂブラルタルの海峡をも過ぎて地中海に入り、それより幾日かを経て伊太利（イタリー）、小亜細亜（アジア）等の各地をも過（よぎ）りたるが、その都度余は船長萩原辰蔵と共に上陸せるに、彼がいずこにても顔を知られおり、かつ喜んで彼を饗応せぬ代理店もなく、彼の最も人望多きには一驚を喫したり。聞けば彼は十九年間地中海を航海しおれる由にて、地中海の水路には最も委（くわ）しく、余に向（むか）いて、コムパスなしにヂブラルタルより伊太利のネーブルまで航海し得べしと語りたる事もありき。

この航海中多くは善き日和続きなりしかば、案外に愉快に日を送るを得しが、寄航の途中チュニスを出（いで）たる時日和悪しくなり、雨さえ降りて波荒く、船の動揺する事甚しくなり来りぬ。余は雨合羽（がっぱ）を纏いて船橋（ブリッヂ）の上に出（い）で、同じ装束の船長と語りつつありたるに、暫らくして極めて眼光の鋭どき彼は、余の未だ認むる能（あた）わざる何ものをか認めて、望遠鏡を取り、狙いを定（さだめ）て一心に見入り始めぬ。

「はてな、変なものだぞ！」

と呟やきつつ彼は機関手を顧みて何か命令せしが、その命令によりて船は少しく方向を変じて、船長の見詰たる方に進路を転じたり。

彼はこの時望遠鏡を余に渡して、

「どうも妙だ、正体が分らんが、一ツ見て御覧なさい」

余は直ちに望遠鏡を取りて、狙いを附しが、船の動揺甚しくして足場を定むるの困難なると、狙いを定むるの困難なるため、仇（あだ）に一二分を費せしが、辛くも狙いをつけ得たる時、余は地平線のかなたに当りて異様なる漂流物をこそ認めたり。靄（もや）のかかれるため不分明なるも、余の見たる所にては二ツの大いなる箱の如き形のものが、綱にて括りつけられたるように、密接して漂いおるものの如く思われぬ。

「なるほど妙なものですね、何でしょうな」

と云えば、船長は頭（かぶり）を振りて、

「何とも判断が出来ません、傍へ行ッて見ぬ事には」

と云いて、再び余の手より望遠鏡を取り、やや暫し打眺め居りしが、

「どうも奇妙な船だ！　難船の信号でもしているかと思えば、それもなしと……はてな！」

（二）

　しかし船にしては余りに不思議の形なり。鶴嘴丸よりは船長の命令にて、あるいは汽笛を鳴し、あるいは信号旗を掲ぐる等、盛んに注意を与えみたるも、単に海上の漂流物に過ぎざるか、彼よりは何の手答とてもなし。

　船中は忽ちこの異様の漂流物の噂伝わりて、いずれも甲板(デッキ)の上に出ざるものなく、かれこれと罵(のの)り合(あえ)ども、誰とてこれを何ものとも判断し得るものはなかりき。

　萩原船長は自分が真先に正体を現わしくれんと、一心に見入りたるも、遂に双眼鏡を眼より離して余に向い、

「我輩は三十年海の上の生活をしているが、ついぞこンな妙智奇林(みょうちきりん)なものに出遭(でっくわ)した事がない。ドクトル、こンな荒の日だから幽霊船ではないでしょうかな」

　幽霊船とは迷信深き水夫等が、荒の日に海上に表わるる事ある船にて、不吉の前兆なりと信じいるものなり。

「お前達はどう思うかね」

　と船長は船橋(ブリッヂ)の下なる水夫等に向って問試みぬ。水夫の一人は、

「仏蘭西で発明した水中潜行船とは違いましょうか」

　と真面目で云いたるに、他の水夫等はどっと声を立てて打笑いたり。

　とかくする中(うち)にかの物体と鶴嘴丸との距離は次第に近くなり、二三分の後にはその正体を顕わし得るまでとはなりぬ。船長は船橋(ブリッヂ)の欄干(てすり)に伸(のし)かかりて驚ろきながら目を放さず。余も一心に眺め入るばかりなりしが、次第に分明になり来るを見るに、奇なるかな二個の三階建の家に厚玻璃(ガラス)の窓をつけたるが相並びて漂よいおる様子なり。なお近づくに従いて、この二個の家屋は水中に隠れおる部分をもて互に連続しいる事をも確め得ぬ。忽ちにして余はこの物の正体を思い起し得たり――そは外にもあらず、これぞエリザベス王朝時代の建造になれる古代の家形船(やかたぶね)にて、かの三百年前海上を横行したりと聞ける、有名なる西班牙のアルマダ艦隊の画(え)に彷彿たる事なり。

　高く水上に突出でおる艫先(へさき)には恐ろしき形したる怪物の顔を彫(きざ)みつけ、なおまた水を潜れる甲板(デッキ)を越えて、船尾(とも)の方には三個の高く突出でおる怪物の尾あり、なお善く注意するに、二個の家形の上には帆柱の立ちいたる痕跡(あと)あり。殊に最も余の注目を惹きたるは、高く突出(つきいで)たるその艫先と云わず、船尾(とも)と云わず、家形と云わず、ただ

かの玻璃窓（ガラス）を除くの外は、一面に烏帽子貝（えぼし）、海綿（スポンジ）、牡蠣（かき）等の附着しおれるばかりか、夥しき海草（うみくさ）がそこここに附着し、その艫先や船尾などよりは、さながら美人の黒髪を風に靡かしたるが如くに、長く乱れて風に弄（なぶ）られおる事なり。かく貝殻や海草の隙間なくその全面を蔽える所よりみれば、長き間海底に沈みいて近頃浮出したるものなる事は明らかなり。

　かかる異様の船が大波に転がされつつ、海上に漂う様は、頗る奇怪の見物なるのみか、余の海に馴れぬ目には、今にもゴロリと顛覆しはせずやと思われて、ヒヤヒヤする事度々なるも、不思議に顛覆もせず。さてまたかくと正体を認めたる船員等の好奇心はいよいよ高まり、アレヨアレヨと指さしては詈り（ののし）騒ぐ声喧（かまびす）しきばかりなりしが、なにさま三百年間も人目に触れずにありたるものが、端なく鶴嘴丸の目の前に現出せし事なれば、人々の激せるも無理ならぬ事というべきか。

　この発見はよほど萩原船長を悩ましたるものとみえ彼は深く沈吟しながら、

「ドクトル、夢ではありませんかな、あの船の中には何を積んでありましょう」

　余の答うる前に、機関手の原田は、

「骸骨です！　きっと骸骨です」

船長はなお考えながら、

「しかし家形の中には何か貴重なものがないとも限らぬ。そればかりか、われわれはあの船の秘密を解かねばならん」

余は熱心に、

「そうです、是非調べてみましょう。船長、早く短艇（ボート）をお卸しなさい」

船長は高き波を見て、やや躊躇する様（さま）なりしが、この時船橋（ブリッジ）の下より慌ただしく、

「船長！」

と呼びたるは高谷（たかや）といえる水夫にて、

「何だ？」

と問えば、彼は色を代えつつ訥り（ども）ながら、

「人、人の顔が見えました！　窓の所に恐しい真青な、不思議の人の顔が見えました！」

六尺豊(ゆたか)の骸骨

（一）

「なに幽霊が！」と原田は顔色を変えて、「船長、アノ船へ行くのはお止(よし)なすったらどうです、あれは棺桶に相違ありません」

　船長は声を励まして、

「そンな臆病な奴があるか、己(おれ)が見つけた船だから、己が勝手に詮議をするのだ」

と云いながら、直ちに短艇(ボート)を卸す事を命じ、臆病ものは船に止(とど)まれと呼(よば)わりたり。

　臆病ものと云わるるは水夫等の最も好まぬ所なれば、船長の言葉に激せられて、われ勝にかの船に赴かんと申出で、すぐさま短艇(ボート)を荒波の中に下卸(さげおろ)したり。

　船長は高谷を呼びて、

「おい、高谷、貴様、ほんとに顔を見たのか、それとも貴様の想像から産出(うみだ)したのじゃアないか」

と云えば、高谷は真面目になりて、

「イヤ船長(キャプテン)、私は全く顔を見ました。船尾(とも)の方の窓から私の方を睨み付て、消えッちまったんで。幽霊かも知れません！」

「馬鹿云え！　そンなはずはない」と船長は叫びて、

「どれ、ドクトル、短艇(ボート)へ乗ましょう。幽霊の正体を見顕(みあらわ)すも面白かろう」

　われ等は短艇(ボート)にて波を凌ぎつつ漸やくにかの船に近づきは近づきたれど、さていかにしてその船に乗込(のりこま)んかは非常の困難なり。されどともかくも長き時間を費やしたる後、短艇(ボート)を繋ぎ止むるを得て、一人一人船尾(とも)の屋根へ上り始めしが、屋根の上は隙もなき海草、一二尺の厚さに生えおりて足の踏入所(ふみいるところ)もなき始末に、携え来れる斧もてこの海草を苅払わせ、艙口(そうこう)の詮索にかかれり。かかる仕事をなしつつある間のわれ等の危険は大方ならず、ややもすれば逆巻く波に揺落されんとしたるも幾度(いくたび)か。漸やくに艙口は見出したるも密閉して開かざれば鋸(のこぎり)と斧とを以てこれを切開くまでに三十分以上を費やしぬ。

　さて艙口も開きたれば、一行六人の面々はいずれも高く胸に波打たせながら、艙口よりその下を覗き込(こめ)るに暗くして何が有りとも分らず。その上長き間全く開きし事なき穴蔵にでも入りたる如き、一種の古臭き臭気、鼻を突けるに、さすが豪胆を以て聞えたる萩原船長さえ、躊躇して見えたるが、余は冒険を好む性質なれば、少しも猶予せず、真先に艙口を下らんと縁に手をかけまず両足を下げて梯子段やあると探りみたるも、足はただ空を打つだけにて何ものにも突当らず。されど丁度余の頭は屋根の下になりいたれば、薄明りに下を熟視しいる中、そこには大きなる室ありて、その中央に大なる卓子あり。卓子と余の足とは二尺許を離れいるに過ざる事を認たれば、余はすぐさまひらりと飛下り、他のものに続いて来よと叫びたり。

　余の立ちたる場所は船のサロンというよりは、田舎家の食堂ともいうべき構造の如く見え、下りて見れば不十分ながらも上より挿込む光線ありて、朧ろげには見渡さるるなりしが、卓子は樫にて製したる重き頑丈のものにて、奇麗なる彫刻を施し周囲には数脚の椅子ありて、全く色の褪たる天鵞絨もて蔽われおるを見ぬ。余はこれ等の椅子を片よせんとする時、何やら武器らしきものの散乱しおるを踏たるよう覚えたれば、ポケットに忍ばせ来りたる蠟燭を取りてこれに火を点し見たるに、果して甲、胸当、鎧、剣等の赤く錆びたるが散ばりありたるのみか、一見身の毛を弥立しむべき人間の骸骨さえ、その間に雑りおるを見ぬ。

　余の跡より続いて飛下り来れる船長以下はこの発見に、アッと許り打驚ろき、どやどやと余の周囲を取巻きぬ。余は多少古物好の男なれば、これ等の武器及び装飾品を手に取りて改め見るに、一個の剣の刃には十字にトーマスの銘打ったるものありて、そは十六世紀頃最も有名なる刀工の手になりたるものなるを確め、なおその鎧も同じころの製作なる事を確めぬ。

　なお床の上なる骸骨は商売柄とて最も余の注目を惹けるが、その骸骨は都合三個ありて、その一個の骨格の如きは、たしかに生前においては六尺以上の大男なるべき事をも想像し得たり。

（二）

「ドクトル、全体この船は何船でしょう」
と全く胆を抜れたる船長は呆気に取られてかく云いぬ。
「実にこりゃア大した発見です。僕の考ではやッぱり昔の西班牙（スペイン）の船のようですね。ただ今日までこの船がどこにどうしていたかは皆目想像の附ようもありません」

「とにかく海の底にあった事は確です」

と船長は力を込めて云いぬ。

われ等は直ちにこの船の海馬号（かいばごう）といえる名なりし事を、器具に刻める文字によりて確かめ得しが、海馬号の乗組人の一人は、その骸骨の示せる如くよほどの大男なりしと覚しく、余はその胸当及（および）剣を発見せしに、実に凄まじき大いさのものなりき。殊にその剣には黄金を鏤（ちりば）めありて、今もなお燦然として輝やきおるを見れば、その頭梁なりし事は明らかなり。

この奇妙なる古代の客室（サロン）の端の方に、重き樫の扉あり。この扉を開けば、船尾（とも）の方に突出でおりて三個の小なる角窓を有せる船室（キャビン）ありて、ここは頗る明るく、そこの嵌（はめ）込（こみ）になれる壁に一個の兜と一振の剣と懸り、なお美くしき尖れる髯と、皺を有せる六（むつ）かしげる顔の男の古びたる肖像額掲げられたり。床の上には一挺の鉄砲横わり、なお壁際に片寄せられたる小なる書記台ありたり。また他の一方には太き鋲を打ち、鉄にて框（わく）を取り、逞ましき錠を卸したる三個の木製の箱ありて、鎹（かすがい）もて確（しか）と床へ釘付にされありぬ。

船長は一目見るや否や、

「宝だ！　一杯金（かね）が詰っているかも知れんぞ。それ、早く開けてみろ」

船長の声掛りに、何かは猶予すべき。忽ち第一の箱を打壊さんと、水夫等は力を合せ汗になりて試ろみたるが頑丈作りの箱なれば三人や五人の力にて開かばこそ、余は鍵あるも知れずとそこらを探り見たるもあらず。その中一人の水夫は鉄棒を見附来りたれば、これを梃（てこ）代りにして、四人総がかりとなり、漸やく蓋を打破（うちこわ）したり。されどその中には一銭の銅貨もあらばこそ、全くの空虚（から）なるに落胆したるも、なお屈せず、今度（こたび）は第二の箱を開き見たるが、この時は一斉にわれ等の口より喜びの叫び漏れ出でぬ。

見よ、箱の中には溢るる許りの金貨燦爛（さんらん）としてわれ等の眼を射つつあるなり。余はその数個を手に取りて改めたるに、そは伊太利、西班牙、英吉利（イギリス）等の古代の金貨にて、英国の金貨はエリザベス女皇及エドワード六世の肖像を刻印とせるものなりき。

かくと見たる水夫等の激し立たる事は非常にて、アワヤ各自（めいめい）争うて金貨を摑み、ポケットに押入れんと競いかかりしが、この時早く船長は拳銃（ピストル）を取出し彼等の方に押向け、金貨に手を触れたるものは生命（いのち）と釣換なるぞと脅したれば何れも我に返りて手を引きたるも笑止なり。

　さて最後にはかの第三の箱を開き見たるに、これには金貨は無くて、ただ銅（あかがね）にて目釘を打たる大いなる皮の嚢（ふくろ）に、安全に錠を卸したるものが入れありぬ。

　余は水夫に命じ、斧をもて皮嚢（かわぶくろ）の端を断ち、その中のものを取出さしめたるに、これもまた余等を失望せしめたるに止まりぬ。何となれば、中なるは何やら、古（ふるび）て黄色くなれる羊皮紙の書類二個ありたるのみなればなり。その一個には大きなる鉛の印を糸もて括りつけ、他の一個にはただ封蠟のみその緘印をなしありぬ。

　船長はそを受取れる後直ちに余に手渡したれば、余は多少の好奇心に駆られて、そを船長より受取るや、後の壁に身を凭せつつ、そを繙（ひもと）きみんとなせる時しも、突然われ等は一種異様の耳を劈（つんざ）く如き声に驚ろかされ、いずれも冷水を溢（あび）せられたるが如くに、身を震わして顔を見合わせぬ。

　そは深く、鋭どく、空虚ある、殆んど動物とも人間とも分ち難き声なりしかども、慥（たし）かにこの船の中より起りしものなる事は明らかなり。恐らくかかる場合にかかる声を聞かば、何人といえども身の毛を弥立（よだて）ざるものはあらざるべし。

「高谷が見た幽霊かも知れぬ！」

　と原田は顔色を変え呟やきたり。われ等は云合わしたるように耳を聳（そば）たてて第二の声を待設けぬ。

不可思議の老人

（一）

再びまた深き異様の声は響き渡りぬ。

　そはわれ等の立てる直ぐ下の室（へや）辺りより響き来れるものにて、さながら怒れる人の声を振絞れるにも似たり。

「どれ船の持主と知己（ちかづき）になろうか」

　と余はまず口を開きて、声する方を探るべく、旧（もと）の客室（サロン）に向いぬ。そはこの客室の隅に下に降行（おりゆ）くべき梯子口あるを突とめおきたればなり。余は蠟燭を持ちて真先に梯子段を降行けば、続いて拳銃を手にせる船長と高谷とは余に従い来れり。梯子段を降ればちょっと廊下となりおり。ここにも人の骨と武器など散乱しおるを認めぬ。思うにこの船は不意の出来事のために沈没したるものにて、艙口の鎖（とざ）されいたるため、海水の侵入は免れたるも、空気の入らざるために乗組員は皆窒息して無惨の死を遂たるものなるべし。

　廊下の突当（つきあたり）に一枚の戸口あり。萩原船長は大胆にそを開きたれば、われ等三人はすぐ小さなる船室（キャビン）の中に入込（いりこみ）ぬ。ここには例の大きなる角窓ありて、十分に光線を惹（ひけ）るため、隈なく室内を見るを得しが、余等は忽ち片隅に据えたる卓子（テーブル）の下に隠れて、われ等を狙いおる一個の動物をこそ認めたり。そは余が曾（かつ）て見し事もなき不思議の容貌を有せる老人にして、蓬（よもぎ）の如き長き白髪を顔より肩に被り同じ銀のようなる髯を長く垂れ、深く凹（くぼ）み入たる眼は黒く、恐ろしく窶（やつ）れたる顔の、瘦こけたるが、広き袖口に、短かき股引（ズボン）、褪（さめ）たる赤天鵞絨（ビロード）の胴着（チョッキ）という、三百年前の服装の古び、破れ、裂けたるを着け、手に錆びたれどなお鋭利なる短剣を閃めかしながら、寄らばわれ等に飛懸らんと身構えおれるなりき。

　余はこの怪人物が恐怖に打たれて、余等を睨める眼光（まなざし）の恐ろしさを忘るる事能わず。われ等は全く唖（おし）の如くなりてヤヤしばしはこの異様の怪物を見詰ぬ。三百年前の船を発見する事は珍らしけれども、なお有得べき事なり。ただ三百年前の生存者を発見せりというに至っては全く信ずべからざる事なり。

「おい、コラ、出て来んか。どうも仕やせんぞ」

と、船長は始めて彼に言葉をかけたるが、怪物は忽ちくわッと急立（せきたて）る様（さま）にて、以前と同様の深く鋭どき異様の音調もて叫びさま、手にせる短剣を振閃（ふりひら）めかしたり。されど一寸だも卓子の下を動かず。船長は自らその前に進み行きて腰を屈め、

「ちと出て来たらどうだ。是非貴様と話をせんければならんから」

　されど彼はまた歯を嚙み鳴して短剣を振り閃めかし、甚しき敵意を表したり。

　彼が故（ことさ）らに船長を怒れる様の著（しる）きに、余は彼に代りて穏やかに、余等の他意なきを語り聞せたるところ、多少得心せし様子にて、卓子の下を出で来り獰猛なる歯齦をしながら余等の前に突立（つきたち）たり。彼は甚だ丈高く六尺以上の背丈あり。されどその瘦せたる事は柳の枝の如し。しかるに彼は余等が口を酸（す）くして問えるに対し、固く口を閉て一言だも語らんとせず。殊に船長が問を発する時にはいつも非常なる敵意を表わし、ただ余の問える時のみ、

答えざれどなお顔色を和らぐるなりき。

　ほどなく余は彼が全くの唖なるのみか、一の狂人に過ざる事を確めぬ。恐らく彼は始めより狂人なるにあらず、かかる寂寞暗澹たる船中に長く棲息しいたるために、発狂したものなるべし。この発狂の所作は漸々（ぜんぜん）に表われ来り、時に忽ち高笑を始めそこらを跳廻（はねまわ）り出（だ）したるかと思えば、突然船長に襲いかからんとするの態度をなすことあり。余は漸くすかしてその短剣を離させ、手真似をもて問い試みたるも、彼はただ唖に特有なる異様の叫び声を発するのみにて、一向に余の意を解せず。余はまた念のため、ポケットより手帳を取出し、鉛筆を添えてこれを手渡し、何か書（かか）せみんとなしたれど、彼は手帳を繰広げ見たるのみにて、すぐにそのまま余に返したり。

「不思議な爺だな！　本船へ連れ帰ろう。ドクトル、此奴（こやつ）は幾歳（いくつ）になるでしょうな」

「この船と同じ年でしょうか」

と他の水夫は問いぬ。余は笑って、

「イヤ分らん。がこの船よりは若かろう」

（二）

　とかくする中に奇怪の老人は全く穏かになり、最早我等の侵入し来れるを怒れる様子もなく、殊に余に向っては頗る友意を表し、余が更に問試みたるに対して、頻りにそを理解せんと試み、自分の口を指さして何か分らぬ発音をなせるは、普通の人の如く口を利く事能わざるを示さんとするものなるべし。

　さて余等三人がこの老人を相手になしおる中に、上に残りたる他の三人は綱に縋りて波を潜れる甲板（デッキ）を越え船首（へさき）の方なる家形に赴むき、斧もて入口を開き、その中を探検し来りたる由にて、その報告によるに、ここにも多くの骸骨横（よこた）わり、その骸骨も武具をつけたるままのものも多く、古形（ふるがた）の大砲一挺あり。なお一個の旗をも見出したりとて、褪果（さめはて）たる紫絹（むらさきぎぬ）に、金にて楔形（くさびがた）十字を繍取（ぬいとり）たるものを持来れり。

　我等の立る下には波は雷の如き音を立てて船の動揺いよいよ激しくなり来れるに、外は風のますます加わり来りたる事を知りぬ。船長は掛念（けねん）の眉を顰め、

「ドクトル、早く出ないと帰れなくなるから金貨を運び出させましょう。その老人は君が連て来て下さい」

船長の口より金貨を運ぶべき命令の下ると共に、水夫等は皮嚢（かわぶくろ）の如きものなど見つけ来りて、かの弗（ドル）箱より金貨をこれに移し始めたるが、余がかの老人を伴いて、そこに上りゆきたる時に、彼はそを目撃したるも、更に何の感じもなく、一向平気に見えたるは不思議なり。されどこの室に掲げられたるかの六（むつ）かしき痩せ顔の肖像画を見るや否やあたかも敵に出遭（であい）たるが如くに、そを睨みつけ、空拳を振（ふる）って攻撃するの態度を示せしが、彼は忽ち次なる客室の中に走り入りて、落散る錆刀を取来るより早く、矢庭に躍りかかりて、かの肖像を刺し、はては恐ろしき勢をもて、縦横に斬さいなみて框（わく）ばかりとなしぬ。

かの二個の羊皮紙の包をば余は確（しか）とポケットに収めしが、水夫等が金貨の運搬に手間取りおる中、余はなお船室内を隈なく捜索し、小さなる棚の抽斗（ひきだし）より、何やら大きなる帳簿の如きものと、書籍とを見出したり。書籍は羅甸（ラテン）文字なれば何があるとも分らず、帳簿の如きものは符牒めきたる六かしき字にて認めあり。これも何とも分らねど、余は何かの役に立つ事もやとそを纏めて持帰る事とし、すべて一束にして水夫に手渡しおきぬ。

かかる中に波はいよいよ高まり来り、とても重き分捕（ぶんどり）品（ひん）を載せて、われわれ七人短艇（ボート）に乗込むべくもあらねば、原田に金貨だけを先に送り届けさする事としたり。このため四五十分を費やしたるが再び短艇の帰り来れる頃は、風いやが上にも烈しくわれ等は何か物につかまらねば全く立居（たちお）る事能（あた）わざる許（ばかり）なりき。余は銀製の盃、剣、鎧等二三種を紀念のため携え帰る事とし、いざ短艇に乗移る事となりしが、困難なるはかの老人にて、強（あなが）ちわれ等に伴わるるを拒む様子も見えねど、さりとて決して短艇に飛移らんとはせざれば、余等は止むなくその身体に綱を括りつけ、これにて短艇の中へ釣下げたり。

かくてわれ等は無事に老人を本船に移す事を得たるが、この時船中の騒ぎは大方ならず。なにさま奇を好むは普通の人情なれば、皆この不可思議の老人を取囲み、何かと評し合い罵（のの）しり合うさま喧（かし）ましき許なり。水夫の一人は、

「まるでクリストが餓えて死ぬという容子（ようす）だ。おい、怪物（モモンジー）の靴を見ねえ。銀の相子（しめがね）だぜ、素破（すば）らしいもんだな」

余はこの言葉にて始めて気がつき見れば、なるほど老人の靴には美事なる銀の相子あり。

余等と同行したる水夫は他に向うて、

「アノ船といい、爺さんといい、よっぽど不思議だぜ。おい、なんだぜ、あの船ン中（なか）ア髑髏（しゃれこうべ）と兜や鎧に大砲ばかりなんだぜ。僕が思うにャア、なんでも昔の軍艦だな。乗組員はみンな兵隊なんだ」

「じゃアこの爺さんも兵隊かえ」

「もし奴（やっこ）さんは本年何歳ですかね、何を食って今まで生きてやしたね」

などと話はただ老人にて持切なり。

それはさておき、われ等は頗る空腹を覚えたれば、食堂に入りて食事を済せ、老人にも食物を与えたるに、喜びて貪ぼり食いたれば、ともかく老人には一室を与うる事とし、そこへ連行（つれゆき）たるに、すぐさま横になりて眠りにつきたれば、蜂田銀蔵といえる気の利たる水夫を附て老人の番人となしおきたり。

解すべからざる書籍

余はまた船長室に入りて彼萩原と共に運び来りたる金貨を改め見しに、その数は大小取まぜ千七百八十三個あり。その種類は英吉利、西班牙、仏蘭西、伊太利等種々雑多のものにて、英国金貨は重（おも）にエリザベス女王の肖像を刻印とせるものにて、その以後の金貨全く無きよりみれば、海馬号は思うに千六百三年ごろ即ち今を去る事凡（およ）そ三百年前に世に時めきたるものなるべし。

船長は金貨を数え終りたる後、パイプを咥（くわ）えながら掛念の面持にて余に向い、

「堀さん、爺さんがこの金貨を請求するでしょうか」

「さア、あの船の生存者として多分請求する権利があるでしょう」

「しかし狂人（きちがい）ならどうなるか知ら。誰かどこからか別に請求者が表われましょうかな」

萩原のこの言葉は余をしてポケットの中なる、かの二個の羊皮紙の冊子を思い出さしめたれば、余はそを取出し、仔細に改ため始めたり。

第一の分は、一尺四方の大いさのものにて、奇麗に明瞭に記されあれど、皆羅甸（ラテン）文字なる悲しさ、余は充分に判断する事能わざれど、表紙の表には余の紀念として持来れる、絹旗に繍（ぬ）えると同様の、楔形十字の徽章（きしょう）あるを見ぬ。なお余の甚だ浅薄なる羅甸の智識によりて考うるに伊太利ピザの貴族波留（ポール）なるものに関する記録の如く思

われたり。

第二の分は一層古びて黄色を帯び、頗る不明瞭の手跡にて記されあり、余は暫時の間いずくの文字とも知るに由なかりしが、後やはり羅甸の略字もて記されたるものなるを知りぬ。されどこの冊子の末尾には古き英吉利文字の裏書ありて、ある連名の署名血判あり。その連名は栗山丈吉、金田義堂、古間譲、四恩有吉、林東為吉、藁戸熊蔵、及び加太譲次の七名なりき。

この羊皮紙の裾は短かく切残し、これに黄蠟の封印を施しありたるが、その封印は後足にて立てる豹を画きたる楯の形をなせるものなりき。この二個の冊子が頗る貴重なるものなるべきは、二個とも皮嚢に入れ、確と錠を卸せし弗箱に秘蔵しありたるにて明白なり。されど差当り余等にとっては何の価値ありとも思われず。

「ドクトル、何が書いてありました」

と船長は余の方に膝を押向たり。

「イヤ両方とも羅甸文字なので僕にはちと分りかねるが、一方の分は、何でもエリザベス時代ころの何かの連判状らしいですよ」

「それが読めたらあの船の秘密が分るでしょうな」

「無論です。それよりか何か別に面白い秘密がこの本に潜んでいるかも知れないです」

「その連判状の中はちっとも分りませんか」

「まず分りませんがな、どうやら始めの処だけは奇麗な字でちと分りそうですが」

とこの時余は第一頁を開いたるなりしが、仔細に考えたる結果冒頭は左の如き意味の文字にて書出されたるを知りぬ。

『全智全能の神の御名によりて、聖母マリアの御名によりて、聖ペートルの御名によりて、天国の天堂の御名によりて、その御恵の許に余は心身を捧げてこの記録を作るものなり、アーメン。

余婆娑妙の自ら心血を濺ぎて書けるこの書の中には、多くの人の知るを要する事と、将来ただ一人のみこれを発見し、自個の利益となし得べきある秘密の記録とを保てり』

さて右の文字に続いては、何か百五十頁ほどの記録と日記ようのものあり。余はそれより一時間あまり脳漿を絞りみたるも、文字の智識乏しき結果いかなる秘密の仔細をも発見する事能わざりき。但しこの書の最後の日附には千五百九十一年八月十六日金曜日とありたるを発見したれば、この記録が今より三百十一年前に認められたるものなる事は明白となれり。余はこの書を認めたる婆娑妙（バアソロミュー）なる人がいかなる人とも知る能わざるも、その名によりて伊太利人なるべき事と、この男が海馬号の船長なるべき事を思い浮べたるなりき。

なお余が他の抽斗より発見し来りたるものは学生の所持しおるものと覚しき証左ありて、これは多く海馬号の秘密に関係せざるものなるべしと思われぬ。

さるにても『将来ただ一人のみこれを発見し、自個の利益となし得べきある秘密の記録を保てり』とは何なるべきか。これ余と船長の語り合いて、大いに頭を悩ましたる処なりしが、遠からずしてこの書の秘密と、余等の運命とが、驚ろくべき異様の関係を持つに至らんとは、更に知る由なかりしなりき。

海馬号の運命

（一）

余等は相談の上、海馬号を伴い帰る事に決し、そのため風の止むまで、海馬号と共に海上に漂よいおる事となし、かくて一夜を過したるが翌朝慌ただしく余の戸口を外より叩くものあり。余は何事ならんと立ち出れば一人の水夫事あり顔に、

「爺さんがピストルを持出して暴れてますから来て下さい」

との事に、余は驚きながら、水夫の後より前甲板に出で見れば、かの老人は甲板の隅に身構えし短銃（ピストル）を差向けて、近づくものは打（うた）んとの権幕を示しいたる処なりき。

聞けば老人は今朝目を覚すや否や、彼の見張番となしおきたる蜂田銀蔵の隙を窺がい、その短銃を盗み出したるものの由にて、自分の室を出るや否や的（あて）もなく機関手

原田の部屋に向け発砲し、その追跡せらるるに及びて、甲板の隅に背水の陣を張りたるものなりしとなり。

　されど余の近よると見るや、老人は忽ち小児（こども）の如く従順（すなお）になりて、余に短銃を渡したり。いかなる訳とも知らねど、余は彼に対して解し難きある勢力を有せる事はこれにても明らかなり。彼はすぐにまた余の命令通り、素直に自分の室に送り行かれたり。

　この朝嵐はなお止まざりき。されど雨は全く止み、午後に至りては風も薄らぎたれば、いよいよ出帆する事に決し、非常なる苦心の末、漸やく錨綱（いかりづな）を海馬号の船首（へさき）に結びつくるを得て、曳船の準備全くなり、船長萩原の号令の下に鶴嘴丸はその運転を始めたるが、海馬号もこれに伴うて動き始めたるより、甲板よりは大喝采の声湧出（わきいで）たり。

　不思議の老人はこの時余と共に甲板（デッキ）の上にありたるが、ただ時々海馬号に向けその骨許りの空拳を振うより外は、すべて大満足の有様にて、先刻来の仕事を注視しおりぬ。

　わが鶴嘴丸は元来迅速なる船にあらざるに今また海馬号を船尾（とも）に繋ぎたれば、速力は頗る哀れなるものとなれり。なお余等はヴァレンシアに立寄るはずなりしも、この重荷の出来たるより、直ちにジブラルタルに向い、倫敦（ロンドン）に帰航する事と定めぬ。

　海馬号の秘密は毎日船中の問題なり。いずれもかの老人より、何か手掛になるべき言葉を探り出さんと勉むるも無効なりき。彼は次第に取扱易くなり、食物もよく食うようになりたるも、終始無言にして口を開かず。ただ時に数時間に亘りて船尾に立ちたるまま、腕組みして一心に、鶴嘴丸の後より続き来る海馬号を見詰（みつめ）おる事あり。彼はなお褪果（さめはて）たる天鵞絨の半ヅボンを纏えるも、その千切たる上衣の代りに、古きピー・ヂャケットを着、足にも靴足袋を穿（は）くようになり時にまた防水布の衣服を好みて着する事もあり。もっとも錆たる剣をば、嘗（かつ）てその手より放ちし事なし。一度彼の頭髪を刈らんと試みたるものありしが彼は非常に激怒し、剪刀（はさみ）を持てる男に飛かかってアワヤ大怪我をさせんとしたる事ありき。これにてみるに彼はわれ等の与うる衣服は、必らずしも拒まざるも、彼の身体に手を触るる事は、断じて許さじとなせるなり。

　海馬号の秘密は最も人を激せしむるに足る。されどこの老人を包む秘密は更に一層人を激せしむるものあり。海馬号に関して船長は説をなして曰く海馬号全体にどことも云わず、烏帽子貝、牡蠣、海草等の附着しおるよりみれば、思うに差潮の時に限り、全体が波に被さるる処にありたるものなるべく、かつ波を防ぐに足る障害物の横われる安全の場処に隠れおりたるものが、何かの原因にて（仮えば地震もしくは火山作用にて海底の異動せるが如く）浮び出でたるものなるべしと。なお彼は海馬号に附着せる海草の中には、たしかに差潮の時に波を被むれる岩にのみ生ずる海草と、全く同一のものある事を語り、かつ彼の想像によるに、この船は亜非利加西部モロッコの、人跡を絶ちたる海岸にありたるものが、その場処を放れ、大西洋を漂流して地中海に入来りしならんと云えり。この説はあるいは事実に近き事ならんかとも思わる。されど不思議の老人に至っては全く解釈の仕様もなし。

（二）

その後は天候も定まりて、引続き好天気なれば、鶴嘴丸は甚だ愉快に進行し、やがてヂブラルタルの海峡をも過ぎて、今は葡萄牙の海岸に沿うて進めるなりき。

「海馬号を引張ってテームス川を上る時は、倫敦の町がひッくり返るでしょうな」

とは船長の口癖のように云う処なり。なるほどこの奇妙なる古代の船が倫敦の町に入らば、その騒ぎは殆んど想像するに難からざるなり。されどそれよりも余の甚だ懸念に堪えざるは、かの怪しの書類なり。余はその後どうにかして了解したきものと苦心しみたるも、すこしも要領を得ず。ある日余は万一かの老人に見せなば、何か注意を惹く事もやと、かの書籍を取りて、老人に示したるも、彼は何の感じもなき有様に、余はまた失望し、遂に全くその書を解釈するの手掛を失いたるが、余は少なくもこの書と海馬号と、またその老人と何等かの関係なしとは信ずる事能わざるなり。

やがて船は葡萄牙の海岸をも過ぎ、いつかビスケー湾に入りて、それよりは一直線に英国を指せるなりしが、軈てテームス河口に近よらんとする刹那、何事ぞ、午後四時といえるに、一陣の強風サッと吹来りて、船長が手にせる望遠鏡を吹落したり。それは余りに突然にして、余りに猛烈なるに、余は殆んど何事とも思い分く事能わざりし位なりき。十五分を過る頃には、見る見る天を衝くの高波荒れ狂い、鶴嘴丸は今にも顛覆しはせずやと思われて、余は安き心もなく、かかる時の頼みなる船長の顔

色を窺うに、これさえ平日の大胆には似ず懸念の色いと著く、一心に船尾の方を見つめてありしが、忽ち一声高く、

「それ海馬号の綱が切れた！」

と叫びたり。

余も驚ろき船尾を見やれるに、果して船長の言の如く、今まで海馬号を繋ぎありたる綱索は、怒濤のために、脆くもプツリとばかり断切られ、その拍子に海馬号は艫先を深く波濤の中に突込み、アワヤ底の藻屑となりしかと思える中に、また浮上り、右往左往に大動揺を始めたり。余と船長とは言葉もなくて、呆気に取られながら見入れるのみなりしが、多分五分間ほど過たるならん。余等の手をつけん術をも知らで、茫然たる時、幾丈の高波山の如く寄せ来れるが、海馬号の船尾に被さると見る間も疾し遅し、海馬号は真逆様に突立ち、これと同時に腐朽せる船材はみりみりと、燐寸箱の如く砕けて、船体の大半は悉く水の中に沈み、残れる部分も漸次に水底に沈み行かんとす。

余等と共にその光景を見詰つつありたる船員等は、この時皆落胆の叫び声を発せざるものなく、独りかの不思議の老人のみは、海馬号の最後が最も喜ばしかりしと覚しく、彼はややもすれば風のため甲板に吹倒されんとするにも拘わらず、何やら叫びながら嬉しさに堪えぬ如く踊り始めたり。何故とも解し能わざれども、海馬号の沈没が、彼にとって非常の満足なりし事は明白なり。されどせっかく辛苦の末ここまで曳き来れる、三百年前の紀念物を、今や英国に着かんとする間際に沈没せしめたるわれ等の遺憾はいかばかりぞ。ああ口惜しとも口惜し。

あわれ海馬号は最早再び世に表わるる事なかるべく、かの船室内なる骸骨は永しえに水の底に葬むらるべきなり。余等は殆どその沈没の跡を立去るに忍び難きほどの情を生じたるも、それよりもまずうかうかなしおれば、本船さえ第二の海馬号とならんも知れぬ有様に、船長は屑よく海馬号を見捨てて、鶴嘴丸の運転にかかり、漸くに荒波を切抜て、ほどなくテームス河口に入る事を得たり。

余が倫敦に帰りてより、いかに奇異なる舞台の開かるべきかは、これより余の語らんとする処にして、余が説進むに従い、読者は恐らく心臓の烈しき鼓動を止むる事能わざるべし。

書中の秘密

（一）

　海馬号難破の翌朝（よくちょう）、余はかの怪しの老人を従えて富嶋町（としまちょう）なるわが年来の宿に帰り来りしが、嘗て梳（くし）けずりし事もなく延（のび）に延たる銀のようなる髪の毛と髯の蓬々（ぼうぼう）たる、痩せて糸の如き奇怪の老人が、異様の服装をなして、余に従い来れるを見たる主婦（あるじ）お岩夫人の驚ろきは大方ならず、ただ呆気に取らるる許りなりしが、余はこの度の航海における椿事の大略（あらまし）を語り聞かせ、当分老人をも下宿させくれよと頼み込みたるに、始めは躊躇の色見えしも、ちょっと面白き気象の女なれば遂に快よく承諾したり。

　この日は余にとっては頗る多忙の日なりき。一面余は鶴嘴丸の船長萩原辰蔵と相談の上、海馬号の秘密の解釈せらるる日まで、かの老人を預りおく事の取極（とりきめ）を結ぶと共に、かの金貨をば箱に入れてこれを封じたる上、差当り銀行に預けおく事とし、倫敦中立銀行に携え行きて、その保管を托し来りぬ。かの書類と、旗、兜、銀製の皿等は余が宿に携え帰れるなりき。

　それより二三日は、余は全くかの老人の世話に屈托するばかりなりしも、その中老人は全く下宿住いに馴れ、よほど満足したるさまにて、至って柔順（おとな）しく、余が留守になりおりても、格別の心配なきようになりたれば、四日目ごろより、余は安心して外出し得る事となれり。

　彼はなお錆たる剣を放さざるのみか、これに糸を括りつけて、小児の如く腋（わき）にぶら下て頗る得意の様をなしおれるなり。相異（あいかわ）らず、無言にして、何事をも云わず、ある時は二三時間も立ちて窓より往来を見詰めおる事あり。またある時は余念もなく余の時計を面白そうに眺めおる事あり。よしや狂人なりとも彼にして語り得るならば、多少彼の過去について探り知るの手掛をも得べきものを。されば余が彼について知る処は、始めて彼を海馬号の船室内にて発見したる時と、少しも異なる所あらぬなり。

　一週間の後、余はかの羊皮紙の書類の翻訳を依頼し得べき人もと、帝国博物館に赴むき、図書室に在勤せる知人に謀りたるに、十五六世紀より十七世紀の記録類に精通せる古城(こじょう)博士に遭いみるこそよからんと、その番地を教えられたれば、余は直ちに貴重の書冊を携えて、倉羽(くらはね)通りなる古城博士の宅を訪問し、面会を求めたり。

博士はすぐに余をその書斎に導びき入れたるが、厳格なる老紳士にて、鉄縁の眼鏡をかけおり、一見して信用し得べき人物なる事を認めたり。余は直ちにこの度の発見の次第を語り出でたるに、博士は息も次ぎ得ぬほどの興味を感じたるものの如く熱心に膝を進めて聞恍(ききと)れおりしが、余が包を開きて、かの書面を取出せる時は、彼の眼は希望と喜こびをもて輝やくを見ぬ。彼は実に非常に熱心なる古文書家と覚し。

彼は待かねたる如くに、第一冊を取りてそを開き始めたるが、一分とも立ざる中に、

「ああこれは十六世紀ごろの伊太利人の手跡じゃ」

と彼は記録の日付を見ざる中に、早くもかく叫びたるなり。余はその道の学者なりとはいえ、彼の烱眼にはほとほと呆気に取られざるを得ざりき。

博士はまた第二冊を取って、やや暫しそを繰広げいたる後、そを閉じて余に向い、

「イヤ堀さん、これはなかなか面白い記録のようじゃ。この本を読んでみる事は、私(わし)にとっては大分の愉快じゃろうと思いますから、もし貴君(あなた)が私(わし)に預けて下さるなら二三日の中に是非読んでみましょう。処で今日は月曜日じゃから、こうと、金曜日の午後来て下さらんか。そうしたら、すっかりこの中の事のお話が出来るじゃろうと思います。もっともその前にでも、何かよほど大事な事でも見つけ出したら、貴君のところへ電報を打つ事にしましょう」

かくて相談は纏まりたれば、余は書冊を博士に預けて、わが宿に立帰りぬ。しかるに翌朝思いがけなくも博士の許より電報あり――

「すぐ来れ、最も大切の発見。――古城」

（二）

余は博士の電報に接するや、取るものも取あえず胸を躍らして、早速その宅を訪ずれたるに、博士は余を待設けおりて、席を余に与えながら、

「堀さん、貴君が不思議な船と、不思議な生存者を発見なされたというお話が大分面白かったので、貴君がお帰りになった後、昨夜この婆娑妙(バアソロミュー)の書た本を読んでみま

した」

余は口を挿みて、

「秘密がお分かりになりましたか」

博士は沈着払(おちつきはら)いたる口調にて、

「イヤまだ秘密が分ったというほどでもないのじゃが、大分面白いことがあって、その海馬号とやらの秘密も、大方読(よめ)そうにも思われるのです。堀さん、貴君は伊太利の歴史を御存じかな」

余は恥かしながら伊太利の歴史を知らざれば、

「イヤ、存じません」

「それではこのお話をする前に、ちょっと書(かい)つまんで歴史上のお話をしなければなりません。それでないと、その話が了解(のみこめ)ない事になりますから。面白くもなんともないのじゃが、是非聞いて下さい」と前置して博士は語り出(いず)るよう。「丁度十五世紀の間、仏蘭西の南の海岸から伊太利の海岸にかけて、土耳其(トルコ)の海賊船が頻りに荒し廻って、何千人という白人を掠(さら)って行っては、亜非利加(アフリカ)のサユニスや、アルギールへ奴隷に売飛しているという野蛮な事実があったのです。それでいかにもその害が甚しいので、千五百六十一年に、羅馬(ローマ)法王の特許の下に、この海賊を征伐する目的で一ツの団体が出来、その団体の事業として軍艦が幾艘も出来ました。そして聖(セント)スチーブンの勲爵士(くんしゃくし)という、名誉ある名称を、その乗組の士官が貰う事になったのじゃが、その士官というのは皆伊太利の貴族なのですな。そしてこの海賊征伐団の根拠地は、伊太利のピザという、その頃には繁昌(はんじょう)した都であって、彼等はその都へお寺を建た。ピザの斜塔といって、今日も残っている有名な寺院が、それで、その寺には今日でも海賊から分捕(ぶんどり)した旗が掲っています。さてその征伐団の首領は胡霜雌獅子(コシモメジシ)というもので、この本によると（かの冊子を指さして）その雌獅子は千五百六十一年四月十五日からピザの寺に住んだと書てあります。イヤ、こんな話はちっとも面白味がありませんので、お退屈じゃろうが、モ少し辛抱して聞いて下さい」と云いつつ、彼は机の上より一冊の大いなる書籍を引寄せ、「この本は非常に珍らしいもので、私がさる伊太利の歴史家から借受ているのですが、これにはその海賊征伐団の歴史が乗っています。これによると、千五百七十三年に征伐団の軍艦が、土耳其の海賊船二艘を生捕ったのを始めとして、それから千六百九十年まで絶ず海賊船と戦闘を開き、遂に海賊船を全滅させたとしてあります。貴君は海馬号の中で、楔形十字の徽章を繍(ぬ)った旗を見つけたと仰しゃったな。この画（え）を御覧なさい」

と彼はその書を開きて、海賊征伐船の雛形を描けるものを示せるが、全く海馬号と同一模型になれる船にして、その艫先よりは楔形十字の旗の翻がえりおるを見たり。

余は博士を見上て、

「それでは海馬号はその海賊征伐団の軍艦なのですか」

「慥かにそうです。楔形十字と船の組立がたしかな証拠じゃから。またこれで海馬号がどンな船であったかという事は、略（ほぼ）見当が附いたようじゃ。処で私はこの婆娑妙（バアソロミュー）先生の書いたものを調べてみると、この先生伊太利の生れであるが、英国に住んでいたもので、この本の中は、千五百八十九年から、千五百九十年に起った出来事が書とめられてある――これがよほど不思議で、充分に調べてみねばならんのじゃが」と云いつつ彼は細かに朱書（しゅがき）したる数枚の備忘録を拡げながら、その記憶を喚起（よびおこ）して、「どうも殊更に分らない文字を使ってあるので、大分解釈に骨が折れたのじゃが、この婆娑妙（バアソロミュー）は、やはり聖（セント）スチーブンの勲爵士で、よほどの富豪であったが、その贅沢の生活を捨てて、好んで白人の奴隷を助け出すため海賊と戦ったものとみえます。多分海馬号はその婆娑妙（バアソロミュー）が自分の金で作ったもので、波留（ポール）というものが副船長らしいように判断されます。がそれはさておいて、堀さん、貴君をお呼申したは、これから先に私が発見した、最も大切な処をお知らせ申すためです」

と博士はやおら居住いを直したり。

（三）

かくて博士は、その細かに書記（かきしる）したる備忘録を繰広げながら、

「処でこの本を書いた婆娑妙（バアソロミュー）という、伊太利の貴族は、ある大侯爵と争論をしたため、自分の財産を売払い、英吉利へ渡って来たという事が書いてあるのじゃが、それが丁度エリザベス女王の時代ですな。それで私がこの本に書てある処を拾い集めてみると、その婆娑妙（バアソロミュー）は最早伊太利へ返らぬと決心して、この国の軽琴村（かることむら）へ宅地を買（こ）うたのです。この本の大部分は、則ちその大侯爵と喧嘩の次第で塡（うず）めてあって、それが日記体に書れてあります。なおこの記録でみると、婆娑妙（バアソロミュー）はエリザベス女王からはよほど優遇された模様で、この国の生活に満足している事をいうているが、しかしよほど冒険の仕事が好な性質（たち）

とみえ、自から求めて、例の海賊征伐団の勲爵士となり、若い時からの友達で、ピザの波留（ポール）という男と一緒に海賊船退治に出かけたという事が書いてあります」

余は言葉を挿みて、

「しかし、この本にある秘密は?」

「それはまだ私（わし）にも分らんので、お話は出来んのじゃが……全体この本がよほど妙に途切ているので私の思うには多分ある秘密の事を説明しようと、書かけてる中に、船が沈みかけたので、止してしもうたのじゃあるまいかと思われるのです」

これもなるほど一理ある説なり。博士は言葉を次ぎ、

「それで私が貴君を呼んだのは、その軽琴村へ行って、婆娑妙（バアソロミュー）などの子孫が、今も居るかどうか、調べてきたらどうかと、御相談をしたいためなのです。もしか存（のこ）っておったら、きっと代々の記録があるじゃろうと思われるで、それを見つけ出せば、この本の事実が明かになるじゃろうと思います。この地図で調べてみると、軽琴村という処は六斤腿町（ロッキンハムまち）のつい近所にあります」

余はかくと聞いて甚しく失望したり。これだけの説明を聞きたるのみにては、軽琴村に行かんとまでの気乗もせざるなり。余は博士に向い、

「モ一つの分もお読になりましたか。その七人の連判状の口で――」

博士は奇（く）しきその眼を輝やかして、

「イヤ読ました。これがその略字で許り書てあるので、非常に苦心して殆んど徹夜で読ましたが、これにはよほど妙な事があるのじゃて。お退屈じゃろうから、ちょっと掻（かい）つまんで、荒筋をお話しすると、やはりこれも婆娑妙（バアソロミュー）の書たもので、まるで小説にでもありそうな事なのじゃが、日付はこうと（とまた備忘録を見て）エリザベス王朝の三十一年とあるから、千五百八十八年じゃな、その八月十四日に一角獣（ウニコーン）号という船に、婆娑妙（バアソロミュー）が乗り込んで、英吉利の小留西（こるにし）海岸を出帆した時に、海上で西班牙の敗北艦隊アルマダの一艦に出遭うて、忽ち戦争になってしもうた。私の思うには多分この一角獣号も海賊征伐団の船じゃったろうと思うが――この戦争がひどい戦争で、両方によほど死人や損傷もあったが、ともかく一角獣号の勝利に帰して、西班牙の船は生捕（いけど）れてしもうたのじゃ。その西班牙の船を改めると、これが金銀、財宝、貴重な装飾品などを山のように積であったと書いてある。婆娑妙（バアソロミュー）は疑もなくこの一角獣号の司令官で、その分捕品をわが船へ移した上、西班牙の船は捨ててし

まい、英吉利の大山臼（だいやまうす）という処へわが船を着けて、私（ひそ）かに金銀財宝を陸（おか）へ運んで、安全の処へ隠してしもうたのじゃて。その隠した場処を知ってるのは七人でその七人が連判をしたのがこの本。七人は皆英国人で、婆娑妙（バアソロミュー）にいずれも心服しておったものらしく思われます。連判の趣意は、決してその宝には手を触れまいというので、宝の番人に定められた男の名は納戸（なんど）太郎と記してある。もっとも七人ながら分捕の分前は貰うたので、その残りの大部分を、ある場処へ隠したというのじゃが、なぜそれを隠しておいたかというと、いずれも例の海賊征伐団で、奴隷を救い出したり、何かするについては、莫大な金がかかって、費用の出所がないというような場合も出来てこようから、その準備に取っておくというのです。これがその連判の第一の個条。それからその次に、またこの金が征伐団の方で不用だという場合にどうするかという事を規定したものが第二の個条となっています」

「ハハア、どンな個条で？」

と余は膝の進むを覚えず。

七人の故人

（一）

博士は連判の書籍を繰広げて、

「さて第二の個条というのはこうじゃて。もし海賊征伐団の方で軍資金の入（い）らぬ限りは、その宝の秘密は、ただ番人の納戸太郎というものの家族にのみ代々伝わって、さて最後の宝の三分の二は『我生命（いのち）を二度まで助けたる余の片腕』と婆娑妙（バアソロミュー）が書いておる藁戸熊蔵の家族の中で、一番の末子（ばっし）に与える――これはいつの代に分配さるる事になっても、藁戸家の末子のみがその権利を持っておるという奇妙な条件なのじゃて。残りの三分の一はまた宝の番人納戸太郎に与えるとしてあります。そしてこの納戸太郎の肩書には『サンドウイッチ港の船乗』としてあるからこの太郎というものは船乗であったとみえるのじゃ」

「奇妙な契約ですな」

博士はなお附加えて、

「処でこの大山臼から陸上(りくあげ)をした分捕品じゃが、それを納戸太郎、加太譲次、加太義助の三人が大山臼から外の場処へ運んだというだけは明かになっておるのじゃが、どこへ運んだとも書てない。これが一ツの大事な疑問で、それからその宝がその後どうなったか、これまた重大な疑問じゃが、今私(わし)の考えをお話しする前に、ちょっと海賊征伐団の運命についてお話をしましょう。前にもお話しした通り、この団体は十六世紀の中ごろ伊太利で成立(なりた)ったもので、それが解散したのは、十七世紀の末、丁度百二三十年の寿命があったもので、その勲爵士というものはその頃まで時めいていました。畢竟婆娑妙(つまりバアソロミュー)が最後を遂(とげ)てから、凡そ百年位もその団体は成立っておった勘定じゃが、この団体は全体始めから軍資金の沢山あった団体で、解散の時もよほど莫大な積立金があったという事が、記録にも乗っておるから、例の婆娑妙(バアソロミュー)の隠した金は、一文も手を着られずに、納戸太郎の子孫に伝ったに相違あるまいと信ぜられるのみか、今日でも恐らく手をつけられてはいまいと思うのです」

余は息をはずまして、

「その本のどこにか隠した場処が書いてありませんか」

「ないのじゃて。もっともまだ残らず読切ぬから、後の方から出て来ぬとも限らぬが、私の考では、万一この本が人手にでも、渡った時にすぐにその場処を知られるという、そンな考の無い事はしてあるまいと思うのじゃて」

なるほどそはさもあるべき事なり。迂闊に隠匿の場処を明記しおくが如き事はなかるべし。余はその冊子を取(とり)上(あげ)見しが、窓よりさしこむ光線にて、この冊子の表紙には、斜めに流るるが如き暗色の汚点あるを認めぬ。博士はその汚点こそ血潮の跡なりと語れり。

「そうすると、宝の秘密は今でも納戸を名乗るものと、藁戸を名乗るものの手に握られておるのでしょうか」

「どうもそうじゃアあるまいかと思われるのじゃ」

「その宝というものはどンなものか、目録でもありますか」

「有ります。なかなか精密に目録が作ってあるが、重(おも)なるのは金貨の函で、それから金の棒、装飾品、宝石などというものじゃが、中に三貫二百目(め)という大した目方の金杯も記しつけてあります」

と云いつつ博士は目録の処を繰広げ見せしが、なにさまその目録は十八頁に渡り細かに記されあるを見ぬ。

「しかし納戸の家族が秘密の場処を知ってるなら、疾(とう)にもう、取出してしまったでしょう」

と余は博士の注意を呼びたるに、博士は頭を振りて、

「いや私はそうは考えません。この本に従うと、何かそンな事の決して出来ぬように工夫したものを拵(こさ)えて、それを代々納戸家の長子へ伝えさせるという事がありますから、それを持っておったからとて、宝の在処(ありか)は決して分らないようにしてあるものと思います。じゃから今日現在その品が先祖から納戸家に伝っておっても、どうする事も出来ないに違いありません」

「しかし、貴君はどこに宝があると想像なさいます」

「さア納戸家がその後どこに住んでおったか、その手掛がつけば当りがつきますが、それは当分望みがないとして、外の点から考えねばなりません。処で前(ぜん)お話し申した処婆娑妙(バアソロミュー)の住家(すみか)というものが軽琴村で、大山臼からは百哩(マイル)許ですが、まずこの軽琴村に隠したろうと思うのです」

「なるほど、いかにもごもっともで。自分の宅地内に隠せば、それほど安全な事はありませんから」

「さア堀さん、そこです、私(わし)が貴君(あなた)に軽琴村へお出なさいとお勧め申すのは。もしその村に納戸の姓を名乗るものか、婆娑妙(バアソロミュー)の子孫か、乃至(ないし)連判状の七人の中の姓を名乗るものでもあれば大変面白くなります」

「なるほど」

と余は膝を打って躍り上れり。

(二)

博士は言葉を次ぎ、

「それに納戸という姓は、今は英国に絶えておる姓ですから、その姓を名乗るものがあれば、多分何かの手がかりを得られましょう」

「いやどうもなかなか面白くなってきました。私は是非その軽琴村へ探険にまいります」

博士はその書冊より九人の名を書抜(かきぬき)て余に手渡せる後、

「しかしこンな事は大事を取ぬと、思わぬ失敗をしますから、人に気取(けど)れないように探って御覧なさい。多分何かの手がかりを得てくる事が出来ましょう。もっとも何しろ三百年前に隠した金じゃから、最早何ものにか発見されておらぬとも限らぬが……」

「しかしこの記録は無論人手に渡った事のあるものとは思われません」

「それはその通りじゃが、七人の中一人でも裏切したら、それこそもう疾に取出されておるはずじゃから」

「が私の考では七人はたしかに海馬号の沈没した時乗組んでいたものと思います。七人の署名の字体でみると、どうしても、動揺する船の中で認めたものです」

「ウム、善い処へお気が附かれた。なるほどよほど動揺する時に書たものらしく思われるがただ沈没する前であったかも知ぬ。無論船の外で署名調印したろうとは思われません。もしそんな処で連判状を拡げておって、万一人に知れでもしたら、多分英国政府がその分捕の宝を要求するじゃろうから」

「もし今日発見したとすればどうでしょう。やはり政府の所有になりますか」

「イヤそンな事はない。納戸家の子孫と藁戸家の末子が請求しさえすれば、その宝の持主はすぐ極ります」

「万一大山臼の近所に隠したという事はないでしょうか」

「私はないと信ずる。私はなぜ一角獣号を大山臼へ着けたか、判断するのは六かしくないと思うのじゃて。全体西班牙の船との戦争は、小留西海岸であったのじゃから、どうしても大山臼のような波の荒い、そして遠い処まで、大分破損の出来た船を、危険を冒して引上て来るはずはない。それには何か原因がなくてはならぬのじゃ。処でこの大山臼と軽琴とは百哩を隔ててはおるが、ここに一ツ川がある。その川を小舟で利用すると、軽琴へは大層便利に行ける。じゃから大山臼へ船を寄せたのは、その軽琴へ分捕の宝を運ぶためじゃったろうと、私は確く信ずるのです」

「なるほどお話を承わると軽琴へ隠したもののようですな」

「堀さん、それに私は婆娑妙が軽琴へ隠したのは、西班牙の船の分捕品ばかりでなく、外にもまた分捕品があったろうと思います」

余は好奇心に駆られて、

「外にも分捕品が？　どういうもので？」

「全体この婆娑妙という男はよほど冒険好の男らしく、この記録でみると、地中海で二度ほど、土耳其の船を奪ってそれを売飛して金に換え、また海賊船も三艘ばかり捕獲た事があるので、その都度よほど貴重な分捕品が婆娑妙の手に這入ったという事が書てあります」

「どうも大変な豪傑ですな」

と思わず叫びたる余は、かの海馬号の船室内なる六尺豊かの骸骨を思い起し、あれこそはその豪傑なりしよと、われにもあらで一時（じ）の感慨に打たれたり。

「そういう訳じゃからその分捕品もやはり一緒に隠してあるじゃろうと思われるので、もし今日まで手をつけられずにあれば大したものです」

「婆娑妙（バアソロミュー）に家族はなかったでしょうか」

「一人息子があったのみで、妻はその子の生れた翌年に死んだのじゃな。その息子とは全く不和に暮したか、さもなければこれも死んだのかも知れぬ。息子の名はどこにもなければ、また宝の分前にも預らぬところをみると」

余は徐ろに博士の談話を脳に繰返し来りて思案しみるに、なお腑に落ざる事少なからず。殊に納戸太郎が、わが子に宝の所在（ありか）を告ずして死したりとも思われねば、その事を博士に質（ただ）したるに、博士はこれに答え、秘密は多分婆娑妙（バアソロミュー）の与えたるある記録物によりて伝えられ、その記録物は、これに引合わすべき鍵なくば、何人が見るも解釈し難きものにてありたるならんと語り、従って納戸家に鍵なき以上は、その記録物のみにては、ただ謎の如きものなれば、いかなるものとも、知る事能わざるものならんと云えり。

余は全く五里霧中に迷いながら、博士方を立出で、わが宿に立帰りぬ。

軽琴村の妖怪（ばけもの）屋敷

（一）

宿に帰り来れば、例の老人は往来（おもて）を見晴せる窓の傍（わき）に椅子を据え、剣をうえに横たえて、机に向い、何やら亜刺比亜（アラビア）風の異様の模様を、何枚となく書散しおり、全く余の入来るを知らぬものの如し。余はそのまま椅子に依りて彼の仕事を注視しいたるに、折柄下婢は半井（なからい）精神病院長の名刺を手にして入来り、その人が余に面会を求むる由を告げぬ。半井精神病院長とは、精神病において当時この人の右に出るものなしと云わるるほど、有名の老国手にして、かねて余が依頼しおきたるより、今日はかの奇怪の老人を見るべく来れるなり。余は早速博士を迎い入れ、老人に紹介したるが、老人は立上りてその剣を握り、石の如く冷やかなる眼もて国手を見詰たり。老国手は彼を賺(すか)し宥(なだ)めんと試み、二三の問を発しみたるも、素よりその答を得る事能わざりき。余等は机の上より落散れる、書さしの模様画を拾い上て、そを吟味せしが、そはいかにも巧みに、全く狂人の仕事と思われざるまでに、否熟練の技師なりとも及ばじと見ゆるほどに、こみ入りたる不思議な亜剌比亜模様なりしにぞ、国手も余もまた一驚を喫せざる事能わざりけり。

　老国手はよほど興味を感ぜしらしく、殆んど一時間ばかりはこの室内にあり、種々の方面より仔細に老人を視察しおりしが、やがて余を別室に招きて、

「堀さん、これはよほど珍らしい患者です。私は一度コンな患者に接した事がありました。私の考えではあるごく短かい時間、この爺さんは時々正気に復する事があるように認めます。これは回復の望(のぞみ)がある徴候(しるし)です。あるいは半年もたったら回復するかも知れません。爺さんがある定(きま)った観念を持っているという事も大いに注目すべき点です。仮(たと)えばいつでも剣の事を忘れないとか、この通り器用な模様を書くとか、またこの時計のような器械類がひどく爺さんの注意を惹くとかいう事は、たしかに治療の望ある点です。そしてこの唖になったのも、私の考えでは、何かある恐るべき椿事に突然出遭(でくわ)したためではあるまいかと思うのです。貴君はあの眼光(まなざし)を御覧なさいましたか。善く注意しておると、時々迚(とて)も云い表わす事の出来ぬほどに、恐怖の色を浮べる事があります。それで多分発狂(きちがい)が癒るようになったら、口も利(き)けるようになるだろうと思います」

　老国手のこの意見はいたく余を満足せしめたれば余は最も熱心に、彼が訪問しくれたるの好意を謝せざる事能わざりき。なお彼はもし老人を自分の手元に托しくれなば、出来るだけの治療法を講じみんとの事なりしにぞ、余は大いに喜び、是非とも老人を托せんと語りて、その日は博士を帰せしが翌日は約束の如く、老人を伴い行きて、国手の手元に托し来りたり。

　これにて余は老人の世話に屈托する事を免かれたれば、この上は心易く軽琴村の探険に赴むかんと決心し、旅行の準備に取かかり、日ならずして出発の途に上りぬ。

　余は六斤腿町(ロッキンハムまち)の停車場にて下車したるが、汽車中の乗(のり)合(あい)客より、軽琴村は、この六斤腿町(ロッキンハム)より最も近き村なる事と、その道筋とを教えられ、次第に爪先上りとなりて

小高き丘に導びく、その幅広き、大通りを東に向って歩み始めぬ。丘を上れば町外れにてそれよりだらだら下となり、軽琴村も目の前に見渡され、周囲はすべて田舎の様なるが、野良には色々の花さき、そこここに楡の木立あり、ちょろちょろ流の小川もありて、自然の公園ともいうべき好風景の土地なり。ほどなく余は軽琴村の内に踏入りたるが、藁葺の古風なる家そこここにあり。間々石造のこれも至って古風なる家の雑れるをも見受ぬ。すべて閑静の様にて、家々の庭には向日葵、素馨、葵、などの花咲き、全く憂世の荒き風はこの辺までは吹及ばじとみゆるようなる、古代そのままの村にて、村の町には生るものとては犬の子の影さえ見えず、森閑として全く眠れる如きは夏の真盛りとて、犬猫までが午睡の夢を貪ぼりおるなるべし。

（二）

すべて古風ずくめなるこの村には、また古風の寺ありて、余がその下を過る時、青き蔓にて蔽われたる塔の中にて、二時の鐘鳴響きぬ。この寺を過て少しく歩み出せば、昔時この村の公園にてもありしかと思わるる広場あり。その端の方に釜屋という看板を掲げたる田舎風の、されど小奇麗なる旅店あるを見たればここを一ツ参謀本部にせんと、そこに飛込みたるに、折柄一人の客もなく、余は清潔なる一室の中に導びかれたり。

余を導びきたるは若き婦人なりしが、この釜屋といえる店は、この婦人とその兄とが出しおるものの由にて、余はこの女に聞かば村の容子も分らんと、始めは何気なき様にて、寺続きの木の間に、窓より見ゆる家屋を指さし、

「大変に心持の善さそうな家ですが、どんな人が住んでいます」

と問えば、

「あれはお寺の牧師さんの家でございます」

「何という牧師です」

「ハイ、鋒田さんといって親切で善い方でございます」

「長く居る人ですか」

「そうでございますね。こうと——五年ばかりもお出になるでしょう」

「この村には昔の貴族屋敷といったようなものはありますか」

「ハイ長者屋敷と申すのがございます。この村外れのちょっと高処（たかみ）になった処が、そうでございますが、今日びは毛馬（けま）さんという人が夫婦で借りて住んでおります。この方はお出になってから、まだ一年にはなりますまい」

余は長者屋敷と聞くこそ耳寄（みみより）、これぞあるいは婆娑妙（バアソロミュー）の旧家にはあらずやと思いながら、何気なく、

「それは大きな家ですか」

「ハイ、大きな家でございます。そして大層古い家で——」

「ハハア一番この村で古い家ですか」

女は眉をひそめて、

「そうでございますね、よくは存じませんけれど、私は一番古い家じゃないかと思っております。ほんとに古そうな嫌な家ですもの」

余はその言葉を捕えて、

「嫌な家？　なぜ嫌な家です」

「私共はお金を貰っても、あンな家に住うとは思いません」

余はいよいよ好奇心を動かされ、

「そンなに嫌な家ですか。どういうものです」

女は身を震わして、

「あれは妖怪屋敷（ばけもの）と、この近在で誰知らぬものもない家でございますもの」

「なに妖怪屋敷！」

と余の好奇心は胸を衝（つい）て躍り上れり。

「ハイ、夜になると、何やら知れぬいろいろの音が家中に響くと申します」

「その屋敷の持主は誰です」

「愛蘭（アイルランド）に住んでおる猶太人（ユデア）が持ておるのだと申します。始終借人（かりて）はありますが、一年と続いたものは少のうございます。大方今の毛馬さんもその中宿替をなさるでしょう。いろいろの音がするばかりか、大層湿気のある家だと申します。そして村のものは雨の降る晩には、その屋敷の棟から、青い火の玉のようなものが、飛ぶのを見る事があるなどと申しております」

という中にも思い出してか、女はまたも身震いせり。

この物語はいたく余の胸を騒がし、どうやらその屋敷の、婆娑妙（バアソロミュー）の旧宅らしくも思わるるより、茶を啜り、烟草（たばこ）を燻（くゆ）らしたる後、散歩に出で来（きた）らんと告げて宿屋を立出たり。

余は女に聞ける通り、村外れの高処（たかみ）に上り見たるも、

それらしき家も見えねば、そこに居たる小供に尋ねみたるに小供は先に立ちて余を案内しくれたるが、右手へ少し下り行けば、大いなる楡の森ありて、長者屋敷はその影になりいたるなりき。なるほど一見したるのみにて、その家の零落したる有様物悲しく、真盛りなる夏の日光を受けながらなおその陰気に不愉快に見ゆる事、驚ろくばかりにて、何さま幽霊屋敷とはかかるものならんと合点せられたるほどなりき。

その家屋というのは余の予期せし如きエリザベス時代の石造にして、いと長くかつ低き家作なるが、その外面は蔓を以て蔽われ、蔓のかからぬ処は、銭苔をもて石の色も分らぬまでに蔽われたり。外側を形作れる木材は、風雨に暴されて腐朽せる部分も多く、高く突出おる烟突の一個には、全くその数字をも弁ぜずなれる日時計の据つけあるを見ぬ。山毛欅の高き生垣ありて庭を限れるは、また慥かにこの屋敷の極めて古き証なり。この山毛欅の生垣はかなたの川岸にも残りおるを見れば、そこまで連続して広大の庭園を作りいたるを、いつの頃よりか切倒して畑となしたるものなる事明らかなり。これにて察するも長者屋敷が栄華の跡を尋ぬるに難からざるべし。

（三）

余はともかくもこの屋敷の住居人と、知己となるの必要を感じたれば、入口に赴むきて、引金を引きたるに、早速表われ来りたるは、中年のむしろ太りたる婦人にて、余は始めに下婢なるべしと思いたるに、これぞこの家の主婦毛馬夫人なる事を知りぬ。

余は少しく虚言を並ぶる事を、賢こき事と思いたれば、わが名を告げて後来意を語るよう。

「実はお邪魔に出たのは、外でもありませんが、私の母はこの家で生れましたので、私の小供の時分に、いつもよく此家の噂をしていましたですが、その母が丁度昨年亡なりましたような訳で……で私が今日この村へまいりましたについて、せめて母の一度住んでおった此家を拝見して帰りたいと、こう思いまして出たのですが、いかがでございましょう。嘸御迷惑でしょうが拝見が出来ましょうか」

毛馬夫人はいと気軽に、

「ああそうですか。さアどうぞ中へ這入って御覧遊ばせ。この通りがらん洞の家ですから」

なるほど伽藍洞(がらんどう)の家に相違なし。

「大変にお広いお住居(すまい)ですな」

「広いばかり広くって実にお話になりませんのですよ。いくら昔でもこういう妙な建方の家を何に使ったかッて良人(やど)とも申しておるのですよ。これが夏はまだようござんすけれど冬になりますと、貴君(あなた)、まるで氷蔵なんでさアね。湿気があって、陰気で、淋しくッて、ほんとに妖怪(ばけもの)屋敷と云われるのも無理もありませんよ」

さてはこの女も妖怪屋敷の噂は承知の上と思わる。

「なにか、いろいろの音がするとかいう事を噂しておるものがありましたが、実際そンな音でも――」

「ハイ、夜中(やちゅう)奇妙な音が致す事がござんすよ。私はそンな事は平気の方ですけれど、あんまりいい心持のものでもありません。なぜコンな家を借りたかと、今じゃ後悔していますのですよ」

「なんの音でしょうな。鼠じゃアないですかな」

「鼠かも知れません」

とこの女の至って平気なるに、余は取つく島を失い、導びかれて各室の巡覧を始めたり。

毛馬夫人は最初に、狭き廊下を通じて、小さなる第一室に案内せしが、この廊下は石もて敷詰(しきつめ)あるが、年代を経たるためその石のいたく磨滅しおるを見受たるにても、この家のいかに古きかは知られたり。さてその第一の室(へや)は天井なくて、真黒に燻(くす)ぶれる梁(うつばり)交叉しおり、周囲(ぐるり)の篏板(はめいた)細工には緑と黄の、凄まじき模様ある不釣合の壁紙を貼りつけあり、室内の装飾品も総て二三十年来の新らしき安物にて調子の揃わぬ事一方ならず。なお毛馬夫人は第二室より第三室、第四室と次第に案内しくれたるが、この家の次々の借人(かりて)が、室内を当世風に装飾せんと苦心して、いろいろの壁紙を、そこここに貼散したるの跡を認めたるのみか。古風の戸や、家具の取換得るものは、新らしきものと取換たるもあり、あるいは古きを隠さんため、けばけばしき色に塗換たるもありて、すべてが不釣合にて殺風景なる事驚ろくばかり。その中にてもただ二階に登る梯子段のみは全く昔のままにてその美事なる大理石の欄干(てすり)は、これぞ紛れもなきエリザベス王朝時代の建築なり。さて余は二階を上りて階上の各室をも巡覧したるが、いずれも装飾の家具もなければ、敷物もなく、多年人の住わぬ零落せる空家の如く思われたり。

ああかくも陰気にして没趣味なるこの屋敷のいずこにか、かの分捕品は隠されおるならんか。されど婆娑妙(バアソロミュー)の建たる家が、果してこの家なりや否やはまだ容易に判断し難き疑問なり。余は念のためにこの家の持主の名を聞たるに、そは愛蘭（アイルランド）に住える神戸（かんべ）といえる人なりと告られたり。なお毛馬夫人は自分がこの家を借りたるは、従来倫敦にて下宿屋を営みおりたる経験より、良人（おっと）が近頃六斤腿（ロッキンハム）町の某保険会社に勤むるようになりたるを機とし、その広き家を借り受け倫敦より病気保養の客など下宿させん考なりし処、案に相違し、来る客も来る客も皆二三日にて逃去るより、今は全くこの家を借りたるを後悔しおる事と、三年の期限にて借りたるものにて既に借家賃をも支払いたるものなれば、今更出るにも出られず、望み手あらば貸したしとの事をも問わず語りに語りたり。この家がもし婆娑妙（バアソロミュー）の家なりせば、余は是非ともそを借受んと考え込みたる際なれば、私かに喜びながら、

「借家賃はどれほどです」

と問い試みぬ。

宝の番人

（一）

「ハイ、家賃は一年分三百円ですよ」

と主婦（あるじ）の答に余は思案しながら、

「ああ、そうですか、それなら私は田舎で閑静な家を借りたいという、紳士を知ってますから、倫敦へ帰ったら話してみましょう」

毛馬夫人は喜びて、

「どうぞ何分お世話をお願い申します。イエ、それは閑静と申しまして、コンな閑静な家は全くございませんですよ。隣り近所があるではなし、往来とは懸離れていますし、どンな事がありましても、世間に知れッこなしでございますよ」

余はこの家（や）のいかなる場所に、宝の潜みおるならんと驚ろきながら、なお荒果てて蓬（よもぎ）の宿となれる庭に下立（おりた）ち、

適宜の距離まで草を分け行きて、こなたを見顧り、丁度この家の正面をきっと見やれるに、余は忽ち玻璃(ガラス)窓の行列をなせる、二階の中央の灰色になれる壁の真中に当り、大いなる真四角の刻める石ありて、一五八四と明らかに千五百八十四年の年号を記せる大文字刻みこまれ、またその上に当りて、かの七人の連判状の封印の徽号(しるし)と全く同一なる、楯の中に後足にて立る豹を描ける徽号を刻みあるを認めたり！

　かくしてこの家が婆娑妙(バアソロミユー)の筆に記されたる家と全く同一にてあるべき事は証明されぬ。余は毛馬夫人となお二三の雑談を試みたる後、わが友に是非ともこの家屋を借受さするよう尽力せんと語りて、長者屋敷またの名は妖怪(ばけもの)屋敷を立出たり。

　余は遂に婆娑妙(バアソロミユー)の旧宅を発見し得て、この上もなき満足を覚ゆるにつけ、今度は宝の番人納戸太郎の子孫か、乃至婆娑妙(バアソロミユー)が片腕と頼みいたる藁戸熊蔵（この男の骸骨は多分海馬号の船室内に婆娑妙(バアソロミユー)の骸骨とともにありたるならん）の子孫の有無を探り出さんものと、ひとまず旅館釜屋に引返し、上り框(かまち)に腰かけながら、例の主人(あるじ)の妹に向い、

「妙な事を尋ねるようですが、この村に納戸とか藁戸とかいう苗字のものはありませんか」

と問い試みたるに、若き女は首を傾けながら、

「そンな名前のものはこの村には居りません。もっとも六斤腿(ロッキンハム)町になら納戸四方太(よもた)というものがございます」

「それはどンな人です」

「どンな人と申して、日傭取(ひようとり)なんでございますよ。怠惰(なまけ)もので、大酒飲で、お話にもならない男でございます」

「女房子でもあるのですか」

「いいえ、独身ものでございます。六斤腿(ロッキンハム)の字(あざ)園田と申す処の小さな小舎(こや)に住んでおります」

「六斤腿(ロッキンハム)か、またその近在かに、別に納戸という苗字のものはありませんか」

「ハイそンな苗字のものは外に聞た事がございません」

かかる日傭取風情が、宝の番人の子孫ならんとは素より思われず。さればかの書籍に記されたる納戸太郎の子孫とは自から別人ならん。されど遭うてみなば、あるいは何かの手掛にならんも知れずと、余はまた宿を立出で、僅か一哩(マイル)ばかりなる六斤腿(ロッキンハム)町の方へと歩み行きぬ。

　丁度夕暮間近にてそよ吹く風肌を掠(かす)め、日中の熱さに引かえて、蘇生(よみがえ)れるばかりの心地なり。心の騒ぎおる折

柄とて、このわたりの画の如き景色も目に入らばこそ、自から足のみ早まりて、忽ち園田といえる小字（こあざ）につき、納戸四方太が宿とて尋ねたるに、すぐ分りたるが、なるほど哀れなる藁葺の小舎にて、破れ果たる敷物をもて僅かに床を蔽い、家財とてもなく、一種不潔の臭気さえ室内に充（みち）て、心地あしき事云うべくもあらず。余の訪ずれたる時、折柄十四許の汚なき小娘居りたるが、余の姿を見て、中二階に向い「叔父さん」と呼わりたり。「ホウ」とどす声にて答え、狭き粗末なる梯子段を下来れるは、なるほど性来（うまれつき）の日傭取と思わるる容貌粗野の大男にて、頭（かみ）は蓬々と乱れ、衣服は垢じみて、年は六十格好なるべきも、酒のためか顔は赤らみてなかなか頑丈らしき親爺なり。

「ああお前さんが納戸四方太さんかね」

と云えば、

「ああそうでがすよ」

とぶッきら棒の挨拶にて、じろじろと余の顔を窺えり。思うに彼は紳士の訪問を受る理由なしと怪しみたるならん。

「実は私はこの納戸という英吉利には珍らしい苗字について、ちょっと調べものをしておるのだが、お前さんも納戸という苗字だと聞いて、尋ねて来たのです、差支（さしつかえ）がなければお前さんの家族の事について話して下さい。お前には兄弟があるかえ」

「私（わっち）は兄弟も何にもねえ一人もんでがす。太郎ッてえ兄貴がありましたが死んじめえましただよ」

「え、太郎という兄！」

と余は思わず叫びたり。

（二）

余は太郎といえる名を聞きて、思わず叫びたるが、幸いに四方太の注意を惹かざりし様子に、何気なく粧（よそ）おい、

「その太郎という兄さんはいつ死んだのかね」

「十年許になるだ」

「死だ時に小児（こども）でもあったかえ」

「太郎という一人息子があったでがす」

「なに親が太郎で、子も太郎か」

「親が死んでから太郎になったでがすよ」

「ウム、お前の家では、代々太郎の名でも次ぐ事になっていたのか」

「そンな事かも知らねえだ」

「その太郎という子は今どこに居るかね」

「これも徴兵に取られて、亜非利加（アフリカ）で死んじめえました」

「そうすると、納戸家の血統（ちすじ）はお前きりか」

「ヘイ」

「お前の家柄はこの近所では一番古いのではないか」

「古いには違えねえでがす。私（わっち）の先祖は代々軽琴村の、長者畠に住んでいたので、私（わっち）が生れた頃に、すっかり零落（おちぶれ）て園田へ越して来たでがすよ」

「長者畠に居った？　その長者畠というのはどの辺にあるのだ」

「長者屋敷の地続にあるだが、元は先祖の所有（もちもの）なんで、今は松本さんちゅう金持が持ってござるだ。私（わっち）も始終その畠へ傭われて行くでがす。兄貴の太郎も小作をやってたでがすが、私（わっち）のように酒呑でなかったからコンな見すぼらしい暮（くらし）はしていなかったでがすよ」

「ウム、そうか、それでは六十年前ごろまでは、納戸家はその長者畠に住んでいたのだな。それはそうとお前は藁戸という苗字か、そういう苗字の人を知ってる事はないか」

「藁戸ッてえ苗字！」と彼は怪しむ如くその眼を輝やかして、「はてな、昨日の人も同じ事を私（わっち）に聞いただが」

余は驚ろきて、

「なに昨日の人が、同じ事をお前に尋ねた？」

「そうでがす。その人が私（わっち）に尋ねたのもその藁戸なんでがすよ」

「どういう人だね」

「向うでは私（わっち）を知（しっ）てるというだが、私（わっち）にはどうしても思い出せねえだ。その人が私（わっち）に色々の事を聞いただが、大方今お前（めえ）さんが、私（わっち）に聞いてござったのと同（おん）なじ事なんでがさ。奇体な事もあるもんだが、なにかお前（めえ）さん等は、見かけた山でもあるでねえかね」

余はいよいよ驚ろかざるを得ず。

「全体その人はどういう人相だった」

「そうでがすよ、三十二三の、背の高い、立派な旦那で、何でも倫敦から来ただアね。園田の宿屋で一晩宿（とま）って、今朝帰って行っただが、奇体に私（わっち）の身内の事を、よく知ってたでがすよ」

「お前はその人の名を聞いておかなかったか」

「名を云わねえでがすよ」

こは実に甚だ奇怪なり。余の外にもまた余の如く宝の秘密を探りつつあるものあるにや。されどかかる事は殆んど信ずべからざる事なり。

　それはさて置き、この納戸四方太は、疑もなくかの羊皮紙の書籍に記されたる納戸太郎の子孫なるべし。思うに納戸家は、常に宝を隠しある場処の守護をなすために、長者屋敷に続ける長者畠に住(すま)いいたるものなるべく、今より六十年前まではその義務を果しいたるものなる事明らかなり。

「お前は今私に種々(いろいろ)知(しら)してくれた通りを、昨日の人にも話て聞せたのだろうな」

「その通でがすよ」

「何か外にその人がお前に尋た事はないか」

「ヘイ、私(わっち)の先祖の事について、私(わっち)のちっとも知ねえ事を二ツ三ツ聞ましたよ。私(わっち)の親爺はよく大変な身代がいつか自分達のものになるという事を云ってたでがしたが、なんでもそれは親爺のまた親爺から聞いたとかいうんで、まるで夢のような話なんでがさア。がお前(めえ)さん達が二人でいろいろの事を聞くので、私(わっち)はすっかりその話を思い出しちまっただ。あはは。ほんとに十円の金でも出てくれればいいだが」

「お前の親爺さんがよく云ってたという話の筋道はどンな事だえ」

「そうでがすよ。なんでも二百年か三百年か前に先祖が大変な宝をどこかへ隠しておいたちゅうんで、よっぽど長い年限をつけてその秘密を代々の総領息子に譲り渡したというでがすよ」

「それではお前もその秘密を譲り受たのか」

「いんや、譲り受た覚えはねえんでがす」

「多分期限が一杯になった時に、掘出されてしまったのだろう」

「そンな事はねえだ。もし宝を取出たものがあるなら、私(わっち)等はこンな貧乏はしていねえはずだから。私(わっち)の思うにはなんでも拵え事に相違ねえだ。六斤腿(ロッキンハム)の者はみな拵え事だちゅうて、昔から相手にならねえだ」

「お前の小供の頃に長者屋敷にはどンな人が住んでおったか知ってるかね」

「はて、その通りの事を昨日の人も尋ねただ。よっぽど可笑しいだな」

不思議の大敵

（一）

なるほどこれはよほどの不思議といわざるを得ず、余と萩原辰蔵と、古城博士とより外には、知るはずなき宝の秘密を、知りおる如く思わるるその男は何ものぞ。

「それでお前は何と云って話した」

「私（わっち）は知ってる通りを話したでがす。私（わっち）も小供の時分に、長者屋敷に住んでいたのは、黒川さんという老人（としより）で、奥さんの外に嬢さんが二人あっただが、総領の嬢さんの外は、みンな死んじまって、その嬢さんはそれから二十年ばかり独身で住んでいただね。その嬢さんが亡くなってから、愛蘭（アイルランド）の神戸（かんべ）という人が買取ったでがすよ。そして人に貸してるだが、何人代ったか知れねえけんど、二年と続いて借りてるものは無えだね。陰気で湿気があって、妖怪（ばけもの）が出るちゅうて、今じゃア長者屋敷よりは妖怪（ばけもの）屋敷の方が通りがいいでがす。妖怪（ばけもの）が出るか出ねえか知んねえだが、なんでもあの家の天井あたりにゃア、鼬（いたち）だの栗鼠（りす）だのが巣ウ食ってるだから、妖怪（ばけもの）も一緒に住んでるかも知んねえでがすよ、あはは」

「お前の家とその長者屋敷とは、旧（もと）何か関係でもあったのではないか」

「私（わっち）はついぞそンな事聞いた覚がねえだ。私（わっち）の家は代々長者畠に住んでただが、長者屋敷に住んだちゅう事は聞いた事がねえでがす」

「長者畠というのは、長者屋敷に附いていたもののように思うがどうだ」

「そうかも知んねえだが、長者畠は代々私（わっち）の家で持ってたでがさ」

「お前は昨日遭ったという男にはどこで遭ったのかね」

「園田の汁屋で遭ったでがす」

「ウム、汁屋といえば、この二町ばかり先の居酒屋だな」

「そうでがすよ。宿屋もしてるだから、何なら宿（とま）らしったらどうだ。昨日の旦那も宿らしっただ。旦那、一ツお伴しましょうかね」

彼が委しく余の問に答えたるは、余の財布にて居酒屋の酒を呑(のま)んとの野心ありし故と覚し。されど余にとっては勿気(もっけ)の幸、彼を伴い行きて、そこに赴むき見なば、何かの手掛を得る事もあるべしと思いたれば、余は心よく、

「おお、それならお礼がわりお前に一杯御馳走しようか。一ツ案内をしてもらおう」

と云えば、彼の眼は早くも輝やきて、満面に笑を傾むけ、

「旦那、どうも難有(ありがと)うがす。それでは御案内しましょう」と云いながら、勝手元の方に向い先の小娘を呼べるなるべく、「これ、お春坊よ。ちょっと旦那を汁屋まで案内して来るだから、留守をしていてくれろよ」

余は早速四方太に伴われて、汁屋の中に入り、純粋の居酒屋風の飲食台に向って腰を卸したり。余は四方太に好むものを注文させたる後、夜前(やぜん)の客の名を尋ねくるるよう、小声にて頼みたるに、彼は余のためにはいかなる事にてもせんといえる顔附を示せる後、早速女主人(あるじ)に向い、

「これ神さんよ。夕宿(ゆんべとま)った旦那の名は何ちゅうだね、それ乃等(おいら)に色々の事を聞いていた――」

神さんは帳場の中より四方太を見て、

「夕の旦那? ウム、あの旦那かえ。宿帳には倫敦の古嶋新平としてあったよ。しかし、四方太さん、お前はよっぽど抜作(ぬけさく)だよ。私に云わせりゃア大馬鹿ものさ。第一あの客は――お客の事を影口を云っちゃア済ないが、何か一癖ありそうでさ、無暗(むやみ)にいろいろと人の事ばかり、知ろうとしてるじゃアないか。あンな人に欺されるなんて、お前――」

「乃等(おら)が欺された? 何を欺されただかね。乃等(おら)がなぜ大馬鹿ものだね。神さん、乃等(おら)だっていつもいつもそうは馬鹿にされねえだ」

「だってお前、あの羊皮紙の書ものを売てしまったじゃないか。お前は旦那に乗せられたんだよ。六斤腿(ロッキンハム)ではあれを読む人がなくッても、倫敦へ行ったら、きっと読みつける人があるに違いないのさ。ありゃアきっとお前の家の宝と繋がりあっているものだろうと私は思うのさ」

余は驚ろいて立上りながら、四方太に向い、

「おい、お前が売たその羊皮紙の書ものというのはどンなのだ」

神さんは口を挿みて、

「そりゃアね、旦那、代々四方太さんの家に伝っていたお宝ものなんでさね」

「兄貴の子の太郎が徴兵に取られて、亜非利加（アフリカ）へ行く時に、私（わっち）に預けて行ったんで。そいつア太郎の親爺が決してこれを失（なく）してはならねえッて、死ぬ時太郎に渡したもんでがすよ。黄色い封印がぶら下ってるだが、この町では何が書いてあるだか誰も分る人がねえだ」

「それをお前が見知らぬ男に売ってしまったのか！　つい昨日！」

余はどッかと倒るる如く椅子に腰を埋めぬ。

（二）

「あンなものを持ってたッて何の役にも立つものでねえだ、昨日の旦那が三円くれるちゅうから、すぐ売飛ばしてしまったでがすよ」

「たった三円で！」

「古道具屋へ売ったら三銭にもならねえだ」

と彼はコップに波々とつげるブランデーを煽（あお）れり。余がこの時の混雑は形容の言葉もなし、余は全く古嶋新平と名乗る男のために背負投（せおいなげ）を喰されたるなり。さるにても古嶋新平とは何もの。彼が余等と同じく宝の秘密を知りおるものなる事は最早一点の疑もなきに似たり。

「全体お前が売った羊皮紙というのはどンなものだ」

と余は心の混雑を鎮めながら問えば、

「すっかり汚れきって、何が書てあるか、もう分らねえ位になってるでがさア」

「どこに封印があったのだ、そしてどンな形だった」

「そうでがすね、厚い丸い封蝋で、羊皮紙を狭く切った処へ糸で括りつけてあっただね」

「封印の徴号（しるし）はどういう形だったか覚えているか」

「そうでがすよ。獅子か虎のようなものが立ってるだね。それ長者屋敷の石に彫つけてある、あの形と同（おん）なじもんでがすよ」

ああこれにて総て明白となりぬ。この馬鹿者が僅か三円にて売飛したる羊皮紙の記録こそ、彼の祖先が婆娑妙（バアソロミュー）より授けられたるものにして、それぞたしかに宝の秘密の手掛となるべきものにてありしなれ。

「その古嶋という男は、お前の家柄を善く知っているとみえるな」

「私（わっち）よりはよっぽど詳しいでがすね」

主婦（あるじ）は余に向い、

「ほんとに四方太さんがあれを売ってしまうなんて、

他人の私でも呆れまさアね。よしんば何にもならないにしても、代々伝わってるお宝物（たから）じゃありませんか。売るにしても倫敦へでも行って、鑑定してもらってから売ったら大変な価値の出るものかも知れないじゃありませんか」

「全くだ」

と余の云える後より、四方太は舌なめずりしながら、

「へへ、だめだだめだ。鋒田（ほこた）さんの前に居た牧師さんが、どうかして調べてくれるちゅうんで、兄貴が長い事預けておいたでねえか。威（えら）い学問のある牧師さんだったが、どう考えっても分らなかっただ。誰が分るもんか。へへ」

「どの位の大きさのものだったな」

「そうでがすよ。おッ広げると一尺四方位もあったかね。小さく畳めるようになっていたが、畳んだ上に落書がしてあったでがすよ。私（わっち）ゃまだ覚えてるが、親爺が死ぬ時、兄貴を呼んで古簞笥の底を見ろッて云うだね。兄貴がその通り古簞笥の底を調べると、その汚れた羊皮紙の包が出ただ。それを親爺の前へ持って行っただが、私（わっち）はその時始めて見ただね。親爺はその時兄貴に向って、先祖代々の紀念（かたみ）だから、どンな事があっても一生これを放してはならねえ、お前の死ぬ時には総領息子にこの通りにして渡せッて遺言したでがすよ。私（わっち）ゃ見ていただが、神さまの前で兄貴はその通りにするって誓文しただよ」

「それ御覧よ。そンな大事なものを、たッた三円に売るという馬鹿があるかね」

と神さんなかなか心外に堪えぬ容子なり。されど余の心外さに至っては、そもそも如何（いかん）。

余は最早この上四方太よりいかなる材料をも得る能わじと思いたれば、勘定を支払いて汁屋を立出で、わが参謀本部なる釜屋にと立帰れり。さて余が軽琴村の探険は、ともかく成功したるものと云わざるべからず。婆娑妙（バアソロミュー）がたしかに住いおりたる屋敷をも突とめ得たるのみか、宝の番人納戸太郎の子孫をも見出し、彼の家には一日前まで、婆娑妙（バアソロミュー）より伝われる秘密の書類のありたる事をも、確め得たるものにして、婆娑妙（バアソロミュー）の宝がなお昔のままにしあるべき事は、殆んどこの探険にて信じ得べきものとなりたればなり。ただそれにつけても心配なるは、意外なる敵の表われたりと思わるる一事のみ。余は釜屋にて夕食を済せる後、なおその辺を散歩し、百姓等の口より、藁戸家の有無の事、長者屋敷の事など聞出（ききだ）さんと試みた

るも、何の好結果をも得ずに終りたり。余は差当りこの上軽琴村に滞在するの必要を認めざるが故に、ひとまず倫敦に帰る事とし、翌朝一番の汽車にて引返し、何よりもまず古城博士の宅を訪ずれたり。古城博士の口よりいかなる事を聞けるかは、余のこれより記さんとする処なり。

暗号の鍵

「おお、それでは軽琴村へ行ってお出じゃったか。どンな発見をなすったか」

と博士は余を待設けて問い出せるにぞ、

「あの婆娑妙の記録は全く虚言ではありませんでした」

と答えて、それより余はまず婆娑妙の宅地跡なる長者屋敷発見の次第を語りたるに、博士は極めて満足の様子にて、かの婆娑妙の書る書冊を取寄せ、栞として白紙を挿みおきたる処を開きて、

「それは御勉強じゃったの。が私も怠けてはおりませんでした。堀さん、私は昨日もこの本と首ッ引をして、とうとう冒頭に出てある秘密の仔細を発見しました」

余は飛上りて、

「おお分りましたか！　宝の所在が分りましたか」

されど博士は沈着払いて、静かに、

「いや秘密は分ったのじゃが、宝の所在まではまだ分らんので。ただ私はある暗号文字の鍵を発見しただけです。この本に依ると、納戸太郎の手に、宝の所在を記してある或書ものを渡してあったように記してあるのがそれは家族のもの等が、裏切をしても分らぬように、暗号文字で書いてあるのじゃな。そしてその暗号文字を読むには、是非ともこの本（婆娑妙の筆になれるかの書冊を指さして）と引き合わせなければ分らんようになっているのです。じゃから納戸家に宝の所在を記した暗号文字はあっても、この本がなければ何の役にも立たないように出来ているので――なかなか甘い工夫を巡らしたものです。ここにその前書を訳しておきましたから御覧に入ましょう」

と云いつつ彼は、一枚の紙に翻訳したるものを余に手渡せり。余は躍る胸を鎮めながら取りて見るに、

『余婆娑妙は本日即ち千五百九十年五月四日、余の部下にて余の最も信任せる納戸太郎の手に二年前西班牙の軍艦より奪いたる分捕品を始め余の所有にかかる、

あらゆる財宝の隠し場処を説明せる羊皮紙の記録を与えたり。余はまたこの納戸太郎に軽琴村の余が屋敷に続ける畠を分与し、長く彼の子孫に伝えしめ、彼に授けたる秘密の羊皮紙をば、海賊征伐団にて、余の宝を要求するの日来るまで、代々その長子に伝うべき事を神前に宣誓せしめたり。但しその記録は暗号文字を以て記せるものにして、いかなる人といえども読む事能わざるものなり。されども余はただこの書冊の中にその鍵を添えたり。この鍵によりて、適当の時に宝は取出さるべく、その上にてピザの海賊征伐団に捧ぐるか、乃至藁戸家の末子に与うるか、すべて余が前に記せる遺言に従うべきものなり』

余のいたく激しながら読終れるを待って博士は詞（ことば）を添え、

「その文句のあった後に、いろは文字で以て、その納戸太郎に渡した暗号と引合わせる鍵が並べてあります。じゃからその納戸の家族を見つけ出して、その暗号の羊皮紙さえ手に入れたら、こっちのものです。ただその暗号を今でも持っておるか、おらぬかが疑問じゃが……」

余は口を挿（さしはさ）みて、

「博士われわれは背負投を喰されました！」

博士は訝かしげに、

「なに背負投をくわされた？　とは、どういう仔細で？」

余は納戸太郎の末孫（ばっそん）納戸四方太に遭いたる次第より、彼が一日前に代々伝わる羊皮紙の記録を僅か三円に換えて、古嶋新平なるものに売渡したる仔細を語り出たるに、博士は打驚ろき、

「やア、それは驚ろきましたな。それさえあれば明日にも宝が手に入る処じゃったに、残念な事をしましたな。堀さん、せめて貴君が一日早く軽琴へ行けたら善かったに」と甚だ心外に堪えぬ如く呟やきて、「それを他人に取られては、これから先われわれは黒闇（くらやみ）を辿るようなものじゃ」

「しかし奇怪に堪えんのは、古嶋という奴です。何ものでしょうな。どうして宝の事を知ったのでしょうな」

「まるで小説にでもありそうな不思議な次第じゃが、しかし堀さん、暗号はその男の手に渡っても、鍵をこっちに持っているだけ、強みがあります。まず宝を先へ取られる心配はありません。ともかくもその男を探るのが必要です」

「そうです。その男を探り出して、いかなる手段を用

いても、暗号を奪い返さねばなりません」
と余は激昂して叫びぬ。

異様の訪問者

（一）

この小説的の出来事はいたく博士の好奇心を挑発したる模様なりしが、余はまた今後大いに博士の助力を要する事あるべしと考えたるが故に、博士をどこまでも取込みおくの必要を感じ、もし婆娑妙（バアソロミユー）の宝を、果して発見し得たる暁（あかつき）には、その幾分を博士に与うべしとの約束をなして、飽くまで博士の尽力を乞う事と定めたるなりき。

翌日余は萩原辰蔵をその自宅に訪問しぬ。鶴嘴丸は荒波を冒してかの海馬号をテームス河口まで曳来りし上に、河口にてまた暴風に遭いたるより、機関その他の少なからぬ損処を生ぜしため、当時船渠（ドック）に入りいたれば、船長萩原はなす事もなくて遊びいたるなり。

彼はあたかも在宅にて、喜びて余を迎え、

「おお、ドクトル、善く来て下すった。我輩も実は今夜あたりお尋ねしようと思っていた処で、海馬号の爺さんはその後御機嫌宜（よ）い方ですか」

「あれは先日お話した通り、半井（なからい）精神病院へ托してしまいましたよ」

「そうですか。半井さんはどういう意見です」

「その中には癒るだろうというのですよ」

「ハハア、それなら我輩が今度帰って来る頃には、爺さん、身の上話を貴君にしておるかも知れない。堀さん、我輩は明後日（あさって）また地中海の航海に出かけますよ。実はその暇乞（いとまごい）に今夜出かける積りでいたので。船は今日中に修繕が出来上りますから」

「ああ、そうですか。しかし今度はどンな発見がありますかね」

と笑えば、

「また一ツ出かけてみませんか」

「いや今度はそンな暇はありません」

余が萩原を尋ねたるは、軽琴村探険の次第を語らんとするにありたれば、更に言葉を改めて、前章までに記したる通りの探険始末を語り出でたるに彼はその癖として、烈しくパイプを吹(ふか)し、また咽喉(のど)を鳴しつつ一心に聞とれたり。彼がパイプより烟を吹せば吹すほど、彼の混雑せる徴(しるし)にて、心の平易を感じ、愉快を感ずる時ほど、彼のパイプは遅く静かに燻(くすぶ)り、烟は薄く小さく柱になりて立昇るなり。されば心の騒立てる時に限りて、烟はパイプより凄まじく吹出され、彼の口は烟の雲に包まるるを常とせるに、果して今は彼の顔の見えわかぬまで、烟は彼の身体を包めるを見ぬ。

　されど余は読者の倦怠を招くを恐るるが故に、それより暫らく、余と萩原との間に換(かわ)されたる対話を記すを避け、この対談の中に余と萩原との間に成立ちたる契約を語るべし。

　その契約というは外にもあらず、萩原は近く余の手に発見さるべき婆娑妙(バアソロミュー)の宝には、何の要求をもなさざる代りに、海馬号の船室内にて見出したる金貨に対して、余はその権利を悉く萩原に譲り渡したるなり。

　この契約の成立る後、萩原は余に向い、

「明日お暇乞(いとまごい)にあがる積りだが、ひょっとすると上れぬかも知れません。が、いずれ今度は五週間の予定ですから、明日お目にかかれんでも、来月はまたお目にかかります」

　これにて余は彼と袂を別ちたり。

　余は宿に帰りて種々の妄想に耽(ふけ)りぬ。余は元来小説好故、これまで地下に埋蔵されたる宝に関する多くの物語をも読みたり、しかも自らその主人公となる事あるべしとは余の最も思いがけざりし処なり。またこれ等の多くの物語によるに、宝は重にその経緯度の全く不明なる離島(はなれじま)か、グワテマラの洞穴(ほらあな)か、墨其古(メキシコ)の土中に埋没しおるもののように限れるに、英国の片田舎にかかる大宝庫の潜みおるべしと知りては、誰かその心を激せざるものあるべき。されば余ならざるも、余の場合に遭遇せるものは、まず何をおいても真先に、奇怪なる古嶋新平の探偵に従事せざる事能わざるべし。

　余は静かに前後の思案を繞らしおる中、心に浮びたるは、万一かの古嶋なるものが、納戸四方太より暗号文字記入の羊皮紙を買取れるも、全く何の役にも立ざる事を知りて、これを売却せんも知れずといえる一事なり。もしさる場合にかかるものを高価に買取るべき古文書類販売の書肆(しょし)は、倫敦に五軒あるのみなれば、余は念のためと、五軒の書肆に宛て、かの羊皮紙の体裁を詳しく記したるものを送り、かかる古文書を手に入れたる事あらば、いかなる高価にても買取るべき故、通知しくれよとの依頼を発したり。されば書肆の手に渡る如き事あらば、さしずめ余の手に入らん事は疑なし。

（二）

それより数日を過ぎたる後、余はかの怪しの老人を見舞うため、半井（なからい）国手の精神病院を訪ずれみたり。されど老人の容子には少しも回復の徴候（しるし）の見えぬのみか、さしもに親密なりし余の顔をすら見忘れいたるなりき。

余は精神病院を出でて後、古城博士を訪問しぬ。博士は例の如く古書堆裏（たいり）に埋（うず）もれて、学問の研究に余念もなき中（うち）にも、なお卓子（テーブル）の上には婆娑妙（バアソロミュー）の書冊を用意しおけるを見たり。彼は余に向い、今日までも殆んど毎日、その書冊を取調べ不明の個処を解釈せんと勉めおる由を語りしが、最早その上の秘密は到底発見する由なき事をも語れり。余は博士と共にこの後いかなる方針に向って進むべきかを相談せしが、今は全く五里霧中に陥いれるの感ありて、いかなる方面に手を出してよきか、殆んど見当も附かざるなり。

博士はなお余に対して、余と萩原との間に結びし契約の、少しく無謀なる事を注意し、当もなき宝と引換に、かかる約束を極（きわむ）るは早計なるべしと云えり。あるいはしからん、想像の百万円は、現金の一万円に如（し）かざれば。

いかなる方面より宝の詮索に手をつくべきかは、全く困難の問題なれど、それよりもまず意外の大敵とも思わるる、かの古嶋新平の何ものなるかを捜索するが、差当っての必要なるべく思わるるより、余はその捜索の方法について、心を砕きしが、ただ倫敦の古嶋新平とのみにて詮索するは、さながら雲を摑むが如き尋ねものなるに弱り入りぬ。余は倫敦の紳士録を取調べみしに、古嶋を名乗るものは三人あり。余は戸籍役場につき、この三人の家族等について詳しく取調ぶる処ありたるも、古嶋新平に匹適するものを見当らねば、この方面の詮索もただ無駄骨に終りたり。

余はかかる詮索のために、二週間ばかりを費やしたるが、ここに余のために差当りての必要問題は迫り来りぬ。そは外にもあらず、糊口の途を講ぜざるべからざる一事なり。しかるに幸いにも渡辺町に医院を有せる一医師が、多分不在となるにつき留守中の代理者を求めいたるにぞ、余は直ちにその代理者として雇わるる事となりぬ。この辺は場処外れの、殆んど労働者、または貧民の多く住（じゅう）しおる処にて、日々診察する患者も、仲仕(なかし)、職工、工女などいえるもののみなれば少も診察に愉快を感ずるが如きことなけれど、これも職業となれば是非もなく余は毎日この医院に出勤し始めたり。

余は夜間はこの医院に宿直するの責任なく、いつも十時となれば極りにて給仕(ボーイ)は病院の表門を鎖し病院内の瓦斯(ガス)を消し、洋燈(ランプ)に替え行き、余はまたこれを機会(しお)に病院を立出で、辻馬車を雇うてわが宿に帰り行くを例とせるなりき。

一夜痛風病みの饒舌(おしゃべり)なる老人の患者が、最後に診察を求めに来り、薬を受取りて立帰れる時、丁度掛時計は十時を打ちたれば、余は職業衣(しごとぎ)を脱ぎ捨てて、背広に着換え、給仕(ボーイ)が瓦斯を消しに来るならんと、心待なせる時しも、玄関の方に当りて、何やら人声のするを聞きぬ。

十時といえば大通りはまだ宵の口なれど、場所外れの事とて、最早深夜の如く静まり返り、馬車の音さえ聞えざるに、玄関の話し声はよくこなたまで漏れ聞ゆるなりしが、声は女らしくて、何か余に診察を求めんとて来(きた)れるを、給仕(ボーイ)の余の命令通り最早十時を打(うち)たれば明日にせよと拒絶しおるものの如し。余は呼鈴を鳴して給仕(ボーイ)を呼び、何事ぞと尋ねたるに、

「若い女が是非貴君にお目にかかりたいと云うんで、明日にしろと云っても利ません。大変な急病人があるとかいうんです」

「お前は知ってる女か」

「始めて見た女です」

「ともかくも通してみろ」

女は給仕(ボーイ)に導びかれて入来りぬ。その入来れる時余は女と目を見合わせしが、その刹那にわれにもあらでバネ仕掛に弾き上られたる如く立上り、アッと口を開きしまま、唖の如くに女を見詰ぬ。

奇怪なる美人

（一）

今入来(いりきた)れる若き女は、たしかに余が恍惚(うっとり)となりて見とれたるの様を注意せしなるべし。もしこれに気づかざりしとせば、そは女の情を有せざるものなり。

余が驚ろきて呆然たりしは、この女の何ものなるかを知りし故にあらず。かくまでも完全の顔立あるかと思わるるまでなる、絶世の美貌に驚ろきたるなり。余は医師の職業柄とて、従来多くの美くしき婦人をも手にかけたれども、かくまでも愛らしく、かくまでも人を魅する容貌を有せる婦人を見たる事無し。

　年の頃は二十（はたち）位なるべく、衣服（きもの）は至って質素の、粗末なるものなりしかど、その着こなし振の品よきと、今入来れる態度（ものごし）の温雅（しとやか）なるより見るにたしかに相当の教育を受け、良家に人となれるものなるべしと思わる。顔は正真の卵形にて、大理石を刻める如き鼻、小さなる形善き口、弓形の眉、半ば驚ろき、半ば恐るる如く余を見入れる、その黒き大きなる眼、いずれか余を恍惚たらしめざるものなし。されどこの女の美しさは、陽気なる美しさにはあらず。むしろ陰気なる美くしさなり、沈みたる美くしさなり。その心の底に、何か秘密の潜みおるが如き、悲しげなる面影のどことなく浮びおれるなり。

　余がわれに返りて、会釈をなし、椅子を与えたる時に女は柔らかき音楽の如き声にて、

「先生は――あの尾形先生はお出はございませんか」

「いや居りません。私はその尾形の代りに、この医院を預かっておる、堀と申すものです」

「おや！」

　と女は叫びたるがさながら失望せるが如くに、その小さなる頤（あご）の軽く落つるを認めぬ。ややありてまた口を開き、

「それでは尾形先生はこちらにはお出にならないのでございましょうか」

「ハイ、尾形は身体を悪くして、この二週間許り海水浴に出掛ております。貴嬢（あなた）はこれまで尾形におかかりなのですか。もし私でお差支なければ、喜んで御診察申しましょう」

「いいえ、病人は私なのではございません。兄が悪いのでございますので、尾形先生に御相談に出ましたので――」

　余はむしろ熱心になりて、

「ああそうですか。どうでしょう、私が尾形の代りに診察にまいりましては――」

　女は答えずしてためらいぬ。世間の習として、ある一人の医者を常頼（じょうだの）みとなしおる時は、とかく代りの医者は不信用扱いをさるるを免がれず。この女が余を不安心なりと思うも、普通の人情として無理ならざるべきか。

「兄は三年以来(このかた)尾形先生の御厄介になっておりますので、先生は珍らしい患者だからとて、大層骨を折って下さるのでございます」

と女は思案しながら云いぬ。

「どンな御病気で?」

「ハイ、アノ……それが、名のつけられないような病気でございますので。お腹の方が悪いのですが、どこのお医者様にも見放されたのでございます。それを先生ばかりが面倒をみて、下さいますので……今夜はまたひどく傷むと申しますのですから――」

「多分痛を止てあげる事は出来ようと思います。そういう御病人なら、私も是非拝見したいものです。どうせ尾形は倫敦に居ないのですから、私が代(かわり)にあがりましても、お差支はございますまい」

と余のいよいよ熱心なるほど、女はますます逡巡(ためら)い、

「ハイあの御親切は誠に難有(ありがと)うございますが」と云いてまた考えながら、「それにあの大層遠方な、偏鄙(へんぴ)でございますし、夜も最(も)う深(ふ)けましたから――」

余は遮ぎりて、

「なに遅いッて、まだ宵の口です。偏鄙でも遠方でも、どうせ私はもう明いた身体ですから。お兄さんの傷(いたみ)を止てあげる事が出来たら、何より仕合せに思います」

と女よりは辞する事能わざるように仕向けたり。されど女はなお決せずして迷いおりぬ。かかる中(うち)にも、余はこの女が一種異様の、何等かの意味を持(も)てる如き眼光もて、一度じッと余を見詰たるを注意しぬ。余はこの時全く解すべからざる一種の感を覚えたるなり。

されど女は遂に決心したる様子にて、

「アノほんとうに遠い偏鄙でございますが、それでもお出下さいますでしょうか」

「ハイ、喜んでまいります」

「それではお願い申しましょう、私共は黒木が原の星が丘の辺に住んでおるのでございます」

「いやどこでも構いません」

と云いたれど黒木が原と聞きてやや驚ろきたり。

（二）

黒木が原と聞きて驚ろけるも無理ならず。黒木が原とは、倫敦の外れというよりは、片田舎の淋しき原にて、夜は人通りさえ無き場処なればなり。されど余はどこま

でも何気なく粧おいて、

「なに黒木が原でもどこでも、馬車で行けばすぐですから」

美人は立上りながら気の毒らしげに、

「嘸御迷惑でございましょう。尾形先生は毎週一度ずつ——土曜日に来て下すったのでございましたが、その事を貴君にお話になりませんでしたでしょうか」

「ハイ、聞かんのですよ。重なる患者の事は皆聞たのですがどうしてお兄さんを残したのですかしら」

余はなお美人の口より患部の模様など聞ける後、モルヒネ、麻酔剤等の壜を取出して、手提鞄の中に入れ、いざ連立んと女を見たるに、不思議や今までの濃艶なる美しき色は掻取りたる如く消失せ、顔は素より唇までも、灰の如く蒼白となりおるを認めぬ。その変化の余りに突然なりしに、余はいたく驚ろきながら、

「おや、貴嬢はどうかなさいましたか」

女はまたしても逡巡ながら、

「アノ何だか変な気分に——」

とあわや倒れんとする気色に、余は慌てて抱きとめながら、椅子の上に坐らせ、

「目舞ですか、今薬を上ますから、ちょっとお待なさい」

余は早速に興奮剤を調合し来りて、女の口に移したるに、ものの三分とたたぬ中に、薄紅き色ざしはまた女の顔に上り来れり。

「何ていう意気地がないんだろう」と女は口の中に呟やきて、「どうも私まで飛んだ御厄介になりまして済みません。二晩寝ずに看病したものですから、疲れが出たのでございましょう」

「おおそれではお疲れになるはずです、誰か代りに看病をなさる人はないのですか」

美人は持前の悲しげなる容貌を表わして、

「ハイ……それに兄は疳癪持で、私でなければ寄せつけませんものですから」

この兄と妹とは、よほど親密なる間柄と見ゆ。殆んど当世には見るべからざるほど兄思いの情の、美人の口気に籠れるを、余は認めたるなりき。

さて美人の回復せるを見て、余は一緒に黒木が原に赴むくべく、相共に医院を立出でぬ。馬車を求むるには二町ばかり町中に引返さざるべからず。されど幸いにすぐ馬車を見出したれば、黒木が原まで雇入れんとしたるに、これまた黒木が原と聞きて躊躇したれど、二倍の賃銭を

取らせんと云出たるに漸やく納得したれば、余は美人を助けて相共に馬車の中に入りぬ。

黒木が原まではおよそ三哩（マイル）ばかりはあるべし。馬に鞭当ると見る間もなく、馬車は町外れに向って走り出せり。余は女の話しを引出さんとして、種々の談話を試ろみぬ。折柄の時候の話が話題となり、女は今この頃の暑気の烈しさを語りつつあり。余はまた涼しき海上の生活を取りて帰り来れる後なれば、殊に暑気を感ずる事甚しき由を語りぬ。

「おや、貴君は地中海の方をお廻りになったのでございますか。まアお羨ましゅうございます事。私なぞは巴里（パリー）までしか行った事はございませんの。地中海を廻わりましたら、どンなにか面白うございましょうねえ。行く先々が異（かわ）ったところでございますから」

「そうです。伊太利は、希臘（ギリシャ）と違いますし、西班牙（スペイン）はまた亜非利加（アフリカ）と大変に違います。呑気に船で廻って来ると、実際倫敦のような塵埃（ごみ）だらけの処へ帰って来るのは嫌になります」

「私も倫敦は大嫌いでございます。田舎の方がどンなによろしいか知れません。ですから黒木が原でも、倫敦よりは優（まし）だと思って満足しております、ほほ」

と始めて美くしく笑いぬ。馬車は早や市街を通り抜け、人家もまばらなる田舎道にかかれるなり。されど夏の夜の事とて、人気なき淋しさも冬の如くに身に泌まず。否、余はこの女と語れる楽しさと、好奇心とに駆られて、殆ど淋さなど注意するの余裕もあらざるなりき。

談話（はなし）は倫敦生活の煩（うる）さき事、医師の職業の面白きものにあらざる事、その他さまざまの問題に移りたるが、余はこの美人が、話相手としては、驚ろくべき機転と、能弁とを有せるに、次第に敬服せざる事能わずなれり。そのよほど注意して答弁せると、またその心に潜める悲しみの折々外に表わるるとに拘わらず、その軽快なる口振は、たしかにいかなる男をも喜ばしめ得るならんと思われぬ。

（三）

余は美人の口より引出し得たる、切々（きれぎれ）の話を継合（つぎあわ）して考うるに、この女とその兄とは、むしろ社会の逆境に立（たて）るものらしく、それも重（おも）なる原因は、兄の病気に帰するが如く思わる。その兄というは銀行の書記にても勉（つと）めいたるものらしく、三年前いよいよ病のために辞職するに至りし後は、どうやら一銭の収入だもなき不幸の境遇に陥いれるものの如し。余はこの可憐の美人が、自から職業を求めて、兄を養い、かつ医薬の料まで償いおるかとただ驚ろくの外なかりき。さるにてもいかなる職業をなしおるならん。余はそを聞出さんと試みたるも、それ等の詳しき点に至りては、緒を得べき何事をも、女は語らざるなり。

　余は始めてこの女に遭いしのみにて、早くもその美くしさと、その機転とに、全く魅せられたるなり。げに驚ろくべきほどの才気仄見えて、余がいろいろの点より、女の身の上を探りみんとせるに拘わらず、よほど巧みに言葉を転じ、妙に話をこぐらかして、殆んど余をして茫然自失せしむるなり。されどこぐらかさるればさるるほど、なお深入して探りみたくなるが人情なれば、余はいよいよ好奇心の高まるを覚えながら、ともかく女の宿に至り見なば、大方の見当は附くならんと待設けつつ、なお話題を途切せじと勉めおる中、はや黒木が原に差かかりぬ。余は星が丘という処を知らねど、ここより十町ばかりなりと女は語りぬ。

　しかるに不思議にも、女はこの辺より、俄かに沈黙になり、何か思案せる様にて、余の話しかくる言葉にも、碌々答えざるようなれるなり。余が余りに多弁なりし故ならんか。それとも何か女の感情を害せしようなる言葉を吐きたるならんか。などと余は心を悩ましおる中、突然女は異れる調子にて、

「先生、私が今申し上る事に、御立腹なさいませんでしょうか」

　薄暗き洋燈の光ながら、余は女の顔が灰の如く白く、何か非常なる心配に満る様を認めたり。余は驚ろきながら、

「ハイ。決して貴嬢の仰しゃる事に、立腹するなどという事はありません。遠慮なく仰しゃって下さい」

「それでは申し上ますが、私は兄の診察をお願い申さない方がよいと、決心したのでございます。こんな遠方までお出かけを願っておきながら、何とも失礼でございますけれど、ここからお帰り下さいませんでしょうか」

　余は驚ろきを新たにせざるを得ず。

「え、何と仰しゃるのです。ここから私に帰れと仰しゃるのですか。もうお宿近くへまいったのではありませんか。分らない事を仰しゃるじゃアありませんか。私は請合ってお兄さんの苦痛を和らげて上ます」

女は無意識にその手をわが腕に置きながら、

「私はどうあってもこの上先へ貴君をお連れ申す事は出来ません」

余は女の手のいたく震いおるを感じぬ。

余は女のかくの如き変化を信ずる事能わず。いかに変り易きが女の心とは云え、余りと言えば余りの不思議なれば、余はなお熱心に往診させよと争いたるに、女は確(しか)とその頭を振り、されど心配らしく、

「先生、貴君は嘸(さ)ぞ私を変屈ものだと思召(おぼしめ)すでしょう。ですけれども変屈でお断り申すのではございません。貴君にどうしても、ここでお分れ申さなければならない事が、あるからでございます」

女の心は最早奪うべからざる事を示せるなり。

「それは私は、貴嬢に頼まれた医者の事ですから、貴嬢が用がないと仰しゃれば、どこまでも附いて行こうと主張する権利はありません。しかしお兄さんの方は、打捨(うっちゃ)っておいてもよろしいのですか」

女は殆んど泣かぬばかりにして、

「ハイ」

ときっぱり答えぬ。

「それではお言葉に従いますが、尾形が帰りましたら、貴嬢の事を知らせなければなりません。お名は何と仰しゃるのですか」

「梅田花と申します」

と女はやや躊躇せる後(のち)答えぬ。余は女の余を伴わじとする決心の底には、何か深き道理あるを感じぬ。されどいかなる道理とも、殆んど弁(わき)まうべくもあらず。余はまた女の顔に深き決心の浮べると共に、何か常ならず激昂せる様の、同時にその顔に現われたるを認めたるなり。

余は美人と別るべく詮方なく馬車を駐め、美人を馬車より助け下しながら、

「せっかくここまでまいってお分れするのは誠に残念です」

と叮嚀に云えば、

「ハイ」

と女は吐息を漏せしが、やがて深き意味ありげなる声にて、

「ですけれども、なぜ私がコンな決心をしたか、いつか貴君にお分りになる事があろうと存じます。飛んだ御迷惑をおかけ申しまして、お詫のいたしようもございません。左様なら」

かく云い捨てて、怪しの美人はその姿を黒闇(くらやみ)の中(うち)に没

し去れり。余は馬車より下立ちて茫然たるまま暫し美人の去れる闇中（あんちゅう）を見送りぬ。

謎

（一）

梅田花子嬢と名乗れる、絶世の美人はそも何ものぞ。また何のために、余を黒木が原まで連出してそこより追帰せしぞ。それより続ける幾日の間、余は渡辺町なる尾形医院の診察室にありて、その奇怪に終りし馬車旅行を思い出しては、空想に駆（から）れつつありぬ。まさかに美人が余を弄（もて）あそばんため、深夜野原へ連出し、一円あまりの馬車賃を無駄使いさせたるものとも思われず。美人の別れの言葉は今もわが耳にあり。「なぜ私がそンな決心をしたか、いつか貴君にお分りになる事があろうと存じます」この言葉の中には、どこやら真心より迸（ほと）ばしるらしき処も見えたるなり。それのみならず、美人がいかにも掛念に堪えぬ如き、また不思議に激昂したる如き容子と相待ちて、余は何やらその言葉の中には不吉の意味の籠りおるようにも感じたるなり。はた美人が慌てて余と別れ去りたる当時の模様を、一面より考うる時は、何か余に対して恐怖（おそれ）を感じたるためらしくも思わる。されど何故ならん。余は男子として出来る限りの親切を美人に尽しこそしたれ、少しも美人を恐れしむべき素振を表わしたる覚えなし。余は考うれば考うるほど五里霧中に迷い入るのみ。

余は余りの奇怪に堪えぬまま、遂に尾形院主の保養先へ向け、梅田花子嬢の奇異なる行為を略報せし後、花子の何ものなるか、花子の兄の病気はいかなる性質のものなるか、一報しくれよとの書面を差出したり。しかるに尾形よりの返事はいたく余を驚ろかしぬ。そは梅田花子なるものも、その兄なるものも、嘗（かつ）て名を聞し事もなく、また診察を施したる事もなしとの返事なればなり。

今は余を迷わしたるかの美人が、一個の詐欺者（かたり）なる事明白となりぬ。さるにても何のために余を騙（かた）れるか。何のために黒木が原まで余を伴ない行きたるか。よし彼を詐欺者（かたり）とするも、いかなる目的ありて、余を愚弄したるかは、全く解釈の出来ぬ謎なり。

とかくする中に尾形は、旧(もと)の健康に復して海岸より帰り来れり。余の役目はこれにて済みたれば、余は彼に引継を終り、余の給料をも受取りたる後、雑談となれるを機会(しお)に、余は先日彼に宛たる手紙の事に話を転じたり。彼はすぐ思い出して、

「おお、そうそう、全体あれはどうしたんです。私はお手紙にあったような名の婦人は、一向覚えのない許りか、第一黒木が原へ診察に出かけたという事はありません」

「実に妙ですな。先では三年ほど貴君にかかっているというんです。頼みに来たのはその妹という二十位の女で、始めは貴君がお留守だと聞いて、非常の失望した容子でしたが、漸やく私から勧めた結果、それなら私に見に来てくれという事になったのです、処が黒木が原まで馬車で行くと――それが貴君夜の十一時ごろですよ、そンな時刻に私を引張り出しておきながら、俄かに私に向って、診察せずに帰ってくれというんです。何と云っても聞ないんで、私は器量が悪く帰って来たという次第なんですよ」

「それでは女の兄というのは見ないんですな」

「そうです、家まで行かせないんですから」

「どンな女です」

「それは美人ですな」

尾形は笑いながら、

「よほど美人ですか」

「よほど美人ですな」

余の調子には異様の処ありたるならん。尾形はなお笑(わらい)を続けて、

「貴君は少し鼻の下を長くしたのではありませんか。そこを女に見こまれて、玩弄(おもちゃ)にされたという寸法かも知れませんぜ。はは。馬車賃まで払って、送り届けたなどはよく出来てます」

されど余は真面目になりて、

「しかしどうも女の話を聞いてみると、決して人を玩弄(おもちゃ)にするというような蓮葉(はすは)な風はないですよ。いい位の事を云って慰さみに私を連出したものとは思えないですな」

「しかし、自分の兄が三年も私にかかっていると、まざまざ嘘をついたじゃアありませんか。女ほど面を被るの上手なものはありません。貴君などはお若いから、これから先よく用心しないと、飛んだ目に遭います。はは」

と彼はさも面白げに打笑えり。

余はそれより話を転じて、なお二三の雑談を続けたる後、尾形医院を辞し去りたるが、それよりまた暫らく遊びいる身体となりぬ。丁度田舎のある病院よりの口はありたれども、何となく余は倫敦に居る必要を感じて、その方は辞わりたるなりき。

(二)

余は尾形医院を辞したる翌日、半井国手の精神病院を訪ずれぬ。老国手は喜んで余を迎え、

「おお堀さん、よく来て下すった。実は貴君の処へお知らせしたい事があったのです。例のお預りの爺さんの一件で――」

「ああそうですか。何か回復の徴候でも見えてきましたか」

「そうです、よほど面白くなってきました。始めの中は、私が剣を取上た処から、ひどく敵意を持っていましたが、日ましに大人しくなって、このごろでは毎日書ものをするようになりました。これが最もよい徴候で、たしかに回復の望が出来たと信じます。ここに爺さんの書たものがありますから、お目にかけましょう」

と云いつつ国手は、卓子の抽斗より、一束の紙片を取出せしが、そは重に新聞紙、または粗末なる藁紙に何やら書塗りたるものなり。

「これを御覧になっても、判断のつくというものは、まずありませんが、とにかく脳髄がよほど明らかになってきた証拠です。中にはたしかに立派な文句になっておるものもあります。それに模様のようなものも、大分書いてあるが、これには何か匍匐っている悪魔か、鬼のようなものを取合わせた、よほど不思議な図柄が多いのです。とにかくこれ等の図柄の巧みな点から察しても、爺さんが一ツの技能を持ている事は確に分ります。貴君はこのほどの『テレグラフ』新聞に海馬号の事が出ていたのをお読になりましたか」

「ハイ、読みましたよほど妙な想像説のようでした」

「あれが新聞に出た次の日に、記者が私の処へやって来て、是非爺さんに遭わしてくれ、また話を聞かしてくれというのです。しかし私はどちらも拒絶してやりました。この事はまだ公衆に知らせる時機ではないと考えましたし、それに爺さんを他人には当分一切遭わせまいと

考えておりますから」

「いやその御注意は誠に結構です」

と云いながら、余は老人の書り(かけ)という紙片を手に取りて、検閲し始めたるが、なるほど異様の模様画もあれば、何やら分らぬ字体の文字もあり。多くは訳もなき狂人(きちがい)の筆らしく思わるるもののみなりしが、その中には、何か手紙にても書始めんとせしものらしく、『親しき妹(いもと)へ』とか、『親しき春吉(はるきち)殿へ』とか『わが敬愛せる足下』とか記しかけたるもあり。最も完全の意味を持ちて書れたるは、水夫の歌にて、そは彼が自から作りしものか、それとも有ふれたる歌なりや否やは知らねど明瞭なる、やや震いを帯びたる字体にて、歌の一節を左の如く記しありたり――

「海を家なるわれ等には、風立つ夜半(よわ)ぞ面白き。謡(うた)え、
水夫(かこ)等、謡え、謡え。
帆綱の嵐に呻(うな)る時、高波甲板(デッキ)を超ゆる時、出入の口を
確と閉め、謡え、水夫(かこ)等、謡え、謡え、謡え」

これは汚なき新聞紙の切端に記されあり。なお他の端の方に、『第一船員逸見(いつみ)重助、五月十六日鬼籍(こくせき)に入る』と記しあり。他の紙片(かみきれ)にはまた『狐面の相良(さがら)は黒旗船(こくきせん)に居るよりは説教演説の暴れ弁士となるがよし、これは安藤準一の説なり』など記せるもあり。なお最後の紙には乱雑に楽書(らくがき)しありて、いかなる字とも読得るはなかりしが、その下の空場処に奇妙なる詞(ことば)あり。即ち――

「黒鬼鉄平に気を附けよ！　彼は悪魔なり！」

こはたしかに注意を促がすために書るものと覚し。されど誰の注意を促がさんとしたるならん。

「春吉とか、逸見重助とか、黒鬼鉄平とかいう名は、果してある名か、それとも出鱈目か容易には判りませんが、とにかく何かの手掛になるかと思いますからこれは除(のけ)ておく積りです」

と国手は云いぬ。

「爺さんの年は幾歳位とお考です」

と問えば、

「左様七十位でしょう。どうして海馬号に居ったかは、殆んど想像の附ようもありませんが、なにこの調子なら一年と立ぬ中に、爺さんは筆談が出来るようになりましょう」

余は半井国手の許を辞し去りて後も、老人の手跡について考を巡らしぬ。いずれも解釈すべからざる謎なれど、黒旗船とありたるは、疑もなく海賊船の事にして、黒鬼鉄平といえるも、どうやらその海賊らしくも思わる。

不思議の盗難

（一）

そはとにかくに、余は遠からざる未来において、不思議の老人が、自からその説明をなしうるの時来るべきに満足し、『黒鬼鉄平』の注意の如き、頗る解し難き謎なるにも拘わらず、余はいつかその注意を全く忘れ果るに至りぬ。ただ余の心をこの一事にのみ注ぎたりともいうべきは、いかにもして古嶋新平の身許を探り、かの暗号を取返さんといえる一心なり。余は先に手紙を出しおきたる、古文書の書肆よりは何の返事もなきに、一々訪問しみたるも酔漬（よいどれ）四方太の売放したる羊皮紙の記録は、遂にこれ等の書肆の手に来らざるなりき。

ある朝余は古城博士より至急来れとの電報を受取り、何事ならんと、慌ただしく倉羽通りなる、博士の宅を訪ずれたり。

しかるに行きてみれば驚ろくべし、博士の書斎には、余の曽て見し事もなき、黒き髯面の仔細らしき男ありて、博士はいたく激昂し、かつ驚愕（おどろき）に打れおる様に見え、それさえ既に訝（いぶ）かしきに、見廻せば窓玻璃（ガラス）も破損しおり、室内の書籍は乱脈となりおりて、事態容易ならざるものあるらしきに、余はただ呆気に取られ、博士の顔を打守れば、博士は息をはずませながら、夜前盗賊の侵入せしものなる事を、口疾（くちと）く余に告げぬ。髯面の男はその筋の探偵にて、余に向い、

「盗賊は博士の持っておらるるある貴重な書類を盗もうとしたので、全く金銭には目をくれなかったものです。その証拠には書斎の奥の間の戸は明いていたのに奥の間には一歩も入らんのです」

博士はその後より、

「堀さん、御覧なさい。窓の戸を切破りて、窓玻璃（ガラス）を奇麗に切って、そこから忍び込んだのじゃ。この通り室中をひッくり返しおったわい」

「何か無くなったものはありますか」

と余は大いなる掛念に襲われて問いぬ。博士は悄（しお）れて、

「一冊取られました。それが貴君からお預りの中の一部で――」

探偵は口を挿みて、

「よほど巧みな盗賊（どろぼう）で、博士がたしかに持ってござると、見当をつけた書（ほん）があって、それを探すために、室中をひっくり返したのです」

　余は探偵の言葉など耳に入（い）らばこそ、呆気に取られたる口を僅かに動かして、

「博士、どの方を取られました？　暗号の口で？」

　余は蒼くなりて問えるなり。今は盗賊が余より博士に預けたる婆娑妙（バアソロミュー）の書籍を盗まんため入込しものなる事、余の心には明白となれるなり。

「いや御安心なさい」と溜息を吐（つ）ける中にも、安心する処あるようにて、「お預りの一番大事な口は、万一失火の際にはと心配してこの隅の金庫の中へ入れ置きましたから、大丈夫です」と書斎の隅なる金庫を指ざし、「しかし、それもよほど危うかったのです。新式の鑿（のみ）とか錐（きり）とかいうものを、この金庫に適用した跡が、歴々（ありあり）と残っておるのじゃから」

「そういう道具を持っておる賊とすると……」

「多分雇われて来た賊です、よほど熟練の曲ものに相違ないです」

　と探偵は云いぬ。

　実（げ）に賊は博士の書斎の、本棚は無論の事、隅より隅まで、毛布（ケット）の下をも捜し荒したるものにて、書斎の中の書籍の夥だしかりしだけ、それだけよほどの手間を潰せしものなるべしと信ぜらる。博士の家人は少しの音をも聞つけざりしとなり。賊は室中（へや）を捜し抜きたる後に、金庫にかかれるものと覚し。探偵の見込に依るに、賊は三人にて這入（はいり）たるものなるべしという。当夜は雨天なりし事とて、書斎の敷物の上には泥足の跡ありて、明らかに三人の異なる足形を印しありたるなり。また金庫を開かんと試みたる道具類は、最新式のものなれば、決して開き得ぬはずはなき訳なれど、多分室内の捜索に時間を潰し、金庫を開けんと試みおる中に、夜の明けたるより、本意を遂ずして逃去りたるなるべしと、探偵は語れり。

　この盗難事件は、いよいよ余等の外に、宝庫の秘密を探らんと企だておるものある事を証明するに余りあるものあり。さるにても余等の外には決して知るはずなき、婆娑妙（バアソロミュー）の書籍の、博士の手中にある事を知りおるものはそも何ものならん。これ実に神変不思議の大敵と云わざるべからず。かかる未知の大敵を相手とせる余等は、最早決して安閑となしおるべきにあらざるなり。

（二）

余は博士を別室に呼び、宝庫の秘密は何人にも知らしむべきにあらねば、探偵にはどこまでも、かの書籍のいかなるものなりやは告ざる方よからんと注意したるに、博士も無論その積りなりと、書斎に帰りて、盗まれたる書籍は、単に貴重のものなりしというだけを告る（つぐ）に止めたれば、探偵はただその通りに手帳に認め、なお賊等が金庫に試みたる鑿、鋸等の跡を検して後、この家を辞し去りぬ。

　博士は探偵の去れる後、安心の溜息を吐（つ）きて、

「堀さん、われわれの敵がこれほど近よって来るとは夢にも思わんじゃった。まず昨夜は大事の分を取られなんだから善いものの、これはどこぞ確（しか）とした処へお預けにならんと、敵は私（わし）の処へまた遣って来るに相違ありません」

　余は自分の預けたるものより、意外の災を博士に及ぼしたるを謝すれば博士は遮ぎりて、

「今はこの問題はお互の問題です。処で堀さん。先方（むこう）の手に、最早暗号の入った事は疑もありませんぞ。暗号が手に入ったればこそその鍵を見つけようとしているのです」

「しかし、どうして貴君の手にある事を知ったでしょう」

「どうも貴君が番をされておるのじゃろう。貴君の一挙一動は、きっと先方へ知れる事になってるのです」

「どうも宝の探険というものには、いつも敵が附いて廻るようです」

と余は笑いぬ。

「だんだん危険になって来るかも知れんから、要心をなさるがよいじゃろう」

と博士は沈思しながら、不吉の注意を加えぬ。

「なにか貴君は各自（めいめい）の身体に、危険を加えられる事があるとお考になりますか」

「とにかくお互に注意をするのは必要です。この金銭の争にかけては、人間というものは往々獣性に返ります。現に敵は盗賊（どろぼう）の商売人まで雇い入れてるのじゃから、いつどんな事をせぬとも限りません」

　博士は金庫を開きて、その中より婆娑妙（バアソロミュー）の書籍を取出し、余の前に持来りぬ。かくて彼は栞（しおり）を入れおきたる部

分を開きて、かの暗号の鍵の配列されおる部分を、再び改めたる後、

「この婆娑妙（バアソロミュー）という男は、よほど乱暴な豪傑で、海賊船に恐れられていた男じゃったろうが、それでいてよほど思慮の深い綿密家じゃったに違いありませんな。隠した宝を人に知らせまいという注意を取るためには、この本がなければ分らないという記録を、納戸太郎の手へ残し、また納戸の方の記録を持って来ねば、この本が役に立んという、実に巧い工夫を考えたものです。私（わし）の考えるには何でも、一度英吉利へ帰って、この本を安全の処へ蔵（しま）っておこうとしたに相違なく、その途中で多分海馬号が沈没の不幸に遭遇したものと思われるのです」

　余は博士と共に、この貴重の書籍を厚紙の中に包み、確（しか）と糸にて括れる後、封印を施せしが、余はその日の午後自からそを携えて、倫敦中立銀行に赴むき、保管を托し来りたれば、これにて暗号の鍵は、いかにするとも敵の手に渡る事なしと、漸やく心の伸る心地しぬ。

　なお余は博士方を立去る前に、博士を助けて書籍の整理をなしたるなりしが、この間博士は余に向い、余が再び軽琴村に赴むきみなば、あるいは古嶋新平なるものの消息を聞得る事あらんと説けり。あるいはさる事もあるべし。博士はいうよう。

「われわれは暗黒（くらやみ）で仕事をしておるようなものじゃ。敵はよくわれわれを知ってるが、われわれは敵をちっとも知らんのじゃから、非常に不利益な地位にあるのです。で少しでも敵の当りがつけば手足も出せようというものじゃから」

　博士のいう処はいかにももっともなり。彼は健全なる常識の人にて、その説を吐くにも熟慮の後ならでは軽々しく云わざるを常とす。げに敵が再び軽琴村に赴むきたるべきは、全く有り得べく想像せらるるなり。

「貴君は長者屋敷を借入れた方がよいとお考になりますか。向うでは貸したがっているのですから、いつでも借りられます」

「家賃は高いのですかな」

「一年三百円です」

「三百円位を捨ててみる決心でなければこンな仕事には取かかれません。もしひょっと古嶋という男にでも、借りられてしもうたら、取返しが附きますまい。早く行ってお借なさるがよいじゃろう」

　なるほど左なり。また古嶋に先んぜられなば一大事なり。余は是非とも長者屋敷を借入れざるべからず。

「いや、私は明日早速軽琴へ出かけましょう」

長者屋敷の先鞭

（一）

余は翌日軽琴村に赴むき、例の陰気なる長者屋敷を訪ずれたり。余が呼鈴を鳴せしに答えて、十二三の小娘出来りしが、余の名刺を渡し、毛馬（けま）夫人に遭いたき由を通じたるに、亜米利加（アメリカ）布もて卓子（テーブル）椅子を蔽える、不快なる応接室に導びかれたり。

ほどなく毛馬夫人は入来りしが、余を見て愛想よく、

「おや、よくお出で遊ばしました。どうもいつまでもお暑い事じゃございませんか」

「どうも実に暑い事です。早速ですが、今日またお尋ね申した仔細は、ちと喜んで頂きたい事があッて出ましたので、外でもありません。この前お邪魔に上りました時、もし此家（こちら）を相応の借人（かりて）があったら周旋してくれとのお頼みがありましたが、実はその事でして、丁度友人に話してみました処が、そンな閑静な家ならば是非借入れたい、ついては君が出かけて行ってお約束申して来てくれろとこういう訳なんです。全くそのために軽琴へ出かけてまいりましたので」

「おお、そうでございましたか、それはまア御親切に……処が貴君、せっかくでござんしたけれど、その後別に此家（ここ）を借りようという方が見えましてね。その方が最（も）一度お見えになるまでは、外へ約束をせぬという話になっておりますので、ほんとにまアお気の毒さまでござんすが……」

「外に約束が？　何という人で？」

と余は慌ただしく問いぬ。

「あの何やら申しました。こうと――書つけておきましたものがござんすから、取ってまいりましょう。少々お待遊ばせ」

と夫人は室を出去れり。余の驚きはそもそもいかばかりぞ。この度もまた先鞭をつけられたるにはあらざるか。

されど余はいかなる手段を繞らしても、この家を借受ざるべからずと、確と臍（ほぞ）を固めぬ。余は素より余分の資産を有するものにあらねど、一年六百円を出すも、是非

この家は借受けてみるべしと、心に決したるなり。忽ち毛馬夫人は手帳の端を切裂たるに、鉛筆もて記せるを持来れり。余は急がわしく取りて目を通せるに――

『倫敦市駒止木挽町(こまどめこびきちょう)七番屋敷古嶋新平』

と記しありたり。余の胸は躍り上れり。余が数週の間苦心に苦心を重ねしも、発見し能わざりし古嶋新平の名宛を端なくも今発見し得たるなり。余はたしかに敵の手掛を得たるなり。余の心は争(いか)でか騒がざるを得ん。余は何気なく粧おいて、

「この男が見えたのはいつです」

と云いつつ、余はそッとその番地をカフスの端に書つけぬ。

「ハイ、始めに見えたのは、貴君がお出になりましてから、二三日たってでござんしたろう。その方も庭へ下て御覧になって大層壁の徽章(しるし)が面白いと仰しゃいましてね。この家はどンな由緒のある家かと、お尋ねになりましたけれど私は何も存じませんので、別段お話も出来ませんでした。もっとも百年前には小西という人が住んでおりましたそうでその人の石碑がお寺にありますから、その事をお話し申しましたのですよ。その時こんな家を借りたいものだと仰しゃってでしたが、丁度一週間ばかり前に、またお見えになって、室中を御覧になりながら、是非この家を借りたいから、自分から何とか通知するまでは、外の人に貸してくれるなと、仰しゃってお帰りになりましたのですよ」

「家賃はやはり一年三百円という事をお話になったのでしょうな」

「ハイ」

「それで高いとも何とも云わんでしたか」

「よほど思案をしてお出でした。そしてモ少し安く借りたいような口振でござんしたけれど、負ろとは仰しゃいませんでした」

余は古嶋が思案して躊躇せりというは、その金額の高きためか、それともこの家に宝の有無を疑いたる故かと、驚ろかざる事能わざりき。

「しかし私の友達は勉強のため是非ともこちらを拝借したいと云うので、実は金まで用意して持って来たのですから、お貸し下されば今家賃をお払い申します」

余は必らず毛馬夫人がこれに誘惑せらるるならんと信じて、かく云いたるなり、されど毛馬夫人は案外の正直ものとみえ、頭を振りて、

「お気の毒でござんすけれど、ちゃんと前の方とお約

束したものですから、違約をいたす訳にはどうもまいりかねますですよ」

（二）

「しかしそれはただ口約束なんでしょう」

「ハイ、口約束は口約束でござんす。ですけれども返事を聞かぬ中は、外の人へは貸さぬと、固く口約束をしましたので」

「それでは一年返事が来なくってもお貸しにならんのですか」

夫人は考えて、

「それではアノこう致しましょう。私は早速先方へ手紙で聞合わしてみますから、その返事の来るまでお待下さいますよう――」

手紙を出されては大変なり。余はいかにしても先方を出し抜きて借受ざるべからず。されどこの夫人の頑固をいかにせん。余はあるいは三百円より、家賃をせり上みなば、夫人を誘惑するを得んかなど、考えながら、ちょっと思案に沈める時、玄関の方に誰やら人の入来る気配し、やがて以前の小娘の入来りたれば、余は万一古嶋の来れるにはあらずやと、胸を躍らしたるも、左にあらずして、夫人の良人が帰り来れる事を告たるなりき。余はかくと聞くと共に、夫人の良人を説かば、あるいは目的を達するを得んかと、思い浮べたれば、夫人に向い、自分はなお一応主人公にも遭うてお話ししたければ、紹介しくれよと頼みたるに、夫人は心よく承諾し、応接室を出行しが、すぐにその良人を伴い来れり。

瘦肉（やせぎす）の、鋭どき眼にて、どこやら抜目なさそうなる一厘一毛を争う商売人には打って付の容貌の男なりしが、余は早速要談に移り、その家を是非とも借受たき旨を云入れたるに、

「なるほど、それはお貸申すの段ではないですが、これが不思議な事でこれまでは借人（かりて）を見つけたいとあせっておっても無かったものが、この一二週間の中に二人も望手（のぞみて）が出来るという訳でして、有難いは有難いですがどちらか一方はお断わり申さんければならんので、誠にお気の毒な訳ですが、妻が先日見えられた方に、約束をしてあるというものですから」

「いやその事は奥さんからも承わりました。がこれは御相談ですが、何も先方が借受るという約束でもして手

金まで入れて行ったというではなし。ただ借りるかも知れんという、甚だ曖昧な申込なのですな。処で私の方は今日只今耳を揃えて家賃をお払い申そうというので、その上お約束が出来さえすれば、家賃以外にまた心附をいたします」

「え、何と仰しゃる」

「三百円の外に五十円貴君に差上ましょう」

夫と妻とは互に顔を見合わせたり。余はたしかにこの五十円が夫妻を誘惑するの力ありしを認めぬ。彼等は三百円にても、一日も早くこの家を貸渡さんとあせりおれるに、なお五十円を借人の方より附加えたるなれば、彼等にとりてこれより甘い話はなからん。

「さア、お波、どうしたものかね」

と夫は妻に相談をしかけたり。余はここぞと、

「先日も奥さんにお話し申した通り、私の死んだ母がこの家で生れたという縁故もありますし、友達も是非欲いというので、そのため価格以外五十円も差出そうというのですから、先方へそれほど義理をお立にならんでも――」

「それもそうだなアお波」

と夫は既に手中のものとなれるなり。

「ですけれども、貴夫、私が義理が済みませんもの」

とこの女どこまで固い事をいうか知れず。

「しかし奥さん。先方で借りるか借りんか分らんでしょう。きっと借りるから外に貸すなというなら聞えてますが、それほど深い約束ではないように承りますから」

「おい、お波、ちょっと来い」

と夫は余に会釈して妻を別室に呼入ぬ。

余は私に事のなれるを感じて、独り烟草を燻らしおる事十分ばかり。夫妻は打連れて入来りしが、夫の方より口は開かれて、

「それではせっかくのお望みですから、妻とも相談の上、貴君にお貸申す事に取極めました」

余は満面に打笑みて、

「ああ、そうでしたか。それは何よりの仕合せです。御厚意は決して忘れません。では早速家賃を差上ますから、契約証書とお引換に願います」

かくて証書と引換に余は三百五十円を手渡し、いつにても余の望める期日に、家屋を引渡すべき約束にて、余は凱歌を挙げ、軽琴村を引取りたり。こたびこそは慥かに古嶋新平を背負投たるなり。

意外また意外

（一）

余はこの夕（ゆうべ）倫敦に帰り、早速古城博士を訪問し、見事古嶋を出し抜きたる次第を語れるに、博士はいたく喜べる様にて、

「それは大出来じゃった。いや事件は日に日に面白くなりますな」

「長者屋敷が手に入ったからは、一ツ大捜索を試みてはどうかと思います。また盗賊（どろぼう）に荒されては大変ですから」

「勿論、勿論じゃ。どうも宝は長者屋敷の中に隠されとるらしい。まず大捜索をやるが大いに必要です」

「しかしそれよりも先に探るべきは古嶋新平の身許で、幸いに番地を聞出したのですから」

「そうじゃ。木挽（こびき）町というのは、善くないものの多く住んでる処じゃが、貴君は御存じかな」

余は全く知らざる事を白状しぬ。されど次の朝余は早速駒止（こまどめ）に出かけゆき、木挽町を探せしに、案外無造作に見つけ得たるが、なるほど不良の徒も随分住（じゅう）し兼ねまじきと見ゆる、狭苦しき不規律の町なり。七番屋敷というもほどなく発見し得たるが、これもその辺の家作（やづくり）と同じ構（かまえ）の、二階建にて、壁などは全く燻ぶり返れる長屋風の家なり。窓玻璃（ガラス）はいつ掃除したるか分らぬほどに汚れ、古びて鼠色になれる窓かけのかかりおるを見ぬ。余はその外部を注意するため五六度（たび）その前を通行しみたり。幸いにこの町は人通りの甚多き処なれば、幾度通るも余り目立ざるは何より都合よし。第一の室の窓は一番清潔にて、窓掛の間より、真中に小さなる丸卓子（テーブル）ありて、その上に人形あるを認めぬ。余はすべての体裁より察して、この家は間毎に仕切りて、室貸（へやがし）をなしおるものならんと想像せしが、果して事実にて、第一室には夫婦と小娘の三人家族が住いおる事を探り知りぬ。余のここに来れるは朝の八時ごろの事とて、折柄新聞雑誌の配達人来りて、この七番の郵便函に競馬会雑誌を入行きたるを見たり。さればこの家の中に、何か競馬に関係するものにても住いおるとみえたり。また暫らくする中（うち）郵便配夫来り、数

通の手紙を郵便函に投げて立去れり。余は郵便脚夫の口より何か聞出さんと思い浮べたれば、その後よりつき行き、曲り角を曲れる時に、彼を呼止め、二十銭銀貨を掴ませたる後、彼と共に歩みながら、木挽町の七番屋敷に住めるものを聞きたるに、競馬に出るものの家族と、製本屋と思わるるものなど住いおり、今投込たる数通の手紙はこの製本屋に宛たるものなりと語れり。

「古嶋新平というものがこの七番屋敷に居りませんか」と余は脚夫に問えるに、

「そうです、それは何でもこの頃七番屋敷へ来たものです」

「どういう人か知ってませんか」

「知りません」

「いつごろ始めてそンな名宛の手紙を配達したか覚えていますか」

「そうですねえ。なんでも三週間許り前でしょう。しかし、貴君、詳しくお聞なさりたければ、あの家の下女にお聞なさい。丁度今玄関の上り段を掃除していましたから」

余は脚夫に謝し、その注意に従いて、再び七番屋敷にとって返したるに、汚れたる身姿（みなり）の十六七の下女今しも玄関口に水を打ちいたる処なれば、余は四辺（あたり）に注意しながら、女に向い、

「ちょっと物を尋ねたいが、この七番屋敷に古嶋新平という人が居るはずだが、お前知ってるだろうね」

「ハア、知ってますよ。だけどもその人ならここに住んじゃアいませんよ。ただ手紙を受取りに、ここへ来るだけで、お神さんが手紙を纏めておいちゃア、その方に渡しているんです」

「そうかえ、お神さんというのは何という人だね」と余はまた二十銭銀貨を取出して、下女に与え、「私が色々お前に尋ねた事を誰にも話しちゃアいかんぜ。これはそのお礼だ」

下女は二十銭を受取りてほくほくもの、

「どうも済みませんですね。アのお神さんですか、倉田のお神さんと近所の人は申しております」

「二階にはどンな人が居るかね」

「競馬に出る人です」

「その古嶋という人はどこに住んでるかお前知らないかね」

「存じません。時々お神さんに遭いに来るだけですから」

「手紙は沢山来るか」

「いいえ一週間に二本か三本位まいるでしょうよ」

余は更らにまた二十銭を女に与えながら、

「お前、その古嶋がどこに住んでおるか探り出してくれんか。そうしたらお前に一円やるがどうだ。私は毎朝この前を通るから、分ったら知らしてくれ」

「ハイ、分ったらお知らせ申しましょう」

「それはそうと、古嶋というのはどンな男だね」

「背の高い、白い顔の、奇麗な髯を生した人です」

折柄室の中より下女を呼ぶ声聞えたるに、彼は余に辞して戸口に入去れり。あわれ余が古嶋の居処を突止めたりと信じたるも、糠喜びに終りぬ。さるにても敵の注意の意外に深きは知れたり。その筋の人の経験によるに女が男の手紙の受取人なる時は、必らず不良の目的の潜めるを示すものなりとか。たしかに敵は一筋縄にては行かぬ曲ものなり。

（二）

余はこの上に幾日にてもこの木挽町に来りて、古嶋の来るを待合せ、その後をつけ行かんものと決心し、この日より数日の間は全くこの木挽町及びその近辺にうろつきいる事となしぬ。しかるにこの木挽町の交番の巡査職業柄とて余の挙動を怪しみ余を呼止めて糺(ただ)せしにぞ、余は名刺を渡し、これこれの人間を待合せおる旨を語りたるに、幸いにもこの巡査は余の名を知りおるものなりしより、共に力を添えくるる事となり、余が昼食に立入る時などは余の代りに注意しくるる事となりて、意外の便利を得る事となれり。

かくて余は一週間を無益の張番に費やしたり。余のこの仕事は決して愉快なるものにあらず。燻り返れる町を労働者等に雑(まじ)りて往返(ゆきかえ)りし、人聞(ひとぎき)の人相のみを頼りにして、一度も見し事なき男を待設けおる馬鹿らしさは、到底言語(ごんご)の外なるべく、殊に人聞の人相なれば、似寄の人も随分通行し、その度毎に胸を躍らしては、生命も縮まるかと思われ、到底人に頼まれたる位にて出来る仕事にあらず。これで最後に宝の手に入らぬものならば、それこそ馬鹿ものの骨頂なりと、われから愛想を尽す事さえありぬ。

七番屋敷の下女は余の朝通行する毎に必らず、玄関口の掃除をなしおり、彼は古嶋新平のその後一度も尋ね来らざる事と、手紙の来りおるため、主婦の頻りに古嶋を待構えおる由を語りぬ。余は心の中に、もしこの家の主婦が古嶋の居処を知りおりて、彼を待構えおるならば、あるいは彼に向って書面を発する事あるやも知れずと思い浮べ、下女に向い、もし主婦が古嶋にあてて手紙を出す如き事あらば、その処書を書止めおきくれよとの依頼をなせり。

ある日午後五時ごろの事なりき。余は木挽町角の珈琲店にありて、珈琲を啜りいたるに、余が友なる巡査は忽ち珈琲店に首をつき入れ、余に相図をなしたれば、余は急がわしく勘定を済して立出でたるに、巡査は打笑みながら、

「貴君がお待かねの人間は只今七番屋敷へ這入りました。背の高い、奇麗な髯の、白い顔に少し雀斑のある、麦藁帽子を被った三十二三の男です」

「ああそうですか、とうとう来ましたか」

と余は巡査と共に歩みながら、頻りに躍る胸を静めんと勉めぬ。

「それでは貴君は跡をお跟なさるお考ですか」

「無論です」

「あの男は貴君を知ってるのでしょうか」

「先では多分知ってるでしょう」

「それならよほど注意をなさらんといけません」

「いや有難う……」

左なり、余は実に非常の注意をなさざるべからず。

余は巡査に分れ、七番屋敷の前に来りて、頻りに隠れ場処を求めぬ。丁度七番屋敷の玄関口の筋向に果物の露店ありたれば、余はその日蔽を小楯に取りて、その中に入り、林檎など買取りて、そこの空箱に陣取りながら、露店の老婆と雑談など始めたれど、心ここにあらねば、何を喋舌いたるか跡より考えみるに、痕跡だも記憶に残りおらぬなりき。

一時間待てども古嶋は出で来らず。余はこの間種々の考に耽りぬ。あるいはこの古嶋は萩原辰蔵が使いおるにはあらずやとの由なき疑をも起しみたるが萩原は現在海馬号にて発見したる金貨に満足して地中海の航海に上りたると、殊に彼は正直をもって知られたる男にて、余が

年来の知己なるものを、彼を疑うが如きは大いに自ら恥ずべき事なりと、この由なき疑はすぐに消え去りたれど、要するにこの事件がますます重大となり来れるは争うべからず。今や潜める宝は、智恵競（ちえくらべ）の結果にて勝ちたるものの手に入るべき事明白となり来りたるを思うては、ますます気が気にあらず。またかかる事を思い繞らすと同時に、古嶋があるいは裏口より出去りたるにはあらずやなどと考えられ、徒（いたず）らに三面六臂あらざるを悔むのみ。

また三十分と過ぎて四辺（あたり）は薄暗くなり来りぬ。余は露（ほし）店（みせ）の影を出（いで）たるに、忽ち余の馴染の下女窓を明け、窓掛を避（よけ）て表に首を出したるが、余の姿を認めて、すぐまた窓を閉たり。余はあるいは古嶋の立去る相図ならんかとも考え、大いに待設けいたるに、遂に何人も出来らず。その中に七時は鳴りぬ。やがて八時も鳴りぬ、今は世間は全くの暗（やみ）となれるなり。余は家に近づきて待居たり。九時少し前とも思う頃、かの下女は玄関の戸を開きて誰やら送り出さんとす。余はこれぞ古嶋ならんと身を退（ひ）きたるに、そは古嶋ならで一人の女なるに大失望を喫したり。余はこの家のものに悟られじと、道行くものの如く歩み始めたるが、かの玄関を出来れる女は、何か急げるらしくすぐ余に追つきたるに、余は振返り見て忽ち女と目を見合わせぬ。余がこの時の驚ろきはいかに大なりしよ。何となればその女こそ先の夜余を黒木が原に導びきたる、かの奇怪の美人なればなり。これをしも意外と云わずして何をか意外と云わん。

暗中の跫音（あしおと）

（一）

「おお梅田嬢（さん）！　貴嬢（あなた）は多分お忘れになったでしょう」

と余は声をかけたるに、美人は、

「おや！」

と幽（かす）かに叫びて、われにもあらで後退（あとじざ）りし、見る見る顔色を変えたるが瞬間にまた何気なく粧おうて、驚ろくべきほど軽く自然に打笑い、

「まア、先生、先夜は飛んだ御迷惑をおかけ申しました。嘸（さぞ）お腹立だったろうと、ほんとに今でも気にかけておるのでございます」

余もまた笑うて、

「腹を立る処か、あの事ならとうに忘れております。貴嬢はこの辺にお友達でもおありですか」

「ハイ」

と答えたれど、その説明をばなさざりき。

「お兄さんの御病気はどうです。ちっとはお快い方ですか」

と白々しく尋ぬれば、

「ハア、有難うございます。お蔭様で快方でございます。丁度先生に御迷惑をおかけ申しました晩、帰ってみますとすっかり嘘のように傷みが取れていまして、それからずッと続いて善いのでございます」

かく答えたる花子嬢は、前夜馬車を共にしたる時よりは、血色も麗わしく、また頗る可憐にも見えたるなり。されどこの女が尾形医師に関してまざまざと余を欺むきたる事を知れる余は、今もまた巧みに余を欺むきおる事を悟りたるなりき。

花子はよほど急ぎの容子らしく、自分からも早く家に帰らねばならずと呟やきぬ。余がこの時忽ち心に浮びたるは、この女の跡を跟行かんといえる一事なり。されど余が幾日を空にここらわたりに費やしたるは、全く古嶋と名乗る男を突止めんとするにありて、その男は今現に七番屋敷の中にあるものなるを思うて、止むなく女の方を捨て、男の方を見張るべく決心しぬ。

さわれ花子が七番屋敷より出来れりというは、極めて奇怪なり。思い廻わせば渡辺町において、花子が余を欺むき、黒木が原まで連出したるは、何かこの古嶋といえる男の計画と関聯せる、ある秘密のためなりしにはあらざることなきか。殊に今花子が急ぎ足にて出で来り、余と語れる中も、何かそわそわなしおるは、ある用向に遅れじと心配せるためらしくも思われ、その用向といえるも、古嶋に関係せるものらしくも疑わるるなり。余は古嶋の方を捨て女を追行かんかとも思いぬ。されど権衡にかくれば古嶋の方が大事なり。

余は女の同意を得て、辻角より馬車を雇いやりぬ。女は桜丘まで馬車にて行き、それより汽車にて帰る積りなりと語り、余はまた花子に再び逢うの楽しみを得たしと思いおる由を、熱心に云現わしぬ。女は馬車に乗らんとして余に握手しながら、

「私もまたお目にかかる折のあるよう祈っております。そしてそれは今夜よりも仕合せな折に――」

かく云い捨てて、女は馬車の中に入去れり。

余は女の最後の詞『今夜よりも仕合せの折に――』と云える意味を解しかね、何の積りならんと頭を悩ませながら、飛ぶが如くにまた七番屋敷の前に引返しぬ。

古嶋は未だ出来らず。待あぐめる中にはや十時となり、十一時となれり。その中七番屋敷にては悉くその窓を閉じ、戸口を鎖し始めたり。ああ古嶋はいかにせしならん、宿り行く積りならんか、それとも裏口より出去りたるならんか。余は遂に古嶋のため、一杯くわされたるなり。多分古嶋は余が見張りおる事を知て、梅田嬢と倉田の主婦とに助けられ夜に入りて裏口の塀を越えて免れたるか、さらずば余が梅田嬢と語りいたる、暫時の隙を窺がい、反対の方向に免れ去りたるならん。

とにもかくにも幾日の労苦が全く無駄骨折に終りたるは事実なり。ただ探り得たるは、梅田花子と名乗る怪しの美人が、古嶋と何かの関係あるべしと信ずるの根拠を得たる一事のみ。思うに古嶋は再び木挽町には来らざるならん。もし木挽町に来らずとせば、彼は思うに手紙の受取場処を他に転ずるならん。余はこの手紙の受取場処を知るために、あるいは毛馬夫人を利用し得る事もあるべしと考えぬ。

余は古城博士を訪い、この始末を語れる後、この夜余にしてもし一人の助手を有しいたらんには、手分して女の跡をつけしむべきものをと、悔みたるに博士も同説にて、是非とも助手を求むるの必要を説き、その人選につきて、博士は自分の甥にて匹田健といえる青年を推薦せり。

(二)

博士の推薦したる匹田健といえる青年は、このほどまである銀行に勤めいたるも、健康を害したるため、このごろは銀行を辞して、ただ遊びおれるものにて、余も博士の宅にて一二度出遭いたる事あり。高等の教育をも受け、衣服の着こなしは常に正しく、一見敏捷らしく見え、殊に体操角力に巧みにして、体育上の競技には始終賞品を得おりたるほどありて至って身軽の男なるは、余の助手としていかにも打ってつけなれば、余は博士の推薦に応ずる事とし、早速博士より匹田を呼寄せ、博士と共に事の大略を語り、余の補助となりて、共に宝庫の探険に従事しくれずやと説きたるに、かかる青年には、最も小説的の探険を喜ぶ癖あれば、彼は非常の熱心を以て一も二もなく同意し、喜びて余の命令の下に働かんと申出でたり。

博士は健に向い、

「しかし、健、敵はなかなか恐るべき奴じゃから、よほど注意をせんければならんぞ。軽卒(かるはずみ)な事をやったら、すぐに敵の道具にされてしまうから」

「いや伯父さん、大丈夫です。充分に注意します。どうもよほど面白くなってるんですな」

「これからが面白くなるのです」

と余は口を挿みぬ。

「この梅田花子という女を、どうかして探る手掛はないでしょうか」

と健は云えり。

「まず有ません。七番屋敷へは当分来ないでしょう。ただ古嶋という奴の、新らしい番地を発見したら、多分この花子の方の消息(たより)も分って来るでしょう」

三人は協議の末、的(あて)もなき闇の中にて働らくは危険故、ともかく余と健とにて、軽琴へ赴むき、古嶋の新らしき番地を探るの法を講ずる事、及びいかにもして古嶋の人物を一見するの道を見出さんとの事に取極めぬ。

かくて翌日余は匹田健を伴うて、軽琴村に赴むき、まず毛馬家を尋ねて、これぞ長者屋敷の借人(かりて)なれと健を紹介(ひきあわ)しぬ。幸いに毛馬方よりはまだ古嶋に宛て、何の通知をも発せざりしとの事に、余は毛馬の主人(あるじ)を誘(いざ)ないて、古嶋に向け、長者屋敷を借受たき意志なるや否やを問合わする、書面を発せしむる事としぬ。主人は余が五十円を心附としたる結果、いたく余に好意を表しおれるなれば、今日も直(ただち)に余の依頼に応じ、書面を認めたるにぞ。余はそれを受取て自ら村の郵便函に投入れぬ。

余等は釜屋を参謀本部として、そこに陣取たるなり。毛馬夫婦は目下頻りに借家を求めおりて、見つかり次第移転すべき都合なり。余等は古嶋よりの返事を待つまでは、ともかくもここに止まりて、影ながら長者屋敷の番をもなし、かつこの辺の地理は素より、出来得る限りの事は村人の口より聞出し、なお長者屋敷に居住する事となるについては村人の好意を買おく必要もあれば、かたがた村人を取込むにも勉んと決心したるなりき。健は余の予期せしに違(たが)わず、よほど敏捷の男にて、何事にも抜目のなき性質(たち)なるを、この軽琴村の滞在中に確め得て、余は誠にその人を得たるを慶(よろこ)べるなりき。

彼は長者屋敷の内部を巡覧せる後、中央(まんなか)の梯子段の上の室の嵌板(はめいた)の下こそ、宝の隠し場処ならんと固く信ずるに至りたるが、余は何のため彼がかく信ずるに至りたるかを知る事能わざるなり。余はかかる処に宝のあるはずなしといえるも彼は頑として余の説を顧みず、この上は一刻も早く長者屋敷に住み込たきものなりとの意を漏せり。

待に待たる古嶋よりの返事は中四日をおきて来れり。毛馬の主人はそを余に示しながら、

「これによると先方では是非とも借受たいというのです。しかし何かこの躊躇しておる処をみると、あるいは三百円の金の才覚に困っておるのかも知れません」

なるほどあるいは左もあらん。されど余の最も知りたきは彼が多分宛書を変更したるならんとの点なれば、

「それで手紙はやはり木挽町へ送ってくれというのですか」

「いや中には何ともありませんが、肩書の番地が異っています」

余はさてこそと手紙を受取りて見るに、古嶋新平と記せる上に『倫敦浜通下寺町十四番』と書つけありぬ。

余と健とは待甲斐ありしと、小躍しながら釜屋に引取りしが、余のみなおここに止まりて、健は翌朝倫敦に引返す事となし、余はこの日時間の余裕ありしより、健を宿に残して、独りかの納戸四方太方を訪ずれみぬ。

（三）

余の四方太を訪れたるは、丁度夕刻にて、彼は今野良より帰れる処なりしが、余は挨拶を終れる後、

「お前が羊皮紙を売った男は、その後来なかったかね」

と訪えば、

「来たでがすよ。ハア二週間ばかり前になるだが、私にまだ何か売るものはねえかちゅうだ！　今度は売なかったでがさ」

「なに、それじゃアまだ何かお前の手許にあるのか」

「ねえでがさ、全くの処ろ売るものがねえでがさ」

「冗談じゃアない。で何か、その男はここへ尋ねてきたのか」

「そうでがす、家中を家捜して行っただが何も金目のものは無っただね。私ゃ先度売った羊皮紙はえら金になるものだちゅう事だッて云ったら、誰がそンな事云ったと聞くでがすよ。倫敦から来た旦那がそういったと云った処が、ウム、そうだろう、彼奴は己も知ってるが、間

抜野郎だから駄目だ。こういうだね」

「なに、それじゃア私の事を間抜野郎だって？」

「お前さまの事でがすべいよ、失礼だけれど」

「そうさ、盗賊から見たら私は間抜かも知れない」

「なんだって？ 盗賊でがすッて」

「盗賊のような奴さ。お前を騙して家重代の宝物を巻上るなんて」

「旦那、あれはほんとに宝物でがすかね」

「それは見なければ分らないが、どうもそうじゃアないかと思うのさ」

「先方でもお前さまは盗賊だから、用心しろッて云って行っただ」

「先が盗賊か、己が盗賊か、その中には判るから、お前はよく忘れないでいるがよい」

「なアに、お前様の方がどうも正直らしい。私ゃお前さまに売ば善かったと後悔してる位だ」

「今度あの男が来たら余り気を許さんがよいぞ」

「承知でがさ。どうもあの方が盗賊面をしてるだ」

　余は彼に銀貨三枚を摑まして、四方太方を立去りぬ。

　匹田健はまだ十分に、健康を回復し得ぬにも拘わらず非常の意気込をもて、翌朝の一番列車にて倫敦に向いぬ。

　彼を倫敦にやりたるは本人の希望なると、余もまた敵に顔を知られぬ匹田をやりて見張するを得策と考えたればなり。また余のここに止まれるは、どの道敵の目指せるは軽琴村故この地にあらば敵の動静を窺うの便ならんと思わるると、万一敵が暴力をもて長者屋敷に押入るが如き事あらんを気遣いたればなり。

　最早秋の景色にて郊外の心地よくなりたるに、余は倫敦より取寄せたる写真器械を携えて、殆んど終日軽琴村附近を撮影し廻わるるなり。余は敢て写真道楽にはあらざるも、意味なく滞在しおる時は村人の疑念を招かんを慮り、写真道楽故に滞在しおるものと思わせん計略にて、かくはそこらを写し廻わるるなり。また一ツは村の動静を窺うにも至極便利にて、一挙両得なるべしと思われたるにも依るなりけり。

　健の出発したる四日目に健より手紙来りぬ。これによるに浜通下寺町十四番というは、小さなる新聞雑誌販売店の由にて、健は毎日ここを注意しおるも、かの古嶋の人相に似寄れるものは、一人もまだ尋ね来らずとなり。

　その後軽琴村には何の異れる事もなく、ただ平穏無事に日を送り日を迎うるのみにて、余の注意を惹くものとては、何事もなかりしが、ある夕余は晩餐後、六斤腿のあたりに散歩に出かけ、ちょっと心安くなれる植木屋に立寄りたるに、主人との話に身が入りて、二時間許を過(すご)し、夜の九時ごろに六斤腿(ロッキンハム)を出でて軽琴にと帰り来りぬ。

　月の無き暗き夜なりしが、この頃僅かに馴れたるばかりの道なるに、暗(やみ)となれば勝手も悪く、植木屋より提灯を借り来らざりしを悔みながら、ほどなく村境に入りて、二三町ばかり続く藪下路にさしかかれり。一方には小さなる洫川(いじかわ)流れ、路幅は一間(けん)ばかりにて昼も暗きほどの処なれば、今余のさしかかる時は、鼻を摘まれても分らぬほどの真黒闇(まっくらやみ)なり。余はステッキにて行手を探り、洫(いじ)に陥(はま)らぬようと、なるだけ藪際について歩みながらかかる時には別して起る種々の空想に耽りつつ、その後健より何とか手紙あるはずなるに、今以て何の沙汰もなきは、何か彼が身に災(わざわい)にても起りたるにはあらずやなど掛念さるるなりしが、ふと余は余の後より誰やら忍び来るが如き足音を聞つけぬ。

匹田健の行方

（一）

余は跫音を聞つけたりと思うて、振返らんとする暇(いとま)もあらばこそ、倏忽(たちまち)わが襟をむんずと許り、後より摑めるものあり。その余りに突然なりしと、その力のあまりに猛烈なりしとは、余に首を廻して敵手に向うの余裕をだも与えず。しかるにこの瞬間に、別に余の面前に廻われるものありと覚しく余の両腕は器械に挿まれたる如く、強く捻上られたり。余が全く力なくなれる時、曲ものは隈なくわが上衣の隠(かくし)を探り、あらゆる懐中ものを取去りつつあり、余は声を上て、頻りに叫びたるも、六斤腿へも軽琴村へも隔たりて、昼さえも人通り稀なる田舎道なれば、素より余の声を聞つくるものとてもなかりしなるべく、余は全く曲もの等(ら)の犠牲(にえ)となれるなり。

黒白(あやめ)もわかぬ闇なれば、余は素より曲ものを弁(わき)まえ能わざりしも、曲ものの数は僅かに三人なりと思いぬ。余が両腕を締上たる男の手は、荒業には馴ざるものの如く、いと柔らかなるを感ぜしが、その筋の強さはまた驚ろくばかりにて、さながら鉄の如きを覚えぬ。余は全くいかんともすること能わず。ただ僅かの身を藻掻きて、叫ぶのみなりしも、この間賊等は不思議にも、互に一語をも発せず。すべて沈黙を守りて、ただ無言の中に、手早くわが上衣と胴衣の隠を探り終れるなり。彼等は幸いにもわがズボンの隠に短拳(ピストル)を入れおきたるをば、心づかざるか取り出さざれば、余はいかにもして、短拳を取出さんとあせるなれど、両腕は器械に締上られたる如き剛力に押えつけられて、動けばこそ、その中賊等は余の身体に用なしと見て取りたるにや、その締上たる余の手を放すと思う瞬間、余は鉄槌の如きものにて頭を打たれ、これと共にドンと許り力任せに突飛されて、ぐらぐらと目の眩むを覚ゆると共に、傍(かたえ)の洫(いじ)の中へ陥いりたるなり。賊らはバタバタと六斤腿の方に逃去れる容子なり。幸いに洫は浅き小流(こながれ)にて、縁(ふち)には雑草の茂りいたれば、余はこの倒れたるために怪我もなさず。すぐ立上りさま、短拳を取出して身構えたれど、今は風の音につれ、遠くなり行く跫音と、不吉なる口笛の音を聞けるのみ。

云うまでもなく彼等は追剝なるべく、また彼等が持兇器(じきょうき)の賊なる事をも知りぬ。何となれば、余は藻掻きいたる中、彼等の携えおれる短拳に触れ、かつ最後に余の頭を打ちたるは、短拳なりし事を感じたればなり。ただ暗(やみ)のため賊の顔を見ざりしこそ遺憾なれ。賊に打たれたる頭は、ツンツンと傷み始めぬ。手を触れみれば、毛は血潮に潤おいあり。余はハンカチを裂きて頭を縛りながら、幸いに狙いの急所を外れて、無事なりし事を喜びつつ、釜屋に帰りぬ。

釜屋より早速村の駐在巡査に急訴したれば、巡査は出張し来り、なお六斤腿へも人を走らせたるにぞ。警部巡査までも出張し、非常線を張るなどの騒ぎなりしも、都会の警官と違い、頗る優長なる処あれば、網を張るより早く、鳥はいずこへか逃失(にげう)せたるなり。

警官はこの数日来異様の風俗をなせる破落戸(ごろつき)が数名徘徊せるを認め、追払いたる事もあれば、そのもの等ならんと云えり。あるいはしからん。されど古城博士の書斎を荒したる賊も三人なりし事を思えば、どうやらこの夜の賊も、古嶋が配下のものなるべしとも思われぬ。ああわれ等は次第に危険に近より来れり。

余はその後暗夜(あんや)には警(いま)しめて出ざるの方針を取る事と

せしが、さるにても気掛の日に日に増し来るは匹田健より何の消息もなき事なり。自分が危険に遭遇せしにつれては、ますます彼が身を気遣わざるを得ず。余は遂に健の父に宛て、健の在否を問うの電報を発したるに、わが子の十日間全く行方不明なるより心配しおる由の返電来れり。余はいよいよ驚ろきながら、今度は博士に電報を発しみたるに、これもすぐに返電ありたれど、同じく健の行方不明は極めて気掛なりというにありたれば、今は心も心ならず。余はいかにして健が行方不明となりたるか、その辺の事情を確かめざるべからずと、大急ぎにて釜屋を立出で倫敦に立帰り、まず博士の宅に馬車を飛ばしたり。

(二)

博士は余の来れりと見るや、まず掛念の眉を顰め、早速健が行方不明となりたる当夜の事情について語り出(いで)たり。

　博士の談話によるに、今より十日許り前の夜の事、丁度九時ごろにもやあらん。健はいたく心を騒がせおる様にて、博士方に入来りたり。この時の服装は、いと古びたる背広服をつけて、打球帽を被り、逞ましきステッキを持ちおり、博士に向い、自分は敵の本陣を突止めしのみか、直接(じか)に古嶋新平に遭いて、彼と言葉を換したりと語り、今夜こそ敵の秘密陣地を衝きて、納戸四方太の売れる暗号の記録を奪い来らんとて立去れるまま、今日まで絶えて消息(おとずれ)なきものなりという。これ実に気遣わしさの限りなり。彼遂に敵の陥穽(おとしあな)に陥いりたるにあらざるなきか。余は明らさまにはかく云わざれど、余を見たる博士の眼光(まなざし)にも、その通りの掛念の閃めきおるを認めぬ。

　なお博士の語る処によるに、その夜健は博士と共に、常にもなくホイスキーに水を加えたるを、過分に飲みたる後、これより仕事に取かからんとて、十時ごろ博士の宅を立出たるものにして、その際いずれの方角に行くとも告げおかず、また彼が発見の次第をも語りおかずして、立去りたるものなりとなり。

　もっともその際健は、鉄平と云える名の男に気を附けよとの事を、余に伝言しくれと、博士に告げ行きたりとの事にて、かつ彼は軽琴村には、敵の間者(かんじゃ)入込みおれば、一切余に書面を送らざる事を極めたる由をも語り行きしという。

しかるに余は健が余に注意を与うるため、博士に托したりという伝言『鉄平と云える名の男に気を附けよ』との事を聞きたる時に、端なく思い浮べたるは、かの半井（なからい）国手の監督の許にある、不思議の老人の楽書に『黒鬼鉄平に気をつけよ』とありたる注意の文句なり。余は健の注意せる鉄平と、老人の何人にか注意を与えたる黒鬼鉄平なるものと、同一人なるべしとは、まさかに思わざれど、さりとて全く縁も由縁（ゆかり）もなき別人なりとも思われず。その間には何か秘密の関聯にてもあるかの如く思われしにぞ、余はこの事を博士に語りたるに、博士は余と同説なりしが、素よりその解釈を得る事能わず。われ等は益（ますます）五里霧中にさまよい入るのみなりき。

余は健の身の上についていたく痛心しながら、博士の宅を出で、わが下宿に帰り来れるに、主婦（あるじ）はまた事ありがおにいたく激して余を迎え、

「おお、堀さん、お帰りなさいましたか。貴君のお留守中に大変な事が出来ましたよ。お知らせ申そうと思っても、どこへいらっしゃったのか、さっぱり方角が判らずで困り切っていたところでございますよ」

余は驚ろきて、

「全体何事があったんです。お神さん」

「盗賊（どろぼう）が合鍵を以て貴君の室へ這入ったんですの。それが貴君の室ばかり掻（か）きさがされて、外の室はどこも無事なんですから、不思議じゃアありませんか」

「そしてそれはいつです」

「丁度三日前ですよ」

三日前の夜と云えば、余が軽琴にて賊難に罹りたる翌夜なり。主婦（あるじ）は言葉を次ぎ、

「それが貴君、合鍵をそのまま置いて行っちまったのですが、不思議と、それが貴君がお持になってる合鍵らしいのでございますよ。室はそのままにして錠を卸しておきましたが、どうぞお調べなすって下さいまし」

なるほど主婦の持来れる合鍵を見るに、余の持ものに相違なし。全体その鍵は余のポケットに入れおきたるものにて、軽琴にての盗難品の一なれば今は軽琴の盗賊（とうぞく）も、博士方の盗賊も、はたこの盗賊（とうぞく）も全く同一のものなる事明白となりぬ。室を調べ見たるに、机より本箱、行李等まで乱雑に取散しありたれど、何一点の紛失品もなし。思うに賊は婆娑妙（バアソロミュー）の記録が目的なりしならんも、気の毒ながら、そは銀行の金庫にあれば到底彼等の手に入（い）らんようもなきなり。

されど彼等の敢てせるこれ等の行為は、われ等にとっ

て相手の実に油断ならぬ、兇悪の性質を帯びおる大敵なる事を示して余りあり。彼等は宝を得んがためには、殆どいかなる惨劇を演出するも顧ざる、獰猛心を有せるものともなるべしと思われぬ。

梅田花子

（一）

匹田健の行方不明は、実に余を痛心せしめぬ。余は敵を探ると同時に、味方の行方をも探らねばならぬなり。余は健が先頃まで勤めいたる銀行は素より、健の友人を尋ね廻りたるが、一人としてこの二週間ばかり健を見たるものはなしという。麻布（まふ）商人なる健の父の如きは実に非常なる心配をなしおれるなり。余のために青年を死地に陥いれては、一大事なりと、余は心も心ならず。つらつら考うるに、健は一二の発見をなせるより、俄かに大胆となり、血気にまかして向う見ずに深入したるため、意外の不覚を取りたるにはあらざるか。されどまた考え直せば、彼は青年には珍らしきほど思慮深き処あり。敏捷と共に緻密を併（あわ）せ有する男なれば、万一敵の罠（わな）に陥入る如き愚はなすまじとも思わるるなり。さるにしてもその夜以来、全く姿の見えずなりたるは如何（いかん）。

　それはとにかく余は一方の敵をも探らざるべからざる故に、余はその方略を考えたる後、下寺町十四番地古嶋新平宛の状袋の中へ、白紙を封入したるものを、郵便函へ投じおきて、その下寺町へ探険にと赴むきたり。なるほど小さなる淋しげなる新聞屋にて、懶（ものう）げに店には小僧が番をなしおり。余がその辺を三四時間うろつきおる中、郵便配夫来りて、一通の手紙を投込み行けり。余は郵便配夫と共にその前を歩みて、今投行きたる書面の、余が前刻投函せるものなる事を認めぬ。暫らくにして夜に入りたるも、何ものも来らず。余は十時ごろまで見張りいたるも、遂に無効に終りぬ。翌日も余は根よく張番しいたるが、その日も古嶋と覚しきものは来らず。あるいは健がここに番しおりたるを発見せし結果、彼等はまたも郵便の受取先を換たるにはあらざるか。

　健の消息（たより）は依然として聞えず。余はたしかに彼の上に、恐るべき災（わざわい）の落かかりたるものなるべきを信ぜざる事能わずなりぬ。倫敦は暗黒の町なり。年々消失して行方の知れずなるもの、幾人なるを知らず。余は健もまたその一人たるに終るにはあらざるかと驚ろきぬ。

　三日目の夜、余の労苦は始めて償われぬ。何となれば、余の目に親しき美くしき姿の、下寺町十四番の新聞店に入（い）るを認めたればなり。余は二目と見ざる中に、これぞ余の待構えいたる一人、梅田花子なる事を知りたるなり。ああ花子は遂に来れり。こたびこそいかでか彼を見免（みのが）すべき。

　余はこの新聞店の筋向いに当れる、露路の中に入りて、秘かに容子を窺がいおりしに、花子は店の中に入りしと思う間もなく、一通の手紙（こは思うに余が投函せしものならん）を受取りて店を立出でたり。余は雀躍（こおどり）せぬばかり女の跡に続きぬ。下寺町のあたりは、人通りも至って少なければ、余は花子に振向かれては、少々迷惑なりと、適度の距離を保ちて、注意に注意を加えながら、こたびはどんな事ありとも、花子の落つく先まで従い行かではおかじと心に誓いぬ。落つく先は必らず女の宿ならずば、古嶋の宿なるに相違なからん。ああ余は遂に敵の手掛を得んとしつつあるなり。

　花子は小川通り街道を下り行きて、急ぎ足に地下鉄道の浜通停車場に出で、野辺丘行の切符を購（あがな）えり。余もまたその通りの切符を購い、次の汽車を待合せ、女の乗込る隣りの列車に乗込みて、ほどなく野辺丘停車場に到着したれば、静かに女の下車するを待って、余もその例に従い、まずは首尾よく女の注意を惹く事なしに、停車場を出でたるが、折柄小雨の降来れるより、傘の用意なかりし女はいと早足に、須田街道を西に向って歩み出し、米屋町を曲りて、トある燻ぶり返れる家の戸口に立ち、呼鈴の鈕（ボタン）を押したるに、忽ちその家の下男表われて、戸口を開き、女は突（つ）とその中に入去れり。

　余は適宜の距離より、そを見届けて後、戸口の前に来り、番地を改めたるに百二十番地とありたり。花子のここに入りたるは、丁度午後八時なりしが、余はこの家が花子の宿なりとも、また用事ありて立寄りたる家とも、乃至また古嶋の家なりとも、知る事能わざる故に、万一花子のまた出で来る事もやと、雨を冒して、十二時前まで立ち居たるも、花子は遂に出で来らざれば、多分これが花子の家なるべしと思いながら、その夜は米屋町を引上て、わが宿に帰り来りぬ。

（二）

余は前報の発見に勇気を得て、翌朝は早々、再び美くしき娘に出遭うべき目算をもて、米屋町に赴むき、私かに百二十番屋敷の動静を注意しおりぬ。しかるに一時間半を過ぎて、余の待設けいたる如く、花子は昨日の通りの小ざッぱりとせる身姿にて、百二十番屋敷を立出たり。

余は今はこの家の、娘の住居なる事を信じて疑わず、ただ古嶋もここに居るや否やに驚ろきながら、静かに女の跡より従い行きたるに、女は蜘蛛手に交わる町々を、縦横に抜けながら、西梅町の大通りに出で、そこにて二三の買物をなし、更に大いなる小間物店の玻璃窓を窺きいたる時、余は突と花子の傍を過ぎりつつ、声を掛て帽子を脱たり。

花子はこなたを振返り、アッと驚ろきて口を開きたるが、すぐに驚ろきより回復して、その優しき手を余に握らせ、例の軽快なる調子にて、

「おや、堀先生、どこででも貴君にお目にかかりますのね。まア不思議じゃアございませんか」

「そっちこっちとどこへでも飛廻るのは医者の役目ですから。それはそうと、お兄さんはその後どうです」

「ハイ、大層よろしい方でございます」

と女はまたしてもしらじらしき嘘を云えるなり。されどすぐに題目を他に転じ、余が共に歩めるを厭える様子もなく、全く快闊に余と話し始めたり。

余は素より花子の住処を突止たる事を、曖にも出さぬのみか、却ってどこまでも黒木が原に住るものと信じおる如き様を粧おい、談話を始めたるに花子はまた決してそれを打消さんとはせず、巧みに調子を合せおるなりき。要するに花子は、どの点より観察するも機慧なる婦人にて、これと同時に、また可憐なる、最も魔力に富る女なり。かつ花子の風采はどことなく瀟洒たる処ありて、倫敦風というよりは、むしろ巴里風に近く、その容貌、その姿勢、共に人を恍惚たらしむるに足るなり。

余の目的は古嶋新平なる男、及びその男の計画に関して、何かこの女より聞出さんとするにあり。また女の目的は、何事をも隠し、もしくは欺むきて、どこまでも余をはぐらかさんとするにあり。されど女は余が彼に従い行きて、買物の手伝いまでなしおるを、敢て厭わぬ様なるは明らかなり。あるいはこれも気を許さして、余の挙

動を探らんとするためにはあらざるか。しかしいずれにしても妨げず。余はいつまでにても女と共にあるだけ結構なり。余は前日木挽町にて古嶋のため巧みに一杯食されたる心外さを思い起しながら、さりとて何気なく、その日木挽町にて花子に逢いたる時の本意（ほい）なさを語りたるに、花子はただ笑いて、

「それでもあの時は急いで家へ帰らなければならなかったものですから」

と云いぬ。

余が花子の口より聞出したしと思う事は、二三に止まらざるなり。されどいかにして明らさまに問を設け得ん。何のために前夜余を黒木が原に連れ出したるならんか。古嶋と花子といかなる関係あるならんか。これ等は余の最も知らんと欲するところなり。

匹田健は新聞店の張番をなしいたるものなれば、多分花子に出遭いたるならん。余は詳しく花子の人相を語りおきたれば、もし健が花子を見かけさえすれば、直ちにこれを認めたるべきは明白なり。万一健の運命が今古嶋の手に握られおるとすれば、花子はあるいは健の運命について知りおるならん。されど余はいかにして、そを花子に尋ね得ん。

余は止むことを得ずして、無意味の雑談をなしぬ。女はいと気軽に余の相手となりて、倦（うま）ざるの風あり。余は実に不思議なる女なりと思いぬ。されど余はこの女と話しつつ歩める間に、この女が決して莫連（ばくれん）ものにあらず、その居処を隠さんと勉むる事と、自分の素性を知らさじとなしおるの点を除きては、案外に正直の、打解易き性質を有する、心栄（こころばえ）善き女なるべき事を感じぬ。なお余はこの日も、渡辺町にて始めてその女に逢いたる時に認めたる如き、ある深き悲しみの、女の心の底に潜みおりて、時々顔に表わるるのみか、折に触れては溜息となりて、表わるる事を注意しぬ。

丁度正午（ひる）頃女王街道の停車場前に来れる時、女は始めて余に別るるの意を告げぬ。余は笑いながら、

「貴嬢（あなた）はほんとに不思議な方です。お蔭で楽しい散歩をしました。お別れ申すのはどんなに残り多いか知れません」

と云えば、

「けどもお別れ申さなければなりません。余り長く御一緒に居りましたから。それに……」

と女のためらい居るに、

「それに何です」

（三）

女は少し恥らえる様にて、

「この辺（へん）の人はよく私を知っておりますから、知らぬ男の方と、長く一緒に歩いていたなどときっと噂をされますもの」

「噂をされても構わんではありませんか。恐ろしい罪でも犯すという訳ではないでしょう」

と余はやや大胆になりぬ。女は軽く、

「いいえ、罪というものは楽しいものですわ。ですけれども貴君（あなた）、どうぞもうここで別れさして頂きます」

余は批難する如く、

「それは決して無理に御同行は願いません。しかし、先夜黒木が原で私を突放しておしまいになったように、今日もまた貴嬢（あなた）のお処も知らさずに追返そうとなさるのですな。今日の楽（たのしみ）を忘れない印に、今日は是非貴嬢のお処を承わりたいものです」

と笑いながら云えば、女はただ頭を振りて答えず。

「貴嬢は私から手紙をあげる事か、また二度お目にかかる事を恐れていらっしゃるのですか」

と余はどこまでも笑いて問えるなり。女は前に漏らしたると同様の深き溜息を漏らしぬ。余は花子の躊躇せる容子を見て、嫉妬深き恋人を有するためにはあらずやと思いぬ。女は大胆なる程度まで男に媚ぶる事を好めど、自分の恋人に浮気なりと思わるる事は、女の最も好まぬ処なればなり。

女は遂にためらいながら、

「最早お目にかからない方がお互のためです。貴君は黒木が原の事を不思議に思っていらっしゃるでしょう。けどもそれは貴君に来て頂いてはならぬ訳があったからでございます——それも全く貴君のためなのです」

「梅田さん。どうも分らないじゃありませんか。なぜ私のためです」

花子はやや悶えながら、

「私の申上た事を信用して下さい。私は全く貴君のために働らいたのです。もうこれより外に詳しく申上る事は出来ません」

「どうも貴嬢の仰しゃる事は、ますます不思議じゃありませんか。誰が聞いても私の不審がるのをもっともと思うでしょう」

「それは貴君の仰しゃる通りに違いありません。ですけれども御免遊ばせ。私には申上られませんから」

またも溜息の漏れたるようなり。余は花子が余を欺むきおるか、それとも真実（まこと）を話しおるのか判断に迷いぬ。

「貴嬢のお言葉でみると、貴嬢は私の利益を謀（はか）って下さる友のように思われます。それならば万一貴嬢にお手紙でも差上ようという時のために、お処をお知らせ下すっても善いじゃありませんか」

女は躊躇しながら、

「それはお互の不利益ですから……どうぞ私を御信用遊ばして――」

余は執念（しつこ）く、

「そンな理屈はないじゃありませんか」

女はいよいよ眉をよせて、

「ほんとに私迷惑致します。お互にお目にかかっておりますと、きっと心配な事が出来ますから……ですけどもほんとに不思議でございますのね。貴君にお目にかかるまいと思っていますのに、思いもかけぬ処でよくお目にかかるんですもの」

女はたしかに余が下寺町より跡つけ来れるを知らぬなり。

「そうですとも、コンな広い倫敦の町で、意外な処で一度ならず、二度までもお目にかかるというのは何かの因縁です。ですから私はなおさら貴嬢のお処が承わりたくなるじゃありませんか」

女は長くためらいたる後、少しく顔を赤めて、

「それならこう遊ばせ。もし私にお手紙を下さるような事がありましたら、樫戸町の農園図書館へあてて、お出し下さいませ」

余はこの上強（し）ゆるの無益なるを知りたれば、その通り手帳に記して、

「いや有難うございました。どうです、最少（もすこ）し散歩をなすっては。食事でも致そうじゃアありませんか」

「ほんとに遅くなりますと、大変でございますから」

「なぜ大変です……」

女は迷惑そうに、

「どうぞもういろいろ仰しゃらずにお帰り遊ばして……」

と手を差出せるに、余はそを固く握りて、

「それではお別れ申さなければならないのですか」

「もう長くお目にかかりません！　左様なら」

と云捨てて女は踵（くびす）を巡らし去れり。ああそは何の意味

ぞ。余は暫らく立てるまま、女の人中に消え行く後影を見送りぬ。

されば余はなお女の落着く先を見届けんため、先廻りして、米屋町の百二十番屋敷の辺に張番し居たるに、ほどなく花子は急がわしげに帰り来りて家の中に入るを見ぬ。余は満足してわが宿に帰り来れり。

匹田健奇話を説く

（二）

余は花子が「もう長くお目にかかりません」と云える言葉の怪しさに、翌日をまた米屋町の附近に張番をなし、私かに百二十番屋敷の動静を窺がいぬ。心は花子を注意せんがためのみにはあらず、あるいは古嶋もこの家に入来る事あるべしと待設けたればなり。されどその日は花子の外出する姿を認めざるのみか、古嶋らしき男の出入するをも認めず。余はくたびれ儲をなせるのみにて帰り来りしが、それよりなお二日間注意し見たれども、遂に花子の姿を認めず。あわれ花子はいかにせしならん。余に逢う事を恐れて出ざるなるか。それとも百二十番屋敷よりいずこにか立退きたるものか。そはとにかくこの家に古嶋の居らぬ事は疑いなきものとなれり。何となれば、余は幾日の張番に遂に古嶋らしきものを見かけぬのみならず。近所にて聞合わするに、百二十番屋敷の家族は女のみなりとの事なればなり。

そはとにかくに日に日に懸念の高まるは健の行方なり。彼は怜悧にして、思慮深く、殊に身軽なる事驚ろくばかりなれば、敵の罠に陥いる如き事あるべしとも思われねば、虎穴に入りて暗号を奪い来らんとて出で行きたるままなるが故に、贔屓目に考うるも、五分までは敵の手中に入りたるものらしく敵の性質が性質なれば、もし彼等の手中に入りたりとせば、遂に永久にこの世より消失せる一人となれるにはあらざる事なきか。余は心配よりは痛苦なり。彼の身の上を考うる時は、余は由なき企を試みたるを悔むの念を生ずる事さえありぬ。

古城博士の心配もまた余に譲らず。余等は両々その捜索の方法について苦心せしも、ただ良案なきに苦しむのみ。殊に余等の運動の困難なるは、敵は一々余等の運動を知りおるべしと思わるるに引かえ、余等は彼等の事については、少しも知らず、全く暗中を探れると同一なる事なり。

　事件はいよいよ切迫し来れるも、余は手の出しようもなくて苦悶しおる折しも、軽琴（かること）なる毛馬（けま）方より書面あり。そは適当の借家を見つけたれば、明日中（みょうにち）に移転するとの事を報じ来れるなりき。さても物事は思うように行かぬものかな。これまでは一刻も早く長者屋敷に移り住む事を希望しいたるに、今の事情にては、モ少し長く毛馬夫婦に居てもらいたきなり。健さえあらば――ああ健さえあらば今夜にも軽琴に出発せんものを。自分一人にて長者屋敷に入るは、どうやら重荷に過ぎて、心配に堪えぬ心地せらるるなり。されど長者屋敷は一刻たりとも明（あけ）おくべからず。余はこの上は是非なく単身にて軽琴に赴むかざるべからずと決心し、この夜人知れず、鶴嘴、鋤、鑿、鋸、槌等、余の目的に必要なるべしと思わるる諸道具を、主婦（あるじ）の手より整えさせ、ある田舎の友より頼まれて送りやるなりとて、箱詰となしてこれを停車場に托し、六斤腿（ロッキンハム）まで送らせ、わが身は宿の二階なるわが室にありて、この後の作戦計画に肝胆を砕きたり。

　十一時ごろに一通の郵便届きたるが、そは萩原辰蔵が亜細亜土耳其（トルコ）のスミルナより発せるものにて――

『拝啓、海馬号の爺さんは何か物になり候（そろ）や。例の探険は追手（おいて）に帆と甘（うま）く進み行き候（そろ）ようにと蔭ながら祈りおり候（そろ）。明日（みょうにち）この地を発し帰航の途につき候間（そろあいだ）、二週間の中には拝眉を得べく、その際は爺さんと探険の面白き話を承わるべくと楽しみおり候（そろ）』

とあり。されど宝の探険は、追手に帆と甘く行かず。さながら大海の只中にて柁（かじ）を折られたる小舟の如き、逆境に陥いりおる事を、萩原に知らせやりなば、いかに驚ろく事ならん。

　とかくする中に夜は更て、はや十二時をも打ちぬ。余は薄暗きランプの影に黙座し、頻りに健の身の上を考え、あるいは翌日（あす）軽琴村に行きての、計画など思案しおりしが、ともかく寝床に入りて、気力の回復を計るが何よりなりと考えたれば、丁度置時計の二時を報ぜし時、余は寝床に入らんとて、ランプを消さんとせしに、忽ちわが室の呼鈴の寂寞を破りて凄まじく鳴響くを聞きぬ。この時刻に何ものならんと、余は驚ろかされながら、窓掛を押のけて戸外（おもて）に顔を突出し見たるに、こはそもいかに、街燈の光を浴びながら、こなたを見上げおるはまさしく匹田健にて、余の顔を見るや否や、

「おお堀さん、早く僕を入れて下さい！」

（二）

余は全く救われたる心地して、喜びに胸を躍らせながら、急わしく下に降りて戸口を開き、薄暗き夜明しの点れる廊下より彼を導びき上たり。

「やれやれ、君が姿を見せてくれたのでヤッと安心した。全体どこに居ったのです」

と余は彼が異り果たる姿に、驚ろきながら見入りぬ。古びたる彼の背広は背中より半分に千切れ、顔は乞食の如く汚なく、髪も鬚も延るに任せ、ヅボンは泥まみれとなりおる許りか、その汚れたる顔には、半分癒りかけたる醜き傷痕あり。その傷は目より殆んど頤に達せるものにして、なお血ばみおり、一見彼の相格はその服装と相待って、知らざるものには恐るべき犯罪者なる事を疑わしむる許なり。

彼は倒るる如く椅子にその身を投かけながら、

「どうも大変な事になってきました。葡萄酒かブランデーか、何か一杯下さい」

と、なにさま彼の容子はいたく疲労しおる如く見受られたれば、余はすぐに薬室に入りて、マルテルの一壜と、曹達の吸水管を持来りて、彼の好むだけを飲ましめ、静かにその回復するを待ちつつ、醜き彼が頬の傷の、いかにして受たるならんなどと考えおる中、彼の左の手も内側に疵を負いおる事を認めたり。

余は彼の充分に興奮剤を呑終れるを見て、

「さア、匹田君、一体今までどこに居ました。われわれはどうも君が敵の手中に落ちたのではあるまいかと非常に心配をしていた処です」

健は笑って、

「そうでしょう、しかし僕の方の心配はどれほどだったと思います。全体どこに居たと仰しゃると、そうです、後先を順序よくお話するには少し考を纏めなければなりません。が堀さん、その前に大体の僕の意見を申上ましょう――それは外でもないです。宝はとてもわれわれの手に入るまいという事です」

「なぜです」

「なぜと云って敵の方がよっぽどわれわれより深く探っておる様子ですから。それに僕がこの仕事をお引受申そうという決心をした時には、その仕事がコンな生命がけの仕事であろうとは、夢にも思いませんでした。堀さん、敵はわれわれ二人を殺すのを、犬猫を殺すほどにも思っていない不敵の悪漢です。われわれは今後とても手ぶらで相手になる事は出来ないです」

と叫びながら彼はまた長き沈黙に陥いりぬ。

余は掛念に堪えずして、

「君の身には全体どンな事があったのです」

彼はブランデーを一息に飲みて、

「そうです、始めからお話しましょう。僕が貴君にお分れして、倫敦へ来ると、どこへも行かずに、まず下寺町の新聞屋へ出かけてみたです。しかしその日は何の結果もありませんでした。翌日も張番しましたが同じくで。どうもその馬鹿々々しさと、辛さというものはないですね。それでも三日目まで辛抱しました処が、奴さん、とうとう出て来たじゃアありませんか。貴君の仰しゃった通りの人相で、背の高い、鬚の立派な、少し雀斑（そばかす）のある男が、手紙を取りに来たです。果して此奴（こやつ）が待っていた古嶋で、僕はソッとその跡から跟（つけ）て行った処が、浜通の聖人（しょうにん）町の、奴さんの家へ帰ったです。それから僕はこの家に住んでおるものは、どんな奴等かという事を注意し始めました。次の日になって僕は、この古嶋という男は、独身もので、此奴のところへ始終四五人の破落戸（ごろつき）のような奴が、寄集まって来るという事実を探し出したです。なお僕は引続いて張番をした結果、古嶋の処へ出入する奴の顔を覚えてしまいましたが、都合五人で、その中（なか）に鉄平という奴が居ますが――」

余が遮ぎりて、

「ウム、鉄平。その鉄平は黒鬼鉄平とはいわなかったですか」

「そこまでは探りませんがこの鉄平という奴がよほど残忍な、油断のならん奴なんです。しかし、鉄平ばかりでなく、五人が五人ながら、倫敦という処はさすがにこンな悪党も居るかと思うような奴等なんです。この古嶋は球突がちょっと甘（うま）い奴で、浜通のクラオン倶楽部（クラブ）で始終球を突くです。鉄平も始終来るです。この事実を知った処から、僕は古嶋の知己（ちかづき）になるために、クラオン倶楽部へ宿（とま）り込みました」

（三）

「ウム、それからどうしました」

健は再びブランデーを飲みて、

「僕が倶楽部へ泊り込んだのは、いつでも随意に球突室へ這入って行けるためで。貴君も御存知の通り、僕は球突が得手の方ですから、古嶋と一ツ突いてみようという野心だったのです」

「ウム、それから」

「そうすると、丁度ある晩僕が球突室へ行ってみると、古嶋が人待顔にただ一人で居たです。ちょっと会釈をすると、先生の方から『一ゲーム願いましょうか』と打出したんです。こっちは待ってましたというんで、早速相手になりました。球はよほど汚なくて、到底僕の相手ではないですが、なるだけ花を持たしてあしらいながら、色々話をしてみたのです。ちょっと話してみた処では、相当の教育もありそうな、またよほど悪才のありそうな、極めて鋭どい男で、此奴ア実に油断がならん奴だと、始めて思いました。一ゲームに五円賭ろというので、詰らんと思ったものの、先を満足させるために承知してやったんでしたが、どうしても僕の方が成績がいいんです。しかしここはどこまでも勝を譲らなけりゃア、今後親しく出来ぬと思ったものですから、僕は馬鹿げた球を突て、五円を棒に振ってしまったです」

彼は息を継ぎながら、

「丁度その時です、鉄平があわただしくやって来て、何か小声で古嶋に密談をしていましたが、そうすると古嶋が僕の処へやって来て、もう球を突いておられぬから、失敬するといって、上衣を着こんで、忙がしく、鉄平と一緒に出て行ったです。その密談がひどく僕の好奇心を動かしましたから、戸が締るとすぐに、僕も上衣をひっかけて、そッと戸外へ飛出して見ると、二人は今馬車に乗る所なんです。それで僕もすぐに馬車を雇って、前の馬車が駈出した跡から、覚られないほどの距離で追かけさしたです」

「ウム、それからどうしました」

と膝を進むれば、

「そうです。馬車はそっちこっちを通り抜て、三十分ほどしてから、キルバン停車場に近い、市女街道へ這入込んで、その暗い横町のトある家の前で駐ったです。僕は古嶋と鉄平が、その家へ這入るのを見届けて、僕の馬車を返し、その家の前へやって来て見ると、鉄の柵が塀になっていて、その中に少しばかり樹木が乱暴に植ってあり、そして草も茫々と生えていますし、戸口には瓦斯燈もなく、家の中も真暗で、どうも明家か何からしいです。そっと戸口を押してみた処が、固く錠が下ていて、開(あか)ないです。非常に早く戸口を這入ったんですから、奴等は何でも合鍵を持っていたんでしょう。僕は暫らく立って中(うち)の音を聞いていましたが、何の音も聞えないで、森(しん)としているんです。どうも考えてみるのに、何でも裏の方の室で何かやっているのに相違ないと、思われるんですな。なんのために慌ただしく、こんな明家へやって来たろうと考えると、どうも容子を見届けたいので、思い切って、鉄柵を越えて植込の中へ這入ってみました。そうしてそっと忍び足で裏手へ廻って見ると、果して真裏の室には、火が点っていて、人声が聞えるのですな」

彼はここにて息を次ぎ、

「窓が少し高くって、中(なか)が窺けないですが、その窓には和蘭(オランダ)綿布の遮蔽(おおい)が吊ってあるのを、強く引いたためか、上の棒から切れて、真中の押えから下へぶら下っているのです。で高い処へ上りさえすれば、きっと中が見えると思ったので、どこか無いかと見ると、丁度隣りの塀の上から、鉄のパイプのようなものが突出ていて、塀へ足をもたせて、それに依りかかったら、中が窺けそうに思われるのですな。御存じの通り僕はどンな処へでも上るのを苦にしない性質(たち)ですから。すぐそこへ上りましたがこの塀というのが、少し腐(くち)ていて、蔓がからまっているので、ちょっと登るのに困難をしましたが、まずはどうやらこうやら、その鉄のパイプへ取つく事が出来たので、足場を謀って、落ちないようにと用心しながら、室の中を窺き込うとすると——途端にどうでしょう、中から気味悪く人の呻く声が聞えたのです。しかもそれは女の声なんです」

「え、女の声？」

「そうです。実に意外なんです。処が窓から窺き込んだ、中の光景(ありさま)というものが、また非常に意外で、僕は思わずぞッとしました」

（四）

余はいたく激しながら、

「君がぞッとした？　何があったので？」

「その室というのは、ちょっと小奇麗に装飾してある室で、その室の中に立っていたのが、鉄平と古嶋ばかりでなく、外に二人と都合四人(よったり)なのです。この二人の奴も、始終古嶋の家へ出入をしていた男で。見ると丁度後の戸が開いてまして、今そこから一人の若い女の手を取りながら、四人の中の二人が、引摺るようにして、室の中へ連れこんだ処でした。娘は何か恐いものでも見つけたように、蒼白(まっさお)になった顔を袖で隠して、それを見まいと顔を反むけたらしいのです。僕が聞つけた叫び声は、たしかにその恐いものを見て、思わず叫んだものに相違ないです。それは叫ぶのも無理はありません。僕でさえも殆んど叫ぼうとしたのですから」

「それはどういうものを見たのです」

「死骸です！　若い男の死骸です！」

「えッ、死骸！　彼奴等(きゃつら)が誰か殺したのですか」

「さア、そうだろうと思います。僕はただ僕が見た通りをお話するので。その殺されてる男の顔は、火明(あかり)に向いているので、善く見えましたが、二十二三かあるいはもっと下かとも思う位の、上品な好男子で、燕尾服を着て、仰向に寝かされてあるのです。両足をずッと伸して、両手が少し前に屈んでいましたが真白な白襯衣(ホワイトシャツ)の胸が——多分そこを刺れたのでしょう——一面の血潮で、顔は紙のように白くなっていました」

「そこで殺したのか知らん」

と余は驚ろきて呟やきぬ。

「さア、そこまでは分らんですが、僕は何でもこの室で殺したのじゃアないかと思うです。何でもその男は今殺された許りに相違なく、流れてる血潮はまだ温たかいような気がしました」

「ウウそれから——」

「見ていると、二人して——古嶋と鉄平が差図をしているので——、その蒼白(まっさお)になって震えている美人に、無理やりに死んでる男の顔へ、触らせようとするのです。美人はまた触ると螫(ささ)れでもするように、手を引いて、顔を反けるのです。

　すると鉄平がせせら笑って、『コレ嬢さん、お前は乃等(おいら)達のいう事を真に受けなかったが、どうだな、今夜という今夜は、真実(ほんとう)にせぬ訳には行かないだろう。え、どうだえ、これからお前が、もし乃等達の命令通りに働らかなかったら、お前もまたこの小僧のような目に遭うのだせ。おい、嬢さん、これさ姉さん、分ったかね。乃等は決して脅喝(おどかし)を云うんじゃないぜ。乃等がすると云ったら、するんだから。これ見ろ、丁度この通りだ』とこういうんです」

「フフム」

「娘は俄に魂が身に這入ったように、きっと四人(よったり)を睨みつめて『お前なんぞは人間ではない、鬼だ。いかに惨(むご)たらしいといって……何にも罪の無い人を殺してしまって——罪もない人を殺して、鬼！　鬼！　鬼！』と叫ぶと、鉄平は憎々しげに、『うぬ、ほざくか。女郎奴(めろうめ)！』こういいながら平手でいやというほど美人の口を擲(なぐ)りつけたのです。するとだらだらと、蒼白(まっさお)な女の唇から真赤な血が垂れました。外の二人が鉄平を止めたので、鉄平は二度目に打うとした手を、不肖不肖に引こめたのです。古嶋はただ突立ったまま見ていましたが、鉄平が手を引込めた時に、いやというほど死骸を蹴飛したです。そして屈んで死骸のポケットから銀側時計と鎖を取出して、それを一人の男に遣りながら、『今夜の骨折料だ』そうすると顔中赤鬚の奴が、それを受取って、自分のポケットにねじ込でしまったです。美人はハンケチで口から流れる血潮を拭ながらさも無念らしく、『きっと覚えているがいい！』すると鉄平がまた、『またほざくか。水葬礼にされない用心をしろ！』と娘を睨みつけて、今度は時計を貰った赤鬚に向って、『おい、売女(ばいた)をあっちへ引摺り出せ！』赤鬚はその通りに、美人の手を摑んで引立てながら、以前の戸口から外へ引摺り出しました」

（五）

健は言葉を次ぎ、

「その中だんだん僕の手は傷(いた)くなってくる。足も無理な事をしているので、しびれかかってくる。時々塀がみりみりと壊れそうな音がする。もし聞つけられでもしたら大変と、こっちも気が気でないですが、大事な処とじっと耐(こら)えて辛抱しながら、なお容子を見ていると、残った三人で死骸の処分について相談を始めたです。地を掘って埋てしまうがいいとか、川へ捨てるがいいとか云ってるらしく、どうも善く聞えないです。ただ埋るとか、水葬礼とかいう言葉がちょいちょい聞えるだけで、その中どう極ったのか、一人の男が大きな籐(とう)細工の旅行鞄を運んで来ました。何でもその中へ死骸を入れて、持出そうという計画らしいです。するとその時に、鉄平がポケットから、大きな角(つの)の柄のすがった、反(そり)のある、さも鋭利そうな刀(ナイフ)を取出して、残酷にも死骸の顔を滅多斬(めったぎり)を始めたです。死骸が発見された時の用心でしょう。鉄平は大根でも叩き切ってるように、平気でそれをやってるんで、多分その男を殺したのも、鉄平がその刀でやっ付たんでしょう。実に冷酷な奴で……」

と彼は思い出して身を慄わせたり。

「顔を滅多斬にしてから、鉄平が死骸の頭を持って、あとの二人が足を持って、死骸を鞄の中へ入れたです。その上を細曳でちゃんと縛って、それが出来上ると、今度は室の中を改めて、古嶋がバケツと雑巾に、海綿を持って来させ、自分から注意して床の血潮を拭取った後で、一人の男に向い馬車を呼んで来いと命令したです。男が立去った跡で、鉄平は古嶋に向って、『思いきってやッつけて善かったぜ。こうしてしまえば、気掛もなし、第一邪魔物払いだろうじゃアないか』というと、古嶋が、『娘は二才に惚れていたのだろう。いや出来合った交情かも知れぬ』。鉄平は得意らしく、『だから女をここへ連れて来たんだ。余計な事を女の方から喋舌りさえしなけりゃア、何も殺さずともの事だったが、なに、構うもんか。娘もこれから目が覚めて、乃等達のいう事を聞くだろう』とこんな事を云ってました」

「娘というのは何ものだろう?」

「五分ほど経つと、馬車を呼びに行った奴が帰って来て馬車が戸外へ来ていると知らせたです。それから三人でその死骸を入れた鞄を舁て、室を出て行きましたが、一人がすぐ戻って来て、ランプを吹消してしまいました。僕は凡てが余りに意想外だったので、殆んど悪い夢でも見たように、ややしばしわれを忘れて、ぼーッとなっていましたが、馬車が立去る音に始めてわれに返って、自分もその馬車を追って行かなけりゃアならないんだと思うと、あわてて塀の上から飛下ようとしたんです。これが抑もの間違いで、力の入れ処が違ったため、鉄のパイプがもげると同時に、腐っていた塀が、みりみりと壊れて、僕はずでんどうと下へ墜ちてしまったです」

「やれやれ！　その時の怪我ですか、それは――」

「そうです。釘で引裂たんです、僕は墜るとそのまま気絶してしまったんで……始めて気がついた時には、ある病院の中に、寝かされていて、傍には巡査が附いているです。聞いてみると、僕は家宅侵入盗賊未遂というので、逮捕されているんだというじゃアありませんか。実に驚ろいたです。何でも隣家のものが僕を見つけて巡査に報告したのですな。しかし僕は考えました。なまなか事実を申立ると、こっちの不利益になる事も出来てくる許か、先では悉く証拠を隠蔽してあるんですから、僕の云った事を警察で到底真実にしまいと思われたので、黙って僕は十四日間の処刑に伏したです。その刑期が今朝満ちて放免された訳なんで」

余はこれにて始めて彼が行方不明の訳を知り得たるなり。

「君はそンな災難に遭っていたのかね。それでも敵の手に落ちたのではなくて仕合せでした。処でその女というのは、君が始めて見た女ですか」

「いや前に見た事があります。下寺町の新聞屋へ二度見えた女で」

余は驚ろきて、

「じゃア梅田花子かしら！」

「そうです、貴君のお話の通りの女で、非常に美人です。多分梅田花子でしょう」

ああこれ何を意味するならん、不可思議の暗雲はますますわれ等の前途に蔽いかかれり。

秘密室

（一）

健の語れる談話は最も驚ろくべきものなりき。されど彼がその身に、盗賊の用ゆるいかなる道具をも持おらざりしため、二週間の処刑のことにて済みたるは何よりの幸というべし。

実にわれわれのためには、未来の役に立つべき好材料を彼は握り来れるなり。彼は己れの眼にてよく殺されたる男の顔を見来れり。彼は他日その男の生前の写真に接する事あらば、よくこれを再認する事を得べしと語れり。但し当分はこの犠牲となりて殺されたる、可憐の青年の何人なるかは、全く秘密の中に葬むられたるなり。ただ梅田花子のことは……その女が果して花子なりとせば――被害者を知れるが故に、他日余は花子の口より、彼の何ものなるかを探り出すの機会あるべしと、心に待設けぬ。

健の談話はまた確に、敵がいかなる性質の人物にて、またいかに兇悪無惨の曲ものなるかを証拠立てて余りあれば、余等に非常なる警戒の念を起さしむるに与(あずか)って力あり。

余は健が墜落したる時、まだ徒党の一人、即ち花子を室外に連出したるものが、残りありて、健の捕われたるを知れる如き事はあらずやと注意したるに、健はさる事なかるべしと云い、花子を室外に連れ出したる男は、無論花子をその宅へ送り届けたるものなりと信ずる由を語り、かつ古嶋等三人を乗せたる馬車はたしかに軋り去りたるを聞きたる後なれば、無論彼の逮捕を敵に知らるるはずなしと云えり。これは左もあるべく思わる。

われ等は健が捕えられたる警察の記録によりて、容易に惨劇の行われたる空家を探し出す事を得べし。されど到底そこに殺害の痕跡を発見し得べしとも思われねば、他日はとにかく、差当りて古嶋等を告発する事は全然思い止まりしなりき。

余は花子の顔に潜める、一種悲哀の面影にたしかに根拠ある事を始めて悟りぬ。憐れむべき花子は全く悪漢等の勢力の下に、籠中(ろうちゅう)の鳥となりおるものにして、その殺されたる男こそ、思うに花子の恋人にてありたるなるべし。恋人をも殺されて、なお敵の膝に屈伏せざるべからざる今の身の上なりとせば、花子の無念はそもいかばかりならん。かかる事を考うる中、余は突然先夜花子のために黒木が原へ連出されたる不思議の馬車旅行を思い浮べ、かの時花子の行先まで落つきたらんには、あるいは花子の恋人と同一の運命に陥いりたるにはあらずやと考えて、身を慄わしぬ。

健は余が目下軽琴(かること)にあるべき事を考えながら来れるに、倫敦にありたるは意外の幸いなりと語りしが、余は毛馬(けま)方より今日移転するはずの手紙に接したれば、今朝軽琴に赴むかざるべからざる由を語りたるに、彼の熱心なる、余と同じ汽車にてかの地に赴むかんと申出でぬ。余は彼の傷口に膏薬を施こせる後、暫時(しばし)なりとも睡眠を取らんと、彼と共に寝床に入りしが、三時間ばかりは睡りたるならん。われ等が眼を覚せし時は七時前なりき。

われ等は午前十時発の汽車にて軽琴に向う事としその間(ま)に健は心配しおる父と、博士とに安心させ来らんとて出行きたり。余はなお必要なる小道具、細引、蠟燭、探険燈等を調えたる後、時を計りて停車場に赴き見れば、健はすっかり清潔なる衣服と着換え、頭髪(かみのけ)をも苅て、既に余を待受け居たり。

われ等が六斤腿（ロッキンハム）に着たるは丁度午後の一時なり。取敢ずこの町の飲食店に飛込みて、腹を拵えたる後、長者屋敷に赴むきたるに、今しも毛馬家の最後の荷車が引出さるる処にて、主人が残りおり、余に家附の鍵を渡したり。これにて余は全くこの家の主人となり済したれば、仕事に取かかるはこれからなり。

引越したる後の光景は乱雑にして不愉快なるはなし。余等の男手にては全く手の附ようもなきほどなれば、余は釜屋の周旋にて二人の手伝女を雇うて掃除せしむる事となし、ともかくも椅子と卓子（テーブル）とだけなければ、きまりがつかねばと、健を留守居として、六斤腿に出かけ、出来合ものを買入れ、運び来らする事とし、なお茶道具コップの類より、夜具等は当分釜屋より借受るという約束にて、夕方までには掃除も片つき、注文の椅子卓子も運ばれて、どうやらこうやら一家の体裁をなし来れり。

（二）

かくてわれ等は二階の一室（ま）を寝間と定めて、これに寝台を据つけ、室内の湿気を去るため、暖炉（ストーブ）には頻りに、薪を燃しなどし、どうやら寝る用意も整えたり。一人料理番か番人を雇えばまず不足はなき訳なれども他人を入れてはわれ等の秘密の漏るる道理なれば、何事も不自由を辛抱する事として、別に人を雇わず、食事の如きは毎日釜屋に赴むきてこれを取る事となせるなり。もっとも村の人を紛（まぎ）らかさんために、匹田は倫敦より二十里の片田舎に実家ありて、そこより荷物を送り来るまで、何事も間に合せものにて埒（らち）を明（あけ）おくなりと、村人等には語れるなり。

夜に入ればなるほどそちこちの明（あき）部屋にて、さまざまの物音は聞えざるにあらねど、われ等の耳には鼠か鼬（いたち）の荒るるものとより思われず。多分荒廃せる家なれば、これ等の動物がわれは顔に狂い廻わりおるならん。

さて翌日の朝目覚たる時の、われ等の心騒ぎは大方ならず。数々の財宝はこの家のどこにか、われ等の発見を待おる事かと思えば、自（おのず）から勇み立ち配達し来れる牛乳を卵にて朝の食事の間に合せ、曩（さき）に倫敦より発送しおきたる、箱を開きて、例の金槌、槓杆（てこ）、鶴嘴、鑿（のみ）等を取出して、いつにても用い得るの準備をなし、ともかくも今日は家中の検査をなさんと、仔細に各室の容子を改め始めたり。われ等の考にては秘密の室か、もしくは、壁の間に隠し場処の設（もうけ）ありて、宝はその中に蔵せらるるならんとの目算なるが、何分大いなる旧家の事とて、当世の家屋とはその建築を異にすれば、勝手を探るに、甚だしき不便あり。殊に壁と室との間には、よほどの厚みの処も沢山ありて、どこに秘密の室あり、秘密の隠し場処ありとも鑑定つかず。われ等はただ槌または平手にて、嵌（はめ）込板（こみいた）または壁を叩きみ、その反響によりて察するに、何かその中の空虚になりおるらしき処は十個所以上もあり。その十個所とても、厚き頑丈なる樫板または石等にて畳みあるもの……なれば、大工の業には素人なるわれ等が、取壊（とりこぼ）ちみん事は非常の困難なるべしと、これにせっかくの勇気も挫かるる許りなり。

なお余等は宝は多分二階のいずこにか隠されおるならんとの見当をつけ、午後よりは二階の各室を隈なく改めたるが、始めに匹田健が見込みをつけたる、梯子段の上に当る、中央（まんなか）の室は多分は婆娑妙（バアソロミュー）が寝室（ねま）として用いしものらしく、暖炉（ストーブ）の大理石には、彼が徽章（きしょう）なる豹の画が彫刻され、その他にも昔の栄華の名残を止めたる装飾の僅かに存せるもあり。なにさまこの室の附近に宝を隠したるべしとは、決して根拠なき想像にはあらざるべし。

この日はかかる吟味に全く暮れ、夜に入りては素より仕事に取かかるべくもあらざれば、確（しか）と戸締をなして、釜屋に赴むき、食事を済して帰り来り、煙草など燻らし、雑談に時を移したる後、寝（しん）に就き、さて翌朝はいよいよ仕事に取かからんと、用意の品々を携えて、昨日見込をつけたる婆娑妙（バアソロミュー）の寝室（ねま）に赴むきぬ。

さてこの室にて余等が目星をつけたるは、左方の壁にて、丁度押入に続きおり、ちょっと見ては分らねど、注意して見れば、四五尺以上の厚さなるに、仔細なくては叶わずと、金槌にて隈なく叩きみたるに、床の上四五寸を隔てたる隅の方に空洞（うろ）の響を発する処あり、またその響の発する処は二尺四五寸平方の間なれば、ともかく多少の希望（のぞみ）を持ちて、そこを壊（こぼ）ちみる事とせり。

ただわれ等は素より大工にも左官にもあらず。石工にもあらぬが故に、壊ちたる跡を修復せんなどは、思いも寄らず。さればここのみにて成功せず、なお幾個所も取壊つ如き事ある時は、その損害は莫大なるべく、家主よりいかなる苦情を申込まれんも知れずと、恐ろしけれど、まずその結果は考えぬ事として仕事にかかる事としたるなり。余は早速槌と鑿とを以て、秘密の穴と思わるる処を、壊ち始めたるが、ここは他の部分の如く、内部に石畳を用いず、どこまでもセメントのみなるに、勇気を得、深く鑿を穿ちみたるに丁度六寸ほどの処にて、鑿は忽ち木材に行当りたり。こは頗る有望なる事を示すものなれば、今度は健が代りて壁を崩し始めたるが、彼は忽ちきょうとく叫びて、

「やアここに戸があります！　小さな樫の扉です！」

「どれどれ」

二人が胸を躍らせながら、調べ見るに、なるほど小さなる樫の開き戸あり。

（三）

二十分の中にわれ等は悉く壁を落し見たるに、その扉というは二尺四五寸平方のものにて、丈夫なる鉄の鉸(ちょうつがい)を附(ふ)せるが赤く錆つきおり、扉の四方は悉く石畳より成り、よほど堅固の構造なるに健の如きは躍り上り、宝は必らずこの中にあるに相違なしと叫びたるが、余はさほどまでには激昂せず、かかる捜索にはどこまでも沈着に構え、種々の障害に出遭うも、また幾多の捜索が失敗するも、それ等は覚悟の前にて、ただ百折不撓(ひゃくせつふとう)の勇気を養うが何よりなりと、考えいたるなれば、心静かに、その扉を開くべき方法を考えたるが、この扉には錠も何もなく、どちらに開くものとも判らず。押せども突ども、何の手答だになく、これを打ちてみるに、よほどの厚みある様子なり。かつ一面に鋲を打ちつけありて、よほどの抵抗を加うるも、びくともせぬようになしあり。余等は何とかしてこれを開きみんと、平たき鉄の梃(てこ)を、扉と石の間に入れて試みたるも、隙間のなきため梃のよく這入らぬと、扉の頑丈なるとにて、われ等はただ幾時間を空骨折(むだぼねおり)に費やせるのみ。

健は遂に鶴嘴を取来りて、扉を擲(なぐ)りつけみたるもただ凄まじき音を発すると、雲の如き塵埃(ほこり)を舞立(まいた)しむるのみにて、扉は少しも開(あ)かず。余りの手丈夫さに呆れながら、この上は扉を鋸にて引切る算段なさんと、大いなる回旋鑽(まわしぎり)を持来りて、まず鋸を入るべき穴を明(あけ)にかかりたり。

しかるに鑽(きり)の四寸許り入りたる時、忽ちキリキリと鉄と鉄との相触る音を発したり。扉の後は鉄板を打付ありたるなり。

「これじゃ切れん、とても切れん！」

と余は鑽を投出しぬ。細き鉄の棒をこの穴に入れて突き試むるに、鉄板はかなりの厚(あつみ)を有するものに似たり。

「これほどに用心をしておくからには、宝か何か大事なものが入れてあるに相違ありません。僕は十中八分まで宝があると信じます」

と健はますます元気つきて云いぬ。

「いやあるかも知れん。しかしこの上扉を開こうとするには、どうしても石畳を崩さなけりゃアだめだ」

「そうです、なに訳はないです。崩しましょう」

余と健とは一致して石畳を崩しにかかりたるが、素人が石畳を途中より崩すほど困難なる仕事はなかるべし。この時は丁度一時になりたれば、十分に腹を膨らし気力をつけたる後と、身装(みなり)を繕い直して釜屋に赴むき、何気なき様を扮(よそ)おうため、態(わざ)とゆるゆる昼食を済ませ、二時過また引取り来りて、仕事を続けたる結果、石と扉との間に、十分に梃を入るべき穴を穿ち得たるなり。かくてわれ等は長さ四尺余りにて先の鈎になりおる最大の梃を、その穴に挿み入れ、余と健とにて、力を併せ、一二三の号令と共に死力を尽して押試みたるが、いかな事、扉はびくともせず。されどこれにて動かぬはずなしと、なお数回を試みおる中にどうやら扉のきしむ音を聞得るようになりたれば占(しめ)たりと、今度は最後の力を併せて、両人ひた押に押たるに、忽ちにしてみりみりと烈しき音を立つると見るまもなく、扉は鉸(ちょうつがい)よりもぎ取られて室内に飛び、余等は折重なりて床に倒れたり。

余等は飛起るようにして立上り、腰を屈めて扉の外れたる内部を窺い見るに、ここは隅の方にて日光の善く通らぬ上、僅かに二尺四方位の明り口の明(あき)たるのみなれば、中は陰々として何がありとも分らず。ただすさまじき塵埃(ごみ)と、長く閉されいたる一種の臭気の鼻を突くのみなるに、早速余は探険燈を取来り、これに火を点して、穴の中へ差入れ見るに、そこは幅四尺許、長さ九尺ほどの狭き室となりおりたるが、われ等がそこに燦爛(さんらん)たる宝を見るべしと期したるに引かえ、一物もなき全くの空虚(から)なるには、これはと許り顔見合わして開た口も塞がらず。されど万一この室のどこかに押入の如きものにてもあらんも知れずと、暫らく空気を通したる後、中に入りて隈なく改め見たるも、全くそれらしき処もなく、ただ隅の方に、杯の乾割(ひわれ)を生じたるもの一個打捨ありたるを見出したり。

健の説には三百年前に加特力(カトリック)教徒が迫害を受けたる事ありて、これ等の僧侶を隠蔽するため、その信者が秘密室を営みたるもの多ければ、これも僧侶を隠(かく)まいたる室に過ぎざらんとの事なりしが、なるほどさもあるべしとも思われぬ。

(四)

余はいたく失望して、

「どうも始からコンな事じゃアないかと思った。この座敷のざまを見玉え！　家主が見たら何というだろう」

されど健は前に甚だ希望の大なりしにも似ず、少しも失望せる容子なく、

「なに手始めですから、失敗するも面白いです。そンな弱い音(ね)を吹かずに、また外を壊してみましょう。今度はどこを壊しますかね」

なるほどこの通りの根気なくては宝の発見は出来ざるべし。しかし何とか掃除をしておかずばなるまい。

「泥酔漢(のんだくれ)が暗号を売さえしなけりゃアコンな無駄骨はせずに済ものを」

とわれにもあらで愚痴の出るも気恥かし。

「到底古嶋の手から暗号を取返す事は出来ますまいが、しかし堀さん、彼奴(きゃつ)等はわれわれがここを借受た事を知ってるでしょうか」

「それは知ってるでしょう。毛馬が二日前に通知を出したというから……あるいはそれでなくても知ってるかも知らん」

健は掛念らしく、

「そうすると、堀さん、何か彼奴等はわれわれを追出す策略を繞らすかも知れませんぜ。そのためにはどういう乱暴な事をやらかすかも分らんですから、お互によほど警戒しなければなりませんな」

「それは無論です。しかし君。アノ君が見たという例の被害者の名がどうかして分らんでしょうか。被害者に両親でもあるなれば、きっと非常に心配しておるに違いないのだが、なにかどの方面からか聞出すという法は……もしその名が分りさえすれば、古嶋等を牢へぶちこむのは造作もないのだが……」

「そりゃアその方の探偵にかかったら、探り出せぬ事

もありますまいが……それよりか堀さん、貴君が花子の口から引出したらどうです。それが一番の近道じゃアありませんか」

　そは最も出来易き相談に相違なし。されど敵が定めて狙いおるならんと思わるる、この長者屋敷を捨てていかでか倫敦に赴むき得ん。殊に花子は異様の言葉を残せるまま、その後姿を見せざるものなれば、よし米屋町の百二十番屋敷に赴むきたりとて、花子を見出し得べしとも思われず。われ等はただ成行に任して、今は一意敵の来ぬ間に家捜しをなすの一あるのみ。

　それより余等はなお数日の間、捜索を続け、これはと思う処は、あるいは穴を穿ち、あるいは板を外し、あるいは叩き、あるいは壊ち（こぼ）、許す限りの詮索をなしたれども、全く運の神より見離されたるものか、それとも宝は家の中にあらぬか、更に秘密の場所を見出す事能わず。ただ幸いなるは、敵のこの家に侵入し来るが如き気色全くなき事にて、余はなお自らも動静を察するため、時々長者屋敷の近辺を徘徊し、また釜屋のものにも万一見馴ぬ人の村を往来する如き事あらば知らせくれよと頼みおきたるも、毫も怪しきものの入込み来れる容子なしとの事なれば、これのみに多少心を安んじいたるなりき。

　ある朝倫敦より一葉の端書到着せしが、そは萩原辰蔵の出せる（いだ）にて、鶴嘴丸は三日前に倫敦に帰り来り、船渠（ドック）に入りて三週間は暇の身体となりたれば明日はこの地に来り、余のために一臂（び）の力を添えんとの事なるにぞ。余はいたく打喜び、彼が三週間余等に力を貸しくるるなれば、万一敵の襲撃し来る事ありとも、やわか恐るる事あるべきと、勇み立ちながら、明日来らんというは、則ち今日の事なれば、余は時刻を謀り、健を留守番に残しおきて、六斤腿（ロッキンハム）停車場に萩原を出迎えのため赴きぬ。丁度余の待設けたる列車にて、彼は来りたれば、余は喜び迎えながら、相共に停車場を出れば、

「ドクトル。あれから敵の模様は分りましたか。宝はどうなりました」

「敵はまだ目では見ませんが、耳ではいろいろ聞きました。よほど猛悪な大敵です。宝はまだ発見しません」

「はは、我輩の居る中どうぞ敵に出あいたいものだが、はッはッはッ」

　と彼は大笑せり。彼の笑う声もなお古嶋等を恐れしむるに足るべしと思われぬ。彼の如く偉大にして膂力（りょりょく）人に優れたる剛胆の猛者（もさ）を味方とせるは、たしかにわが党の強みといわざるべからず。

黒鬼鉄平

（一）

余は萩原を伴うて、わが長者屋敷の前に来りたるに、彼は兎見角見（とみこうみ）て眉を顰めながら、

「なるほど大分時代のついた家だ、ドクトル、どこかこう古御所とでもいいそうな趣がありますね。こンな家にはよく妖怪が住んでおって、武者修行者が退治をするという、全く昔話にありそうな家だ」

「いやキャプテン、全く妖怪（ばけもの）屋敷なんです。村のものが妖怪（ばけもの）屋敷と名をつけている家です」

「やアそいつア驚ろいた！」

と萩原は色を変えて叫べり。彼は最も迷信深き男なれば、そを真面目に考えたるなるべし。

余は萩原を家の中に伴い入れて、健に紹介し、後（のち）われ等がなしたる仕事の跡を見せたるに、彼は口笛を吹鳴しながら、

「フィユー！　持主が来て見たらすッかり頭の毛を逆立るでしょう」

余は笑って、

「多分そうでしょう。しかし乗りかかった船です。漕つける処までは漕つけなければ——君は真剣に助力して下さるでしょうね」

「勿論、お望とあれば、この家を壊してお目にかけてもよい。はッはッ」

彼は土産にとて持来れる、水瓜（すいか）、葉巻（シガー）、ラム酒などを取出し、まず何よりもわれ等の健康を祝さんとて、ラムを傾けながら、雑談に移り、やがて時刻となりたるに、昼食のため、確（しか）と戸締を施こしたる後、釜屋に赴むき食事を取りたるが、元気善き萩原の話に、われ等は近来になき興を催おし、主人（あるじ）の妹の給仕に来れるを、こけるほどに笑わせなどして、滑稽を演じいたる折柄、忽ち隣りの室に当りて男の荒々しき声聞えたり。そは客の何か下女（おんな）を罵（ののし）れるなりしが、この声を聞くと等しく、萩原の頤（あご）は落ち、今までの快闊なりし色は忽ち彼の顔を去りぬ。青くなり、彼は何をか確めんとする如く耳を峙（そば）だて、隣室の声を聞済したり。余は怪しき萩原の容子を注

意し居たるに、彼は遂に立上りてそッと戸口に赴むきたるが、折柄主人の妹の出行きたる跡より、戸口を閉して足を爪立てながら、われ等の処に帰り来り、低き驚愕を表せる声にて、

「飛んだ奴が来ている。黒鬼鉄平が来ている！　黒鬼が！」

「黒鬼鉄平！　そいつはわれわれも聞ている奴です。がまだ見た事もなく、よくその素性も知りません」

「彼奴は実に大変な奴だ。我輩は嘗てあンな悪党に接した事はない」

「どンな悪党で?」

「どンな悪党と云って、人を殺す事なんぞは何とも思わん奴でさ。彼奴が何かこの事件に首をつッこんでおるなれば、ドクトル、非常に用心をしなければ、どンな事をされるかも知れませんぞ」

「どれ、そンな奴なら、善く見ておいてやろう」

　と余は立上りて、扉を開きながら、マッチを求むる振して、隣室を通過しつつ、その風采を窺いぬ。

　彼が冐しりいたる落着はつきたりと覚しく、彼は今独りにてビールを傾けつつあり。その風采はいかに見るも、博徒か破落戸の如く、丈は普通にして顔は丸く赤く、灰色の髪と髯を有し、黒き背広を着し、日焼のせる麦藁帽を被りいたり。余のそこを過れる時、彼はその鋭どき黒き眼にてじろりと余を見たりしが、すぐ知らぬ顔して、杯を挙げながらそを一息に飲干したり。

　余はマッチを求めて、われ等の室に引返し来りしが、余の引返し来れると引換に、また室を出行きたる健は、一二分にして引返し来り、小声にて、

「彼奴です。刀でもって死骸を滅多斬をした奴は、たしかに彼奴です」

　余はここに健の語れる鉄平の、かの不思議の老人の注意を与えたる黒鬼鉄平と同一人物なる事を知りぬ。

　余等はその時鉄平の飲食せる勘定を支払うて立去る声を聞たれば、健に向いて前夜の冒険談を萩原に語らしめたり。さすがに萩原も驚ろきながら聞終りて、

「いやその被害者は云うまでもなく、黒鬼に殺されたに相違ありません。しかし、君がそれだけを見届けたのは大手柄です。きっとその中に役に立ます。ただそれまではよほど注意をしなければならん。多分彼奴はわれわれの容子を窺いに来たものらしいから、いよいよ以て油断は出来ません。これからは昼夜大いに警戒を加えなければ……」

「それにしても、どうして海馬号の爺さんが、黒鬼鉄平の注意を与えたのか知ら。これぱかりは到底想像の出来ぬ不思議です」

これには健も萩原も説の吐きようもなし。

「それはそうと、船長、貴君はどうして黒鬼鉄平を知ってるのです」

（二）

萩原は黒鬼鉄平の素性について語り出るよう。

「我輩が始めて黒鬼を知ったのは、丁度二十年許り前で、我輩はその時円珍丸という両桅船の船員であったが、伊太利のネーブルでもって、この円珍丸に雇い入れた一人の英吉利の水夫がありました。此奴が黒鬼鉄平で、船は亜非利加の端の喜望峰を廻わる予定で出かけたのだったが、ヂブラルタルを通り越したころから、黒鬼はそろそろ本音を吹出し、事務員から何と云っても、ちっとも働らかないで、ただ煙草ばかりを吹していいるんです。やがて五六日も経ったろう、亜非利加の西海岸を廻わっている時我輩が船長から命令を受て、この黒鬼を退治に出かけると、奴虎のように怒って我輩に飛かかったものです。無論ここで組打が始まったのだが、堀さんの御承如の通り、蛮力にかけては後を取った事のない我輩だから、いやというほど黒鬼を甲板の上へ叩きつけてやったので、奴何でも一時間ばかりは身動きも出来ない目に逢たのだが、これがそもそも我輩と黒鬼の衝突の始めでそれからは黒鬼と、我輩とは犬と猿の仲となってしまったのです。処がやがて黒鬼が正気に返ると、奴口笛を吹たもので、するとそれが合図とみえて、乗込の下等の船客の中から六七人の逞ましい奴と、円珍丸で使っておった水夫が四五人どやどやと集まって来たです。それがみんな鉄平の配下なので、かねての手筈がしてあったものとみえてわれわれを放出して船を乗取うという大乱暴を働らき始めました。

船長と事務長と我輩とは、めいめいピストルで身固めして、その防禦に任じたるものの衆寡敵せずで、その中敵の一人がそッと船長室に忍び入って船の記録を盗み取ってしまった。そやつを糸で一束に括って、鉄器を重に縛りつけたやつを、今度はわれわれの目の前へ持って来て、甲板の外へ出し、それを海へ捨ててしまうという容子を見せたのです。船長は殆んど狂人になって、そやつを奪い返そうとする、謀犯人(むほんにん)等は手を叩いて笑う。その中にとうとうそやつを海へ放ってしまったので。

船長はもうこれまでと、そこで入乱れて戦争を始めたのだったが、素より叶うはずがなく、われわれはとうとう鉄平等の捕虜(とりこ)となり、船は全く分捕されて、われわれ三人は船室の中へ押籠られてしまいました。謀犯人等は万歳の声を挙て、これからラムの樽を明ける、コック部屋から飲食物を引ずり出す。乱暴狼藉で、酒宴(さかもり)を始め、丁度一週間ばかりは船をそのまま波の上へ放っておいて、甲板(デッキ)で鯨飲馬食をやらかしておったものです。

その中天気が悪くなって来たので船を岸へつけ、一隻のボートを卸して、われわれ三人をそれへ乗せ、どこへでも勝手に行け、生命だけは助けてやるというので、突放されました。それでも櫂(かい)だけは添えてくれたので、それでどことも知らず岸へ漕ぎつける。本船は――と見ると進路を転じて大西洋の真中へ向けて進行し始めてるです。漸やく岸へ漕ぎつけて見ると、何でもそこは熱帯国で、黒奴(くろんぼ)の土人が居ったが、それでもわれわれに好意を表してくれたので、西洋人の居る処がこの辺にあるだろうと、漸やく探りながら、森の中を二三日うろついた後、ある黒奴の子供に案内されて、英国の殖民地へ連て行かれたので。そこで領事に事情を訴えた後、その保護で数週間の後に英国へ送り返されました。いやえらい目に逢わされたのでこれがそもそも黒鬼と我輩の知己(ちかづき)になった真始(まっぱじ)めなんです」

「それで円珍丸はどうなりましたか」

「そうです。三年ばかり後に南米のリオ川の河口の南三哩(マイル)許りの処に捨られてあるのを発見されました。通商局の報告に依ると、黒鬼鉄平というものがその船を海賊船として南米の海岸を荒し廻っておったとの事でした。それから次に黒鬼鉄平の名が再び表われたのは、三四年跡の事でそれも大略お話ししましょう」

（三）

萩原はなお言葉を次ぎ、

「それは濠洲行きの独逸(ドイツ)の一汽船が、紐育(ニューヨーク)から英吉利の水夫の一群を雇って亜米利加を出帆した事があるのです。処がその一群が黒鬼鉄平と、その配下の海賊なので、大西洋を半分乗出したころから、何か爆裂弾を仕込んで船室へ投込んだという騒ぎで、夥しい死人を生じたのです。ここでは船員と海賊等の間に烈(はげし)い争闘があって、両方に死傷があった末、船はとうとう鉄平の手に落ち、船長は例の通り短艇(ボート)へ乗せて海の中へ流されたのです。もっとも船長は幸い五日間海上に漂っていた後、ある商船に助けられたという事ですが、鉄平はこの船を分捕って、積荷はすっかり売ってしまい、それからその船で、また海賊を働らいておったという事で。その後暫らく黒鬼の消息を聞なかった処が、丁度五年前の事、我輩の今の主人が伊太利のレグホーンを最終寄港地として、そこへ碇繋場(ていけいじょう)を拵えた時、我輩の鶴嘴丸へそこから乗込うとしたのが、鉄平なんです。幸い我輩がよく鉄平を覚えておったので、すぐに英国領事へ話して彼奴(きゃつ)を追放さしたので、鶴嘴丸は災難を免れたのでした。どうも実に恐ろしい奴で」

「しかし今でも海賊というようなものがありますか」

「あります。十四五年前まではある地方にはなかなか海賊が跋扈(ばっこ)しておったものです。そして黒鬼の手は、自分が乗込んだ船を奪うので、奪った上では大抵それを塗かえて新らしい名をつけ、いい加減に遣(つか)った後で、売飛ばしてしまうのです。黒鬼の船はいつでも黒い旗で航海していたもので、黒旗船というと、随分海員に恐れられていたものです」

「そうすると黒鬼は今度商売換をしたのですな。はは、船長(キャプテン)、われわれはうまうま彼奴に出し抜れるとお考えですか」

と健は問いぬ。

「黒鬼は宝のどこにか隠されてある事を知って、どうしてもその宝を握ろうとしているに極ってる。彼奴に狙いをつけられたら蛇に狙われたようなものです。君方にとってこれほど恐ろしい、悪智恵のある敵はありませんぞ」

「が、船長(キャプテン)、貴君が助力して下さればわれわれは大船へ乗たようなものです」

萩原はためらいながら、

「彼奴と我等の間には、悪い血が通っておるから、もし出遭ったらどンな事が持上るかも知れぬ」

と意味ありげに云いぬ。

「海賊というので以て告発する事は出来ませんか」

と余は注意を与えたるに萩原はいたく騒げる様にて、

「それはどうして証明が出来ます？ 円珍丸(まるちんまる)事件は二十年前の事で、その時でさえ告発は六ケ(むつか)しかったのです。それにわれわれは今彼を告発するなどという暇はありますまい。また彼奴が逮捕されでもしたら、讎打（かたきうち）にわれわれが長者屋敷を荒しておる事をすっかり喋舌散（しゃべりちら）すは必定（ひつじょう）です。どうして当分そンな危険な事が出来るものですか。今は全く黙って知らない顔をしている事です」

「黒鬼の素性はそれで判りましたが、一方の古嶋は何ものか、貴君は聞いた事がありませんか」

「聞いた事がありません。多分海賊の一人でしょう。堀さん、もし海馬号の爺さんが口が聞けたら、きっとこの古嶋の素性も語って聞かせるに相違ありません。ともかく爺さんはこの海賊船と何かの関係をもっているに違ないように思われますから」

左なり、黒鬼鉄平の海賊船とかの不思議の老人とは必らず何等かの関係を有するならん。されど不思議は、いかにして老人が海馬号の中に棲息し居たるか、はたいかにして古嶋等が長者屋敷の室について知りおれるかの二ツにあり。

なお余はこの談話の間に、萩原が極めて剛胆を以て知られたる船長にて、何ものも彼を怖れしむるものなき男なるにも拘わらず、何か不思議なる、解し難き掛念に襲われたる様の明らかに現われおるを認めぬ。彼は何を掛念しおるならん。余は彼が慥に黒鬼鉄平について知れる処について、悉くわれ等に打明たるにあらざる事を疑いぬ。さるにても何故彼はわれ等に真（まこと）を語るを避けおるならん。

壁の中に塗籠（ぬりこめ）られたる美人

（一）

われ等はその日は再び黒鬼鉄平の姿を見受ざりき。思うに彼はわれ等の動静と、われ等の何ものなるかを見届くるために、出来（いできたり）たるものにして、その役目の済むと共に、直ちに倫敦に引返したるものなるべし。もし萩原辰蔵にして黒鬼の声を思い出し得ざりしならば、われ等は全たく黒鬼の入込み来りし事を知らで過たるならん。辰蔵の耳の鋭敏なる事は真（しん）に驚ろくばかりにして、余は一度彼が鶴嘴丸の船上にて、一度聞きたる人の声を、数年の後に思い出し得ると語りたるを聞し事あり。盲人（めくら）は往々かかる記憶を有する事あれども、辰蔵の記憶の善きは遥かに盲人に優り、いかなる人もその視力と聴感において、彼に及ものなきなり。

それはさておき、余等は十分の飲食を取りたる後、釜屋を立出で、長者屋敷に帰りたるが、萩原は食事を取りしために、新たなる勇気を得、その驚ろくべき腕力をもて、鉄の梃を振廻わしながら、いざわれ等のために助力をなさんと叫べり。

彼はまたわれ等の如く、宝の必らず長者屋敷のどこにか隠しありて、熱心に捜査せば、必らずその報酬を得る事と信ぜるなり。されば彼自から余等の先導を待たずして、その梃をもて、壁、篏板などを叩き廻わりつつ、秘密の場所の詮索に取かかれり。

殆んど三十分の詮索の後、萩原はわれ等が見免しおきたる場処を発見しぬ。そはこの長者屋敷の二階には、長く通じおる廊下ありて、一方の端には菱形の窓あれど、一方はただ壁のみにて窓なく、その壁がどことなく異様の処ありて、またよほどの厚みを有しおり、萩原が叩ける時に、何となく窪める響を発したるなり。なお余等が疑を起したる第二の場処あり。そは外にもあらず、二階の下に当り、今まで毛馬方にて応接室に使いいたる室の、暖炉を取りつけたる側の壁が、何となく異様の音を発する事なり。

余等はともかく第一番に、応接室の方を改ため見る事とし、三人総がかりとなりて仕事に取かかりぬ。この日の午後は甚だ暑かりし故、萩原の如きは上衣と胴衣を脱ぎ、襯衣をば捲りあげ、大汗となりて鑿を壁に打込むという有様にて、漸やく壁を壊ち得たるはよけれど、こたびもまた失望はわれ等を待設けいたるなり。なるほどこの壁の中に空場処はありたれども、そは普通古き家の火炉の側に設けおける、戸棚を潰して壁もて塗隠したるものに外ならず。素よりその中に何ものをも発見し得ざりしなれど、ただその棚の上に古代の五厘銭一枚ありたるを見出したるのみ。

「いやこれでも宝は宝だ。二百七八十年前の銅貨を見つけ出したのだから、幸先がよい」と喜びたるは、かかる事には縁喜を好める萩原にて、「どれ今度は二階を壊しましょう。あすこにはきっと何かあります」

われ等は素よりその積りなれば、早速また二階に上り、かの廊下の一端の壁を壊しに取かかりぬ。しかるにこの仕事はわれ等の始めに予期せしほど無造作にあらざりき。何となれば壁土をもって塗りたる所は、ただ一少部分にして、他は悉く甚だ堅きコンクリートを以て、石の如く塗固めあり、鏨と槌にて崩す位にては、容易の事にあらざればなり。されど萩原は頗る熱心なり。彼は航海者より直ちに土蔵破りとなり、この新らしき商売に乗気となりてその幅広き額よりは塵埃(ほこり)に塗(まみ)るる黒汗を滴らし、喰え煙管(キセル)のすぱすぱと烟を吹しながら、最も固きコンクリートをコツコツと崩しおれるなり。余等の崩し始めたる処は、幸いに柔らかにして、やがてその心の方より錆たる鉄の板表われ来りたるが、そは多分扉にでも張りつけあるものらしきに、この発見はいたく萩原を激せしめ、彼はたしかにその扉の中より何等かの発見をなすべしと、まず堅く信じ込むに至れるなり。萩原のみならず、われ等二人も、此度(こたび)こそはまさかに先日の如き失敗はなからんと待設けぬ。

（二）

壁の崩れ行くにつれて舞上る塵埃(ほこり)は、息も詰るばかりなるのみか、鏨にて砕けるコンクリートの細片は四辺(あたり)に飛散りて、われ等の眼に危険なる事いうべくもあらず。現に健の左眼にはその細片飛入りたるより、余はそを取除きやりたるなりき。されど塵埃やコンクリートの細片位に頓着するどころの騒ぎにあらず、鉄張(てつばり)となりおるらしきその扉の後より、何ものを発見せんかと、ただそれのみに三人の胸は躍り始めぬ。

かの僧侶の隠匿室(かくまいしつ)と思わるるものを発見したるに過ざりし、前日の鉄張の扉はわれ等は大いなる無駄骨折をさせたれど、今度の扉こそは何となく宝の秘密と関係あるものの如く、思わるる処ありて三人の心一体となり、六本の腕は、ただ一筋の綱にて操ったる如くに働きたるにぞ。暫らくにして殆んど三尺四方にコンクリートを切去ることを得たり。

萩原は長き梃(てこ)を以て、その鉄板を打叩きみたるにさながら空鑵(あきかん)を打鳴らす如き凄まじき音響を発したるに、彼は躍り上りながら、

「ドクトル、この中には室があります！　秘密室！　空洞(うろ)がなくてコンな音の出るはずがありません」

余等の働らきつつある間に、萩原は綱を以て、その傍(かたわら)の大部屋の戸口より、その壁までの距離と、部屋の内部の距離とを測り始めたるが、忽ちいたく激せる様にて、

「堀さん、この部屋が広いので見たばかりではちょっ

とも分らんが、たしかに部屋と壁とに五六尺の差があります。少なくもそこに秘密の場処があるに相違ありません」

　彼はまた前にも優る熱心を以てコンクリートを砕き始めたり。われ等二人の熱心も争で（いか）か萩原に劣るべき。されど胸のみ逸（はや）りて仕事のはかばかしく行かぬその歯搔（はがゆ）さ！　さてもそのコンクリートの堅牢なる事は、大理石を崩すに異ならず、古昔（むかし）のコンクリートによくもかかる堅固のものありしよとただただ驚ろかるるばかりなり。

　されどわれ等の熱心は遂に鉄板張（てついたばり）の扉の全部を露出せしめたり。そは幅三尺ばかり、縦は僅かに四尺余りのものにして、さながら金庫を壁の中へ嵌込（はめこみ）たるに異ならず。健も躍り上れば、萩原も小躍りしながら、

「占（しめ）た！　占た！　我輩はたしかにここが宝の場処だと信ずる。どうも見玉え、この堅固に隠し込んだというものは！　おまけに鉄の戸だ！　黒鬼鉄平に手を出させずにとうとう発見してしまったか。ドクトル、どうです。彼奴等（きゃつ）にとうとう一沫吹（ひとあわ）せる事になりましたぜ。さア匹田君、もう一息です。今度は扉破りの芸当だ」

「しかし船長（キャプテン）、何も無ったらどうでしょう」

「いや無いはずはない。これほど厳重に構え込んでおきながらもしこの中を何の用にも立（たて）ずにあったら、我輩は最早君等にお目にかからん」

　と云いつつ、萩原は大いなる鉄棒に力を込めて、扉を攻撃したり。されど先度の場合の如く扉は何の手答だもなし。とかくする中健は充分に注意をしながら、その鑿を扉と石畳の中に挿込みて楔（くさび）をなしたるにぞ、多少の困難の後、余等は鉄の大梃をそこに挿入する事を得て、三人これに力を併せ、鉄の扉も破（わ）れよとばかりのしかかれり。

　萩原がその破鐘（われがね）の如き声にて音頭を取り、再三全力を尽して圧しかかれるほどに、突然恐るべき音響と共に、扉はその鉸（ちょうつがい）より放れて前に飛び、扉の跡に現われたる真黒の穴よりは凄まじき塵埃（ほこり）の雲舞い上り、そこには全く二三百年の間曽て開かれし事なしと覚しき小さなる室（へや）あるを示したり。げに長者屋敷は秘密の穴に満ちたりと覚し。

　余が真先に暗黒なる室の中に入らんとする時、健は早速に探険燈を点して余に手渡せり。この室というは僅かに戸棚の少し広き位のものに過ざる小室（こま）なりしが、余はその中に一歩踏入ると共に、忽ち「アッ！」と叫びさま恐怖に打たれて、後に飛退（とびしさ）りぬ。

見よ、室の中には厚き塵に蔽われて一個の骸骨横われるなり！

（三）

萩原は戸口の中へ一歩を踏入れながら、

「堀さん、何がありました」

「御覧なさい！　何ものかこの中へ生きながら塗籠られたのです。その骸骨を御覧なさい」

と余は燈火を前の方に差向けたり。

萩原は余の差示せる隅の方をきっと見やりしが、彼は真実に宝のそこに横たわれる代りに、骸骨の横われるを見たるなり。あわれ実に待設けたる宝には接せずして、長くこの世に忘れられいたる一大罪悪の実証をここに見出したるなり。さるにてもこの骸骨そも何ものの果ならん。われ等は相顧りみて肌に粟を生じぬ。

健も直ちにわが傍に来りたるが、この室は三人にては踵も廻らぬほどに窮屈なり。余は下に屈みて十分に骸骨を改むるため、そを手に触れみぬ。しかるに、その骨格の模様にて見るに空気の欠乏より死せるにあらずして、食物の欠乏より死去せるものの如く思われしが、思うに餓死せしめらるるために、この中へ塗こめられたるものなるべし。

忽ち余の持てる燈光に映じて、骸骨の傍にきらきらと輝やけるものあり。余は不思議に思いてその輝やけるものを見るに、こはそもいかに、塵の中に差延せる骸骨の指の骨に嵌りおる三個の、極めて高価なる指輪が、燦爛として光りを発したるなり。これ等の指輪と、頭蓋骨の大いさを、なお存しいたる頭髪と、骨の組立とは、慥かにこの生ながら塗込られたるものの、一人の婦人なる事を説明せるなり。

余はこの三個の指輪を抜取り、これを日光に持参し見て改めたるに、一体に鈍色を呈し曇の帯びおれど、三個の指輪に挿入せるダイヤモンドは頗る美事のものなるを認めぬ。かかる指輪を有するものは、たしかに富貴の家に人となれる女なるべく思わる。他の一個の指輪は純金に印章を刻めるものなりしが、この印章こそは、かの婆娑妙の徽章と全く同一なる、後足にて立る豹を楯に描けるを刻せるものなりき。これにて見るに、この骸骨は婆娑妙の宝と何等かの関係を有するものならんと思われぬ。

なおこの骸骨は年代を経(へ)したためぼろぼろになれる絹を纏いあり。頗る高価なる錦襴(きんらん)の、その骨を蔽うてなお名残を止めおるより見るに、骸骨の主は当時目も綾なるばかりの盛粧(せいそう)を凝(こら)せるままにて、この中に封じ込られたる事明らかなり。さるにてもこの女そも何ものならん。

　この発見は迷信深き萩原に甚だ強き印象を与えたるものの如く、彼はその日は全く快闊の面影を失うに至れり。これを要するにこの不幸なる女は何もののためにか、罠(わな)にかけられ、生ながら壁の中に塗こめられたるものにして、余等はその骸骨の纏えるぼろぼろになれる鳶色の上衣、錦襴の模様、及びその当時にのみ流行したる襞折(ひだおり)の襟と、千切れたる糸より散ばりおれる真珠とによりて、この身の毛も慄立(よだ)つべき惨劇のたしかにエリザベス王朝時代に起りたるものなるべきを知りぬ。婆娑妙(バアソロミュー)の生時に起りたる事なるか、果(はた)彼の死後に起りたる事なりやは知らず。ともかくもこの不幸なる女は三百年の以前において、不思議にこの世より消滅して、その知人を驚ろかしたるなるべく、当時においては最も奇怪なる椿事として、彼女(かのおんな)の行方は八方に捜索されたならんも、三百年後の今日余等に発見さるるまでは何人もその行方を知る事能わざりしに相違なし。われ等とこの女とそも何等の因縁ぞ。

　頭臚(とうろ)に生ぜる髪は、長くしてなお黒色を呈しおりそを束ねたるに美くしき真珠の根掛を纏いあり、これもまたエリザベス女王の末代ごろに貴婦人の間に流行せしものなれば、この女多分は交際社会にも名を知られし貴婦人にてありしならん。

「この屋敷に妖怪(ばけもの)が出るというのは、この女の怨念が出るのでしょう。僕でもコンな目に遭わされれば幽霊になって出ます」

と健は余に手伝うて骸骨を打返せる時叫びぬ。

「いや全くだ。これでは浮ばれないに相違ない。昔はきっと幽霊にも出たろう」

と萩原は真面目に相槌打ちぬ。

（四）

「誰がこの女を閉籠たか知らぬが、実に惨酷な事をやったものだ」

と萩原はしみじみ嘆声を漏したり。

「疑うまでもなく陥穽(おとしあな)へ入れて、後から壁を塗ったものに相違ない」

と余もまた嗟嘆しぬ。

「昔尼などがこンな目に遭ったと聞ましたが……お寺の壁を壊して中から女の骸骨が出たという事は書物でも読みましたが……」

とこれは健の云えるなり。

「左様、その尼の塗こめられたのは大抵宗教に殉ずるためで、任意の自殺と見るべきもののように考えられるが、これは断じて自分から死を求めたのではありません。見玉え、壁の内側に十字もなければ、基督の御影もない」

と余は燈火を取りて荒塗をなせるままなる壁の内部を検査せしが、忽ち余の眼は、何か鋭どき道具を以て、その内側に書れたる幽かなる文字の如きものを認めぬ。余は胸を躍らしながら、これに明をさしつけ見たるに、

『納　戸　鞠　子』

と読まれたり。ああこれ疑もなく骸骨の主がその死に先だってわが名を書残したるものならん。その字体は正しきエリザベス王朝の書風にて、下に花形を記しあり。文字の甚しく乱れし跡なきよりみれば、黒闇にて記したるにあらず、何か多少の明りによりて書るものなるは明らかなり。遺憾なるはただ姓名のみにて日附なき事なるが、床の上に一個の石片ありたれば、文字はそれにて書たるものなるべし。

なお余はこの女がこの室に幽囚の身となりて、暫らくは生命を繋ぎいたるものならんと考えぬ。何となれば、壁の上部に当り、小さなる穴を塞ぎたる跡ありて、そはたしかに以前空気抜の役目をなしいたるものと信ぜられたればなり。更に余はその骸骨を調べたる結果、この女の右の腕は、小供の折りに折たるものにて、そを下手に接ぎたる痕跡あるを認めたり。

納戸鞠子とあるからは、疑もなく納戸家の祖先の一族に相違なく、また従ってわれ等の探りつつある宝と何かの因縁あるものと思わるれども、ただそれより以上の事は、いかなる想像も下す事能わず。要するにこの発見は、われ等に取りて最も驚ろくべきものなりしかど、またわれ等のために苦々しき失望を与えたる事大方ならず、われ等は詮術なければ、また素の通りに鉄の扉を嵌こみ再び納戸鞠子の骸骨を鎖して、由なき無駄骨折をなしたる事を後悔しながら別室に引取りたり。

はや五時を過ぎたるに、われ等は手と顔とを洗い、釜屋に赴むきて晩餐を取る事としぬ。この日の仕事の不結

果なりし故なるべし、萩原は沈黙して、何か思案に沈める如く、少しも口数を利ぬなりき。物事の悪しく運べる時沈黙となれるは萩原の癖なり。されどそは不成功なりしにせよ、われ等はたしかに長者屋敷に潜める秘密の一ツを暴露し得たるなり。

われ等は長者屋敷に帰れる後、煙草を吹しながら翌日（あす）はいかなる所を壊（こぼ）ちみんとの相談をなしぬ。萩原は今日は宝の代りに骨を見出して、非常なる失望を喫しおれども、なお少しも山気を失わざるなり。彼は幾度も凄き声にて、

「なに宝はきっとここにあります。あるには相違ありません。ただ見つからないだけで」

かの秘密の室の一ツならず、二ツまでもありたる事は、いたくわれ等の希望を高めたるなり。それにつけても手に入れたきは、納戸四方太が売払いたる暗号の記録なるかな。ただ一ツの心やりはその記録が敵のために、何の役にも立ぬ一事なり。

この夜は萩原が土産のラムの数杯を傾けたる後、いずれも寝床に入りたるが、いかにも静かなる月の夜にて、月の光は窓かけを漏れて寝室（ねま）まで差込み来るを見ぬ。

余は忽ち深く眠りに入りて、やがて三時間ばかりを過したるならん。突然余の肩を捕えて揺起（ゆりおこ）すものあり。余は月明りにて、萩原が襯衣（シャツ）と股引（ズボン）のままにて余の傍（かたわら）に立ち、彼の手には短銃（ピストル）の輝やきおるを認めたり。彼は余の耳に囁やきて、

「堀さん、早くお起なさい。今この家に何事か出来かけています！」

萩原は既に健を起せるものとみえ、健は既に無言のまま、急がわしく衣服を纏いつつあり。

注意！　明元旦の紙上より予記の如く**後篇**と改めその梗概（あらまし）と共に記し始むる事とせり。幸いに諒せよ。

前篇の大意（あらまし）（上）

今日より引続き「秘中の秘」後篇を掲ぐるにつき、新たなる読者のためにまず前篇の荒筋（あらまし）を掲ぐる事とはなしぬ。

堀彦市と呼べる青年医師、汽船鶴嘴丸の船長萩原辰蔵と懇意なるより、ある夏萩原が地中海の航海に出かくる

に誘われ、避暑旁々(かたがた)鶴嘴丸に乗込みて、英吉利の倫敦を出発したり。

しかるに伊太利より航海の途中、暴風雨の日さる海上にて、鶴嘴丸は奇怪なる漂流物を発見せしが、そは三百年以前の軍船(いくさぶね)にて、船の全身に海草、蠣殻(かきがら)等附着しおる様子より考うるに、何様久しく海の底に沈みいたるものが何か海底に変ありしため浮出でしものとは思われたり。また不思議なる事には船の艙口(でいりぐち)が悉く密閉しありたるため、船内の要部には少しも水の入りおらぬ様子に、萩原、堀始め一同は奇異の思いをなし、艙口を破りて船内に入(いり)見たるに、そこには夥しき骸骨武器等あり。その骸骨はいずれも三百年前(ぜん)の衣服を着けたるものなりしが、更に厳重なる封をなせる三個の函を見出し、そを破り見たるに、一個は空にて一個よりは一杯の金貨を見出し、他の一個よりは全く読難き秘密の記録二冊を見出せり。更にまた最も奇怪というべきは、船内の一室に、白髪銀の如くにして骸骨と同様なる三百年前の服装を纏える一人の生存者を発見せし事なり。しかる処この老人は唖なりまた発狂者なりにて、果して三百年間この船と共に存(なが)らえいたるものなるか、将(はた)いかなる次第にて船の中にありたるものなるかは、ただ一大不可思議として、人々の頭脳を悩ますのみ。

さて船長萩原と堀とは金貨と秘密の記録とを収め不思議の老人を捕虜(とりこ)として本船に帰り、直(ただち)に英吉利に帰航しせる上、堀は老人と秘密の書類二冊を預り、老人をば当時有名なる半井(なからい)精神病院長に診察させたるに、何か極めて恐るべき突然の事情のために発狂し、かつ唖となりたるものらしければ、数ケ月を経(へ)ば恢復の望あるべしとの事に、堀は喜びながら老人を右精神病院に托し、また秘密の古記録二冊は、古文書に精通せる古城(こじょう)博士といえるに、閲読を乞いたり。

博士は数日を費やしたる後、その書類を読む事を得たるが、この二冊とも鶴嘴丸の発見せし、かの古代の軍船の船長また持主なりし婆娑妙(バアソロミュー)という伊太利人の自ら書記(かきしる)したるものにして、その一冊にはその軍船に関聯したる歴史、即ち三百年以前土耳其(トルコ)の海賊船が盛に地中海を荒し廻れる事ありて、文明諸国のその害を被むる事夥しきより、伊太利に『海賊征伐団』なる任侠の団体起り、多数の軍船(いくさぶね)を製し海賊船と戦争するに至れる次第を記せしものにて、これによるにかの船も即ち海賊征伐団の一船なるが、船長たる婆娑妙(バアソロミュー)は富豪の貴族にて非常の冒険家なるより、自ら好みて海賊征伐に従事しいたる事等を知る事を得、また他の一冊には乗組員七人の血判せる連判状を添えこれには右の婆娑妙(バアソロミュー)が一度西班牙(スペイン)の軍船と闘い、これを捕獲したる事ありて、その時無数の金銀財宝を分捕り、その夥しき宝をば厳重なる秘密の注意を以て英吉利のある場処に埋めたりとの事を記しあり。七人の血判状は則ちこの宝には『海賊征伐団』にて入用の日来るまでは決して手を触れずという誓文なるが、この七人は血判をなせる間もなく、かの船の不意の沈没によりて、船長ともども船内に死去したるものと信ぜらるる根拠あり。つまり宝は三百年後の今日に至るまでも、何人にも知れずに、いずこにか隠されあるものなるべしと思わるるばかりかこの記録によるに、宝の番人といえる名をつけてその時英吉利に残せる納戸太郎といえるものあり。このものは宝の番人の名こそあれ、宝の所在は知らず、ただ秘密の暗号を記せし羊皮紙をのみ代々子孫に譲り伝えよと、このものに渡しおきたりとあり。さてまたその暗号の鍵は今度発見せし記録の中にありて、この鍵と納戸太郎に渡したる暗号とを引合わせて始めて宝の隠し場処を知り得るようの仕組となしありたるなり。さればかの発見せし船の中に暗号の鍵ありたる以上は、なおさら以って宝は今日まで、手を付けられずにあるものなるべしと思わるるなりき。

なおまたこの記録には一の遺言状添えありて、他日『海賊征伐団』解散するの日もあらば、この鍵を以て納戸方に伝わる暗号と照し合わして宝を取出しその三分の一は納戸太郎の子孫に与え、三分の二は藁戸(わらど)熊蔵といえるものの子孫の中にて、その末子(ばっし)に与うべしとの事記されありたるなり。

さて堀はこの発見に勇み立ち、婆娑妙(バアソロミュー)なるものの英吉利にては軽琴(かること)村というに住いいたる事を、これも記録によりて知りえたるより、ともかく軽琴に赴むきて探険し来らんとて、数日の後軽琴に出かけたるに、この村に妖怪(ばけもの)屋敷の評判高き長者屋敷といえる旧家あり。今は貸家となりおれるが、そは三百年以前の石造家屋なりしのみか、その壁に婆娑妙(バアソロミュー)の紋章を発見したるにぞ。堀はいよいよこの家なりと勇み立ち、もし宝がこの附近に隠しあるならば、宝の番人たる納戸姓のものと宝三分の二の所有権を有せる藁戸姓のものも、この辺に住みおらんも知れずと、種々探りたる結果、藁戸といえる苗字のものはなきも、納戸四方太(よもた)といえる大酒呑の日傭取(ひようとり)ある事を聞知り、尋ねみたるに、果せるかな、それが納戸太郎の子孫なる事知れ堀は狂喜措くところを知らず。されど四方太と話の中に昨日倫敦より来れる一人の紳士ありて、四方太は代々わが家に伝わりいたる反古の如き記録をこの紳士に売払いたりとの事、及びその紳士も堀と同様長者屋敷に関する種々の問を試み行きたりとの事を聞き、堀は開いた口も塞がらず。

前篇の大意（下）

堀はそれさえあれば、すぐにも宝は手に入るはずの暗号を、倫敦の一紳士に買取られたりとの事に失望しながら、倫敦に帰り来りしが、宝の詮議よりも差当り職業を求めねばならずと思う矢先、場外れの尾形医院といえるにて院長不在中の代理を頼まれ、これ幸いと夜昼そこに勤めいたるところ、一夜遅く来れる不思議の美人あり。美人はその兄とただ二人、黒木が原に住いおるものの由なるが、兄というが急病故診察を頼みに来れるものとの事なるにぞ。堀は商売柄なり、殊に好奇心に駆られ馬車を雇うて美人と共に黒木が原に赴むきたるが、その淋しき原の真中に来たれるころ美人は俄かに色を変え、突然堀に向い、診察を頼み難き事情ある故、ここより帰りくれよとてその事情は少しも語らず、ただわが名の梅田花子なる由を告げ、遂に堀を帰らしむ。堀は不思議に堪えず、詮方なく原中より引返せしが、その後美人は再び尋ね来らず。堀は徒らに思い惑うのみなりき。

この間に船長萩原は再び地中海に航海し、精神病院に預けおきたるかの老人は、次第に回復の徴候見え来れり。堀はほどなく尾形医院を辞し、また暫らく遊びおる身体となりしが、ある日かの秘密記録を預けおける古城博士より堀の許に電報あり。何事ならんと博士方に赴むきみれば、意外にも博士方に三人の盗賊入込み、博士の書斎をのみ荒し、堀の預けおきたる記録の中一冊を盗み行きたるなりけり。もっとも一冊の大事の口は金庫の中にありたるより幸に安全なるを得しが、この椿事によりて、堀はいよいよ自分と同様、秘密の宝をつけ狙いおるものあるを知り、ここに神変不思議の大敵の表われたる事明白となりしより、堀博士等の驚大方ならず。二人は相談の上この上はともかくも先んじて宝の隠し処と想像さるる長者屋敷を借受けおくこそよけれと、堀は慌てながら軽琴に赴むき、自ら長者屋敷を持あぐみおる毛馬といえるものに談判せしに、驚ろくべし、早くも既にその借受を申込みおるものあり。されど堀はまだその契約済とまでなりおらざるを幸いとし、無理やりに借受る事とはなしぬ。

堀はその際借受の申込人はたしかに納戸四方太より暗号を買取りたる男なる事をも確め、なお彼が毛馬方に通知しおきたる倫敦の処書と、その名の古嶋新平といえるものなる事をも知り得て、すぐ倫敦に引返し、その古嶋新平を探らんとしたるが、処書の場所に彼は住いおるにあらず、ただ時々郵便受取に来るものなる事を探り出したれば、その中には古嶋の来るならんと、堀は毎日張番に赴むきいたるが、ある日心易き巡査より、その家に古嶋の来りおる事を告げられ、終日待おりたるも古嶋は出来らず、却って夜に入り、そこより出来りたるは意外にも先の夜の美人梅田花子なるに驚ろき、忽ち一種の疑起りて、花子をつけ行かんとしたるも、古嶋の方が第一なればと、止むなく花子の方は見合せ、なお古嶋の番をなしいたるところ、その実古嶋は裏口より抜出たるものなれば、堀は遂に虻蜂取らずの失敗を遂げぬ。

堀はこの失敗に鑑がみ、今度は博士の甥にて匹田健という機敏なる青年を助手に依頼する事とし、二人にて再び軽琴村に赴むきて、古嶋が郵便の受取先をある所に改めたるを知り、健は倫敦に引返して今度の受取先を注意せしめ、自分は独り軽琴村に留まりいたるに、一夜堀は三人の無言なる追剝のために半死半生の目に逢わされし事あり。その中健より何の便なきのみか、却って博士より行方不明となりたりとの報知を得、大に驚ろきて倫敦に帰り、健の行方を探りつつ一方には古嶋の郵便受取所を注意しおる中、一日そこより出ずる例の美人梅田花子を認め、今度こそとその跡をつけ行きて米屋町百二十番屋敷に入るを見届けたり。翌日堀はこの屋敷の張番をなしいたるに、果して花子の立出る姿を認めたれば、後よりつけ行きて言葉をかけ、暫らくは一緒に散歩し、花子の口より何か引出さんと試みたるも、花子はよほど怜悧の女にて、少しも要領ある話をなさず。ただ堀はこの女の、十分教育に富み、かつ心様も決して賤しからぬものなる事を信ずるに至りたるのみ。

堀は美人とは本意なく分れしが、健の行方不明後十数日を経たるある夜明前、突然建は堀の許に帰り来りたり。今健の語る処によるに、彼は古嶋新平の居処をも突止め、その党類をも探り知りたるのみか、一夜古嶋とその仲間にて最も獰悪なる黒鬼鉄平といえるもの等が、明家の中にて一人の青年紳士を惨殺し、その情人ならんと思わる一人の美人（梅田花子）を捕え来りて、その前にて死体に侮辱を加えたる驚ろくべき惨劇を目撃し来りたるものにして、健が行方不明となりたるは、その惨劇を目撃せる後、ある失策より家宅侵入罪に問われ、警察に拘留されいたるためなりしという。

堀は健の話にて古嶋等の実に恐るべき曲者なるを知り、大いに警戒を加えながら健と共に、今度はいよいよ長者屋敷に住みこみ、宝は屋内にあるべしとの目星をつけて、ある場処の壁を壊ちみたるに壁の中に一個の秘密室を発見したるも、その中には何ものもなきに失望せり。それより堀等は数日所々を吟味しみたるも、好結果を得ず。苦心の際鶴嘴丸の船長萩原辰蔵は第二回の航海を終り、暫らく暇の身体となりたるより、堀等を助くるがために長者屋敷に来りぬ。

ここに三人は新たなる勇気を以て、またもある場処の壁を壊ちみたるに、そこにもまた第二の秘密室ありて、その秘密室の中には、気味悪くも一個の女の骸骨あるを発見せり。なおこの骸骨は三百年前の流行衣服を纏えるままに横わりおり、頭髪もそのまま存し、髪には真珠の髪飾り、指には金剛石の指輪等を嵌めおり、貴婦人の壁の中に生きながら塗こめられて、惨死を遂たるものなる事明白にして壁にはこの婦人がひッ掻き記せる文字の跡ありて『納戸鞠子』と読まれたり。

されど何故にこの婦人が生きながら塗こめられたるかは少しもわからず。三人はこの発見に気味悪さを感じ、元の如く秘密室を鎖し、その夜は眠りにつきたるが、夜半に至り、萩原は不思議の物音を聞て目を覚し、堀と匹田とを揺起し、今何事かこの家の中に起りつつあれば、めいめいピストルを持ちて起出よと囁やきたり。

以上は前篇の大意なるが、この小説はすべて堀医師が自から筆を取りて記せるやうになりあれば明日の紙上よりはその積りにて御覧を願う。

地下の隧道

（一）

余は睡き眼をこすりながらも、事態すこぶる容易ならざるらしきに、床を蹴って立上りぬ。

「静かに。そンな音をさせてはいけません」と萩原辰蔵は低く囁やきつつ余を制して、「堀さん、よく耳を済して聞いて御覧なさい、何か物音が聞えましょう」

なるほど耳を欹たてみれば、どこやらにて、たとえば静かに木を挽くが如き奇妙なる音聞えつつあり。

されど余は別段心にも止めず、

「しかしあれは鼠でしょう。鼠や鼬が馬鹿に沢山いて、夜中騒々しい家なんですから」

萩原は頭を振りて、

「いや、ドクトル、鼠とは違います。鼬でもありません」と彼は固く信ずる如く叫びて、「貴君の短銃はどこにあります。今短銃が入用かも知れんです」

余は十分に腑に落ちぬながらも、ともかく床を出でて手早く衣服を纏い、短銃を手にして立ちぬ。余は不意に目を覚されたる故、多少の不平もありて機械的に戸口に歩みながら、かの音を聞かんとせるに、またしても萩原は余を制し、足音高しと叱せるなり。彼もしいつもの迷信と、今日不愉快なる骸骨を発見せしとより、過敏に神経を働かして、われわれを起したるならんには、余は十分の弁償を彼になさしむべしなど考えながら、踏止まれるに、今度は匹田健が口を添えて、

「堀さん全く鼠じゃアありません。何ものかこの家に侵入してるです」

余も真面目にならざる事能わず。われ等三人は辛くも足音を偸みつつ、廊下に出で、床の上に平たくなりて耳を傾けたり。しかるに怪しの物音は真中の室より来るものの如く思われぬ。その真中の室といえるは、即ち外にもあらず、余と健とにて僧侶の隠れ場処ならんと判定せし、秘密室を発見せし処なり。

われ等は扉を開き、そッと室内に入込みぬ。物音はかの秘密室より発すると覚し。余はそッと立寄りみたるに、音響は直ちに秘密室内に起りつつあるにあらず。されどその中に入らば一層明白に弁まえ得べく思わるるより、かねて取つけおきたる例の重き樫戸を外し、三人は順々にその中に潜り込みぬ。

しかるにこれと同時に、物を挽く如き音はハタと止まりたり。されどわれ等はすぐわれ等の立てる足下に、ひそひそ語る人声を聞けるなり。

さてはわれ等の敵は、地下より侵入しつつありと覚えたり！

余は耳を澄まして、その声を聞取らんと試みたるも、床に隔てられて少しも判らず。蓋し彼等はわれ等の立て

る処より、数尺の下にある厚き壁の中にて働きいるものの如し、彼等は今その働らきいる処に、宝の隠しあるを知りて、余等にはまだ知り得ぬ秘密の途を取りて侵入し来(きた)れるならんか。鋸の音はまた聞え始めたり。これと共に鶴嘴の如きものにて、石を打つ音聞え、どうやら彼等は上に向って、即ちわれ等の方に向って上り来るものの如くにも思われたり。われ等はさながら猫が鼠の出るを待構えおるが如くに、息を凝して彼等を待構えぬ。

　われ等は幾時間そこに待構えいたるならん。その中朝の四時ごろになりて、すべての音はピタリと止り、いかに耳を澄すも、何も聞えずして、ただひっそりと静まり返れり。われ等は彼等が仕事を終りたる故ならんと鑑定しぬ。

　なお一時間待構えいたるも、その後はいかなる物音も起り来らぬ故に、多分彼等は夜明間近となりたるに退去したるものならんと思い定め、この上はわれ等の立(たて)る床を発(あば)きて真相を確かめんと決定しぬ。

　われ等は直ちに必要の道具を持来り、秘密室の床を壊(こほ)ちに取かかりしが、これはさして困難にもあらず。床に詰たるセメントを悉く取除き見たるに、意外にもそこに陥戸(おとしど)あるを発見したり。さてこそ容子あらんとわれ等は胸を躍らせながら、その陥戸を引上げ見たるに、驚ろくべし、その下は黒暗々(こくあんあん)たる穴となりおり、一種の古臭き臭気はぷんとわれ等の鼻を衝き、これと共にその穴より煽り来る風にて、萩原の持てる蠟燭は吹消されたり。

（二）

　萩原の持てる蠟燭は吹消されたれど、健が別に探険燈を持ちいたれば、これにて照し見たるに、黒き穴と思いたる中には、粗末なる階段(はしごだん)ありて下に通じおるを認めぬ。

　余は真先に立ち、不意の攻撃を受たる時いつにても短銃(ピストル)を放ちうるように構えつつ、その階段を下り行きぬ。二人も後より続きたり。階段の両側は石にて畳める壁となりおり、梯子段の尽きたる処は、丁度窖(あなぐら)の見当に当りて、そこに全く釘づけとなれる頑丈なる戸あり。しかるにその戸は二尺四方ほどに鋸にて引切られあり。その鋸屑の新らしきより、この戸は夜来わが敵の引切りたるものにして、われ等の聞つけたる怪しき物音はまさしくそを鋸(ひ)ける音なりし事を確めぬ。なおその辺には蠟燭の燃屑(もえくず)など落散りおりしが、敵はこの戸を切り得たると、夜明間近になりしとより、跡は翌日（あす）の夜の仕事と極（き）めて退散せしものと思われたり。さるにてもいずれに退散せしならん。

余は先に立ちて戸口を潜（くぐ）れるに、意外にもそこに狭き暗き一条の隧道（トンネル）を現出せり。隧道の周囲は荒切の石にて畳み、全く破壊の憂なきようになしあり。また隧道の方向は、次第に地下に向いつつあるを見たり。

されど段々と進み行くに従って、全く石畳のなき処もあり。上より土の落来る処さえありぬ。

二人並びては全く進む事能わざるほどの狭さなれば、健は探険燈を打振りつつ余の跡に続き、萩原は殿（しんがり）をなせるなり。

われ等三人はあまりに激せるため、殆んど一語をも発するものなく、黙々として隧道を下りかけるなり。いつまで下り行く事ぞ。隧道はますます地下に向って穿たれ、遂に地心に入らずば、際限なきものの如くにも思わるるなり。余は多くの小説または記録の類において、地下に作れる抜穴の事を読みたる事あり。されど自から地下の抜穴を旅行する事は、余に取りて全く新らしき経験にて、また至って胸のみ騒がるる経験なり。

黒鬼鉄平及びその仲間のもの等は、かの戸口に近くいろいろの道具を置行きたるものなる故、彼等が再び帰り来らん事は明白なりというべし。されど彼等はいずくより帰り来るならん。かくの如き深き地下より彼の帰り来らんは、最も不思議のようにも思わるるなり。

されど隧道はまた次第に上り始めぬ。さてこそと一二町も徐々（そろそろ）上り行く中、こたびはまた鋭どき傾斜をなして、下り始めたり。この辺はすべて隧道の屋根より、夥しく雫を漏し、下はまたじめじめと湿（うる）おいおり、水の流るる処さえありて、その不愉快なると、気味悪き事は全く言語の外なり。

されど余等はどこまでも隧道の尽る処まで行かんと、身に泌る寒さを堪（こら）えながら、進み行けるなりしが、凡そ始めより六七町も来りしかと思うころ余は忽ち物に躓（つまず）けりと思う刹那、こはそもいかに余は全く呼吸を失い、何かは知らず、自分の身体よりすさまじき風を起しつつ、地獄の如き真闇（まっくら）の空間を墜ち行けるなり。余は何とも知れぬ怪鳥に数度（あまた）身辺を掠められたるを覚えしが、それも瞬間にして、余の身体は忽ち強く水を打ち、同時にわが手は無意識に、水の縁に突出でおる粘々（ねばねば）せる石を捕えたるなり。

わが身はどこにどうなりたるかは全く知らず。そは四辺（あたり）は陰々たる暗黒に鎖されて一物をだも見る事能わざればなり。余はただわが身体の、氷よりも冷たき水中に浮びおり、わが手の滑らかなる石を抱きおるを知るのみ。余は全く生（いき）たる空もなく、声高く助けを呼べり。忽ち萩原の応うる声を聞きぬ。

「堀さん。どうもしませんか、無事ですか」

余は声を聞きて、天井を仰げるに、遥かの上に星の如く輝やく光を認め、わが二人の友が窺きおるをも認めたり。

余は忽ち事実（まこと）を知れり。何ものにても敵意を抱きて、この隧道を侵入し来るものに対し、陥穽（おとしあな）として設けられたる、その井戸に、端なくわれは陥いりたるなり。

（三）

余は天井に向い、家の中に行きて長き綱を持来れと叫びたり。健は、

「それまで辛棒が出来ますか」

と心配らしく問う。

「長くはとても出来ん！」

と余は答えぬ。実際余はこの上とても十分と続き得べしとは思われず。氷の如き水は全くわが半身を麻痺せしめ、次第に全身をも麻痺せしめんとせるなり。かつ水面は黒暗々として何ものをも分（わ）き難く、その上にたしかにその流れおる如きを感ぜる。この深井（しんせい）の中にありて、少しにても身動きなさば、忽ちその滑らかなる石より離れ、身は水底に引こまるべしと思うにその心細さは一方ならず。幸いにかかる深井には往々見る如き不思議の天祐ありて、空気の左まで有毒ならざりしは、この上なき仕合せなりき。元来上の隧道（トンネル）は、その一端たしかに外気に通じおるものと覚しくて、強き風をなして空気は流通しいたるなりき。

天井にて二人は相談を始めたり。そこにはただ一個のランプあるのみにて、余の外には二人とも燐寸（マッチ）をも持ちおらぬ故、家の中に引返すものが明（あかり）を持行けば、跡は全く暗（やみ）の中（うち）に残らざるべからず。されどそは止むなき事として、健が足速きよりその探険燈を持ち家の中に引返し行きたり。その前に萩原は平たくなりて、井戸の縁より首を突出し、余を見下しいたるなりしが、彼は真暗となるや否や、余を慰さめかつ励まさんとして、頻りにいろいろの事をいうなれども、震を帯びおる彼の調子は、彼

がその口とは全く反対に、非常なる心配をなしおる事を裏切(うらぎり)せり。

「奴等は橋をかけてここを渡って来たのだ。そして帰る時に橋を引いて行ったものらしい。堀さん大丈夫かね。気をしっかりなさい。もう匹田君が帰って来る。今暫らくの辛抱だ」

「何分冷たくって仕様がない。凍え死にそうだ」

と余は呻くように訴えぬ。

「そンな事を考えちゃアいかん。上へ昇ってブランを一杯ひッかければ寒いのなんぞは忘れっちまいます」と彼は頻りに余に元気を附けんと勉めながら、「明(あかり)で見ても貴君はここから見えないんですが、全体どの位の深さでしょうな」

余は殆んど七丈の深さならんと考えたるが故に、その通りを答えたり。されどこはただ大ざッぱの想像に過ぎざるはいうまでもなし。

かかる処にて待ちおるは、一分もなお一時間の長き心地す。その中に余は幾度か、健の帰り来る前に気力を失いはせずやと危ぶみぬ。されど遂に健は引返し来れり。その中探険燈は天井より次第にこなたに近づき来るを見ぬ。そは綱をもて吊下られたるなり。余はその燈火によって始めて自分の恐るべき地位を知りぬ。余の半身は暗黒なる水中に没入しおり、僅かに手を以て、突出でおる石に縋れるなりしが、この石を除きては他に全く縋りつくべき処もなきを知りたれば、わが生命(いのち)の助かりたるは、実にこの石ありたるがためのみと、今更に胆を冷やせるなりき。今は燈光によりて目のなき栄螈(いもり)及び気味悪き異様の動物の五六匹、ちょろちょろとわが腕のあたりを這うを認めぬ。

忽ち丈夫なる綱のわが身辺に来るを見たれば、余はそを捕えて、多少の困難をなせる後そをわが腰に縛りつけ、合図を与えたるに、剛力無双の萩原と、健の二人はえいえい声して綱を引き、とかくする中、首尾よく余の身体は引上げられたり。

余等は井戸のかなたに敵等の引上げ行きたる板を認めたるも、そを取り能わざると、余がこのままにては凍死すべく覚ゆるとより、ひとまず家の中に引返す事とし、さて居室(いま)に帰りて、余は身体を摩擦し衣服を改め、ブランデーを呑(のみ)、その中全く気力を回復したれば、再び隧道の探険に赴むかんと、今度は丈夫なる板二枚を健が小脇に抱え、余が例の如く真先に探険燈を携さえ進み行きぬ。

余は井戸に落つる時短銃(ピストル)を取落したるは残念なれど、これは後刻六斤腿にて買整う事とし、今は手ぶらなれど全く敵に逢う心配はなからんと高を括りて出かけたるなり。

　余等は再びかの井戸の処に来りて橋をかけ渡し、首尾よくそを渡り終せぬ。長者屋敷を作りたるものは実に驚ろくべき目論見をなしたるものかな。そはとにかくわれ等は第二の陥穽もやと、今度は探険燈を地に着けるようにして歩み行きしが、最早さる危険の場処もなく道は次第次第に上方に向いおり、やがて一哩以上来れると思うころ、忽ち隧道は急の傾斜をなして天上に向いおるを見出したるが、われ等はこの時突然異様の音響を耳にして立留まりたり。

(四)

　余等は確とその音を確かめ能わざりしも、なお少しく昇り行ける時、その物音の馬の蹄及び車輪の音なる事を確かめ得たり。なおその音はわれ等の頂上に当りて聞ゆるものなれば、われ等は今大道の下にあるものと覚えたり。思うにその大道は六斤腿に通じおるものならん。

　更に進むほどにわれ等は遂に粗末なる石段の下に来りぬ。この石段を上る事十数段にして、その行当りに一枚の戸あり、鎖されいたり。われ等は素より囁やきつつ語り合える末、その戸を開かんと試みたるに、錠を卸さざりしか、無造作に開く様子なり。

　余は静かにそを押したるに、戸は、鉸よりぎいいと音して開き、同時にきらきらとさし込む日光のため、われ等の暗に馴れたる目は眩むよう覚えたり。そッと窺がうに田舎の百姓家の裏庭あたりとも覚しく、われ等の前には穀物倉らしきものあり。全く人の居る気色とてもなければ、余は燈火を消し静かに戸口を滑り出ずる後より、健と辰蔵も続いて隧道を出でたるが、果してわれ等はいと大いなる穀倉の後に出たるなり。

　幸いにそこここに藪をなせる灌木の生えおれるに身を潜めつつ窺えばよほど古き百姓家らしく、この穀倉を取囲みて、裏庭となりおり、畑なども耕やしあり。四辺の様は、余が不十分なる軽琴の智識より考えみるに、全く目新らしく知らぬ処の如く感ぜられぬ。母家は穀倉より数十歩のかなたにあり、長き低き平屋にて藁葺の家なるが、半ば木立に隠れおりぬ。

　家の前の方に当り、薔薇の叢ありて、その横手の方に一人の若き田舎娘の立ちながら、日避帽を被りて鵝鳥に餌を与えおるを、余等は隠れながら注意しぬ。

われ等はいかに働らくべきかに躊躇しぬ。この場処こそ確にわれ等の敵の根拠地なるに相違なし。あるいはこの百姓家の中が敵の参謀本部ならん。母家を隔ててかなたに高く寺院あり。全く余の見かけぬ寺院なりしが、その寺院を取巻き、小さなる村落を形作れるものの如し。田舎の事とてこの百姓家には周囲に柵さえ結繞(ゆいめぐ)らしあるを見れば、われ等が忍びて村に出るには便利ならんと思われぬ。ついてはともかくも機敏なる健がかなたの村に行き、この百姓家に何ものが住いおるかを確かめ来る事として、その間余と辰蔵とはどこか安全の場処に隠れて、健を待おる事と定め、穀倉の数十歩横手、後の方に当り、丁度身を隠くすに屈強なる藪あるを認めたれば、われ等は一人々々身を屈めながら、その藪に赴むきたるに、果して屈強の隠れ場なるのみか、そこよりは最もよく百姓家の建物を窺がい得るなりき。健は遠廻りをして村にと忍び去りたる後に、余と辰蔵とは周囲より見えぬように藪を繕ろい、悠々と煙草を吹しながら、頻りに百姓家を注意せり。もしやわれ等の敵の片影(かたかげ)もやと窺がいおれども、仕事着のままの百姓爺(おやじ)と、曩(さき)の小娘の外には全く人の気色(けはい)もなく、いと森閑となしおれり。丁度今寺の鐘が九時を打ちし処にて、いと麗かなる朝景色なり。百姓家の前には小さなる花園ありていろいろの花咲乱れおり、その香はわれ等の隠れ家まで届くようにも思われたり。かの地下の隧道の終(おわり)に立(たて)る穀倉の建物は、よほど古きものにて、屋根はさんざんに繕ろい荒し、破風(はふ)は全く黒ずみ返り、菱形の小さなる硝子(ガラス)窓には緑玻璃(ガラス)を嵌込みありて、その母家と同じく全く古風のものなるが、その窓の中幾個(いくつ)かの不格好に塞がれあるは、いつの頃にか窓税というを課せられたる事あれば、その名残なりとは思われたり。

一時間ほど待ちたれども健はまだ帰り来らず。萩原はそのパイプにも飽きて、幾度かあくびを続けたり。余も少し飽々(あきあき)せるのみか、ヤヤ不安を感じ来れる時しも、かかる田舎には思いもかけぬ美くしき女の姿、忽然として花園の中に表われたり。女は桃色衣(ぎぬ)を纏い大きなる麦藁の帽子を被りいたるが、無心に余等の方を眺むる時、余は女の顔を見て、あッと驚ろき叫びぬ。

そは別人ならぬ梅田花子なりき！

納戸四方太（よもた）の使（つかい）

（一）

余は萩原に向い、

「見玉え。今花園へやって来た娘を！　あれが梅田花子です」

と云えば萩原も驚いて、

「えッ、梅田花子！　どれ」と云いさま、薮蔭より窺き見て、更にまた驚ろかされながら、「やア非常な美人ですな。これは驚ろいた。それじゃア殺されたのはこの女の愛人（ラバー）だろう」

「ウム」

「なにをしにここへ来たのかしら！」

「それが実に不思議です」

と云いつつ余は頻りに花を摘みて、束となしおる花子を打守りぬ。

「堀さんどうです。あの女と貴君話をなすってみては。きっと何かわれわれの利益になる事を話すでしょう」

「いや、話さんでしょう」

と余は答えぬ。

「それはどういうもので？　自分の恋人（ラバー）が殺されたのなら、話さん訳はありますまい」

「匹田君が偸聞（ぬすみぎき）をした処を考え合わせて御覧なさい。殺されたのは恋人（ラバー）にせよ、誰にせよ、悪人等の命令で、花子はその男を欺むいて、誘（おび）き寄せたのです。それだからその男が彼等の罠（わな）に掛ったので、畢竟（つまり）悪人等は花子を共犯者――まず従犯者というような地位に陥し、いゝやおゝうなしに花子にその秘密を守らせる事にしたのです」

萩原は沈吟しながら、

「なるほど、そうかも知れん。黒鬼はよほど奸智に長（たけ）てる奴だから。いや、そうだろう。彼奴（あいつ）はいつでも他人に罪を被（き）せる事が上手で、そのために警察の目を免（のが）れる事も度々だったから」

花子は十分に花を摘みて後小さなる枝折戸（しおりど）に腕を凭（もた）せて、懶（もの）うげに野良の方を眺め入りたり。余は花子の顔がいたく窶（やつ）れ、また蒼ざめたるを認め、余が始めて渡辺町なる尾形医院の診察室にて、花子を見たる時に比し、いかに多くの変化を来したるかに驚ろきぬ。さるにてもいつより花子はここに来りおるならん。米屋町の近所にて、長く余に遭わざるべしと語りたるは、かかる田舎に移り住む事となりたるためならんか。

かの時まで花子は我友にてありき。されど今もなおわが友なりや否や。余は宝庫探険に最も心を労しおる時にても、なおかつ花子を念頭に浮べざる折とてもなかりき。打明て云えば、かの井戸の底に陥いりたる時も、最早再び花子に逢うの機なくして、この世より失わるるならんかと悲しみたるなりき。さるを端なくも今目前(まのあたり)に花子の姿を見て、わが心いかでか騒がざらん。その黒眼がちなる注意に充(み)てる目は、隠れたる恐ろしき秘密を包みおる事を示して、その哀れにも気の毒なる有様は、比べんようもなきまでにいじらしし。余は全く花子を恋(こ)うる事を自白す。されど花子は今の処全く余より近よる事を許さざるなり。

花子が家の中に引返し行きたる時、健は漸やく帰り来れり。彼は多くの報告を得たる由にて、最早ここに潜む用なければ大道に出ずべしとて、私(ひそ)かに余等を導びけるなり。われ等は叢(しげみ)に隠れ隠れ野良を横ぎり、大道に出でたる時に、健は頗る価値ある報告をなしぬ。

この報告によるに、この村は中里と呼ばるる小村落にて、軽琴よりは一哩(マイル)半ばかりを隔ておるなり。われ等の隧道を出でたる場処は名主屋敷(なぬしやしき)と呼ばれ今日住みおるは桶田(おけだ)という老人にて、近来古嶋といえる紳士と、その姪とを下宿させおり。この下宿客の許へはしばしば来客あり。その中二人は池田という処より来れるものなりと称し、一人の名はたしかに鉄平なる事を、健は聞出し来れるなり。古嶋は三週間前よりそこに来りおるものの由なるも、その姪と呼ぶ若き女は、最近に来れるものなりという。

健は右の事実を、中里のビール店にて聞出し来れるなり。彼はなおこの外にも一個の事実を探り来れり。そは右の若き娘に関して、流言のこの村に行われおるといえる一事なり。

余は驚ろかざるを得ず、

「え、流言？　どンな噂が？」

と問えば、

「その娘が真夜中に、酔漢(よいどれ)の納戸四方太と畑の中を歩いていたという事です」

「え！　あの娘が真夜中に畑の中を納戸四方太と！」

余は全く呆気に取られたり。

（二）

「そうです。古嶋に羊皮紙を売ったというあの納戸四方太と歩るいてるのを見たというので、頗る評判なのです」

と健は附加えぬ。

「いや、それでは四方太は花子を知ってるとみえる。彼奴に聞けば多少分る事があるに相違ない。何ビールの一二本も呑せれば訳のない事だ」

と余は叫びたるが、彼が果して腹蔵なく語るや否やはちょっと気懸りなり。

健の報告に従うに、中里村のものは、古嶋が名主屋敷に下宿なしおる事については、毫しも怪しみおるものなきが如し。また村の人は、一人も中里と軽琴とが、秘密の通路によりて交通し得る事を知りおるものなきが如し。

そはとにかくに古嶋と鉄平とがいかなる方法にてか、その通路を知りいたる事は疑うべからず、また知りいたるが故に、名主屋敷に下宿したるものなる事も分明なり。

桶田といえる老人は多分この隧道は知らざるならんと思わる。そはかの隧道の入口の辺は全く人も通わぬ草叢となりおるのみか、最近までそこには土塀ありて隧道を隠しありたるものにて、その土塀の崩れたるは、極めて新らしき出来事のように考えられたればなり。思うにこの名主屋敷なるものも婆娑妙の昔にありては、宝の秘密と縁故あるものの住いいたるものなるべし。

夜前長者屋敷の床下に働きつつありたる、われ等の敵は多分その疲なり、また今夜の勢力を養うために、今まさに名主屋敷の中にありて熟眠を取りおるものならん。われ等は大道を軽琴村の方に帰る途中にて、一人もその徒党と思わるるものに出遭わざりき。

長者屋敷に帰りつきたる時、われ等の位置は頗る滑稽なりき。何となれば夜前われ等は厳重に戸締をなしおきたる事とて、全く締出されたるも同様中に入る事能わざるを発見したればなり。われ等はいかにして家の中に入らんと苦心したる末、健が一策を案じ、二階の欄間を外し得ば、その中より潜り入るを得べしとて、かかる時の役目には打ってつけなる健は、樋を伝うて猿の如く昇り行き漸やく欄間を外してその中に潜り入るを得たればほどなく余等はわが家の中に落つく事を得たり。

余等は額を集めて談合する処ありしが、今後のわれ等の運動については格別名案なきも、ともかく確め得たるは、敵がわれ等よりも遥かに進みたる方法によりて、秘密の隧道を知り得し事、及び敵もまたわれ等と同じく宝はこの長者屋敷の中に隠されある事を確かめおる事の二点なり。こはたしかにわれ等の希望を一層大ならしむ処にして、今は宝の長者屋敷にあるべき事、殆んど疑を容れざるものの如く思わるるに至りしなり。要はただいかにして敵に先んずべきかにあり。

　われ等は釜屋に赴むきて食事を取りたる後、健と辰蔵とは、なお隈なく捜索するため長者屋敷に引取り、余は新たに短銃(ピストル)を買入るると、納戸四方太に遭う事の二用件をかねて、二人に分れ、六斤腿(ロッキンハム)の方角に赴むきぬ。

　余は第一の用件を済して後、四方太の家を訪ずれたるに、労働者の事とて家にあらず。近所のものより、彼が一哩(マイル)ほどを隔てたるさる雑木林の傍(そば)の野良に、仕事をなしおる事を告げられたれば、早速教えられたる場所に赴むきみたるに、果して彼は土地を鋤返しおりしが、余の近より行けるを見て打驚ける様にて、鋤を突立て余の方を打守れり。余は彼の傍(そば)に行きて、

「おお四方太爺さん、暫らく遭わなんだな。今日はまたお前に聞たい事が有(あっ)て来たんだがね」

と云つつ畔(あぜ)の芝生に腰を卸しぬ。彼は余の方に進み寄りながら、

「何でがす。もうお前さんに話す事もねえだが」

「なに、六ケ(むつか)しい事を聞に来たんでもなんでもない。己(おれ)の尋ねる事に快よく返事をしてくれれば善(い)いんだ。どうだ包まず話しをしてくれれば、一円やるが」

四方太の眼は輝やきて、

「なに一円くれる？　何でも話しますべいよ。私(わっち)ゃ一日稼いでも一円はちとハア六ケしいだから。一円くれるなら何でも話しますべいよ」

(三)

「ウム、それは忝(かたじ)けないが、お前に尋ねたいというのは外でもない。中里村の桶田という家に若い女が居るが、お前知ってるかね」

と云えば四方太は無造作に首肯(うなずい)て、

「知ってまさ。小供の時からよウく知ってるでがさ」

「なに、小供の時から知ってる。あの若い女をかえ。はてね、それじゃアお前が知ってるだけの事を話してく

れんか」

「だがそンなに話す事も無えでがさ。私ゃあの娘の父親の名も何ちゅうか、知らねえだが、あの娘は二ツの時に、倫敦から私の嫂の処へ里子に来ただね。嫂も両親の名を知らずに預かっただが、何でも人の噂じゃアよっぽど良い家の子らしかったでがすよ。嫂はそのころ鹿飛という処に住んでいたで、里扶持は恩田という処の状師から月々貰っていただアね。お前さん、鹿飛はまだ知るめえね。ここから二里半ばかりだが」

「鹿飛荘のあたりかね」

と余は尋ねたるが、この鹿飛荘といえるは津軽男爵夫人なる人の美くしき庭園ある処にて、余は曩に近辺を撮影し廻われる頃、夫人の許可を得て、その庭園をカメラに取りたる事ありたるなり。

「そうでがす。鹿飛荘の近所に居たので、あの娘は嫂の処で十二の年まで育っただね。嫂もわが子のようにしていただが、あの娘もまた産の親のように懐いていてね。時々六斤腿へ出かけて来ただが、えら可愛い娘だから私も可愛がってやっただね。嫂が死んだ時に、あの娘は倫敦へ引取られただが、何でもどこかの貴婦人が世話をして女学校へ入れたちゅうことを、そのころ聞いたでがすよ。その後今日まで七年が間ちゅうもの、生きたとも死んだとも、分らねえでがしたが、ついこの間、私の小舎へ尋ねて来た女が、お前さん、あの娘なんでねえかね。私ゃえら驚ろいたでがさ。始めはわからなかっただが、それが全くあの娘でね。えら美くしくなっただからね、誰でも魂消ねえ訳にいかねえだ。はッはッはッ」

と心よげに老人は打笑えり。余はいたく好奇心を動かされて、

「少しも両親の事は分らんのかね。何かその里子に関してそのころ噂でもあったというような事はなかったのかえ」

「なんにも分らねえでがすね。毎月里扶持を払っていた恩田の状師というのが、引受ていたでがすから、その人なら知ってたに相違ねえだが、もう死んじまってね。この世に居ねえだから聞くわけにもいかねえだね」

「お前の嫂というのはどういう縁故で、あの娘を里に取ったのかね」

「それは縁故もなにもねえだ。新聞の広告が媒人をしてくれただけでがすよ。私の女房が、えらあの娘が好きでね。そのころは私にも女房があって、今のように呑だくれてばかりもいなかったでがすよ。ははッ」

「この頃にお前を尋ねて来たというのは、何ぞ用でもあったのか。ただお前が懐かしくて来たという訳かね」

「小供の時度々来た家だから、懐かしくて来たでがすべいよ。だけんども私ゃ、そン時えら美くしい倫敦の女ッ子が来たから、なにを間違えてこンな処へやって来たのかと思っただ。処がお前さん、園山菊枝と名乗られておッ玉消ずにいられなかっただね」

「なに園山菊枝！　そういう名の女ではないぜ。私のいうのは梅田花子という女の事だが――」

「梅田花子？　そンな女知らねえだ。はて、お前さん、中里の名主屋敷に来ている娘の事尋ねたでねえかね」

余は少しく驚ろいて、

「ウム、そうだ。背のすらりとした、卵子形の顔の、目の黒い、十九か二十位の――」

「それなら園山菊枝坊でがさ。そンな若い娘は名主屋敷に一人しか居ねえはずだ。菊枝坊は叔父さんの古嶋という人と一緒に来ているだ」

「フフンそうかね。お前、その古嶋という人を知ってるかね」

「知らねえだね。叔父さんちゅう事だが、後見人でもあるべいよ。あの娘は叔父さんの事を聞いてもあまり話さねえだ。私もまたその叔父さんを見ねえでがさ」

「おい爺さん、お前をおどかしてやろうかね。え、その叔父さんの古嶋というのは、いつかお前が羊皮紙を売った男だぜ」

果して四方太は驚ろき顔に余を眺め、

「なんだって？　私が羊皮紙を売った男が菊枝坊の叔父だって？　ははアそれで読めただ。あの娘が妙な事を私に尋ねただが」

「え、妙な事を尋ねた？　どンな事を」

（四）

四方太は余の与えたる巻烟草を取りて喫しながら、

「それは外でも無えだが、昔軽琴の長者屋敷と、中里の名主屋敷に抜道があったでがさ。私の親爺がそれを知ってたので、私は親爺から聞いて知ってただが、今でも外には誰も知ってるものがねえでがす」

「まてよ、お前は昔長者屋敷と名主屋敷と何か関係があった事を知らないかね」

「知らねえでがさ。何でそンな抜道があるか親爺も知らねえだから」

「してその菊枝さんがお前に尋ねたというのは、その抜道の事かね」

「そうでがすよ。あの娘は小供の時分に、私が抜道の事を話して聞かせたのを覚えていたんで。私はただ物好にあの娘が尋ねに来たのかと思っていたでがすよ」

「それは多分古嶋という奴が、あの娘をお前の処へよこしたのだ。何でも私が考えるには、古嶋という男は、お前の売った羊皮紙に書いてある事が判って、それで今何か仕事をしかけてるんだ。が爺さん、お前は真夜中に、その菊枝とやらと歩いていたという事だが？」

四方太は驚ろける様にて、余を眺め、

「誰がそンな事を話しただかね」

「中里では専らそンな噂をしている」

「はははは、そうかね」

と老人は心地よげに大笑しぬ。

「なぜお前、夜中に出遭ったのだね」

「なんでもねえだ。あの娘が小供の時の話を、私にしてくれろとせがまれたからでがさ。なんでも菊枝坊はわが両親の名を知りたいちゅうてえら気にかけてるだね。それで私に遭いに来ただと、私は思っただがね」

「お前に聞かずとも叔父さんに聞いたら、判りそうなものじゃアないか。お前は菊枝さんに叔父さんが出来たというのを妙に思わないかね」

「どうも変だと思うだね。私はあの男なら大きらいさ。お前さんに見せねえで、あの羊皮紙を売飛しちまって、飛んでもねえ事をしたと、今じゃア悔んでるだ」

「今更悔んでも追付ないや」

と余は云いたれど、全くの処は大に悔まざるを得ず。かの羊皮紙さえ手に入しならんには、宝は最早苦もなくわが手に入たるべきものを。

余は言葉を改めて、

「しかし、菊枝さんの事で、知ってるだけ包まず、詳しく話してもらおう」

四方太は考えながら、

「詳しくといって話しようもねえだが、そうよなア――あの娘が六ツの時だッけ。鹿飛の小学校へ上ったのは。そのころからあの娘はここらの小供等と違っててね。まるで華族のお嬢様のように上品だと云われただね」

「里扶持は不足なく来ていたのかね」

「里扶持かね。そうでがすよ。嫂は寡婦になっていただが、十年余りッてものその里扶持で何不足なく食っていたでがすよ。一度嫂が病気になっていた事があってね。その時は一年許り菊枝坊は私（わっち）の処へ来ていたでがさ」

「ああそうかえ。しかし爺さん、小供の時の話をしに来たのなら、何も真夜中に遭わずとも事じゃアないか。お前と菊枝さんが真夜中に遭ってたという理屈がちょっと分らないじゃアないかね」

「それはこうでがさ。私（わっち）と遭った事が叔父さんに知れると困るちゅうんで、叔父さんが寝てから遭いに来たからでがさ。それに昔話がえら有っただから、ついつい長くなってね」

「菊枝さんはお前の家の宝の事について、何ぞ話をしなかったかね」

四方太は眉を顰めながら、

「話が出たでがすよ。出たけんども、それはあの娘が小供の時に、宝の事を私（わっち）が話したのを聞覚えていたッて事と、乳母（ばアや）から、いつか乳母は大金持になるのだと話された事を思い出したッて、ただそれだけの話が出ただけだアね」

「それッきりで、何も外には話は無かったのか」

「今のさッき話した抜道の事と、それッきりでがさ」

「噂では畝（はたけ）の中で話していたという事だが」

「はは、それがでがさ、抜道を知らしてくれろッてから、夜畝の中へ案内したからだね。月の晩だッけ」

「ウム、いや善く包まず話してくれた。処で爺さん、私はお前にモ一ツ頼みがあるが、聞いてくれんかね。うまくいったら跡（あと）一円お前に上るが……それは外でもないがね、今から名主屋敷へ行って、内緒で私の手紙をその菊枝さんにやってもらいたいんだ。そして承知したとか、せぬとかいうだけの返事を聞て来てもらいたいんだがどうだ」

彼は無造作に、

「いや行ってまいりますべい」

（五）

「ウム、行って来てくれるか、それは忝（かたじ）けない。しかしくれぐれも云っておくが、万一お前の姿でも、古嶋という奴に見つかると、すぐ感づかれるかも知れんからな。お前が甘（うま）く菊枝さんを呼出して、直接（じか）に私の手紙を渡してもらわなければ困るぜ」

四方太は胸を叩きながら、

「なに、大丈夫だ。名主屋敷の勝手はよウく知ってるだから。私ゃあすこに三年も働らいていた事があるでがさ」

「それじゃアお前、裏の大きな穀物倉を知ってるだろう。あのすぐ後の崖の藪の中に戸があって、その戸を明けると穴になって石段がある。あれもお前知ってるだろうね」

「知らねえでどうしますべい。それが抜穴だア。しかしあの石段からはどこへも行けねえでがす。ずんど前にゃあの底に井戸があっただが、なんでもその井戸が、水が出てあの穀物倉までも来た事があるとかいうこんで、その時に塞っちまったちゅう事だが……それは私の若え時聞いた事で今じゃア誰もそン事を知ってるものもねえだ」

　これを要するにかの地下の隧道が最近に開かれたるものにして、その戸口は今まで人に知れぬようになりありて、何人も抜穴の事を知るものなかりしは明白なるが如し。

「それではな、爺さん、今手紙を書くからな、すぐ行って来てもらおう。私はこの雑木林の中に待っているから」

と云いつつ、余は手帳を破りて、鉛筆にて手早く文句を認めたるが、そは余が今朝見定め来りたる、軽琴と春暮呂の間に、中里に折るる三叉街道ありて、その傍に楡の立木あれば、その下にていつにても都合のよき時刻に秘密に余に逢いくれずやという事を、菊枝に求めたるものなりき。余はこの目的にて状袋を用意して来りたれば、そを封じ込める後、四方太に手渡せば、四方太は必らず人に気取れざるよう菊枝に手渡すべしとて鋤を畝へ捨てたるまま、中里へと立去りたり。

　余は雑木林の中に入り草を敷きて腰打かけながら烟草を喫し始めぬ。四方太がかの蒼白き、悩める美人について語れる処は、いたく余の好奇心を高めたるなり。余は彼の女の両親が何ものならんなど頻りに空想を繞らし、かかる繊弱き寄辺なき身にて、悪漢に取巻かれいるかれが運命は、そもいかになり行く事か、何とかして助け出す工夫はなきものかなど、思案は思案を産みて果しなく、さるにても余の申出を承諾しくるるか、それとも拒絶するならんかと、その心配も大方ならず。四方太の帰りの遅きに、万一古嶋か鉄平に認められたるにはあらざるかなど、空想と掛念とに、立ったり居たり、大方持来りし巻烟草も吸い尽し、雑木林も二三度ほど一周せしころ、漸やくにして四方太はここに引返し来れり。

「ウム、大層遅かったな、どんなに心配していたか知れんかったぜ」

「そうかね、私（わっち）も直接（じか）に名主屋敷へ這入り込んでは、まずかんべいと思ったでね、いろいろ工夫してそこらをうろうろしていただがその中私（わっち）の知ってる牛飼の三吉という小供（ぼうず）が来ただ。それで三吉に頼んでそッと菊枝坊を呼出してもらって、穀物倉の後で出遭ったでがさ」

「フム、フム、そして手紙を見せたか」

「菊枝坊がお前（めえ）さんの手紙を読んでね、少しばかり顔を赤くしただよ。そして何か考えていたッけが、私（わっち）がお前さんをどうして知ってるだと聞くだ。こうこういう訳で知ってるだちゅうと、さアこれからがお前さんへの伝言（ことづけ）だ」

「ウム、どうだった」

と余の胸は掛念のために躍れり。

「今夜の八時にお前さんの指した場処でお目にかかるべいから、その通りに云ってくれろちゅうだ」

今度は喜びのために胸を躍らせたり。

「ウム、それでよし、よし、御苦労々々々」

と余は財布より約束の金を取出して四方太に与え、彼に分れて得々軽琴村へ帰り来りぬ。

余の留守の間に辰蔵と健とは下のある室の床を壊ちて捜索せしも、無効に終りし由にて、今しもシャツ一枚となりて、その床を打つけいる処なりき。辰蔵は余を見て海焼（うみやけ）のせる額の汗を拭いながら、

「堀さん、今夜の仕事が面白い。きっと今夜は彼奴（きゃつ）等のお見舞を受るに相違ないが、何か一ツ御馳走をしてやらずばなるまい。君も御馳走の献立を考えて下さい」

園山菊枝との密会

（一）

なお萩原は、彼と鉄平との間には、悪（あし）き血の流れおれば、面と向会（むきあ）う以上は必らず尋常の挨拶にては済むまじと語りしが、彼の語気にてみるに、場合に依っては鉄平と生命（いのち）のやり取をなすも辞せじとの覚悟をなしおるものの如くみえたり。なお健は余に向いて、かの隧道（トンネル）の井戸

に、われ等の懸渡せし橋は、敵の疑を避くるために引揚げ来りし事と、隧道内に敵の残しおきたる橋板、道具類は、これを奪い来らんと一度は考えたるも、今夜敵の不意に出るがためには、敵に少しなりとも、彼等の運動を知られし如く感づかしむるを、不得策と考えたるが故に、すべてそのままとなしおきたる由を語れり。こは最も余の意を得たる処なり。余もまた自分が今夜宵の中に、梅田花子の園山菊枝に出遭う約束をなし来れる事を二人に告げたり。

余等は釜屋にて晩餐を取るや否や、余は二人に分れ、七時半といえるに、既にかの三叉街道の楡の下にありて、菊枝を待受おりぬ。日は今落ちたるところにて、紅の余焔は燃ゆるが如く西の空を染めおりしが、それも暫らくにして次第に薄れ行き、これと共に暮色はいよいよ加わりて、殆んど人顔も定かならぬ時、村々の寺の鐘八時を告げ渡れるが遠近に聞え始めたり。余は目と耳とを欹だてつつ頻りに菊枝の来るを待受ぬ。

女はいつも遅るる例に漏れず、花子の菊枝も甚だ遅く、十五分を過ぎて漸やく来れるなりき。余は胸を騒がしながら、楡の下を出で菊枝を迎え、なお全くは暮やらぬ黄昏の光にて菊枝の顔を見ぬ。朧ろに見ゆる女の白き顔はなお一層麗わしきものの如く思われたり。余はまた女がほんのりと頬に紅を潮しいたる事をも感じぬ。

菊枝のさし出せる手を取りたるに、そはわが手の中に打振いたり。菊枝はちょっと余の顔を見入りたるが、一語をも出さずしてまず差俯むきぬ。されどこれと同時に、われ等の密会は双方の満足なりし事を確かめぬ。あわれ、余はいかに深くこの女を愛せるよ。余は全く舌も結ぼれて疾には言葉さえ出ざるなり。

菊枝は余が彼と最後に遭いたりし折よりも、いと気がかりらしき面持にて、またいたく疲れいるさまにも見えたるなりき。余はまず言葉をかけて、

「園山嬢、貴嬢が来て下すってこんな嬉しい事はありません」

と云えば、菊枝はわが本姓を呼ばれて打驚ろける様にて余を見たるが、さりとて弁解もなさず、ただその艶のある愛らしき音声にて、雅かに、

「私もどンなにお嬉しいでしょう」と恥かしげに云いて、「ですけども、堀さん、貴君はどう遊ばして、私がこの辺に居ります事を御存知なのです」

「それはこうです。今日友達と一緒にこの辺へ散歩に来て名主屋敷の裏の方へまぐれ込んだのです。そこでふ

と貴嬢がその百姓家から出て来て、花を摘んでお出のを見かけたので、それで始めて知った訳なんですが、しかし貴嬢が、この辺にお知合があろうとは夢にも知りませんでした」

菊枝は俯むきながら、

「私は一番どこよりも、この辺を知ってるのでございます。野でも、木でも、家でも、みンな私のお友達のような気がいたしますわ。だって私はまるでここで育って、そして――そしてここに居る時が一番仕合せであったのですもの」

と過越し方を追想せる風情にて深き溜息を漏せり。余は菊枝が現在の境遇を考えて深く同情を寄せざる事能わざりき。

余等は語りつつ楡の下を滑り出でたるが、菊枝はよくこの辺の地理を知りおるより、余を導びきつつ、トある牧場の門を開きて、その中を過り、川縁に余を伴いたるなり。ここは全く往来よりかけ離れ、また夜間牧場に来るものとてもなければ、誰に気附るるはずもなしと菊枝は語りぬ。

そこに倒れいる丸太を払うて余等の腰を卸せる時菊枝はヤヤ改まりて、

「堀さん、私はなぜ貴君にお目にかかりに、ここへまいったか、貴君は御存知がないでしょう」

と意味ありげに、また何かいいたく掛念する処あるものの如く余に向いたり。

（二）

余は菊枝の意味を解しかね、

「ただあれだけの手紙で来て下すったのは、私のために非常な満足です。私はとてもお出はないだろうと心配していましたので」

と云えば、

「いいえ、それでばかりまいったのではございません。貴君に御注意申さなければならない事があるからでございます」

「私に御注意下さる事が？」

「それは貴君の敵が狙っておりますから、その事を御注意申したいためなのです」

「私の敵と仰しゃるのは古嶋などの事でしょう」と余は菊枝の口より何事か聞出し得るならんとの望を抱きつ

つ、「古嶋は貴君の叔父さんだそうですね」

菊枝は答えはなさざりしが、余を見たる眼光（まなざし）にしかりとの意を示したり。

「園山さん、貴嬢はなぜ私がここに滞在しておるか知ってますか」

「ハア、存じております。貴君は隠れた宝を見つけ出すためにこちらにお出なのです。それから貴君がその宝の隠し場所を書いたものの鍵をお持の事もよく存じております」

「しかし古嶋さんは酔漢（よいどれ）の四方太（よもた）から暗号を買っています」

「ハア、何百年と代々家に伝（つたわ）った大事な品を四方太は売てしまったのです。宝が見つかりましたら、この中幾分かは四方太のものになりましょう」

「園山さん、古嶋さんは宝がどこに隠してあるか、その場処を突止めている様子ですか」

「古嶋は長者屋敷の中に隠してあると信じております様子です。ですから古昔（むかし）あった長者屋敷と名主屋敷との中の抜道を、今度またつけたのでございます。古嶋の仲間に鉄平というものが居りますが、それが大変な悪もので、人殺しなんぞ何とも思っていませんから、敵にとると容易ならん奴でございます」

「黒鬼と仇名のついてる事も聞ました」

「どうぞこの男を御用心遊ばせ。昨夜も宝を手に入れるためには貴君を殺してもよいと申しておりましたから」

と余に注意を与えたる菊枝は深き吐息を漏し、差俯むきたるが多分はその顔も蒼くなりいたるなるべし。

余は健が目撃したる倫敦の明家（あきや）の悲劇を思い浮べつつ、わが舌は殆んどそを語らんとなしたるなりしも、その結果のいかにならん事を恐れて強（しい）て口を噤（つぐ）みたり。余は菊枝の注意を謝しながら言葉を転じ、

「私は四方太から貴嬢のお小さい時の事や何かを聞いて、大層好奇心を動かされました。貴嬢の御両親の事は少しもお分りにならんのですか」

菊枝はまた俯きて、

「ハア、何です、両親は私の小さい時分に死んだと申す事でございます。私が聞いて存じておりますのは、両親が能北（ノーホク）と申す都会（みやこ）の近所に住んでおったという事と、父が亡くなる前に投機に手を出して失敗したという事だけでございます。十四の時に私の乳母が死にましてからその頃始めて知った叔母に引取られて、学校へ送られて

おりましたが、その叔母がまたつい近頃亡なりましたので、古嶋が私の後見人になったのでございます」

「しかし古嶋という人は全体何ものなのです」と余は熱心になりて、「私は貴嬢が今不幸の境遇にいらっしゃる事をよく存じております。私は及ばずながらどこまでも貴嬢のお力になりますから、私を信用して隠さず仰しゃって下さい。どンな秘密でも私は守ります」

女は少したためらいながら、

「ありがとうございます。包まず申上ますけども、実の処私はまだ古嶋の事をよく知らないのでございます。叔母が五十日許り前に亡くなりますまでは、私全く古嶋という人を見た事もなければ、聞いた事もなかったのです。丁度叔母の亡くなります時に、突然その古嶋が出てまいりまして、叔父だという事で私の後見人になる約束をしたのでございます」

「ハハア、よほど妙ですね。貴嬢はたしかに叔父さんに違いないと思っていらっしゃるのですか」

「私には何だか分らないのでございます。しかしほんとの叔父かとも思っております」

「叔母さんというのはお一人ものなのですか」

「ハア、独身(ひとり)ものでした。このごろでは余り善い暮しもしていなかったものですから、私はある商館の書記をしていましたのでございます。そこを止(や)めてここへ来ましたのは二週間許り前でございました」

「貴嬢がここへお出になったのはどういう訳です」

（三）

「古嶋にそうさせられましたので……」

「しかし古嶋さんはなぜ貴嬢をここへ連れて来たのです」

「それは私がこの辺の事をよく知ってるからでございます」

「貴嬢は叔母さんがお亡なりになってから、倫敦では古嶋さんと御一緒にお住いにはならなかったのですか」

「ハア、古嶋と同じ家に住んだ事はございません。一緒に居りますのはここへ来てからだけでございます。なぜと申すに私は――私は古嶋を憎んでおりますから――」

「それはなぜです」

今東の山を出でたる月明りに、女の顔のいたく青ざめ、かつその唇の打顫いおるを認めぬ。菊枝は遂に答えざりき。余は真を知れり。古嶋はよし下手人ならざるも、たしかに菊枝の恋人を殺さしめたる発頭人たるに相違なし。菊枝が古嶋を憎めるは全くその故ならん。

余等は立上りて、相共に無言に流るる黒き小川の縁を徘徊いながら、

「それはそうと園山嬢、古嶋などがどれほどまで宝の秘密を知ってるか、私に聞かして下さい。貴嬢と私とは味方同志です。お互に力を合せて敵と戦かおうではありませんか」

菊枝は嘆息して、

「ハ……イ、出来る事ならそう致してみたいのだんじゃございませんけど……、どうもそれは出来ますまいと思います」

菊枝の調子には深き悲哀の籠れるを示しぬ。

余は言葉を転じ、

「あの人達はどの位まで私の事を知ってる様子ですか」

「すっかり知っております。何でも夜昼貴君の番をしておる様子ですから、貴君方の挙動はもう詳しく知れております。そればかりか、貴君がどうして漂流船を発見したという事から、その船の中から何を発見したかという事までちゃんと知っております。そして貴君が発見なされたという羊皮紙の本の一部分にどンな事があるという事も知っておる容子です」

余は打呻きて、

「ウーン、他分古城博士の家から盗み出した本からそンな事を調べたのでしょう」

「いいえ、それよりもずッと前にその写を持っていました」

「どうしてその写を持っていたのか貴嬢は御存知ですか」

と余は熱心になれば、

「ハア、貴君は蜂田銀蔵というものを御存じでしょう」

「蜂田銀蔵?」

と余は思案せしが、忽ち余の脳髄には、これまで嘗て思い起さざりし一人物の面影閃めき出でたり。今日までこの人物を余がついぞ思い浮べざりしは、極めて不思議の事ながら、菊枝の注意を受けて、始めてこの人物の面影がありありと脳に浮び出でたるなり。忘れもせぬ余の乗込る鶴嘴丸が海馬号を発見したる翌日、余は長く船長室にありて萩原と談話をなしいたる後、わが船室に帰りたるに、意外にも船室の中には一人の侵入者ありて、一

心に余の海馬号より発見し来れる羊皮紙の書冊を披見しおるを見たり。余はゴム靴を穿いたるが故に、かのものは余の足音を聞付ざりしなりけり。余はその時深く注意する考もなく、一時の憤に任して何ものぞと大喝したるに、驚ろきて振返りたるは、これ別人ならで余がかの不思議の老人の監督を托しおきたる水夫蜂田銀蔵なりき。

蜂田は事の意外に驚ろきけん。余を見たる顔は蒼白となりて、いそがわしく書冊を閉じたるが、同時に彼の手より小さなる紙片落ちたり。この時彼は慌ただしくその紙片を拾い上たるが、余は声を鋭どく、

「君は何をしていたのだ」

彼は躊躇しながら、

「な、なんにもしていません。どンな本かと思って珍らしさに見ていました丈で……」

「今拾った紙片は何だ」

「何でもありません」

「僕に見せ玉え」

「イヤ見せられません、何でもありません」

余は厳然、

「見せ玉え。見せないと云えば船長を呼ぶがどうだ」

「構いません。どうせ僕は明日この船から暇を取ります」

余は彼の到底余の意に従わざるべきを思うて、いきなり彼に飛かかり、腕力をもてそをもぎ取らんとなしたるに、彼は余よりも早くその身を飛退き、件の紙片をば丸窓より海中に投棄したり。かくて彼は余の船室より出去りたるが、その翌日彼はその望める如く船長より解雇せられたるなり。

船長より聞く処によるに、彼は一ケ月前より雇い入れたるものの由にて、その素性は知れねど、普通の水夫とはよほど相違し、むしろ学生らしく書籍などに耽る傾向ありしと語れり。当時余は彼の挙動については甚しく怪しまず、全く一時の好奇心にてありしならん位に思い返しいたるなりしが、今菊枝の注意を受て、始めて蜂田に容易ならぬ宝を握られたるべきを、稲妻の如く思い浮べたるなり。

（四）

さては蜂田も黒鬼、古嶋一味のものなりしかと、今更に胆を寒うしつつ、

「なるほど蜂田銀蔵というものを知っております。しかしあの男に羊皮紙の書が読めようとは——」

「ですけども蜂田と申す男は羅甸語を修めた大学生です。鶴嘴丸の中でその羊皮紙の本とやらを読んで、それを翻訳した写を取ってまいったのだそうです」

余はあまりの意外にウウとばかり打呻くのみ。

「何でも蜂田がその写しを、始めは誰かに売たのが、繞り繞って古嶋の手に渡りましたので、古嶋の手に渡りますと、古嶋は早速六斤腿へまいって四方太の手から暗号を買取ったのでございます」

「蜂田と古嶋は懇意ですか」

「今では懇意にしておりますが、いつから懇意になったのか存じません。ですけども古嶋が直接に蜂田の手から写を買取らなかった事は事実でございます」

「古嶋などは宝が今でも隠されてあるものと信じているでしょうか」

「ハア、それはちゃんと信じておる容子です。何でもその宝が長者屋敷の中にあるという証拠を、どうかして握っているのでございます」

「フフム、しかし長者屋敷内のどこにあるという事を突止めたのですか知らん」

「いや、そこまでは分っていない容子です。ただ屋敷内のどこにかあるという事だけを突止めた位でしょう。それで長者屋敷の捜索をする手筈に極めていますが、今夜は多分その手筈を実行するでしょう。人数は都合四人です。今夜はよく御注意をなさらないと——」

余は今暁余等が長者屋敷の地下より彼等のために驚ろかされたる事、及び地下の隧道を発見し、そこを潜りて名主屋敷に出たる事を話し聞かせぬ。菊枝はその繊かなる手をわが手の上に置きて熱心に、

「ですから堀さん、どうぞ御用心遊ばせ。私は——私はもしや貴君が悪ものたちのためにお怪我でもなさりはしないかと、それが心配でなりません」

余は菊枝の手を取りて、

「ですがなぜ貴嬢は悪ものたちと一緒にお出なのです」

菊枝は無言のまま差俯むきしが、僅かに口を開きて、

「私は——一緒に居なければならないように、されているのでございます」

余は解し難き容子を粧おいて、

「古嶋が貴君の後見人だからといって、何も後見人の目論見に加担しなければならないという理屈はありますまい。黒鬼やらこの古嶋は貴嬢のために——」

「堀さん！」とわが詞を遮りたる菊枝の顔は一しお青く、わなわなと全身を震わしつつ、「どうぞその事はもう仰しゃらないで……貴君は御存知がないのです。何もかも御存知がないからそう仰しゃるのです」

　菊枝のかくまでも苦しみ悩める姿を見て、余はいかでこれを追窮し得ん。されど余は知れり。知れる故に恋より出たる憐憫をもて菊枝の姿を打守りぬ。彼等は恐るべき恐喝の下に菊枝を捕虜となせるなり。蓋しかの未知の一青年が黒鬼等のために惨殺されたるは、菊枝の誘惑によりたるものにて、従って菊枝は従犯者の地位を占おるものならん。恐るべき真実は今余の胸に明白なり。菊枝はこれ等悪人の囮として使われおるものにて、今より思えば余を黒木が原に連出したるも、囮となりて働らきたるに過ぎず。されどその時は幸いに菊枝の良心の裏切せるため、余を原中より引返さしめたるなり。哀れのものよ。余は古嶋の私事に関する事を聞出さんとしてなお注意深き問を試みたれども、実際菊枝は古嶋に関しては甚だ僅かより外知りおらず。古嶋は今浜通りに住みおれども、古嶋の命令なき時は菊枝は決してそこに行く事を許されざりし由にて、この地に来りて同居する事となりしは、全く菊枝を利用して軽琴の智識を得んとしたるに依るものの如く思わる。

　余はこの時思い切りてかの青年の惨殺事件を語り出んとせしが、あるいは菊枝の昂ぶれる心の有様にては、万一余の裏切せんを恐れ、このまま逃げ去りはせずやと危ぶまれたるより、そは思い止まりぬ。されど、余は智恵つくるように、

「貴嬢はどうしても悪人たちとお別れにならなければいけません。万一黒鬼などが捕縛されたとして御覧なさい。貴嬢も連累になるではありませんか」

　見る見る菊枝はその顔を蔽うて泣出しぬ。余はその可憐の態を見ると等しく、殆んど禁ずる能わざる情に駆られ、そのまま菊枝を抱えて、柔しく慰さめながら、その耳に口あててわが心の秘密を囁やき告げぬ——そは余が心を傾けて菊枝を恋うる事を。

　されど聞終れる菊枝は絶望の調子にて、

「いけません！　そ、そンな事は出来ません！」

と叫びぬ。

（五）

かく叫びて菊枝の余を避けんとせるに、余はなお女の肩を繞れるわが腕をひきしめて、更に優しく、

「なぜです、菊枝さん」と始めてその名を呼びて、「私は満身の愛を貴嬢に濺いでおるのです。私は決して一時の出来心や、浮薄な情慾に駆られてコンな事を申すような男じゃありません。私は決心し抜いて貴嬢に打明るのです。この数週間というもの私は貴嬢を幻に見てばかりいました。貴嬢の外には、これから生涯を共にする女はないと深く思い込んでいるんです。また貴嬢と私とは未来において結びつけられているものと、私は不思議に信じているのです」

と熱心に云えば、菊枝は涙に咽びながら、

「どうぞお許し遊ばせ。そンな事はもう仰しゃらないで……。私はどうしてよいか……私がお言葉に従う事の出来る身体なら、こンな嬉しい事はございませんけども……それは――、いいえ、出来ません！　貴君のためなり、また私のためなり、お言葉に従います事は――、どうあっても――」

菊枝は死せるその恋人と、恋人を殺したる隠謀とを考えおるならんか。多分かれは自から己を憎みこれと同時に余を恐れおるものならん。

されど余は容易に失望せず、

「菊枝さん、それなら貴嬢は私をどう思ってらっしゃるのです。私を憎いと思ってらっしゃるですか。それとも――私を愛っていて下さるですか。それだけを正直に打明て話して下さい」

菊枝は頭を振りて、

「いいえ、貴君は私の胸から真実を絞り出そうとなさってはいけません。どうぞもう私を帰らして……遅くなると困りますから。そして今夜お別れ申したら、もう長くお目にかからないように……あの米屋町の近所でお目にかかった時にも、もうお目にかかるまいと思っていましたのに……」

と俯むきて言葉を切りしが、余が感情に迫りて口を噤みいたるに重ねて、

「堀さん、私は一度貴君のお生命をお助け申しました。それはあの黒木が原までお連れ申した時で、その時私はふと古嶋などが貴君を殺して大事の本を取る積りじゃな

いかと考えついたのです。あの人達は星が丘のある家に待っていましたので、私は兄がわるいなどと小説のような嘘を申上て貴君をお連れ申して来いと命けられましたので……私はどうしてもその命令に従わなければならない事になっていたのでございます。ですから貴君の処へまいったのでございましたが、私は途中で、貴君にどンな御災難が落ちて来るか知れぬと思いましたので……自分はどンなに折檻されても構わぬと、決心しまして、それで貴君をお返し申したのでございます」と息をはずませながら語り来りて、俄かに恥ずるが如く小声に、「貴君はなぜ私がそンな決心をしたかお分りにならないでしょう」

余は解しがたき素振を示して菊枝の顔を窺き込みぬ。余の胸は坐ろに躍れるなりき。

「それは外でもありません。貴君を——貴君を——」

と云渋れるに、

「私を愛して下さったからですか」

と余は大胆に問い出でぬ。女は顔を赤めて、

「ハ……イ」

余は無言のまま接吻せるを彼は敢て拒まんとはなさざりき。されど彼れを抱ける余は彼の身の恐ろしく打顫い始めたるを感じぬ。同時に彼はまた泣出して、

「私のようなものにお目をかけるのは罪でございます。私は全く貴君のような方にかまって頂けるような素性の女ではございません。貴君は何も御存知ないから、そンな事を仰しゃるのですけれど、もし何もかもお分りになったら私をお憎み遊ばすのに相違ありません。どれほど私をお愛し下さると仰しゃっても、私の過去をお知りになれば、いかな恋でもきっと醒めておしまい遊ばします」

余はますます熱心になりて、

「過去にどんな事があったッて構いません。われわれが一緒になろうというのは未来の事です。未来にお互に楽しく助け合って暮せるならば、ただそれだけで私は満足します。それでも貴嬢は私を排斥するお考ですか」

女はただ無言のままにて俯むき居れり。余は更に彼を引寄せて接吻の雨を降らしぬ。彼は余のなすがままに任したり。月は隈なく二人の上を照して、そよ吹く風の囁きは蜜の如く、万籟寂として絶えたる中に二人が心臓の鼓動のみ相一致して高く響きぬ。

半夜の珍客

（一）

余はなお長く菊枝と語り、漸く中里の村外れにて分れたるは、寺の鐘の十時を打ちたる時なりき。菊枝は今朝秘密の用事にて倫敦に赴むきたる古嶋が終列車にて帰り来る(きた)はず故、それまでに帰りおらねばならずと、十時の鐘を聞くと等しく慌ただしく駈け去り行きたるなり。菊枝は全く余を魅し去りぬ。見れば見る度毎に、語れば語る毎に、ますます菊枝の美くしさ、愛らしさ、気高さのみまさり行き、余はその奴隷となるも厭わじと思いぬ。菊枝は決して男らしき女にてはなく、また格別気丈なる処あるべしとも思われず、どこまでも女らしき女にして、たしかに恋と、同情(おもいやり)と保護とを喜び可憐の女性なるを認めぬ。

されど菊枝が狡猾なる悪人の徒党に加わりおる理由はなお余にとっては一ツの不思議なり。二時間の隔意なき物語の中にも、菊枝はその点のみは深く秘して余に語らず、余もまた強いて問わざりしなりき。

菊枝と別れたる頃より空は一面に雲かかりて、月は全く隠れ果ぬ。余が独り軽琴の方に急げる折しも、終列車は凄まじき音立てつつ、その機関車よりは火花を散して六斤腿(ロッキンハム)の方に、余の行手を掠め去れり。やがて二十分あまりも過たりと思うころトある木立の下にて一人の男とすれ違いぬ。互に顔は認め能わざりしも、余は彼が丈高くかつ痩せおりて、薄手の外套を纏いおるを注意しぬ。淋しき場処を道連なき人が通行する時に、往々口笛を道連とする如くに、彼も自ら口笛を吹きつつ歩み去るを見送れり。余は彼の顔を見ざりしかども、彼のたしかに古嶋なる事を知りぬ。

長者屋敷に帰りたるに、戦争の用意は既に整いあり。萩原は元来戦争好の男にて、何か戦闘の機会あらば決してそれまでの時間を仇に過しおる如き男にあらず。かつ黒鬼鉄平との対面を避けんとする如き素振は今は全く消え去りて、よしかの秘密の隧道(トンネル)より来る珍客がいかなる敵にもせよ、目に物見せではおかじといきまけるなりき。卓子(テーブル)の上には三個の玉ごめされたる短銃(ピストル)あり。われ等は卓子を囲んでかつ語り、かつ烟を喫しぬ。余は二人に今夜菊枝が余に語れる一部分を語り聞かせぬ。されど余はさすがに余と菊枝の間に恋の成立てる事、及び余が菊枝と密会したる真実の動機をば語る事を避けたるなりき。

健は名案の浮びたる如くに、

「堀さん、その園山菊枝がわが党の人なれば、どうかして古嶋から羊皮紙の暗号を盗み出させる訳に行かんでしょうか」

「それが出来んので。僕もその事を吹込んでみたのだが、菊枝は全く古嶋がどこに隠してあるか知らんです」

萩原はその癖として夥だしく煙管より烟を吹出しながら、

「なに彼奴等もわれわれ同様お先真暗なんだ。お互に暗を探っているなら、今夜来た時に、存分御馳走をしてやろうじゃアないか。時に何人来るのです、お客さんは？」

「四人で、黒鬼とあとの二人は池田という処に居るのだそうです」

「夜私かにここへ侵入して来るというのは、われわれの寝込を襲おうという寸法なんだろうが、われわれ三人が寝床の中で甘く殺されると思ったら大当違いだ」

と叫びたるは健なり。

「三人や四人なら萩原辰蔵一人で片つけて見せる」

と気焔を吐けるは萩原なり。

敵の侵入し来るは無論十二時過なるべければ、それまでになお一時間余の余裕あり。この間にわれ等は万一敵に発見されてはという肚より、なお隈なく室内を捜索する事とせしが、全体この長者屋敷の如き、広き旧家には宝を隠し得る如き処はそこにもここにもあり。われ等がこれまでに捜索せし処は中空の音を発せる場処を主としたるものなりしが、かかる場処の外にも烟突も怪しければ、梯子段も怪しく、床下も怪しく、天井裏も怪しく、怪しみを以て見る時は、長者屋敷全体を打壊さざる以上は、疑を散ずる事実際には能わざるなり。されば一時間あまりの捜索にて、何の結果をも得る事能わざるは当然の話なり。

（二）

われ等は捜索のまたしても不成功に終りし結果、素よりこの夜成功すべしとは期せざりし事ながらも長者屋敷における婆娑妙（バアソロミュー）の宝なるものは、全く慾深き人の夢に過ぎずして、最早過ぎ去れる昔に取出（とりいだ）されたるものなるべきを恐れぬ。ただそれにも拘わらず、われ等の敵が非常なる注意と熱心とを以てわが長者屋敷に忍び込んとする一事はいたくわれ等を悩ましぬ。わが恋人の余に語れるところによるに、敵は明らかにわれ等のまだ全く知り得ざる何かの報告――宝のたしかに長者屋敷にある事を確かむるに足る何かの報告を握りおるものの如し。要するに敵がわれ等より一歩を先んじおる事は明白なり。

彼等は云うまでもなく余等に対して害意を有せるものなり。長者屋敷の捜索をなさんとする前に、われ等の妨害を被むる時は、われ等を殺すを意とせざるものならん。されど余の考うるに、彼等とてもまさかに無益の殺生をなして、犯罪を重からしむるを欲せざるは明白なれば、われ等の手出しをせざる限りは、必らずしもわれ等を殺さんとはせざるならん。われ等は家内の捜索を中止して静かに時の到るを待ちぬ。

寺の鐘は今しも半夜を報ぜり。三人は敵の来襲に備うるため、かの隧道の出口に当れる室に陣取りぬ。退屈凌ぎのために、健は骨牌（かるた）を持来りたれば、三人は小声にて骨牌を始めたり――無論必用の場合にはすぐそを取上得るようめいめい短銃（ピストル）を傍に置きて。

勝負の合間には折節かわるがわる立ちて、かの秘密室に赴むき、床に耳をつけては侵入者や近よれると注意しいたるなりき。一時は過ぎ二時は来りたれども、まだ何の音沙汰もなし。ただいつもの如く鼠の荒廻り啼叫ぶ音の、烟突（けむりだし）を掠むる風の音に和して聞え来るのみ。

萩原は連戦連敗の有様に、頻りに熱くなり、思わず物（もの）云（いい）の高調子になれる時しも、突然戸の擦（す）る音を聞つけたり。瞬間に余等は骨牌を収め、ピストルを手にして一斉に立上り、同時に始めより打合せおきたる如く燈火を吹消しぬ。敵の挙動を察し、不意に起（た）って驚ろかさんとするが、われ等の目論見なり。われ等は跫音を偸み、三人室より廊下に出で、大いなる戸棚の中に身を忍ばせ、かねて健が取つけおきたる懸金を内側より確（しか）と懸たり。

なおわれ等の寝室は予かじめ錠を卸しおきたるものにて、余はその鍵を所持しおれるが、そは敵をしてわれ等の既に寝入りおる事を信ぜしめんがためなり。われ等の今隠れたる戸棚の戸には、昼の中健が既に数個の小さき穴を穿ちおきたれば、その穴を通じてわれ等は是非ともその廊下を過行くべき敵を窺がい得べきなり。更にわれ等は探険燈を点し、そを戸棚の中に隠し置き、危急の場合に用ゆべき準備(ようい)となしぬ。

　戸棚の中に隠れたるわれ等は、息を殺して頻りに耳を欹だてたり。とかくする中かの陥(おと)し戸を挙ぐる如き音聞え来り。続いて人の跫音と、何をか驚ろき囁やける如き声聞え、忽ちぞろぞろと秘密室を出で来(きた)れり。戸の穴より見おる中に、黒鬼は真先に龕洞(がんどう)を持ちて廊下に出で来り、前後を見まわして誰も居らぬを確かめたる後、彼は廊下を這い始め、続いて三人もその後に従いたり。

　いとも静かに這いながら、手に手に鶴嘴、鑿なんどを持てる四人の冒険者は、家人を驚ろかさじとの注意を取りながら、相並びてわれ等の前を過ぎ行けり。かくて彼等がどこに行くかを注意しおる中穴蔵に続ける幅広き樫の階段を降始めたり。

　彼等の姿の見えずなれる時、健は探険燈を手にして静かに戸棚より立出で、小声にて、

「堀さん、よく奴等を注意して下さい。どこを探し始めるかよく見届けておおきなさい。しかし僕が引返して来るまで決して彼奴(きゃつ)等を驚かしちゃアいけませんよ」

　かく云残せるまま彼は燈火(あかり)を携えて飛鳥の如くいずれにか姿を隠したり。彼がかく突然姿を隠したるはわれ等にとって全く不意打なり。何となれば前に一言も彼はその目論見について語る処なかりければなり。思うに彼は一時の出来心に何か思いつきたるならん。

（三）

　今夜萩原の気は非常に引立ちおり、始めわれ等が戸棚の中に身を潜むる手筈を定むる前に、彼は是非とも敵の陥し戸を挙げてその頭を秘密室に表わすの時を待って、これと戦わんと主張して止まざりしなりしが、余と健とにて様々にかかる蛮勇を揮うの無意味なるを説き、それよりも敵の自由に任しおく時は、必らず宝の隠し場所に行くに相違なければ、ここは敵を利用してわが道具となすの優(まさ)れるに如(し)かずと語り、漸やく彼を納得せしむるに至りたるなりき。

　萩原は黒鬼に対しては非常なる敵意を有しおり。健の去れる後、余と二人にて廊下を這いながら敵の後を慕い行ける時にも、頻に歯がみをなしおるを聞ぬ。楷段(はしごだん)の上にてわれ等は聞耳立しが、何の音も聞え来らず。されば二人はまた楷段を這い下りしが、この楷段というが大分蝕ばみおり、ぎいぎいと音する処さえありて、まかり違

えば敵を驚かしはせずやと、ひやひやしながら辛くも楷段を這い下り、石室（せきしつ）の前に達したり。

　ここに立上まりて、いかな小さなる音をも聞のがさじと耳を傾むけしが、不思議やここにも何の物音もなく、静かなる事墓場の如し。たしかに珍客は一列をなして無言のままわれ等の前を過ぎ行きそして消え失せたるなり。

「穴蔵の中へ降りてしまったのだろう」

　と余は萩原に囁やき、相共に大いなる石造の厨（くりや）に入込み、小さなる食器貯蔵室に進みぬ。穴蔵に通ずる道はそこより開けおるものなるが、その深き穴に導びく石段の上には丈夫なる扉あり。そは閉されいたるが、余等は戸口に耳あてて分明にその中の声を聞取りぬ。われ等の敵は今穴蔵の底にありて、発掘すべき場処を決せんと区々の説を述べおるものの如し。

　余はその中にも命令する如き声を聞きしが、萩原はそを黒鬼の声なりと云えり――「この煉瓦を崩せばいいんだ。巫女（みこ）が石段の底から三足（あし）を三度と云たのを忘れはしまい。それ見ろ！　一、二、三――」と彼は今足にて数うるものの如く第九まで叫びて、「ここだ、この壁の中なんだ。さアここを崩してみろ。なるだけ音のしないように、よしか、上の扉は閉ってあるか」

　何ものか扉の閉りおる由を告たり。忽ちにして煉瓦の壁に打こまるる鑿と鶴嘴の音を聞たり。なるほど彼等はいと静に音を立てつつあり。われ等の寝室よりは慥にそを聞取り得ざりしなるべし。余等は殆んど三十分ばかり立尽しぬ。かかる中にも健はいかにせしかと打驚かざる事能わざりき。穴蔵の中にては鶴嘴の音絶えずさくさくと聞えつつあり。されど無言にて働らきおるものとみえ、人声は聞え来らず。とかくする中忽ち余の耳元に囁やくものあり。余はその健なる事を知りてほっと安心しながら、

「君はどこへ行ったのだ」

と囁やき問えば、

「今に分ります」と答えしのみにて語らず、敵のいずこにあるかを問われて、

「彼奴等（きゃつ）は宝の隠し場処を突止めたらしい。今穴蔵の中を崩してる処で、しッ！　何か云ってる」

　多分古嶋なるべしと思わるるものの声にて、

「ここへ来たついでに彼奴らがどんなに家捜しをしているか、容子を見届けて来ようじゃアないか。おい、蜂田、君が一緒に来てくれ。丁度一廻りして来る頃には残らず崩せるだろう。なに十分とかかりゃアしない。蜂田、

龕燈（がんどう）を持ったか」

「大丈夫」

と答えたる声は、たしかに鶴嘴丸にて聞覚えのある蜂田の声なり。

これ等の声を聞くと等しく、われ等は急ぎ扉の前を飛退き、楷段を上りて元の戸棚の中に隠れ込みたり。三分ばかり過ぎて古嶋と蜂田の二人は龕燈を携えて出来りしが、忽ち他の室に過去りぬ。十数分を経て彼等は引返し来りてまた余等の前を過ぎ行きしが、その時蜂田の声として、

「奴等の寝室を窺いてきたが何にも知らずに寝ていやがる。お目出度い奴等だ」

「フム」と鼻の先にて笑う古嶋の声して、「しかし実に乱暴に家の中を壊し廻ったものだな。明日穴蔵の中を見たら驚ろくだろう」

(四)

この時萩原はまたもや彼等を攻撃せんと逸（はや）り出（いだ）せしが、余は飽くまでも闘かうよりは彼等の挙動を注意する方（ほう）得策と信じたれば、萩原を説伏せて、なお無言に張番しおる中、そろそろ東の空の白みかかるを認めしが、暫時（しばし）経て階下より上り来る人の気配あり。続いて彼等は前の通りの列をなして無言のままわれ等の前を過ぎ行き、秘密室に通ずる大室（おおべや）に入り去りたり。

健はそッと戸棚を開き、聞耳立しが、四人は総て梯子段を下りて隧道（トンネル）に踏込みたるものなるべく、かの陥（おと）し戸を閉ずる音聞えたり。これを聞くと同時に健はいたく激（げき）し立ちて、

「早く来て手伝って下さい！　大急ぎで！」

と叫びさま、秘密室をさして飛び行きたり。

「さア早くこの石を陥戸の上に積重ねて下さい――彼奴等が引返して来ても開る事の出来んように。大急ぎです！　彼奴等は今引返して来ますから」

と彼は狂気のようになりて、われ等が崩したる壁の石を陥し戸の上に積み始めたり。余と萩原とは少しく煙に巻れたる形にて、健を助けつつ頻りに石を戸の上に積上げぬ。

かくて夥しく石を積上げたる後、更に二本の長き鉄棒を心張として当支（あてが）い、最早いかなる力を以てするも下より開き能わずなせる時、健は声高く笑い出し、喜んで躍

り始めたり。

「堀さん、彼奴等を罠にかけました！　鼠のように桝陥しにかけてしまいました！　僕が先刻見えなくなったのは隧道の井戸まで行って来たのです。僕はその橋を引いて、井戸の中へ陥めてしまってきたです。だから彼奴等はどうしたッて井戸を渡れようがありません。今にきっと引返して来るでしょう。どうです、引ッ返して来るとこのざまです！　愉快愉快！」

　黒鬼と面を合せ得ざりしにいたく不平を催おしいたる萩原は、かくと聞いて堪うべくもあらぬ愉快に、その大いなる掌を打叩き、

「なに罠にかけた！　四人を桝陥しにかけた！　匹田君、君は威い、実に威い事をやったね。こいつア面白い！　井戸へ落る奴もあるかも知らんぜ」

　健は得意げに、

「落ちたら彼奴等の咎です。もともとここへ侵入して来る権利がないんですから」

　余は敵のいかに猾智に長おるかを知るが故に、

「しかし奴等はどンな方法かで井戸を渡るまいものでもない」

「いやそンな気遣いはないです、翼のない限りは決してあの井戸を渡る事は出来ません。僕は幅飛にかけては名人と云れた方ですが、到底あの井戸は飛越せんです。彼奴等は縄の用意はなし、あの地獄を越す工夫のつくはずはありません」と健は答えぬ。

　余は時計を取出し見ぬ。午前四時半なり。夜はほのぼのと明放れ、軽き霧は川の上を薄く籠おるを見る。余等は侵入者の引返し来るならんと待設けつつ、なお暫し秘密室の中に残りぬ。三十分ほど過ぎたる時、突然余等は足下より起る声を聞きたり。彼等は明らかに陥し戸を開かんと苦心しおるなり。されど夥だしく石を積みたるに、心張棒まで当支いたるなれば、身体の自由の利ぬ下の梯子段に立て、陥戸を開かんとするは到底出来べくもあらぬ事なり。下より余等は合さりて呻く声を聞けり。

「毒虫奴等、いつまでもそこに待ってろ！」

と萩原は叫びて大笑せり。余は耳傾けつつわれ等を呪う声を聞きぬ。

　余等は秘密室を出で、相共に梯子段を下りて庭に出で、今差上れる太陽の光りを浴びたるに、云べくもあらず気力の回復せるを覚えぬ。余等は生きながらの墓場に葬られたる四人の上も心にかかれど、それよりもまず穴蔵の有様の見まほしきに、早速家の中に取って返し、穴蔵の

中に降り見ぬ。余等はまずいかに大いなる穴の穿たれおるかに驚かざる事能わず、煉瓦の壁を通じて高さ六尺深さ九尺ほどの凄まじき横穴は穿たれいたるなり。

写真の主

（一）

彼等は素よりこの処に宝を発見すべき希望にて働らきたるものなる事いうまでもなし。されど彼等もわれ等の如く無駄骨折をなしたりと覚し。

強き臭を発せる土は殆んど狭き穴蔵の天井まで積まれあり。かかる大いなる働らきを短時間になし遂たる処より察するに彼等の中には土方業に経験あるものありと覚えたり。されどその跡には土の外にただ五六本の蠟燭の端ありたるのみ。

何故にこれ等の侵入者が、他の処に赴むかずして直ちにこの穴蔵に来りたるかは最もわれ等三人を驚ろかしたる処なり。明らかに彼等はわれ等の知り得ざる、ある信ずべき報告に基づきてここを発掘せるものならん。果してしからばわれ等は彼等が升陥しに捕われいる間に、その残し行ける捜索を続くるもまた妙ならずや。

萩原はシャツ一枚となりて、普ねく穴蔵の壁を叩き廻りみたるも、別段変りたる音響を発する処あらず。詮術なければ今度は梯段の底より測りて九足の処に当る、反対の壁を崩しみる事とし、鶴嘴を取来りて三人仕事にかかりたり。漸やくにして煉瓦を崩し取り見たるも、その中はどこも柔らかなる土のみにして、宝の潜みおる如き景色は毛頭なし。

三人の失望落胆は殆んど言語の外なり。長者屋敷の捜索は全く絶望と思われぬ。

われ等は悄れながら釜屋に赴むきて昼餐を取りぬ。釜屋に行く前にも一度かの秘密室に至りて、耳傾けみしが、この時は何の音をも聞かざりしなりき。やがて食事を済し、食卓を囲みて烟草を吹しおる時、主人の妹来りて、納戸四方太が余に遭いたしとて来りおる由を告げぬ。聞くと等しく余は快速に椅子を立上りて、四方太を迎えぬ。

彼は余を見るや低き声にて、

「旦那、今日は。私は菊枝坊に頼まれて来ただよ」

と云いつつもめくちゃになれる手紙を余に握らしたり。余は胸を躍らしながら、そを開封して読下せるに、慌ただしげなる筆跡にて——

恋しき堀さま、私は只今倫敦へ帰ります。もしお手紙でも下さいますなら、いつぞや申上た樫戸町の農園図書館ではなく、米屋町の百二十番屋敷へ宛(あて)て下さい。私が昨夜申上た御注意をお忘れになってはいけません。ふの字は昨夜出たきりまだ帰って来ません。左様なら——御存じより。

余は眉を顰めて四方太に向い、

「菊枝さんは中里を立ったのか」

と問えば、

「ハア、そうでがすよ。私(わっち)は菊枝坊が汽車で倫敦へ立つのを今し方見送って来たよ。もう中里へは帰らねえちゆう事だッけ」

こはいたく余を驚ろかせり。いかなる事が起りて突然菊枝は倫敦に立去りたるか。俄かに余が恐ろしくなりたるか。昨夜親しくわが心を打明けてより、菊枝も充分に了解したるはずなれば、今更余を恐るる如き道理なし。ともかく昨夜は菊枝の心に、今日余と別るる事を前知しいざりしは明かなるに似たり。さらば何ものが菊枝を倫敦に運び去りたるか。昨夜来四人のものは未だ帰り行かずとせば、何ものにも菊枝の脅迫さるべきはずなし。さらば菊枝の意志によりて倫敦に帰れるものなるか。やはり余を避る事の賢こきを知りて、中里を去れるなるか。それにしては米屋町の真実(まこと)の住処を告げたるも訝かし。余は再三手紙を読返せるが、手紙はあまりに簡潔に、余りに冷やかなり。その突然の退去については何の説明を与うる処なく、ただ昨夜与えたる注意を繰返し行けるのみ。菊枝は素より四人が生きながら隧道(トンネル)に封じ込められたるを知らざるはずなり。さてもこの手紙の意味はいかん。

余は四方太に向い、

「菊枝さんから何ぞ外に伝言でもなかったか」

「何にも無えでがさ」

「ウムそうかね。菊枝さんはどンな容子をしていた。機嫌がよかったかね」

「そうでがすね。ちっとばかし顔色が悪かったようだっけね。あんまり口も利かなかっただ」

なお余は四方太に二三の質問を試みたるも、要領を得ざれば四方太を帰し席に戻りてこの事を二人に報告しぬ。

（二）

余は長者屋敷の捜索に全く匙（さじ）を投げ、この上に捜索を続くる勇気の失（うせ）たる処へ、菊枝の俄かに中里を立去りたる報を得て、余も急に倫敦へ帰りたき気になれり。あたかもよし萩原辰蔵もかの骸骨の発見などにその迷信深き心を悩まされ、最早捜索を続くるを欲せず。自分はその雇主に逢うべき用事あり、また船渠（ドック）に入りおる鶴嘴丸も見舞い来らねばならずと云い出したれば、余と萩原との意見は直ちに一致したるも、不興気なるは健にて、彼はその誇れる自分の頓智にて升陥しにかけたる侵入者等の運命を確めずして軽琴を去るを、頗る遺憾となせるものに似たり。

されど彼一人止まるべくもあらざるより、敵の運命は成るがままに任する事とし（余は彼等の悪智恵に富める、必らず何等かの方法を以て隧道を抜出すならんと信じたり）釜屋より帰るや否や、手廻りの小荷物を取纏め、なお一度かの秘密室を見舞いて、その異常なきを確かめたる上、三人相携えて倫敦行の汽車に投じぬ。

その夜余は倫敦なるわが下宿に安らかなる眠りを取りたる後、翌朝十時健と後丘（のちおか）停車場に相会（あいかい）しぬ。そは米屋町に健を伴いわが恋人に紹介するの約束ありたればなり。余が健を米屋町に伴わんとせるは他の意味にもあらず。健より菊枝に紹介しくれよと余に望めると、余もまたわが恋人を健に見せつけたしとの野心ありたればなり。

やがて百二十番屋敷を訪（と）い、この家の下女に二階の小奇麗なる客室に案内されたる時、次の室の小机の前より菊枝は立放れ、打驚ろける様にて余を迎えしが、余の目と見合せる時その目は嬉しさに輝やき、頬はほんのりと赧（あか）らめるを認めたり。果して菊枝は余を避るがために中里を去りたるにはあらざるなり。

されど菊枝は直ちに余の外に男の立てるを見て、許を受ずに入来れる無礼ものにてもあるかの如くに、健を見たるが余の紹介するを待ちて、心を柔らげ打解て健をも歓迎せり。

室は至って質素ながら如才なく品よく装飾され、主人（あるじ）の趣味深き心栄（こころばえ）さえ表われたるに、余は健に対し坐（そぞ）ろに鼻の高きを覚えぬ。

「堀さん、ほんとに驚ろきましたわ。今朝倫敦へいらっしゃろうとは、ちっとも思いがけなかったのですもの」

と云いつつ菊枝は二人に坐布団を勧めぬ。余は手短に、長者屋敷の捜索にあぐみ果て、新らしき考の浮ぶまで数日間仕事を中止し来れる由を語りぬ。

室の片隅に置かれたる書棚の上に銀製の写真挟みありて、これに髪を奇麗に梳（か）れる、瀟洒たる青年のキャビネ形写真を挟みありぬ。余はこの写真に目の落る毎にその誰なるべきに驚ろきぬ。恐らくは余ならざるも、恋人の家に生若（なまわか）き好男子の写真が大事にかけられおるを見て、多少の嫉妬を起さざるものはあらざるべし。

主客の間に十分ばかり雑談の換（かわ）されおる中、呉服屋が注文の品を持来れりとの下女の言葉に菊枝はちょっと会釈してかなたに立去りぬ。この時健は余に耳打し、

「堀さん、その写真を御覧なさい、あれが市女（いちめ）街道の明家（あきや）で殺された男です。何ものか菊枝さんに聞いて御覧なさい、私はお先へお暇しますから」

余は再び写真を見ぬ。写真の主は二十（はたち）か一二の上を出ざるべく、大きなる眼の愛らしく、形善き口の引締り、眉毛濃く、上品なる顔立の、どこから見るも天晴（あっぱれ）の美少年なるも、菊枝に似よりたる点は微塵もなければ、その同胞（はらから）にあらざる事は明らかなり。

菊枝の再び入来れる時、健は機転を利（きか）して立上り、

「園山さん、僕は少し用事がありますからお先へお暇（いとま）いたします。跡で御緩（ごゆる）りと堀さんとお楽しみなさい」

と笑いながら心憎き言葉を残して立去れり。菊枝も楽しげに笑うて健を送り出したるが、菊枝はたしかに余と二人となれるを喜びたるなり。いかなる女も恋人とただ二人残れるを喜ばぬものはなければ。

（三）

余は菊枝に向い、

「菊枝さん、貴嬢はなぜ突然中里から逃出したのです。私はお手紙を見てからドンなに心配したか知れません」

「おや、そうでございましたか。古嶋の命令（いいつけ）で倫敦（こちら）へ帰ったのでございます」

余は驚ろきて、

「え、古嶋の命令（いいつけ）？　古嶋はいつ帰りました」

「いつと申して、それは貴君にお目にかかった晩の事です。あの晩急いで家へ帰りますと、まだ帰っていませんでしたが、二十分ばかりすると帰ってまいりました。

そして私に、今夜の中に荷造りをして、明日の一番汽車で倫敦へ帰れというのでございます。その通りに私は帰ってまいりましたので、それから未だ古嶋には遭わずです」

余は安心して、

「なぜ古嶋が貴嬢を急いで立去らせたか、お悟りになりましたか」

「大抵悟らぬでもありません。私は床に着ました時、鉄平の声を聞きましたが、その晩大変に遅く四人で外へ出かけて行ったままその晩は帰らなかったのです。私が立つまでも帰って来ませんでした」

話の暫らく途切れたる後、余は菊枝の手を引寄せて優しく、

「菊枝さん、その若い男は誰か私に話して下さい――その銀の写真挟みにある――」

とかの青年の写真を指さしぬ。余は幸にしてこの写真の主の誰たるかを確かむるを得ば、わが敵に対して非常の利器を得べきなり。

良（やや）しばし女は答えざりき。その顔はやがて青味を帯び来り、唇は幽かに顫を帯び、眼にはさやかに恐怖の色を浮べたるなりしが、すぐにそれを隠さんと勉めて笑に紛らし、

「あれですか私の知人（しりあい）です。何でもない人です――貴君は御存知ない」

菊枝はそのまま差俯（さしうつ）むきしが、そは次第に昂まり来る胸騒ぎを余に悟られじと隠さんとするにも似たり。

「知らない人でも構いません。誰だか話して下さい。菊枝さん。お互に恋人（ラバー）なんじゃアありませんか。隠し立をするのは水臭いというもんです」

「でもあれはこの世に居る人ではありません！　死んだ人です！」

と菊枝は声を顫わして叫びつ、突（つ）と立上りて、その震う手に写真を取りて、そを裏返しとなしぬ。

菊枝は強て心を落つけたる様にて、何気なく馴々しく余の傍（そば）に来り、

「堀さん、死んだ人の事をそう責めるものではありません。ああしてしまえば貴君のお気に触らないでしょう」

と媚ぶるが如く云いぬ。余はどこまでも低く厳そかに、

「なにも死んだ人を責めるのではありません、名を話して下さい」

女は迷惑そうにためらいて、

「そンなに私をいじめるものじゃありません。名を云えと仰しゃったッて……もう死んだ人ですもの、どうぞ堪忍して下さいましな。決して水臭い心で申すんじゃないんですから……私はどンなに貴君をお慕い申しておるでしょう、私は貴君のためなら生命もいらないように思ってるのでございます。ですけどもこればかりは――」とその震う手をわが膝に置きて、「貴君、過去の事はどうでもいいと仰しゃったじゃありませんか。もうこの世に亡い人なんですから、どうぞ私の秘密にしておいて下さいまし。ねえ、貴君、ほんとに私を可愛がって下さいますなら、どうぞこの死んだ人の気を休めさして下さいまし」

見れば菊枝の目には露を宿せるなり。美人のかくまでに焦心せるを見て、わが心争（いか）でかその憐れに打たれざらん。されど同時にかくまで、菊枝の心を動かし得たる果報の青年はそも何ものぞと、死者と聞きてもなお嫉妬の心を起さざるを得ず。余はモ一度菊枝を苦しめんと、執念（しゅうね）く、

「貴嬢の恋人（ラバー）だったのですね」

菊枝はさッと顔を赤めて、

「いいえ先じゃア私を何とも思ってはいないのです――私は――私は――あの人を思っておりましたけども」

と女は泣いてその顔をわが膝に隠しぬ。

海馬号の由来

（一）

余は米屋町なる菊枝の家を辞するや否や、直ちに半井（なからい）国手の精神病院を訪ずれぬ。そは余を喜ばすべき吉報ありとの書面が、余の軽琴に赴きいたる留守中に、同国手の許より届きいたればなり。

老博士は余を喜び迎えて、

「おお堀さん、貴君をお待申しておった処で。お預りの老人が俄かに回復いたしましたぞ。精神も健全になったばかりか、口も利けるようになりましたわい。外科医の調べた処では舌に傷を受ていたために、口が利けなんだので、今でもまだ変な所がありますが、それでもよく

分ります」

余は喜び上りて、

「えッ！　恢復しましたか。やれやれ」

「全く一時精神に異状を呈しただけで、今では普通の人と少しも異(かわ)るところがありません。すっかり自分の経歴を話しましたが、これがまた驚ろくべきものですわい」

余はいよいよ熱心に、

「どうして海馬号の中に居ったか説明しましたか」

「いや、それは私からお話するよりは直接にお聞きなさるがよかろう」

と云いつつ老博士は呼鈴(ベル)を鳴して人を呼び、老人を連来らしむる事を命じぬ。

ほどなく老人は案内につれて入来れり。余は一目見るのみにてその姿の全く異(かわ)り果たるに驚ろきぬ。その乱暴に伸たりし髪の毛は短かく芟取(かりと)られ、その真白(ましろ)なる鬚も繕ろわれて見違えるばかり美(うる)わしくなり、衣服はさッぱりとしたるを纏い、天晴(あっぱれ)の老紳士と見ゆるばかりになり、分けても目立ちて見えたるは、そのいかにも活気に充ちて、われ等の始め考えたるよりは二十歳も年若く見えたる事なり。後にて余は彼が銀の如き白髪は年のためにはあらずして、その発狂せると同一の発作により、ある恐怖のため俄にかくの如くなりたるものなるを知りぬ。彼の言葉はなお多少もつるる処あり。やや異様に響けども、さりとて解し難き処はなし。

彼は博士に紹介されて、叮嚀に余に会釈し、

「私は貴君方のために救助された事を聞きました」

余はつくづく老人を見詰めて、

「海馬号の中で貴君を発見してお連申したのです」

彼は深き溜息を洩して、

「私は九死に一生を得たのです。私が助かったのは奇蹟(ミラクル)です。私は発狂しておったそうで――いやそれはそのはずです。それでなければここへ来ているはずはありませんから。しかし私はあの棺船(かんぶね)の中へ這入ってから後の記憶は頗る曖昧で、とんと思い出せない事ばかりです」

「われわれは貴君の恢復をどれほど待焦れていたか知れません。どうか一ツ経歴談を承たまわりましょう」

「いや承知しました。今も申す通り、十分明瞭にお話し申す訳にはまいりませんが、出来るだけ考え出してお話しいたしましょう」

と彼はややしばし緒(いとぐち)を案じたる後左の如く語り出で

たり。

「よく水夫の法螺噺（ほらばなし）という事をいいますが、私のは少しもお負（まけ）はありません。正味の事実談ですからその積りでお聞下さい。私は芦屋慎蔵（あしやしんぞう）というもので、十二年前まではリバプル号という商船の汽関長をしておったのですが、航海中に船長と意見の衝突した所から、濠洲のシドニーでリバプル号を辞めてしまいました。でリバプル号が出帆してしまった跡で、丁度善い口があったので、金烏号（きんうごう）という同じ英国汽船の船員になったのです。この船は英吉利と東洋の間を航海しておる商船であるという事で乗込んだので、この時は上海（シャンハイ）へ行くという事になっていたのです。

　処がいよいよ乗出してみると、上海へ行くのではなく、支那の沿海へ来ると同時に、二門の速射砲を据えつけ、前甲板員は手に手にライフル銃を取て武装し始めるのです。さては聞及んだ海賊船に欺されて乗込んだのだなと思っても最早追つきません、命令に従わなければ生命（いのち）がないのですから止むなく私は機関をいじくっていました。果してこの船は支那の沿海を荒し廻わり、重（おも）に支那船を掠奪（りゃくだつ）して、二週間ばかりの中に夥しい分捕品をせしめました。それは絹、阿片、茶、象牙のようなもので、金烏号はやがてその分捕品を載せてアデレードへ行くと、そこにはある代理商店があって、何にも云わずその分捕品を買取るという仕組になっていました。

　私はいつか英国の軍艦に追われて撃沈（うちしず）められるに違いないと考えた処から、どうにかして船を逃げ出したいと工夫しましたが、船長はそンな憂があると見て取ったのか、少しの機会も与えません。しかし人というものは妙なもので、実際この船は英国の砲艦に狙われている所から、たびたび追跡される事があって、その都度巧みに逃おおせましたが、さてこういう場合になると、一心ですから私も海賊も協力同心で、安全に逃ると同じ愉快を感ずる所から、自然海賊等と馴染が重なってきます」

（二）

「それでこの船の碇繫所（ていけいじょ）というものはいつも不定にしておいて、船の名も始終取かえ、烟突（けむりだし）の色も絶えず異（かわ）った色に塗換えるのです。私はこの船に一年間も乗っていましたろう。そうこうする中にその船の追跡が大分烈しくなってきた処から、ともかくも英吉利へ帰る事とし、やがて喜望峰を廻って亜非利加（アフリカ）の西海岸へ出ました。ある日上田という和蘭（オランダ）生れの船員が少しばかり船長の命に背いた事を仕出かしたのです。船長はひどく怒って、散々上田を嘲罵する処から、上田も一言二言口答えをしましたのです。すると船長は犬でも取扱うように、いきなり短銃（ピストル）で上田を銃殺（うちころ）して、その時船の傍へ表われた鱶（ふか）に食わしてしまいました。その所業があまり残酷で見るに見かねましたから、私が口を出していかに船長でも最（も）少（すこ）し船員の生命（いのち）を大事にしてくれなければ困ると申しましたのです。するとその船長、黒鬼鉄平という奴で、かねて私を憎んでおった所から、物をも云わず私に発砲しました」

「じゃア船長は黒鬼鉄平なので！」

と余の口を挿みたるに、老人芦屋慎蔵は訝かしげに余を見て、

「貴君は黒鬼を御存じですか」

「知ってます。貴君のお話が済んだら私からもお話しましょう」

慎蔵は言葉を次ぎて、

「黒鬼は私に発砲しましたけれども幸いに丸（たま）は私に当りませなんだ。すると今度は外の方法を考えたものとみえ、短銃（ピストル）を隠へ入れて、水夫等に短艇（ボート）を卸せと命ずるのです。何をするかと思っていると、やがて本船を止めて今卸した短艇（ボート）へ私を乗せて、突放そうという計画なのですな」

「それが鉄平の慣用手段とみえる」

と余は呟やきぬ。

「丁度今航海しておるあたりはまだ測量さえも出来ておらぬ海岸で、野蛮人のみ住んでおる恐ろしい処なのです。コンな所へ突放されて生命が助かればそれこそ不思議で、恐らくコンな邪慳（じゃけん）な恐ろしい復讐というものはありますまい。私はとうとう短艇（ボート）へ乗せられて荒波の上へ押出されてしまいました。これが私の黒鬼を見た最後で、今ではかれこれ十年以上になります」

芦屋はここにて暫らく息を休ませたる後、また次の如く語り出でぬ。

「それでも水夫としての彼の情（なさけ）で、幸いに櫂を一本添えてくれました。もっとも飲料水も食物もくれません。仕方がないから荒波を漕抜けてようやく岸へ着けて見ると、見渡す限り砂原で野蛮人等の影も見えなければ、亜非利加のどの辺に当るやら方角が着きませんのです。暫らく海岸をうろついている中に、ある川の河口を発見し

ました。それでこの川を溯(のぼ)って行けば、どこか人里へ出られるだろうという考から短艇(ボート)で上って行ったのです。その後この川はテンシフトという川で、土地は南モロッコであるという事がわかりました。この探険譚はお話すると長くなりますから、これは他日申し上る事として、すぐ要点をお話し申しますが、七日目に私はとうとう野蛮人に捕まって、モロッコの都(まち)へ引張て来られ、そこで奴隷に売られてしまったのです。私の買主というのがなかなか勢力のある酋長(しゅうちょう)で、白色人を奴隷にしておくと、野蛮人同志の間に大変に幅が利くというので、よほど善い値に私は売られたのだそうです。さて私はこの酋長に買取られると、大砂漠を横ぎり、有名なアトラス山を越えて、亜楔(あくさび)という所へ連れて行かれました。もっともこの酋長というのが野蛮人に似合わない俠気のある奴で、奴隷とはいうものの殆んどお客扱いにしてくれましたので、さして不自由もせず、五六年間この亜楔(あくさび)で暮していました。

　そうこうする中モロッコの地中海海岸に棲息しているリッフという剽悍(ひょうかん)な種族が謀叛を起した事があって、私の主人は国王の命令でこのリッフと戦争する事になったのです。私は多少戦術を知っておるものにされて、幾人かの兵卒の頭にされました。さてわれわれ攻撃軍はまず国都の戸津(ヘツ)という所へ進軍し、そこで国王の検閲を受けた後、敵の本拠地なる山国(やまぐに)に入込んだのです。それまではなかなか勢がよかったのでしたが、全く土地不案内の悲しさ、敵は出没自在の妙を極め、殊に有名な猛悪の種族なり旁々(かたがた)、こちらは連戦連敗の有様で、果ては伏兵にかかり、われわれ幾人かは捕虜の身となってしまったのです。この時外のものは何の容赦もなく、いずれも惨殺されてしまいましたが、私は英吉利人である所から、幸いに生命を助かって、ある惨忍な酋長の奴隷にされました」

（三）

「惨虐な野蛮人の奴隷として追つかわれる私の生活は犬より憐れです。前の酋長に使われていた時とは雲泥の相違で、ここでは毎日々々意地悪い黒奴(くろんぼ)の奴隷頭の監督を受け、外の黒奴(くろんぼ)の奴隷と交(まじ)って、焼けるような炎天の下に追廻されるばかりか、いつどんな時に、鬼のような主人の機嫌に触れ、苛責を受るか、銃殺されるか、モ一ツ惨たらしく燔殺(あぶりごろ)されるかも知れんという運命を持っているのです。私の血気は全くこの時に絞られてしまったのですな。この私の主人というのは酋長醍婆(ダイバ)という豪傑で、山の城に楯籠って、国王に反旗を翻えしておるのです。この山寨(さんさい)は海岸から数哩(マイル)ほか離れておらんので、見渡すと真蒼な地中海が目の前に見えます。私は毎日海を眺めて英吉利へ帰りたいと祈らぬ日はありませなんだ。

私はまた時々外の黒奴(くろんぼ)の奴隷と一緒に、石を運んで来るために海岸にやられる事がありましたが、ある時谷間から、向いのアルセマ嶋(とう)という小さな嶋(しま)の方へ向けて流れ出す小さな川の川口へ来た時に連(つれ)の年を取った黒奴(くろんぼ)が、海から四半哩(マイル)ばかりこっちへ寄った川口の浅瀬に沈んでいる船体を教えてくれました。この船体の上は清潔な、急な水が流れているのでしたが、丁度こンな風に船体は横たわっているのです」

と云いつつ芦屋は紙と鉛筆(ペンシル)とを乞うて巧みにその位置を描き出しぬ。

「それが海馬号ですね！」

と余は口疾(と)く言葉を挿めば、

「そうです。それはいつの昔からか、そこにあるのだという事で、嘗て見た事のない奇妙な形の船でしたが、丁度その船体の沈んでいる上に突出ている巌(いわ)があって、その上へ昇るとよく見下す事が出来るのです。それから後というもの、何となく私はこの船の秘密に魅せられて、時と場合の許す限りはこの巌の上へ忍んで来ては船体を眺めるのです。

ここに住んでいるムーア人の黒奴の間には昔から奇妙な伝説が残っていて、この船体の中には魔が住んでるというのですな。それで迷信の深い土人等が、この船体を恐れている事は一通りではありません。そしてこういう事が信じられていました。もし――この船体が表面に浮ぶ事があれば、その時こそこの船の中から疫病が伝(つたわ)って、リッフ人というリッフ人は一人も斃されないものはなく、全くこの人種が地球上に消滅する時であると――こういう伝説が深く信ぜられているのです。この位に恐怖されている処から、どンな乱暴なものでも巌の上に昇って船を窺き込むというものはありません。

私には無論この迷信が馬鹿らしいのです。私は何度この巌まで泳ぎついて真黒な船体を吟味したか知れません。だんだん調べてみた結果、長く突出ている船尾(とも)が、押被さっている巌の鼻の下へ、丁度楔(くさび)のように食い込んでいるのです。私はなお船の窓から中を窺いて見ましたが、中には不思議と水の這入っておらぬを発見しまして、何でもこの船はたしかに浮く力があるものに相違ないとその時思いついたのです。丸二年間というもの私は始終この説を抱いていたのでしたが、それはこの船体が深く砂の中に埋もれていないばかりか、艫先の方は水面から一二尺突出ているという点からも、そう信ずるに至ったので。私の見る所ではとにかくこの船が古代の船である事には相違なく、いつの昔かに浅瀬を越してこの川口にやって来た時、丁度水の少ない季節であったため坐洲しておる中アトラス山の雪解がして、この辺にしばしばある通り、俄かに大洪水となり、どうする間もない中に、突出ている岩が舳を挟んでしまう、水が上から被さるという始末で、この通りになったのではないかと思われたのです。それで私はどうにかして岩の鼻を取除ける事が出来さえすれば、きっとこの船は浮び出すに相違ないとこう考えました。

私は何か機会が到着せよかしと、頻りに心を焦って待っていました。全体このリッフ人は国王と戦かうため絶えず鉄安という所の白色人の商人から火薬を買入れていたのですが、ある時私は酋長醍婆の兵器庫に新らしく買入れた外形の分らぬ異様の品物のあるを認めました。リッフ人はまだその何ものという事を知らんのですが、私はすぐそれはダイナマイトだなと感づきました。それでこれを用いればあの岩を砕く事が出来ると考えた所から非常な苦心の末、そのダイナマイトを盗み出し一週間の後折を偸んでその巌の割目へダイナマイトを挿入して、真夜中に爆発させました」

(四)

「多分私の用いたダイナマイトは量が多過ぎたのでしょう。巌全体は凄まじい音響と共に割てしまって、例の船体を押えていた鼻はそのまま消し飛んで、船体から三十尺許りも離れた海の中へ落ちました。何よりも嬉しかったのは、奇妙な船体が首尾よく浮び出した事で、私は月の下で躍り出しました。しかし一刻も猶予してはいられぬ所から、すぐにその船へ泳ぎついて、窓を叩き割った上、船の中へ這い込みましたが、船は潮に乗せられて次第に沖へ沖へと流れて行くのです。

この爆発の音はリッフ人を非常に驚ろかしたものとみえ、何百人という人数はみな岸へ出て何事が起ったかと犇(ひし)めいている様子でしたが、大きな巌がなくなると共に、何よりも恐れている奇妙な船体が浮び出して流れ始めたのですから、その恐怖したらしい有様というものは非常です。多分爆発したのを魔の仕業とし、また船が浮び出たからはリッフ人はいよいよ滅亡するものと考えたのでしょう。黒山を築いた何百人はすぐにまた蜘蛛の子を散らしたように逃て行ってしまいました。

私の目的はただもう奴隷の境涯から逃れ、はては苛責に攻殺(せめころ)される苦限を脱したというだけで、無論この船で安全に逃終せるものとも考えてはいませんでしたが、全体私は冒険好の性質(たち)でしたから、この方を遥かに希望あるものとして撰んだのです。で私は万一敵の追跡する事もと考えましたから、船の中へ這入ると奴隷の衣服(きもの)を脱捨て、今入込んだ船室の壁にエリザベス時代の衣服(きもの)の破れかけたのが掛ってあったので、それで装束を拵らえました。

それから幾日経ってどこをどうしておったか、私は全くお話する事が出来ませんのです。この船に這入こむまでは気が張っていましたが、全体私は丁度五日ほど前、醍婆(ダイバ)の機嫌に触れた事があって、十日間絶食の刑に処せられておったのです。それのみか一ケ月ほど前には、また同じ理由で、醍婆(ダイバ)から私の舌を抜けという命令を下した事があって、幸い抜かれるまでには至りませなんだが、舌の一部分を傷(きずつ)けられた所から、全く口を利く事が出来ないようになっていたのです。この通りの有様で船へ這入った所で、船の中は骸骨ばかり、水も食物もないのですから、私は俄かに自分の境遇の恐ろしい事を悟って狼の苛責は逃れたけれども、それよりも恐ろしい生地獄に這入ったものだと感じました。

私は全く餓と渇(かわき)と絶望のために、日を過す中発狂の状態に陥いったのです。私はあの海馬号の中での生活をお話し申す能力はありません。ただ朧ろげに記憶しておるのは、自分が何ものにか救われて、蜂田銀蔵というものの監督を受る事になった事で、この蜂田という奴は黒鬼の金烏(きんう)号で事務長をしておった奴ですから、私は発狂している中にも此奴を思い出したのです。それで私は鶴嘴丸で乱暴を働らいたに相違ありません。もっともその蜂田はそのころ海上の智識は少しもない男でしたが、悪事にかけては抜目のない奴で、いつも黒鬼の参謀になっていたのです。それはそうと貴君は黒鬼を御存知だと仰しゃいましたが、今どこにどうしておりますな」

余は黒鬼について彼に話し聞かす前に、彼がかく恢復したる上は、直ちに故郷のリバプルへ帰る積りなるや否やを尋ねたるに、自分は独身ものにて親戚もなく知人もなければ、別段に故郷に帰る考なしとの事に、さらばともかくも余の下宿に来り、いずれとも方向を定むるまで逗留しおりては如何と勧めたるに、彼は直ちに同意したれば、余はなお半井老博士とも話を取極めたる後、芦屋をわが宿に伴い帰りぬ。

　余は宿に帰れる後、海馬号の発見以来起れる奇妙なる出来事、隠れたる宝の捜索と、その失敗談等を語り聞せたるに、芦屋はその語れる如く冒険好の男とみえ、いたく乗気となり、われ等のために喜びて一臂の力を借し終生の敵なる黒鬼蜂田等に一泡吹せんと敦圉るなりき。余は早速芦屋を萩原匹田及び古城博士に紹介し、その驚ろくべき物語について仔細に解剖しみたるが、萩原は経験に富る船員として意見を述べていうよう——かの海馬号は嵐に出遭い柁を奪われ、進退自由を失いたる処へ、疾風はいやが上にも帆柱を吹折り、浅瀬を越えて川口に船体を運び去り、そこにて芦屋の説ける如く巌のために挿まれたるものなるべく、とかくする中突然大洪水到り、船員が艙口を開かんとする間も与えず、船体を沈没せしめたるものなるべしと説けり。余はまた船員の下に留まりいたる原因は、海賊の根拠地に吹まくられたる所より、その攻撃を恐れて安全の場処に屏息し、風の静まるを待ちて、私かに逃れ出んと待設けおる中、突然免れ得ざる状態に陥いりしものなるべく、その死因の全く窒息にある事は、船内に毫も戦闘の形跡を止めあらざるにても明らかなるべしと説きぬ。

新聞の広告

（一）

黒鬼古嶋等の運命についてはわれ等の最も心配せるところなるも、それは静かに解釈の日来るを待つ事とし、余はひとまず市女街道なる秘密の惨殺の行われたる明家を調べおきて、何かの時の道具となしおかんと、健を伴うて探険に赴むきたるが、われ等は多少の困難の後にそを発見し得たり。なおこの家は今もなお明家となりおるにぞ。借家を求むるものの如く装おうて、同じ町に住める差配人より鍵を借受け来り、健に案内させてかの惨劇の行われたりといえる室の中を取調べぬ。

　果してこの室の床には血の潤(にじ)める痕あり。そは毛氈(もうせん)の吹(すい)こみたるものにて人頭大の汚点なりしが、黒くなりおれども、慥かに血の跡に相違なく、健はまたそこがかの青年の倒されいたる処なりと語れり。されど知らざるものには左までの注意を惹くまじく、ただ尋常の汚点として見免さるるならん。余等はこの他に犯罪の証跡を求むる事能わざりき。次の日余は米屋町に菊枝を訪いたるが、菊枝は余を迎え入るるやまず納戸四方太(よもた)が不慮の横死を遂たる由を語りぬ。そは二日ほど以前の夜、四方太が例の通り酔うて帰れる途すがら、架橋工事のために渡しおける仮橋より落ち、溺死を遂げたりというにありて、そは決して何ものかのために殺されたるにあらず、同じ村の太郎吉(たろきち)というものが丁度通り合せし時なりしも、全く救助し能わざりしとの事にて、検視も済みたしかに変死という事に定まりしものなりという。余はこの報知に接して菊枝と共に一掬(いっきく)の涙に咽(むせ)ばざる事能わざりき。証人なかりせば余はたしかに四方太の最後をもて古嶋等の所業に帰せしならん。

　次に余は古嶋等の消息についてまだ何の聞く所なかりしや否やを尋ねたるに、意外にも古嶋は昨夜菊枝方に来りし由にて、その際彼は余等のため隧道(トンネル)の中へ封じ込められたる事、及び黒鬼の考案にてある場所より天井へ穴を穿ちたるに二時間の後、名主屋敷と軽琴の間なる黍畑(きびばたけ)の真半(まんなか)へ出でたる由を語りしとなり。なお菊枝は古嶋黒鬼等も長者屋敷の捜索を見合せたる如き口気(こうき)なりしと語れり。ああ果して彼等は隧道(トンネル)を出でたるなり。

　余の目はかの書棚の上に落ちたるに、例の写真挟みの中は名優の写真と取換られおりて、かの美少年の写真は姿を隠されたり。思うにかの写真は菊枝が大事の手文庫の中に収められたるならん。こはいたく余の嫉妬心を煽りたれば、余は前後を忘れてその事を語らんとせしが、また菊枝の機嫌を損するを恐れて口を噤(つぐ)みぬ。

　余は菊枝に向って芦屋の驚ろくべき物語りを語り聞かせぬ。菊枝は熱心に聞終りて嘆息し、

「ほんとに鉄平はそンな惨酷な男なのです。打明て申すと私も鉄平が恐ろしくてなりません。私を殺そうと思ったらきっと殺すに違いないんですから。鉄平はそういう男です」

　と身を慄わしぬ。余は力づくる如くに、

「いや鉄平にそンな事はさせません。私が保護してあ

げます」

女はなおためらいながら、

「ですけども鉄平はきっと私を脅すに違いありません。脅される訳がありますから」

としょんぼり菊枝は差俯むきぬ。

「なぜです」

と余の問に菊枝は答えず、また顔をも挙げざりき。余は少しく深入して、

「もし貴嬢を脅すような事をすれば黒鬼は身の上を知らない奴です。萩原や芦屋はみな黒鬼を牢に打こむ事の出来る立派な証人である上に、黒鬼が最近この倫敦のある家で犯した惨殺に対しても証人があるのです」

「堀さん、そ、それは何事です」

見る見る菊枝の顔は蒼白となり、唇は打顫いて、
余は菊枝の哀れなる有様を見て俄かにかく云い出したるを悔い、さまざまに云紛らして遂に話頭を他に転じたり。

それより余は話を面白き事にのみ向け、互に恋人の如く楽しき談話に耽りて、やがて帰らんとする時、菊枝は余を送り出して、

「堀さん、私はどうも未来が恐ろしくてなりません。今があンまり仕合せ過ぎます、こンな楽しみは決して長く続くはずがないと思ってます。私は生れると失望と不仕合せという運命を授かりましたので、今までの事でもみんなこの運命の手を離れる事は出来ませんでした。今度でもきっとそれに違いないと思います。今に貴君とお別れしなければならない事になるかと思うと、悲しくてなりません」

（二）

余はさまざまに菊枝を慰さめて、迷いの雲を払わんと勉めぬ。菊枝はこれに気を引立てられたるか、余を見送りて門口に立てる顔は、恥かしさと嬉しさとに照渡れり。最後に目を見合わしたる余は覚えず嬉しさに涙ぐみ、われにもあらで吐く息のはずむを覚えたり。余は自らわが幸福の余りに大なるに驚ろかざること能わざりき。

余は菊枝に別れて帰る途々、端なく現在の楽しみを思うにつけて、わが無分別なりし学生時代の恋を思い起しぬ。余はやがてこの物語の一部に関係を有する事変の発端として、昔の恋を語らざるべからず。そは余が東海岸

の水戸辺といえる処に居りたる時の事なりき。土地のある豪家より保姆として雇いおける一女子の病気を見んために招かれたり。この豪家の主人夫妻は一家の定まれる主治医に、雇人なる保姆の病気を取扱わしむるを甚だ不権識と考えおりて、余が無名の見習医師なるより余に托する事を最も賢こしとなしたるなり。その女は郷田夏子と呼び、そのころ二十ばかりのさして美わしというほどにもあらねど、衣服の着こなしの派出に都びたると、どことなく垢抜せし所ありて、十人並より優れたる方の女なりしが、余はこの女の治療に通う中に、その主人というが少しも同情の無き上に妻というも保姆の病気を日々口小言の種になしおるという風にて、夏子の心づかいの休まる折もなき気の毒さを見るにつけ、余はいたくこの女に同情を表するに至りたるが、無分別なる少年時代の同情は、すぐ感情の奴隷となり易く、始めはこの女の附添医師なりしものが、中ごろには友達となり、夏子の漸やく病気より回復したる三月の後には互いに恋人となりて、夢の如き楽しさに耽る身とはなりぬ。主人夫妻もそを感づきいたるも強ちわれ等の間を妨げんとはなさざりき。

しかるにある夜の事郷田夏子は突然わが宿を訪ずれ、今夜窃盗を働らきたりとの事にて、主人方を追出されたれば、今より倫敦に帰る積りなりと色を変えて語り出でぬ。余はいたく激して、事もあるべきにさる冤罪を被するとは心得ず、今より夏子のために談判し来るべしと敦圉たるに、夏子は冷やかにそを制して、

「談判をして下さるにゃア及びません。だってほんとうに破廉恥罪を犯してきたんですもの。全くほんとうですわ。私は盗人に生れついたのです。どうしてもこればかりは――止められないのですよ。今夜だって奥さんの根掛を取出した時に、どンなに嬉しかったでしょう。窃盗をするほど楽しい事はありませんわ。ですけどももう見つかって暇を出されたんですから、もう貴君との縁もこれぎりですよ。そればかりか、貴君と別れるという約束をしてきたため、私は許されてきたのですわ。主人の云うには『堀さんは若いけれども善い人だから、お前に欺されて一生を堕落させるのはいかにも気の毒だ。お前がここで立派に堀さんを思い切るという約束をして、これから堀さんにその事を話した上、すぐ倫敦へ帰って、最早この水戸辺へ足踏をせぬというなら、お前のこれまで犯した罪を許してやる』とこうなんです。それで私が、『もし堀さんを思い切らなければ?』と云いますと、『そ

れならばお前を警察へ引渡す分の事だ。一度ならず二度三度不都合を働らいたのだから懲しめのために監獄に入れてやる。全体男というものは恋には目がなくなるから、堀さんはお前を許すかも知らんが、己(おれ)は断じてお前を許さん』とこうじゃアありませんか。ですから私は貴君と別れに来たのです」

　余は遂に夏子を倫敦行の水戸辺停車場に送り行きぬ。余は全く恋に目のなき男となりいたるが故になお夏子に未練あり。夏子の主人の余りに残酷なるを心に怨みたるなりき。夏子は余に囁やきて、

「堀さん、私ゃ最早この世でお目にはかからない積りですよ。だけども貴君の事は決して忘れやしません。そして貴君の幸福を祈っております。心立の善い女があったら私の代りに可愛がっておやんなさい。そして奥さんになさいましな。だけどもね、堀さん、そンな女がありましたらその事を私に知らして下さいよ。私ゃ焼きもなんにもしませんから。これだけを不仕合せな女の最後の願として聞いてやって下さいまし」

　と女は咽(むせ)びて列車の中(うち)に入(い)り、余が先ほど買与えたる『テレグラフ』新聞もてその泣顔を隠しぬ。

　余はいかにして今後夏子に通信せんと問いたるに夏子は顔を挙て、

「私は貴君に買って戴だいたこの『テレグラフ』新聞を長く取る事にします。この新聞の広告欄で知らして下さい。左様なら」

　同時に列車はわが恋人を奪うて倫敦の方に去れり。

（三）

　去るものは日に疎しの譬に漏れず、夏子と分れて日を経(ふ)るに従い、次第にわが浅墓なりし心の悔まれ来ると共に、夏子が従来の所業もわが耳に入り冷やかに夏子の価値を判断し得るようになれり。驚ろくべくも夏子はこれまでに度々保母として良家に入込み、巧みに不正を働らきては、いつも罪を下婢等に塗つくるに妙を得たる大胆ものなりきという。余はかかる女に関係したるを悔まざる事能わざりき。

　余は今米屋町より菊枝と別れての帰り途、はしなく夏子との約束を思い起したるなり。不正なる女との約束はこれを反古にするも、誰咎むるものもなかるべし。されどわが良心は、かかる約束をも守るべき事を、恋に忠実

なる所業なりと囁やけるなり。余と菊枝との間には一点の曇をも残すべからず。夏子との約束を果さば、菊枝を愛する上に、更に少しの心残りだもなき事を得べきにあらずや。余はかく思い決して宿に帰るや否や、芦屋慎蔵が同じ室にありて、余の挙動を注意しおるを、朧ろげに覚えながら、筆と紙とを取出して左の広告文を認めぬ。

郷、夏どのへ――御身への約束を果す日は来れり。余は他に心を捧ぐる人を見出したり。余にかく幸福なる日の来れる如く御身の上にも幸福の来らん事を祈る。水戸辺町の旧友ほ、ひ。

余はその広告文に添手紙を附け、広告料を封じ込み、状袋に『テレグラフ』新聞広告掛（かかり）の宛名を認め呼鈴を鳴したる時、芦屋は批難する如き眼光もて余を打眺め、

「堀さん、もし私ならそンな広告は出しません」

と心配らしく云えり。

「な、なぜです」と余は吃（ども）りて芦屋を見つめ、「貴君が何も知ってるはずはありません。これは海馬号にも黒鬼にも全く関係のない私の私事です」

老人は静かに、

「そうですとも、それは私も知ってます。それでも私ならそンな広告は出しません。堀さん、私は昨夜貴君について奇妙な夢を見たのです。それは貴君は何事かせずともいい事をなすって、そのためわれわれ一同の上に飛んだ災難が落来るという夢で、そうしてどこともなく私の耳に、お前が堀のする事を止めなければいかん、という声が聞えたのです」

余は老人のあまりに真面目なるに笑い出して、

「はは、何の馬鹿々々しい夢ですか？　昨夜遅く食事をしたからそンな夢を見たのでしょう。私のような医者に夢の話をするのは間違ってます。この広告を出しさえすれば私の心は休まるので、何も外の人に少しも関係を及ぼす種類のものではないです」

芦屋はためらいながら、

「それはそうでしょう。無論私が干渉する性質のものではありません。しかしこれだけを申しておけば、私の方でも気の済むというものです。万一黙っていて何かの事でも起れば、私は非常に遺憾に思うでしょうから」

余は芦屋の不吉なる注意にも拘わらず、遂に件（くだん）の広告を新聞社に届けやりぬ。

翌日匹田健は余を訪い来れり。彼は長者屋敷の捜索を断念するを不可なりとし、更にまた新たにこの捜索を続くる事を、余に報告するため来れるなり。彼はいうよう。

「今度捜索をするについては、全く方向を換えてみるのです。僕は昨夜いろいろ考えてみたですが、宝は決して長者屋敷の家の中にあるのではないという事を思いついたです」

「それではどこを見つけようというのかね」

「家室(かしつ)以外の処を詮索しようというんで、あれほどの広い地面ですから隠すのに適当な場所はいくらでもあります。とにかくやってみるに越した事はないでしょう。敵に先んぜられたら取返しがつかんですからね」

と健の甚だ熱心なるに、

「ウム、それも善かろうが、余り広い場処だと、発掘する場処の選択に迷うだろうと思うがどうかしら」

「僕は昨日図書館へ行っていろいろの本を引張出して調べてみたのですが、昔から秘密の宝を発見した実歴談を研究してみると、大抵成功したものの間に通じている二ツの重要な点があるのです。この二箇条を応用してみれば、場処の撰択にさほどの困難を感ずる事はあるまいと思うです」

余も少しく熱心になりて、

「してその二ツの要点というのは？」

探偵来(きたる)

（一）

「第一はこうです。多くの探険者が成功した跡を考えると、彼等はあまり手掛というものに重きをおいておらんですな。ただ単にその場処へ行って宝石なり金なりを埋める人の気になって考えるのです。そして自分ならばここへ隠そうと考えついた場所を探してみるです。これで意外に成功しているものが多いので。貴君はまだそンな心持になって屋敷内を検べてみた事はないでしょう」

余は健の言葉に動かされて、

「フフム、なるほど、やってみても損はありませんね。それから第二の点というのは？」

「それは少し馬鹿々々しいようなものですが」

と云いつつ彼はポケットより二叉矢(ふたまた)の如きものを取出し、そを余に手渡して、

「これです」

余は呆気に取られ、

「これが何で？　八卦見の持ってる『魔木』のようなものだが……」

健は真面目に、

「いやその『魔木』で。こいつは井戸を掘る時や隠れた宝を見つける時に使う道具なんです。迷信と云や迷信なんだが、こいつが一種の磁石力を持っていて、金の埋れてある場処を指し示すというんです。実際これを用いて金を掘出したものが沢山あるんで、決して馬鹿にしたものじゃアないですよ。此奴を持って金の有る所へ行くと急に振動し始めるからそこを掘るんです。至って簡単で至って早く埒がつくものです」

と云いつつさすがに気恥かしきか、弁解的の笑いをなしたり。余は強ちにそを笑うべき迷信なりとて排斥せず、

「いやそれもやってみるも善かろう」

と云えば、健の目は希望に輝やきて、

「それじゃアまた探険に出かけますか」

不思議にも余等はこの日の夜を期してまた軽琴に赴くべき事を決したるなり。芦屋も同行する事に相談整い、なおそれについて二三の打合せをなさんとする時、玄関に凄まじき呼鈴の音聞え、暫らくして下女は色を代え心配そうに入り来りて余に向い、

「今貴君遭いたいという人が来ております」

「誰か知らぬが余は少し取込んだ用事があるから遭えぬと云って帰してくれ」

「大変に急用で、是非貴君に遭いたいッて、それは恐ろしい権幕なんです」

「全体どンな男かね」

と健の下女に糺さんとせる時、二階の階段の中ほどより、

「警察の役人です」

と怒鳴るドス声聞え、下女の驚ろいて身を退く戸口へ早くも田舎もの風に粧おいたる一癖ありげの男立はだかれり。余は激して立上りながら、

「警察の役人にせよ、誰にせよ、許可を得ずに紳士の私室へ這入って来るとは何事です」

と極めつくれば、彼は少しく言葉を和らげて、

「いやそう角立って下すっては困る。貴君は拙者を無論御存知はありますまいが、拙者は奥浜警察署の刑事銭亀というもので、署長の命令で来たのですが、それは軽琴村の長者屋敷に奇妙な出来事の起ったため、その説明

を貴君から求めたいというので、署長の私宅まで御同行を願たいのです」

　余はぎょっとしながら、

「何ですと？　軽琴の長者屋敷に奇妙な出来事が？　どンな出来事が起ったというのです」

「壁は叩き壊され、四五人のものは穴の中へ生埋めにされたというような椿事で、至急御同行を願いたいのです」

　と彼は余を拉（ら）し去るべく身構えたり。

　余は却って椅子の上に落つきて、

「いやその事なら私の知らん事です。貴君方が私の処へ来るのは間違ってます。その生埋にされたというものが倫敦に居りますからそのものにお聞きなさい。その上長者屋敷の借主はここに居りますから（と健を指して）何かお尋ねの件があれば、この人の説明を求めるのが順序です」

　されど彼は傲然として、

「その事なれば拙者と御同行の上署長の面前で仰しゃい。拙者は警察権に依って貴君を連行しようというのです」

　今まで成行を見つつありたる芦屋はこの時猛然として立上り、銭亀と名乗れる男に向って、

「警察権で連行する？　奇怪な話だ。それなら令状を出して見せ玉え。事によったら、己（おれ）が君を警察へ引張って行かなけりゃアならんかも知れんぞ」

　と芦屋は威丈高（いたけだか）にかの男を睨みつけたり。

（二）

　芦屋の言葉を聞ける銭亀は、見る見る顔色変り、慌ただしく、

「いやこれは拙者の言葉の粗忽です。拙者は何も警察権でドクトルを連れて行こうというのではないので、ただ全く穏やかに御同行を願うのです。そンな次第ですから無論令状などは持ちません。署長もまず職権を離れて友人としてお話ししたいというので、それで私宅へお伴をしたいのです」

　芦屋はなおその態度を改ためず、厳そかに、

「お黙りなさい！　令状がなければ名刺をお見せなさい。刑事なら刑事の名刺があるだろう」

「名——名刺も全く持って来ませんので——」

芦屋は大喝一声、

「黙れッ！」と云いさま、その襟がみを捕えて、「この詐欺漢奴(かたりめ)！　刑事だなどと、嘘をつき上って太い野郎だ。貴様は刑事の名を騙ってドクトルを連出しに来たんだ。ちゃんと己が始めから睨んでいるぞ。サア野郎、白状しろ！」

四人は総て総立となり、驚きに打たれて、暫時(しばし)無言のまま顔を見合わせぬ。間髪を容れざる芦屋の機敏なる働は全く余等を呆気に取られしめたるなり。その仮面を剝がれ、蒼白(まっさお)になりて顫い始めたる偽探偵の姿は、忽ちその目論見の恐るべき性質のものなる事を、稲妻の如く思い浮べしめたり。云うまでもなく彼銭亀と名乗れる偽刑事は、黒鬼の徒党もしくは黒鬼に借り出されたる曲ものに相違なし。

思うに彼等はその手掛を失いたる処より、余をある秘密の場処に誘(おび)き出し、余の所持品を改むるか、左なくば余の一身に危害を加えんとするにありたる事明らけし。かく考(かんが)うると共に余は激し来る心を押うる事能わず。怒れる声を絞りて、

「おい、銭亀とやら、貴様は己(おれ)を誘(おび)き出すために刑事に化けて来やがったんだな。太い奴だ。己は貴様が誰に頼まれて来たか知ってるぞ。そう化の皮が剝げればこっちのものだ。貴様には適当したいい寝処へ送ってやるからそう思っていろ」

と云いつつ健(いず)に目くばせすれば、彼は戸口と銭亀の間に立ちて、逃出る事能わざるようになしぬ。

三人に一人の、最早敵すべくもあらざるを知りて彼は四辺(あたり)を見廻わしながら、

「ドクトル、いかにも済みません。悪い事をしました。しかし私は何にも知らないんですから勘弁して下さい。ただ頼まれて来ただけなんでまだ貴君には何にもしてないんですから。どうぞ私を帰らして下さい」

「なに帰してくれ。勝手な事をいうな。これが貴様が不間(ぶま)を働らいたからよかったようなものの、己が貴様の陥穽(おとしあな)にかかったとしてみろ。何心なく連れられて行くと、そこには黒鬼鉄平等が居て、彼奴(あいつ)が先達(せんだって)この倫敦の町で人を殺したように己を殺すかも知れない処なんだ。そうだ、己は貴様に欺されれば生命(いのち)が無かったんだ。それに帰してくれなんて虫のいい事を云ったって、誰が返す奴があるか。警察へ告訴してやるんだからその積りでいろ」

銭亀は次第に気力を回復し来れる様にて、余に向い、

「ようがす、それなら告訴してもらいましょう。しかし断っておくがそうしたら却って君方のためになりますまいぜ、私も罪を犯してるが君方もまんざら罪を犯さぬ事も無えようだ。他人の財産を無暗に叩き壊して、警察で黙っているはずはねえ。私は警察へ行ったらすっかりその事を喋舌てしまって、何のためにそンな事をしたのかと聞かれたら、君方は長者屋敷から宝を掘出そうとしてるんだという事を云っちまうが、どうだね。あまり世間へ、いや警察へその事が知れるのは、君方の利益でもないでしょう。しかし私はどうでもいいんだ。告訴をするなら告訴してもらいましょうよ」

と彼はいよいよ悪徒の本性を表わしたり。

この時健はつかつかと前に進みて、

「堀さん、こンな奴に未練を残す必要はちっともありません。僕にお任せなさい」

と云いつつ余の目配を得て、偽刑事が健の意志を測る間もあらせず、突と扉を開き、彼の襟筋と背を両手に摑みて、梯子段の上に引張り行き、いきなり足を挙て梯子段より蹴飛したれば、何かは堪らん、六尺豊の軀はもんどり打って、吼え喚く声と共に凄まじく転がり行きたり。

仮面婦人

（一）

健は梯子段の底より、復讐を誓う恐ろしき脅喝の声聞ゆるを心にもかけず、心地よげに大笑して静かに扉を閉しながら、

「馬鹿め！　ヤア大いに愉快でした。あの大きな胴体が転げ落ちるざまは無かったです。しかし足の尖が馬鹿に傷い――あンまり力を入れ過ぎたので。はは」

余も高く笑いて、

「いや御苦労々々々。軽琴行の首途に疫払をしたのは幸先善しだ。それじゃア匹田君、われわれは軽琴に出かけるとしますよ。処で両君、どうです、六時十五分前に停車場で遭うという事にしては」

「もし誰かが――例えば僕でもその時間に故障が出来たらどういう事にしましょう」

と健は帽子と手袋とを用意せる時、下の扉の割るるが如き閉さるる声聞えしは、かの銭亀先生の立去るものと覚えたり。

　芦屋はこれに答えて、

「ともかくも三人は六時十五分前に落合う事として、後れたものは、後から来る事にしていいでしょう。この五六日間は軽琴がわれわれの根拠地ですから、俄かに通信を要する場合には電報もそこへ発するように」

　健は首肯(うなずき)て、

「ようござんす。それなら後れたら先へ行って下さい。万一僕は殺されても幽霊が跡を追って行きます。黒鬼等は多分僕が銭亀を蹴飛ばした復讐(かたきうち)をするでしょうから、僕は用意をしておかなけりゃアなりません」

　と云いつつ彼はわが宿を辞し去れり。

　昼の食事を取れる後、余は軽琴に行く前に、モ一度菊枝に遭わんと考え、なお人目を避くるために菊枝にあてて電報を発し、折柄墨園(すみぞの)に博覧会の催しありたれば、午後二時に墨園にて出遭わんとの事を通知しおきて、余は時刻前に墨園に赴むき、恋しき菊枝を待設けぬ。

　百合小路の出口にて余は忽ち菊枝の姿を認めぬ。菊枝の歩みのいかに軽く、その顔のいかに冴え渡り、その眼のいかに喜ばしく、その姿のいかに美くしかりしよ。余は菊枝と目を見合わせ、莞爾(にっこ)と打笑みたる花のような顔を見たる時に、この世には慥かに海賊の分捕品よりも、黄金や宝石の山よりも遥かに善きものあるを知りぬ。余は婆娑妙(バアソロミュー)の宝を失うとも、その代りに菊枝を得ば、少しも悔むところなしと思えり。やや伏目になりて、半(なかば)涙を浮べたる笑顔をもて、臆病らしくわが手を取り、じッと握り締められたる時に、余は真実(まこと)の心をもて互いに遺憾なく愛し愛さるる幸福のいかに大なるかを知りぬ。

　余等は博覧会の中には入らずして、公園の中を散歩しぬ。二人は全く小児(こども)の如く後先弁(わきまえ)ぬ一時の嬉しさに何もかも忘れ果てて、あるいは語り、あるいは憩いつ、徒らに時の過去りて別るべき刻限の来るを悲しみたるなり。

　この墨園より少し引入りたる所の、ある家の棟に広告板ありて、これには『人相判断女博士江面(えづら)夫人の宅はこれより北へ一町』と記しありたるが、丁度その辺(あたり)に来れるわれ等の目に入りぬ。菊枝は何か考えの浮びたる如く立留りて、

「貴君、江面夫人の名を御存じですか」

「いいえ知りません」

「江面夫人といえばこの頃大層な評判なのですの。手

の相を見て吉凶を判断するのですが、よく当る事が不思議ですって。そりゃアほんとに評判なのですよ。貴君」と菊枝は少しためらいて、「ちょっと見てもらおうじゃありませんか。きっと嬉しい事を云ってくれますわ」

余は人相見などは大嫌なれば、菊枝に云われしにあらずば相手にもせざるべきを今日はソンな顔もせず、

「しかしもし悪い方を云われたらどうします」

「構いませんわ。ちゃんと当ると極った事じゃないんですもの」と二人の足は自然広告の指さす方角に向きて、「ですけどもほんとにこの手の相見というのは恐ろしい事を申しますとね。私は一人の娘さんを知ってますが、ある人相見に見てもらった処がお前は殺されるといわれたんですと。それからというものその娘さんは心配のため病気を引起して、とうとう病院へ入りましたわ。それからモ一人の女はお前は自殺すると云われて、それからというもの、神経で毎日食事もせず、とうとう逆せ上って気が違ってしまったじゃアありませんか。そして今じゃア、ヨークの精神病院に居るそうです」

（二）

余は眉を顰めながら、

「ソンな恐ろしい人相見の処へ貴嬢は是非行こうというのですか。馬鹿らしいじゃありませんか。面白くない事でも云われたら気を悪くするだけが損でしょう。それに貴嬢は全体が未来を心配してる人で、今があまり幸福過るから長続きはしまいの、私は生れ落ちると、失望と不幸という二ツの運を背負ってきたのだなどと、神経を悩ましてる処なんじゃアありませんか。そンな折に人相見などに見てもらうのは善くありません。私の勧に従ってお止しなさい」

「なに大丈夫ですよ。堀さん、なぜ私は人相見に見てもらおうとするのか、ほんとの訳を話しましょうか」と笑いを含みて、「それに軽琴のどこに宝が隠してあるか、江面夫人が貴君に話すだろうと思うからです。そうすれば貴君は早く軽琴を切上て、私の傍へ帰って来て下さるじゃありませんか」

余は菊枝の無邪気なる考を聞きて、思わず打笑いぬ。

されどかくの如き無邪気なる願を恋人より斥くるは、男のなし能わざる所あり。余は売卜者の如きものが大嫌いなるにも拘わらず、遂に機嫌よく菊枝の言葉に従いたるなり。かくてすぐにわれ等は江面夫人の宅に来りたるが、そは異様なる小さき東洋の社めきたる建物にて、看板には『千里見通、過去未来、吉凶失物、判断如神、世界に名高き江面夫人』と、大字もて記し、別に江面夫人の傍に、少し小さなる文字にて『及び仮面婦人』とは記されたり。

余はこのお堂の如き建物を潜るが何となく気恥かしき心地したれど今更引返しもならず。つかつかとその中に訪い入れば、若き痩形の燕尾服を着たる男受付に居り、受付の机の上には『見料金三円』と記されたる札建かけられありぬ。余は財布より三円を取出し、そを机の上に置きて、来意を通じたるに、例の燕尾服の男、

「さアずッとお通りなさい。しかしお断わり申しますが、江面夫人は今日宮廷よりのお召で参内いたしましたから、留守でございますが、高弟の仮面婦人が代理をしておられますので――」

余の答えんとする前に菊枝は驚ろき顔に、

「宮廷のお召だアって?」

「ハイ度々宮廷からのお召がありますので」

余は可笑しさを忍びながら、

「それじゃ菊枝さん、またこの次に――」

とかの三円を取返さんとしたるに、菊枝は訴うる如く余を見て、

「だって貴君せっかく来たのですもの、仮面婦人でもいいじゃアありませんか」

余はまた争そう事能わず。そのまま案内されて中に通りしが、二人許の先客ありとて、待合所に入れられぬ。

二十分ばかり経て後、順番なりとて、燕尾服の若もの二人を連れて奥に通りぬ。見ればそは東洋風の合天井となりおる一室にて、光線の射入不十分なるに青色の洋燈を点し、正面には一段高き壇ありて、上よりは青き紗の如き帷垂れ、四挺の蠟燭を左右に点したるが青き紗を漏れて、かの青洋燈と共に、青色の沈みたる陰気なる光を室内に投げ何となく気味悪きに、どこやらにて香を焼きおるとみえ、毒々しきまで強き香気室内に充満おれるなりき。

ト見れば紗を隔てて正面の壇の上に座れるものあり。昔の尼僧が纏える如き、長き黒色の緩やかなる衣を纏い、顔には白き絹製の仮面を蔽える、これぞ名に高き仮面婦

人なるべし。余等の案内されて進み行く時、余はその紗の帷の後の方に「アッ」と叫び声を聞たるようなりしが別に心にも留ず、云わるるままの処に席を占めたり。仮面婦人はその紗の帷なる切抜きたる穴より、差入るる手を見て判断するなりけり。

仮面婦人はまず差入れたる菊枝の手を取りて、その掌を見たる後、故らびたる声作りして、

「これは大層面白い手じゃ。善にも強ければ悪にも強いという相じゃな。どれどれ」といいつつ今度は虫眼鏡にて篤と眺めおりしが、「おおそうじゃこりゃいかん。こンな事はお前さんに云いとうないが、ありありと出ておるから云わぬ訳にはいかぬ。お前さんは一度情夫――ええと、若ものの生命を取りなすったな！　そして二度目にお前さんの亭主になる人も、また同じように生命を亡すという相が出ておる！」

「えッ！」

と叫びは菊枝の口より漏れぬ。

（三）

「え、何というのです！」

と余もまた鋭どく叫びつつ拳を握りつめて立上れり。そは仮面婦人の声には、その激せるために、声作りせざる自然の音調の鋭どく響くところありて、恐ろしき疑が余の胸に閃めきたればなり。

「この女のため生命を取られるというのじゃ！」

と仮面婦人はその声を振絞れり。余が急に仮面婦人に握られおる菊枝の手を退しめんとする前に、菊枝は火傷にてもせしかの如く、慌ただしくその手をもぎ放して立上りしが、その顔は蒼白に変り、その身は木の葉の如く震い、余を見上げたる目の中には、余の長く忘るる能わざる驚愕と恐怖の色の浮びおりぬ。余は帷の中に向って声を鋭どく、

「この狸女！　怪しからん事をいうなッ！」

と大喝しながら、余の恐るべき疑の真偽を確かめんため、いきなり帷を払い退んとしたるに、力の入過たればにや、青色の紗は外れて下に落ち、余は直接に仮面婦人

と相対せり。妖婦は傲然として、

「相に出てあるところを云うのが何で怪しからんのじゃ！」

と叫びさま、これも黒衣の袖をあおりて、すっくとばかり立上り、余の方に一歩を進めたり。

かくと見たる菊枝は、悪魔に驚ろかされたる小児の如く、余を力草に取縋らんとせしを、仮面の女は飛ぶが如く伸しかかりて、矢庭に菊枝を突放し、

「ひッ込んでいなさい！　この男は私のものだから、指でも触っちゃアなりません！」

これと同時に稲妻の如く、かれはその仮面をかなぐり捨しが、そこに果して余の恐れたる、郷田夏子は立ちぬ！

「ヤッ！　夏子さん！　お前はどうしてコンな――」

夏子は苦々しげに、

「堀さん、貴君は善くもまア――夫婦になるとの約束も忘れてしまって――コンな生若い女を連れて来て、一体このざまは何です」

菊枝は全く呆気に取(とら)れおる中にも、漸やく恐しさの失(うす)ると共に、利(きか)ぬ気の口を挿みて、

「もし、失礼な事を仰しゃい。堀さんはソンな方じゃアありません。私の外に他(よそ)の女に関係するような――」

と残らず云わせず、夏子は悪魔の如く菊枝を見詰て嘲笑いながら、

「嘘と思うなら聞いて御覧なさい。郷田夏子という女と夫婦約束をしたのが嘘かどうかと云って」

余は口を挿み、

「それはしたには違いないが、しかしそれはお前の犯罪が発見されなかった前の事で――」

夏子は大胆に、

「そうです、ある大家の娘が窃盗を働らいた、その濡衣を私が着て追出される前の約束で。けどもこの国の法律では娘との約束は、どこまでも立派な約束です。私から故障を云えば、貴君は女房を持つ事は出来ないはずです」

余は全く大打撃を被むりてたじたじと後退(あとしざ)りしぬ。同時に菊枝は余を避け、数歩の外に立ちて、絶望と批難の眼光をもて余を見詰ぬ。余はまんまと妖婦の陥し穽にかかりたるなり。夏子は心地善げに嘲笑いながら、小傍(こわき)の卓の上より『テレグラフ』新聞を取出し、勝誇りたる様をもて、余が芦屋の忠告をも聞かずに出したるかの広告を、菊枝の前に差つけて、

「私の云った事を嘘と思うならこの広告を御覧なさい、これは性悪男が私に知らすため広告したのです。しかし園山さん、私はもうとうにお前さんとこの男の中の種を挙ていたのです。今日この新聞を見た時に、今夜こそは米屋町のお前さんの宅へ行ってなぜ外の女の亭主と極ってる男を無断でわがものにしてるのか、一談判したしと思っていた所なのです」

　余は絶望に駆られて、

「菊枝さん、それは嘘です。私は現在この女とは何の関係も何の約束もないのです」

　されど菊枝の顔は石の如くにして、少しもわが言葉のために動く所を見ず。やがていと鷹揚に余と夏子とに向い、

「私は全く堀さんを見違えていました。私は女ですから女同志の義務はよく知っております。たとえそのためどンな苦痛（くるしみ）を受ようとも女同志の義務は尽します。私は最早堀さんとは、知らぬ他人になりますから、どうぞ夏子さん、安心して下さいまし。私はお先へ帰ります」

　と云い捨てて余の止めんとする間もなく、菊枝は冷やかなる決心をもて室を出去れり。

（四）

　次の瞬間に余は、巧みにわが生涯の幸福を傷けたる妖婦とただ二人相対して立てり。余は絶望と打雑（うちまじ）れる激しき怒をなして、

「怪しからん女だ。お前とは疾（とう）の昔に縁が切れてあるのに、何で今のような真似をしたのだ。なぜ私の将来を破滅させるような事をいうのだ。取返しがつかん！　夏子さん、訳を聞う」

　されど夏子は誇顔（ほこりがお）に、また冷やかに、われを忘れて激昂せる余を見詰めおるのみ。暫らくは言葉もなし。余は敦圉（いきま）きて、血の潤（にじ）み出るほどに掌を握りつめて、

「なぜ、黙ってます？　なぜ菊枝の前であンな事を云ったか、訳をお云いなさい」

　夏子はその燃ゆるが如き烈しき眼もて、余を一瞥し、

「訳と云って何でもありません。手取早く云えば、私がまだ貴君に惚れてるからです。ほほ、何です、その顔は？　そンな顔なんかせずに、昔の情婦（おんな）のいう事をよくお聞きなさい。私ゃ貴君に惚れてますけれど、女学校仕

込みの十九や二十の娘のように、惚れてはおるが、惚れ方より気位の方が勝っていて、今の園山さんとやらのように、さッさッと男を置去にして行ってしまうという風な、野暮な惚方じゃないんですよ。私ゃ分別に分別をし抜いた年増の惚方なんです。人間には七情があるてぇますが、その七情が残らず枯れても私の恋ばかりはまだ残っていようという、そンな深情なんです。その代りに可愛の裏は憎いの譬、厭だといやア死ぬまで貴君に仇をするから、そう思ってお出なさい」

「ウム、それで今貴様は己に仇をしたのか」

「ほほ貴様だなんて大変な権幕です事ね。私はもう修業が積んでますから恐い顔をしたッて何とも思やアしませんよ。まア椅子にでも腰をかけて悠くりお話しようじゃありませんか。私ゃ云う事が沢山あるんですから」

と夏子は椅子を引寄せて静かに身を凭せ穴の明くほど余の眼を見入りて、

「そうですとも、そりゃア場合によっちゃア貴君に仇をしますとも。だけれども貴君はまず私のいう事をよくお聞なさい。昔はお互に惚合った中じゃアありませんか。貴君は勝手に忘れてしまって、私の方だけ思い詰てるのは、どっちが無理なんです。私ゃ全体生れ落つると生の母に別れ、継母にはいじめ抜れ、父はあっても継母に欺されて、私にはちっとも父親らしい情はかけてくれず、それで漸やく年頃の娘になれば、そっちへ行ってもこっちへ行っても継児扱いにされるばかり。微塵も不幸ものに同情のないこの社会の荒波に揉まれ抜いて、惚れたの好いたのというような浮気な心は、どこへか引込んでしまったのです。そンな身体に不思議と貴君の恋ばかりは、忘れられぬものになってしまって、水戸辺に居る時から、両人の恋中には最早決して水を注せない。貴君はどンな事があっても他人には渡さないと誓文立をしたのです」

余はこの詐れる女の、意外の詞に驚ろかされながら、

「しかし水戸辺を去る時にはお前は決してそンな事は云わなかったはずだ。云わなかった許りか、お前の方から申し出て、今までの縁は無いものにして外に女房とする女を見つけろ、自分は生涯窃盗に終るのだと、こう云ったじゃアないか」

夏子は気味悪く打笑いて、

「男というものは恋になるとなぜそう馬鹿になるものかしら。それじゃア貴君は私があの時云った言を真実にして聞いてたのですか」

余は打腹立ちて、

「真実（ほんと）にするも何もあるもんか。実際盗をしていたのだし。自分からも盗をするため生涯私と別れようと、ちゃんと話を極めて行ったじゃアないか」

夏子は何をか余の心に吹込んとする如くに、じっと余の眼を見詰たり。不思議に余は磁気を通ぜられたる如くに、脳のやや遅鈍になり、激怒せる心の一皮剝がれたるを覚えぬ。やがて夏子は徐ろに口を開き、

「あれは全く心にもない事を云ったのです。なぜそうしたかといえば、それは二ツの理由（わけ）があるので、その一ツというのは雇主が貴君と別れなければ私を許さないというし、貴君はまた私の雇主の反対を受ては、あの土地に居られなくなると、それこれを考えたからなんです。貴君は停車場で云った事を鬼の首でも取ったように仰しゃるが、それは何の証拠にもなりませんよ。それに引かえて私の手許には貴君からよこした夫婦約束の手紙がちゃアんと取ってあるのですよ。持出す処へ持出せば、私は立派に貴君と夫婦になれます。貴君の方で裁判の上でも夫婦にならないと云やア貴君は社会の制裁を受て英吉利に居られないようになるのは目に見えるじゃありませんか」

余はああと絶望の呻きをなして椅子の上に倒れぬ。

（五）

左なり、余は余の無謀なる青年時代に、夏子に与えたる手紙によりて夏子と結婚することを余儀なくさるべし。余は絶望のために疾（とみ）には言葉も出ざるなり。夏子はこの体（てい）を心地よしと見たる様にて、

「堀さん、貴君は何にも私の苦労を知らないでしょうが。私ゃ貴君故にはあの時だってどンな苦労をしたか知れませんよ。私ゃ慾目かも知れないが、貴君は決して不実な人じゃアないと買被っていたから、あの時も貴君と一時別れる方が、貴君のおためと考えて、いい加減の事を云ったのです。もしあの時私が倫敦に帰らずに、雇主と喧嘩をして牢へ這入って来たとして御覧なさい。その時にゃア無論貴君と一緒になる肚なんですから、牢から出て来れば、いやが応でも貴君の奥さんになる処なんですよ。そンな身体を持込んじゃア可愛い貴君に気の毒だからと思って、素直に水戸辺を立ったのです。お分りになりましたか。さア、堀さん今度は第二の理由というのを話しますよ。

それもやッぱり貴君のためを思ったからです。なぜと云やア私と一緒になれば貴君はあの土地から追出されてしまいます。ね、そうでしょう。だから貴君の職業が干上っちゃア可愛そうだから、あそこを飛出したのでさアね。私にしてまたお前が来たばかりに、己はコンなに零落(おちぶ)れてしまったなんかんて厭味を云われても詰らないと思ったし。それからモ一ッは二人が一緒になるにゃア――貴君はそのころまだ二十四五の青書生で、これといって資産があるじゃアなし。どうしても二人で楽が出来るほどのお金を拵らえなけりゃアいけないと思ったから、お金を溜るために、私ゃ水戸辺を飛んで出たのですよ。その位に貴君には実を尽して、漸やく本望を遂ようと思ってる処へ生白い小娘に横取されて間尺に逢うものですかね。少しはお察し下さいでさアね。

堀さん。私ゃこの二三ケ月というもの、貴君を探偵させるため、人を雇っていたのですが、貴君は今でもこれという資産が出来てないことと、近頃軽琴村で金を掘出しに夢中になってる事まで、種が上ってるのですよ。しかし、ね、堀さん。そンな夢を見たような尋ねものをせずと、私ゃ相応なお金を拵らえています――」

余は漸やく口を挿みて、

「ウム、みンな窃んで溜た金だろう。それでなくてこの世知辛い世の中に女手一ッで纏った金の出来るはずがない」

「憚りさま。その節じゃアそンな真似なんざアせずともどしどしお金が這入ってきます。今じゃア七八千のお金を高歩(たかぶ)に廻わしているから、来年はもう一万の声がかかろうというもんです。それにこの商売が大層実入がいいので、今日びじゃア仮面婦人と云えば江面夫人とどっちつかずに持囃(もてはや)されて、貴婦人方の処へ出入するばかりでも大した儲があります。男の二人や三人この商売でばかり立派に立過(たてすご)してみせます。

それに堀さん、私ゃ何も嫉妬(やい)ていうのじゃアないが、園山菊枝という女にかかり合うというのは、全く貴君の身の破滅です。あの女は虫も殺さない顔はしているけれども――」

余はかかる妖婦にわが菊枝を批評せしむるを欲せず、言葉を荒らげて、

「最早菊枝の事をいっちゃアならん！　お前などがかれこれいうような、そンな汚れた女じゃアない！」

夏子はいと冷やかに、

「私だって何もすき好んで余計な事を喋舌(しゃべり)たくはあり

ません。ただ事実に表われた処を有のままに云うのです。貴君は知るまいけれど、私の父というのが易者で、私は小供の時から卜筮の心掛があった所から、この五六年手の相に打込んで、今じゃアこれでも倫敦で指折の名人なのですよ。私が見た手の相に間違があったら憚りながらお目にはかかりません。その私が睨んだあの娘の相には、あの女は喰せもので、始めにかかり合った情夫は、とうとう殺されてしまったと出ています許りか、二度目にあの娘の情夫となるものも、必らず同じ運命に出遭うと、ちゃんと相に表われているのですよ」

「そういうはずはない」

と余は熱くなって云えば、

「それでは人相の力でなくて、どうしてあの娘の情夫が殺されたことが分ります？　そればかりか、貴君の顔にも、貴君が一度ひどくあの娘を疑ぐったことが出ています」

余はわれにもあらで驚ろきながら、夏子を凝視しぬ。かれいかにしてわが心をも読たるならん。

（六）

夏子は十分に余の上に魔力を振い得たりと見て取るや、気味悪るきまで調子を柔らかにして、

「私を信用すればきっと運が向きます。傍途へ外れずに私をお頼りなさい。約束通り私と一緒になる気なら、私はきっと軽琴の宝を見つけ出して上ます。貴君の相には、貴君には恐ろしい敵があって、今方向を変えなければ宝は敵のために取られると出ています。私を味方につけて宝を自分のものにおしなさい」

彼は慾と色との二道をもて余を誘わんとせるなり。余は夏子の蛇蝎の如く嫌うべきものなる事を始めて知りぬ。それにも拘わらず、余等の外には知るものなかるべしと信じいたる、宝庫探険の秘密を、夏子が握りおれるには頗ぶる驚ろかざるを得ず。余は驚愕の外に私かに大恐怖を覚えたるなり。

「いや決して決して、生命のある限りはお前のようなものとは一緒にならん！」

と余は断然たる決心を面に表わして叫べるに、夏子は

椅子より立上りて余に面し、

「きっとそうですか。貴君はもう私に用はないと決心したのですか」

と静かに厳そかに詰(なじ)れるなり。余はきっぱりと、

「少しも用はありません！」

「軽琴の宝は手に入らなくても？」

と脅すが如く余を見詰めたり。余は冷然、

「私は菊枝の外には、どんな女も決して妻にはせんのだ」

「フフム、大した心中立(しんじゅうだて)ですね。それじゃア菊枝が二度と貴君の顔は見ないと決心するまでに心変りをしても？」

「左様！」

と余は叫びたるも、その実云うべからざる恐怖の念に襲われざる事能わざりき。何となれば余と菊枝との間は再び調和の見込ありや否や、一寸先は暗なればなり。

夏子は嘲笑いながら、

「丸で気狂(きちがい)だよ、この人は。手も付られやしない。ほほ、面白い、勝手にするがいいや。もし気違さん。それじゃアお前さんはこの私と敵味方になって太刀打をする積りなのかえ。女が欺されていい恥をかかされた時に、どンな復讐(かたきうち)の出来るものか、よく見てお出なさい。私ゃ根限り力の限り、死までお前さんに仇をするから」

余は今更敵に後を見すべくもあらず、

「宜(よろし)い、勝手に仇をするがいい。どんな事でもしてみろ！」

「しますとも。まず真初(まっぱじ)めにはお前さんを裁判所へ引張出すからそう思ってお出なさい。それから菊枝は決してお前さんと仲直りの出来ないようにしてやるし。そうさ、私ゃ菊枝にもつき纏って、あの娘が生涯人中に顔出しの出来ない身体にしてもやるし、またあの娘を罠にかけて秘密の場処へきっと隠してもみせる――そうさ、どんな手段で見つけても決して見つからないような処に隠してみせます。それからまた軽琴の宝は、お気の毒様だけれどお前さんにはあげない。私一人で見つけるか、さもなければお前さんの敵(かたき)と一緒になって見つけます。そうだ、こうなりゃアお前さんの敵はみンな私の味方だ。そう思って、お前さん、一ツ褌(ふんどし)を締めておかかりなさい。さア、もう性悪男には用はない。さッさとあっちへお出で！」

「なに、云われなくったッて出て行く。面白い、いくらでも貴様と戦争をしてみせるぞ」

余は強そうなる事を云残して、靴にて床を蹴立てつつ、立去りたれど、その実少しも面白からず。菊枝と調和の六かしく思わるる許にあらで、菊枝が夏子のためいかなる危害を加えらるるやも知れずと思わるる事、かかる恐ろしき女を敵に持つ事となりては、軽琴の捜索のいよいよ頼み少なく思わるる事、及び万一夏子と黒鬼等と合体するに至らば、到底宝のわが手に入る望なしと信ぜらるる事、また夏子は決して黒鬼等と合体なし兼ぬ女なればわれ等の運動は殆んど絶望の淵に陥いれるものなる事、これ等の考は相合して脳に浮び出で、頭は岑々として傷み出し、ぐらぐらと眼の眩めくを覚えて、余はどこをも知らず一散に駈け出したり。

赤色信号旗

（一）

余は数町の間は、全く何とも知れぬ恐怖に駆られて、無我夢中に突進したるも忽ち匹田及び芦屋と停車場にて会合するの約束ある事を思い出たり。街頭の大時計を仰ぐに時間は僅に二十分を余すのみ。余は何をおいても停車場に行かねばならず。

余は匹田等と会合するまでに、いかにモ一度菊枝に遭いて十分の弁解をなさんと逸りしよ。されど余は同時に余の地位は今より一時間前とは全く相違し、今は菊枝が住居の閾を跨ぎうる権利なきものとなれるを知れり。余は菊枝に近よるを得る望なし。よし菊枝に面会を求むるとも菊枝は必らずわれを拒絶するならん。かの恐るべきほど執念深き夏子は、余が無分別なる時代に彼に送りたる証拠の手紙を持おりて、余を訴えんと主張せるなれば、余の運命は全く夏子の手に握られおるなり。かかる手紙を握られおる以上は、いかにして雪の如く潔き菊枝を説き、旧(もと)の交情(なか)に返らしむるを敢てし得べき。余は自らわが身の泥の如く汚れたるに驚ろきぬ。

余は到底菊枝に再び面を合わす面目なきと共に、今日はまた時間も許さぬ所なれば、菊枝に対する運動は後日その策を考うる事として、停車場の方に足を転じぬ。されど甚だしく気掛りに堪えぬは余の留守中に菊枝の上に恐るべき災(わざわい)の落来りはせずやといえる一事なり。菊枝は夢にもかかる事を思いおらぬものなれば、いかにもして注意を与えおかねばならずと、余は思案しながら、急がわしく手帳を引裂きて、これに——

小生は決して御身を欺むきたるものに無之(これなく)小生の誠意は他日御身に通ずる事あるべくと存(ぞんじ)候(そうろう)。但し小生のこの書面は決して御身の心を和らげんがために差上候にはあらで、御身に御注意申さねばならぬ必要生じ候ために候。そは御身を誘拐(かどわか)しまた御身を汚辱せんとする恐ろしき計画ある故にて御身はくれぐれも郷田夏子なる女を御警戒あれ。小生は御身が小生に対していかなる決心をなすに拘わらずどこまでも御身に忠実なるべければ何か御身に他人の助を要する事件出来(しゅったい)せば軽琴の長者屋敷まで電報にて御通知可有之(これあるべく)候。小生は変らざる御身の友として心身を抛(なげう)ち助力可仕(つかまつるべく)候。

堀　彦　市

と記したるを状袋に封じ込み郵便函(ポスト)に投じ、急ぎ足に停車場(ステーション)に赴きたり。

停車場(ステーション)には匹田は不慮の変災を慮かりたるにも似ず芦屋と共に余を待兼おりて、

「おお、大変に遅いので心配していました。最終(しまい)の客車の隅の処を取ってあります。窮屈ですがすぐ六斤腿(ロッキンハム)へ着んですから」と云いながら、余の顔色を見て、「おお、どうしたんです、貴君の顔は今幽霊にでも遭って来たという顔色です。何事かあったんですか」

「列車の中で話ましょう」

と早や列車の出発せんとするらしきに、かく云いつつ二人に導びかれて客車の中に入りぬ。この列車は別に最終に附加せられたるものにて、客車とは云え、半分は貨車半分は客車兼帯(けんたい)の三等車にてわれ等の外には乗客なきこそ幸い、余は列車の動き出すと共に口を開きて、郷田夏子と邂逅(めぐりあい)たる始終の事を語り聞せぬ。

二人の驚愕と痛心はまた大方ならず。ヤヤしばしの間は口さえ利き得ず。やがて口を開けば二人はただ夏子の恐ろしき女なるを云うのみ。この際夏子に対していかなる策を取るがよきか、名案を案出し得るものもなし。

　余は少しく焦(いら)ちながら、

「夏子の事をがやがや評してみた処が仕様がない。差当っての問題はどうせこの夏子はわれわれに敵対(てきた)って来るに相違ないのだから、これに対する策略を工夫する事なんだ」

「いやその策略を教えてあげましょう」

　と突然余等の頭の上より口を挿むるものあり。

　三人は驚ろかされて一斉に仰ぎ見れば、こはそもいかに。列車の屋根に挿入せるランプを取去りてその穴より顔を出しおる一人の男あり。

（二）

　忽ち余は驚愕(おどろき)より回復して、

「君は何ものだッ！」

　と叫びつつ腰掛より立上れば、同時に芦屋と匹田とは必要の場合に車掌を呼ばんがために、非常報知線の下(もと)に進みぬ。

　屋根の上の紳士は苦笑いしながら、沈着(おちつき)払いて、

「僕は君の味方にもなれば敵にもなるんです。全く君の返答次第です。その報知線を摑みに行った二人の方には、そンな馬鹿な真似はするなとお止めなさい。もし誰でも僕をこの屋根の上で捕まえようとするなら、その前に報知線を切断する位の準備はしてあります。智恵のないものでもその位の分別は附きそうなものです。しかし安心なさい、僕は決して君達に危害を加える積りで来たのじゃアありませんから。全く好意ずくの相談に出た訳なんで、どうです、君は相談に乗りますか、それとも僕を敵としますか、どっちです」

　芦屋はその報知線に用のなきを知りて、そこを立放れたるが、天井を仰ぎてそのランプの穴より眼を光らし、じろじろと三人を見廻しおる無礼漢を見上て、

「しかし君は何でそンな危険な所にとまってるんだね。これから鳩野へ行くまでには、網のような線路で、危険物も多いし、そンな所に居ちゃア一通りの心配じゃアあるまい。それに第一蒸気の音や風の音で君の言葉がよく聞取れまいと思うが、どうだね、そこから下りてきてもらって話を聞こうじゃアないか。ソッとこの窓から入れてやるから」

と馴々しく云えば、彼は苦々しげに、

「難有う、ここで結構ですよ。箱の中へ入ると三人掛りで僕を捕まえて、今度目の停車場で巡査にお渡しなどは感心しませんからね。第一ここは箱の中より三ツいい事があるんで――何だッてえと、涼しくッてよし、窮屈でなし、気が晴れてよしさ。お負にこの腕が自由自在に振廻せるんでさ。え、分りましたかえ」

芦屋はどこまでも同じように相手となりて、

「なるほどそこもあろう。しかしどうしても心配でならないのは、今度目に羽田の停車場に着く時だが、そこで君が発見されない訳にゃア行くまい」

「なに心配してくれ玉うな、僕は羽田の停車場までは行かないから。打明て云うと、屋根の上はあンまり居心の善い場処でもないからね。羽田までは行かずに下りる積りなんでさ。なに、僕の連が途中で赤旗を振廻して列車を止めてくれる手筈が出来てるんです。列車が止ると僕はすぐに飛下て、雲を霞と逃出しちまうんで。ここに居たって決して君方に心配してもらうにゃア及ばないんですよ」と彼は余の方に眸子を転じて、「どうです、先生。僕をここから追返して勝手な真似をさせる積りですか。それとも僕の相談に乗ってくれますか。なるだけ手ッ取早く願いますぜ」

健が今度は口を挿みて、

「君は何か一大事でも握ってそうな口振だが、ただわれわれの談話を偸聞した許りじゃアないか。なにも君などの相談に乗る必要はないんだ」

天井の男は健の言葉には委細頓着なく、

「堀先生、僕はそのね、先生を蛇ほどに憎んで、銭にあかしてどンな仇でもしようてえ若い女を捕まえたんです。この女というなアよっぽど曲もので、悪智恵にかけちゃア生ら半弱の悪党は跣足で逃げ出すというような女だが、それで金がウンとあるときて僕や僕の兄弟分と一緒になって、先生の宝掘の仇をするという事になっちゃア、こいつアちっと考えものでしょうぜ。先生、僕の方から切出しましょうか」

余は肩を聳やかして、

「勝手にするがよかろうよ。どうせ盗人に遣る金はただの一文も無いからね」

と空嘯けば、

「盗人！　おい、先生、冗談じゃアないぜ。そンな事を云われちゃア虫が少しばかり承知しにくいんだ」

「大層な事をいうない。全体君の兄弟分というなア誰々だ」

と芦屋の言葉に、

「僕の兄弟分かね。そうさ。蜂田という男も居れば、鉄平という男も居るし、札繰（ふだくり）という仲間も居る」

「フム、そンなこったろうと思った。それじゃア何だな。彼奴（きゃつ）等はもう手掛の蔓が切れてしまった処からわが輩等の探偵とお出なすったのだな」

（三）

彼は平気なる顔色にて、

「まアそンなものでさ。しかし何も僕等は不正な真似をしようというんじゃアない。正当な権利によって金を見つけ出そうというんです」

「正当な権利？　盗人がちょっかいを出すのが何が正当の権利かね」

「君達にゃアまだ分らないが、僕達の方にはたしかに正当な権利者があるんです。後で分りまさ。相談に乗らないために後悔をしないようになさい」

「全体相談々々と君が振廻してるなア何だえ」

と健はやや好奇心に駆られて彼を促がせば、

「そればかりでさ。全体宝が先生方の方で見つかるにした処で、どうせ分前にゃア預かる事になるのだから、だまって見ているてえのも利口かも知れないんだが、まアそれよりも相談の出来るものなら、今の中に両方合体して早く宝を見つけたいというんです。両方でつまらない探り合をして余計な手間ひまを潰すよりましだろうと思うんで。つまり宝が見つかったら半分は僕の方、半分は先生の方と、五分々々に分るてえんで。この相談さえ極まりゃア、もう決して先生の邪魔をしないで、何もかも僕達の方で握ってる報告はそのままお知らせ申すという事にしまさ――」

余は遮ぎりて、

「その報告なら二文の価値（ねうち）もないんだ。もう手掛がなくなったので、正当の権利者だとか何とか脅文句を並べて甘（うま）く僕達を欺込うとかかったって、お気の毒だがそンな手には乗らないぜ」

「先生、そりゃア邪推というもんだ。黒鬼君はもうこの英吉利に居る伊太利の高僧を手なずけていますぜ。伊太利のフロレンスで大切な古文書類の監督をしてござった僧（ぼう）さんで、聖（セント）エサルダ寺（じ）の慈善財団の勧化（かんげ）に、英吉利に来ているのだが、なかなか学識のある高僧なんで、すっかりわれわれの味方になったのですから頼母しいもんです」

余は少しく声を励まして、

「伊太利の高僧が黒鬼の味方！　ウフッ！　人殺しの黒鬼や、盗人の蜂田などの加担をするような高僧があって堪るものか。もう貴様がどンな事を云ったッて、己は黒鬼等の力は爪の先ほども仮りないんだ。帰ったら黒鬼に向って、紳士に合体を申込むなどとは身のほどを知らないというもんだから、もし手に余るなら、一度いい仲間の女八卦見の処へでも行って頭を下げて頼み込むがよかろうと云え」

彼は漸やく激し来れる様にて少しく顔色に血を加え、

「先生、確とそれでいいのかね」

「御念には及ばんわ」

「そっちの若先生は？」と健の方に向いて、「君にゃアすぐに五百円やってもいい訳になってるんだが」

健は腹立しげに、

「そンな汚れた事を聞く耳は持んぞ。この馬鹿ものめ！」

彼はいよいよ顔を赤くして、

「ヘン身のほど知らずめ、後で後悔するなよ。よく僕のいった事を覚えておき玉え。君達はな、必らず相談に乗らなかったのを、後悔する時があるに極ってるんだ。僕が相談に来たのは、君達のために来たんだぜ。黒鬼やその外の兄弟分も今日は軽琴へ出かけて行ってるし、伊太利の高僧も一緒になるはずなんだ。宝はどうしたって君等の手に入るはずはないんだぜ。それにな、万一宝が君等の手で取出されても、大方こっちへ戻る事になってるんだから不思議なもんさ。跡で泣ッ面アかかないようにおしなさいだ。お目出度いなア、そンな事とも――」

彼の言葉の終らざる中に、突然列車は凄まじき汽笛の音と共にその進行を停止したれば、何かは堪らん、われ等三人はごろごろと反対の側に押倒され、同時に次の客車よりは婦女子の叫び声さえ響き来るを聞きぬ。健は辛くも身を支えて、

「ひどい事をしやがった。きっと彼奴が止めたんだろう」

と天井を仰げば、果して彼は天井より余等を見下して、

「そうさ、僕が止めたんだ、いや諸君、失敬」

と云捨てて彼は屋根の上より飛下りたり。

三人は等しく窓に進み見たるに、今しも屋根の上より

飛下りたる四十五六格好の猿の如き男は、げに猿よりも早き敏捷をもて、影の走るが如くに、ほど近き藪の中に走り、その姿を隠せるを認めぬ。

勧化僧（かんげそう）

（一）

この時健は熱くなり、非常報知線を引きて車掌を呼び、更に彼れが先導となりて今屋根の上より逃去りたる曲もの、及び赤旗を振りたるその党類（なかま）とを追跡せんと逸（はや）れるなり。余は健を制して、

「そンな事をしちゃアいかん。第一われわれが疑われずにゃア済むまい。藪をつついて蛇を出す結果になるかも知れないから。またそのために一列車後れるという事にもなるだろう。聞けば黒鬼も軽琴に出かけて行ったとの事だから、われわれも一刻もこンな処にぐずぐずしちゃア居られない」

健はようやく思い止まりながら、

「どうも僕は今逃ていった奴の面が悪（にく）くって仕様がありません。僕はよっぽどステッキで突飛してやろうと思ったのを、苦しい思いをして辛抱してたんです。僕の見る処では彼奴（あいつ）は労働者でも下賤（げす）な奴でもありませんぜ。相応の教育があって堕落した奴です。多分黒鬼に仕込まれたのでしょう。よほど食えない奴です」

「ウムその通りです」と芦屋は巻煙草（シガレット）を吹しながら、「彼奴（あいつ）は最も危険な奴です。夏子の一件を偸聞（ぬすみぎき）してるのだから、きっと彼奴から夏子に近付いて、黒鬼と夏子を結びつけるに相違ありません。実際黒鬼等と夏子と合体されたら、われわれの苦労は際限のないものになりましょう」

「夏子が中へ入らん中に早く仕事をしてしまいたいものだが、しかし匹田君の方法で何か手がかりを得るかも知れませんな」

余は実際健の捜索方法にただ何となく望を属しおるなり。健はやや得意げに、

「どこか妙な人の気のつかない処で、第二の記録を発見して、それが古城の今詮索している古記録の鍵になるというような事が出て来るのかも知れませんぜ。僕の考

えでは婆娑妙(バアソロミュー)という男は、よほど注意の届いているえらい奴ですから、納戸家へだけ暗号の鍵を残しておいて、万一紛失でもした時には取返しがつかなくなるというような、そンな真似は決してしてないだろうと思います。だからどこか秘密の場処に納戸家へ渡したものと同じようなものを隠しておくかも知れません」

「が秘密の場処というんで、あンまり深く考えて詮索すると失敗する。これまでがみんなそれなんだから。君は仏蘭西の有名な探偵の云った事を知ってるだろう。上手な盗賊(どろぼう)が隠したものほど却って捜し易いと云ってる。それは決して警官などの目をつけそうな、内緒の場処へ持って行かずに、炉縁に載せてある器の中へ入れておくとか、机の上の刻煙草の中へ隠してあるとか、何気なく紙屑籠の中へ入れてあるとか、大抵そンな隠し方をしておくから上手な盗賊ほど種をあげ善いという事を云ってある。長者屋敷の宝も余り人の注意しない詰らない処にあるのかも知れんて」

　この説には芦屋も同意して、

「それは至極進歩した考です。きっと発見した後で考えると、小児でも隠しはしないかというような隠し方をやっておくものです」

　この時汽車は蔕振(へたぶる)の停車場(ステーション)に着したるが、ここは乗換の場処なれば、降りるもの乗るもの右往左往に混雑せり。余は鉄平君の党類や窺いおると、頻りに怪しき男を注意したるも、さも類(たぐい)の人影は見かけざりしが、奇妙なる事には、同じ列車より降りたる乗客の中に、たしかに外国の僧侶にて、異様の黒き丈長き服を纏いたる老人を見かけたれば、余は健に注意せんとしたるに、健は余より早く老僧を注意しおりて、

「堀さん、その爺さんは誰か、われわれは探ってみる必要がありますぜ。屋根の上の紳士が問わず語りをした伊太利の高僧というのはきっと彼(あれ)です。僕は伊太利語を知ってますから、何をしにこンな処へ来たのか探ってみましょう。丁度またわれわれと同じ汽車に乗ります」

　かくて余等三人は老僧の後より列車に乗込みしが、幸いに一室は四人のみにて占領されたるなり。

(二)

　余等と室(しつ)を同うしたる僧侶は、痩せたる小柄の、顔には教育ある伊太利人に普通の面影を備え、上品なる老紳

士なりき。暫しの間何ものの間よりも言葉は漏れざりしが車掌の来りて行先を問える時、われ等四人は、一様に六斤腿行なるを答えたり。この時余等の視線は期したる如く老僧の上に向けられしが、健は汽車の動き出せる時、無言のまま座せる老僧に何やら伊太利語もて言葉をかけ、同時に小供らしく顔を赧くしぬ。老僧もまた伊太利語もてこれに答えしが、彼は英語を知れる由にて、すぐ片言雑りの英語もて、

「私　英吉利言葉よく出来ませんが、それでもこの国に五六年居りますから、少しは話す事出来ます。私この辺は始めてです、カルヂッフの教会の方にばかり居ますから」

「ああそうですか」と芦屋はこの時思い出したるようなる素振を粧い、「もしや貴君は聖エサルダ寺院から勧化に来てござるのではありませんか。あちらでお見かけ申した事があるように思います」

老僧はすぐに芦屋の術中に陥りて、

「そうです。私は伊太利のフロレンスから来ております。全く聖エサルダ寺院の慈善財団のためであります。今日ここへまいりましたのも、その慈善事業のためです」

この時健は改まりて、

「慈善事業のためと仰しゃるはどンな事でしょう。立入て伺うようですが、これは僕に少々思い当る事があってお尋ねするのです。聖エサルダ寺の高僧が詐欺者のために欺むかれるような事があっては大事ですから」

余はこれを聞くと共に、老僧を激怒せしむる如き事はあらずやと胆を冷したるに、幸い彼はさる素振を表さず、ただ訝かしげに健を見て、また余と芦屋とにその同じ視線を向けながら徐ろに、

「詐欺師に欺される？　それは私ありますか。貴君の意味どういうことです」

健はその信ずる処あるが如き容貌を確と老僧に示して、

「それは貴君が悪人共の道具に使われるという事です。いやそンなにお驚ろきなさるには及びません。われわれは貴君が六斤腿へお出の用向も大概は察してます。貴君はある羅甸の古記録を読むためと、モ一ツはそれに類似の古文書の鍵を、フロレンスの古文書の中か、また外の処から発見する事が出来るかどうかという事を、貴君に尋ねるためにこの地へ招かれたのでしょう」

老僧は静かに、

「もしそれであった処でどうありますか、私どこに詐

欺があるか分りません」

「いや、それはお判りにならんはずですが、その貴君をお招き申した人達は法律の罪人なのです」と余は口を挿みて、「罪人も容易ならん殺人罪を犯した奴等で、その者等が自分達に所有権のないある隠れた宝を掘出して、正当な権利者等を出し抜こうという計略で、貴君を迎えたのです」

「そうとすると、正当な権利者というのは貴君方三人ありますか。今日私を迎えた人は、もし私が満足の解釈を与えましたなら、慈善財団に一万円寄捨すると申出ました。貴君方はそのものの正当な権利者でないと申しますか」

「そうです。もし貴君が私を助けて下されば、その倍の寄捨金を差出します」

老僧はなお静かに、

「その点は問題ではありません。私決して賄賂で欺されません。ただ私神様に聞たい事はどちらが正しくあるか、これだけです。貴君方善い事知らして下さいました。私迎えられた人に遭ってよく注意します。もし詐欺師でありましたら私いくら寄捨金貰いましても、何も教える事しません。その代り善人ありましたら出来るだけの事してやりましょう。私一文なしで帰る、少しも厭いません」

余は老僧の意見に賛成を表して、

「それは私よりも望む処です。貴君が正当のものとお認めになったらお助けになって苦しい処はありません」

余はこの老僧の全く信ずべきものなるを認めたるなり。

ほどなく汽車は六斤腿につき、余等と老僧とは別々になりて停車場を出たり。

奇異なる事実

（一）

余等が軽琴につきたる時は夜もはや宵を過ぎたるに、われ等の足は自と長者屋敷には向わずして、釜屋に向えるなり。われ等は少なくも温かなる食事と、心地よき寝室とを要す。是非とも今夜の中に長者屋敷を見舞わねばならぬ理由はさらさら無し。

幸いに釜屋には泊り合せの客もなければ、われ等は心安く食事を取り、心地善き寝室を占領するを得たるなり。食事を済したる時十時を打ちたれば余等は十分に明日の気力を養わんとて、ほどなく寝室に退きぬ。

脳も身体も共に疲れ果てたればにや、不思議と余は枕につくや否や眠りに入りたるなり。眠りに入ると共に、余の想像は奇妙なる処を走せ繞れり。いつとは知らず、自分は長者屋敷の後方にありて、苔と雑草との生えたる庭の中に立ち、その丸石を敷詰たる上をば行きつ戻りつなしいたり。

月は隈なく白銀の如き光を投たるに、蔓纏われる窓と、壊れたる四角の烟突とを装飾とせる、その長き、低き、陰気なる長者屋敷は淡く、和らかに夢の如く立ち、前栽の草木も軽き狭霧をもて包まれて、穏やかなる長閑さは四辺に充満たり。余は丸石の上を徘徊せる後、庭続きなる小さき厨の庭に入らんとしけるに、さやかにわが後に跫音を聞たれば、振返り見たるに不思議や、誰もなし。されどこの時女の声にて、姿は見えねどわが耳元に囁やき歌う声を聞きぬ。その歌は――

　忘るなよ、
三ツ目の三ツのその下に、
黄金の花や、
咲き出ぬらん。

余はこの歌のいかなる処より来りしかに驚ろき、また歌の詞の謎の如きを訝かりて、隈なく四辺を見廻わしたり。この時は人影なかりしが、魔術の如く、刹那にしてこの広庭は、耶蘇降誕会における仮装者の如き、種々異様の風采をなせるエリザベス時代の群集をもて充され、これと同時にかの『三ツ目の三ツ』の歌は、さながらクリスマスの歌の如くに、いずこにてか歌われ、また提琴を掻鳴らすもの二三人、奇妙なる形したる楽器を打つもの、大きなる一挺の立笛を吹くもの、これ等が楽手となりて歌に和せるに、群集は興がる様にて広庭を躍り廻わりぬ。

やがて楽手はその楽器を差置き、散々に舞える群集は一斉に手を繋ぎ合い、大きなる輪をなして、また躍り始めしが、忽ちにかなたより走せ来る馬蹄の音聞えしと見る間に、頭より足の先まで異様の装束に包まれ、顔も姿も分ち難き婦人ありて、その馬と共に表われ、広庭なる丸石の上に来りて駒を止めたり。と見る間にその丸石は自から左右に分れて、そこに深き地下に通ずる石段表われぬ。婦人は馬よりひらりと下りてその石段を下り、深き地の底に歩み行けるなり。余はこの婦人の馬より下れる時に、ちらと翻がえれる被衣（かつぎ）の端より、その郷田夏子なる事を認めぬ。

　別れたる石はまた自然に一ツに合して、地の底に郷田夏子を包むと見えしが、有りし群集の姿は烟の如く消え失せ、幾十の孔雀はいずこより来りけん、皆美わしき羽を拡げて丸石の上を鷹揚に徘徊し初（そ）め、同時に丸石は今までありたる群集の騎馬にて立去る如き、幾百の馬蹄の響を反響せり。

　これにて不思議なる余の夢は醒めぬ。余は元来夢を排斥する男なり。現に芦屋が夢を語れる時も、そを一笑に附したるなりき。余は真（まこと）にこの夜の夢をも一笑に附せんとせり。されど起出（おきいで）みるに、夢のさまありありと脳に残り、歌の詞（ことば）まで一字一句忘るる処なし。余は不思議なる夢もあるものかなと思うにつけて、何となく普通の無意味なる夢とは異なるようなる心地せしなりき。

（二）

　されど余は翌朝芦屋匹田等と会食なせる時、さすがに自から恥ずる処ありて、奇夢の事をば語り出（いで）ざりき。医師が真面目に夢を説くが如きは滑稽なる撞着なり。それにも拘わらず、余は内心に早く長者屋敷に行きて、かの広庭を詮索したしと逸り、かくて何か例の『三ツ目の三ツ』の歌に思い当るものにても発見し得ば、学術そのものが笑わば笑え、余はそを得難き手掛として、真面目に発掘に従事せんと思い定めたるなり。

　かくてわれ等は八時半に食事を終るや、直ちに長者屋敷に向いしが、途（みち）にて今度は健の発議にて来りしものなれば、すべて健の指図を待って働らく事と相談を取極めぬ。

　やがて長者屋敷に入込めば、健はさえざえしく打笑みて、

「さア、われわれが第一に心得べきは、ゆるゆるこの地面に目を配りながら、一歩一歩要点に近づくという事です。例えばここに丸石を敷詰た庭があります。諸君が

もし婆娑妙(バアソロミュー)その人であって、隠そうとする重荷を持って、ここへやって来たものとして考えて御覧なさい。どこへ隠すでしょう」

　余と芦屋とは眼を放ちて塀を以て取囲める屋敷中を仔細に見廻わせり。屋敷の片隅に古き胡桃(くるみ)の大木あり。家屋に近く堀井戸の喞筒(ポンプ)あり。そはいつのころよりか全く使用されずにあるものにて木具は風雨に曝されて大方は腐朽しおり、その傍(かたわら)に足踏の台石据えられありぬ。されど目に入るものにては、格別それらしき場処と思わしむる処を見出し難し。健の考案はちょっと考うる時はいかにもとうなずかるる名案なれども、さて実地に臨む時は、随分とまた便りなきものなるを発見せり。

　されど健は一向ひるみたる容子もなく、

「ともかく喞筒(ポンプ)の辺(へん)を調べてみましょう。芦屋さんは僕と一緒に来て鋤と鶴嘴を持出して下さい」

　と健は芦屋を伴うて屋敷の中に入り、われ等の隠し置きたる道具を取り来りたれば、三人はそれより喞筒(ポンプ)を取崩し台石を移しみたるが、この井戸は至って浅く、今は水も全く乾きおり、いずこにも何の怪しむべき処なきに、今度は胡桃(くるみ)の下に赴むきみぬ。あるいはこの胡桃(くるみ)が紀念のため、植えおきたるものにはあらずやと、思わるる節なきにあらねど、その周囲を発掘しみるも、あまりに的(あて)のなき事なると、労力の大なるべきを思うて、これは見合わし、次には厨の庭に入込み、そこよりまた植込の畠に入込みぬ。しかるにわれ等は思いがけずも、ここに甚だ奇異なる光景を目撃しぬ。

　その次第はかくなりき——この植込畠は元は果樹園なりけんも、今は諸種の樹木や、灌木の、乱雑に藪をなしおるに過ぎぬ有様をなしおれるが、健が一人この下を潜りいたるに、端なくも土と木とに半分以上を蔽われて隠れおる、小さなる小舎(こや)の傍(そば)に出でたり。この小舎の戸口は灌木の間に隠れいたるを、健は何心なく鋤もて開き試みんとせり。疑もなくこの小舎は以前園丁(にわつくり)が道具にても入れおきたる物置小舎なるべく、素より何ものもかかる小舎に用事とてあるべきはずなしと、健は考えたるなりしが、奇なるかな、この時彼は思いかけぬ人声に驚ろかされたるなり。

　敏捷なる彼は同時に、そこより飛しざり、傍(かたわら)の灌木の叢(しげみ)に身を隠くし、葉の隙より窺がいいたるに不思議の人声は次第に近より来り、一分の後には二人の男小舎の前に表われしが、そは思いきや、われ等の敵蜂田銀蔵と黒鬼鉄平とにてありたり。この二人はよほど実の入りたる談話をなしいたるものと覚しく、平生の注意深きにも似ず、彼等が張番されおるや否やをも確かめずして、そのまま突と小舎の戸を開き、直ちにその中に姿を隠したるなり。やがて小舎の中より冴かに聞え来る、物を破壊する如き音はいたく健の好奇心を激せしめたれば、彼は急がわしく身を引きて、われ等の傍に引返し来り、有りし次第を物語れり。

　われ等三人は、抜足して小舎の傍に赴むきしが、この小舎は半ば地下に埋もれおり、その屋根はまた殆んど木の枝に圧つぶされたる如くなりおれば三人はその足場よく拡がれる木の枝に攀上り、めいめい造作もなく屋根に穴をあけ、木の枝に身を横たえて小舎の中を窺き込みたり。

（二）

　小舎の中は外側を見て、われ等の想像したるよりは遥かに広く、以前は慥かに園丁か何ぞが住いいたるものなるべしと思われぬ。中には今二挺の獣脂製の蠟燭を、二個のビールの空壜に突さして点しつつあり。塵埃の雲の舞い上れる中に、われ等は鉄平と銀蔵とが、シャツ一枚となり、手斧と槌とをもて、昔は火炉なるべしと思わるる処の木の支柱を取去らんと、汗みづくになりて働らきおるを見ぬ。

　その支柱の首尾よく取去られたる時、二人は仕事を止め、小舎の壁に彼等が貼り付けおきたる、何か図取をなせしものと引合わすべく、その前に走り行きぬ。これを見たる時、われ等の胸は高く波打ち、烈しき激昂を禁め得ざりき。思うにかの伊太利の老僧はまんまと黒鬼等の悪智恵に瞞着され、彼等がこれまで持あぐみいたる古記録の解釈をなし与えたるにはあらざるか。さればこそ黒鬼等は新たなる手掛と、その見取図とを得て、ここに来り働らけるにはあらざるか。

　丁度同じ時に同じ事を考え浮べたる健と余とは、われ等の一心に取縋りて俯むきおれる位置より身を起し、深き心配と意味との籠れる目と目を見合わして、電信を通じぬ。余はいかに黒鬼と蜂田とが言葉を換すを希望したりしよ。もし口を利合いたらんには、彼等が何のために、ここに来れるかも推察し得べしと考えたればなり。されど二人は両々無言のまま、頑固に、深く信ずる処あるが如き態度をもて、汗は玉をなしてその額より落ち、息は喘(あえぎ)をなして高く響くまで、熱心に働らき続けおるなりき。

　遂に彼等は炉(いろり)の周囲を取壊(こほ)ち得て、これに満足し今度は梃(てこ)をその炉の下にあてがい、見る間に炉を取除けり。暫時(しばし)の間舞昇る塵埃(ほこり)のために、われ等は小舎の中を弁ずる事能わざりしが、やがて空気の澄み渡ると共に、炉を取去れる後に、セメントと土とを見出すべしと思いたるに引かえ、意外にもそこより狭き瓦(かわら)製の段梯子を据えつけたる入口となり、深き地下室に導びきおるものなるを見出したる、われ等の驚ろき、そもいかばかりとするぞ。

　黒鬼と銀蔵とはすぐにその段梯子を下りて地下室に姿を隠したり。いかに身をもがくも地下室は窺かんようもなし。われ等は心も心ならず、消息を待ちおる中(うち)、やがて二人はいたく激せるさまにてめいめい土製の壺を重げに抱えながら段梯子を上り来れり。

　その中より宝や出(いず)ると、われ等は片唾(かたず)を呑み、われを忘れて窺き込めば、二人は今小舎の中に据えたる壺をば、槌をもて打砕けり。されどこの二ツの壺の中よりは、金貨や宝石の影も出ずして、ただ真黒に固まれる土の出たるのみなる時に、二人の顔のいかに笑止なりしよ。再び彼等は梯子を下り行きまたも二個の壺を抱え来れり。彼等は四度ほど梯子を昇降(のぼりおり)し、都合八個の壺は取出され来りたるが、残れる壺も始めの壺と同じく、ただ黒く固まれる土を出せるのみに過ざりき。

　鉄平は腹立しげに、

「駄目だ！　もうこンな穴の中に用は無え！　いまいましい穴だな。壺を見つけろというから壺を見つけたんだが、このざまア何だ。壺は残らず出しちまったがどれもこれも土ばかりだ！」

　蜂田も鶴嘴もてやけに壺を砕きながら、

「剛腹だな。しかし僕にゃア不思議でならない。秘密の段梯子の事は手紙の通りなのになぜ外の事が合っておらんのだろう」

　黒鬼は考えながら、

「あの手紙は差出人の名が無えんだから全体が怪しかったんだ。いい加減な事を云って来やがったに違ねえ。だが蜂田、己(おれ)は考えると不思議でならねえな。昨夜遅く停車場(ステーション)から来ると、己の全く見た事もねえ小児(こども)が、つかつかとやって来て、己に手紙を渡すと直ぐにどっかへ駈てッてしめえあがったんだ。妙な訳だと思って帰ってから手紙を読んでみると長者屋敷の樹木の中にこうこうした小舎がある。その小舎の炉(いろり)を退(のけ)ると、秘密の段梯子があって、そこを下りて行くと金を隠した壺がある、夢々疑うべからずッてな事があったんだが、誰がコンな手紙をよこしあがったかな。なんでもこの辺に己達の仕事をかぎつけた奴があるに違ねえんだ」

(四)

蜂田はこの時脱捨てたる上衣を取りて、肩に投かけながら、

「小供を使って手紙を君に渡させた奴というのは、僕の考ではあの出来損ねの藪医者野郎だぜ。きっとそれに違いないんだ、僕等を担ごうとしやがったんだぜ。太い野郎だ。僕はあの藪野郎と鶴嘴丸で始めて遭った時から、性に合わない野郎だと思ったんで、歩きッぷり話しッぷりから、癪に障って仕様がなかったぜ。僕から見ると、あンな野郎を生しておくのが第一癪なんだ」

黒鬼は高笑いをしながら、

「それほど癪に触るんなら船の中でなぜやッつけッちまわなかったんだ。間抜だな」

「そりゃア何度隙を狙ったか知れなかったんだがな。僕は黒闇の晩にどうかして彼奴に出遭して、舷から海の中へ抛り込んでやろうと考えたんで。だが彼奴め、いつでも鱶野郎の萩原と一緒に居やがって離れやがらねえんだ。よっぽど運のいい野郎だぜ」

鉄平は苦笑をして、

「なに今に見ていろ。何でも根気の強いもの勝だ。あンな青ン僧に甘え仕事をさせて堪るものかえ。それはそうと蜂田、団九の電報にゃア、仮面婦人がここへ来るのを何時としてあったッけな。それ郷田夏子の事よ」

蜂田は大きなる銀側時計を取出し見て、

「十一時半なんだ。そろそろもう時間だぜ。ぐずぐずしちゃアいられねえ。どれ停車場へ迎いに行くとするかな。評判の仮面婦人が、われわれの味方になるんだから舞台が大きくなって面白いや。堀奴が聞いたらどンな面をするだろうな、え、兄貴」

黒鬼もこの胴衣と上衣とをひッかけながら、

「そうよな、夏子が己達の味方に今日やって来たと聞たら、胆を潰すだろう。団九の野郎が昨夜夏子に逢ってみると、夏子は五六千円を運動費に使っても、われわれの味方になって、宝はきっと探させてやると云ったそうだ。なアに己達は運動費がなくっても、宝を見つけるた

めにゃアどンな真似でもするんだが、根限り医者奴の邪魔をする了見だそうだから頼母しいや」

「頼母しいも頼母しいが、五六千円運動費を出すというなら、出来るだけこっちへ巻上る工夫をしようじゃアねえか」

「それもそうだ。どれ出かけるとしよう」

二人の悪漢は語りながら、静かに小舎（こや）を出去れり。跡に三人は顔見合せて、暫しはただ茫然たるのみ。もっとも驚ろくべきは、郷田夏子がこの軽琴に来るといえる一事なり。夏子の目的は余を妨害し、困（くる）しめ、陥いれ、失敗せしめんとするにありて、昨日余に向って宣言せし処のものを、今日より直（ただち）に実行せんとするなり。疑うまでもなく団九といえる男は、かの列車の屋根の上より、余等と興味ある対話をなしたる男なるべく、彼は列車の屋根より逃去るや否や、倫敦に引返し、すぐ夏子を訪（と）うて、ここに忽ち、黒鬼、古嶋、蜂田、夏子の同盟を成立せしめ、余等に対する作戦計画を定めらるるものとは察せられたり。

三人は申合せし如く気を挫（くじ）かれながら、力なく木の上より降り来りしが、健はまず萎れながら、

「堀さん、困った事になりましたね。どうしたっても、最（も）う夏子がここへ来るのを止めるという訳には行きますまいね。もし打捨（うっちゃ）っておけば、今から一時間もする中に、魔力を振かけられるでしょう。僕は黒鬼よりも何よりも、夏子が恐ろしい気がします。もしわれわれに非常な不幸を被むらしむるものがあるとすれば、それはきっと夏子ですぜ」

芦屋は思案して、

「素より夏子を止める事は出来ないが……しかしわれわれに禍（わざわい）を被むらすものがあるとすれば、何も夏子ばかりではありませんぜ。仮令（たとえ）ば昨夜黒鬼に、怪しい手紙を握らした奴は、何ものでしょうな。蜂田はドクトルを疑ぐっているが、その堀さんが知らないのだから、何でもこりゃア長者屋敷の秘密を知っていて、また黒鬼等の仕事を知ってる外の奴の仕業に違ありませんぞ。黒鬼等の仕事を知ってるなら、またわれわれの仕事も知ってるでしょう。そうすればわれわれは、黒鬼や夏子の外にもそのものを敵としなければなりますまいがな」

左なり。そのものは果して何ものぞ。三人は相顧みて相驚ろくのみ。

黄金(こがね)の蔓(つる)

（一）

余等三人は気の滅入るばかり覚ゆる思案に頭を悩ませながら、長者屋敷の広庭に引返し来りぬ。何事にもあれ、思い込る捜索の不結果に終りたる時は、人情として落胆するは当然なれども、われわれの場合は啻(ただ)に不成功なりしのみならず、あらゆる困難と、未知の恐ろしき障害とは、この上更にますます加わりつつあるなれば、落胆の上にも形容し難き恐怖心(おじけ)に襲われたるなり。丁度われ等の心に似たる空は、今しも一面に曇り、風も甚だ強く吹出(いだ)し、梢のすさまじく吼ゆる音、長き陰気なる長者屋敷の吹倒るべく覚ゆるまでに、窓々の軋る音を聞けるなり。

芦屋はまず口を開きて、

「それはそうと匹田さん、もうこの上はいくら婆娑妙(バアソロミュー)の心になってみても、宝を隠すに格好な処は見当りません」

と云えば、匹田はせっかくの名案も散々の結果なるに悄(しょ)げ返りて、

「全くありません。この上は魔木(まぎ)を用いて判断する方法が残ってるだけです」

この時余等は広庭に歩み入り、かの丸石を敷詰めたる上に差かかれるなりしが、折しも余の頭は前に垂れつつ、最も情(なさけ)なき懐想に耽りいたるに、忽ち余の眼は幾百年の前に敷れたる、その荒き丸石の上に、何かの模様の如きもの表われおるを、いと朧げに認めたるなり。かつこれと共に例の不思議なる歌は電光の如く余の脳に閃めきぬ――

忘るなよ、
三ツ目の三ツのその下に、
黄金(こがね)の花や、
咲きいでぬらん。

余はわれにもあらで驚喜の叫びを発したり。ああ余は黄金の蔓に探り当たるか。芦屋と匹田とは余の叫び声を聞き、余の傍(そば)に来りて何事ぞと問えり。余は急がわしく二人に向って、わが驚ろくべき発見を語りぬ。

さてもかく突然にわが注意を惹きたるは何ぞというに、

即ちその丸石の上に表われたる模様に外ならず。もっともその模様といえるも、頗る曖昧なるものにして、これまで嘗て余や健の注意を惹きたる事なかりしものなり。また余にせよ、誰にせよ、迂闊にこの広庭を通行するものは幾度通りかかるとも、更に心つかで過行くならん。また余とても俯むきながら、何心なく敷詰めたる丸石の上を眺めて立ちいたる、その時の余の位置と、折柄雲間を漏れて照り渡れる日光が、長者屋敷の窓に反射して、そこを照したる偶然の結果が合さりたるにあらざりせば、そを注意せずに終りたるならん。さてその表われたる模様というは、始めは薄雲の影ならんと思われたるほどの淡き陰影の如きものにて、何とも分ぬものなりしが、仔細に余の注意せる時に、奇なるかな、その陰影の輪廓は次第に明らかとなりて、やがて婆娑妙（バアソロミュー）の紋章として知られたる、かの後脚にて立てる豹の姿を表わしたるなり。わが血いかで湧（わか）ざらん、わが心いかで躍らざらん。

余は丸石の上に表われたる模様を芦屋と匹田とに指さし示しながら、

「こンな形を無意味に敷石の上に表わしておく道理はありません。きっとこれは何かの意味を表わしてあるものに相違ないです。私の考では、必らず何かの印です。何の印でしょう。これは極めて大切な点ですが、全体何の印でしょう?」

かく云いつつ余は白堊（はくあ）の片（かけ）を取り、丸石の表わせる模様の輪廓を描きて、空がいかに曇るとも、嵐がいかに荒むとも、明らかにそを認め得るようになせり。かくなせる時余は奇妙なる事実を認めぬ。そはいかにというに、全体の豹の模様は、やや濃き色の丸石をもて表わしありたるものなりしが、その斑点を示す部分が、色濃き石を用いありたるものと早合点せしには相違して、これには数字を刻みつけたる石を用いありたる一事なり。さてこれ等の斑点を表わすため、丸石の上に刻まれたる数字は、勿論砂もて埋められ、または銭苔の蔽う処となりいたれど余が慌ただしくナイフを取り出して、一々そを払い清め見たる時に、不思議にも、その数字はいずれも同一の数字にして、しかも余の夢に表われたる、かの三ツ字のみなるを発見せるなり。余がこの時の驚ろきはそもいかばかりなりとするぞ。

（二）

ここに至りて余は遂に昨夜の驚ろくべき夢を語りまたその夢が今端なくもこの丸石の模様の上に与えたる奇妙なる光明を説かざること能わざりき。

まず第一に歌の謎を解かんと試みたるは健なり。彼は鶴嘴を手にしながら、

「三ツ目の三ツのその下というんだから、三ツ目の豹の斑点を取ればいいんだ。処でどこから数えて三ツ目だか分らんからまず豹の頭から数えて、三ツ目を取ってみましょう。さアいいですか。一、二、三、これですよ。もし堀さんの夢の告が真実なら、この下に黄金の花が咲うというもんです」

堀の数えたる三ツ目の斑点は丁度豹の肩の処に当りいたり。われ等は固唾を呑みて、健がその丸石を掘取るを待構えぬ。

健の指さしたる石には、その色、その形、その大きさ等において、別に他の斑点を表わせる丸石と何の相違せる所をも認めざりき。

余は健が鶴嘴を下せる後に表われたる事実をもて真面目にわが夢と関係ありと説くの笑うべきを信ぜんとす。もしわが成功が、果して夢のためなりとせば、そは偶然の結果なりと説くの外、余の如き哲理を好まざるものには、他の解釈を与うる事能わざるなり。

されど事実はかくの如くなりき——健が鶴嘴もてその丸石を掘起したる時に、その跡より一箇の小さなる鉄の鐶現われ出たり。土とコンクリートを取除きて改ため見たるに、その鐶は丸石の下を通じて拡がりおる丈夫なる鉄板に、打つけられあるものなるを知りぬ。

この発見に火を点ぜられたる芦屋と余とは、忽ち鋤と鶴嘴とを手にして、健に助勢を与え、豹の全体をなせる丸石を、悉く取去り始めたり、十五分ばかりにして豹の全体はその形を失い、これと共にその下に一個の石室らしきものを顕わしたるが、その入口に当りて、直径五尺ばかりの丸形の鉄板を嵌こみありたるなり。いつごろの時代に成れるものなりや、素より知り難きも、ともかくよほどの時代を経たるものなるべく、鉄板は全く酸化して甚だしく腐蝕し、錠を施こしあらねど、万力にて占つけあるが如くに、石に附着しおれり。われ等はその鐶に鉄棒を差込み、鉄板を持上げんと試みしに、鐶は無造作

に二ツに割れたり。

芦屋はその手にせる鶴嘴に力をこめ、数回打下して、その腐蝕せる鉄板を打壊たんと試みぬ。われ等はその凄まじく反響せる音に依りて、鉄板の下は広き空虚(うろ)をなしおる事を知り、いたく心を激せられたるも、鉄板は極めて厚きものと見え、いかな事、びくともせず。かくと見て余と健とは頻りに鉄板に近き石を攻撃しぬ。この石細工も極めて堅牢なるらしく、ただ砕くるは鶴嘴の触るる所のみ。されど余等は早く中を発(あば)き見たき心配に駆られ、激せられて、殆んど狂気の如くなり。死力を尽して攻撃を続くるほどに、忽ちわれ等の脚下の方に当りて、凄まじく物の砕くる音を聞つけたれば、慌てて身を退(の)かんとする間もあらせず、注意深く打建られたる石の穴は、がらがらと破壊し、余等三人は一斉に穴の中に落こみたるなり。

幸いに健が擦傷(すりきず)を負える外に、余も芦屋も無事なりしかば、三人はすぐに飛起きしが、もうもうたる砂烟(すなけむり)のために、暫時(しばし)は何ものをも分(わ)く事能わず。やがて空気の澄み来るにつれて、四辺(あたり)を見廻わしたるも、崩壊し来れる夥ただしき土石、コンクリート等のため、何がありとも分らねば、差当りてこれ等のものを取除きみる事とし、ともかく一同は穴を這出で、まず古バケツを取出し来り、これに綱をつけ、また別の穴の上に丸木を渡し、その丸木を便りて綱を引上ぐる仕組とし、穴の中にて土砂をバケツに満せるを、上よりたぐり上げつつ、大凡(おおよそ)一時間ばかりにして略(ほぼ)土砂を取払い得たれば、始めてこの穴が何のために作られたるかを取調べ得る事となれり。さてもこの穴は何のために作られたるか。

(三)

この地下室は六尺四方ほどの大さのものにて、深さは一丈ばかりもあらん。頗る手際よく作られ、四方の壁及び床はセメントもて極めて丈夫に固めあり。天井の崩壊せる時、一方の壁の上部が、共に少しく崩れこみたる外には、少しの破損をも見ず。われ等は叮嚀にこれ等の壁及び床を改め見たるに、別に戸の取つけある所もなければ、また他に通ずる室(へや)もなく、この穴は全く今現われたるままの穴に過ぎざるが如く思われぬ。されど見よ、穴の中は空虚(から)にして何ものだもある事なし。

せっかく黄金の蔓にありつきたる思いしたる三人は、

ここに至って、またそろそろ失望し始めざるを得ず。元気のよき健さえも、甚だしく悄げ返り、三人等しく色青ざめ、沮喪せる顔をもて、互いに目を見かわしたり。重ね重ねの失敗に、いずれもの顔には、いうべくもなき落胆の色の浮びたるも無理あらざるべし。

されど暫らくする中に、なお仔細に底の方を改め見たる芦屋は、二人を呼かけて、彼が今探りつつある壁の一部に、怪しむべき点ある事を告げたり。なお彼は手もてそこに触れ試むるに、一尺四方ほどの大きさの部分が、たしかに異様の手触りせる事を語れるにぞ、燐寸を擦りてそこを照し見たるに、箱の如きものの外形を表わしぬ。かくと見たるわれ等は忽ち滅入りかけたる気力を回復せり。余は鶴嘴を取りながら軽くそを打叩きみたるに、板は腐朽しおりたりと見え、容易に内に凹（くぼ）み、かつ砕けたり。

芦屋はその砕けたる板を取去りて、箱の中に手を挿入れしが、忽ちにして何やら茶色を呈せる、一塊（かたまり）のものを双手（もろて）もて取出しぬ。余は直ちにその茶色のものは、長き時代に、湿気と天井の隙間より、滲入（ざんにゅう）しつつありたりと覚しき空気とのために腐り果てたる羊皮紙なる事を知りぬ。不幸にもこの羊皮紙は、殆んど羊皮紙なりとすら、見分け難きまでに朽おりて、素よりいかなる記録なりとも知ること能わず。羊皮紙は元来普通の紙と相違し腐朽する場合甚だ少なき故に、昔しは大事の記録とし云えば、必らず羊皮紙に記せしものなれば、今発見したる一塊の羊皮紙も、無論何か大事の記録を保ちいたるに相違なかるべし。

さわれよしいかほど大事の記録なりとも、よしまた古城博士の手元にある暗号の鍵が、この羊皮紙の記録なりとも、今は全く何の役にも立ぬ廃物に過ぎざれば、芦屋は呟やきながら、そを穴の外なる地上に抛投（ほりなげ）たるに、その塊は余等の取除けおきたる、かの鉄板の上に落ちたるが、この時不思議にもその羊皮紙は、何か木の箱の如きものの落ちたると、同じ音を発したり。そを聞取りたる余と芦屋とは、訝かしさに互いに目を見合わせたるなり。余は穴を出でて、その投出されたる羊皮紙の塊を検したるに、意外にも、その塊の中より慥かに貴重なる価値を有すべしと思わるる小箱を発見せり。そは沈香木（じんこうぼく）もしくは、白檀（びゃくだん）の如き、ある東洋産の貴重なる木材より作れる、唐草模様の彫刻を施したる小箱なりしが、今もなお香気を発散しつつあるを見て、そを取上げたる余はまず恍惚となりぬ。かくの如き箱はたしかに貴重のものを、その中に蔵せざる道理なし。

健も慎蔵も、また急がわしく穴の中より這い出し来れり。三人は首を突合わしつつ、無造作に小箱の鍵をねじ切りて、そを打開き、一様に希望に輝やける眼光（まなざし）をもて箱の中を覗き込みたり。余等は果して、この小箱の中より、いかなるものを発見し得たりとするぞ。

(四)

さわれ小箱の中の品物を見たる時に、失望の叫びはまず余の口より漏れぬ。何となればそは小さなる五寸平方の石膏製の鋳型に過ぎざりければなり。されど余は自らその品を手に取上げてよく吟味したるに、思いきや、直ちにその甚だわれ等のために値打ある貴重の品なることを知り得たり。そは実に甞て余の見たる事もなき、最も奇妙なる異形の鍵の、模型（ひながた）にてありけるなり。

この発見に最も激せられたるは健にして、彼は嬉しさに手を拍（たた）きて躍りながら、

「もしわれわれが宝の函を見つけたとした時に、まず第一に必要なのはそれを開ける鍵です。その鍵が今手に入ったからは、宝はもう半分こっちのものです。大いに幸先がいいじゃアありませんか。さア今度は魔木（まぎ）を応用してみましょう、宝を発見するかも知れませんぜ。黄金のある上へ来ると、この魔木がひどく振れるといいますから一ツやってみましょう。もしまた甘（うま）く行かなかった時にゃア、釜屋へ帰って、この鋳型へ鉛を融し込んで、宝を見つけた時の鍵を拵えておきましょう」

芦屋はその模型（ひながた）を小箱に収めて、余に手渡しつつ健に向うて、

「貴君はその鍵を婆娑妙（バアソロミュー）のものとしてしまったが、もしそれがエリザベス時代より古いものだったらどうです」

と心配らしげなるに、健は沈着（おちつき）払うて、

「なに大丈夫です。あの鍵はたしかに婆娑妙（バアソロミュー）が持ってたものです。僕がなぜそう信じたかというのに、それは婆娑妙（バアソロミュー）の花文字と、例の豹の徽章が、鋳型に打ぬかれてあるのを見たからです」

余も健の言葉に加えて、

「芦屋さん、もしこの鋳型が婆娑妙（バアソロミュー）の大事の品でなかったなら、なぜそンなものを自分の徽章を目印とした、この秘密の穴へ隠しておいたかという問を設けて御

覧なさい。そうすればこの品が婆娑妙の持ものであった事は、すぐ判断がつくでしょう」と余はまた調子をかえて、「これは少しく立入った私の考だが、婆娑妙先生は、何でも始め宝をこの長者屋敷に運んで来た時に、取敢ず適当な隠し場処を案出するまでの臨時置き処として、この穴を拵えたものだろうと思う。その中漸やく他に適当な秘密の場処が見つかったので、宝は運び出したが、何かの事情から、穴はそのままに保存し、鍵の鋳型は他日の用意のために残しておいたというような事かと思います」

芦屋は首をひねりて、

「それなら羊皮紙はどンなものだろう」

「羊皮紙は全く宝と関係のないものでしょう。もし関係のあるものなら、宝と一緒に添えてあるはずです。多分それは地券かなにか、そンなものかも知れません。それとも単にこの小箱の隠し処として、反古の羊皮紙を使っていたのかも知れませんね」

「しかしこの中の宝を取出して外へ運んだのは、婆娑妙ではなく、ずっと後のものが分捕たのであったら大変ですな」

「それは大変だが、しかし後のものが分捕したのなら、丸石の模様までが、ちゃんと残っているはずはないでしょう」

それよりわれ等は長者屋敷の入口に戻り、ここにて例の魔木を取出し、健はそを掌に握り、余の指図にて静かに傍目もふらず、長者屋敷中を歩るき廻る事とし、余と芦屋とは健の後に従い、健の手にせる魔木の叉が烈しく顫動し始むる事なきや否やを注意せり。

われ等三人がかかる馬鹿らしき迷信のもとに働きたるには、甚だ奇なるに似たり。されど余は自ら弁護するにはあらざるも、敢て実際に迷信を有したりしにはあらず。われ等は百方術尽きて、一時全く途方にくれたるが故に、よかれ悪しかれ、今は残れる唯一の方法なる、魔木の手段に依りて、働らくべき緒をつけんとはしたるなり。

（五）

されど実際この魔木を用いて黄金を発見したる由の驚ろくべき話は、甚だ多く行われつつあり。盗人のため森の中、または地の中に隠されたる貨幣や、夢遊病者がその発作中に隠したる黄金の器物や、貪慾漢が不意の変死のために、世に秘められたるまま残れる宝が、魔木を使用せしため発見されたりという事は、事実として人の語るを喜ぶ所なり。

　但しわれ等の経験せし所をもって判断を下せば、魔木の不可思議の効果は、単に話として聞くべきのみ。実際においては――われ等の場合においては、魔木は何の変動をも示さずして、依然として健の手中に残り、この上何遍長者屋敷内をうろつくとも、効顕の見ゆる望なきに、さすがの健も劫を煮やし、遂に屋敷内の巡行を中止して、その魔木をば腹立しげに塀の外に投捨たり。

　ただ幸いなるはわれ等が鍵の箱を発見し得たる事なり。これまでの捜索はいつも失敗に終るのみにて、何の効果をも収むる事能わざりしに、今度という今度は、たしかに宝にはあらざるも、宝に関係ある大事の品を発見し得たるものにて、われ等と宝との距離は、甚だ近くなりたる心地せらるるなり。健はまたかの鋳型を用いて鍵を製しみば、細かなる彫刻など表われて、重大なる手掛を得んも測られずなどとの空想を語れり。ともかくもこの鍵が一時少からず三人の心を引立しめたるは事実なり。されど余にはこの喜びも長くは続かず、前後の事情を備(つぶ)さに考えきたる時は、われ等の前途(ゆくて)は真に黒闇(くらやみ)なり。危険は四辺より脅やかしつつあり。心を傾けて余の愛せる女は、今や余の生涯より遠ざかり、再び余の傍(そば)に戻り来るの期なく、それのみならず、罪も酬(むくい)もなき身なるに、ただ余を愛したりというの故をもて、今は余と同じく、極めて恐るべき悪魔の毒手に狙われつつあり。機会だに落ち来らば、郷田夏子は少しの躊躇するところもなく、謂れなき復讐を菊枝の身に加うるならん。ただ夏子は軽琴に来りつつありとの事なれば、夏子が軽琴に留まりいるここ幾時間、もしくは幾日の間は、少なくも菊枝の身に禍害(わざわい)なかるべきなり。

　さわれ夏子はいかなる手段をもって、余の宝庫探険を妨害せんとするならん。最も大なるわれ等の弱点(よわみ)は、この事の公にさるるを恐るるにあれば、夏子にしてわれ等に大打撃を加えんとせば、世間に吹聴し廻るが何よりなれど、かくては夏子の味方なる黒鬼君等にも同様の打撃なれば、幸いにこの点については、敢て夏子を恐るる謂れなし。知らず夏子はいかなる秘術をもってわれ等を悩まし来らんとするか。

　されど余は夏子の、極めて奸智に長(たけ)たる、恐ろしき女なるを知れる故に、夏子のここに来りて、われ等の敵となるべきを思い浮べては、われにもあらず身震いを止め得ざりき。かくては余に私(ひそ)かに心の中に、絶望したる人の如くに、上帝の冥助を祈りぬ。

釜屋に引取る間われ等三人の話は、自然夏子の上に落ちぬ。もし蜂田の語れる如く、十一時半に夏子が停車場(ステーション)に着せるものとせば、今頃は既に軽琴または中里に来りおるはずなり。せっかく鍵を得たる元気も、夏子の話に挫(くじ)かれて、三人は一様の掛念に余り口数も利かず。その中はや釜屋の前に来りたるが、余等が扉を開きて中に入らんとする時、その扉は烈しく中より開かれ、同時に四五人の荒くれ男出で来れるが、余等と衝当(つきあた)りさま、物をも云わず立去れり。

余はこの第一番に余に衝当りしものが黒鬼鉄平なる事を認めし時に、余の血は脳に走り、拳をばわれにもあらで握り固め、その後を見送りたるが、室内に入れる時余はふと心附きて大事の鍵箱を入れたる、わがポケットに手を触れみたり。

こはそもいかに、鍵箱はあらざりき！

夏子の訴訟

（一）

この時余の頭に閃めき出でたるは、余等がかの穴の中より小箱を発見したる時に、黒鬼がいずこにか隠れおりてそを見届け、大事の品と悟りたるより窃み取らんために釜屋に先がけし居り、余等の来れりと見て、突然釜屋を立出で、余に衝当れる拍子に、掏取(すりと)りたるものなるべしといえる考なり。不幸にも余が小箱を掏取られしと心付し時は、余等が釜屋の公開室に入込みたる時なり。余は物をも云わで、黒鬼等の跡を追かけんと逸(はや)りしが、刹那の分別は、かくなす時はいたく余の友を驚ろかすのみならず、公開室の人々をも驚ろかし、普(あま)ねく村中の問題ともならん事を恐れしめたるなり。されば余は何気なく、余等のために設けられたる別室に来れる時、声を潜めて椿事の次第を健と慎蔵とに告げたり。この報告が雷(いかづち)の如く二人の頭に響くところありたるは想像するに難からざるべし。思いみよ、余等をして半ば宝に接近したる思いなさしめたる、大事の鍵の鋳型は失去りたるなり。宝を見出したる時に真先に必要なる鍵は、まんまと敵のために奪われたるなり。健と芦屋とは、禁め難き激怒のために蒼くなり、また赤くなれり。不思議にも余が却って比較的冷静の態度を保ちたるなり。

　食卓に就ける時、余はわが取るべき道を知りぬ。いずれにするも差当りて余は黒鬼鉄平に遭わざるべからず。余は黒鬼の手よりそを奪い返す方法ありと考えぬ。もし彼が余等の手に小箱を返さざるならば、余は彼を警察に告発すべし。そはかかる事を不問に附しおる時は、今後更にしばしばかかる事を繰返さるる恐れあればなり。宝の秘密の警官に知るる事を恐るるは、双方同一なれば、余が懐中ものを奪われたる理由をもて、彼を告発せりとも、彼は宝の秘密を口走る事なかるべし。もっとも実際告発せんとするまでには、なお多少の思慮を要すれども、告発の事をもて黒鬼を脅やかすを得べしと考えぬ。余は単身にて黒鬼の跡を追わんと語り出せり。されど他の二人は余の一人行くを許さぬ故に、結局健を伴うて出かくる事に相談を纏めたり。黒鬼の住処はここより半哩を隔つる、池田といえる処の、藁葺の家なりとの事を聞出しいたるが故に、余と健とは食後直ちに出発せんとなしたるが、意外にも新らしき障害は余の前に落ち来りぬ。

　釜屋の若き主婦はこの時、入来りて、倫敦より来れりという一紳士が、重大なる事件のために、余に面会したしと申込る由を告げぬ。されど余はかかるものに面会しおる暇はなければ追返しくれよと告げ、かつ重大の用事とて面会を申込むものが、名刺をも示さぬ如き、さる無礼漢には面会の必要なしと告げよと語りたり。

　余はこれに構わず、健を促がして出立せんとしたるに、主婦はまたも入来り、今度は名刺を持来りて余に手渡せり。その名刺を見るに、『訴訟代理人、弁護士、丸陣半六　倫敦西片町五七九』と印刷したる肩に『郷田＝対＝堀事件』と鉛筆もて記したり。

　余はこれを一見すると同時に、この丸陣なるものの用向を知りぬ。折も折とて悪き奴が来れりと思いたるも、遭わざる訳にも行かねば、打通させたるに、忽ち五尺に満たぬ、小さなる乾からびたる男、されど奇麗に剃りたる顔の、不思議なるほど赤きに、眼はぱちぱちとして頓興らしく、年格好は一向判じ難けれど、三十より五十までの間なるべしと思わるるが、猫の如くちょこちょこと這い来りて、さながら北極の熊の入来れるを迎うるが如き眼光（まなざし）もて、一様に視線を濺（そそ）ぎたるわれ等の前に表われたり。

「諸君、今日は」と彼はちょっと会釈せる後、殆んど滑稽に近き威厳をもて、「拙者は貴君方が只今、エドワード七世陛下の使命を帯びておるものに対しひどく無礼の取扱をなされた事を断言します」といいてまた調子を代え、「しかし拙者はこの週間バッキンガム宮廷へはまいらんから、御心配にゃ及ばん。また貴君方や宿屋の主人（あるじ）に咎め立もせぬでよろしい。じゃが貴君方三人の中でどれが堀ドクトルでありますか。拙者はドクトルと用談を済せさえすればすぐ立去ります」

（二）

余は前に出でて小男の上より伸（のし）かかりつつ、

「私が堀です。貴君の御用事というのは何ですか」

「貴君が堀さんでありますか」と丸陣は反身（そりみ）になりて、

「拙者がまいった用向ちゅうは外でもありません。エドワード七世陛下の御名（みな）に依って執行さるる裁判事務について、出張してきた次第で。つまり訴訟指令書を貴君にお渡しするためです」と云いつつ彼は折鞄の中より叮嚀に畳みたる書類を取出して余に渡し、「これが中央裁判所の指令じゃが、訴訟は郷田夏子ちゅうある貴婦人から、貴君に対して提出されたものであります」

彼は柄になき高慢と気取りたる態度をもて、傲然と余を見上げぬ。

この時健は口を出して、

「郷田夏子ちゅう貴婦人！　貴婦人に郷田夏子というのがあるかどうか知らんが、僕の知ってる同じ名の女に、身の上知らずの女易者がありますよ。先生のいうなアそれかね」

健の態（わざ）と試みたる嘲弄的口調はいたく丸陣先生の威厳を傷つけたれば、許すまじき色をもて、健を一瞥したるが、彼に言葉を掛（かく）るは更に自ら威厳を損するものなる事を思うて、ただ一瞥を与えたるに止（とど）めて冷やかに余の方に向き直り、

「よく御覧下さるがよろしい。訴訟の条件は、ええと――」と云いつつ彼は折鞄の中より、余に与えたると同じものにて、裁判所の印の据（す）わりおるものを取出し、またぐっと反身になりて、「これが指令の原文であります。

えへん。拙者もよく見ておきましょう」彼は勿体らしくそを披げて、始めて目を通すかの如き外見をなし、暫らくして芝居的の驚ろきの態度を現わして、「あッ、なるほどな！　こりゃあドクトルの匙加減が狂ったのじゃ。いや、先生、先生は人の病気を癒すのが商売じゃのに、いかなこと、癒らぬ手傷を貴婦人に負わしたのでありますな。そこで原告の要求が結婚違約金として、一、金一万円也、大分高いわい」と云いつつ彼は心易げに、余の方に横目を使いて、「どうもこれじゃアから若い男というものはその――」

　余は最早この厭うべき動物に話を続けらるるを好まねば、

「もうよろしい。用が済んだら早くお帰りなさい」

「ひやひや！」

と健が口を挿みぬ。丸陣は敵意の眼光(まなざし)をわが方に射て、

「事件は事件、友誼は友誼ちゅう事を貴君方は御存知がないとみえる。こンな訴訟を起されては腹も立つでしょうが、個人として拙者は大いに友情を表してるのじゃから……」

「もう沢山です。貴君に友情を表して頂こうとは誰も申しません。こっちは用がある身体ですから、余計な事は聞いていられません」

　弁護士丸陣はかく愚弄されて、その赤き小さなる顔をいやが上にも赤くし、されどいと鷹揚に卓子(テーブル)の帽子を取上げながら、かかる時にもまた反身になりて、

「貴君はほどなく自ら悲しむ折がありましょう」

　余は扉より彼を出しやりながら、

「人間に生れたからは自ら悲しむ事もしばしばありますよ」

「拙者のいうのはその事じゃない。敵方の弁護人を愚弄した酬(むくい)はどンなものか、考えて御覧なさいというのです」

「考えるもなにもありません。早く帰ったらいいのです。おい、ボーイ。皇帝陛下の御使者(おししゃ)のお帰りだ。跡から塩でも蒔いといてくれ」

　丸陣は許すまじき色を見せて余を睨みたるが、ものをも云わず、山猫の如き歩調をもて、床を蹴立(けた)てつつ立去れるなりき。

　丸陣の立去れる跡にて、余と健とは直ちに黒鬼の小舎(こや)を訪(と)うて大事の小箱を取返し来るべく出立しぬ。丁度鉄道の踏切に差かかれる時、余等はまた第二の故障に遭遇したり。そはそこにて前日停車場にて分れたる老僧がか

なたより来るに出遭いたればなり。

老僧は、

「前日（さきのひ）の信愛なる信徒よ」

と伊太利語もてまず健を見て喜ばしげ喚（よび）かけたるに健もまた、

「わが敬愛せる高僧よ」

と同じ言葉もて挨拶しつつ前に進みて老僧と握手をなしぬ。

(三)

健は老僧に向い、黒鬼等と会見したりしや否やを尋ねたるに、老僧は打頷ずき、余と健とに向って、

「私（わたくし）今貴君方にお目にかかった事を喜びます。昨夜汽車の中で、貴君方に注意されました事大変役に立ちました。私お礼を申したい処でありました。私今朝羊皮紙の記録見ましたが、私云いましたには、その記録の由緒なり、またそれに関係したいろいろの疑問、お聞申さぬ事には、その記録について大事な事打明てお話は出来ぬと申しました。その時先方（さき）でどンな事を私に話しましたか、また私にどンな事をせよと申しましたか、その事は徳義に係る事ありますから今お話出来ません。しかしながら私先方の人信用する事の出来ぬ人と認めましたから、奇麗に断わってしまったのであります。聖（セント）エサルダの寺には大変な影響あります。しかしながら不正な金は何万あっても、浄財に出来ません。私満足して素手で帰ります」

と微笑を漏らしたるが、老僧の姿は光明に輝やき渡れる如く見えぬ。余は熱心を面（おもて）に表わして、

「しかし、長老さん、その金は私（わたくし）からある条件の下に寄附したいと思いますが私の懇願をお聞下さいますか」

「どンな事か知りませんが正しい事なれば、喜んで聞きましょう」

「無論不正なお願はしません。そのお願というのは二ツで、第一は私の状師の菱田というものが、倫敦の竹園町に居りますから、倫敦へお帰りの上、そこをお尋ね下されて、これをお渡し下され、この事件はどンな事をしても原告の敗訴になるように尽力してくれと仰しゃって頂きたいのです。もし成功すれば必らず右の状師の手を経て寄捨をいたします」

と云いつつ、余はポケットを探りて前刻丸陣より受取

りたる訴訟指令書を取出し、そを状袋に入れて封じ込たるを手渡せるに、老僧は快よく承諾して、その通りになさんと云えり。

余は更に言葉を次ぎ、

「第二の個条は今日黒鬼鉄平が貴君の御覧に入れたものと、その字体や時代が類似しておる有用な古文書をどこでか見出す事が出来るかどうかという事を、お知らせに預りたいのです」

と云いさせしが、老僧の顔には正しからざるものを強いられたる如き色浮び、余の希望を拒絶せんとする気色の見えたれば、慌ただしく言葉を次ぎ、

「私は貴君が今日黒鬼の手から御覧になった古文書が、いかなる性質のものであったというような意味の事は仰しゃるはずがない事は存じております。ですから決してそれを強いようなどとは申しません。しかし打明て申すと、私の手にも黒鬼の手にあるものと同じ人の手跡になった古記録を持ているのです。それで私共はモ一ツそれと同じような古記録を求めて対照したいというのですが、貴君はフロレンスにお出の節そンなものをお見当りはなかったでしょうか」

老僧はちょっと考えたる後、

「いや伊太利のどこを渉っても、貴君の利益になるような古記録はありません」

余は心配に絶えず、

「それではどこか外にこンな古文書を求める場処はありますまいか。私に取っては重大の事なのですから、どうぞ熟考の上お返事を願いたいのです」

されど長老は無造作に、

「それをお求めになる事なら、少しも外国に行く必要ありません。また世界のどこを渉っても、外には決して見つける事出来ますまい。その世界にただ一個所ある所は倫敦の古文書局です」

かくと聞ける余は喜び上りて、

「いや難有う御座んした。その古文書局なら、ある博士が私の所持してる羊皮紙の書籍を翻訳するため、手掛を求めている処です」

と云いつつ余は満足の眼光を健に濺ぎたるに、健は微笑をもて余を迎えたり。老僧、

「しかしその古文書局は貴君の敵も目を附けております」

「正しいものが勝利を得るでしょう」

と余は叫びたるが、同時に何とも云えぬ掛念はわが脳

を襲い来れり。されど健は勝利を期せるが如くに、

「なに古城は仕事は遅いが、着実だから着々成功します」

　老僧は附加えて、

「今古城と仰しゃったのが倉羽通の古城博士でありますなら、古記録にかけて英国第一の大家です。もし何かの発見をすれば誰よりも先になさるでありましょう」

　満足らしき頷をなして老僧はわれ等に別れ、停車場の方へと向いぬ。余と健とは黒鬼の住処に向えり。

活劇

(一)

　ほどなく余等は黒鬼の住処に来りたれば、私かに彼がいずれに居るやを探り知らんとせり。幸いに小舎を取巻ける畝に菓樹、灌木の叢等に満ちたれば、身を潜むるには都合よく、二人は無言のままいと敏捷に身を隠しつつ窺がい寄れり。窓より窓と落もなく、鋭どき注意をもて覗き込み見たるも、家の中にはあらざるか、更に人の気配とてもなく。余は万一かの箱のそこらに見ゆる事もやと注意したるも、箱らしきものとてもなかりき。健は少しく大胆になり、独り厨の戸口より家の中に忍びこみしが暫らくありて出で来り、小舎の中には全く一人も居らぬ事を語れり。さるにても彼黒鬼はその住処には帰らざるならんか。もし彼にして他に立寄り、かの鋳型に依りて、鍵の鋳造をなせる如き事ありては一大事なりと、余等はいたく心を悩ましぬ。

　二人はなお裏手の方に廻わりみんと、注意深く藪蔭を伝い行ける時、思いがけなく突然小柄の乾からびたる老婆と顔を向合したり。余はぎょっとしながらも、忽ちこの老婆は、余が始めて軽琴に来れる頃、釜屋の紹介にて、病気を癒しやりたる事ある、お杉という名の女なる事を認めぬ。

　老婆お杉は余と見るや、むしろ満足の歓迎を表して、

「おお、先生さまだね。これはまた妙な処へござらっしゃっただね。先生さま。私はこの前お前様にお願申してから、すッかりリュウマチを忘れちまってね。ほんとに難有いこったと喜こんでおりやすだよ。それで私もね。

何かお前さまのためになってあげべい思って、少し狙ってる事があるだよ」と云いつつ彼は声を潜めて、「私先生さまが何しにコンな在所さ来てござるか知ってるでがさ。それでお前様のために一肌脱いで私、昨夕惑乱をしてやっただよ。先生様の敵の鉄平に手紙イ摑まして、長者屋敷の畝の中の小舎ア発くらしたのは私だアよ」

「え、お前かえ！」

と余は呆気に取られてお杉婆を打ち戍れば、婆は得意げに、

「私イ小供の時に、あの小舎の窟ア塞いで、入口へ炉置いた事知ってるだから、惑乱してやったでがすよ。甘く行ってお慰みだっただよ」

「お慰みはお慰さみだったが、婆さん、お前は飛んだ悪戯ものだね。お蔭で私達もひどく胆を冷させられたぜ」

「そうかね。私イ鉄平の跡からのこのこ出かけて行って、隠れて見てただから、お前様方が木昇してござらっしゃったのも知ってるだ。私イハアお前様方も面白い見物していただと思ってただね」

余はなお老婆の話にて、彼が黒鬼の今寄宿しおるこの小舎の主婦なる事、従って彼は黒鬼等の密話を漏れ聞き、宝掘の魂胆を知りたる事、黒鬼等の敵と狙いおるは余なる事等を知り、万一余にとりての大事を聞出す如き事もあらば直ちに余に通知せんと心構えなしおりたるものなる事を知りぬ。

お杉婆は言葉を次ぎて、

「昨夜長老さんが見えた時も、丁度鉄平が留守の処なので、私イ鉄平が悪い奴で、先生様方ア立派な方だ云ってやっただよ。しかしお前様方今日何でコンな処へござらっしっただね。何もコンな処に用はなかっぺいがね」

今まで口をむずむずなしいたる健はこの時、

「実は婆さん、鉄平に特別の急用があって二人こうして忍んで来たのだがね、お前は今鉄平がどこに居るか知らんかね」

「知ってますともね。この畝のあっちぺらに鍛冶小屋の明いたままになってるのがあるだが、そこに今居るだアよ。何だか知んねえが鉛を鎔すだって、炭くれろッちゆうから、今私炭取りに来た処だアね」

さてこそと余は健と眼を見合わせしが、健はすぐにお杉婆に向い、

「そンな事だろうと思った。それじゃアね。婆さん、二人が頼みだ。家の中へ入っててくれ。今ね、その、

鍛冶小屋の中から黒鬼が助を呼び立てるかも知らんがね。決して来るにゃア及ばんからね。そして近所のものでも何か聞つけてやって来たら、何でもない事だと云って、帰しておくれ。いいかえ」

（二）

お杉婆は承知の旨を答え、しかる後小舎(こや)の中に入(い)りぬ。二人はまたも身を忍ばして老婆より教えられたる、古鍛冶小屋の辺(へん)に窺がい寄れり。抜足しながら、小窓より覗き込めるに、彼は傍(かたわら)に余より盗める鍵箱を置き、久しく使用せざる火炉(いろり)や鞴(ふいご)を按排し試みつつあり。彼は頗る熱心に、仕事に気を取られおる様子にて、余等が後(うしろ)横手の方より、突(つ)と鍛冶小屋の中に入たるも心附かざるなりき。

健は黒鬼の心附かざる中に、その鍵箱を奪い取らんと謀りしなりしも、さすがは曲もの、黒鬼忽ち余等の姿を認め、ぎょっと打驚ろきて余を見詰たり。余は機先を制して、鋭どく、

「おい、黒鬼君、その箱を返してもらおう。二人で今受取りに来たんだ」

と黒鬼の傍なる鍵箱を指さしつつ、一歩前に進み寄れば、

「なにえッ」

と云いさま、彼は手を伸して箱を取上んとせしが、健は突と寄りて黒鬼の腕を捕えたり。

やッ！　と黒鬼は半身を起しさま、腕を払って傍(かたえ)の鉄棒を取るより早く、勢こめて健を抛(なぐ)りつけたるを、健は素早く身をかわしつつ、飛鳥の如くつけ入りて、黒鬼の腰と襟とを捕え、腕に覚えの体術をもて投つくれば、黒鬼の体は宙を飛んで筋斗(もんどり)打ち、落来(く)る時火炉(いろり)の角にて、いやというほど頭を打(うち)つけたり。

その間に余は飛入りさま、鍵の鋳型を保てる貴重の箱を、黒鬼より奪い取りしが、同時に黒鬼は身を起しながら、なお手にせる鉄の棒をもて、逃出す余の後より浴せかけ、したたかにわが背骨を打ちたり。余はよろめき、かつ鍵箱を取落せり。敏捷の健が素早くそを取上んとせる時、黒鬼は真個(しんこ)に鬼の如き勢をもて猛然として飛かかり、殆んど健の手の落たる小箱にかかると同時の、足をもて力の限り踏砕きたるなり。

「己(おれ)のものにならなければ、己等(うぬら)のものにもせぬわ！」

と彼は紫色に激怒して叫べるなり。余は苦痛を忍びて、戸口によろけ出たるに、この時戸の外よりまた新らしき声あり——

「堀さん！　電報です。返信料がついてますよ」

見れば馴染のある村の郵便配夫が、この活劇に色を失い、呆気に取られつつ、余の殆んど気力絶えんとせる手に電報を握らせたるなり。配達夫は釜屋にて余のここにあるべき由を聞きて、追い来れるなり。

瞬時の間ある威大なる魔力のこの活劇の上に落来りしが如くに、舞台の上なる人物は作りつけられたる蠟細工をそのまま、みなその活動を中止して立ちぬ。見よ、蒼白（まっしろ）くなりて呼吸（いき）をも吐き得ぬ郵便配夫は、気抜せし如く戸口に立ち、彼に近く大鞴（おおふいご）を後に構えて、恐ろしき血走る眼もて、余を睨みつけおれる黒鬼の顔には頭より片頬にかけてだらりと一条の血を引きたる。また余に引添うては元気満々たる健が、左手（ゆんで）に砕けたる箱を摑み、右手（めて）に有合せし鉄槌を握りて、寄らば打たんと身構えたる。いずれか大舞台（おおぶたい）にあらざるべき。ただそれ余に至りては黒鬼のために背に受けたる打撃、骨も砕くる思いあり。余はそこに立留（どま）るさえ覚束（おぼつか）なく郵便配夫の手渡せる電報を受取るの気力さえ殆んど無かりしなり。ただこの時余の脳には朧げに、この電報のあるいはなお古文書局を渉（あさ）りおる古城博士より発したものにあらずやとの考閃めきて、われ等の秘密をいかなる事情の許にも黒鬼に嗅つかしむべからずとの念、浮び出でたるなり。

されば余は全身の余れる気力を僅かに振い起して堪え難き苦痛を忍びつつ、健に目配せし、黒鬼を尻目に睨みて鍛冶小屋を出で、とかくして田舎道に出ずるを得たれば、ここにて前後を見廻わしながら、急がわしく電報の封を破り、読下したるに、何ぞ知らん、そは古城博士より発したるものにはあらで、米屋町百二十番屋敷なる、菊枝の同居して世話になりおる老女より、菊枝の突然何ものにか誘拐されたるを報じ来れるものならんとは。

余は灰の如くなりて電文を見詰めぬ。

菊枝の行方

（一）

電文は左の如き長文のものなりき――

大変な事が出来まして、園山菊枝さんがどこかへ連て行かれてしまいました。それは昨夜の事、奇妙な見た事もない馬車で、白い衣服を着た二人の醜くい女が、密談があるとて菊枝さんを尋ねて見えましたのです。菊枝さんは何の気もなしにお通しでしたが、どんな話のあったものか菊枝さんは二人の女に誘い出されて一緒にその馬車へ乗込んでしまったのです。そうするとその時私は菊枝さんがきゃッと叫んだのを聞きまして、ハッと思ったのですが、車はもう矢のように駈てッてしまいました。それきり菊枝さんから何のたよりもありません。何ぞ自分の身に変があった時には、軽琴の長者屋敷宛で、貴君に知らしてくれと、かねて菊枝さんからお話がありましたから、早速お知らせ申すのです。すぐ返事を下さい。大至急――米屋町百二十番屋敷、初より。

災禍の威力のあまりに大いなりしが故に、余は全く言葉を失うて、無言のまま電報を健に渡し、やや歩調を早めて釜屋の方に歩み出せり。健は歩みながら電報を読み、読み終りてそをポケットに収め、これも一言も挿まずして、両々黙々として遂に釜屋に来りぬ。われ等の定まれる室に来れる時、健は電報を取出して芦屋に示せしが、芦屋は受取りてそを読下し、深く沈思しながら電報を余に返しぬ。

この間に心利きたる健は、若主婦を呼びて、ブランデーを強くしたる曹達水を持来らしめぬ。そは余の背に受けたる打撃のために、頻りに催おし来る睡気と昏迷の、恐るべき感覚を退ぞかしむるに力ありたり。余は少なからず気力を回復して、三人卓子を囲み、この新たにわれ等の上に落来れる災難に打勝つの方案を続らしぬ。

まず差当りてなすべきは電報の返事を発する事なれば、余は二人に決心を語れる後、左の如く返電を認めたり。

電報は受取った。次の列車で行く待っておれ。余の行くまで手をつけるな。警察に通知する事などは以ての外なりと知れ。秘密に附しおる事は菊枝を救う最良策なり。堀彦市。

蓋し郷田夏子がわれ等の圏中に入りし以来、舞台の新たなる回転をなせる事を知る読者は、余等がこの決心をなせるのを止むを得ざるに出でたるを知るなるべし。なお余は一言の附加うべき事あり。それは菊枝を尋ね出すについて、いずれの方面を探るべきかといえる点なるが、これには二個の方面あり。即ち郷田夏子の方と、菊枝の後見人たる古嶋及び黒鬼等の方なり。菊枝の誘拐されたるは無論この二ツの手の、いずれかを出ざる事明白なれど。まず差当りて余等の狙いをつけたるは、既に余に向いて菊枝を誘拐すべき事を告げたる夏子の方なり。なお余等の考えたるは既に菊枝が夏子または古嶋等の手に誘拐されたりとせば、万一余等に警察の力を仮る如き事をなすにおいては、彼等はますます秘密に附せんがために、実際彼等のなさんと欲するところよりも、多くの惨害を敢てせんも知るべからず。彼等が形跡を蔽わんとするためには、菊枝を到底救う能わざるの地に陥いれ、われ等の手にては最早いかんともする事能わざるように勉むるなるべしといえる事なり。こは犯罪としては極めて惨酷なるものにして、実際かかる場合によく行われたる例少なからざるなり。

されば余等は警察の力を仮らず、ただわれ等の機智によりて働らく事を決したるが、それにつけても軽琴に来りおるはずなる夏子の上を突留ずして倫敦に引返すも、余りに智恵のなき業なればと、なお時間の余裕あるを幸い、芦屋の望むに任せて探偵に出しやれり。

（二）

余等は活潑なる芦屋老人の出で去れる後、衣服を脱ぎて、背中に痛止めの薬剤など貼布し、また健と共にその持帰り来れる、壊れたるかの小箱の中より、全く粉砕されたる鋳型を取出し見などして時を過せる中に、芦屋は二ツ三ツの意外なる報告を持ちて帰り来れり。

彼の報告によるに、まず第一に郷田夏子は今日黒鬼等の待設けおりたる如く、この軽琴に来らざりしとなり。鉄平と蜂田とは夏子を出迎うるため、待設けし時刻に六斤腿の停車場に赴むきおり。倫敦よりの汽車が到着するや、一々その下車客の顔を改めおりしが、夏子らしき女は遂に下車せざりし故に、彼等は呟やきながら駅長に何をか談ぜる後、膨れ面をなして池田なる彼が小舎に帰り行きたるに、その小舎の門口にて、電信配夫より一通の電報を受取りたり。

　こは疑もなく夏子より、何か差支ありしため軽琴に来り能わざりし事を報じ来れるものとみえ、黒鬼はまたその足にて停車場に引返し、駅長に遭いて倫敦よりのある婦人を待設けおる事についてその依頼を取消したり。かくて彼は直ちに長者屋敷の方に歩み行きたりと云えば、云うまでもなく、彼はわれ等が広庭を発掘しおるを認め、小蔭に隠れて、例の鍵箱を発見せしを窺いいたるものならん。

　さるにても夏子が、軽琴に来らざりしというについては、軽琴の宝の方には幾分か心を安ずる処あれども、菊枝の方には転た不安心の種を添えぬ。思うに夏子が仇をなさんとするに急なる、誘拐し来れる菊枝をいかにせば、思うままに苦しめ陥し入れ得んという、惨忍なる計画に屈托して、軽琴に来り能わざるにはあらざるか。われは坐ろに肌に粟するを覚えぬ。

　されど芦屋は更に、次の如き報告をなして余を驚ろかせり。それは外にもあらず、彼が池田に赴むきて、お杉婆が小舎の傍なる菓樹畝を通りかかりたるに、芦屋の姿を認めたるお杉は妙なる目配して芦屋をその小舎に入らしめんとせり。お杉が芦屋を知りいたるは、今日黒鬼等が長者屋敷の藪の中なる小舎の火炉を発立ておる時、お杉は芦屋が余等と共に木の上に昇りいたるを窺がいいたるなれば、それにて知りおるならんも、芦屋の方にては左る事を知らぬ故、彼は黒鬼の罠にかかるにはあらずやと、びくびくものにて用心しながら、小舎の中に入りたるに、老婆はまず余等の味方なる事を語りて、芦屋の掛念を散ぜしめたる後、余等に伝言しくれよとて語り出でたる処によると、余と健とがかの鍛治場を去りて、十分ばかりも過たりと思うころ、小舎の前に古湊といえる処より来れる馬車駐まり、その中より下りたるは蜂田にて、彼はその馬車が古湊より持来れる一通の書状を携さえて、慌ただしく小舎に入来り、黒鬼と共にその書状を繰広げ、四五分の間は何をか熱くなりて議論を上下しいたり。その評議の何なりとも分難かりしも、黒鬼は何かの点に対して争い、蜂田はまた熱心に火のようになって、黒鬼の迷いを破らんとし、始めはいつ果つべしとも見えざる勢なりしが、暫らくにして蜂田は遂に勝を制したる容子にて、すぐに黒鬼はお杉を呼びて、勘定を命じ、奇麗にそを支払いたる後、何か余に渡しくれよとて走り書に認めたる書面を残せるまま、殆んど狂人の如き激昂をもて、蜂田と共と門口に待おる馬車に飛入み、すぐに鞭を加えしめたるが、その様何か一刻も猶予し難き大事件のために出かけたるものの如くなりしと。

黒鬼の余に残せる手紙をば芦屋は携さえ帰りたれば、余は何とも思いわかず、とくそを開封して、三人好奇の眼もてそを読下しぬ。

（二）

黒鬼の書面は左の如く記されたり。

親愛なるドクトル先生――只今までは先生等と僕等と同じようなる賽の目を振りいたり。先生は伊太利の坊主に水を差し、僕は婆娑妙の鍵を奪取れり。先生等定めて今頃はその鍵の砕片を継ぎ試みおるならん。かかる面倒なる事はどうせ無効なれば止め玉え。先生驚ろく勿れ、機は一転し、漸やく宝は僕等の手に入らんとす。倫敦におけるわが友等は僕等の手にある暗号の鍵と大関係ある或古記録を発見し宝は最早心配するに及ばずとの通知に接したり。今この地を去るに臨み、一言先生等に通ぜざるは無礼なるに似たり。即ち今までの馴染甲斐にかくは書面を残すものなり、かく申は是が非でも宝を手に入る男。

二伸、僕は素より先生の私事に世話を焼く必要を見ず。しかれども僕をして先生に忠告せしめば、今より断然宝の捜索を止め、倫敦の場末にでも世帯を持ち、紡績職工活版屋等を相手に真面目に医者の渡世をなし玉うが分相応ならん。最後に背中の傷の痛は如何。幸いに自愛せよ。

かく読下したる三人は互に顔を見合わせぬ。余はまず嘲笑いて、

「こけ嚇にコンなものを寄越しやがったんだ。実際手掛を見つけたのなら、われわれに知らすはずもあるまい。彼奴ここを立去ったのは何かの必要に迫ったのに相違ない」

健は手紙を手に取りて、仔細にその手跡を吟味しおりしが、

「いや堀さん、僕の説は違います。僕の考ではほんとに手掛を得たのだろうと思います。僕は少しばかり『グラフォロジー』（手跡に依って人の意志、性質等を判断する術）を研究したですが、黒鬼のこの手跡には詐欺や

隠謀の痕跡もありません。字々皆確(しっか)として少しも拘泥する処がなく、最も大胆の筆法です。そうして語尾の書方が丸く派出で、勢のある事といったら、たしかに書手が燃ゆるような情に駈られ、満幅の希望に導かれて書いた事が分るです」

余はその説を求むべく芦屋を見たるに、

「私も匹田君に同意ですな。しかし理由は違います。ちょっと説明してみましょう。私の考では倫敦の友達が発見した云々というのは詐(いつわり)で、多分その馬車で迎によこしたという古湊に、手掛が出来たのだろうと思うのですて。実は私はこれまでも、貴君がなぜ一度も古湊という場処をお考にならんかったかと思ってる位で。古湊こそ今は見る影もなく衰微してますが、もしこの英吉利で昔の建築や古器物や古書類に富んでる処を求めたなら、まず第一に古湊に指を折らねばなりますまい。一言でいうと古湊は骨董商に一番目ざされてる町です。古湊へ行ったら判りますが、町の体裁から、そこここに残ってる古屋敷から、蔓のからんだお寺の模様から、たしかに百年も前の町へ来たように思われる許りで、まず半分は死んでる町ですな。それで町のものはどうかというと、ただ昔の栄華ばかりを夢に見て、現世を怨んでは僻(ひが)み心を出し、怠けて楽をしようにかかっていながら、その癖金持になりたい事は誰にも負ないという風で、こンな手合の仕事として、まず頻りにやってるのが、古物(こぶつ)を蒐(あつ)めて掘出しものをしようという横着渡世です。まずこンな有様なので、古湊の町は今ではますます頽(すた)れ反古(ほうぐ)や古物の中に町は埋(うず)まって行くという為体(ていたらく)ですな。それでも構わず、掘出しもの掘出しものと云うんで、蒐めるわ蒐めるわ。陶器ござれ、彫刻ござれ、油絵ござれ、古文書ござれ――」

次第に胸騒ぎを覚えて、黒鬼の書面に真(まこと)を認め来れる余は、この時激して口を挿み、

「それでは貴君の説では古湊に古文書が沢山あって、古嶋の仲間が何かの手掛りをその中から見つけたろうというんですね」

芦屋は首肯(うなずき)て、

「そうです。これほどもっともらしく思われる事はありませんからな」

(四)

なるほど芦屋のいうところは真を穿てる如し。常に掘出しものをなさんとあせりおる古湊の古物蒐集者は、あるいは古城博士の求めんと欲してなお求め得ざる、例の暗号に光明を与うるごときものを、所持しいたるならん。またそこには黒鬼鉄平の如き、いかなる値を出してもかかるものを求めんとはやりおるものが、曲ものの鑑定家を使いて、熊鷹眼もて捜させいたる事も事実ならん。果してしからば黒鬼の徒党が、そこに重要なる古文書を発見したりということは、事実最も有り得べき事のように思わる。かく考えたる余は茫然として暫しは言葉も出でず。自らわが愚を呪うのみ。

かかることを語らいおる間に、時計の針はいと速やかに進み行き、懐中時計を手にして時間番をなしいたる健はこの時口を挿みて、最早時刻なれば停車場に向わねばならずとの注意をなせり。これにてわれ等は談話を中止し、停車場に向いしが、ほどなく三人は倫敦行列車中の人となりぬ。

列車の中にてはわれ等余り多くを語らざりき。そは健も慎蔵も深く余の悲しみを察し、なるたけ口数を慎みいたればなり。余は一人隅の方に席を占めたるまま深き懐想に耽り、菊枝の身の上を思うては、胸を裂くるばかりの思いをなせるも、ただ不思議なるは、さる悲痛の中にも菊枝が最後にわが手に帰り来るべしと、何となく信ぜらるる処ありて失望の中にも多少の光明を有しいたる事なり。やがて倫敦なる最終の停車場に着きたれば、三人は直ちに馬車を雇い、まず米屋町百二十番屋敷を訪ずれぬ。老女初は喜びて余等を迎え、菊枝が連れ出されたる模様を語り出ずるよう。

「昨夜遅く、十一時ちょいと前ごろの事でございます。家の前へ見馴れない奇妙な馬車が駐ったと思いますと、その中から何でも看護婦かとも思われるような、白い服を着ました、大きな厭な女が二人降りてまいりまして、呼鈴を鳴らしますのです。取次に出てみますと、急用が出来て、菊枝さんに内々遭わなければならないのだから遭わしてくれと申します。私は何だか進まぬ気がいたしましたけれども、菊枝さんにそう申しますと、何もそンな女に尋ねられるはずはないが、ともかくも遭ってみようと仰しゃって応接室でお遭になったのでございました。お話は五分ばかりで済んだようでございましたが、私をお呼びになるものですから、その応接室へ行ってみますと、菊枝さんは何かそわそわしていらっしゃる御容子で、『あのお婆さん、私はね、急に遭わなければならない人があって、今から行って来ますから、跡をお頼み申しますよ』と仰しゃるのです。私は今来ている二人の女を、虫が知らすとでも申しますのか、何だか好ない女だと思ってますし、それに菊枝さんから、かねて御自分に変でもあった時には、こうこうという事も承まわっていたものですから、少し気になりまして、目顔で心をお知らせ申しながら、『この夜更にお出なさらずとも明日になさっては』と申しましたけれど、大層お急ぎらしく、『なにも心配する事はちっともないんですよ。馬車で迎いに来て下ってるんですから』ともう室をお出かけなさるのです。私はどうする事もならず、『それではお召換は？』と申しましたが、これで沢山と仰しゃって、そのまま二人の女に連れられてお出ましになってしまったのです。私はひどく気にかかりながら、戸外へお送り申しますと、すぐ馬車へお乗込みでしたが、馬車が駈出しますとかれこれ同じに、箱のような馬車の戸がぴたりと閉りまして、その時中からきゃっと菊枝さんの魂ぎる声がたしかに聞えたのでございます」

と老女は仔細に当夜の模様を語れる後なお附加えて、

「何でもその馬車は精神病院の馬車じゃアないかと私は思いましたのでございます」

と云えり。

探偵平郡

（一）

余等は別室に相会して菊枝の行方を尋ぬべき方法について協議を凝したるが、議論区々に分れ、今の説としては、誘拐されたる菊枝は、よほど巧みなる方法によりて隠まわれありと覚ゆれば、われ等素人の手にてそを発見する事は頗る覚束なく、殊に三人はそれにのみ力を注ぐ能わざる事情あるものなれば、別に倫敦の私立探偵会社の腕利たるものに依頼し、菊枝を尋ねしむるが最上策ならんとの意見なるに、健はこれに反対しいずれにしても探偵をして、この事件に首を突込しむるは好ましからねば、そは最後の手段となし、われ等三人にて及ぶ限り力を尽しみるこそよけれと説けり。

　芦屋はいうよう。

「私は夏子の探偵をしたらよかろうと思うがどうでしょう。まず人相見の江面夫人の処へ出かけて、そこに夏子が居るか居ぬかを確かめるのです。もし居なかったら、受付の男にでも金を摑まして、夏子の居処を聞ます。居処が分ったら、今度は秘密に張番をして、夏子が外へ出かける時に、見えかくれに跡をつけて行くことにしたら、多分菊枝さんの隠しどころが分りはしますまいか」

「それも面白い考には違いありません」と余はなお考えて、「しかし夏子はこの誘拐事件に関係しておらんで、その実古嶋等の仕事であったらどうします。そしてどッちの仕事であったにしたところで、もうかれこれ一昼夜経過しているのですよ。これだけの時間があれば、もう十分に手の届かぬ処へ菊枝を隠してしまう余裕があります。今ごろになって夏子なり、古嶋なりを狙うのはむしろ愚だ。私の考ではこれが夏子に誘拐されたのであるとしてからが、夏子は最早菊枝を見舞わぬでしょう。というものは菊枝の誘拐という事が知れ渡ると同時に、自分が附狙われるという事を知ってるから、用心して当分菊枝に近づかないに相違ないだろうと思うのです。でわれわれの取るべき道は、菊枝を隠したものを探るのではなく、菊枝がどこに隠されているかを探るのが肝腎です」

　三人は暫らく無言のまま沈思に耽りぬ。忽ちに妙案は余の脳に閃めきたり。余は希望に輝やける顔を挙て二人を呼び、

「ここは米屋町だ！　貧乏人の住んでおらん処なんだ。そうするとこの町には馬車を呼ぶ男がいるはずです。朝の八時ごろから夜の十二時ごろまでは、用を弁ずるために、辻々のような処にうろついてるに相違なかろうと思う。さアそこです。ね、君、分ったでしょう。われわれはこの百二十番屋敷の近処で、われわれのために馬車を呼んで来てくれるかまた荷物でも持って馬車から降りた時に、荷物を持ってくれるのを商売にしている男を、見つければいいんだ。そうすればその男はきっと菊枝を乗せてッた奇妙な馬車は、どこの馬車でどこへ行ったのだという事を話してくれるだろうと思う。彼奴等は丁度停車場を出張てる刑事巡査のようなもので、どンな馬車が来ても決して見免す事ではないのだから」

「なるほど！」

と感嘆の声は二人の口より漏れ、これに越したる妙案なしと、三人は新たなる勇気をもて、早速百二十番屋敷を辞し、戸外に出でてわれ等の求むる如き男やあると見廻わしたり。

最初の幾分の間はわれ等は殆んど失望せざるを得ざりしが、ほどなくして流行の衣服を纏える婦人、丁度百二十番屋敷と筋向（すじかい）になれる家の戸口に表われ、馬車の呼笛を吹きたりと思う間もなく、忽ちいずこよりか姿の醜き、髯も剃らぬ、腰の屈める、卑しげなる男、ちょこちょこと走り来りて、盛装せる婦人の命を受け、走りてまた馬車を呼来れり。こは正しくわれ等の求むる男にて、彼はこの役目のために、五銭銅貨一枚を得て、低頭平身しながら、またちょこちょこと立去れり。

されどこの時健は件の汚（むさ）くろしき男を熟視するや否や、俄かに顔色を変え、余の方によろめきて、

「やッ！　堀さん、あれは平郡です！　たしかに平郡です！」

と囁やけり。

（二）

健が平郡なりと囁やきたる男は、誰あらん、倫敦の探偵社会にさるものありと知られたる老探偵にして、曩（さき）に古城博士の書斎が盗難に罹りたる時、来りいたる探偵も、またこの平郡に外ならざりしなり。余は殆んど彼の顔を忘れたれども、彼の如き炯眼を有せる男は、必らずよく余の顔を記憶しおるならん。

さるにても彼は何のために、かくの如き下等労役者にその身を窶（やつ）しつつあるか。

見よ、倫敦における老探偵の一人として知られたる彼は、今汚れ垢じみたる下等なる人夫の衣服にその身を包み、この十日ばかりは髭もそらず、湯をも使わざる如き顔を表わし、普通倫敦の町に徘徊（さまよ）いおるを見る、かの家なく、妻子なく、食物なく、気力なき、辻々の立ン坊の如き見すぼらしき有様をなしおるにあらずや。年も十ばかりも老（ふ）けたる如く、両方の肩も辛苦のために歪みて見え、そのちょこちょこと走り行くを見るに、その肩否その半身は少しも動かずして、ただその足のみが動きていずこ

かに彼の軀を運びつつあるを見て、余は実に彼が巧妙なる化方に驚かざること能わざりき。たとえわれ等三人は平郡がこの辺を張りおるを見て、一種の恐怖のためにぎょっとせざること能わざりしかども。

　われ等は彼がいずくに行くやを注意しつつ、その跡より従い行きたるに、彼は街燈の光りほのぐらき町の隅に至りて止まり、借家札を貼り付けある二階建の家の石段の隅に腰を卸し、腰にくくりつけいたる、汚れたる油紙の包みを取出したり。何ならんと余等は気取られざる積りの距離より見てある中、彼は余等の方には眼もくれず。また格別四辺を注意せる様もなく、その包の中より、乞食に与うるも喜ばじと見ゆる、一塊の大きなる古パンと、色の変れる乾酪とを取出し、さながら二三日間絶食しいたるものの如くに舌鼓打ちてそを食い始めたり。

　健はかくと見て、

「堀さん、平郡だからといって、われわれが後退するのは無意味です。ここは大胆に尋ねてみたらどうでしょう。却って平郡だから有益な事をわれわれに知らしてくれるかも知れんです。尋ねてみるなら今です」

　しかり、余は平郡が仮に百二十番屋敷を探偵しつつあるものとするも、別に彼を恐るる道理なしと考えて、健と共につかつかと平郡が腰を卸して弁当を使いおる前に赴むき、大胆に彼の面前に踏止まりて、まず余は機嫌のよき調子を繕ろい、

「どうです、静かな晩ですな」

と話しかけたるに、彼は訝かる如く余を見上げたるが、何をかパンを噛るまま呟やき、敢て余等に関せざるものの如くに、すぐに他を向きて一心に古パンに取かかれり。

　されど彼が知らざる真似せるにも拘らず、余は今は大胆に言葉を進めて、

「貴君は昨夜も十一時ごろこの辺にお出になりましたか。もしお出になったなら、その時刻についこの辺に起った出来事について、御報告に預りたいと存じますが」

　彼はさも煩げに余の顔を見上げて、悪々しげに、

「何だ、この辺の家で昨夜の十一時ごろにあった異種を知らしてくれッてのかな。誰が知らすもんけえ。己アこの辺をお得意様にしてるんだ。ここらあたりに住んでる人アみンないい人だから、己のような貧乏人にゃア、よく恵んでくれるんだ。お前のような、素手で藪から棒に物を尋ねるような人は居やしねえ。己がお得意さまの不為になるような事はお前にゃア話されねえンだから、聞たけりゃア外で聞くがいいやな」

と空嘯ぶきさま、またしてもその古パンと乾酪とに首を突込みたり。

余は全く呆気に取られて目を瞠るのみ。

（三）

余がただ呆気に取られて機智を失いたるに反し、健は却って機会を見出し、殊に老探偵が口の辺に、笑える如き風の表われおるを見て取るや、余の後より進み出でて、

「やア平郡さん。顔を挙て下さい、貴君は僕を御存じです、僕はまた貴君を存じています。もう冗談はいい加減に止して下さい。この紳士は堀ドクトルで、叔父の古城のところで貴君も一度お遭いなすったことがあるはずです。決して怪しい人ではありません。立派な紳士です。僕はまだ堀君には話さんですが、去年僕の銀行へ賊の這入った時の事などは僕一生忘れませんぜ。貴君と僕が不寝番をしていると、出納掛の奴めが相棒を引ッ張って来やがって、金庫を明けにかかる――、貴君と僕が飛出して捕えようとすると、僕はその時頭をいやというほど賊にどやされたんで。今でも傷が残って時々傷み出しますが、貴君の顔を見るたびに、いつも思い出すのですよ。ね、その時の賊もそうだ。丁度貴君が巧く姿をかえてお出でのように、真黒に顔を塗って来やがッたッけ――」

この時平郡は、長く健に話をつづけしむるを好まぬ様にて、なお顔は挙ぬながら、詞は改めて、

「そして君等の用事というのは何です。君等も大抵察してくれそうなものだが、僕がコンな姿をしてぶらついているからには、容易ならん事件がこの辺に湧いてるからなんです。一刻も迂闊にしちゃアいられない身体で今だッて君等のためにどれほど邪魔をされてるか知らん。早く用事というのを云ってもらいましょう」

健は口疾く、

「いやなるほど、貴君の邪魔をしちゃア済みません。手ッ取早く云いますが、昨夜の十一時少し前に、奇妙な形の馬車が、この米屋町の百二十番屋敷の前で駐ったのです。そしてその中から降りたのが、看護婦に姿を換えた、二人の頑丈な女なのです。そして二人はすぐ百二十番屋敷の中へ這入って、凡そ七八分も経ってから、今度は二十ばかりの美くしい娘を連れて出て来て、その娘を馬車へ乗せたのですが。その馬車へ入れられた時に、娘

は叫び声を発しましたのを、それにも拘わらず、馬車は無理に戸を閉めてどこへか駈け去ッてしまったです」

「それは戸を閉る時に、娘の指が戸の間へ挿まったからきゃッと云ったので。私は丁度その時馬車の傍に立ってましたよ。そして娘が扉に指を挿まれるのも見ていました」

と平郡は馬鹿々々しといえる様にて平然として語れり。

「ソンな馬鹿な事が！」と思わず叫びたる余は、平郡の如き老探偵もなおかつ、この恐るべき誘拐事件に対し、平然として誤解をなしおるを驚ろきつつ、「その娘はわが意志に逆らって誘拐されたのです。どこか恐るべき処に押込められてるのです。今以て行方が知れないのです」

と激しながら畳かけて云えば、探偵は相も変らず、冷然として、その油紙包を始末し、立上りてここを去らんと身構えしつつ、いと静かに、

「私はそうは思いません。しかし本人の居らぬ処で、争ってみた処で仕方がないから、一番確かなのは、貴君があの娘の居る処へ遭いに行って来る事です。そしたら貴君の主張する処が真実か、私の見た処が確言か、判然しましょう」

余は熱くなりて、

「しかし娘がどこに居ます。居処が知れんからこそ、容易ならん事件になったのです。私は断言します。娘の行方は誘拐者の外には、誰も知ってるものがないのです。考えて御覧なさい。この倫敦の繁華な町の中で、妙齢の娘が誘拐されるという事は、警察にとっては一大事件ではありませんか」

余が激すれば激するほど、平郡は冷淡になりて、

「貴君方にとっては大事件かも知らんが、われわれにとっては何の役にも立ん事です」

と嘲ける如き微笑を浮べて、余を眺むる面悪さは、余の堪え難き処なれば、余は殆んど彼の面に唾せんともなせる時、彼は余を驚ろかしむる奇言を放てり。

「あの娘に遭いたいのなれば、貴君はいつでも遭えます」

癲狂院内の椿事

（一）

余は頗ぶる驚ろきて、

「何ですと！　いつでも私が遭えます？」

「遭えますとも。あの娘なら、緑岡の私立婦人癲狂院の中に居ます」

かく云い捨てて、老探偵平郡は、ちょっと健の方に点頭し、例のちょこちょこと小道に外れ行きしが、忽ちその姿をどこにか隠し去れり。

余は緑岡の私立癲狂院と聞て思わずぞッと身慄いしぬ。疑うまでもなくこれ郷田夏子の復讎なるに相違なし。さるにてもかかる恐ろしい人外境に、はや一昼夜閉こめられおる菊枝の無惨さよ。菊枝の如き心弱き神経質の女は、さる恐ろしき処に閉込められなば、はては精神に異状を来して真の精神病患者とならずとも云い難し。私立の癲狂院に種々の恐ろしき怪聞ある事は、往々耳にせるところなれば、夏子はその不正の医師及び不正の番人に金を掴ませ、わが掌のものとなし、不正の証明書をもて無理往生に菊枝を入檻せしめたりと覚し。ああ菊枝の入檻！　かくと考えたるのみにて、余は肌に粟を生ずるなり。

夏子が黒鬼等との約束ありたるにも拘わらず、この日軽琴に来らざりしは、かかる復讎の手段にたずさわりおりて、手放し得ざりしがためなりし事今は疑いなし。それやこれやを考えては、余の胸は掻むしらるるばかりとなりぬ。

余等はかなたに待受おる芦屋と一緒になりて、大略を語れる後機械的に延丘門の停車場の方に歩み出せしが、余は健に向うて、

「匹田君、僕はどうしてもじっとしては居られない。仮令警察官は平郡のように平気で知らぬ顔をしていようとも、僕は一刻も菊枝をあンな恐ろしい処へ置く事は出来ない」

と云えば、芦屋は点頭て、

「もっともです。われわれはすぐ緑岡へ押かけてはどうです。そして厳重に菊枝さん取戻しの談判を持込みま

しょう。もし返さんと云えば、なに、窓や道具をたたき壊してやっても構いません。私はこの私立の癲狂病院というものを知ってますが、こンな病院の中には大抵警官に秘しておく罪悪が行われているもので、警官が病院へ出張して来る事を非常に恐れているです。だから構いませんや。われわれはまかり違えば十四日間拘留される積りで、菊枝さんを渡さない時には、一ツ乱暴を働らく気で行きましょう」

これを聞ける腕力家の健は雀躍して、

「これは妙です、大賛成。正義のためなら決して手段を厭うには及ばんです。考えて御覧なさい。菊枝さんにわれわれの如き屈強の味方がなかったらどうです。悪魔に勝利を唱えさせるのです。そンな非道な奴等を懲すのに、われわれが昔の勲爵士の役目をするのは面白いじゃありませんか。また僕の考えるには、既に菊枝さんの如きものすら、入檻させるほどの病院であるなら、きっと外にもそういう無惨の入院者があるに違いありませんぜ。もしわれわれの義憤の力で、これ等の人々を救う事が出来たら、少し位腕力に訴えるのが何です。やるべしやるべし。われわれ三人あれば、妨害者を防ぎながら、菊枝さんをかつぎ出すに十分です」

余は芦屋匹田等の意気込を見て打喜び、

「諸君がそれほどまでに尽して下さるなら、早速病院破りと出かけましょう」

相談はここに成立ち、三人は直ちに緑岡行の停車場に赴むきて列車に乗り、目的地の緑岡に着たるは、丁度夜の十一時なりき。

病院の辺までは停車場より凡そ一里ありとの事にわれ等は殆んど駆足にて急ぎたれば、町に入るころにはいたく餓と疲とを覚えしにぞ。余はまず食事を取りて後にせんと云出したり。されど心せける血気の健は食事は後廻しにしても大事なしとてなお進まんとするを、芦屋が説勧め、十分腹を拵らえおかねば、働らきをなす折に不覚を取る事もあるべしとて、三人は遂に通りすがりのまだ起いたる酒店に飛込みぬ。ここに三皿ばかりの食事と二杯の酒を取りて直に飛出し、癲狂院へと志ざせしが、この時は真夜中の十二時前僅に十分なりき。

（二）

ほどなく病院の側(そば)に出でたるが、病院の建物は高き楡の木に蔽われて見えず。また木の間(こま)より漏るる燈火(ともしび)の光だになかりき。門の前に来て見ればはや時刻の遅き事とて、確(しか)と中(うち)より閉し閂(かんぬき)のかけあるに、われ等は足場を求め門を乗越えて中(なか)に入りぬ。

余はまず玄関に進みて鈴(ベル)を引きみたるに答うるものなし。なお余は鈴の綱も切れよとばかり引きみたるに、前の如く答うるものもなければ、強(いた)く戸を叩きみたるも、大きなる建物の中(うち)は森閑としてさながら人気なきにも似て何の反響をも与えず。余は暫らく待みたるも遂に何の注意をも惹かで止みたる事を知りぬ。

四辺(あたり)の様を窺うに、院内のものはすべて深き眠に入りたるものと覚しく、玄関より見渡したる大廊下にも燈火(ともしび)の影もなく、またその左右の室より漏(も)る火影(ほかげ)もなし。ただこの広大なる建物のそこここには薄ぐらき火影の見ゆる所もありて、たしかに入院患者のあるを示しぬ。

余等の訪問に答うるもののなきを見て打明たる処余は町に引返し、ゆっくりと一泊したる上、明朝改めて来らん事を希望したるなり。されど先導者となりて来れる余は、余自からかかる弱音を吹出しにくき事情あり。躊躇せる中に芦屋は何か思い決せし様子にて、

「堀さん、この上は不正に酬(むく)ゆるに不正を以てする外ありません」

余は芦屋に向い、

「君はこの上どうしようというんです」

「中へ侵入するだけの事です」

というより早く、彼は窓の下に赴むき、ナイフをもて窓の取手(とりて)を外し、窓框をもたぐるや否や、ひらりと許り窓の中に躍り入りたり。匹田と余とは呆気に取られて茫然たり。実際余等は犯罪をなすも憚らずなど語り来りたりといえ盗賊の真似までなして院内に忍び入らんとは期せざりしなり。されど不幸にもわれ等は多少心の狂いいたる折とて、芦屋の既に屋内に忍び入れるを見ては、彼をのみ犠牲となす事の忍び難く、今はいかにともならばなれと、続いて余と健とは同じ窓より病院の中に忍び込みたり。

余等の忍び入りたるところは全く人気なき真闇(まっくら)の室なれば、注意しながらマッチを点し見たるに、事務室にて

もありと覚しく、卓子（テーブル）の上に小さなる見廻燈ありたれば便りよしと手早くマッチの火を移し、われ等は大胆にもそを携さえて室内の探険にと出かけたり。こはあまりに大胆なるに似たれど、全く盗賊の経験なき余等はかかるものを便らねば到底暗中を探索する事能わざればなり。但し燈火（ともしび）は能うだけ薄暗くなしぬ。

　この室よりすぐに廊下に出でたるに、この廊下には見渡す所何ものもなく、至って陰気の有様なりしが、そを伝い行く時、廊下の端の処にて、健は不覚にもそこに据え置きたる担架に足を取られ、廊下に跪（ひざま）ずき、多少の物音を立てたるにぞ。われ等はハッと胆を冷やせしが、幸いに注意を惹かで止みたるに安心し、われ等は影の如くそこより続く長き梯子段を上りて、二階へと忍び行けり。

　この二階の降口（おりくち）を折曲れる廻廊の入口には、瓦斯（ガス）を点しありたるが、われ等はそを点しおく事が万一の時に利益なりとも不利益なりとも考うる暇（いとま）もなく、手早くそをねじ消し、三人身を屈めて廊下を這い行けり。

　廻廊の左右は重（おも）なる病室らしく、ここには薄暗き光の漏るる室もあり。余等はこのいずこにか菊枝を見出し得るならんと驚ろきつつ、聞耳立てて進みしが、この間一二の室より起れる恐ろしき狂人の呻き声と、独語とのためにに少からず驚ろかされぬ。

　余等はこの廻廊を左に折れんとする時、不覚にも宿直のものに認められたるか、はた偶然にか、忽ちある一室の戸を開くものありて、ハッと余等の驚ろき狼狽（うろたゆ）ると殆んど同時に、そのものの口より、

「盗賊（どろぼう）ッ！　盗賊ッ！」

（三）

　余等があっと度を失なう間もあらせず、急を報ずる電気呼鈴は凄じく夜の静けきを破りて鳴響きたれば、廊下の両側の戸は魔術の如く開かれ、驚かされたる女供や看護婦が一斉に顔を突出したり。

　余は進退谷（きわ）まりて途方に暮おる健と芦屋とに向い、

「ともかく逃なければいかん」

と囁やきて後より迫り来る看守人目がけ、手にせる見廻燈を投つけ、女供の驚ろき騒ぐ中を抜けてかの梯子段の下口（おりくち）へと駈出せり。

　されどわれ等が最初にその降口の瓦斯を消しおきたるは不覚にて、どこが降口とも分らねば、余の用心せる間

に先に進める健は、忽ち足を踏違えてずでんどうと梯子段より転がり落たり。余は彼の怪我せりや否やを問うの暇さえもなく、跡より人の追来る気色なるに、急わしく手欄より滑り下り、後に続く芦屋を顧みて、

「元来た事務室の窓を忘れんように」

と注意し、漸やく真暗の室を探り当る中に、健も追つき、あわや余が真先に窓を飛出さんとする時、後よりむんずと余の襟を捕うるものあり。ハッと思うて見返れば、余の顔に突つけたる角燈によりて、その守衛の巡査なるを知りぬ。余は最早抵抗するの無益なるを知りて、きっと立直りて巡査と相対したり。続いて跡よりなお一人の巡査角燈を照して入来れり。

「もう逃ようとしても逃しはせんぞ」

と大喝一声。

次の瞬間に四五人の医師は手に手に手燭を携えてここに入来れり。その後よりぞろぞろと覗きに来れるは看護婦等なり。われ等は真によき恥さらしをなして、顔よりは火の出るばかりなり。どうせかくなるからは始めに発見されたる時、逃も隠れもせずに、こなたより却って詰りかくべかりしものを。さるにても取返しのつかぬ失策をなせしものかな。

医師看護婦等の間よりは、盗賊奴がとか、能き気味なりとか、あの顔を見よとか、がやがやと余等を評する声喧ましきばかりなりしが、突然後の方より若き花やかなる女の声にて、

「お待下さい！」

というが鈴の如く、いと冴かに聞え来れり。

余はこの声を聞くと等しく、わが胸は躍り上るを覚えしが、これと同時にまた群集は抵抗し難き命令を受たるが如くに、サッと二ツに開き道を開けたるに、その道より静々歩み来れるは、これぞ別人ならぬ、われ等が助け出ださんとて来れる菊枝なりけり。

暫時の間菊枝は右をもまた左をも眺めやらず、その鮮やかなる、意味の籠れる眼もて、じっと余を見たるが、不思議にもこの時誤解の雲と、嘗て覚えし心の苦悶とは、魔術の如くに拭い去られ、新たなる幸福の念の、われにもあらでむらむらと湧来るを覚えしなりき。かかる時にかかる感情の湧ける事極めて異様ながら、われは誠に心の重荷の下りしよう覚えたるなり。

と見る中菊枝は副院長とも見ゆる鹿爪らしき男の傍に行き、鉄の如き無情なる人の心をも動かし得べき可憐の態度をもて、その手を医師の手に置き、

「先生どうしたのです、何が起ったので家中コンなに引ッくり返る騒ぎをしたのでございます」

と問い出でぬ。

この時その医者はわれわれ三人の曲ものを巡査に引渡すため、何かわれ等に不利益なる申出をなさんとなしおる処なりしが、かく菊枝に腰を折られて菊枝を見返りながら、

「おお園山さん、さぞ喫驚なさったでしょう。なに、ここに居る三人の盗賊が二階へ忍び込んで来たのです。幸いに看守人が見つけたので被害は何もありません。今巡査に引渡すところです」

「まアほんとに怖かった事。もし見つけられなかったらどンな事をするか知れなかったのよ。私なんか殺されたかも知れないわ」

と年若き太りたる醜くき看護婦はかく附加えぬ。

菊枝は何気なく聞終りて、

「まアそうですか。コンな病院の中なんかへ這入ったッて、何も盗るものはありませんのに、妙な盗賊もあったものですね。どれ。どれ。どンな人です」

と云いつつ、一歩われ等の方に進みしが、忽ち余を認めたる如く粧おうて、いと喜ばしげに、

「おお、彦市さん！　彦市さん！」

と叫びさま、余にその腕を投かけたり。かくの如く菊枝に名を呼ばるるは始めてなり。

余までが思いがけぬ事に驚ろきたるほどなれば、この時の見物の驚ろきは言語に絶えたり。

(四)

かの医師は最も驚ろきて、声高に、

「園山さん、貴嬢はどうしたんです。その男は盗賊ですぞ。貴嬢は何とか間違えてお出じゃ」

されど菊枝はいと鷹揚に、

「いいえ、何とも間違えちゃアいやしません。ここにお出のは盗賊をなさるような人じゃアございませんわ。これは私のためには大事のドクトル堀彦市さんです。外の二人の方も私のお友達で、一人の若い方は匹田健さんと仰しゃるし、一人の年を取った方は――アノ――」

「園山さん、芦屋慎蔵です」

と芦屋は笑みこぼれて云えり。

見物はただ呆気に取られ、ただ口々にわれ等の何もの

なるか、何のためにこの病院に忍びこめるか、実際曲ものにはあらざるか等（とう）の事をがやがやと云罵（いいのの）しれり。余は全く園山菊枝嬢を救い出さんため来れるものに相違なく、始めは頻りに呼鈴を鳴したるも、答うるものなければ、止むを得ず、窓を開きて入込るものなる事を弁解せり。余の弁解は医師や看護婦の一部を動かし得たるようなりしも一番頑固なるは二人の巡査にて、いっかな余の云う事を信ぜざる素振を見て取れる健は、そッと袖の下に幾干（いくら）かの金を握らしたるに、効能は覿面（てきめん）、忽ち顔色を和らげて、

「いやなるほどこれは盗賊とは違います。別段損害を与えたというのでもなし、これは何も拘留するほどの事でもありません」

と連（つれ）の巡査を見返れば、この巡査の手にも芦屋の手より同様の賄賂を摑ましたる事とて、

「そうじゃ。こりゃどうです、穏便に取計（とりはから）った方がよいでしょう」

とかの鹿爪顔の医師を見やれば、医者は却って苦々しげに、

「警官のお言葉ですがなお一応お取調を願いたいもので、苟（いやし）くもわれわれ同様ドクトルの肩書あるものが、こンな盗賊の真似をするなどとは受取れん話じゃ。殊に園山嬢を救い出すというのは全く受取れん話で、なんのために園山嬢を救い出すというのでしょう」

「いやまだ詳しく事情を御存知ないからそのお疑いはごもっともですが、この電報を御覧下さい。菊枝嬢の留守宅からその通りに菊枝嬢が誘拐されたと云って来たのですから、われわれは菊枝嬢がこの病院に隠されてあるという事を信じたに無理もありますまい」

と云いつつ余はかの老女お初より余に宛てたる電報を取出して医師に示したり。

彼はこの電報を手に取りて一覧せる後、漸やく事実の真相を知り得たるが如くに打笑いしが、また眉を顰めて、

「なぜこう世間のものは私立の精神病院というものを誤解しておるじゃろう。なにか罪悪でも常に隠蔽されてあるように、そしてこンな処の医者というものは金銭のためにはいかなる不正の事をも敢てするように思ってるのじゃな。それは多数の私立病院の中にはそンな不正なものもありましょう。しかしながら凡ての設備の最も完全しておるものは、却って私立のものに多いです。殊にこの病院の如きは極めて信用の厚い病院じゃ。この病院がさる不正の嫌疑を受ようとは、嘗て思いも寄らんでし

た。それもじゃな素人からでも疑われるなら格別、承われば貴君はドクトルの肩書のある方じゃアありませんか。貴君までが私立病院に対してかかる誤解を抱かるるとは何事です。職業柄少しはお恥なさい」

余は全く赤面せざるを得ざりき。されどこの気焔にて医師の心を弛める事を知りぬ。見物の人々は気の毒と思いてか、一人去り二人去り、巡査も立去りて、果は彼と菊枝と余等三人とのみ残りぬ。菊枝はまた余のために勉めて医師に謝し、また弁解しぬ。菊枝の一言(ひとこと)は余の千万言にも優(まさ)れる効能を有せると覚し。医師は顔を柔げて余に向い、

「実は貴君に誤解されたというのもこっちに手落があったからです。あのように急いで菊枝嬢を迎(むかい)にあげなかったなら、誘拐などという疑は受ずに済んだのです。全体コンど菊枝嬢を迎いにあげたというのは――」

医師の言葉は戸口を叩きて事ありげに入来る可憐なる看護婦によりて妨げられぬ。

看護婦は何をか小声で菊枝の耳に囁やきぬ。聞くと等しく菊枝の顔は蒼味を帯び来りしが、聞終りて顔を挙げ、

「アノ先生、七号の患者が大層悪くなって危篤の様子だと申すのです。そして私と堀ドクトルに逢いたいと申しておるそうですが、堀さんを連てまいってもよろしいでしょうか」

(五)

医師は厳そかに、

「イヤ構いません。死人の望は叶えてやるが功徳です」

と云いて深き息を吐(つ)きぬ。余はその素振によりて彼が傷(いた)く患者のまさに死せんとするに不快を感ぜるの状を認めぬ。

余は菊枝よりの目配(めくばせ)にて、直ちにかの看護婦の後に続く菊枝に従いたるが、さるにても一切合点行(ゆか)ぬ事のみなればただ驚ろかれつつ、

「患者が私を呼ぶというのはどういう訳です」

と囁やき問えば、

「それは私に遭(あお)うとするのと同じ訳です」と答えしが余が驚ろきおる姿を認めて、「おお貴君はなぜ私が俄かに米屋町からこの病院に来たか、御存知ありませんのね。貴君の思召てらっしゃったように誘拐(かどわか)されたのでも何でもありません。私は郷田夏子さんの看病にまいったので

す」

「えッ！　敵の夏子を看護に？」

と余は全く喫驚せざる事能わずして目を瞬りぬ。

菊枝は静かに、

「そうです。夏子さんは時々強い精神病の発作があるのだそうで、それがこの四五年は少しも起らなかったのに、つい私のここへまいった日の午前に、その強い発作が起りましたそうで、二時間ばかりで漸やく正気がついたそうでしたが、その時二度目の発作のある時には生命が六ケしいと云われた医者の言葉を思い出して、この病院へ死に来たのだそうでございます。そして病院から私を迎によこしましたのです」

余はいよいよ驚ろきて、

「全くですか、実に驚ろいた話ですね。私は夏子にそンな恐ろしい持病があろうとは少しも思わんでしたが」

「それはよく隠していたからでございましょう。医者の申しますのには、何でもよほど珍らしい精神病で、遺伝だそうでございます。夏子さんのお父さんというのも半井精神病院で死んだという事ですし、お母さんというのもここの病院で死んだと申します。そのお母さんの病気が丁度夏子さんと同じの珍らしい精神病だと申す事です」

「それで何か夏子は後悔でもしてるのですか」

と余は何をいうべきかに迷うてかく云いぬ。

「ハア大変に後悔してらっしゃいます。そして今は私や貴君のように少しも精神に異状はありません。ただ医師の見込なり、夏子さんの信じてらっしゃる処では、すぐ第二の差込が来てその時こそ――」

と菊枝の云淀めるを、

「その時は危ないというのですか」

「ハア、心臓が大層悪く、肺もいけないと申しますから……どうしても六ケしいでしょう」

という中にも余等は夏子の病室の前に来りぬ。

看護婦は戸を開き、静かに余等を病床に導びきたり。

夏子は寝台の上に横わりおりしが、余等の来れるを知らぬ様にて後の壁に向きて身もだえなしおりぬ。菊枝は夏子の耳元に身を屈めて、

「夏子さん、堀さんがいらっしゃいました。堀さんも大層貴嬢のお悪いのを心配してらっしゃいます。こちらをお向きなすって、少しおよろしい方かどうかお話し下さいな」

夏子はすぐこなたを振向き、さぐりながら菊枝の手を

取りてそを唇にあて、

「おおよく堀さんを連て来て下さいました」

と囁やけり。余は夏子の顔を見て全く驚ろかざる事能わざりき。死人もこれよりは青からじと見ゆるまで血色青ざめて一点の生気なきのみか、思いなしか二日前に遭いたる折の顔よりもいたく痩細りたるよう覚えぬ。夏子はすぐにこれのみ生命の宿れりと見えて輝やける眼を力なく余の方に転じたるが、余は夏子と目を見合わせたる時、直ちに悔悟せる夏子の心を知りてわれにもあらで涙の催おし来るを止め能わざりき。夏子はその蒼き手を余に差出して、細れる声に力をこめ、

「おお堀さんですか。よく来て下さいました。私は貴君にお詫をいう折がなくて死ぬ事と覚悟していたのでした。先刻水苗さん（看護婦）から貴君が菊枝さんを取戻そうとて病院へお出になって、ごたごたの起ってる事を聞ました時に、どんなに思ったでしょう。よく菊枝さんを取戻しに来て下さいました。私はもう快よく菊枝さんを貴君に差上ます。そうすれば心よく行く処へも行けるというものです」

とせつなげなる息の下より喘ぎ喘ぎ述来りしが、苦しみに堪えでや詞を切りぬ。

手掛の発見

（一）

夏子は漸やくにしてその余れる気力を振い起し、

「堀さん、私は菊枝さんを貴君に返せば、もう心残りはありませんから、何も申上る事はありませんけれども、ただ貴君へのお土産に一言申残して死にます。それは貴君が尋ねていらっしゃる宝の事ですが、あの宝はほどなく貴君の手に入ります。いくら黒鬼などという男が狙っていても大丈夫です。どこまでも熱心にお探しなさい。油断をなさらなければきっと貴君と菊枝さんのものになります。ただ見つけた時には用心なさい。敵は始終貴君をつけていますから……」ここにてまた暫らく息を休め、今度はよほど苦しげに詞もきれぎれ、「堀さん、貴君は私がいい位の事をいうものと思召しちゃアいけません。今死ぬという人は不思議に未来の事を見る事が出来るも

のです。私には貴君の勝利がもうありありと分っているのです。これでもまだお疑いになるなら、モ一ツ云い残しておく事があります。それは今から三週間目に貴君が何かの手掛を得るという事です」

　と予言者の如き確信もて語りてじっと余を見たる目は、底の知れぬほど深き深秘のものに対するの思いを余に起さしめぬ。

　余はただ言葉も出でずして憐れむ如く夏子を見入れる時、夏子は拳をあげて突然空を摑みしが、その眼色(めいろ)は瞬たく間に変じ来りて、

「私は——私はまた病気が起って来ました。さらば……堀さん、私を接吻(キッス)して下さい」

　余は菊枝の目配せに従いて低く俯むき、夏子の真蒼なる額に接吻しぬ。

　夏子は更に手を伸して菊枝の手を取り、これに接吻(キッス)して、

「菊枝さん、堀さんを幸にしてあげて下さい。いつかは天国で一緒になります。さらば——」

　夏子は咽(むせ)ぶが如く悶(もだゆ)るが如くぐるりと壁の方に向て苦悶し始めたり。

　看護婦は余を押隔て、

「ここに待ってらっしゃってはいけません。最早最後です。あちらへお出下さい」

　余は看護婦に引立られて茫然夢の如く病室を出でしが、かかる中(うち)にも余は菊枝が静かに椅子の上に泣伏したるを注意しぬ。

　余と入違いに医師も来(きた)れるようなりしが、やがて事務室に待おる健と慎蔵とに会し、ありし次第を語り、ともかく辞して病院を出(いで)んとする時、かの看護婦は追来り、われ等は最早この世に夏子の顔を見るべからざる事を告げたり。

＊＊＊＊＊＊
＊＊＊＊＊＊

　五月七日は夏子の葬式等のために夢の如く過去りぬ。余はこの間ほとんど夏子の予言を忘れ、はた宝の事をすら忘れいたるなり。打明て云えば再び菊枝を得たるに満足して、宝の事はいかにともならば成れ位に思いいたるなりき。

　また実際殆んど宝の捜索の手掛は尽果(つきは)て、余及(および)健等の手にてはいかんとも詮方なき有様となれるものにて、ただ残れるは古城博士が何か発見する事あらんかという

空憑（そらだのみ）のみ。実際博士はかの羊皮の書籍を再びその書斎に運び来りありて、なおその中（うち）より隠れたる何ものをか発見する事もやと勉めおれるなり。余等の探険は失敗に終りたれども、その探険談はいたく博士を熱心ならしめたるなり。

芦屋は一日（いちにち）余の紹介によりて学士会院にその不思議なるモロッコにての経歴談をなしぬ。その談話は新聞紙にも登載されしより、彼の評判は一時に高くなり、その後そこここより彼に講演を求め来るものありて、そのため彼は近来多忙を極むる身となりぬ。余は別になす事もなきまま、さりとてまだ開業する気もなくただ医学雑誌に寄稿の文を草しなどしてその日を送りおりしが、丁度今日は死せる夏子の三週日という日に、われは端なくも彼の死を追懐しつつ荐（しきり）に心の湿りくるを覚ゆるにぞ、今より菊枝を訪（と）うて心を慰さめばやと、身仕度などなしおる時しも、突然余の下宿を驚ろかせるは古城博士なり。余は博士の顔を一見して、その何かただならず激しおるを認めたれば、何事の起りしぞと問えるに、彼は満面に希望の色を浮べて、

「堀さん、手掛を得ましたぞ！」

（二）

余は驚ろき上りて、

「え、手掛の発見です？」

と慌ただしく問えば、博士は手近の椅子に身を投て、

「それはこういう訳です。私が昨日また例の羊皮紙の本を調べてみると、今まで気のつかなんだ二ツのものを見つけ出したです。その第一のものはこれは貴君も知っておいでじゃったか知らんが、あの本の表紙と中の紙のところどころに鳶色の墨（インキ）で書いた羅馬（ローマ）数字があります。それはよほど色が薄れとるが、しかしたしかにあの本の書れた日より、よほど後に書加えたもので、何のためという事は更に分らんのじゃが、その数字というのは皆三の字です。その中でもわけて大きな三の字が無駄書のように書れてある所が九ケ所からあります。ところでこの数字というものは、どう見ても中の本文に関係のある事とは思われんです。私はこの秘密を解こうとしてえらい頭を悩ましてみたが、とンと要領を得んのじゃ。しかしいかに考えてみても無意味に書いたものとは思われんで

す。というものは書方もよほど注意して大胆に明白に書れてあるばかりか、それがたしかに婆娑妙（バアソロミュー）の手跡であるらしいからです」

余はこの時口を挿みて、

「その三の数字はあの広庭の丸石を注意させるためではありますまいか。私の考では多分一度はあの中へ宝を入れて置いたものと思いますから」

博士は打案じて、

「その丸石にも三の字があったというのはこれも大事な点じゃ。しかし私の考えは貴君と違います。その丸石の羅馬（ローマ）数字も、本の中の羅馬（ローマ）数字も何か同じ事を示しているものじゃろうと思う。それから第二の発見というのがよほど大事なものじゃが、それはあの本の表紙裏に中の書体と同じ手跡で——

3ELIZ. 43. 5. 213.

と中の数字と同じ墨（インキ）で書いたものが極めて淡（うす）く残ってます。始めの間はいくら考えてもわからんのじゃったが、漸やくの事で、真中の〝ELIZ〟（エリズ）という字がエリザベスの略語である事に心附いて、これは何かの意味をもっておる年月日を記したものじゃあるまいかと思いついたです。それからいろいろ工夫して考えた末両端の三という字を取除（とりのけ）てみて、始めて判った年号月日というのは、エリザベス女王の即位四十三年五月二十一日という事じゃ。この年号は本を書終った日附よりもよほど後になってますから、私はひどく好奇心を動かされて、何でも記録局へでもこの日附で登録したものがあるのではあるまいかと、早速古文書局へ出かけて、その日附の記録があるかどうか調べてみたです」

余は息もつき得ず、

「有りましたか」

「殆んど半日潰して調べてみたのじゃが、果して骨折甲斐がありました。丁度その日附の記録があったのじゃ！　で今日は貴君と一緒に古文書局へ行って写し取の手伝をお願に来た訳で」

余は飛立つばかりに勇みて、

「それでは只今から行きますか」

「丁度馬車を待たせてあります」

余等は馬車を古文書局にと駆れる間、博士は発見の次第及びその記録の全く解し得ざるものなる事を語りしが、余は博士のいたく沈着を粧おえるにも似ず、甚しく心を激しおる事を認めたり。古文書局に到着するや博士はここにて最も名を知られたる人なれば書記は鄭重に博士を迎うるに、博士は早速その手帳の控をも見るに及ばずして、古巻物（ふるまきもの）の二万六千八百三十二号を借覧したき由申入れたり。

十分ばかりを過ぎてその古巻物は持参されたるが、そは古ぼけたる羊皮紙の薄き巻物にして、これに三個の赤き封印を結びつけあり。博士はそを余の前に繰ひろげ、暗号の如き文章を示しつつ最後に三人の署名を余にさし示せり。余はそれまで何とも分きかねて目を通せしものなりが、三人の署名を見るに藁戸熊蔵、古間譲、及び婆娑妙（バアソロミュー）と自書しあるに、アッと気を奪われ一時に高き動悸の襲い来るを覚えたり。

なおこの署名に近きところに何やら異様の図面挿入しあり。そは大きさの同じからざる三角形三ツほど描かれ、その三個の三角の真中の辺に小さなる環あり。そのぐるりには符号の如きものの書れありたり。

（三）

古城博士は巻物を指示（さししめ）して、

「見られる通り残らず暗号じゃから皆目分らぬ。がどうしても宝と関係のあるものと私は信じるのです」

余の心は躍るを覚えつつ、

「暗号ならわれわれは鍵を持っています。羊皮紙の書（ほん）にあるはずです」

博士は半白の頭を振りて、

「私はあれを応用してみたのじゃが駄目なのです。これは全く違っとります」

「ハハア、そうですかね。しかしこれは納戸四方太の持っていた暗号の写じゃアないでしょうか。あれが何かの事情で紛失でもすると大変だという処から、この記録局へ登録しておいたのではないでしょうか」

「そンな事も決してないとは云えぬ。しかし私の手にある鍵では、この暗号を解く事が出来んのじゃから困る。ともかくも私のお願い申す事というのはこの暗号を写し取って頂だきたいのじゃ。さ、その筆でもって私のいう通りに書取って下さい」

余は博士の指図に従い、すべて暗号文字の通り頭字（かしらじ）をもて左の如く書取り始めたり――

SP HXWE HQOPHWRABEH LCWO
SR MCWO AP WO RSKBO CPL
HXABHAOHX WOBO SR WO BCAUPO

SR SKB ESKNBAUPO JCLAO OJAZCFOHX
YKOPO SR OPUJCPLO
RRBCPIO CPL ABOJCPLO LOROPLOB
SR WO RRCAHX A FCBHXSJSMOQ
LC EIXSBPS XCNO MCLO HXWE
EOIBOH BOISBL.

（注意　この暗号は本邦の文字に訳し難きものなればすべて原文のままとせり。以下また同じければ英字を解し玉わざる諸君は、かかる符号の並べるものと思召さばそれにて十分なり）

右は始めの一節なるが、これに続きてなお七八十行のかかる不思議の解きがたき暗号文字あり。羊皮紙の巻物は黄色を帯び、そこここには汚点（しみ）を生じおり、字体の甚だ不明瞭なる処ありて、余の如きものにては到底読み得べくもあらぬ個処少なからねど、古代の筆蹟に詳（くわし）き博士は苦もなくすらすらと読（よみ）もて行けるなりき。

博士は余がためにエリザベス時代の書方の、今日といたく相違せる事を示し、かつこの暗号文字の手跡の婆娑妙（バアソロミュー）の手跡に相違なき事を語れり。されど二人ともその鍵を持たざるが故に、全く何が記されありとも判断する事能わざるなり。もっとも余のみは内心にかく羊皮紙の書籍によりて、必らず何等かの緒（いとぐち）を得るならんと信ぜるなりしも、博士はわれ等の持てる書籍の全く無用なる事を断言せるなりき。

羊皮紙の巻物は、最後の処は巻（まか）ずして折込みあり。それには羊皮紙の切（きれ）の畳める上に三ケ所の切口ありて、それを綴（とじ）つけその上にいずれも婆娑妙（バアソロミュー）の例の豹の印（いん）を捺（お）しあるを見受けぬ。記録の終末（しまい）の方にある奇妙なる図はこれまたその通りに写し取りたり。かくてわれ等は浄写を終りたるも、博士はなお一時間ばかりはこの巻物を繰ひろげつつ、脳を悩ましいたるが、少しの光明も見出し得ざりしにぞ、やがてそを巻収め、以前の書記を呼びて、そを返却せんとしたるに、書記は博士に近よりてそを受取りながら、

「古城博士、この巻物については何か面白い因縁でもあるのですか。不思議とこの二三日その巻物を見に来る人がありますが」

余はこの言葉を聞くと等しく、ハッと胆を冷して、

「え、誰か外にこの巻物を見に来たものがありますか」

「ハイ。三日許り前には二人でこれを見に来て貴君方のように写し取って帰ったものがあります」

「それはどンな男か君は覚えていますか」

と博士は呆れながら急がわしく問い返しぬ。そは博士も余の如く、再び敵のために先がけさるるを恐れたればなり。

「ハイ、二人とも奇麗な容貌の紳士で一人は古文書によほど詳しいものらしいのです。瘦せた背の高い、話す時に少しどもり気味のある男です」

さてこそ蜂田銀蔵が来れるなり。連（つれ）の男というは疑もなく古嶋ならん。ああわれ等はまたしても敵のために出し抜かるるならんか。もし納戸四方太の売りたるものが、この暗号の鍵にてもありしならばいかにせん。

暗号文字の解釈

（一）

余は博士と共に博士方に帰り来りぬ。博士は十五世紀及び十六世紀の古文書に精通し、またその時代の隠語に通じおる専門の学者なるにも拘わらず一字もかの巻物を解釈し能わざるなり。ただ暗号ならで記されたる文字は三人の署名のみ。余は自分の写し来れるものを博士に手渡し、なお念のため自分もその一節を写し取りて持帰りぬ。かくてかの羊皮紙の書籍に録（しる）されたる暗号の鍵をもて、頻りにそを解かんと試みたるなりしが、なるほど博士の云える如く、それとこれとは全く関係のなきものとみえ、何の役にも立ざりしなりき。要するにこの暗号が何かの鍵なくては何ものにも解き能わざるものなる事は明白となりぬ。さるにてもその暗号の鍵を持おるものは何人（なにびと）ぞや。

一夜（や）余は寝床の中にありて頻に考え込みいたるがふとかの羊皮紙の書籍の中のところどころ、及びその表紙裏の年月日の前後に記されありたる、怪しき三なる羅馬（ローマ）数字の事を思い出しぬ。三なる文字が婆娑妙（バアソロミュー）と何かの因縁を持てる事は、かの広庭の丸石にも同一の数字の刻みありたるにても明白なり。思うに三なる羅馬（ローマ）数字は暗号の鍵にあらざる事なきか。

余はかく思い浮ぶると共に、さながら暗号を解き得たるが如き胸騒ぎを覚えて、我破（がば）とばかり寝床より起上り、ランプを点し、机に向いて暗号の解釈にと取かかりぬ。

余は三なる数字を鍵の土台としてさまざまの方式を考え、

最後にアルハベット（即ち西洋のいろは）の第一字は第三字をその暗号とし、第二字は第六字を同じく暗号として以下この順序を追いすべて二十六文字の暗号を左の如く製造したり――

ABCDEFGHIJKLMNOPQRSTUV
｜｜｜｜｜｜｜｜｜｜｜｜｜｜｜｜｜｜｜｜｜｜
CFILORUXADGJMPSVYBEHKN
WXYZ
｜｜｜｜
QTWZ

余はこの暗号を製し終ると共に烈しき胸の動悸を覚えつつ、早速かの暗号にこれを応用しみぬ。されどこの新暗号とかの古巻物の暗号とは全く相違せるものなる事を発見せり。余は終夜（よもすがら）工夫をこらしたれど、遂に謎を解く事能わずして止みぬ。

翌日余は博士を訪（と）い、わが新暗号の失敗を語り、かつその新暗号を書つけ来れるを示しぬ。博士はそを手に取りて長き間打眺めいたるが余は博士の顔色によりて博士が少なからずこれに気を取られおるを知りぬ。彼は無言のまま例の巻物の写しを拡げ、余の新暗号と対照して、頻りに考えおりしが突然彼は卓子（テーブル）を打って立上り、その沈着にも似合わぬ頓興なる声を発して、

「堀さん、分りましたぞ！　とうとう分りましたぞ！　もうこっちのものじゃ！　大事の数は三なのじゃ。貴君の作（こし）らえた二十六文字の表はそのまま役に立つのじゃ。ただそれを二重に用いなければ役に立ぬようにしてあるだけで。二重に用いるとはどうかというと、まずこの巻物の暗号にあるAの字を解くと仮定しますかな。そこでAの字を貴君の表で見つけるとCの字になってます。処が、このCの字を見つけただけではまだ役に立んので、今度はまたこのCの字を貴君の表で見つけるです。するとIの字になっています。サアこのIの字がAという暗号の本当の解当（ときあて）じゃ。早速元を暗号の第一節の始めの書出しの二三の語（ことば）を解いてみると――

SP HXWE HQOPHWRABEH

on thys twenty-first

（於いて　この　二十一）

となります。なお詳しく説明すると、暗号の最初にあるSという字は貴君の表ではEという字になっておる。処で今度はまたそのEという字を求めるとOという字が出ます。今度はその次のPという字を同様にして求めるとNという字が出る。それでon（おいて）という字が出

来上るのです」

余等のこの時の激し方は大方ならず。博士は殆んど息をはずませ、暗号文字を持てる手はぶるぶると打震いおるを見しが、余はまた全く口を利く事すら能わざるまでに暫時我を忘れて立しなりき。

(二)

ヤヤありて博士は口を開き、

「どうもこの暗号はなかなか巧な事をして、人をはぐらかす事にしてある。羊皮紙の本の中の三という数字は、暗号を解く手引に記したものじゃな。表紙裏の年月日の前後に、三の字があったのは考えてみると、始めの三は三番目の字という意味で、後の三はまた始の通りを繰返すという意味じゃろう」

と博士はつくづく感嘆せるなり。

余は急がわしく博士の傍に椅子を引寄せ、

「ともかくも早く暗号を訳してみましょう」

と博士を促しぬ。白紙と筆とをもてその暗号に臨みたる余が心の激動はそもいかばかりとするぞ。思いみよ、こは果して宝の隠されある場処を記したる記録なるか、それともまた隠されたる宝とは、全く関係なき他の無用の記録なるか。実に余等のためには天下分目の一大事なるものを、いかで心の躍らざるを得べき。

老博士は解釈の思いし如く容易ならざるに、渋面作りて暗号を睨みつめたり。余は筆を構えつつ、

「博士。貴君が引合わして私が書取る事にしましょう。仰しゃる通りに書いて行きますから」

ただ行止りおるは余の堪えうるところにあらず。われ等は早く事実を確めたさに気をのみ焦てるなり。

かくて博士は片手に余の表を取り、卓子の上なる暗号を一字ずつ二重に引あてつつ、そを読上るを余は書記し行き、漸やくにその第一節を左の如く翻訳し得たり——

SP HXWE HQOPHWRABEH LCWO
On thys twenty-first daye
SR MCWO AP WO RSKBO CPL
of maye in ye foure and
HXABHAOHX WOBO SR WO BCAUPO
thirtieth yere of ye raigne
SR SKB ESKNBAUPO JCLAO
of our Souvrigne Ladie

OJAZCFOHX YKOPO SR OPUJCPLO
Elizabeth Quene of Englande
RRBCPIO CPL ABOJCPLO LOROPLOB
Ffrance and Irelande Defender
SR WO RRCAHX A FCBHXSJSMOQ
Of ye Ffaith I Bartholomew
LC EIXSBPS XCNO MCLO HXWE
da Schorno have made thys
EOIBOH BOISBL.
Secret Record.

（右の訳文＝英吉利、仏蘭西、及び愛蘭の女王にして信義の擁護者なるわれ等の主君レデー、エリザベスの第三十四年五月二十一日において余婆娑妙はこの秘密の記録を作るものなり）

余等の激されたる事は大方ならざりき。この記録は全く秘密のものなれば、宝に関するものなることは疑なきに似たり。全体古き記録を翻訳するという事は興味ある仕事なり。況して二三百年来何人も読む事能わざりしものを読まんとするわれ等の心騒ぎは幾干ぞ。この全文を翻訳し終る時は始めて宝の在所を知るべきなり。

われ等は実にこの翻訳に二時間以上を費やしたり。されどこれ等の労力も物の数ならず。否今日までの千辛万苦も、今やまさに酬いられんとするなりき。余等が次第に訳し得たる全文は左の如くなりき——

英吉利、仏蘭西、及び愛蘭の女王にして、信義の擁護者なるわれ等の主君レデー、エリザベスの第三十四年五月二十一日において余婆娑妙はこの秘密の記録を作るものなり。

この記録は余が西班牙の軍艦及土耳其の海賊船より分捕たる財宝に関して作れるものなり。これ等の宝の在所を知れるは、余と共に一角獣号にて西班牙の軍艦と戦いたる八人の勇者のみなりき。これ等の八人の勇者は余の手足にして、余はわが手足を信ずる如くに八人のものを信じたり。しかるにその一人の加太譲次なるもの後に誓を破り、その死する前に宝の在所を同盟者の一人納戸姓より嫁しいたる彼の妻に打明け、私かに宝を取出さしめんとせり。余は止むを得ずある方法によりて女を危険の地より斥け、長く宝に触るる事能わざるの罰を加え、宝をば更に秘密の場処に移し換え、謀叛人及びわれ等の女王の敵の手をだも触れ難き安全の地に安んぜり。（この記録つづく）

（三）

（記録のつづき）

されば余の記録を読むものは、上記の財宝は、今はその最初に隠したる場処に保存されおらずして、一たびは広庭の中なる穴蔵より室内なる『僧侶の秘密室』に移され、その秘密室より更に他の最も安全なる場処に移されたる事を記憶せよ。（たといこれ等の場処は移し取りたるの形跡を隠すため、旧(もと)の通りになしおきたりとはいえ）かくて現在の宝の隠し場処は、余及びこの記録に署名せる藁戸熊蔵古間譲二人(ににん)の知れるのみ。従って余が曩(さき)に納戸太郎の手に渡したる記録は全く無用にしてまた無効なる事を記憶せよ。ただ宝は移しかえたりとはいえ、始めに余の記せる目録の通りにて、少しの異動もなし。また余の遺言もその通りにて執行(とりおこな)わるべきものなれども、その一部を与うるはずなる納戸姓のものは加太譲次の妻と共謀し、余の海上にあるの間、私(ひそか)に宝を取出さんとしたるものなれば、納戸姓の子孫に分与するの遺言はすべて取消し、羅馬(ローマ)なる海賊征伐団において資金を要せざる以上は、宝の全部を藁戸熊蔵の子孫にしてその末子(ばっし)に与うる事を改めて遺言するものなり。

されば余自身の手をもて記したるこの暗号文字の秘密を解き得るもののために、余がこの記録は二個の目的より成れるものなる事を告ぐべし。即ち第一は土耳其(トルコ)の海賊を鎮圧し、白人の奴隷を解放せしめんとする、最も熱心なる余の希望を凡ての人に表明する事、第二は宝を隠しある秘密の場処を知らしめんとするにあり。願わくばこれを読み得るものをして、細心の注意をここに濺(そそ)がしめよ。

いざ余は宝の場処を語らん。古湊の町より四哩(マイル)蘇格蘭(スコットランド)に通ずる街道に沿うて進まば、左側に近琴(ちかこと)の森を望むべし。余はこの近琴の森の中(うち)に、九尺の深さの穴を掘り、財宝を埋(うず)め置けり。そを発掘せんとせば、余のここに示す所の指定を、細心に守らざるべからず。まず古湊の町より蘇格蘭に通ずる大道を進み行き、その里程表を刻める第四番目の石の処より野を横ぎりて森の中に進み入るべし。かくて印陀羅寺(いんだらじ)の塔を目印として、これに面しつつ、進まば、六本の樫の一列に並べる傍(かたわら)を過るべく、ほどなくして『三人姉妹(きょうだい)』のほとりに出ずべし。その南のものより残る『二人姉妹(ににんきょうだい)』の真中を目ざし、二十九歩の所に余は若き樫を植えおきたり。この樫の木の下こそ則ち余等が西班牙軍艦及(および)土耳其(トルコ)の海賊船より奪える宝を埋蔵せる所なり。その略図は次に記(しる)せる処のごとし。

（ここに粗末なる略図あり。そは距離の各(おのおの)同じからざる三個の三角形を描き、その中央の辺(あたり)に黄金を埋めたる跡を示せる木の形を描き、この木と一個の三角との間を点線をもて連続せしめ、傍(かたわら)に塔の如きものを置けるは所謂印陀羅寺(いんだらじ)の塔なるべく、外にまた矢を添えたるは方角を示せるものならん）

余の秘めたるこの宝を発見せるものは、その報酬として金貨を入れたる函一個を得べし。しかれども万一そのものにして残る宝を藁戸姓のものの末子に与えざる如き事あらば、余の呪いはそのものの上にあるべし。ここに記せる事実は一点の虚偽(いつわり)なき事を証明す。この世にあって独り宝の秘密を知れる余等三人、及び海賊征伐団において一朝資金を要する場合に、その準備としてこの財宝を隠したる余等三人は、ここに神前に誓うてこの記録をなすものなり。

藁戸　熊蔵
古間　譲(じょう)
婆娑妙(バアソロミュー)

記録の全文はこれにて終れるなり。一たびはかの長者屋敷なる広庭の中にあり、一たびは僧侶の隠匿室に塗こめられいたる宝は、今やわれ等の前にその所在(ありか)を示せるなり！

宝の発掘

（一）

あわれ宝は遂に余等のものとならんとす。ただ余の最も恐れたる所のものは、黒鬼古嶋の徒が余よりも先にかの暗号記録を手に入れたる一事にあり。彼等にして余よりも先にその鍵を得たらんには宝は既に彼等が手中に入りおるはずなり。われ等の頼(たのみ)はただ彼等が解釈の手がかりを得ずにまだ悩みおるならんといえる点なり。余は妙に夏子の予言の先入(せんにゅう)しおるところありて、宝は十中八九われ等のものたるべしとの自信を有せるなりき。

　博士は危険なる相手のある以上は一刻を失えば一刻の不利益ありとし、余の少しも早く発掘のため出発すべきを勧めたり。余もまた素よりその積りなれば直ちに博士の許を辞し、健を訪（と）いて発見の次第を語れるに、彼は躍り出して喜び、早速余と共に出発せんとて、二人は相談の上発掘に必要なる道具三個の鋤、鋸、鶴嘴等、かの長者屋敷に出向きたる時と同様の器具を買整え、その荷造をなして古湊行の停車場（ステーション）に預け、それよりわが宿に引返して、芦屋にも暗号を解き得たる始終の事を話し、芦屋と健とにはまず停車場（ステーション）に向わしめ、余は独り米屋町なる菊枝の許に訪（と）うて、暗号記録の翻訳を示し、今より発掘に赴むく由を告げたり。菊枝は何かの禍災（わざわい）が余等の上に落来（おちく）るように覚ゆればとていたく余の古湊行を気遣いぬ。

　されど菊枝の掛念の如きは少しも余の決心を動かすに足らず。例の神経質の菊枝の迷いなるべしとて、菊枝の許を辞し、途（みち）にて目的地の附近の詳細なる地図を購い、三人停車場（ステーション）に相会して、古湊行の汽車に乗込みたるが、その地に到着したるは夜の十時なりき。この遅き時間に積込み来れる道具類を宿屋に持込む事は古湊の如き寂（さび）れたる町にては人の注意を惹く基（もとい）となるべしと考えたれば、そのまま停車場（ステーション）に預け置き、すぐに旅宿（やどや）に赴むきたるなり。

　旅宿（やどや）につきては軽く食事を取れる後、直ちに床に就き、殆んど心騒ぎに眠れぬ夜を明したる翌朝（よくちょう）六時というに床を起出で、三人頭を鳩（あつ）めて相談を凝（こら）したる末、芦屋と余とは通い馬車を雇い、ここより三哩（マイル）ばかりの大北（たいほく）街道を少し入りたる所と聞ける近琴村に赴き、馬車を返してその取付（とりつき）の酒店（さかみせ）に待おる事とし、健は独り停車場（ステーション）に赴むき、預けおける道具を受取り、別に馬車を雇うて余等を追い来り、かくて三人一緒になり、記録に記されたる近琴の森に分け入る事と手筈を定めたるなり。

　食事の後（のち）健はまず独り停車場（ステーション）にと赴むき一足後れて余と芦屋とは馬車を雇い、近琴へと向わしめぬ。この街道は倫敦よりヨークを経蘇格蘭（スコットランド）に通ずる大道路なれば、坦々として平らかなる事砥（と）の如く、馬車の進む事さながら汽車の如し。時は晩秋の節なれば、朝の間は肌寒き許り覚え、霜さえ降りおるを見ぬ。されば木々の梢は早や紅葉（もみじ）し始（そ）め、朝日を受けて金色（こんじき）の光を放てるさま、心地よき朝の風情なり。やがて大加須陀寺（だいかすだじ）を過ぎ、トある村落の入口なる橋を渡れば、かなたの木立の中に四角なる塔の見ゆるを、馭者は近琴の寺院なりと語れり。忽ちに村に到着し、その入口なる酒店兼旅籠屋の前に馬車を止めしめ、ここにて馬車を返して、余と芦屋とは酒店の中に入りぬ。

余はここにて数杯の酒を傾けおる間に、余等の知らんとする多くの事柄を知り得たり。則ちこの村には近琴の公園と、近琴の森とあり。公園は大道とこの村に入る近道との分るるところより始まり、森はその大道のかなた、野を隔てて殆んど一哩の所にありとなり。余は主婦と狐狩の談話をなせる間にこれ等の事を聞出せるなり。主婦の告ぐる処によるに、この近琴の森には狐甚だ多く棲む由にて、猟犬さえ連れ来らば数頭の狐を獲るは甚だ無造作なりと語れり。

（二）

余等は酒店にある間、もし道具類を携えて、健がここに入り来りなば、必らず村人の注意を惹起すべしと考えたる故、余は芦屋に耳打して相共に酒店を去り、大道に引返せしが、かの橋のあたりにて馬車にて来る健に逢いたり。健は道具を抱えて馬車を下り、駁者に向いて午後四時ごろに近琴村まで迎いに来よと云いて返しやれり。

村人の注意を避くるために、余は芦屋と共に先に進み、健は後れて、相関せざる人の如くに荷造りせる道具を担げてわれ等に従いぬ。かかる都離れし田舎といえどもわれ等は決して油断ならざるなり。われ等の敵は倫敦よりわれ等をつけ来らずともいい難し。菊枝はいつも敵が余の身に探偵を附けおる事を語りて余の注意を促がせるなり。芦屋もまた黒鬼が決して宝の捜索を断念するはずなければ、かかる時こそ最も注意せざるべからずと語れり。それやこれやにて余の神経は鋭く働らきつつ、隈なく四辺に眼を配りながら大道を進み行きぬ。

やがて一哩も来れりと思うころ、鉄柱の里程標立る処に来りぬ。思うにそはエリザベス時代の里程石の紛失せるより、新たに建換えたるものなるべく、これには古湊より四哩と刻まれたり。ここに立止まりて左手を見やれるに、野を隔ててかなたの森に導びく細道を見出しぬ。

野道に入りて暫らく待合せおる中に健も追つきたれば、それより三人一緒になり森をさして進むほどに、ほどもなく森の入口に来れり。ここに来る道にて、彼方の凹みの上より表わるる寺院の先塔を望めるは、地図によりてこれぞ記録に見ゆる印陀羅寺なるべきを想像しぬ。径は森の輪廓に沿うて走れるなりしが、われ等はすぐに苔蒸せる石段を見出し、そを横りてそこより森の中に入込む小路に進み入りたり。

「列んでおる六本の樫を見免さないようになさい」

と芦屋はまず注意を与えぬ。彼は野蛮国の内地を漂泊たる習慣ありて、注意深く鋭どき眼光を隈なく林に注げるなり。われ等は熱心に六本の樫を求めしが、そを尋ぬる事は予想せし如く無造作のものにあらざりき。エリザベス時代ならばいざ知らず、今は森の形も変化したるべく、この辺すべて喬木の鎖す処となりて、いずれをそれと見分くべくもあらねば、また目印の印陀羅寺さえ木々の梢に隠れて到底望むべくもあらぬなり。われ等はいかにして六本の樫を見つけ得ん。

三人は相顧みて失望するばかりなりしが、その中余は二人に向いエリザベス時代の樫の木ならば多分腐朽せしなるべく、さらずば切倒されたるならんと語れり。樫は近来値打を生じたる木材にて、樫の老木としいえば、争うてこれを求むるの有様となりいたるものなれば、六本の樫も思うに鉞に摧かれたるならんか。われ等はその切株もやとほとんど血眼になりて渉れるなりしが、嬉しくも遂にそを発見し得たり。もっとも六本の樫といわんより二本の樫にて、今はよほどの老木となり、洞になりて僅かに生命を繋ぐのみ。いかなる樵夫も最早かかる老朽の樹木には目をつけまじと思われたり。他の四本の樫は美事に一列をなしおれども、ただその切株のみにてこれとても、半ば腐ちたるに苔蔓の類蔽いかかれり。余等はこの最終の株の傍に立ちつつ普ねく四辺に眼を濺ぎたるに、十数歩のかなたに当り、何やら白く立てるものを見出したれば、その傍に立寄り見たるに、そは一面白苔をもて蔽われたる五尺あまりの巨石なりき。なおこの石に来れる時に、余等は相距る事甚だ遠からずして他にまた二個の石あり。一はその高さ六尺に及び、一は小にして三尺ばかりに過ぎず。いずれも苔をもて蔽われたるものなりしが、余等は直ちに、これぞ記録に見えたる『三人姉妹』ならんとてまず胸を轟ろかしぬ。

「さアこの石からその二ツの石の真中を目がけて二十九足です」

と健は叫びぬ。されどこの辺はいずれも亭々たる喬木を以て満され、これ等三個の石の如きも畢竟喬木の間に蟠まれるものなれば、この石より二十九歩一直線に歩まん事は木々に遮ぎられて全く能わざるなり。されば余は精密に二十九歩を算する能わざるも、まず二十九歩位ならんと思う処を求めたり。

（三）

されど立木に遮ぎらるるも、二十九歩を算(かぞ)うる事はさして困難にもあらず、余は二個の石の中間を目ざして進みたるに、まず二十九歩の見当と思わるるところに大木の切株あり。それは近頃伐倒(きりたお)したるものと覚しきが、芦屋はつくづく見てたしかに樫の木なりと云えり。ああこの樫の切株こそ、婆娑妙(バアソロミュー)がその隠せる宝の上に植おきたる樫の若木ならんか。果してかの記録に記せる巨万の財宝はこの下に埋(うず)もれあるならんか。さりとも何人かに既に掘出されたる跡にはあらざることなきか。

芦屋と四田とはまた同じく二十九歩の試験をなし余の見出したる切株がたしかにその場処なる事を確かめたり。今は三人の中にてこの切株の婆娑妙(バアソロミュー)の植えたるものなるべきを疑うものあらずなりぬ。この上われわれの仕事はただこの根を発掘するにあるのみ。

ここは森の中ほどにて人里離れし処なれば、四辺(あたり)には素より人気なく、太陽はきらきらと輝やきおれども、この淋しき森の中は薄暗く甚だ陰気なり。殊に下草及び小枝などの露を帯びおるよりわれ等の衣服はいたく湿(しめり)を帯ぶるに至れり。されどわれ等はその大いなる惨(すさま)じき根を掘起すに、一刻も猶予しおるべきにあらず。

われ等三人は上衣と胴衣を脱ぎ捨て、各自鍬を取りて根の周囲(まわり)に大いなる溝を掘始めぬ。かくて溝に当る根は悉く鋸をもて引切り、その上に切株に綱をつけわれ等三人死力を尽して引きなば掘起せぬ事もあるまじと考えてかかりたるなり。されど木の根を掘起すはわれ等の予期せしとは違いてなかなか容易の事にあらず、午前中は汗みづくとなり発掘に全力を注ぎたれど、いかなこと根株はびくともせざるなりき。

余等は殆んど失望せるばかりなりしが、余は忽ち一個の名案を思い出しぬ。われ等は何故(なにゆえ)にこの切株の傍(そば)に穴を掘り、その穴より直角に隧道(トンネル)を穿つの策に出でざりしか。

余はこの案を二人に語りたるに、二人も直ちに同意したれば、もっとも障害の少なからんと思わるる処に穴を穿ち始めしが、幸いにここはさしたる木の根の邪魔もなければ、面白きように土を掘取(ほりとり)得、殊に気の乗おる故か、われ等は人間業とは思われぬまでの働らきをなし得て、暫らくするほどに深さ八尺、径六尺ばかりの大穴を穿ち得たり。そこより余等は直角に根の下へ向け掘抜始めしが、やがて一時間ばかりにしてわが用いつつありたる鶴嘴は何かの木材を打てり、二人の友は鋤をもて手早くその辺の土を取除見たるに、そこに半腐れる板の一端を露出せり。この発見は実にわれ等が尋常ならぬものに掘当たる事を示すものなれば、われ等の勇気は百倍し、なお熱心に掘試むる中十分ならずして、芦屋は一列に置かれたる二枚の板を見出したり。

　更に二十分の後に、余等はおのおの五寸幅ほどの五枚の板が相並びて置かれあるを発見せしが、その下は多分地下室の如きものとなりおり、これ等の板は上より土の落つるを防ぐために置かれたるものならんとは思われぬ。余は早速鉄の梃を取り板の隙間に入れてそを破らんと試みたるが、穴のなお狭きに失するがため、十分に力を用ゆる事能わざるより、破る事能わず。われ等は逸る心を強て鎮めながら、なお穴を掘拡げ、充分なる余裕をつけたる後、再び梃を挿入し、今度は三人の力をこれに合わせ試みたり。始めの間はそれにても破るる景色なかりしが、数回そを試みいる中に忽ちすさまじき音してその一枚の板は摧け折れ、その下に果して暗黒なる穴を現わしたり。芦屋はマッチを点し、そを中にさし入れ見たるも何もの見えず。われ等は万一宝は疾の昔に何ものにか取出されたる跡にはあらずやと打驚ろかれぬ。

　三人は心配に鎖されつつ更に他の二枚の板をも摧き取りたる上、余は用意の蠟燭を点し、その真実を確かむべくそろそろと地下室の中に入込みぬ。余が蠟燭を振照し見たる時忽ち目に入りたるは穴の真中ほどに積重ねられたる黒きものなり。蠟燭をこれにつけ見れば、そは鉄の框を設けたる函を積み重ねありたるなりき。記録に従えばこれ等の函は黄金及び宝玉をもて充されあるなり！　余は真に夢にはあらずやと疑いぬ。

(四)

　同時に芦屋と匹田とも余の如く激されながら、わが傍に飛下り、各自蠟燭を手にしてこの地下室を見廻わしぬ。そは七尺に五尺ほどの長方形のものにて、われ等はその端より入りたるなり。周囲はすべて荒けずりの板囲いとなりおり、その板には夥しき菌の生じおるを見ぬ。天井の板はすべて樫及山毛欅の厚板なるが、上なる樫の木の根のために破られたる処もあり。高さは辛くもわれ等の立ち得るばかりなるが、幸いに空気は森の中ほどには湿りおらず。余は周囲（ぐるり）の板を調べ見たるに、これは予じめタールに浸して虫類の蚕食を防ぐの用意をなし、なお板囲（いたがこい）をなせる後、その内部には水分を防ぐため瀝青（チャン）を引きあるを認めぬ。

この室の中央に錠を卸せる数個の函と、大いなる鉛の封をなせる数個の皮囊（かわぶくろ）を積み重ねあり。この鉛の封印はかの婆娑妙（バアソロミュー）の封印に紛うところなかりき。余等がこれ等の発見をなせる時の喜びはいかがなりしぞ。手の舞い足の踏むところを知らずとは全くこの時の形容なるべし。見よ、宝は遂にわれ等の手に入れるなり！　万一蕓戸家の末子この世に現存せりとも、余はまず黄金にて満されたる一個の函を得べきなり。

されど中の正体を見届けざる上は、なお好奇心を満足せしむる事能わざるが故に、三人は各（おのおの）胸を躍らしつつ、その一個の函を取下せり。そは全く余が海馬号にて発見せし金貨入の函と同様のものにて、鉄の框を取つけあり。これに錠を施したれば、これを開くに大いなる困難を感じぬ。かの広庭なる丸石の下にて発見せし鍵の鋳型だに、手に入りありたらんには、この時の役に立ちたるものと悔むも詮なし。されど鉄は真赤に錆びて殆んど腐食しおるものの如く思われたれば、これを壊（こぼ）つに壊てぬ事のあるべきと、鶴嘴と梃とを用いてそを開くべく試みたり。

最初の間は容易に開くべき様子も見えざりしも、高の知れたる函なれば、暫らくする中にその縁を破りて蓋を取除け得たり。同時に燦然としてわれ等の眼を射たる光は、かねて期したる事とは云いながら、われ等をして殆んど狂喜の極に達せしめぬ。見よ、そは黄金及び宝玉をもて縁まで満されおるならずや。ダイヤモンド、ルビー、真珠、エメラルド、サフハイヤ等宝玉商に知られたる、あらゆる宝石はすべて網羅されたりと覚しくて、これ等の宝玉が蠟燭の光に射られきらきらと閃めく美くしさはそもこれを何にか比（たぐ）うべき。

余は驚ろくべき大きさを有せる真珠の首輪の、その中央には嘗て余の見たる事なき大きさの血紅色をなせるルビーを懸けたるを手に取上げぬ。朧ろげなる蠟燭の光によりて、真紅の光を発する美事さに打れて、余は酔えるものの如くなりぬ。下を窺けばまたこれと反射するダイヤモンドの光り、サフハイヤの光り。われ等はまことに光明世界に立てるなり。

この通りの函はなお他に十個あり。また皮囊の数は八個なりき。もしこれ等の皮嚢及び函がすべて今開ける函の如くに貴重品を以て満されあるならんには、全体を合せたる値打はそもいかばかりならん？

われ等は激昂に駆られて手を宝石の中に突き込みぬ。されど健は直ちにアッと叫びてその手を引きたり。そはこれ等の宝石の中に宝玉を鏤ばめたる短剣ありて、その刃先に手を触れたればなりき。われ等は皮嚢をも開き見ぬ。これもまた宝石をもて満されたり。第二の皮嚢を開き見たるに、これには宝玉をもて装飾せる剣の柄のみを入れあり。第三の嚢には土耳其人より奪えると覚しき荒ぎりの宝玉類を満しありぬ。

われ等は別にまた第二の函を開けり。これは悉く金貨を以て満しあり。蓋を開く時に十枚ばかりの金貨はちゃらりと散ばり落ちぬ。これ等の金貨を手に取り、蠟燭の光に照し見しに、そはすべて西班牙の金貨にて重にフェルヂナンド王及びフィリップ二世時代のものなりき。

藁戸家の末子

（一）

われ等三人はあまりに激せられて殆んど一語をも発すること能わず、ただ驚ろくべき宝玉類を手もて打返すのみなりしが、余等はようやくにして高く打てる心臓の鼓動を制え、かくまでも数ある財宝をば、いかにして安全の場処に隠さんかと語り出でたり。

余は言葉を次ぎて、

「どうしてもこのままに置くわけには行かんから、秘密にどこへか運んで、その上で藁戸家の末子を見つけなければならぬ。さもなければ政府に没収せられる恐れもあるから」

と云えば健は首肯きて、

「全くそうです。ですがどうしてコンな沢山の宝を運び出しましょう。とても人に知られずに運ぶという事は六かしいと思いますが……どっち道持出すには大八車でも借りて来なけりゃア駄目ですよ」
と健はかの函の重さを思い出しながら云えり。
「しかしまず宝は首尾よく手に入ったというものだ」
と芦屋は嗟嘆して独りその成功を喜びぬ。
「手には入ったがどうして宝を仕舞っておこうというのがまた容易ならん問題です」
と健は大いなる金剛石を手に取りてほれぼれと見とれながら呟やきぬ。

この時余は何心なくわれ等の入り来れる穴を仰ぎたるに、こはそもいかに、朧ろげなる光の中に、男の黒き影法師が穴の中を窺き込むを認めたり。

余の仰げる瞬間に影法師はその姿を隠しぬ。なにものかわれ等の仕事を窺がいつつありたるなり！　万一秘密の漏るる事あらば、余等はせっかく発掘したる凡ての宝をも失うに至るべし。ああこれ余等にとりて一大事なり。

余は二人に注意を与うるの暇もなく、幸いポケットに入れおきたる短銃を取り出しながら、穴を飛び出し、影法師の窺きたる処より地上に出たるが余の地上に立つと殆んど同時に、余の身辺を去る事遠からずして起れる発砲の音を聞き、ハッと首を縮めたる時に、一発の弾丸は余の頭上を掠め去れり。余は激怒を催おし来りて四辺を見廻わしぬ。されど四辺には人の姿を見る事能わず。思うに曲ものは灌木または藪影に身を潜めおるならん。余は何の障屏もなき処につッ立ちおり、余を殺さんと狙える敵は余の見えざる処に潜みおるという事は、余にとって殆んど死地につけるに同じ。余は実に非常なる危険を感じたり。

芦屋と健の両人は余が慌ただしく穴の中より飛出でたると、続いて起れるピストルの音とに驚ろかされて、すぐまた穴を飛出てわが傍に立ちたるが芦屋の鋭どき眼は忽ち二三間のあなたの叢の軽く動くを認め、その結果をも思わずしてその方に突進みぬ。同時に叢の中より一発の砲声聞え、煙の中より一人の男表われて、一目散に逃出せり。余は彼の逃走せる事によりて思うに彼の単身なるべき事を知りぬ。

三人は同時に彼を追えり。彼を取逃す事はまた実に宝を失う所以なる事を知りたればなり。一生懸命になれる曲ものの甚だ敏捷なりしかど、健の足はなお彼よりも敏捷なりき。やがて追つかれんとする時死物狂いとなれる曲ものは、こなたを振向きて、また一発のピストルを放ちたれど、弾丸は徒らに健の頭を掠め去れり。

彼は殆んど四十格好の男にして百姓姿に身を固めおれるが、思うにそはこの辺の農夫らしく粧えるがために姿を窶せるものならん。彼は振向きて健に発砲するが最後、健はその時飛鳥の如く曲ものに飛かかり、突然彼の腕を捕えてその短銃をもぎ取りぬ。余と芦屋とはすぐに彼を取囲みて立てり。健は大喝一声、

「己は貴様をよく知ってるぞ、貴様は札繰という黒鬼の手下だ。市女街道の空屋で黒鬼の人殺を手伝ったのは貴様だ。貴様はあの時の事をよも忘れはしまい」

これを聞くと等しく札繰の顔は蒼白になりぬ。

(二)

札繰は蒼くなりて、

「な、なにをいうんだか、そンな事は私にゃア分りません」

「なに、分らん？　己はちゃんと窓から窺いてたんだ。黒鬼と古嶋と蜂田と貴様と四人で若い男の死骸を片づけた事をちゃんと知ってるんだぞ」と健は喝しつけて、

「黒鬼や蜂田は今どこに居る？」

「倫敦に」

と札繰は不承不承に答えたり。

余はこの時俄かに名案を思い浮べて、声高に威嚇的態度をもて彼に向い、

「おい札繰君、僕等は忙がしい身体だから余計な事を喋舌ってる暇はないんだ。処で手短に云えば僕等は君や黒鬼を警官に引渡す立派な材料を持ってるんだから、それをまず第一に覚えていてもらおう」

札繰は案外の臆病ものにて、余のこのおどかしは全く彼の勇気を失わしめ、その顔色を蒼白ならしめたるなり。彼は血眼になりて逃走の途を見出さんとせり。されどわれ等三人は彼を囲みて立ちぬ。彼は到底逃走の道なきを見出したれば、この上は余等の哀を乞わんとするものの如く、

「私は決して貴君方を打つ積で短銃を放ったのじゃアありません。捕まえられたら大変だと思ったから、おどかしに打ったんで……」

「そンな事はどうでもいいが、貴様は誰が市女街道の空家へ園山菊枝さんを引張って行って、また誰が死人の顔へ菊枝さんを触らしたか知ってるだろう」

と健は口を挿みぬ。札繰はこれに答えずして戦慄せり。

余は彼の心を沈着るを待って、

「オイ札繰君、事実を話してもらおう。君や君の仲間は、われわれが今発見した宝を盗取てしまおうと企んでいたに違いあるまい」

「違いありません」と彼は答えてまた、「ドクトル、貴君と私とはある同様の利害を持ってます。ですからどうぞ私を許して下さい」

「何だ、君とわれわれが同様の利害を持ってる?」

「ハイそうです。貴君方は今宝を見つけた事を人に知られたくないんでしょう。その事は貴君が穴の中で云ってるのを聞きました。そうじゃアありませんか」

「よし、それはそうとしておこう。それだけか」

「そればかりじゃアありません。貴君方にとっては藁戸熊蔵の子孫を見つける事が何より大事じゃアありませんか」

「ウム、その通りだ」

「それなら私は貴君方の頼を受けて、宝の出た事を誰にも知らしません。その上にまた藁戸熊蔵の子孫がどこに居るか教えてあげます。実の処私は人を殺した事はありません。市女街道の時だってただそこへ引合に出ただけです。捕まる時にゃア連累になるかも知れないが、それでも決して人殺しなんかする悪党じゃアないんです。黒鬼なんざア今に警察の御厄介になりましょう、またなるのが当然です。その時に一緒につかまるのは厭だから私は今から高飛します。ね、私は決して宝の事は噯気にも出さないばかりか、貴君の生命に係る一大事を話してあげますから、どうぞ私を許して下さい」

「何だ、僕の生命にかかる一大事だ！ どんな事だ」

「私を許して逃して下されば話します」

彼臆病ものの札繰は自ら助からんがために友の裏切をなさんとするものと覚えたり。余は芦屋と匹田とに相談せしに、二人は宝の秘密を保たんためには札繰を許すが得策ならんとの説なれば、余は彼の知れる限りを打明なば許さんと語りたるに、彼は厳そかなる誓をなせる後、大なる森の薄暗き光の下、かの宝玉をもて満てる地下室を去る数歩の処において、甚だ奇異なる物語を始めたり。余等は後にて彼が全く事実を語れる事を知りぬ。

（三）

札繰は徐ろに口を開きて左の如く説き出でたりし、

「私はこれでも弁護士を商売にしていた男です。ある日私の事務所へ蜂田銀蔵という男が尋ねて来ました。このものは三年前に一度逢った事のある男で、私の信ずるところではよほど教育のある人物です。彼は丁度地中海を巡航して帰ってきたところで、ある古代の船の中から発見したという奇妙な記録の翻訳を持ってきて私に見せました。私はそれを見てすぐにその記録に書いてある宝はなお存在してある事を信じましたが、その宝の探険をするには、外に二人位は冒険者の仲間を見つけなければならんと見て取ったのです。処が蜂田は丁度お誂向という二人の男を知ってると云って、その翌日黒鬼というものと古嶋というものと二人を連て来ました。黒鬼というのは船長をしておった男で、古嶋というのは製本屋の主人です。われわれは一刻も早く捜索に取かかろうという事になって早速手筈を定めました。それで古嶋が詮索のため軽琴へ出かけ、生残っていた納戸という姓のものから、その家に代々伝わっていた羊皮紙の記録を買取りました。またそれと同時に、その宝を見つけても藁戸熊蔵というものの子孫を見つけなければ何の役にも立ぬ所から、私はこの藁戸家というものに関して、何かの報告を得たいという広告を出しました。すると二週間の中にある田舎の状師から手紙が来て藁戸家の子孫で宝の相続者であるべきものと直接交通する事になったのです。しかし無論これはわれわれの間の秘密として、その相続者にも宝の事は知らせんでした」

余は藁戸家の末子にして宝の相続者たるべきものを札繰の手にて探り出したりとの事を聞いては、いたく心を躍らしめざるを得ず。言葉を挿みて、

「それでは現在藁戸家の末子がこの世に居ると君は云うのだね。どこに居るんだ」

札繰はいよいよ沈着きて、

「そうです。しかしそれは話の順序を立ててだんだんにお話しします。そこで一方は古嶋の手で買取った記録を調べてみるとそれは暗号で少しも分りません。その時蜂田は貴君が海馬号から持帰った羊皮紙の本の中にはその暗号の鍵がある事を思い出したのですが、それは蜂田が写しておこうとして、その隙のなかったものなのです。

そこでわれわれは始終貴君の動静を探偵していましたから、われわれの中誰かはきっと貴君の進退を知っていたので、従がって貴君の取って帰った羊皮紙の本は、古城博士の手許に保管されてあるという事も突とめていたのです。それで宝を獲(う)るにはどうしてもその本を盗み出さなければならんという処から、黒鬼の知ってる、窃盗に妙を得た男を雇って、ある夜博士の書斎に忍び入ったのです。しかしその本は金庫に入れてあったので、それを開けようと苦心しましたがとうとう目的を達する事が出来ずに、ただ一冊の本だけを引揚て帰りました」

余は打笑いながら、

「それは役に立たん本なんだ」

「そうです。全く役に立ちませんでした。しかしその後なお貴君の下宿も捜索してみましたが、そのころから貴君もわれわれを敵として狙っているばかりか、貴君の方でも熱心に宝を捜索している事を知って、到底尋常の手段では宝を得る事が出来ぬと思ったのです。それで黒鬼が首謀となって、その頃黒鬼等の住んでおった黒木が原へ貴君を連出し、貴君を片づけてしまうという計略(はかりごと)を巡らしたのです。その目的のために園山菊枝という娘を欺むいて、有もせぬ兄の名を用いさせ貴君を黒木が原まで連出さしたのです。その娘は素より黒鬼等が貴君を殺す積りだという事は知らなかったのですが、途中から俄かに感づいて貴君を帰してしまったのです」

「そうだ。僕はすっかり菊枝嬢から聞いている」

と余は口を挿めば、札繰は驚ろき顔、

「え、菊枝嬢はすっかり貴君に話しましたか——ええ、私のいうのは市女街道の人殺しの事なんです」

「いやその事なれば決して云わんのだ。君の口からその説明を求めよう」

(四)

札繰は余の言葉を聞(きき)て安心せしものの如く、

「ああそうですか。その晩貴君はよい生命拾(いのちびろい)をなさったのです。そしてそれは全く菊枝嬢のお蔭です。しかし貴君はまだまだ御用心をなさらなければいけません。モ一ツ彼等の企んでいる計画がありますから。それは明日貴君が倫敦へお帰りになると、菊枝嬢の名で貴君のところへ電報が届くはずになっています。もし貴君がその電報で云(いっ)てきた場処へお出でになると、丁度あの市女街道の空家で若ものが出遭ったと同じような運命が待ています」

「フフム、それは全体どういうのかしら。菊枝嬢とその事件とどういう関係があるのかね」

「話には順序というものがありますから、まずその順序を追って話さして下さい。さて宝の話になりますが、われわれの方でも貴君方と一緒に宝はきっと長者屋敷の中に隠されてあるものと思っていたのです。ですからあの屋敷を貴君に先借をされた時、どれほど残念がったか知れません。それで万一貴君の方で先に宝でも見つける事になれば、長者屋敷から運び出さぬ中に、どうかしてそれを奪い取り、それもいけなかった時には、政府に密告して没収させてしまおうという手筈を極めていたのです。第一貴君方はその宝の相続人がどこに居るかそンな事は少も御存知ないのですから、僅一部分の分前にほか預らないが、こちらには正当の相続人があると云えば、その全部を下渡されるというものです。何と甘い手段ではありませんか」

「実に甘い仇討だ。それはきっと黒鬼の計画だろう」

と芦屋は口を挿みぬ。札繰は言葉を次ぎて、

「それでわれわれは中里村から長者屋敷への抜道を見つけたので、それを利用して長者屋敷を探る事にしたのですが、これは貴君方に裏を搔れて飛んだ失敗をしました。それから長者屋敷にはいよいよ宝はないらしいという事を突止めて、蜂田が今度は古文書局に何か有はせぬかと見つけ始めたのです。果して蜂田は婆娑妙の記録を発見しましたが、暗号であるので皆目分らんです。それで詮方尽きた所から貴君を張番する事として、私がその任務を帯びて、貴君方の汽車に乗った後から跟けて来たのです」

「しかし市女街道の惨殺は？　全体何のために若ものを黒鬼等が殺したのか……」

「いやそれは只今お話します」

と札繰はやおらその舌を弛めぬ。彼は自ら免れんがために敢えてその友を犠牲とし、包まず彼等の秘密を暴露せんとせるなり。後に余が箱の中より五六の真珠を取出し彼に与えたる時、彼はいたく打喜び、その真珠の一個を売らば外国に免るるを得べければとて、いたく満足を表したるなりけり。

彼は暫時事実を語るを躊躇する様ありしが、遂に決心を表わして、

「さて私が藁戸家の血統のものを求むる広告を出しま

した時、藁戸家の血統だという書面をよこしたものが五六人ありましたが、その中で一ツだけの外は皆くわせものばかりでした。その一ツというのは恩田という処に居るある状師から来たもので、その手紙にはもし相当の金を出せば藁戸家の血統について詳しい話をしようという書面なのです。それで私は早速恩田へ出かけて状師に逢った上、二十円の金を出して、始めて藁戸家の来歴というものを聞取ました。その時状師は同人の死んだ父の書留ておいたものという古い記録を取出して奇妙な話をしたのです。それはこうで——今から二十年ほど前に藁戸準一といった上堀(うわほり)という土地の地主があったという事で、このものは今から三百年前に海賊征伐団のある軍艦を指揮しておった藁戸熊蔵の正しい血統であるという立派な系図を持っていた男で、その系図も恩田の状師が持っておるのです。処がこの準一という男がその頃有名であった土耳其(トルコ)の詐欺事件に関係があった処から、捕縛されて重禁錮に処せられたのです。その時この準一にはその妻との間に二ツになる娘の子と、生れてやッと九ケ月の男の子がありました」

(五)

札繰は言葉を次ぎて、

「その藁戸準一というものの妻は、平生多病であった上に、夫の入獄を聞いてひどく力を落し、そのためとうとう死んでしまったのです。その婦人が死際に、子供等の教育方を恩田の状師に托し、なおその児等にはくれぐれも罪人の子という事を知らさぬようにというので姓を代えてくれろという事を頼んで死んだのだそうです。全体この藁戸という姓はよほど古い姓でありますが、今は全く英国に絶えてよほど珍らしく思われる処から、この藁戸の事件というものは、そのころ有名なものになっていたのだといいます。そンな事情で児供(こども)を頼まれた処から、恩田の状師——今の状師の父です——は児等の姓を代え、娘の児の方は恩田から二十哩(マイル)ほど隔たっておる、鹿飛(しかとび)という処の勝という女に里子にやり、男の児の方は猿戸(さるど)という処へこれも里子にやったそうです。藁戸家は代々地主であったので相応の資産はあったのですが、その資産は没収され、ただ僅かに妻の少しばかりの資産があったので、その資産を恩田の状師が預り、それで不足なく里扶持だけは払って行ったのです。準一というものは三年ほど後に牢死したというので、児等は全く孤児となってしまいました」

納戸四方太の嫂なる勝なるものが、鹿飛に住みおり、恩田の状師より不足なき里扶持を得て菊枝を育みいたる事は、余の納戸四方太より聞ける処なれば、札繰の話にいたく驚ろかされながら、

「えッ！ それなれば園山菊枝は藁戸準一の娘なんだ！」

札繰は首肯て、

「そうです、全くそうです。それですから菊枝嬢は藁戸家の末子です。藁戸家の末子ですから、宝の相続者です！」

健も眼を円にして、

「どうもこりゃア驚ろいた！ しかし君は僕等を担ごうとするんじゃアないか」

札繰は真面目になりて熱心に、

「全く事実です。少しも詐欺は云わんです。嘘と思うなら恩田の船田という状師の処へ行って尋ねて見玉え。僕の今云った通りの事を繰返して聞かされるでしょう。いや聞されるばかりか、藁戸家の系図を見せられましょう。ともかくも貴君方は是非一度は恩田に行く必要があります」

「しかしその男の子は？ 菊枝の弟はどうなったか君は知ってるだろう――それが宝の相続者のはずだが」

「そうです。がその男の子に全く小説的の話があるんです」

札繰は暫らく息を休めて余等を焦せる後、徐ろに口を開き、

「その男の子は準之助という名のものですが、恩田の状師はこれに原田という姓をつけて猿戸という処の百姓家に預けたのです。その猿戸で十の年まで育ったのですな。それから今度は毛人の学校へ送られてそこで成人したのです。私がこの通りの事実を知った時に、園山菊枝嬢は――これは無論自分の本姓を知らないのですが――二十二で、弟の準之助君が一年と三ケ月年下なんです。このまた準之助君が菊枝嬢には少しも似ておらぬが、それでいてよほどの好男子で、また非常に怜悧なのです。そして私の知った時にはある私立の工業会社に入っていたのでした。さて私はこの通りの事実を秘密に探り終せたところから、これを黒鬼や古嶋に報告すると、彼等

は早速悪企の相談にかかりました。それで一日私は、菊枝嬢の処へ手紙を出して、恩田の船田状師の遺言に依って、倫敦浜町通り何番地の古嶋専蔵というものが、貴嬢の後見人になられたからと、状師たる私から法定の通知を発したです。またこれと同時に、黒鬼は伝手を求めて準之助君と懇意になりました。それで菊枝嬢も古嶋の宅へ来る事になり、準之助君も黒鬼の紹介でそこへ連て来られるという訳で、二三度菊枝嬢と準之助君と落合う中に、妙なもので、この二人は姉弟であるという事を知らずに恋中となりました」

余等の顔見合せて打驚ろけるを、左もこそと見やりて、札繰は言葉を途切りたり。

大団円

（一）

札繰は更に言葉を次ぎて云うよう、

「この原田準之助は藁戸家の末子なのですから、たしかに婆娑妙の宝の相続者たる権利を持っているのです。処がこの準之助君は若いながらよほど目端の利く男ですぐに黒鬼や古嶋の人物について疑い始めたのです。殊に古嶋の素性や何かについて、どこでか詮索してきて決して菊枝嬢の後見を托すべき男ではないという事を云い出したのです。そンな事で最早われわれと交際するのは屑よくないと、一二三週間というもの全く姿を見せなかったのです。しかし黒鬼と古嶋がどう菊枝嬢を説つけたものか、ある晩黒鬼が借りておいた市女街道のある家へ来てくれと晩餐の案内状を菊枝嬢の手から出させたのです。それで準之助君は何心なく例の空家へやって来たので、それから後の出来心は貴君方の御存知の通りです。準之助君は黒鬼のために殺されてしまいましたので、私はまた別段そンな罪悪が犯される事とも知らず、菊枝嬢のお供をして来て見ると、最早準之助君の殺されていた時で、外のもの等は無理に菊枝嬢の手を死人の顔に触らせました。そして黒鬼と古嶋は菊枝嬢も共犯者の一人であると嚇したのです」

「実に悪魔だ！」と余は切歯して叫びつつ、「そして準之助君の死骸は？」

「それは亜鉛縁の空気抜旅行鞄の中へ入れて、ユーストンの某廃寺の中へ残しておきましたから、今でもきっとそこにあるでしょう。勿論この準之助君の謀殺は二ツの明白な目的に出でたので、第一は準之助君が古嶋と黒鬼の素性を知ってるのでその口を塞ぐためと、第二は菊枝嬢を宝の相続人とするためです。黒鬼や古嶋の間に、纏った相談というものは、もし宝が見つかった時には、古嶋が菊枝嬢と結婚し――無論それは結婚せねば犯罪を打明るという脅迫で目的を達するはずなので。そして宝を巻上て、それからわれわれに分配をしようという寸法なのです」

余は全くその恐ろしき陰謀に舌を巻きながら、

「実に巧い計略だな。それじゃア何だね、菊枝はまだ今でも準之助の姉だという事を知らないんだな」

「いやそれは跡で黒鬼が弟だという事を知らせました。ただ菊枝嬢の本姓が藁戸であるという事や宝の相続者であるという事はまだ打明けてないです」

余等の間に暫時沈黙は落来りしが、そはまた札繰の言葉によりて破られぬ。

「私が今申上た事は残らず事実です。少しの詐もありません。貴君は決して私に嘘をつかぬという事を信じましたから、私も事実を打明けたのです。古嶋は云うまでもなく貴君が菊枝嬢の恋人である事を知ってます。それから彼と黒鬼は彼が古文書局で写した暗号の翻訳を持っておるだろうという疑から、貴君を殺してそれを奪おうという計略を運らしております。善く注意をなさい。菊枝嬢の名で貴君は呼寄せられても決して行ってはなりません。準之助君と同じ運命が貴君を待っていますから」

余は芦屋と匹田とに宝の番を頼みおきて、札繰と倶に森を出でぬ。彼は不良の人物なるにも拘わらず、よくその約束を守れり。思うに彼は余等のために訴えられ、謀殺の連累者として捕縛せらるるを恐れたるならん。彼は最早黒鬼等と交通せざるべき厳かなる誓をなして立去れるなれば、余等はこの宝について別に掛念する処なし。余は森の外にて彼と別れ、同時に彼に向いもし裏切をなす如き事あらば必らず告発すべき由を告げしに、彼は唯々として辞し去りしなりき。

そはとにかくに宝を運び出す事は、差当りての問題なれば、余はまず近琴村に赴むき、馬車を雇うて古湊に走らしめ、綱と帆木綿とを購い、元の森の中に帰り来りぬ。芦屋と健とは煙草を喫しながら待居たれば、それより直ちにこれ等の宝函及び革袋を取出して帆木綿に包む事に取かかりたり。

なお余は古湊に行きたる時、午後五時に鉄道荷車を近琴の森の入口まで運び来るべき由托し来りたるなれば、荷包の出来上るや、三人掛にてそを森の出口までともかくもして運び来り、鉄道荷車を待ちおる中に、約束の時間にその荷車は来りたり。

（二）

鉄道荷車を森の口まで運転し来れる男は、余等が森の中より大きなる荷物を運び出せるを見て、いたく怪しむ様子なりしも、余が一円の金を与えたるに満足して、いかなる問をも発せず、荷物を荷車に積乗せぬ。われ等は別に雇いたる馬車によりてその荷車と共に古湊停車場に向い、停車場にて宝の無事に積込まれたるを見て、その同じ列車にて倫敦に帰りぬ。

かくの如くにして宝は、無事に首尾よくわが宿なる一室の中に運ばれぬ。余は翌朝芦屋に宝の番を托し、何はさておきまず米屋町の菊枝を訪うてわが成功と菊枝の幸運を語らんとて、まさに宿を出でんとする時、下婢は余に宛てたる一通の電報を手渡せり。そは左の如く読まれたり――

『園山菊枝嬢只今大怪我をなせり。大至急貴君の来るを待つ。富本町三百五十九番清水』

ああこの電報こそ、疑もなく札繰の裏切して告げたる如く、余を菊枝の弟の準之助同様に取扱わんとする黒鬼等の策略ならん。札繰は少なくもこの点においては事実を語れりと覚し。余にして彼の警告を受けおらざりしならば、必らずこの電報に誘い出されたるならん。

余は芦屋と相談し、彼には直ちに健を誘うて、私に富本町に赴むき、その入口に余を待受けしむる事とし、余は急ぎ菊枝を問い、その実否を確めたる上、果して偽電報ならば警官を伴い行くべき由を語り、馬車を米屋町にと飛ばしぬ。

　早速菊枝の居室に通されたるに、菊枝は余の無事なる姿を見て、いそいそ出迎うる有様なれば、忽ち偽電報なる事を確め得たれども、余はその事は語らずして言葉短かにわれ等の遂に成功せし事と菊枝が宝の相続者たる事を告げたるに、菊枝は殆んど涙にくれながら、

「私が準之助に手紙を出して呼んだのは全くその通りです。私は夢にも黒鬼などが準之助を殺そうとは思わなかったのですもの。そして今までもなぜ準之助を殺したのか不審に思ってたのでしたが、漸やく分りました。黒鬼や古嶋がその後たえず私を共犯者だと云って嚇した訳も分りました。私は――私は準之助の殺される事を知って、私が呼出したもののように、貴君が思ってはいらっしゃらなかろうかと、どれほど心配したか知れませんでした。もうもう私を疑ぐっては下さらんでしょうね」

　余は彼に接吻の雨を降らして後、ポケットより前刻受取りたる電報を取出し、そを菊枝に示したるに、菊枝はいたく打驚ろけるを、さもこそと打笑みながら、

「この富本町の清水という家には、準之助君が出遭たと同じ運命が私を待ってるのです。この電報をよこしたのは古嶋と黒鬼なのです」

　と云えば菊枝はいよいよ驚ろきながら、いたく掛念の色を浮べ、

「貴君はそこへは行らっしゃらないでしょうね」

「いや、今から行きます。しかし巡査を連れて行くから大丈夫です」

　余は菊枝のなお掛念のあまり思い止まらしめんとするを慰めて、直に菊枝の許を辞し、警察署に立寄りて事情を語れる後、二名の刑事巡査を同行し、富本町に向いぬ。

　富本町にて健、慎蔵等とも出遭いたれば、手筈を定めたる後、余はその三百五十九番の清水といえる家を求めて、その戸口を叩きたるに、粗野なる容貌の少年取次に出でたれば、余の姓を告げ、電報によりて来れる由を語りたるに、忽ちに家の中に案内されたり。余は小さなる応接室に導びき入れらるるや否や、突然その左方の室より表われ出でたる二人の男に両手を取られたり。されど少年の戸口を閉ずる暇なき中に、二人の刑事は突と同じ室内に入りて余の後に現われ、健と慎蔵もまたどやどやと入込み、敵の不意を驚ろかせるなりき。

（二）

余を捕えたる二人の男は黒鬼及び蜂田の二人に外ならざりしが、二人は余のみと思いの外二人の刑事巡査及び健、慎蔵等に同時に踏みこまれて、早くも事の破れたるを見るや否や、余を捕えたる手を放し、一散に他の室の方へ逃出したり。蜂田は裏庭に抜け、壁を踰えて逃れんとせし処を、健と慎蔵とに捕えられ、黒鬼は刑事と余とに追われて、二階へ走せ上りて屋根に出で、猫の如く屋根伝いに逃げ出せしが、刑事もすかさず屋根に出でて彼を追跡せるに、彼は隣家の屋根に飛移るべく試みて飛鳥の如く身を躍らしたるも、間を隔てたる事とて、彼の足は辛くも樋を踏みたれば何かは堪らん、樋はその重みを支えかねて、二ツに折れ、同時に黒鬼の身体は筋斗打って下に落ちたり。

余等は二階を降り行きて、黒鬼の落ちたる場処に行き見たるに、夥しき見物人の取巻おるにぞ。その人々を押分け見れば、無惨にも黒鬼は敷石にてその頭を砕き、血に塗れて息絶えいたり。あわれ彼はかくの如くにしてその最後の審判を受けたるなり。

余等は急ぎ家の中に引返し、古嶋を求めたるが、彼は混雑に紛れていずれにか逃失せけん、影だに見えざりき。また余等は始めより彼の姿を見ずして終りたるなりき。余等が隈なく屋内を捜索する中に、例の準之助の死骸を収めたると同一なる、空気抜亜鉛縁の旅行櫃二個を発見せしが、そは疑もなく余を殺せる後、余の死骸を収めんとしたるものならん。さすがに余はこれを見て危うき生命を助かりたるに戦慄しぬ。

余等はなおユーストンなる廃寺を詮索したるに、果してここに準之助の死骸を発見しぬ。蜂田銀蔵は十二年の重禁錮に処せられぬ。古嶋の行方は今以て知れず。思うに彼は外国にその跡をくらましたるならん。

札繰の語れる処はすべて事実なるを証せられぬ。余は恩田の船田状師を訪い、藁戸家に関する記録及び系図等を一覧し得て、果して菊枝が藁戸家の末子なる事を確め得たり。

余は古城博士及び匹田芦屋等と共に、婆娑妙の書籍に依りて宝を引合せ見たるに、すべてその目録に記す処の如くなるを発見しぬ。一ケ月の中に余は菊枝のために、これ等の宝玉の大部分を売りて金に代え、これを銀行に預け、なお倫敦の博物館にも宝剣類の寄贈をなせり。婆娑妙(バアソロミュー)の遺言によりて得たる余の金貨の函にはすべて一万円以上の貨幣を充(みた)しありぬ。この中(うち)より余は十分に軽琴(かること)なる長者屋敷の損害を賠償し、かつほどなく帰航し来(きた)れる船長萩原辰蔵にもこれを分配しぬ。

　博士及び健、慎蔵等にも余と菊枝との名義にて、彼等の大いなる満足を表するに足るべき多くの分配をなしぬ。彼等の苦辛(くしん)はここに遺憾なく酬(むく)われたるなり。

　云うまでもなく余と菊枝とは二ケ月の中に結婚の式を挙げぬ。結婚後余は安逸に世を送るの愚(おろか)なるを知りて、元の如く開業医の数に加わりぬ。不思議にも余はその後当世の流行医となれるなりき。

探偵叢話

はしがき

　英国のスコットランド・ヤードといえば世界における最もその機関の整備せる一大探偵局なり。一大警視庁なり。苟くも後暗き犯罪を有せるものがスコットランド・ヤードの名を聞いて震慴するは、さながら児童が暗夜の妖怪を恐るるが如きなり。こはスコットランド・ヤードそのものを恐るるにあらず。この中に活動せる、無中に有を探り一糸の微より全幅の大を窺い知る不思議の能力を備うる、多数の老練無比なる探偵を恐るるなり。しかしてこの叢話に掲げんとする所のものは、実にその大部分はこの探偵局に従事し、老練機智を以て称せられたる敏腕家の経歴談にかかるなり。しかもいかなる動機に依りてこの探偵叢話は出たる。乞うこれを説かん。

　スコットランド・ヤードに奉職して前後二十五年に及び老練機敏を以て探偵社会に重きをなしたるアラン・フーカーなるものあり。老年の故を以て職を辞するに臨み、探偵社会の人々は特に彼のために送別の宴を開けり。席上会主は起ってフーカーが今回職を辞するを惜むの意を述べ、一たびフーカーが手を下したる犯罪人にして嘗て一人だも彼より免れ得たる者無き事は、充分に探偵家列伝中に特筆を値すべき事実なりとの賞讃の辞をなしたるに対し、フーカーは起ってこれに答え、会主の讃辞は到底自分の堪え得ざる所なるのみならず、現に非常の不面目を来せし一個の失敗談あり、乞うこれを語らんとて説き出たる一条の探偵談は、即ち叢話中劈頭第一に記さんとせるものなり。フーカーの談話は非常の喝采を以て迎えられその局を結びたるに次で、各自己の経歴談を語り出ずべきの動議直ちに成立し、かつこれと共にその談話は長くも一時間を越えずして結局すべきものとの条件もまた採用せられたり。即ちフーカーに次で、自己の功名談あるいは失敗談等続々して現われ出でいずれも聴者に感動を与えしが、この談話会は素より一夕にして尽くべきにあらざるより、その後日を隔ててまた数夕の継続会を催され、その談話は一部の印刷物となりて彼等の間に分配されたり。これぞ即ちこの叢話中に掲げんとするの材料なり。その定めて読者を喜ばすべき者あらんは訳者の今より期して待つ所なり。

犯人追躡の失敗

(壱)

(フーカーの談話)　只今会主より余に与えられたる讃辞は到底自分の甘んじて受くる事能わざる処なり。余の手にかかりたる犯人は一人だも免れ得たるものあらずなどとは実は途方もなき事にして、自分の思う処にては余の手より逸したる犯人は十指を屈するもなお足らざるほどなり。その中に余が犯人のため散々の馬鹿を見せしめられたる一個の失敗談あり。聊か諸君の清聴を煩わさん。

　こは余がこの社会に入りてより未だ多くの年月を経ざる際の事なるが、ランカシアの一市街に住せるエリザといえる若き女の殺害事件ありて余はその加害者の捜査に従事せし事あり。この女は市街に近き運河の傍なる畝中に咽喉を扼られて死しいたるものなるが、彼女はその性質至って正直にして従来に非難すべき行状は少しもなく、また人に怨を受くるようなる女にあらず。さる家に小間使に住込み一家のものに愛されいたるものなり。同女はここに住み込みてより二年許りなれど、別に親しき友とてもなき様子なりとの事に、余はその加害者を捜索すべき手掛なきに困ぜしが、畢竟痴情に基づくものならんと種々探偵したる結果漸くエリザが前日自分の郷里にてここより三十哩を隔つるチェシーア州のストックポルトに住むラムプレーといえる男と連立行くを見たものありとの報を得たれば、直ちに汽車に投じてストックポルトに赴むき取調べる処ありし末、エリザは日曜毎に多くはこの町なる実家に帰り、かのラムプレーなる男を尋ぬるを常とし、その中にいつしか末は夫婦との約束を固めしも、後このラムプレーに何か不正の行為あるを知り、彼を嫌うて俄かに冷淡なる挙動を示せるより、男はいたく憤どおり畢竟他に情夫の出来たるなるべしとて嫉妬の争いをなしたる事ありとの事実さえ探り得たれば、今はこのラムプレーが加害者たるに極まりたりと心勇みて同人を逮捕すべき手段に取りかかれり。

　地方の警察署に就てまずラムプレーの身上(みのうえ)を取調べたる処、一向要領を得ず、自ら奔走して探りたる結果ラムプレーは元水夫にして帆柱に登りて物見をなすをその役目とし、木登りにかけては殆んど猿をも凌ぐの技倆を有せりとて『木猿』との綽号(あだな)を取りしものなる由を確かめたり。殊に余に材料を与えたる一人はこの町外れに見ゆる寺院の塔の、細く尖りて極めて高くその上に風見ありて人間の攀(よ)じ登らん事到底思いも寄らずと見ゆるを指ざし

「あの高い塔が見えましょう、アレへ登れるのはこの町ではラムプレー一人です。いつぞや大風で風見が毀れた時に、あの『木猿』が苦もなく登って行って一人で風見を取換えたのです。そしてどうです、住持が賃銭をやろうといった時にそれを断わったのですよ！」

　と云えるは、彼ラムプレーの塔に登れるよりは却って賃銭を受取らざるを驚ろくものの如し。

（二）

されど余は直接にこの犯罪に関する何等の有力なる手掛をも得る事能わざりしが故にラムプレーの宿せる下宿屋に赴むきて取調べたり。その結果殺害の当夜は在宿せず、翌朝帰り来りしがさながら長途を歩み来れるものの如く処々汚点の衣服に浸(にじ)みいるを認めたる由にて、主婦(あるじ)の問えるに答え、自分は数日来臨時に遠方のある化学工場に雇われおり、薬液を取扱いいたるため昨夜は誤って衣類を汚せしものなりとて、直ちに刷毛(ブラシ)と海綿(スポンジ)をもって上衣を洗濯せるを見し由なるが、その後彼は例の如く仕事に行くとて出去りたりとの事を知り得たり。

　余は彼の居室(いま)を捜索せしも別に何の手掛をも得る事能(あた)わず。但し彼の荷物等は依然たるが故に、思うに彼は跟(つけ)らるると知りて姿を隠したるにはあらざるべしと心を安んじ、なおその仕事の出先というを尋ねたるに誰にも語らぬが故にいずことも想像しかぬれど汽車にて通えるは事実にして多分リバアプル近所なるべしとの事を探り得たり。されど今は彼が明日再びこの地に帰り来るべきは

明白なるが故に態々（わざわざ）リバアプル辺まで漠たる尋ねものに出かくるよりはここにありて網を張りおるに如かずと決心し、自分はストックポルトに留まり、彼ラムプレーに自分の狙われおるとの疑（うたがい）を起さしめざるための諸般の注意を取ると共にリバアプルの警察署に打電し、詳しくラムプレーの人相服装等を報じてストックポルトに向って発車すべき各列車の注意を乞いおきたり。しかるに第二日の夕方かの地の警察よりかの人相に必適せる青年只今発車の列車にてストックポルトに向け出発せりとの報に接したれば余は喜び勇み、彼を知れる一人の探偵を借受け停車場に赴むきて張番しいたるに、ほどなく列車は到着したれば改札口の傍らに立（たっ）て待受たるに、いかにせしかラムプレーに似よりしものすら下車せしものなし。余等は意外の感をなして車掌につきこれを糺（ただ）しみたる処、さる人物ならば慥（たし）かにこの前の停車場なるチードル駅にて下車するを認めたりと語れり。さては彼既に身の上を危ぶみてチードルより歩みてこの地まで帰らんとせるものならんと、折柄ここよりまたチードルに発車する列車ありたるが故に、彼を追躡（ついじょう）せんとて一方には使を警察に派してかの下宿屋を張番しおるべき事を求めおき、急ぎ列車に飛乗ればここよりチードルまでは数哩（マイル）に過ぎざれば七分許（ばかり）にしてかしこに到着せり。

　折しも冬の日の暮易く夜は早やとっぷりと暮れたるに月はあれども雨催いのそらは一面に薄墨を流したる如くなれば、犯人追跡には不便なるに加えて前後十五分許を隔てたれば果して彼に追つき得ん事はいと覚束（おぼつか）なし。但し駅にて取調べし処に依るに彼のここにて下車したるは明白にて、そはストックポルト行の切符にてありながらここにて下車したるものなれば、直ちにその手掛を得たるなり。されど彼がこの停車場よりいずれの方角に向いしやは何人（なんぴと）もこれを認めたるものなければ、余等はただ途中に彼を捕え得る事もやとの空頼めにてストックポルト街道をその町へと足を進めたり。

（三）

　されどストックポルトの街に着くまでには加害者ラムプレーに似よりしものをすら認むる事能わず、失望して警察署に引返せしも、心の中には曩（さき）に使にて云いやりたる通り、かの下宿屋を張番だになしおるならば、よも彼を逃す事あるまじと、その報告を聞かんとせし処何事ぞ、使いのものの誤りにて全くかの下宿屋ならぬ他の下宿屋を張番しいたるものなる事知れたれば、余の憤どおりは一方ならず。散々に罵しり散らせしも、さてあるべきにあらねば直ちにかの下宿屋に馳せ向いしが時既に遅し。余は下宿屋の主婦より、彼ラムプレーが十分以前に帰り来り、五分以前に多分衣類ならんと思わるる一個の荷包を携えて忙がしげに出去りたる由を告げられたり。余は切歯して憤どおりを再びしたるも今は及ばず。この上は一刻も猶予すべきにあらず、五分といえば遠くは行かじと直ちに彼を追かけしが、主婦の詞に東の方に向いしというを頼りに余もまた東の方に向いたり。されどこは至って漠たる方角にしてその方角には幾個の道筋の分れおる事なれば彼がいずれの道に進みたるやは全く知るべからず。余は他の一人と手分しこれ等の道々に就て問い試みたるも少しも手掛を得ず、困じ果たる後、漸やく前日余にラムプレーの事を様々と語りくれたる飲食店の主人の前を横ぎり、彼に糺しみたるに、彼は点頭て

「おおラムプレーさんなら丁度小一時間も前にここを通りましたよ。マックルフヒールドに善い仕事先が出来たのでそこへ行くという事で、明日の朝の仕事の間に合わせたいとて大急ぎでマープルの停車場の方へ行きましたよ」

と語れり。

余は後ラムプレーに注意を与えたるはこの飲食店の主人なるべしとの疑いを抱きしが、そはとにかくに彼の告たる処は詐わりとも思われず。後にも余は二三のラムプレーを認めたりという人を見たるに、いずれもラムプレーが野の方に行きたりまた野を横ぎるを見たりと語れるが故に、彼が町を出でて野を横ぎり行たる事は明白となれり。彼の下宿よりマックルフヒールドに行くにはその野を通るが道なればさてそこに行くべき汽車に乗るためマープルの停車場に赴きしなるべしと、同停車場に赴むき見たるに、こはそもいかに今より二時間の中に一回もここを発車したる列車なしとの事に、余はただ落胆するの外なく、今は詮方なければマックルフヒールドの警察署に当てて停車場の注意を乞いおくと共に、同地行の終列車がここを発するまで停車場に待構えおりしが、終列車は発しても彼は遂に来らず。余は全く疲労し果て、張つめたる気も殆んど抜けて宿所に帰り、明朝は必らず何等かの手掛を得るならんとの空頼みを抱きて床に着きしも、彼が既に自分の跟られいるを知る上はあるいは余の手にて到底彼を捕え能わざるやも知り難しとの恐れを

抱きて眠りに着しが翌朝まだ夜の明きらぬ七時頃警察署の給仕の男慌ただしく来りて余を起し、只今この手紙来れりとて余に手渡し行くを見ればマープル郵便局の消印ありて『ストックポルト警察署にて。倫敦(ロンドン)の探偵殿』と宛名しあり、諸君よ、こは誰より来れるものと思わるるや。

(四)

しかもこの手紙の消印がマープル郵便局のものにて、なお倫敦の探偵殿と宛名しあるからは少なくもこの事件に密接の関係あるものの送り来れるに相違あらじと、余は取る手も遅しと封押切りて開き見たるに、諸君よ、こはこれ思いがけなくも犯人ラムプレーより余に送り来れるものにして実に左の如く読まれたるなり。

拝啓。貴君が小生を跟(つけ)おらるる事及び何のために跟(つけ)おらるるかは小生最早承知しおり候。小生は今夜貴君に捕わるるを好まぬ故巧みに貴君の眼を暗まし申候。もっとも南方に赴むきて身を潜めん考えに候処小生の罪状もすでに知れかつ貴君の如き敏腕なる探偵の跟(つけ)おらるる以上はよし天をかけり地を潜(くぐ)るるの術ありとも到底天網は免れ難きものと自信仕候(つかまつりそろ)については運命と諦らめわれとわが罪を悔い明朝夜の明ぬ中に自滅仕る覚悟に有之候(これありそろ)。貴君が明朝この手紙を御受取の上起出でてかの寺院の高塔を御覧あらば小生の最後を御認め相成るべく候。

ジョン・ラムプレーより

ここに寺院の高塔といえるは、曩(さき)にちょっと余の述おきたる、諸君も既に御承知なるべきかの町尽(はず)れに見ゆる、非常に高く鋭どき尖塔なるべきは云うまでも無し。されど余の宿処よりは物の蔭になりて見えねば衣服を着る間も忙(いそが)わしく急ぎ宿を出で町の四ツ辻に出でてその方を眺めやれるに、果せるかな余を驚ろかしめたるあるものを認め得たり。まだはッきりとは明渡らぬ空の灰色に霞めるが中にも余はなお寺院の尖塔にかけ渡せる鉄鎖に縊(くび)れてかかりおる人の死体を認め得たるなり。

余は思わず

「やッ！　ラムプレー奴(め)とうとうやったな、せっかく意気込んだ己(おれ)の仕事もこれで仕舞(しまい)か！」

と呟やきつつ半ばは驚ろきと半ばは失望とに充されつつ、直ちに警察に赴むきてこの事を告げ、更に寺院に向える時は夜は全く明放れ、人の縊れいる高塔を繞りて烏の悲鳴せるさま哀れにもまた凄惨の光景を呈したり。またこの時は早やこの町の人々も皆起き出でて早くもこの珍事を知り、物見高く寺院に打集えるが中にもラムプレーを知れるものは皆彼の死体なりと打呟やくあり。

「コンな処で縊れるとは実に気の知れん奴ですな」

と余は傍の巡査に語れば
「私はそうは思いません。あの男はこの塔へ上れるという事のために非常の名誉を博した男で、つまり自分が名誉を得たこの塔で最後を遂るというのは彼にとってみるとさも起りそうな考がえと思われます」

と答えしは何さまもっともなり。

　されど警官始め見物はただあれよあれよというのみにていかんとも手を下さん術を知らず。げにこのストックポルトの町には彼を除きてはこの塔に上り得るもの無き事なれば、種々協議の末スタリーブリッチといえる処にやはり水夫にて物見の役をなしおり木登りに妙を得たる男あるよりそを呼び迎うる事とし、彼の方に急使を発っしたり。いざ諸君、余が話の眼目はこれよりなり。

（五）

ラムプレーの死体を塔より取下すため呼びにやりたる男の来り着たるはその日の正午を過たる頃なり。この時はこの町のもの悉くこの未曾有の椿事を知り、町にあるほどのものは挙って寺院に集い来れるほどの有様に、その雑沓は一方ならず、かかる中に仕事は始まり、かの男はいよいよ集目注視の中にこの晴業に取かかれり。

　とかくするほどに彼が巧みにも鎖を頼りて、削るが如く雲と抜いてつッ立てる尖塔を攀じ登り、やがてぶら下れるラムプレーの死体に近よれる時には今までひしめきいたる幾千の舌はひたと鳴を止めただ片唾を呑んで打守りぬ。諸君、余はこの数分間の感情を長く忘るる事能わざるなり。今やさながら赤児の如く小さく見ゆるかの男がひしと死体に近よりて注意に注意を加えつつ、一条の綱を死体に括りつけおる下には、一人の助手が四角形をなせる方塔の上に立ちて、そを受取らんと待構うる有様、何とも言い知れぬ悽愴の感を与え、見物の中に誰一人声を発するものもなきなり。

暫らくありて死体は無事に助手の手許まで取り下されしが、何事ぞ助手はその死体をば高く両手にさし上てやッと云いさま遥かの下なる地上にこそは抛ちたり。余りの乱暴に余の驚ろきは素より見物の中にも死体を侮辱せる仕業なりと罵しるものすらありしが、忽ちにして見物の憤懣はどッとあげたる嘲笑の声に変じたるこそ不思議と、余は急ぎ死体の投つけられたる地上に走り行けば、ああこはそもいかに。諸君何と思わるるや。こはこれラムプレーの死体にはあらずして一個の藁人形にいずこよりか獲来れる人形の首を嵌め、これにラムプレー自身の衣類を着せしめたるものにてありけるなり！　余は二十五年来この社会に生活せしも曾てかくまでに犯人のために愚弄され馬鹿を見せしめられたる事はあらざるなり。

かれラムプレーはかくして殆んど一日間は何ものにも跟られずして自由自在にその好める方に向えるなり。思うに昨夜彼は余を誑らかさんためマーブル停車場に向いしと見せかけて、余をして空しくマーブル停車場に張番をなさしめおる間に、藁人形の変玉を作り、夜半人の静まるを待ちてかの高塔に攀上り（こは彼にとりては小児の戯れのみ）余を欺むかんためにその身代りを括りつけおきたるなるべし。当時の余が慚愧と憤懣は今もなお昨日の如く浮びくるなり。

さて終りに臨み局を結ぶがためにラムプレーの上を語るべし。彼はかくして無事に東海岸に赴むき、窃かに和蘭に渡航したるものにして、その後全く余が勢力の範囲外に安全に生活しおりしが、久しき後その身の窮乏に陥いると共に前非を悔ゆるの遺書を残して轢死を遂たり。

諸君、余には実にかくの如き失敗談あり。故に会主の讃辞の如きはそのまま熨斗をつけて御返却に及ぶものなり。

郵便切手の秘密

（壱）

只今フーカー君の述られたる失敗談は諸君に非常の感動を与えられたるものの如し。失敗談の続くも妙ならぬ感あれば、余は一席の功名談を御聞に入れん。余の如き未熟ものが手柄話などと実は僭越の挙動なるべけれど、暫時の間お耳を汚されん事を望む。
　こは数年前の出来事なるが一日余は上官より呼びよせられ早速探偵局に出頭したるに上官は余を待受けて
「おおワイズマンさん、ここによほど巧みにやった犯罪事件があって是非君にいってもらいたいのだが……それは頗る秘密のありそうな事件で外のものではなかなか底を割る事が出来まいと思うのだ」
と云わるるより
「どンな事件ですか」
と問えば上官は一葉の新聞紙を余に与え
「このガゼットの号外に載っている事件だ。途中で読んでみ給え。一刻も君を引留めておく訳には行かんので……すぐ立ってもらおう。先方(さき)へは電報を打って――いや己(おれ)が打ってやろう。ハスレミヤへ行くのだ。汽車は五時二十五分に出る。あっちへ着いたら停車場に馬車が待っているはずだから、その馬車でブロードリック家へ行くのだ。それだけだ、早く！」
　余は探偵局を出でて直ちに辻馬車に飛乗りて、ウォータールーに至り、そこより五時二十五分発のハスレミヤ行の列車に乗込たり。事件の性質はほぼ新聞紙の記事に依りて会得しつ。やがて目指す停車場に下車すれば、そこには下車の人を出迎いおる馬車三四輌ありていずれが余を待いるものなるや明らかならず。躊躇しおれば、これ等の馬車の中に、四十六七歳と見ゆる品格ある一紳士馬の手綱を取りつつ心配気(こころありげ)に何人をか覓(もと)めおるがあり。暫らくして余の姿を認め、余もまたそれと察して傍に進みよる時、紳士はその非常に憂を含める顔もて会釈をなし
「私はブロードリックですが、貴君(あなた)はもしや……」
との詞(ことば)に余は点頭(うなずき)て
「私は探偵局のワイズマンです」
「おおそれで安心しました」
かくて余の馬車に乗移るや、彼ブロードリックは馬首を転じて一鞭あて
「ワイズマンさん、事件の筋路はほぼ御承知の事と存じますが、実にもう恐ろしい事件で、私は全く人心地もないほどの愁傷です。よろしく御察しを願います。しかし馬車の中で始終の事も申上げたなら時間も省け、幾分か御捜査上にも好都合かと存じて、自分一人でお迎いに出た次第です」
　余はこれに答え
「いや御愁傷のほどは御察し申します。ではなお昨日

の出来事を最とも明瞭に御説明を願いましょう」
ブロードリックは極めて愁いに沈める顔を挙て
「ハイ始めから申上ぐれば、荊妻を始め娘なり自分もいつもの通り昨朝八時に起出でまして一同朝食をやったのですが、荊妻も娘も平生余り壮健の方ではないですから善くすぐれぬ勝の日が多いのですけれど、この日は両人ともいたって上元気で、高笑いの中に朝食を済したような次第なのです。で朝食後めいめい別れ別れになって昼飯時までは一緒になりませんでした。荊妻や娘は多分自分達の部屋へ引取りましたのでしょう。私は植木いじりが大好なので、ひとり庭へ出て花の手入をやっておりました」

(二)

ブロードリックは詞をつぎ
「しかし午前中には何事もなかったので、昼飯時にも例の通り親子三人で食事をやったのですが、荊妻も娘も朝飯の時と同じ元気で、二人の素振にもまた会話にも少しも異った事はなく、何も二人に心配事でもあったように一向察しられませんでした。いつもよりは却って愉快に談話もし食事も二人とも進んだように見受けられましたので……で食事後荊妻や娘は二人とも何か手紙を書ねばならぬとか云うて、それぞれ居室へ引取りまするし、私は二時間余り他出をいたしました。そして私は帰ってまいるなり、書斎へ籠って物の二十分も書物を読みかけたと思う頃下女がけたたましい声をして這入って来て『奥様とお嬢様が大変でございます！』というので、何事とも知らず、まず荊妻の室へ飛んで行って見ると……荊妻は全く冷えきっているのです！　荊妻ばかりか、娘も——私の一人娘も虫の息なのです！　で娘は五分の中に私のこの腕へ凭れたまま息を引取ってしまいました」
とここに至ってブロードリックは男泣きに泣きつつ詞を次ぎ
「それが素より食物の中毒ではないのです。何ものにか毒殺されたのではあるまいかと思うですけれども、二人は決して他人に怨みを受くるような女では無いのです」
余は同情を表せる調子にて
「どうも飛んだ事で……実にお気の毒の次第ですな。しかし念のために伺いますが、貴君の財政上の御都合はどンな事で」

「ハイ、一ケ年二三千磅(ポンド)の収入がありますので、まずかなり安楽に暮しております。もっとも私はそれほどの費用は要しませんので、大抵一ケ年一千磅ほどで暮して行ってるのです。どっちかと云えば自分は気の小さい方で、自分の死後の事などを考えまするると、先立つものは金で、金さえあれば荊妻(かない)や娘が肩身広く安楽に暮せる事と考えまして、収入の余裕はまた預入(あずけいれ)をしておくと、いうような事でありますので……」

「なるほど……そしてそれほどの財産は貴君がおこしらえになりましたので？　それとも御相続になりましたのですか」

「そのお尋ねはこの事件には何も関係の無いように心得ますが……しかしお尋ねとあればお答を致しましょうが手前が相続を致しましたので」

「なお立入ってお尋ね致しますが、万一貴君が御死去の際はその財産はどうなりますか。いや誰が相続をする事となりますか」

「第一は荊妻(かない)に財産の相続権が移るので、荊妻(かない)が亡くなれば娘に移ります」

「して令嬢の御死去の場合には？」

「もし娘に子の無い場合には私の実弟に移ります」

「では貴君のお説に依ってみますと、奥さんと令嬢の共に御死去になった場合に利益を享(う)くるものはこの世にたッた一人、即ち御令弟があるだけですな」

余の意味有気に云える詞(ことば)に、ブロードリックはいたく激したる調子にて

「ワイズマンさん、私は貴君に少しお言葉をお慎しみ下さる事を願います。他人が居りませんから宜しいようなものの、貴君のお詞(ことば)はどうやら手前の実弟ジャックが犯罪に関係しておるやに聞えますが、怪(け)しからん御推察で、この凶変のために実弟は只今拙宅に来ておりますから、篤(とく)と御覧を願いましょう。その上で御判断をなすって頂だきます」

と云う中(うち)馬車は一構えの邸宅(やしき)の前に駐(とど)まりたり。

（三）

馬車の今しも駐まりたる、美麗なる邸宅(やしき)の玄関には、年比(としごろ)三十四五歳と思わるる一人の紳士出迎いおりしが、余はその容貌に依りて、これぞブロードリック氏の弟ジ

ャック・ブロードリック氏なるべき事を推測しぬ。この推測は果して違わず、彼の実兄に依りて紹介されたる時、彼は叮嚀に余に会釈し、この度の労を謝せり。
余等は家内に進み入りたる時余はまず問を発し
「誰か警官が来ておりますか」
ジャックはこれに答えて
「ハイ、シャドエル警部が来ておられます。多分まだ居られるはずですから、呼んでまいりましょう」
と彼はかなたに出去れり。この時ブロードリックは余に向いて鋭どき調子にて
「ワイズマンさん、貴君は何と思われます。まだジャックをお疑いになりますか」
余はいと暖かに
「いやなかなかの事、少しもお疑い申す処は有ません」
ブロードリックはさもこそといわぬ顔付にて
「それに第一事変のあった日にここには来ておらんのです。平生は倫敦に棲んでおるので、私から電報を打ったので、昨夜の終列車で此家へやって来たのです。少しも疑う処は有ません」
かく云える余の語気になお幾分の怒気を含めるは、兄弟の情としてさもあるべし。この時しもジャックはシャドエル警部を率てこの室に入来れり。
余は警部に向い
「貴君は昨日午後誰かブロードリック令嬢と談話をしておった男子でも、お探り込にはなりませんでしたか」
と問えば彼は首肯て
「ハイ、ここから数哩の、クロイスター・ハウスに住んでおるヒッツバーレーという紳士が、令嬢と談話をしておるのを、見たというものがあるので……」
「その紳士は何か令嬢に関係でも……」
ブロードリックは警部に目配ぬ。
「別に関係は無いようです。もっともその紳士は慈善家で……」
「いやよろしい。昨日の午後夫人または令嬢を訪問した客でも有ましたか」
「これは下女を取調べた処が一人も無い様子です」
「夫人や令嬢は同時間に外出せられましたか」
「夫人は外出しておられんので。令嬢は一時頃ちょっと他出して、すぐ帰られて、それから手紙をかきかけておられたとの事で、四時頃あまり夫人の室がひッそりしておるので、下女が行って見ると最早縡切れておられたとの事で……まだ一向手掛を得ません」

「で、貴君は何か証拠品でも発見せられましたか」

警部は悲しげに
「何も発見し得ませんので。しかし医師の検証に依るのに、双方の死体の舌の上に、モルヒネの痕跡を認めたとの事で、つまり毒殺と認定したのです」

「貴君は何か薬剤、別してモルヒネを探して御覧になりましたか」

「ハイ、探してみました。もっとも捜査上に不都合を来してはならんと心得て、何一ツ取片つけまた位置を換えたものはありませんので……しかし皆目モルヒネの器(うつわ)などは無いです」

「ではその室へ行ってみましょう」

と余はブロードリック兄弟を跡に残し警部と共に梯子段を上りて、まず第一の寝室に赴きぬ。

(四)

われ等の今しも入込みたる室は半(なかば)は寝室、半は化粧室にして、麗わしくいと心地よく装飾されてあり。窓と向い合い、壁に添うて大いなる寝台ありこの上にブロードリック夫人は屍(しかばね)となりて横われり。窓の下には一脚の机ありて、その上には墨(インキ)及び紙筆を供えてあり。三脚ほどの安楽椅子配列され、壁には美くしき油画(あぶらえ)懸られすべていと住心地善しと見ゆる室の様(さま)なり。

余はまず机の前に進みつつ、警部を顧みて
「奇異な事件ですな。よほど不思議な犯罪ですな」

かかる中余の眼につきたるは机の上に乗れる、清潔なる無色透明の液体を半ほど充せるコップなり。

「これは始めから有ましたのですか」

「始めから有ました」

余はその臭を嗅たれども、全く無臭にして尋常の清水なるべしと、思われたれば、注意しつつちょっと舌をつけみたるに、こは思いし通りの水に過ざりき。次ぎに余の眼を惹きたるは一通の書翰(てがみ)なり。書翰は既に封ぜられ、宛名を書れ、印紙を貼(はら)れてあり宛名は婦人の手跡にて『倫敦セベリントン街三番トーマス殿』と認められたるを見る、そは疑もなく夫人の書(かけ)るなるべし。

次に余が眼を転ぜし時、火炉(いろり)の上に投捨られある揉めたる状袋を認めぬ。余は直ちにこれを取上て皺を伸し見たるに、その状袋は机の上なる状袋とは別種のものにて、宛名は同じく『倫敦セベリントン街三番トーマス殿』と記されながら、手跡は全く男文字なり。思うにこのトーマスなる男より夫人に何か返翰を求むべき事ありて、自ら宛名を認めたるこの状袋を封して送り来れるものにてもあるべし。かく思案しつつなお善く改ため見れば、印紙を貼べき片隅に二枚の印紙を貼りてそを取去りたる痕跡あり。たしかに印紙の輪廓の薄く残れると共に、アラビアゴムの汚点さえ存せるは強くその印紙を押つけたるものと思わる。そは蓋しゴムの薄き等のために二度三度これを貼したるも善く附着せずして汚れたる痕跡を残せるより、夫人は遂に状袋に書換て他の一ペンニーの印紙一枚と貼かえたるものならん。机の上なる書翰には一枚の印紙の貼れてあるはそを証するものなり。さらばその取去れたる二枚の印紙はいかにかしたる。

余は立上りて火炉を蔽える鉄格子の中を窺き見たるに、余の大いなる喜びにまで、余は小さく紙を丸めしものを発見せり。そを取上て開き見れば果して余の推察に違わず。まだ消印なき二枚の半ペンニー切手を丸めたるものにてありたり。

かくて後余は椅子に依りかかりて長き間この手掛となるらしき二枚の切手を手にせるまま思案に暮おりしが、忽ちにして一個の考は余の胸に纏まりたれば、ハタと膝を打ちて無言のままわが傍に立てる警部を顧りみ

「シャドエル君、君はどうぞ下へ行って弟のジャック・ブロードリックさんに、倫敦で最も確実と信ぜらるる、公証人の名と処とを書いてもらって来て下さい。そして一人で戻って来て下さい。あの兄弟をここへ這入って来さしてはいけませんよ。貴君と二人きりでないと困るですから」

警部は首肯きて二階を下り行きしが、ほどもなく、ジャック・ブロードリックが、公証人の氏名を書ける紙片を携えて上り来れり。

（五）

余は警部の持来れる紙片を取上げて注意深くそを吟味しつつ、かの火炉の上より発見したる採たる状袋の文字と比較し見ぬ。余はつくづく見較べはてて

「いや全く同じ筆跡だ、手は善く換えてあるが……」

と独り呟やきながら声高に警部に向い「いやシャドエル君、令嬢の室へ行ってみましょう。後を錠を下して下さい。他人に這入って来られると困ります」

かくて二人は庭を見下せるブロードリック令嬢の室に入込みぬ。この時余は何の故とは知らねど一種の異様なる力を感得して、つかつかと窓の傍に進み広やかなる庭の面を見渡しぬ。余は別に何を求めんとせるにもあらず。両手を後ろに組みて思案を構えながら何を見るともなしに見やるかなたの庭外の石南の高き叢がばさばさと動くを認めぬ。余は直ちに叢の後方に一人の男を認めたり。突然かの男は二三歩背後に闊歩して立止まり、異様の笑いを浮べてきっとこなたの窓を見上ぬ。こはジャック・ブロードリックなりき。余は彼に見られじと、急がわしく身を火炉の上なる棚の蔭に退きぬ。彼の笑いはそも何を意味するならん。

余は警部に向っては一語をも発せず、ふと炉上の棚に眼を配りしに、余の心の中に思い設けいたる一通の手紙を見出せり。そは既に宛名を書れ、封じられ、二枚の半ペンニー印紙を貼られてありたるものにて、宛名の文字は故意に歪みて書ける男子の手跡にて『倫敦ピリングトン街十七番セベラル・ルイ殿』と認めあり。

余はそを取上げて注意深く眺めやれる後、心に首肯て かの夫人の寝室にて見出したる揉たる状袋の文字と比べ見ぬ。字の書方は一見したる時には甚だしき相違あるようなれども、仔細に吟味する時はその筆癖の同一なる事を発見すべし。しかる後に余はジャック・ブロードリックの書る倫敦の公証人の姓名及番地の文字とこの二個の状袋の文字とを更に比較し見て、この中の一ツを書るものは、疑いもなく慥かに他の二ツをも書るものならざるべからざる事を知りぬ。次に余は最後に見出せる手紙の封を破りて披き見たるに、中にはブロードリック令嬢の手跡にて左の如く認めあり。

御手紙拝見仕候。しかる処妾は差当り犬の入用無之候間せっかくの御親切 忝 なくは存候えども御断わり申上 

四月二日

モード・ブロードリック

余は静かに手紙を状袋の中に収めて、表面を打見やりながら

「この状袋には二枚の切手がちゃんと附いているに、なぜ夫人の方のには附かなんだのだろう」

と独り呟やきぬ。しかるに室の中なる卓子の上に眼を注げる時、忽ち一個のゴム壺と一枚の紙片とを認め得たり。この紙片の上には明らかに状袋口と二枚の切手を並べてその上よりゴムを引きたる痕跡を残せるなり。これにて何故令嬢の手紙に半ペンニー切手の善く附おるかを

解釈し得たるなり。余は警部に向い
「シャドエル君、あの夫人の机の上にある手紙と、それから紙屑籠を持って来て下さい。戸を善く錠を下して！」

（六）

忽まちにして警部は以前の手紙と紙屑籠とを携えて入来れり。余はその手紙の封を切りて読下せるに

御手紙たしかに拝誦いたし候。御親切のほど決して空には思い不申候。しかる処差当り妾にはかかるものの必要も無之候まま御断わり申上候。あしからず思召し被下度まずは御返事まで申入候。

四月二日　フロレンス・ブロードリック

「かかるものとは何をさすのであろう」と余は呟やきつつ屑籠を捜しみて一通の手紙の反古を見出しつ「やッ、これだ、どれ読んでみよう」

突然ながら手紙を以て申入候。ふとせし方より聞込みし事に候えども貴女様にはニューフォーンドランド種の良犬をお求に相成居られ候趣。しかる処手前方に右同種の犬の子最早四ケ月に相成候が一匹有之。至って逞ましく発育し性質ももっとも怜悧に候えば定めて貴女様の思召に叶う事と思われ申候。毛並は最も光沢を帯びたる褐色にして眼光鋭どくまたこの犬の両親はその体格も極めて逞ましくかつ怜悧なるを以て有名のものに有之。両親ともこれまで水に溺れしものを救いたる事または盗賊を捕えたる事いずれも二三回有之ものに候。価は最も廉価にして差上可申候。至急に御返事被下度候。

四月一日　トーマス

ブロードリック令夫人へ

更に書面の終りに二伸として左の如く記されたるがいたく余の注意を惹きぬ。

二伸。御返事を煩わさんため宛名を記せし状袋及び郵便切手を封入致置候。他にも申込有之候間もし御不用に候わば早速他へ売却可仕候。御返事無之候わば御入用の事と心得手前方より持参可仕候。

余は心に点頭て、更に令嬢の受取りたる手紙を捜索しぬ。されどそを見出す事能わざりき。思うに火中したるものにてもあらんか。そはとにかくに今は令嬢への手紙を見出すべきさまでの必要もなく、夫人への手紙と同一

種のものならんとは、確に察せられたれば直ちにその捜索を中止しぬ。

　一道の光明は今こそ嚇々（かくかく）として事件の道筋を照せるなり。余は勝利に充る声にて警部に向い

「シャドエル君、すっかり分りました。われわれは百歩の中に、犯罪者を捕縛する事が出来ます」

　と云えば彼は愕然として打驚ろかされ、呆気に取られて言葉もなかりしが、やがて無言のまま余に従うて室の外に出で、二階へ下りて書斎の中に進み入りぬ。余はそこに兄のブロードリックに出遭わんとしたるなれど、弟のジャックもまたそこに居りしを見出したり。ジャックをここに見るべしとは少しく思い設けぬ所なりしかは、まず彼の容貌（ようぼう）を眺めやるに、かの石南樹（しゃくなんじゅ）の蔭に異様の笑いをなせし凄みはなく、ただやや神経的痙攣（けいれん）の顔に顕わるるを見しが、さりとて別に異（かわ）りし事もなく、いと殊勝に挙動（ふるまい）おるを認めたり。

　余等の入り行ける時二人のブロードリックは声を揃えて

「どうも御苦労でした。しかしなにか手がかりでもお手に入りましたかな」

（七）

余は何気なきようにて穏やかに

「ハイ、手掛を得たように考えます。犯罪人は十分の中（うち）に判ります。しかしなかなか念の入った事件で、貴君方お両人（ふたり）の御注意となおまたお手をも拝借致したいので……」と云いつつジャック・ブロードリックに向い「私は殊に貴君に御助力を願いたいものです。御令兄は大分心経（しんけい）を悩めてお出でのようですから」

　彼ジャックはやや不穏の面色（おももち）にて

「それは自分に出来る事なら、どのような助力でもいたしましょう。たった一人の嫂（あによめ）や姪が殺されたとあれば、どんな尽力でも決して厭（いと）わん考で……」

「なるほどそれはそうなくてはなりますまい、お手を拝借したいと申すは決して手数の入った事では有ませんのでただちょっと御面倒をかければよろしいのです」と云いつつ余はポケットよりかの夫人の寝室（ねま）なる炉上に見出したる状袋と、同じ炉中に見出したる二枚の半ペンニー郵便切手とを取出（とりいだ）し「それではどうぞこの二枚の切手

をこの状袋へ貼って、それから状袋口を封じて頂きたいもので……」

と忝々しくそをジャックの前に差置きて、屹と彼の顔色を見詰めたり。果せるかな彼はこの時椅子に寄りてありたるが、矢庭に卓子の角を摑んで起上りさながら土の如き顔色となりて再びどっかと椅子の上に倒れ、眼を閉じ口を結びたる様、絶息せしものなるかの如く思われたり。

余はさもこそとこの有様を見やりつつこの度は何にも知らぬ兄なるブロードリックに向い

「ブロードリックさん、私が馬車中で貴君の夫人と令嬢とが死去された場合に利益を享るものはただ令弟ばかりであると申上げた時に、貴君は令弟を侮辱するものと仰しゃって大層御立腹で有ましたな。しかしながら只今この御令弟の顔色を御覧なさい。歴々と顔に書れてあります」

「……」

ブロードリックは気の抜たるが如く詞も無し、警部は慌ただしく人を呼んで

「水を！　ブランデーを！　犯人が死んでしまう！」

×　×　×　×　×　×
×　×　×　×　×　×

余は別室に退きて警部と打合せたる後、三十分を経て再び兄のブロードリックを見たり。彼は全く人間中の不幸ものとなり、顔は青ざめ、容は憔悴し、かつ全身の顫動せるは非常なる苦痛と掛念とに満されおるがためなるべし。ここに至っては余もまた大いに気の毒ならざるを得ず、慰さめ顔に

「実にもう貴君に対してはお気の毒とも申し上ようも無い次第で。しかしこの際お気を丈夫にお持なさらんといけません」

「有難う……丸でもう夢のようで……全体善く合点が行きませんが弟がどうしたのでしょう」

「いやごもっともです。御合点のまいるように説明してあげましょう」と余は徐むろに口を開きて「昨日の午前に奥さんと令嬢とはお両人とも倫敦から手紙をお受取になりました。これは奥さんのお受取になった手紙で」とかの一通を示し「これは奥さんが犬を欲しがっておるという事を聞いた故その犬を周旋しようという事が書いてあります。この犬というのは全く成立しておらんもの

で、ほんの狂言なのであります。お嬢さんのお受取なすった手紙も全く同じもので、いずれにも返信用として宛名を書た状袋と、貼ってない二枚の半ペンニー郵便切手が入れてあります」

（八）

余は説明を続け

「午後に奥さんはその返事をお書になりました。それは犬などは入らんと拒絶した文面で、それを目論見のために送ってよこした状袋へ入れて状袋口を嘗（なめ）て封じた上、入れてあった二枚の切手もこれまた嘗て貼付たのです。この時奥さんは舌に苦いか何か異様の味い（あじわ）を感じたでしょう。それで水をお呼になりました。してその水を半分ほどお呑になって傍へ置いてあったのがあのコップです。そうする中に状袋口も剝れれば切手も剝れてしまったのです。それでモ一度嘗てお試みになったでしょう。しかしどうしても付いていません。それ故御自分の状袋と切手とをお出しになって、それへ宛名を書いて切手をお貼になりました。暫らくすると奥さんは御気分がお悪くなったでしょう。それで床へお横になりなさると一時間の後あの通りになっておしまいなさいました。それから少し時間は遅れましょうが令嬢もやはり同じ事をなされたので。しかし令嬢は状袋口もつかねば切手も付かぬので、御自分にゴムを引いておつけになった上、郵便に入れるため炉上の棚へお乗（のせ）になりました。するとこれも間もなく不快な気分になられたために、長椅子の上に横になられたのです。そこに貴君は令嬢をお見出しになりましたので……そこで御死去なされたのです。さアそこです善くお聞なさい。貴君の御舎弟は全く貴君の財産に眼がくれたため、貴君の奥さんと令嬢を無きものにする計画を立られたので。それには人知れず毒薬を奥さんや令嬢に送りお両人（ふたり）に毒薬と知らずにそれを用いさせるという最も驚ろくべき最も巧みな方法を考えられたです。即ち手跡を暗まして是非返信を書ねばならんような手紙を送り、してその手紙の状袋口と切手の裏のゴムを除いて別に毒薬入のゴムを引いたので……仮令（たと）えばモルヒネとか砒石（ひせき）とかの大分量と少量のゴムを混ずるというような方法です。お判りになりましたか。先ほど御覧になったあの状袋と二枚の半ペンニーの切手がそれです。かかる場合には普通切手を貼付て送って来るべきであるを貼つけずに送って来たというのは即ちその目的があるからです。また一ペンニーの切手の代りに半ペンニーのものを二枚送って来たというのも一枚よりは二枚の方が二倍の効能があるからの事とは説明までも有ません。このゴムは極めて容易に融けるもので、舌の触れた刹那に殆んど離れ去ってしまったでしょう。それ故状袋口も切手も直ぐに剝れてしまったのです。もしこれが御令弟の予期した如く奥さんも令嬢もその返書を郵便函へお入れになった後この事が起りましたならば、それこそもう総ての手掛も失われて、最早この犯罪の捜索の道もなく、まんまと財産は御令弟のものとなるはずでありましたが、その返信のまだ出されずにあったのはこれぞ御令弟の運の尽(つき)なのであります」

ブロードリックは椅子に沈みてただ深き嘆息を漏らすのみ。暫らくありて彼は顔を挙げ

「で弟奴(め)の身はどうなりますか」

「この上は最早致し方がありません。法律の制裁を受けるより外に道はあるまいと考えます」

これにて余はブロードリック家を引取り、ジャック・ブロードリックは警察に引立られたり。兄なるブロードリックが落胆阻喪の様は長く余の眼に留りて未だに忘れざる処なり。

富豪の誘拐(かどわかし)

(壱)

(レビーの談話) 一日(あるひ)余が探偵局にて長官と談(かた)り居たる際給仕の男入来り長官の前に小腰を屈(かが)め一葉の名刺を出だし、

「只今この婦人が至急貴下(あなた)にお目に掛りたいと申しております」

というに長官は名刺を取上げ見て、

「コリンス・コックス夫人、コリンス・コックス夫人」

と繰返しながら「こりゃ二三年前倫敦(ぜん)へ移住して来た亜米利加(アメリカ)の富豪(かねもち)の妻君じゃが、君は知らんか」

余もその名を知るが故に

「ハイ、それでしょう」

と答うれば長官は給仕を顧み

「すぐここへ通すがよい、レビーさん、君はそのまま居てよろしい」

ほどなくコリンス・コックス夫人は給仕に導びかれて入来れり。年の比（ころ）は二十七八なるべく長高（たけ）くやや太れる方なれど愛嬌ありて品格に富める婦人なるが、いたく心に激する所あるが如くそわそわとして長官に会釈せり。

長官は片頬に笑を含みて

「何御用です」と云うをも待たず

「ハイ、良人（おっと）の行方（ゆくえ）が知れなくなってしまいました。どこへか隠されてしまったのでございます」

長官は夫人に椅子を与え

「いつからお行方が知れませんか」

「昨夕（さくや）からでございます」

長官は笑を浮べて

「ああそうですか。夫人、それならばさほど御心配にも及びますまい。御主人は無事に御帰りになるに相違ありません。して何とも仰しゃらずにお出かけになりましたので?」

「いいえ、そんな事ならば、ちっとも心配は致さないでございます。妾（わたし）が急に心配になりましたというのは、この少しばかり前にコンなものを受取りましたからです」

と云いつつ夫人は携え来（きた）れる女持の手提より小さなる端書（はがき）函を取出し卓子（テーブル）の上に打載せぬ。長官は函を手に取りて開きながら、一通の書面と何やら小さき紙包とを取出せり。余は長官の傍より窺込（のぞきこみ）ながらその書面を左の如く読下せり。

手紙を以て緊急の事件申入候（もうしいれそろ）。貴女の良人は安全にして何の故障も無き処に無事に隠（かくま）われ居申候（おりもうしそろ）。貴女が強いて見附け出さんと騒ぎ立られぬ以上はどこまでも無事なるべく候えどももし騒ぎ立られなば大いに後悔すべき事件を出来（しゅったい）致すべく候。さて貴女の良人はここに自身署名せられたる通り一万磅（ポンド）の手形を封入候間貴女が自ら銀行にて引き出されたる上次に記す所のわれ等の教えに従いわれ等手許に御送金なされん事を真実希望しおらるる次第に有之候（これありそろ）。

即ち貴女には銀行に赴きこの手形を正金と引換たる上そを手提革鞄（かばん）に入れ今夜の正八時を期しホワイトチャペルの十字街に赴き十七番戸の柵外なる敷石へ白墨にて太く十字の記号（しるし）を認（した）ためあるを目標（めじるし）にその上に革鞄を載せ置かるべく候。もっとも貴女は一人にて行かざるべからず。また万事秘密にせらるべく候。こは貴女の良人の希望に有之候。そは貴女が事を秘密にせられぬ時は貴女の良人の一命に係わるべきが故に候。金だにわれ等の手に入らば貴女の良人をば無事に送り届け申すべく候。なおまた貴女は左の如く実行されん事を希望致候(いたしそろ)。

金を入たる革鞄をばそのまま十字の記号(しるし)ある敷石の上に載置くと同時に貴女は速やかにそこを立去るべし。われ等は貴女の跡を跟(つけ)おる故に貴女がもし直ちに立去らぬかあるいは途中にて振返り見るかまたは探偵等を雇入れわれ等の上を探らせらるる時には貴女は二時間の中に寡婦(やもめ)となる事を覚悟なさるべく候。それ故われ等の裏切をなすは取も直さず貴女自身及びコリンス・コックス君の裏切をなすものと御承知あれ。われ等は貴女の所置一ツにて非常手段に出るに躊躇せざるものなる事を貴女に合点せしむるため別封の紙包を御覧に入れ申候。よくよく御注意あるべく候。

チャーリー誘拐会社

コリンス・コックス夫人殿

長官は次に他の紙包を開き見たるに、こはそもいかに。これにはまだ生々しき指に指輪を嵌(は)めたるままなるが入れてあり。

（二）

余はその指を取上げ見たるに、全く血の気失い青白くなりおれど、まだ生々しく根元より切断されて、これには蛇巻(じゃまき)の金の指輪が嵌めてあり、余はコックス夫人に向うて

「貴女はこの指と指輪に御見覚えが有ますか」

と問えば

「ハイ、指輪には覚えがございます。慥かに良人の嵌(はめ)ておりましたもので。しかし男の指はみんな同じようですから、これが良人の指とは認めがつきませんけれど、どうも良人の指では有まいかと気遣われます」

「フム、で貴女はコックスさんがどの指に嵌めてお出か御承知ですか」

「ハイ、それはもう始終左手の第四指(くすりゆび)に嵌めておりましたので」

「それなら奥さん、御心配には及びません。私の考では旦那さんの指とは違います。御覧なさい、これは何ものかの第二指(ひとさしゆび)です。ただコックスさんは誘拐(かどわか)されておる

だけと考えます。素より御無事でしょう。なに御心配には及びません」と云いつつ余は長官に向いて
「この事件の探偵を私にお命じを願いたいもので……」

と云えば彼れは点頭て
「よろしい、一ツやって御覧なさい」

余は勇み立ちて夫人に向い
「それでは奥さん、貴女はすぐ銀行へいらっしゃい。いやまって下さい、その手形をお持ちですか」

「ハイ、財布に入れてございます。お目にかけましょう」

余はその手形を夫人より受取り窓に近きて吟味するに普通の書箋紙に認めたるものにして、独りコックス夫人にのみ支払わるべき手形なり。書体は鋼鉄製の筆にて認めたる者にて、文面とコリンス・コックスと署名したる文字とは全く異なれる手跡よりなれり。

「この署名の文字は慥かにコックスさんの自筆とお認めですか」

と夫人に問えば
「どうもそのように思われます。しかし慥かに良人の書たものとも信じきるという訳にはまいらぬ処も有ますので……もっとも良人が署名致します時にひどく神経を過敏にしたため、いつもの通り確とした字体で認める事が出来ませんでこのように幾分に震い気味で有る事かとも思われます」

「そう致すと幾分か相違があるのですな」

「ハイ、良人の字体はごくしッかとしました頑丈な字体ですのに、これは御覧の通り少し顫えております」

「いやよろしゅうございます。それではこれから直ぐ銀行にお出になって、金額をお引出しになった上御宅へ御帰りなさい。私は何気なくお宅で御待受致しております。多分貴女を尾て行くものが有ましょうから、銀行へ行って金をお引出しになった方がよろしい。あ、それにも一ツ伺う事が有ます。以前の手紙はどうしてお手許へ届きました」

「ハイ、小包郵便でとどきました」

「小包郵便で？　いやよろしゅうございます。では銀行へお出でなさい」

かくて余はそれよりここを立出でてカールトンハウスなるコックス家へ歩み行きぬ。取次に出たる男に向いコックス君の附僕に遭いたき由を申入るればほどなく応接の室に通され、年老いたる物云いの切口上にて叮嚀なる老人は出来りて挨拶せり。彼は素より何事をも知らざる

様なるが、余は夫人に面会したき希望なる事を彼に語り、なお夫人のいつごろに帰るべきやなど尋ねいる中、玄関に馬車の音聞えて夫人は銀行より帰り来れり。

（三）

夫人はかの手提革鞄を携えて入来りつ、余に会釈して
「妾はもう夕方までに気でも違わなければよいがと思われます」

これを機会（しお）にコックス氏の附僕（つきびと）なる老人の立去れるを見済し
「金はお引出しになりましたか」

夫人は力無げに椅子に沈みて
「ハイ引出しは引出しましたが、やッとの事で引出しました。しかし貴君は何か手掛でもお見つけになりましたか」

「いや今見つけようとする処です。それについてお願いがありますが、蠟引（ろうびき）の書箋紙と鋼鉄（はがね）の筆（ペン）に墨（インキ）、それから何かコックスさんの署名なされたものを持って来て頂きたいものです。奥さんが御自身に持てお出にならねばいけません——誰にも知らさずに。しかしその前に伺っておきますが、御家内には総て何人ほどお出です」

「ハイ、平生は良人と自分と、執事が一人、男の僕が三人、下婢が五人と、これだけの暮しでございます」

「してみなここにお住居（すまい）ですな」

「ハイ執事だけは別に家を持っております」

「その執事と仰しゃるのは長くお使役（つかい）になるので？」

「三年ほどになります」

「只今はお出でしょうな」

「ハイ、多分帰っておりましょう」

「どこかへ出られたのですか」

「至急に用事が出来ましたので一時間ほど前に彼に弁じさせるよう命じましたので……」

「貴女が探偵局へお出になる前ですな」

「さようでございます。もっともその用事を弁ずるのに一時間は手間取（てまどり）ましょうからまだ帰っておらぬかも知れません」

「その執事から何か手掛を得る事もありましょう。しかし今は誰にも遭いますまい。どうぞ只今申上た品々を御持参を願います」

コックス夫人は室を出行きしが暫らくにして余の望め

る品々を携えて入来れり。余は蠟引の書箋紙を手に取上げて微笑を浮べぬ。そはかの一万磅(ポンド)の手形に用いし紙と全く同じにてこそあらね、殆んど同一のものにてありたるなり。余はなお夫人の持来れるコックス自身の署名せるものをも手に取りて仔細に吟味せる後、手帳の中より模写紙を取出し、この署名の文字の上に載せて、文字の敷写しを始め、幾回もそを試みたる後、漸やく熟練を重ねてかの書箋紙を取り、これにコリンス・コックスの偽筆を認めぬ。もっとも字体を震い気味となしかつかの手形の署名に認めおきたる通り最後の文字の尾を妙に跳おきたるなり。ただしこの妙なる筆法は今しも余の手本とせるコックス自身の署名には見るを得ざりしものなり。

かくて余は偽筆を認(したた)め終れる後、この文字の処だけを空(あけ)てその他の部分を悉く他の紙面にて蔽い隠しぬ。余は奇異の感に打れてじっとそを見詰つつありたる夫人に向い

「家内の人を残らず次の室(ま)へ呼んで下さい、そして一人ずつ順々に這入って来るようにして頂きたいのです。処で執事のお方はお帰りになりましたか」

「ハイ、もう帰っているはずです。では仰しゃりつけの通りに取計らいましょう」

と夫人は出行しが暫らくにして立帰り

「執事は今丁度急がしそうに帰って来ました処で、直に隣室(となり)へ連て来てあります。その外も皆待たしてございます」

「では早速執事さんを呼んで下さい」

夫人は隣室(となり)の戸口より

「ステーナーさん貴君(あなた)すぐ這入って下さいまし」

(四)

執事ステーナーは入来りぬ。彼は年の頃三十歳許りにして金縁の眼鏡をかけたる紳士らしき男なり彼の入来れる時余は夫人を顧みて態(わざ)と声高く

「しかし奥さん．これが真実(ほんと)のものならばその通り引出してお出になるより外に道はありますまい」

余はステーナーに向直りて

「貴君はこれがコリンス・コックスさんの自筆とお認めになりますか」

と余が偽筆の署名を指させば彼はそを熟視して

「ハイ、主人の自筆です」

余は念を押して
「たしかに相違ないですか。この真偽いかんで大いに関係する処があるのですから、とくと御覧下さい」
かく云われて彼はさながら近眼者の如くに眼を近づけてそを熟視しぬ。この時余は彼の手の少しく顫え唇もまた打顫うを認めしが彼は速やかに顔を挙げ
「ハイ、私の見る処では慥かに主人の自筆に相違ありません。主人の字にしては少し字体が震うておるようですが、これは多分運動の後とか不加減の時に認めたものと思われます」
次に余は下男下婢等を呼び入れて一々問試みたるがただ主人の自筆らしく思わるというのみにて慥かに主人の自筆なりと断言したるものは無りき。
余は夫人に向い
「ちょっと馬車を命じて下さい」更に執事を始め他の人々に向い「実は私は探偵局のものです。皆さんには暫時次の室にお控えを願います。一歩も外へ出てはいけません」
と命じて余は筆を取上げ一通の書面を認め終れる時、馬車の来れる由を告たり。余はちょっと玄関へ行きて手紙を馭者に渡し、急ぎて探偵局に赴むき返事を持来るべき由を命ぜり。かくて後余は以前の室に還り、夫人と相対して小声に
「一番善く御主人の署名を知っておらねばならぬ執事が、私の偽筆を御主人の自筆だと断言したのは怪しむべきでは有ませんか」
と云えば
「ハイ」
と夫人は囁やきぬ。
「例の小包の届いた事をステーナーさんは知っていますか」
「知っておるはずは有りません。彼を出してから届いたのですから」
「使に出される事を拒みはしなかったですか」
「彼は妾がいった方が埒が明てよかろうと勧めましたが妾は断然排斥したのでございます」
十五分の後馬車は帰り来り、これと共にチャムバーといえる探偵の一人を乗せ来れり。余はチャムバーを次の室に伴ない
「ここに居らるる九人の方々は皆コックス家に雇われおるお方ですが、君は今夜の九時まで皆さんと一緒に此家に居ってもらいたいので。次にまた皆さんにはこの家

の中はよろしゅうございますけれども同時刻まで、さよう、今は三時半ですから今より五時間半の間は一切外出なされてはいけません。皆さんを尋ねて来る者があっても、このチャムバー君の面前で無ければ決して遭う事を許しませんから、さよう御承知を願います」

僕婢等はかくと聞きて驚ろき顔に互に何をか囁やける様子なりしが、やがてそれも静まれる後かの執事ステーナーは殊の外迷惑らしげに口を切り

「私は実は他に家を控えておりますし、それに八時までに帰る約束も有ますので……私の一身に何かお疑いでもかかっておるというならば格別、さもなくば特別に帰宅のお許しを願いたいと心得ます」

(五)

余は笑を浮べながら

「別段誰に疑が罹(かか)っているという事は有ませんが、貴君一人を例外にするという訳にはなりません。たって御主張なさるならば、止むを得ず警察権を執行するより外に道は有りません」

ステーナーはますます迷惑顔にてやや青くなりつつ

「では奥さんの御証明を願いましても……」

「いけません！」

彼は漸く諦めたるものの如く

「いや、それほどまでに仰しゃるなら御命令に従いましょう……はて困った事になったな、約束に反いて先方には実に気の毒だ」

と独り呟やけり。

余は一同に向い

「それでは皆さん、さよう御心得の上はお引取りになってよろしい」一同の立ち去るを見送りて次にチャムバーに向い「僕はまた探偵局へ行って少し打合せをして来ねばならんからここは引取るが、今いうた通り充分見張をしてもらわんけりゃア困る。多分八時前に秘密に家の中のものと戸外(そと)から通信を企つるものがあるかとも思う。どんなものとも外から来たものと談話をさしてはならんよ。よしんば小児(こども)なりとも、また小商人(こあきんど)なりとも、よしか、もしこの規則を破ったものがあれば直ぐに捕縛してしまうのだ。これが君の職務だから抜(ぬか)りなくやってくれ給え」

彼は首肯きて

「ハイ承知しました」

余は更に夫人に向い

「私は七時にここへまいります。それまでに貴方の古(ふる)衣類(きもの)と外套と、帽子に被布(おおい)をお出しおきを願います。私がそれを拝借するので……それからなろう事なら化粧室をどこか拝借いたします」

「宜しゅうございます」

最後に余はチャムバーに向い

「執事のステーナーを特別に注意し玉え」

と云残して夫人の前を辞しこの家を立出でぬ。

×　×　×　×　×

×　×　×　×　×

同じ夜の七時半と覚しき頃厚き被布に覆面したる丈高き一人の女、カールトンハウスなるコックス家を立出で、ウォータールー・プレースの方に歩み行きしがそこにて一台の馬車を雇い、馭者に命令を与えて腰打下したる膝の上には女持ちの黒革の手提革鞄を打乗せたり。馬車は一鞭当るよと見る間に馳せ出でしが迂廻(まわりみち)してオクスフォルド街の尽頭(はずれ)に来りて駐(とど)まりぬ。女は馭者に賃銭を払うて馬車を下り、小走りに東の方に急げり。忽ちにして数輛の辻馬車が手綱を控えて客待せる間に潜(くぐ)り入りしが、女は四辺(あたり)を見廻して馬車の一ツに飛乗りぬ。見るまに馬車は勢よく東を指して馳出せり。ニューゲートを過ぎ、エキズチェンジを過ぎ、フエンチャーチ街をも過ぎて最後にホワイトチャペルなる淋しき町の小さきビール店を隔つる事数間(けん)のこなたに駐(とど)まりぬ。

女は賃銭を払うて馬車を立出でしが、こたびは反対の側に歩み行きてそこに立居たる二人の労働者風の男に何事をか尋ね試みいるかの如き様なりしが、暫時(しばらく)にして二人の男は各々異なれる方向に分れ去りぬ。女はなおトある門の蔭に佇(たた)ずみて何をか待おる風情なりしが、やがていずこかの大時計の音の八時を報ぜるが淋しき町を通して幽かに聞かれたる時しも、己(おのれ)も懐中時計を取出して見て首肯(うなずき)ながら女はそこを立出でいと足早に小曲りして横路の中に刻み行きぬ。

（六）

今しも女の入込みたる小路は狭く暗く淋しくして人気(ひとけ)ありとも覚えぬほどなり。かなたの曲角に見ゆる街燈の光の幽かに指し来れるにてただいと朦気に女の歩み行く姿を認むべし。女は兎見斯見つつ漸やくに十七号の家屋の前なる敷石の上に太く白く十字を記せるを夜目にも認め得つ。手に携え来れる手提を、その敷石の上に載せ、そのまま踵を返して後をも見ずに急ぎこなたに走せ返れり。ト見たるは暫時が間にして、女は忽ち突出せる壁の影に身を隠し、身を屈めながら及び腰になりてきッとかなたを透し見ぬ。敷石の上なる革鞄はなおそのままにしてあり。十七号の家は全く空家と覚しく少しの火の気だに見えず、向い側は壁全く落ちたる廃家にしてこのわたり今は犬の子の姿だになし。今や出来ると待設けたる人の影は認むべくもあらず。

　されどこの時しも十七号の家にあたりて物の軋るが如き奇異なる音響を聞きて女は驚ろきながらきっとその窓より姿を顕わすものありや否やを見つめたり。さあれ何ものも顔だに出さず、すべてのものが革鞄を置かざる以前と更に異なる所あらぬなり。されど見よ、この刹那に敷石の上なる革鞄はいかにせしか全たく見えずなれるなり！　さながら手品の如く掻消されたるなり！

「どれ種を見てやろう」

と女は呟やきながら矢庭に隠れ場処を出で、三たび呼子の笛を吹ならせるが淋しき町の寂寞を破りてけたたましく響き渡りぬ。かくて後女は元の場処に走りゆき、その敷石を取調べぬ。思うに違わず周囲のセメントは全く崩されて粉の如くなりおり、石は容易に動くべくなされてあり。

　されど誰一人顕われ出でてそれを動かしたるものも無きにただ瞬く間にその上なる革鞄の紛失したるは如何。さては柵の中より手を出したるものにてもあるかと思えども、人の手を出すべき如き破れ口はあらず。その敷石の辺りよりは全く十七号の家屋に入るべき入口なければ女は正面の戸口に走りその中に入らんと試みたれど怪しげなる戸締ながらも容易に開かばこそ、力に余りて茫然と佇みいる時しも、一人の労働者体に見ゆるもの慌ただしく馳せ来りて

「おおレビーさん、私はやり損ないました！」

「なにやり損なった⁉」

　と余は叫びぬ。云うまでもなく女というは余が身姿を変いたるなり。この労働者体の男が部下の探偵なるもまたいうまでも無からん。

　彼はいたく激したる様にて

「始めから申せば命令通り私は日の中にこの近所を善

く探っておきましたので十七号の家は御覧の通り空家で久しく人も住んでおりません。左の家には病人でいる寡婦(やもめ)と娘が居るだけ、右の家はやや広い家ですがこれも近頃空家になっております。で私は夕方何気なく表を通ってみたのですが敷石は別に怪しい処はなくまた十字の書てある処もなかったのです。でも少し暗くなったら誰か出て来て細工をするだろうと隠れて窺っておった処が、不思議にも誰も出て来んのです。そうこうする中にもう八時ですから念のためとモ一度そこを通ってみると、どうです敷石の上にありありと十字が書れてありました！」

（七）

彼は詞(ことば)を継ぎ

「今の先まで異(かわ)りのなかった敷石の上に、誰も出て来たものも無いのに、十字が顕われるという訳は無いのですから、これはきっと十七号の床下から敷石の下に隧道(トンネル)を作って細工をしたものに相違ないと見込をつけましたので、これはこうしてと心に思案を定めて、またもとの隠れ場処へ引返すと丁度微かに大時計の八時が聞えて、貴君のお姿が見えました。私がじっと見ていると貴君のお置になった手提が、想像通りひとり手に見えなくなりましたから、いよいよ隧道(トンネル)に相違ないと、急いで十七号の横手へ忍んで、窓から中へ這入り、床下へ忍んでみると、果して穴蔵(あなぐら)がありました。しかしそれは今新たに作ったのではなく古くから何かの目的で作ってあったものです。もっとも曲(くせ)ものが居るに相違ないと信じましたから、非常に注意をして己(おの)れ捕まえて手柄にと思いながら腕脛(すね)こいて忍び入ったのですけれども鼠一匹居らんのです。そういうはずはないがと、穴蔵の隅から隅まで捜しましたけれども居りません。敷石はどういう細工をしたものかと探ってみるとそこへは今度小さな六尺足らずの隧道(トンネル)を新らしく作って敷石には支柱(つかえ)をしてあります。十字は敷石を取下た上書いて元の通りに直しておいたので、私は全く一杯食わされたのです。仕様がありませんから穴蔵を出て今度は二階を家捜しをした上同じく失敗しましてこの通り不面目の御報告に出てまいりました次第です」

余は腹立しげに唇を噛みて

「それならピッカーとグレーマーはどうした」

「二人の中できっと捕えたろうかと思います」

かく云う折しも朱にそみて喘ぎながら走り来れるは同じく労働者風に粧える探偵グレーマーなり。予は声をかけて

「どうした君もやり損なったか」

と問えば彼は歯噛をなして

「残念しました、逃してしまいました」

「どうしたのだ」

「僕は先刻貴君に別れてから十七号の裏手を張番しておったのです。そうすると八時五分でした。裏の潜りをそッと抜け出す奴が有るのです」

「一人か」

「ハイ、一人です。僕は御用と声を掛ながら飛つくと、奴は心得ている奴と見えて体をかわしながら、呑んでいた大ナイフでもっていきなり僕に切つけたのです」

「待玉え、其奴(そやつ)は革鞄を持っておったろうな」

「さアそれが不思議です、革鞄は持っておらんです。職人風の強力(ごうりき)な男で、左の手の指が一本無い奴でそこを木綿でぐるぐる巻にしていました」

「ウム其奴(そやつ)こそあの指を切った奴だ。でとうとう逃したな」

「ハイ僕はナイフの下を潜ってかぶりついたのですけれど、非常に力の強い奴でおまけに刃物を振廻わすのですからこの通り二三ケ所斬られてとうとう逃られました。後から追っていってみたのですが、分らなくなってしまいましたので……」

余は腹立しげに

「君等二人が揃いも揃ってやり損なうとはどうしたものだ。しかし僕の見る処ではここに居って仕事をしたのは其奴一人ではあるまい。別に革鞄を持って出た奴があるに相違ない。其奴はきっとピッカーが捕まえてるだろう。どれ廻ってみよう」

（八）

余等が数歩足を移せる時余の思うに違わずピッカーは亜米利加人と思わるる紳士風の男にて手にかの革鞄を携えたるを引立来れり。ピッカーの語る処に依るに待つ事久しくして八時二十分この男が十七号の隣家なる横手の裏木戸より何気なく立出る処を苦もなく引捕え、かくは引立て来れるなりという。この男を捕えし上はよし共謀

者の一人を逃すとも左までの事にはあらずと勇み立ちながら、余はピッカーとグレーマーの二人をしてひとまずこの男を警察に護送せしむる事とし、自分は心に期する処あるが故に他の一人の探偵と共に馬車を求めてコックス家に引返せり。

余等の馬車がコックス家に到着せる時、余はこの家の僕（しもべ）が他の一輛の馬車に賃銭を与えおれる処なりしを認め、怪しみて

「誰か来客ですか」

と問えば

「アノ旦那様が只今お帰り遊ばしましたので」

「おおコックスさんが帰られたか。して執事のステーナーさんは？」

「ハイ、貴君の下僚（したやく）さんが縛（なわ）をかけて納屋へ押入れてございます」

余はさもこそと点頭（うなずき）ながら二階に上りゆけば、今しもコックス夫妻は相擁して接吻（キッス）せる処なり。コックス氏は余のつかつかと進み入るを認めて打驚ろけるを、コックス夫人は見て興ありげに笑い出しぬ。コックス氏はますます興さめ顔に

「これはどうしたのです、この女は何ものです」

余は口を開きて

「御不審のこの女は探偵局のエドワード・レビーです」

彼はいよいよ解する能わず

「少しもわかりませんな」

「今御説明をいたします。しかし貴君は昨日電報でいずれへか呼迎えられたのでは有りませんか」

「その通りで。倶楽部（クラブ）に居る際、旧友が巴里（パリ）から発した電報が来て一刻も猶予せず誰にも告げずにちょっと巴里まで来てくれとの事なので、丁度解纜（かいらん）の汽船があったので、何事とも知らずそのまま大急ぎでかの地へ行ってみると、名宛のホテルにもどこにも旧友は居らんのです。三週間ほど前までは紐育（ニューヨーク）に居った男ですから紐育へ問合してみるとそこに居るという返事が来たのです。で全く何ものか自分を弄（もてあ）そんだものに相違ないと、すぐ引返して只今着た許りなので……返って来てみるとこの有様――一向判らんですな」

「それはこうです、貴君の執事と外三人――一人は巴里に居るのでしょう――が共謀して一万磅（ポンド）の大金を詐取にかかったのです。それには貴君が居っては不都合という処から巴里の同類に電報で貴君を呼びよせさしておき、一方には貴君の偽筆で署名した一万磅（ポンド）の手形を作くった

ので。しかし一万磅（ポンド）といえば容易ならぬ大金ですから貴君の署名位で銀行が他人に渡しそうも無いという処から奥さんに引出させるという策を巡らしたので。そのために巧妙な手段を取りました」

　とそれより指を封じ込みたる書面を贈り来れる事を語り更にホワイトチャペルにおける一什（しじゅう）を述ぶれば、コックス氏の驚ろきは素より夫人も熱心に耳を傾けおりしが、はては相共に限りなき感謝の意を述べぬ。次に余はチャムバーを呼びてステーナーの事を尋ねたるに、余が七時三十分に女装して立出たる数分後の事、戸外（おもて）に労働者体の男来り、合図をなすと共にステーナーは私（ひそ）かに窓より合図にて答えながら、そッと庭に立出で植込の叢（しげみ）を潜り戸外（おもて）に出んとしたるを有無を云わせず引捕え納屋へ押込たるものなりと語れり。

　余等はステーナーを引立てて警察署に引上ぬ。それより後の事は述べたりとて殆んど興味なく徒らに諸君の倦怠を招くのみならんを恐るるが故、これにて切上る事とせり。

異様の腕

（壱）

先年余が休暇を得て故郷なる亜米利加へ帰らんと船中に在りたる際の事なりき。余が船室の扉を打叩き、女の声として

「もしもし、メルハーストの奥さんが今直ぐ貴君に船室まで来て頂だきたいとの事でございます」

　余は扉を開きたるにそこに立てるは容易ならぬ事件の起りたりといえる顔せるメルハースト夫人の侍女なりき。メルハースト夫人とは兼てある探偵事件にて相知れる間とはなりしなり。余は侍女に向い

「何事が起ったのです」

と問えば侍女は早口に

「ハイ、それは不思議なのですけれども……飛んだ事になりましたので……あの実は……」と云いさして俄か

に口を噤み「どうぞお出下さいまし」と詞（ことば）を改めて甲板に沿うて歩み出しぬ。

余は戸口に確（しか）と錠をおろせる後、侍女の後を追行きぬ。余が夫人の寝室に入込める時、余は直ちに容易ならぬ心配を夫人に与えたるあるものの起りし事を知りぬ。寝台及（および）床の上までも夫人が所持の大革鞄さては手提等より取出せる品物をもて取乱され、その混雑せる中に、夫人はひどく気嫌を損じ顔色を変えて悄然（しょんぼり）とつッ立てるなりき。夫人は余の入来れるを見て

「おおモルスさん、どう致しましょう。妾の金剛石（ダイヤモンド）の装飾品（かざり）が紛失（なく）なってしまいました」

と寝台の上なる空になれる宝石入を指さしぬ。余は静かに

「それは飛んだ事ですな。しかし善く御覧なさい。滅多に失（なく）なるはずはありますまいが」

「それでもたしかに失なりました。どこでも探して御覧なさいまし」

「全体どうして失くなったのですな」

「ハイ、それがどうして失くなったとちゃんとお答えする事は出来ませんが、この夕方の食事の際にラチナーの夫人に妾が大陸で三日月形の止針（とめばり）を買うて来たとお話し申したのです。そうすると是非それを拝見したいと仰しゃいますから、食事後船室（キャビン）へ下りてまいって、宝石函の中からその止針だけを出してラチナーの夫人（おくさん）に見せてまいったのです。そして返って来て見ますとその宝石函が空になっておりましたのです」

「貴女がどの位の間室を空けてお出になったのです」

「そうでございますよ、三十分ほどの間でございましょう。その間に取られてしまったのです」

「ハハア、それで外には何にも紛失ものは無いのですかな」

「ハイ、外には何にも……」

「貴女はお留守の間に戸口の締（しまり）をお忘れになったというような事は有ますまいな」

「ハイ、自分の室を明（あけ）る時ちょっとでも鍵を掛ずに出た事はございません。それに鍵も必らず自分で持っているのでございます」

余は戸口の鍵穴を仔細に吟味したるもそこをこじ明けたる如き形跡は少しも見出す事能わず。あるいは夫人がいずれへか置忘れたるものにはあらずやと、夫人に糺（ただ）しみたるも夫人は明白に置忘るる如き事無しと答え、なお自分も念のため隅より隅まで改め見たる由を語れり。余

はなお夫人と共に二三の個所を改め見たるも全く影だに無ければ、さては何ものかが巧妙なる手段を以て盗み取りたるものなるべし。果してしからば多寡の知れたる船中の事一ツわが手並のほどを顕わしくれんと心に勇みを生じながら、ともかく船長にこの事を告おかんとて夫人を跡に残し、客室への階段を上り行き今しも階段を登り尽せる折柄慌ただしくわれを追うてかけ登り来るものあり。振返り見ればこれも余と知れるカーターといえる紳士なり。彼は余の腕を捕え小声に

「不思議でたまらん事がある。で君の智恵を借に来たのじゃ」

（二）

余は怪しみて

「不思議な事？　どうしたのです」

と問えば彼は実に何ものかに迷わされつつあるかの如き顔附にて

「実に妙な事で、君も知っている通り我輩は夕食後寝室へ退いて寝たのじゃがね。葉巻入と指輪と純金の袖鈕を取って上の寝床へ投やっておいて、それから寝衣に着換え横になったまま遂にうとうとと寝入ってしもうたのじゃ。処が五分前に眼を覚して起きて煙草を呑うと思うと、君どうかねその葉巻入が無いのじゃ。不思議と思って見ると葉巻入ばかりじゃ無い、指輪もなければ鈕も無くなっているのじゃ。それが不思議ではないか、戸口の錠はちゃんと締ってあるのじゃ。どこからでも賊の這入よう道理が無い。あるいは合鍵を持っている賊かとも思う。それにしても実に大胆じゃ。僕が現在仮睡をしている処へ来て仕事をするとは驚ろくじゃないか。何にしても君に一ツ骨折ってもらいたいのじゃが……」

「丁度それではメルハースト夫人の場合と同じ事だ。エ、なに、今も丁度夫人に呼ばれて行ってみるとコンな事で」

と大略の事柄を彼に語り、なおこの事をば秘しおくべき旨を彼に告げ、次に余は船長の許に赴むきて仔細の事を語れるに、彼もいたく打驚ろかされながらその解釈に苦しみぬ。この上は余と彼と船員の挙動及び船室を注意すべしと約し、その夜は遅ければ寝に就き、翌朝船長と余はメルハースト夫人を呼び再び尋ねみたるも豪もこの簡単なる出来事に一点の光明をだに見出す事能わざりき。

されどこれより二日の間は何事も起らざりき。蓋し物の紛失せりといえるからは自分の置忘れもしくは遺失したるにあらざる以上は、何ものかがそを窃取したる事は明白なり。しかれども戸口を開かざる以上は人間にては到底船室に忍び込ん事思いもよらねばあるいは合鍵を持(もち)いるの賊船客中に紛れいるものならんかと、余は熱心に船客の挙動を伺いたるも別に怪しきものを見出す事能わず。もっとも船客中巴西(ブラジル)人にて、デ・カストロという旅客ありて余にはこの男の挙動が何となく不思議に思われたるなり。さりながら彼がこの窃盗事件に関係せりとの疑いは少しも無きのみか、彼がかの窃盗事件のありたる夜その同時刻にはたしかに甲板上にありたる事も明白となれるなりき。なお余は彼の黒き髪の毛、どす黒き容貌、常に離す事なき大いなる編笠、裾広きゆったりせる合羽(かっぱ)等は特に人の目に着易きのみか、窃盗をなすには最も不便利の服装なるべきを思い、更に彼が人に相手にせられぬより多くは片隅にのみ縮まりおるを見て無論彼のこの不思議の窃盗に毫末の関係だも無き事を知れるなり。

しかるに三日目の夕に至り船客は俄かに騒ぎ立ちぬ。そはこの夕(ゆうべ)三人の船客がいずれも船室に鍵を掛おきたるに拘わらず宝石、時計、貨幣等を盗まれ去りたればなり。余は折柄五十円ほどの貨幣を両替し来れる処なりしが、この報を聞くと共に、その金貨をば無造作に卓(つくえ)の上に乗たまま電気燈を消し、確と鍵をおろしてかなたに出去りぬ。余の船室の鍵は他と異なりて複雑なる仕掛なれば素より合鍵を用い得べくもあらじと安心しいたるなり。

（三）

余は殆んど一時間ばかりが間かなたにありて今宵起れるこれ等の新らしき事件の捜査に従事せしが、こもまた前夜の事件と同じく、余は少しの手掛をも得る事能わず。殊に驚ろくべきはこの中の一件の如きは旅客が五分間留守にしたる間（素より戸口を鎖(とざ)し行たり）に宝石を盗み去られたるものにして、よし合鍵にて忍び入るともまだ宵の口なり。殊にこの戸口をばその時間に通行せしもの二三人ありて、これ等の人々に見られず忍び入らん事は六ケしきのみか五分間に仕事をなさん事人間業にては到底思いも寄らぬなり。全く余は思案にあぐみて、我室に引返し来り、戸口を開きてその中に入り、電燈の螺旋(ねじ)を転じて機械的にかの卓(つくえ)の上なる金貨をつかまんと手を差のべたり。しかるにこはそもいかに。手に触るるはただ固き板のみなるに驚ろきて卓の上を見やれば、かの五十円の金貨は影も形もあらずなれるなり。余は呆気に取れてそこに暫時つッ立るままこの事件は到底わが能力の外なりと、殆んど落胆しながら、さるにても賊はいずれより入たるならんと隈なく見渡すにただ一個所空気窓が開かれてあり。余はつくづくとこの空気窓を打眺めし末、船室を出でし後に廻りかの窓より手を差入れてさぐり見たるが到底卓の上には届くべくもあらず。いかに長き手を有するものなりともそは断じて企だて得ざる所なり。さるにても怪しきはこの窓なり、要こそあれと余は心に一計を案じ、客室へと急ぎ行たるに船客の大部分はなおそこに打集いて嬉笑しおり。窃盗事件を知りて激昂しおるは未だ小部分に過ざるが故余等は犯人を捕うるまで出来るだけそを秘密にせるなりけり。

　この客室の中に余の心に思い設けおりし亜米利加の若紳士あり。余と知れる中にて、余はなお彼が金満家の息子にして、その船室には多くの貴重品を蔵し、かつ至って無造作に取扱いおる事を知るが故に、余の目的を行うには彼を囮にするが第一なりと思案したるなり。余は彼に囁やきて事件の大要を知らしめたる後

「貴君の船室は鍵を下してありますか」

「たしかにあります」

「空気窓は明てありますか」

「どうか知らんです」

「ではどうぞ鍵を拝借。明てあるかも知らんです。私の居らなくなった時に貴君は甲板の上を散歩しておって下さい、別して下甲板を――善く人に見られるようになすって。しかしながら誰にか目をつけておるというような素振をなすってはいけませんよ」

　彼は直ちに同意したれば、余は鍵を受取るや否や、彼の船室に赴むき空気窓を開き、下なる寝床の角より窺き得るような位置に身を潜め、今や何ものか顕われ出ると待設けぬ。されどいかに待つも何ものも顕われ来たらず。その中手足は痛み出し背骨も窮屈のため折れんとするばかりなるに今は早やこれまでと、殆んどこの計略を捨んとせる時しもあれ、突然余が空気窓を眺めし刹那にわが体内の血は一時に冷却し、余は不覚にも思わず一声叫ばんとせり。見よ、薄暗き光の中に、痩せて骨許りなる毛だらけの黒く長き、極めて異様なる腕がニュッと許り窓より投出されたるなり。

(四)

次の瞬間に小さなる黒き手がその窓に近く横われる革製の小函を握（つか）むや否やさながら電光（いなずま）の如く迅速にそを引去れり。余は直ちに飛上り、急がしく船室を出でて客堂の階段を上り、更に下甲板に赴むきぬ。丁度かの船室の辺りと思わるる見当の処にて、余は忽ちかの巴西人（ブラジル）デ・カストロと面（かお）を見合わせたり。

今夜の蒸暑（むしあつ）きにも拘わらず、彼は例の深き袖を有せる長き合羽を纏い、歯の間にはいつも離たぬ葉巻を咥えおれり。彼は余と面を見合わすやさも驚ろき顔に余を見詰めたり。余はまた深き疑をもて彼の面を見詰めたるなり。突然余は妙計を心に思い浮べたれば、何気なく彼の前を立去り、急ぎ客堂の段楷梯（ばしご）を走せ下りて賄方（まかないかた）の許へ赴むき

「胡桃（くるみ）を一つかみ下さい、早く！」

賄方は何の事ともわきかねて呆気に取られながら云わるるままに胡桃を渡せるが、ひッさらうが如く受取りて再び旧（もと）の甲板に引返し見れば、かの巴西人は位置を転じ少しく船尾（へさき）の方に移り、そこに屈み居たり。余は彼の正面に近く接近し、同じく身を屈め、手に持来れる胡桃を下に置き、一ツ一ツそを割始めぬ。

デ・カストロはさも憐れみを乞うが如くに余の顔を見たり。忽ちにして余はかの深き袖の隅の動くを見て、きっと見やれる時しもその奥に潜める小さなる輝やける一対の眼が、さも物欲げに余の方を見つむるを認め得たり。余の目的は達せられたり。余の疑は確められぬ。余は胡桃をば海中に投捨ながら、つかつかとカストロの前に進みて

「ちょっと船長室まで来てもらおう」

と云えば彼は驚ろき顔に後退りして

「何なさるのでありますか」

余はいきなり彼の肩を摑みて

「御用だ！」

されどこの刹那に余はかの袖の中に怒れる呻声（うなりごえ）を聞きぬ。袖のまくらるる間もあらせず、一匹の猿はそこより飛出でて余に飛かかれり。猿を払わんとする間にカストロはナイフを抜放ちて余に切かけ来れり。

さわれかかる場合に馴たる余はいかでか彼如きの刃（やいば）に傷けらるべき。忽ち刃の下をくぐりて彼をば物の見事に

甲板の上に取って投たり。折柄船員も来り合して力を添え、難なく縄を打ちて船長室に引行きぬ。彼の身体を改めたるに、かのメルハースト夫人の金剛石を始め、その他数人の盗まれたる貴重品は衣服の中に隠されありたり。また彼の船室を検査したるに、竅(あな)を穿てる箱を発見せしが、これは明かに猿を隠しおきたる箱にして、猿は最も善く訓練され主人の使役によりて窃盗を働らきいたるものなり。この猿は巧みに逃廻りて捕うる事能わざりしが二日の後その行方を失いたり。海に投じて死したるにやあらん。

二千三百四十三

（壱）

諺(ことわざ)にも云える如く些細の事の輻輳(あつま)れるが即ち人事(じんじ)なれば、人事を探らんとするものは、決して些細の事を度外に置くべからず。殊にわれ等の職業に取りては人には気の附かぬ極めて微細の点に却って大いなる手掛を発見する例(ためし)多し。これもその一例とや云わん。そは独逸(ドイツ)の銀行家なるフォン・アルンハイムなる老紳士がこの地方の汽車中にて殺害されし事件なるが、今これを説かんに千八百九十年六月一日の夜の事なりき。倫敦ウエストミンスター橋の停車場よりエーリンウに向け十時二十分に発車したる列車ありしが、車掌は汽鑵車(きかんしゃ)に近き二等室に入(いり)込(こめ)る二人の男を認めたり。その中の一人は毛皮の上衣を着たる老人にして、他の一人はやや薄黒き顔色の外国人らしく、少しく跛(ちんば)の歩みぶりなるをも記憶せり。なお車掌は列車のウエストミンスターを発せし際にはこの中等車内には二人の外には乗客なかりし事を証言せり。

しかるに車掌は列車がビクトリア停車場に着たる際この中等車内を窺(のぞ)き込みたる時アッとばかりに打驚ろきぬ。そはかの老人は胸を刺貫かれ、朱(あけ)に染みて横たわりいたればなり。見れば短剣はなおも傷口に刺れてありたるのみか、一枚の紙に独逸語もて、『復讐』の文字(もんじ)を活字版の如く書きたるが柄に添えてありたるなり。

死体は直ちに待合室に移され、ほどなく医師も来りて検せるに、短剣は深く心臓を貫ぬきて、老人は物の見事に絶息しおれるなり。

この犯人が誰なるべきやはこれを認めたるものなけれども、かのウエストミンスター橋停車場よりこの老人と共に乗込みたる男に疑は自然とかかりて漠然たる人相書に依り、捜索に尽力したる結果少時（しばし）の後ソホー町なる酒店に彼が酒呑みいたるを見出して、同所の警察署に引致せり。殺人犯の嫌疑者として彼を取調たる処、彼は熱心にその無罪を訴うる所あり。はたまたその云う所を聞くに詐（いつわ）りありとしも思われず。彼の云う所を述（のぶ）れば彼はなるほどその老人と共にウエストミンスター橋停車場より列車に乗込みたるものに相違なく、列車の進むに従い退屈なるまま老人と二三の言葉を交したり。されど列車のセントジェームス公園駅に着せる時彼は喫煙せんとて煙草入を取出せるに、老人はかくと見てそを制し、ここは喫煙室にあらずと告げ、自分は強て喫煙に反対するものにあらねど当時悪しき咳を病（やみ）いる故、なるべく喫煙室に赴むきくれよと乞えり。彼は素よりそれに反対すべくもあらぬ故、ここにて列車を下り、更に数個の戸口を隔てたる喫煙車に入りたるものにして、全くその後の事を知らずなり。

次に車掌を訊問しみたるも、かの男の言葉を非認する事も出来ねば、さりとて証拠立る事も出来ず。彼（車掌）はセントジェームス公園駅のプラットフォームにて他のものと語りいたる由にて例の二等室より何ものが下りて何ものが入込みたるをも知らざるなり。故にこの駅にてあるいは他のものが二等室に入込み、もしくは、既に他の列車に乗込いたるものが、この寂寞（じゃくまく）たる深夜の列車に忍び込み犯罪を遂（とげ）たる後、他の列車に忍び返りたるものならんも全く知るべからず、こは進行中といえども出来うるなり。

（二）

ここにおいて再たびかの引致したる男（その名ハルトマンという）を取調、そのいう如く彼が果して喫煙室に入込みたるものとして、その喫煙室に何人（なんびと）の居合わせしやを訊問したるに、彼のその喫煙室は空虚（から）なりし故何人をも認めざりしと答えぬ。始めセントジェームス公園駅に停車したる時喫煙室に何人も居らざりし事は車掌も認めたるなり。さればこのハルトマンを加害者と認むべき証拠は極めて薄弱にして、ただ彼が十時二十分発の夜行列車に被害者と共に乗込みたりといえる事実の知れ渡れるのみなり。かかる薄弱なる証拠にてはいかなる判官といえども彼を有罪と認定せん事は到底出来べくもあらぬなり。

かくの如くにして犯人捜索の件はわが手に入来れり。いで余をしてその捜査の始末を語らしめよ。

余は老紳士の屍体を取片附ある場処に赴むき、最も叮嚀に衣服及ポケット等を取調べぬ。余の取出せる品々は金銀貨及書類を蔵せる紙入、巻煙草入、鍵、懐中時計、ハンカチーフ、及び種々の手紙と手帳となり。これ等はいずれも被害者の所持品にして何一ツ紛失したるものありとも覚えぬは、全く強盗の類にはあらずして、かの短剣に添えたる紙片の文字を示す如く何等か復讐の手段に出たるものなるらし。この被害者が独逸の銀行家フォン・アルンハイムといえるものにして数日前倫敦に来たれるものなるは既に確められたる事実なるが、彼がいかなる敵を有しおるやを探らん事はこの地にては到底思いもよらぬなり。余は右の外ポケットより一個の切符を見出しぬ。そはウエストミンスター橋より南ケンシトン行の二等切符なり。更に余はポケット以外の彼の所属品を取調べたるに、そは純金の頭を附たるステッキと、一対の手袋、夕刊新聞紙一葉と及び他の一枚の鉄道切符なり。こは頗る奇なれば余はわが仲間を顧み

「不思議じゃぞ。どうして同じ方角へ行く二枚の切符を持ってるじゃろう」

と云えば仲間は眉を顰め

「さア、そいつア可笑しいですな。物になりそうですな」

余は車監を呼び

「この切符はどこにあったのですか、被害者の傍にありましたか、それともどこにありました」

と問えば、彼は暫らく考えて

「ハイ、これは被害者がしかと手に握っておりましたので」

一個の考はこの刹那に電光の如く余の脳裏に浮び出ぬ。この老人の手に握りいたるという切符こそは全く老人のものにはあらずして、加害者の持いたるものならん。

余は急拵らえに大凡の事体をかくの如くなるべしと推察しぬ。即ち老人が狼藉ものと抵抗し争いつつありし時しも、老人はその苦悶のため、真先に彼の摑み得べき加害者の衣服のある部分を捕えたるに、そこが丁度切符を入れたる外套のポケットにてありしならん。さて老人の踠ける指先は、機械的にポケットの中なるその切符を摑

みて、そを引出したるなるべく、加害者はまた列車の折柄停車せんとするに驚ろきて、わが切符の被害者の手中に残れるを顧みるに暇あらずして、あたふたと逃去りたるものにてあるべし。さなり、被害者が二枚の切符を所持しおる事は、これより以外には説明の道なかるべきなり。

（三）

余は切符を手に取上げて打見やるに『千八百九十年六月一日』と発行の日付を記し、番号は『二千三百四十三』とあり。余はこれを眺めやれる時一ツの考はわが胸に浮びぬ。されどそは殆んど成効の覚束なき思案にして、これに依りて手掛を得ん事は到底思いもよらざるべしとは信ぜらるるものから、なお今はこの手蔓をたぐるより外に道なきなり。余は直ちに馬車を雇いウエストミンスター橋停車場へと命じたり。停車場に着くや余は名刺を出して駅長に面会したるに、彼は直ちに出来り

「何御用ですか」

余はかの切符を取出して、彼に示し

「この切符を御覧下さい、そして誰がその切符を売出したかお判りになれば云うて下さい」

駅長は首を傾けたる後

「六月一日、二千三百四十三――それは判りましょう、ちょっと御待下さい」とかなたに立去りたる後、また出来り「判りました。しかしその切符を売出したものは只今は当駅に居りません。今日はその男の休日です」

「で貴君はどこにその方が居らるるかお分りにはならんですか」

「それはどうも分らんですな。しかし下宿屋へお出になってお尋ねになれば大概行先の知れん事は有ますまいが、どンな御用で……」

「犯罪者の捜索でこの切符が手掛なのです」

「なるほど、しかし駅員にはその切符をどンなものに売渡したかそれは到底判りますまい」

余は駅長より彼の下宿処と彼の名（スタンレーという）を聞取り再び馬車を駆って小ウイリス街二十五番なる彼が下宿を訪ずれ、彼の行先を尋ねたるに幸いにもブライトンの一旅館に知人を尋ね行きたるものなる事を告げられたり。余はここを出でて馬車をビクトリア停車場に飛ばしぬ。ブライトン行の汽車はなお三十分の余裕ある

が故に、そこにて軽き食事を認め、なおブライトンのホテルなるスタンレーに当て、自分の次の汽車にて尋ね行く旨の電報を発しおきたり。

一時間の後余はブライトンに到着せり。スタンレーの居るホテルは停車場より半哩がほどなれば余は馬車を雇うてそこに駈つけぬ。スタンレーは電報に依りて既に余を待受おり。彼は極めて快活なりと見ゆる好青年なるが、余を離れたる一室に導きぬ。ここにて余は全く秘密に仕事をなし得べきなり。事件の大体を語し後余は彼に向い

「お尋したのは外の事でもないですが、この切符を御覧になって——昨夜の十時二十分にウエストミンスター橋停車場を発した列車に売出したものですから、多分十時十五分頃に売出したでしょう。その頃は丁度貴君がそのお掛りじゃそうでしたが、どンな人物にこの切符をお売渡しになったかお判にはなりませんか」

と問えば彼は眉を顰めて

「そりゃアどうも判りかねますよ。到底分りませんよ。御承知の通り何しろ毎日何千と売出すもので、先方の買手の顔など見ておらるるものではありません。ただ銭だけを見てずんずん売出すのですから」

「いやそれはごもっともで。しかしこの切符を善く御覧なすって下さい」

と静かに切符を彼に手渡せば、彼はそを手に取りてジッと打眺めしが、忽ちいたく驚きたる様にて、アッとばかり低く呻きながら余を見あげぬ。

(四)

彼は低き調子にて

「ハイ知ってます。それがどうも実に不思議なんで、僕は確かに知ってますよ。これを売出した男の顔を知ってますよ」

余は喜び極まりて

「どういう男です」

彼は直にその男の容貌を語り出ぬ。彼の語る所に依るにその人相は全く曩に引致しおけるハルトマンに必適せるなり。

次に余は彼に向い

「しかし貴君はどうしてそれを御記憶になったのです」

と問えば彼は長き吐息と共に

「それが実に奇ですよ。僕も昨夜の殺人事件は知って

ますが、あの犯人の顔を僕が知っておったとは実に……こりゃア天命ですな、わるい事は出来ませんな。僕は切符を売出してますけれど千度に一度だって買手の顔なんか見やしません。それに丁度其奴(そやつ)の顔は見たのです。それはこうなんで——僕はその切符を売出して窓口へ出して置くとその男が頻りに銭勘定をしておるンです。僕は何心なくふとその切符を見ると、それなんです二千三百四十三号なので僕はハッと驚ろきました。とばかりでは分らんでしょうがこの日の夕方僕は独逸の富籤(とみくじ)を抽(ひ)いたんです、その番号が二千三百四十三なんです。どうです切符の番号と同じじゃ有ませんか。その上売渡した男も独逸人らしい口調の男なんですから、僕は驚かんわけにはいかんですな。抽いた籤が独逸のもので番号は二千三百四十三、今売渡した切符も二千三百四十三で買手は独逸人。どうです僕は幸先善しとひどく感じましたからどんな男かと思て善くその男の顔を見てやったのです。だから善く記憶してるんで、僕は下宿へ帰ってからも主婦(かみさん)にその事を話した位です。主婦も非常に驚いてこンな縁起の善い事はない、その籤はきっと当るに相違ないと保証した位なんです」

彼の熱心に説終(ときおわ)れる時余は彼に向い

「イヤ善く判りました。それで御願がありますがどうぞ証人として今から倫敦まで来て下さい。捕縛してある男を見て果して二千三百四十三の切符を貴君がお売渡しになった男かどうかと鑑定して頂きたいのです」

かくて余は彼と共に再びビクトリアに引返しそれより馬車を雇うてかのハルトマンを拘留せる警察署に赴むきぬ。留置室にはハルトマンの外五人の犯罪嫌疑者あり。都合六人を留置せるなりしが、余はスタンレーに向い、その六人中に切符を売し男の有無を鑑別せしむる事とし、留置室に彼を伴い入れしが、彼は一瞬の猶予もなくかのハルトマンを指させり。これにて万事明白となりぬ。老紳士を殺せるものはこのハルトマンの外にはなかるべきなり。

彼ハルトマンは法廷に引出されたる後死刑の宣告を受けぬ。されど彼はなおその罪と身分とを自白せず。どこまでもその無罪を言張りおりしが、いよいよ死刑執行の間際に至り、漸やく犯罪の顛末を自白せり。これに依るに彼は独逸における社会党の一人にして、社会党より反目されいたるかの銀行家アルンハイムを暗殺すべく、選ばれて独逸より倫敦につけ来れるものなりしという。

暗殺倶楽部？

（壱）

諸君の功名談のみ続きたるようなれば御愛嬌までに今度は余の失敗談を語るべし。こは余が探偵社会に投ぜざる以前の事にて自ら好事（こうず）の探偵をなして失敗に終りたる一場の譚（ものがたり）に過ぎず。

一日余は図書館に入りて調べものをなしたる後、脳髄の乱れ来れるを感じたればそを安めんとて図書館を立出でたるは早や点燈（ひともし）頃にてありき。余は公園を出でてトある飲食店に飛込みたり。この飲食店は至って人気なく、殊に余の入たる室は装飾品に乏しく至って殺風景なる上、瓦斯（ガス）の光さえいと小暗くして僅かに人顔の弁じ得る位なり。余の入たる時は一人の客さえも居合わさざりき。思うに全く流行せざる飲食店と覚し。余はかかる飲食店にてはいかなるものを食しめらるるやも知れずと思いたれば、ここを飛出でんとしたるなれど、既に給仕の注意を惹き彼は早やわが前に来りて注文を聞ける処なるにぞ、今更出で行く訳にも行かず、止むを得ずただ二三品の注文をなしぬ。ほどなく注文の品を持来りつ。余はまず珈琲（こうひ）を打飲みたるに、そは至って善き珈琲なりしかば案外の心地してそを飲干し、他の料理をも試みるにいずれも思いしほどにはあらねば、まずは満足してここを立出でんと勘定をなせる時、書記と思わるる男入り来り、余の顔をちょっと見挙げて点頭（うなずき）さま、一枚の名刺を余の前なる卓子（テーブル）の上に置き、余にそを受取らしめて一言の挨拶もなく出去れり。そは普通紳士の訪問に用いる名刺と同じほどの大いさなるが、朧気（おぼろげ）なる燈火（あかり）に翳（かざ）し見るに小さなる文字にて左の通り記るされてあり。

> 無生命者（いのちなし）の倶楽部
> 　デラモア街六十四番邸
> 今夜の八時三十分
> 　　　　　　　　『逆　賊』

余は直（ただち）に人違いにて給仕が余に渡したるものなる事を悟りたる故、直ちに書記を呼返してそを返さんとしたるが、この時忽ち一種の好奇心に動かされて、いやいやこは返すべきものならずと思い定めぬ。なお名刺を見るに始めの二行は印刷したるものにして『今夜の八時三十分』及『逆賊』の文字は鉛筆にて記せるものなり。余はそをポケットに入れながら、飲食店を立出で家路をさして帰る道すがら、その何を意味するかを考えみたれども少しも要領を得ず。ただ無生命者の倶楽部といい、逆賊などと記せるを見て一種の恐るべき秘密結社なるべき事を疑いたるのみ。かくて余はそを解釈するにはデラモア街六十四番に指定の時間即ち今夜の八時半に赴むきみるに他に道なしと考え、私かにそこに尋ね行かんと決心したり。

（二）

なお余は心に思うよう。この倶楽部は必らず秘密結社にして大事件等のある際ならばそこには会合せず、会員が普通寄集るは余偶然入込みたるかの飲食店にして、会員等はその家に来るも滅多に口など開きて露顕の緒をつけらるる如きを避けおる故、書記は余の無言を見ても怪しまず、却って会員たるに相違なしと信じてかの名刺をば渡せるならん。余の始め入り行ける時書記が数度余の顔を窺き見るが如き素振をなせるも全くそのためと覚えたりなど思うにつけていよいよ好奇心は動き、かつこれと共に恐怖の念も伴なわぬにあらねど、余は元来探偵を好み、殊にこの時は血気盛んの青年にてありたれば、旁々野心勃々として起り、直ちに足を転じてデラモア街にと赴むきぬ。

余が六十四番邸を探り当たるは丁度八時二十五分にして指定の時間には五分を余すのみ。されどこの時ハタと余の当惑を感じたるはいかにしてこの家に入らんかというにあり。どうにかして忍び入らねばならぬなれど入口の戸を開き行くにあらざれば他に入行くべき入口とてもあらぬなり。館内は寂寞として未だ人気ありとも覚えぬほどなれば忍び入るには妙なれども、さていかんとも詮方なきまま、暫らく傍に潜みありたるに、ほどなく厚く毛皮を纏いたる一人の男歩み来りて戸口の前に止まり、三回激しく戸口を打叩けり。これと共に中より何をか問を発する声の聞かれたるも余の耳には入らざりしが、戸外の男がこれに答えたる詞はさわやかにわが耳に聞かれたり。そは『逆賊』と答えたる一語にして、こはかの飲食店において誤りて余に与えられたる名刺の底に記されありたる文字と同一なれば、さては『逆賊』といえるは門番の問に答うる合言葉にてありけるよと頷かるる折しも、戸口は中より開きてかの男は中に入れられたり。

余は直ちに思い決して隠処（かくれが）を立出で、三たび戸口を叩きしに中より誰何（すいか）の声の発せられたるにここぞと例（たとえ）の合言葉を発すれば門番は果して戸口を開きくれたり。そこは長廊下の如き形をなし朧ろげに瓦斯の点されたるが廊下の尽頭（はずれ）に扉ありてそこより一室に通ぜり。余はその中に入込みしが、そはむしろ大いなる室にして、四方にも厚き壁掛の吊（つら）れてあり。中央に据えられたる一脚の卓子（テーブル）あり。上には一対の蠟燭の点されぬ。卓子を廻りて多くの椅子排列され、その極端の椅子は他のものよりやや高く、墨汁入（インキスタンド）と筆（ペン）と二三の帳簿とはその上に並べられあり、そのさま何等かの議事の将（まさ）に開かれんとするに似たり。

余の入込みたる時は幸いにまだ何人も出席し居らざりしが、殆んど直ちに多くの跫音（あしおと）のこなたに進み来るが聞かれたるに、驚ろきながら見つけられては一大事と急ぎ身を壁にかけたる帷帳（とばり）の中に潜め様子いかにと窺いたり。やがて入込み来れる人々はいずれも椅子につける模様（ようす）なり。されど余の隠れ場処よりはいかなる人々にてまたいかなる容貌のもの共なるや全く見る事を得ずただ何等の議事をなすならんと片唾（かたず）を呑んで耳傾けたり。

（三）

されどこの室は随分広き間取なる加えて、彼等の談話はなお憚（はばか）る処ありてや、多く低声（ひくごえ）を用ゆるより充分に余の耳に聞取るを得ず。ただ時々聞取り得る言葉のはしばしに依りて、この無生命者（いのちなし）倶楽部は余の想像せるが如く、暗殺を行うを目的とせる秘密結社にして、時々暗殺の目的者及び暗殺委員を定め、秘密にその実行を監督し、今宵しもその恐るべき委員会を開けるものとは思われたり。

余の繋ぎ合わせたる推測に依るに、列席せる各会員共（数十名ほどならん）は暗殺倶楽部の会長と思わるる卓子（テーブル）の始めに座せる男に、各（おのおの）自己の行為を報告しかつ訊問を受けおるものの如く、また各員の報告は他の血に餓（うえ）たる猛悪の会員をいたく喜ばしめつつあるものの如く思われたり。かつこれ等の報告の大要は一人の書記ありてこれを筆記しおるなり。余は暗殺の如き恐るべき犯罪がかくも整然たる会社的組織の下に行わるべしとは夢にも思い設けぬ処にてありけるなり。されどこは素より余の想像にして精密の事は知るを得ざるものなれども、時々余の耳に漏れ来る『不意の進撃』『死物狂いの防衛』『息の根を止めくれん』『生殺し』などの語は余の疑を確めしむるに充分なりけり。

この惨酷なる会員がそれぞれ報告をなし終れりと思われたる時しも『この次の表にのっているのは誰の順です?』と云える会長の詞は聞かれぬ。余はこの語を聞くと共に一時に血液の脳髄に上り来るを感じたり。そは彼等が次に暗殺せんとするものを決定せんとするにあるを思いたればなり。余はこの恐るべき問に対していかなる答の発せらるるならんと耳を澄して聞入しが、数分間は何ものもこれに答うる事なく、一座は水を打ったる如く静まり返れり。余の思う処に依るに、暫らくはかの帳簿を繰返し、暗殺人名録の表中に記されたる姓名を取調べおるものならんと信ぜられしが、忽ちにして答は来れり。

『ルビコン町二十一番クローレー少佐』という声は寂寞たる室中にさやかに聞なされ、次ぎに会長の声と覚しくて『明夜の九時』という声の聞かれぬ。その外の言葉は全く聞取り得ざりしが、これだけ聞けば大抵余には充分なり。余は心の中に、もし自分が他に認められず、首尾克くここを立出るを得ば直ちにこれ等の恐るべき悪魔の犠牲と目されたるクローレー少佐に、その危険を告げて避けしむると共に、一方は警官に訴えて事無きに彼等を逮捕せしむべしと決心せしが、喜ぶべし、この時会議は全く終りを告げ、会員は思い思いに散会したれば、余は全く彼等の出去れる後より、少しの怪しみをだに受ずして無事に倶楽部の中を立出るを得たり。

(四)

この夜余は殆んど眠る事能わず。夜前余の見聞せる事項は、余の脳髄には余りに重荷なるが故に、心は徒らに激昂し胸に動悸を覚え、ただ寝返をのみなせる中に、喜ぶべくも夜は全く明放れたり。余は午前中の定まれる仕事を有せるが故に、まずその仕事に取かかりしが、その仕事すら青年の激せる心には少しも手につかず、何をなせるとも分らぬ中に時間は疾く過行きて十二時となりたれば、急ぎ食事を済せ、昨夜聞込めるかのルビコン町二十一番邸なるクローレー少佐の許へと出立しぬ。

クローレー少佐の名はその剛胆を以て嘗て余の耳にせる処の人なれど、未だ嘗て面会の栄を得たる事あらざりしなり。されど余は少佐が国家に功労ある人物なるを知るが故に、彼の生命（いのち）を救うはまた一分（ぶん）国家に尽す所以なりと心に勇みを生じながら、歩み行く中にほどなく二十一番なる少佐の邸を見当（みあて）たれば、余の名刺を差出すと共に差迫りたる急用のためじきじき少佐に面会したきものなる由を申入れたり。

直ちに応接室に通され暫らく待構えいる中に、眼光の涼しくして顔立の可憐なる二九許りの一少女恐らくはこの家の令嬢ならんと思わるるが入来りぬ。余は心の激しつつある間にも、少女の何となく可憐なるに打たれてさながら一種の電気を感じたり。されど余の目的は美人の美に打たれてこれに感じ、かつ諸君に吹聴するにあらねば、直ちにこの少女に向うて自分は至急クローレー少佐に面晤（めんご）したきものなる事を語りぬ。

かく余の乞えるに答えて少女は愛らしき顔に微笑を浮べ、鈴の如き無邪気なる声音（こわね）にて

「あのどうぞそれなら妾（わたし）に仰しゃって下さいまし。今お父（とっ）さんは大層いそがしくッておるのでござんすから……」

余は極めて叮嚀に

「私の用事というのはクローレー少佐殿にとって容易ならん性質の事でありますので、充分に御自身でお聞になる必要がございます。甚だ恐入りますが左様御伝えを願いたいもので……」

少女は余の熱心なるを訝かしげに見て

「そンな急用なんですか」

「ハイ、少佐の御一身に係わる容易ならん事です」

少女は始めて驚ろかされて

「それならお父（とっ）さんに申してまいります」

と出去りしが、暫らくして偉大なる父のクローレー少佐を伴うて入来れり。

余の立上りて会釈せる時少佐は余を椅子に着（つか）しめながら磊落（らいらく）なる調子にて

「今娘から聞けば何か私（わし）の一身に係る事件のために尋ねられたのだそうじゃが、どんな事かの」

と少佐は極めて快闊に問掛ぬ。

「私は是非とも貴下（あなた）だけに申上たいので」

と云いつつ少女の方を瞥見しぬ。少佐は打笑うて

「ハハア何かな、娘が居ると困るかの。構わん、私（わし）は何事も娘には秘密にせんじゃ」

余は首肯（うなずき）て心を鎮めつつ

「では申しましょうが、私は少しも飾らずに有のまま

を申上るのでございますが、実は貴下のお生命（いのち）が危険に差迫っている事をお知らせに上りました」

と云えば少佐はさすがに驚ろきて

「何、私（わし）の生命（いのち）が危険じゃ！」

（五）

されど少佐は余の期したるほど驚ろきたる顔もせず

「私（わし）の生命が危ない、はてそれは！　私（わし）はこれまで幾度か戦場の中を往来してきたのじゃが生命（いのち）の危なかった事は何度あったか知れぬて。しかしこの通りいつも無事で凌いできたのじゃが、この死損（しにぞこな）いの兵士の生命（いのち）が欲しいとは近頃異（かわ）った望みもあるものじゃな。どンな奴かな、私（わし）の生命（いのち）が欲しいというのは」

令嬢は父の少佐の腕によりかかりて愛らしき眼にその顔を眺めながら

「妾知ッてますわ、誰が貴父（あなた）を狙ってるのか」

少佐はこれには頓着なく

「君は大層心を騒がしているらしいが全体どンな事なのか詳しく聞きましょう」

「ハイ私は暗殺を目的とするある団体が貴君を殺すという計画を立てて今夜それを実行する手筈である事を知っておりますので。貴君がどンな事でその団体に怨みを受ておるのかそれは分りませんが、ともかく彼等は貴君を暗殺する事を議決したのです。私がお尋ねいたしたのはその事をお知らせ申し、災難を予防したいという考で」

わが詞（ことば）はいたく令嬢と少佐との心を動かしたるを認めたれば余は進んで余が偶然この恐るべき秘密を探知し得たる詳細の顛末を語り出ぬ。さるに怪しむべし。余の語り進むに従って少佐の心配らしげなりし顔は次第に弛み来り、却って面白げにそを聞おりしが全く語り終れる頃、その可笑しさに堪え得ざるものの如く二三分の間止度（とめど）もなき高笑いを続けぬ。余はいたく感触を害されつつ呆気に取られて少佐の顔を見詰たり。

少佐は笑を制して漸やく余に向い

「せっかく君が心配して知らしてくれたものをこう笑い消してしまうては甚だ御無礼じゃった。しかし兵士ほど滑稽を喜ぶものはない。その中でもこの位巧みな滑稽がまたとあろうか。君はとんだ感違いをして来たのじゃ。『無生命者（いのちなし）の倶楽部』というのは決して暗殺倶楽部のようなものじゃない。私もその会員じゃが、これは戦争なり何なりで危うく生命を拾うたものの寄合で謂わば好事の倶楽部じゃ。その倶楽部員の中に近頃将棊が流行ので、時々将棊の手合せに関する相談をするのじゃ。敵を殺すとか生捕るとか生殺しとかいうのは皆将棊の詞じゃて。この倶楽部はデラモア街六十四番にあるので、今夜の九時には私の処へ戦闘にやって来る約束になっているのじゃ」と云来りて少佐はいと愉快らしげに「こう説明したら君は最早心配するがものはあるまい。しかし私のためにそれほど心配してくれた君の心は私の心にはしみじみと嬉しい。誠に君の気象が気に入った。今夜は娘と一緒に夕飯をやろうから来て下さい。君もそれほどに心配した軍人の生活の有様を知っておくも一興であろう」

余は始終の説明を聞いて余りの軽率とわが身の恥かしく面目なさを感ずる許りなりしが、少佐のこの磊落なる言葉に漸やく面目を施したる心地して喜ばしく今夜の招待に応ずる事として少佐の許を辞し去りぬ。

これが思わぬ縁となりてその後少佐父子とは至って親しき友となりつ。常に我家の如く出入するに至れり。今のわが妻は即ち少佐の愛嬢なり。

少寡婦

(壱)

余もまた引つづき一場の失敗談を物語らん。されど余の失敗談は只今前席において述られたるキスク君の失敗談の如く、至って愉快なる、至って羨やましき、失敗とは全くその趣を異にし、キスク君は当時を追懐しては独り微笑を漏さらんも、余の失敗は今日思い起すもなお切歯扼腕の種にして、第一席において述られたるフーカー君と全くその感を同うするものなり。

その次第を物語らんに一日長官は余の肩を打ちて

「どうじゃここに二千円の懸賞がある！ 丁度君にはいい機会じゃ。この事件は君の居るキャムデン町で起った事じゃが、警察ではさっぱり手掛がのうてまごついちょる。その秘密がわからぬじゃ。なにそれほど不思議な事じゃあるまいがの、ごく簡単な犯罪じゃから。里昂からこの西部の大きな呉服店ジョエット商会へ向けて最上絹二十梱（こうり）――代価にすれば数万円じゃな――それを送って来よったのじゃ。ジョエット商会の手代が、それを受取るために、急いでステーションへ行ってみると、一時間前に偽（にせ）依托状でもって首尾能（よ）くその二十梱（こうり）を詐取しよった奴があって、白昼中（はくちゅう）しかも大胆にそれを荷車へ載せてどっかへ持ってッてしまいよったのじゃ。それは四時頃じゃ。処でよろしいか、その荷車の行方を捜索した処が、丁度その夜の十二時頃、その荷車がキャムデン町の風門（かざもん）通りの曲角へ来よって、そこを這入ろうとしながら、四辺（あたり）を窺がうような怪しげな容子（ようす）なのを、丁度その角に立居った巡査が認めたのじゃ。するとこの時何ものか巡査の傍へ息を切って走って来よって、この巡査の受持の、こととは反対の尽頭に殺害事件があるちゅうて訴えたのじゃ。巡査も驚ろいたろう、荷車の方は打ちゃって慌てながら往（い）ってみると、どうじゃ殺害事件も何も有やしない。さては誑（たばか）られたかと旧（もと）の処へ引返して、荷車を見つけようとしたが、その荷車は影も形も無いわ。この辺は辺鄙（へんぴ）じゃから、人の家はみンな寝静って、犬なら一ッ往来を通りおらぬ。しんとして町が睡りおるンじゃ。その荷車が風門通りへ這入ておったには相違ないので、またその時間にこの通りを通り抜る事は出来ないンじゃからして、風門通りのどの家へか荷を隠してしもうただけは確かなのじゃな。どこか怪しいまだ起ておる家は無いかちゅうて、巡査は探してみよったそうじゃが、そンな家は一軒も無かったちゅう事じゃ。今日で二日になるンじゃが少しも手掛がない。ジョエット商会では絹を直ぐ乾燥させないと、地質をひどく損ずるし、旁々（かたがた）非常の損害であるちゅうて早く荷の所在（ありか）を見つけたものには、二千円の懸賞を与えるちゅうて申込んできてある。どうじゃ、君の手腕の見せ時じゃ。風門通りといえば家数にして五六十ほかあるまい。何でもその中に隠されてあるには相違ないンじゃ。その後は巡査をその通りの角につけて、二日間見張りをさしておくのじゃから、荷物を運び出すちゅう事は到底出来ないじゃて。君に二十四時間の猶予をやろう、さあ行ってみ玉え」

　余は一も二もなく承諾し、喜び勇んでキャムデンさして出行たり。

（二）

余は急ぎキャムデン町を差して歩み行くほどに、一時間ならざるに早くも目指す風門通りに到着しぬ。見渡せば昼もなお通行人多からず。両側の人家は多く二階建の古風なる建築にして、その静かに物寂たる事さながら眠れるにも似たり。余はこの通りに入込みたる時、ここを見張りおる平服の巡査が丁度向い側にて今しも通りかかれる下女風の女と何か言葉を換しおるを認めしが女はべちゃべちゃと囀ずりたる後ちょこちょことかなたに歩み去りぬ。これと同時に巡査は余を見かけて近より来り、ちょっと会釈しながら小声にて

「貴君は探偵局のガードルストーンさんでしょう、今までに何も有ません。あの女は八九軒先の家の下女ですが、大変なおしゃべりで、この町の金棒引で、町内の事は何でも知っていようという代物です。何か手掛を聞出せるかと思って話しかけてみた処で……まだ絹は大丈夫この町のどッかにあります」

余は彼に向い

「ともかく善く見張っておって下さい。異った事があったら知らして下さい。今にここを屑屋が通りますからね、善く気をつけてお出なさい。分りましたか」

と意味有気に巡査に目配せしてここを立去り、ほど遠からぬわが家に帰りて衣服を脱すて、かねてかかる時の用意にと備えおける垢じみたるむさくるしき古衣に着換え顔さえ色どりて破たる古帽を戴だきたる姿わが妻をさえ驚ろかせる許りなりき。かくて後余は小なる箱車の古びたるを借来り、これに僅か許りの屑及び古罎など積入れてわが家の裏門を出で風門通りへと赴むきぬ。かの巡査に遭たる時よりは一時間を費やしたるべし。余は車を曳きながら声張り挙て

「屑屋イ、屑屋イ、屑物のお払いは有ませんか。紙屑、古瓶、襤褸切、何でも買います。古新聞紙ガラス片何でも高価に買ます」

と呼ばり歩きたるのみならず、戸毎に立寄りて屑物無きやを尋ね廻りつつ少しにても怪しき家のあらずやと注意しぬ。かくて二十軒許りを廻りたる後忽ちある家より呼こまれて立寄れば

「屑屋さん、ここに新聞とビールの空罎が有ますよ」

というは先刻かの巡査と立話せるを見かける下女なり。

この町の金棒引にて町内の事は何でも知りおると語れる巡査の言葉を思い起したれば、この女より何か聞出す伝(つ)手(て)もやと心に一物、古新聞と空罎とを普通の二倍ほどなる高価に買取りたるに、下女は眼を円(まる)くし

「屑屋さん、お前さんはこれまでについぞ見かけない屑屋さんですが、大層値を善く買うのね。そンないい値に買って割に合うのかしら」

「へへ、なかなか割には合いませんが、全く新参の屑屋でげすので、先の御贔屓(ごひいき)をお頼(たのみ)に、まず当分損をしてお払いものを頂戴しますので」

「おやまアそう、殊勝な屑屋さんだこと。それなら待って下さいよ、妾(わたし)が払うものがあるの」

と云いながら家の内に引返しほどなく持来れるは古褌(ふるゆもじ)古肌衣(ふるはだぎ)、損じたる髪の具等の普通の屑屋にては買取るまじき許りなるを持来り

「屑屋さん、あの空罎や何かどうでも善かったんだけれどこれを値を善く買っておくれよ、これからお前さん許りを贔屓にしてあげるから」

「ヘイヘイ、有難い事で、精々骨を折って頂きます。それでは一円に頂戴いたしましょう」

「まア一円に取ってくれるの、まだなにか無いかしら」

下女は早やほくほくものなり。

（三）

余は充分に下女の歓心を得たるを見済して

「これからは是非とも手前にばかりお払を願います。新参でまだこの町の勝手が知れませんもので、今までさんざ声を枯らして呼歩るきながら少しも商売にならんのです。お馴染もつかず勝手も知らんというのはまことにいけませんもので」

「そうかえ、まアそれはお気の毒ですねえ。妾がお前さんの事を吹聴してあげるわ。妾はこの町内の人は大抵知ってますからね」

「どうも有難うがす、よろしくおたのみ申します。へへイ、あなたは町内の事は大抵御存じで」

「ああ知ってるともね」

「ああそれじゃア……再昨日(さきおとつい)の晩この町へ何だか怪しい死骸を車で挽込(ひきこ)んで来たものがあるてえじゃ有ませんか」

下女は一向驚ろかず

「フフン、屑屋さん、何かの聞間違(ききまちがい)だろう。そンな事は有やしませんよ」

余は腕を拱(こま)ぬきて

「はてな、いいや、なんでもそれに相違ありませんぜ。もっとも警察でも極く秘密にしておるそうでげすから」

下女は何か思い当るという風にて

「そンなに警察でも秘密にしてる位なら妾だッても知れる訳は無いけれども、全体屑屋さん、どこで聞いてきたの」

とやや熱心なり。

余は態と声を潜めて

「お前さんだけに云いますがね、かかり合になると大変でげすから屑屋がこンな事を云ったなんて誰にも話しちゃいけませんぜ」

「誰に話すものかね。妾や話さないといったら誰にだって話した事なんか有りませんよ。安心してお話しなねえ。こう見えてもそこは固いのよ」

とますます熱心の容子なれば

「いいえ、外でも無いんでげすが」と一段声を落して、「実は私(わっち)が再昨日(さきおとつい)の真夜中、さようさ十二時過でげしたよ、遅くなって帰って来ながら丁度この風門通の角へ来かかると怪しい車を曳いてこの町内へ這入ろうとする奴があるんでげす。ふと瓦斯燈の光りで見ると驚ろきやしたね。薦(こも)が被せてありましたがその下から血だらけの蒼青(まっさお)な足が見えたんでげす。私(わっち)やもう胆を潰すほどに驚ろいちまって、いそいで家へ逃て帰っちまいました。何でもこの町へ曳込んで来たに相違ないんでげす」

「まアほんとう！　聞いてさえぞッとするよ。ああそれで分った。何でも一昨日(おとつい)あたりからこの町の角に立っている男があると思ったが、あれはきっと刑事なんだよ。その男がさっき妾に話しかけたっけ。それは再昨日(さきおとつい)の十二時過なんですね、待って下さいよ」

と首をひねれるは何か脳髄におぼろげに浮び来るものあるを綜合(すべあ)わさんとするに似たり。

「女中さん、何か思い当ることでもありませんか」

「そういわれるとありますよ、きっとそれなんだ。そうそう再昨日の晩だッたよ。アノ屑屋さん、こうなの。妾が夜中にふと眼を覚していろいろの事を考えていると十二時が鳴ったの。十二時がなると直ぐ睡くなってきたからうとうととしている耳に車の音が聞えたわ。十時過は人ッ子も通らない位で車の音なんかする訳がないのに、十二時過に車の音がするとは不思議だと考えていたの。

今考えてみると慥かに車の音も聞（きい）たりそう考えてもいた事が知れるの。それ許りじゃアないわ、その車の音がどこらで止ったという事もうすうす覚えがあるの」

(四)

余はさてこそ手掛を得たりと喜び勇める心を色にも出さず

「どの辺で車が止った容子でげした」

と問えば

「それも夢現（ゆめうつつ）だから善くは覚えていないけれど、その時心の中で九番屋敷の前あたりで止ったようだが、今頃誰が九番屋敷（あすこ）へ来たのか知らと考えていたように思うの。それがぼーッと夢のようで、お前さんの話を聞てから、それではそう考えていたのだなと今思い出した位だわ。それでなきゃ思い出もしなけりゃア、よし出しても夢と思っちまう処なのよ」

「へえ、九番屋敷の前で止った。それはどうして九番屋敷と思ったンでげす」

「それがさ、九番屋敷あたりと思うだけでそこン処はしかとは指せないけれど、丁度方角が九番屋敷のあたりに思われたのだわね」

「その九番屋敷というのはどこらで」

「ここから五六軒先の戸口に蔦（つた）のからまってる家だアね」

「どンな人が住んでる様子でげす」

「この三十日許り前に引越して来た夫婦ものが住んでるのを見かけましたけれどもね、いつでも留守にばかりしている事が多いんですよ。一切近所交際（つきあい）をしないんで善くわからないけど、いやな奴等よ」

余はこれだけ聞けば充分なり。深入して聞ば却って人の疑を招かんと思いたれば話を切上てそこを立出で、またも屑屋々々と呼ばりつつ町の片側を繞れる後、例の見張の巡査に何気なき様をして

「九番館を注意せよ」

と囁やき捨ながらまた残れる片側を引返して呼歩き、やがてかの九番屋敷の前に立ちぬ。古き二階建の家屋にして戸口の壁には青々と蔦の生茂（はいしげ）れるを見ぬ。余は戸口を打叩きて屑屋の御用を聞たるも留守と覚しく誰一人答うるものなし。なおも打叩けるにこたびは二階に当りて下婢（げじょ）の声と覚しく腹立しげに

「出ないよ」

と肝張(かんば)りたる声の聞え来れり。余はまた車を曳出して一際声を張挙げ

「屑屋はよろしゅう、古新聞空罎襤褸切何でも買ます」

日は既に落ちて四辺(あたり)は黄昏(たそがれ)そめんとす。これだけの手がかりを得たる上は要こそあれと、余はそこそこにして車を曳きつつとっぷりと暮果たる時わが家の裏門を潜り入りぬ。食事を認(したた)めたる後書斎に入りて手段(てだて)を繞らしおる折しも、戸口に鈴(ベル)の音聞えしが、ほどなくわが妻は入来り。一人の若き女のいたく心配に充(み)てるらしきが急ぎ余に面会したしとて来れる由を告げぬ。余は訪問者に遭うを好まざりしかど若き女を追返すもすげなしと思いたれば、こなたに通せよと命じたり。ほどなく入来れるは寡婦(やもめ)の喪服をつけたる年まだ若き可憐の女にして、そのいたく憂と掛念とを含める顔より被布(かずき)を取捨てて余に会釈しぬ。

「貴君(あなた)は探偵局のガードルストーンさんでございますね」

女はその顔立に似たる優しき声にてかく云えるに余はただ点頭(うなずけ)ば

「ちとお願いが有ましてまいったのでございます。そンな馬鹿な事を気にするには及ばぬと、お笑いなさるかも存じませんが……ほんに独身(ひとりみ)の心細うござんすので……良人(うち)のハロルドさえ生ていてくれましたらこンな心配も致さないのでございますけれど」

とはや涙ぐんで詞(ことば)を途切(とぎれ)しさま云う許りなく哀れなれば、余は調子を柔らかに

「貴女がそれほど御心配なさる事を決して笑いにしてしまうなどという事はいたしません。どンな事かお話し下さい」

「ハイ、妾の名はワルネーと申しまして、風門通りの九番屋敷に住んでいるのでございます」

（五）

風門通り九番屋敷に住(すま)えるというに、余は打驚ろかされながら耳を傾くれば、女は詞(ことば)を次ぎ

「妾は二ケ月前良人に死なれましたので、今では二階に下女と二人で逼塞しておりますが、階下(した)の室をこの三十日余り前からキンストンという夫婦ものに貸してございます。飛んだものに貸してしまったと今では後悔いた

しておりますので。この夫婦ものは始めから妙なのでございまして、大抵戸口はいつでも錠を卸しておきますし、一切近所との交際（つきあい）も致しません。また始終留守勝にしております。夜深（よふけ）に何だかよく衣体（いたい）の知れぬ人が尋ねて来る事がございます。それに下女の申しますには深夜（よなか）にいつも何か階下（した）で奇妙な音がするので気味が悪くて寝られないとの事で、妾も碌（ろく）に寝られない事もございます。何でも後暗い事をしている人達に相違ないと考えますのですけど、仇をされるが恐さに今までは誰にも申さず黙っておりましたので……始終ピストルなどを振廻わすのですからそれはどンなに恐うございンしょう。この間も妾の大事にかけておった猫が、あの人達の飼っておくカナリヤを狙ったといって可愛相にプシー（猫）は銃殺されてしまいました。そればかりではございませんので、この二日ほどは何か床の下でも掘っているのではないかと思われる音が致しまして、それが夜分は一層善く聞えるのです。妾が横になりまして床に耳をあててますと、何だかこう床の下から往来の方へ抜穴でも掘ってるのではないかというような想像もいたされますので――それがどうも恐ろしゅうございまして、善く小説や書いたものなどで見ますあの虚無党とやらいうような恐ろしい人達が、仕事をしているのではあるまいかと……何だか家ごと破烈する事でも有そうな気がいたしまして、実にもう気が気では無いのでございます」

かく述来れる女はいたく物に激せる吐息を漏し、その顔にはいうべからざる掛念の色の表われたり。

余は風門通り九番屋敷といえるがこの寡婦（やもめ）の持家にして、その階下を怪しき夫婦ものに貸しおくものなる事は今始めて知り得たるなれど、この怪しき夫婦ものの事については昼の中かの下女に聞けると符を合わせるが故に、いよいよこの夫婦ものこそ犯罪者に相違あらじと喜び勇める心を静めながら

「しかし貴女はなぜ私の処へお出でになったのです」

「それは教えられてまいりました。実はその夫婦ものというのが来てからまだ一度も家賃を払いませんので、何度催促しましても明日やるの明後日（あさって）やるのと延（のび）てばかりおって、とうとうまだ払ってくれません。妾はいっそその事を巡査に訴えようとも思ったのですけれど、それもどンな事をされるか知れぬと思って差ひかえておりましたので……けれどもいつまでも打捨（うっちゃ）っておいたならば災難はますます大きくなるだけと心配をしておりますと下女が町の角に平服の優しい巡査が居ると申しますので、

ともかくも話してみようかと丁度夫婦ものも留守になりましたから急いでその巡査の処へまいって来て調べて下さいと話してみました処が妾に貴君の処書を書いて下さいまして、直ぐ貴君の処へ行くようにと申されましたので、それで伺いましたのでございます。あのそれからその巡査さんが捜索するには令状がどうやらとか仰有いました。妾には何の事やら――」

「ああなるほど、それで貴女がお出になったのですか。いや令状の事もわかってます。それでは一刻も躊躇する事は出来ません」

と余は椅子を蹴って立上りぬ。

（六八）

昼の中に聞ける下女の言葉及びこの若後家の物語に依りて余の取るべき途は極めて明白となりぬ。

余は今より犯罪の巣に赴むき二三時間を出ぬ中に絹をば悉く引揚げ得べきぞ、二千円の懸賞は早やわがものとなりぬ。今は捜索の令状もこれを待つに及ばず、まだこれより以上を聞取にも及ばずと思い決したるなれば立上りさま若き寡婦(やもめ)に向い

「夫人、それではお宅へ御一緒にまいりましょう。夫婦ものは今は留守だと仰しゃいましたな。急いでその間に捜索をしてみましょう。もし万一夫婦ものに出逢う場合があったなら私をただ貴女の朋友(ともだち)のように仰しゃいまし」

女は心配らしげに

「けども跡で分ったなら妾はどンな目に逢うだろうと思いますと……」

「大丈夫です貴女に決して御迷惑はかけません。こちらにはある犯罪について確かな見込が立っているのです。何もかも私にお任せなさい。一刻も猶予をすると不覚を取る基(もと)ですから早くお出なさい」

慌ただしく女を促して戸外(おもて)に出しが、ほどなく風門通り九番屋敷の前に来れり。立番の巡査はいかにと見やれるに彼はこの時向い側の物影より表われ来り、小声に

「誰も中へ入ったものは有ません。この御婦人から張番をしておってくれという事を申されましたので。しかし誰も帰って来んのです。いい幸いです」

女は口を挿みて

「大丈夫十時前に帰って来る気遣いはございません」

余は巡査に向い
「君も中へ入って手伝って下さい」
と相共に二階に登り行けば、この家の下婢は青くなりてそこに立居りぬ。余は下婢に門口に立ちて夫婦ものの帰り来るや否やを見張りおり、帰り来れる場合には合図をなすべき事を命じ、いずれも二階の上に立ちしまま暫しは下の室に当りもしや何等かの音響の響き来る事もやと耳欹(そば)たてぬ。まだ夜の九時前なれどこの辺はや静まり返りて深夜(よふけ)のさまに似たるに、風も全く死し何の音だにいずこよりも聞え来ず。余は未亡人に向い
「夫人、心配するには及びません。気を沈着(おちつけ)てお出なさい。どれ階下(した)の室を調べてみましょう」
と二階を下りしが戸口は皆錠を卸してその鍵を夫婦ものが持行たるなれば、余は忽ちに困却を感じ
「夫人(おくさん)、合鍵はございませんか」
と云えば
「ハイ、それがございませんので」
余は自分のポケットを探りて鍵を一束にして持いたるを取出し、そを試みんと戸口の前に立ちぬ。若き未亡人は青ざめながら震いつつ手燭を手にしてわが傍らに立てり。われ等三人の胸はいずれも高く波打てるなり。
「なるだけ早く遊ばして下さいまし、もし見つかると牢に入れられるじゃ有ませんか」
彼女は訳もなく気遣いおると覚し。余は二三の鍵を当てて試みたるもいずれも適(あ)るものなし。もどかしげに眺めいたる未亡人は
「ちょいとその鍵をかして御覧遊ばせ食堂の鍵と同じようなのが有ますから妾が試してみましょう」
との言葉に余は己の鍵を渡せば、未亡人はそを受取りて食堂の戸口に試むるようなりしがそれも適せずとて引返しながら忽ち何をか思い浮べたるようにて
「おおそうそう、石炭室の戸なら開いてます。そして奇妙な音はあの穴蔵から聞えるのです」
と云いながら鍵をば手ずからわがポケットに入れて返しぬ。余等は直ちに石炭室に走りぬ。
ここの戸口は果して開きぬ。急がわしくその中を窺き込めば広き穴蔵にして戸口より木の梯子ありて通ぜるが、中は黒闇々(こくあんあん)として何ものの潜めりともわくべからず。

(七)

余は未亡人に向い

「手燭をお貸なさい、じき判ります」

と手燭を取りて暗窖(あなぐら)に導びく梯子を下れば巡査もまた余の例に習いぬ。暗窖の中はなかなか広しと覚しくて手燭の光りは僅かにその一部を照せるのみ。余は巡査を顧みて低声(こごえ)に

「絹の梱(こうり)は無論ここにあります」

と囁やきぬ。

上よりは未亡人のやや顫いを帯びたる調子にて

「この石炭室を忘れずにお出なさい」

と云えるが聞えぬ。余はその意味を解しかねて

「え?」

と云える時夫人の声は引続き

「早くおしなさいまし、きっと往来の方へ抜道が出来てましょう……おやッ! あの足音は……もし大変! 大変です、どうしましょう、帰って来ましたよ。夫婦ものが帰って来ましたよ、早く点火(あかり)をお消なさい! 動いちゃいけません、暫らくじっとしてお出なさい」

われ等が湿りて陰気なる暗黒(くらやみ)の場処を半ばほど進み行ける時しも未亡人の低けれど玉ぎる如き声はさながら刃(やいば)の如くわれ等の胸を貫ぬけるなりき。余はこの刹那にふッと手燭を吹消し無言のまま巡査の腕を捕えぬ。忽ち上には烈しく戸口を閉ずる音聞えて、重き跫音と深き音声と入交りてわれ等の耳に響き来れり。出来事の余りに急激にして全く思い設けぬ処なりし故に、余と巡査とは吶嗟(とっさ)の思案に迷うてただ偶像の如く息を殺してつッ立てるなりき。さるにても彼等の帰り来る事の突然なりしよ。見張をなしいたる下女は何をなしいたるならん。彼等はわれ等の来れるを知りてだしぬけに表われ来りたるならんか。そはとにかくわれ等の頭上には何やら烈しき物音と人の語れる声と引続き聞え来りつつありしが、それも暫らくにしてひッそと静まり、何の音も聞えずなれる時、巡査の不快なる笑い声はわが耳元に起りぬ。

「フム、奴等はあの後家を縛ったのだろう。面白い、彼奴(きゃつ)等はわれわれをも縛るか、われわれが彼奴等を縛るかだ。もし貴下(あなた)、立てても仕方が無いです、上へ登りましょう」

余は彼を制して

「それは不可ん。われわれは捜索の令状を持っておらんですから、却って家宅侵入罪に問わるばかりか、それこそあの未亡人にどれほどの迷惑を増させるか知れんでは有ませんか。われわれは犯罪の証拠品を見つけるが肝要です」

と囁きながらなおも耳を傾くるに、この暗窖の戸口は全く閉されいると覚しくて上よりはいかなる光りも射し来らず。物音も全く聞え来らずしてさながら墓場の中に葬むられおるに似たり。余は巡査に語れるが如く、われ等の今第一に取るべき途は犯罪の証拠を発見するにあるべしと思えるが故に、急ぎポケットより燐寸を探り出して手燭に火を点じぬ。

この暗窖の隅にこそわれ等は確かに二十梱の絹を見出し得るならんと今もなお信じいたるなり。われ等は蠟燭の光りを頼り眼をくばりつつ暗窖の隅に進み行きぬ。されど不思議やいかなる隅にも絹の形跡もなきのみか、壁及び床は総て煉瓦にて畳みあり更に抜道を穿ち跡とてもあらぬなり。余は驚ろきて巡査に向い
「これは奇怪だ。上り口はどうしたか知らん」

と云いつつ急がわしく梯子を上り戸を押試みたるに、いかなる事少しも動かず。

（八）

思うにそはただ錠を下したるのみならず、確かにわれ等のここに居る事を覚り、押籠置きて辛き目見せんとの目的にてよほど重量のあるものを戸の外に据え置けるものと思われたり。余はあるいは人のそを押えおるものとも疑いたるが故に足を爪立つつ引返し行けるに、巡査の顔はその手にせる燈火の光に映じて殊の外青ざめおるを認めぬ。
彼は余に囁やきて
「どうも怪しいですな。私は今石炭の入口の事を思い浮べて、そこを上てみようと思ったのです。処が上に人でも乗っているとみえてちッとも持上らんです。彼奴等は感づいてるです。やッ！　お聞なさい、門外へ荷馬車が駐りました。彼奴等はフケてしまう積りです」
さなり慥かに門外に荷馬車の来たれると思しき音せり。廊下には忽ち重き跫音聞えて、敷石の方に薄れ行きぬ。われ等は顔見合わして茫然として立ちぬ。余は刹那にして怒心頭に発し、何の躊躇する処もあらばこそ荒々しく

かの梯子を登り、再び戸を押試みたり。巡査も来りて共に力を合せたるなれど戸口はいっかな動かず大磐石（だいばんじゃく）の如し。余等は遂に荒（あら）らかに戸口を打叩き人を呼わりたれども、何ものの答うるものも無し。罠（わな）にかかれる鼠も同然、藻掻くも叫ぶも助けは来らず。荷馬車は今や立去らんとすると覚しく馬の嘶（いなな）く声聞えたり。余は歯を嚙（く）いしばりて

「逃げるなら逃げても善いわ。遅かれ早かれ捕まえずにおくものか。それはそうと夫人はどうしたろう縛られてでもおるかしら。さもなければ彼奴等の姿が見えなくなり次第来て戸を明てくれるだろう」

巡査は落胆せる声にて

「夫人を打ちゃっておくはずはありません。きっと縛られています。われわれは当分暗窖（あなぐら）住いをする外は有ますまい」

と彼の溜息を漏らす時しもあれ、上より戸口に近より来る足音あり。ハタと戸口にて止まると共に、神経的なるされど嘲ける如き笑声まず聞え次に

「石炭室を忘れずにお出なさい！」

と戸口よりわれ等に向って云えるがさやかに聞かれぬ。

そは未亡人の声なり！

同時に足音は再び戸口を遠ざかり行きしが、ほどもなく馬車の駈出す声轢轆（れきろく）としてわれ等の耳を貫ぬきぬ。後は風の凪（なぎ）たる跡の如く天地静まり返りて針の落る音だに無し。

余等は幾干（いくばく）時顔見合して、突立（つったち）しぞ。今は何事も明白となれるなり。われ等はまんまと賊の罠にかかれるなりき。かの可憐の若き未亡人と見たる女こそは賊の一人にして、思うに怪しき夫婦ものといえるはこの女とその良人となるべし。見張をなさしめたる下女も無論同類にして、彼等はいかにかして機敏にも余がこの事件にたずさわれるを探知し、われ等の裏を欠きて計略を繞（めぐ）らし、かくは首尾能くわれ等の手中を逃れ最も安全に彼等自身と共に絹の梱（こおり）をばどこにか隠さんとはせるならん。今や彼等を狙いおるものは全く余と巡査との二人のみなるが故に、余等にしてこの暗窖に閉こめられおる以上は彼等は何の掛念する事もなく、白昼大道を闊歩してその欲するいずれの土地へなりと立去り得べきなり。余は嘗て賊のためにかくまで愚弄されたる事無ければ、無念の怒りに満されつつ、いかにしてこの暗窖の中を出去らんと二人顔見合わして深き吐息を漏せり。

（九）

今はただ戸口を破りて出るより外に途なければ余等は力を合わせてこの戸を破らんと試みぬ。さるにこの戸口は梯子の直ぐ上に附おるものにして平場に附おるにあらねば殆んど力を用ゆるに足場なき上重き石にても寄掛けあるものと覚しく中々に破り得んようもなし。余等は詮方なく石炭の塊を取りて滅多打に打叩きそれも効なきより下に降りて力の限り石炭を戸板に投げつけなどするに、その惨まじき音響は耳も聾せんばかり暗窖の中に響き渡り、恐らくは門外にも聞えたるなるべしと思われぬ。されど門外よりはいかなる助けも来らず。われらは根気よくこの運動を続けおる中漸やくにして戸板を打割り得たればその割目より辛うじて潜り出で得るほどの穴を作り除つ。やがてそこを潜り出たる姿は顔も手足も衣服も石炭まみれにてさながら火夫に紛うばかりなるのみか、手には摺傷さえ生じて血は処々を染めなせり。当時無念と情なさとは殆んどこれを形容するの詞を知らぬほどなり。

見れば果して戸口には錠を卸せし外に板石を立かけありぬ。彼等のここを立去りてより我らのかく暗窖を出得たるまではかれこれ一時間を費やしたるべければ彼等は最早安全の地にわれらの運命を笑いおるならん。余等は念のために普ねくこの家の室内を検査せるに、始めより不正の目的にて住居したるものと覚しく、室内の装飾とても殆んどこれを欠き到底家族的生活をなし得る家屋にあらざる事を見出しぬ。絹は素よりいずこにも見出し得ざるのみか、他の日常必要の諸道具さえ無きを見れば、これらもかの荷馬車に積みて立去りたるものならんと思われたり。余等は急ぎこの町の警察署に赴きて、時遅れながらかの若き女の人相を説示して彼等追跡のため四方に巡査を派出するの手続をなしたる後身を清め衣服を換えんがためわが家をさして帰り行ぬ。

十分の後余はわが家に帰り来れるに、戸口は開きおりて人の気色も無し。「不用心な」と呟やきながら、大抵家内は勝手元に居るならんと思われたれば、そこに赴むきたるに、不思議やいつも閉じたる事無き戸口は堅く締りてありぬ。余は総て一家の鍵を纏めて携えおるなれば、そを取出さんとポケットを探りて取出せしにふと心附ば、こはそもいかに、そは全く自分の鍵にはあらずして他の見知らぬ鍵なり。余は忽ち心の中に、かの九番屋敷にて例の若き女が余の鍵を取りて戸口に試みたる後、自から余のポッケトに入れて返しくれたる事を思い浮べたればさてはかの女が態と取かえて入置たるものなるに心附きぬ。さるにても何故に取かえたるならんか。余は不穏の念に閉じられつつ暫らく立ちて室内の気色を窺いたるも別に怪しきものの潜みおるとも思われぬ代り、家内のものさえ全くいずれにか出行きたるものにはあらずやと思わるるまで、静まり返りて鼠の歩む音さえ聞えず。されど燈火（ともしび）のこの勝手元なる戸口の隙もりて幽かにさし来るを見ればこの中に妻か下女の居るならんと打叩きみたるに答もなし。また再びほど打叩けるにただその叩ける音のみ、静まり返れる家内に響き渡りぬ。

（十）

余はいよいよ怪しみながらもこの戸口の締りの余り固からぬ事を知るが故に、力を込（こめ）てウンとばかりに押試みたるに戸口は難なく中に開きたり。

ト見れば

「アレー」

と叫びたる下女の声に続きて幽かにアッと云いて色蒼青（あおざめ）たる顔にこなたを見詰めたるはわが妻なり。その様いたく物に恐怖しおる姿なれば、余はいよいよ只事ならずと胸を躍らせながら、何事ぞと問わんとする前に、妻はホッと安心の吐息を漏らしながら進み来り

「まア貴君でございましたか」

「妾（わたし）ゃアノ恐い男かと思いました」

と続いて云うは下女なり。余は妻と下女の顔を見分て

「どうしたのだ」

妻はなお甚しく不安の面色（おももち）にて声を潜め

「きっと強盗か何かなんでしょう。どんなに恐ろしかったでしょう。もう四十分余り前ですけれど、妾と下女がここで仕事をしていると、何か貴君のお居室（いま）の方でがたがた音がするように思われましたので、ハテ戸には錠が下ているはずだが窓から猫でも這入ったのか知らん、ちょっと窺いてきて御覧と下女をやってみました所が、お居室の方から一人の男が出て来て下女が声を立てようとする所へ短銃（ピストル）を向て『己は今人殺しをして来たのだが三十分ほどこの家に隠してもらわんければならん。お前でも誰でも声を立てて人に知らしたなら行がけの駄賃に用捨なく打殺してしまう』と云って下女をこの室へ突入（つきいれ）て

外から錠を掛てしまったのです。どうして合鍵を持っていたのか知れませんけれど、何しろそンなですから妾等二人はまだその男が潜んでいるかも知れないと生きた空もなく縮まっておりました所で戸をお叩きなさいましたのももしやその賊ではないかと思いました位で……」

余は皆まで聞かず、急ぎ洋燈（ランプ）を取りてわが居室に赴むけるに余の錠を下し行たる戸口は広々と開かれありて、卓子（テーブル）の上に飾り置きたる愛玩の日本製花瓶を始め置時計その他五六の物品全く紛失しおりぬ。余は憤怒のために狂せるが如くなお二階に上り行き見たるに寝室の戸口も開かれあり。そこの卓子の上には金鎖附の金時計を置たるが故に、殊にその気遣われたるなりしが、案に違わずその時計と鎖とは形も影もなくなりいたり。

余にとりてはこれだけにてはや尻餅も搗（つ）かん許りの大打撃なるに、更に見廻わせる姿見鏡の框縁（わくぶち）にピンもて刺止めたる白紙ありてそれには女文字にて「石炭室を忘れずにお出なさい」と嘲けりの文句の記されありぬ。それはかの女の最後に暗窖（あなぐら）の中に投行たる同一の詞（ことば）にてあるなり。

かの怪しの夫婦ものは余等を暗窖の中に閉籠めて辛き目見せたるのみにては満足せず、更に大胆にも余の妻をも幽閉しおき、まんまと余の所有品をまで掠め去れるなり。この怨みいつの世にか忘れ得べき。されど余の熱心なる捜索にも拘わらずジョエット商会は遂にその絹を回復する事能わず。懸賞金二千円は首尾能くわが手中を逸し去れるなりき。思うに彼等夫婦は外国に走りてその新生活をなしおるならん。

試金室の秘密

（壱）

ある七月の朝なりき。余の使役されいたる探偵会社長より呼寄せられて早速赴むきみたるに、社長は折柄一人の紳士と対話してありしが、余の来れるを見て紳士に紹（ひき）介（あわ）せ

「ウィンセントさんこれが今お話申した探偵ボーランド君です」

ウィンセントと呼ばれたる紳士は会釈して一葉の名刺

を余に手渡し

「これが私の名刺です」

余は会釈を返してその名刺を手に取り見れば『大英国造幣局試金所長ホレース・ウィンセント』と記されありぬ。

彼は詞を発して

「実は大変に困った事件が有ますので、それで御尽力を願いにあがったですが、使っている奴がどうも毎日金粉を盗みおるのですて」

「なるほど、誰が盗むか分らんとでもいうのですか」

「全くさようで。しかし此奴が盗むであろうと信ぜらるる嫌疑者は有ますので」

「すぐそれを捕まえたらどうです」

ウィンセントは頭を振りて

「それが出来んのです」

「どういうもので」

「一ツも証拠が無いですからな。試金所で雇うておるものは帰りがけには一々身体検査をするので、その嫌疑のかかってる男も無論検査を受けとるので。処が身体の中どこにも金粉一ツすら附いておらんのです」

「それをまたどういうもので嫌疑をおかけになったのですな」

「それはこの男の外に疑うべきものは無いからで。われわれの試金所には二十個の試金室が有って何の室でもそれぞれ取扱った黄金の重量を計算してありますが、独り嫌疑者のレンショーと申す青年の室でいつもその計算が違って来るです。もはや今日までに紛失した金粉の量というものは積ったならなかなか夥しい事で……」

余はウィンセントに向い

「貴君はこれまでどのような御捜索をなさいました。どこにか隠しておくというような処をお調になりましたか。云うまでもなく金粉であってみれば人目につかん処――よし人目につく処でも気の附ん処へ隠すという事が出来ます」

「さアそこです、われわれはその点には充分の捜索を尽してみたです。無効ですな、私は断然どこにも隠し処は無いと申して善いと信ずるので……」

「しかし隠さなくて紛失するはずは有ません」

「それがどうも不思議の秘密で……」

「なるほど面白そうな事件ですな。もしもその探偵を私に御依頼下さるとなら早速試金所へお伴を致して取調べてみましょう」

ウィンセントは立上りて社長に暇（いとま）を告げ、余は二三の用意をなしてウィンセントと共にその管理する試金所へと赴けり。余は途々ウィンセントに向い

「貴君が嫌疑をおかけになっているレンショーという男はどンな奴です。どういう手続でお雇入れ（やといい）になったのです」

「はア、あの青年ですか。中々哀れな事情があるですて。それを一々は申しますまいが、全体あれの父というのは私が殊の外目をかけてやっておった男で、その親爺の死ぬ時に伜（せがれ）の事をくれぐれもお願い申すというて頼まれた位で、それ故親爺にも増して目をかけて使っているという次第ですが、なかなか怜悧で役に立つものですから今では十五号室を任してあるのです。この十五号室というのは最も重要な室でして毎日この室を通過する黄金の分量は実に夥しい事です」

（二）

余は試金所長に向い

「これまで紛失した金粉の量は合計どれほどになりますか」

「さよう、丁度三百オンス（二百五十匁（もんめ））ほどになりますが、それがこれからも毎日々々紛失が続くのですから、このまま打捨てておいたなら無限に紛失して行くのです。いよいよ形跡が分らんというならば雇人を悉く解雇でもしてみようと考えてる処で……」

「それには及びますまい。多分われわれは犯罪者を探り出す事が出来ましょう」

「そうなれば実に結構で、失った金粉もいくらか回復する事も出来ましょう」

かくて後われ等は試金所に達するまでは詞（ことば）をかわさざりき。ウィンセントは戸口を開き、余をその後より従わしめて直ちにかの犯罪の行われつつある十五号室の戸口に達しぬ。二人のこの室に入込（こめ）る時一個の青年は衡器（はかり）の上に身を屈めつつありしが、ウィンセントは余に囁やきて

「あれがレンショーです。まだ二十五の若もので」

レンショーは余等の入来れるを知りて忽ち余の顔を見上げたり。余は多少骨相学の心得あり。これが従来犯人捜索の手助けとなりたる事少なかざりしが、今しも余の顔を見上たるレンショーの顔を見ると等しく忽ちこの青

年の信用すべからざる人物なる事を悟り得ぬ。
　余の見る処にては彼の相貌にはたしかに隠険（いんけん）なる処あり。眼には人を見て直ちに拒絶せんとするが如き異様の光彩を放ち、口元に妙なる歪みの見ゆる。余は心の中に、よしこの青年が今回の犯罪に関係なしとするも、晩（おそ）かれ早かれわれ等の厄介となるべき人物なりと思いぬ。
　所長ウィンセントはレンショーに向いて口を開き優しき調子にて
「レンショー、これまで信用のあったお前に度々この話をするのは実は好ましくない事だが、この室で金粉がなくなるからは自然この室内に疑がかかるは当然な話だから仕方がない。ここにお出になったのは探偵さんだ。取調べにお出になったのだ」
　レンショーは少しも驚かず、いと冷淡に
「そうですか、やはり手前に何か関係（かかりあい）でもございますか」
「私（わし）はお前のため、また死んだお前の親爺のためにお前とこの事件とは何の関係（かかりあい）もない事を望んでいるのだ。だが今もいう通りお前が預っているこの室で金粉が無くなるのであるから、自然お前に不利益な考を人に起（おこさ）せるのは無理もあるまい。え、そうじゃないか、レンショー。私（わし）はお前のためを思うて決して無情な取扱はせんぞ。今白状するとも決して遅くはない。親爺に免じてその罪も許してやる考でいるのだ。どうだ、白状したらどうか」
　と諭せども彼は益々冷やかに
「手前は何も決して白状するような覚えは有ません。私は自分のものでないものを塵一ツこの室から持って出た事は有ません」
「しかしもしお前の云う事が真実であるならば、この室で金粉の無くなる事をお前は何と説明をするつもりだ。この室に這入る事を許されているのはお前ばかりではないか。お前をおいて誰が説明の出来るものがあるか、善く考えてみイ」
　レンショーはいと穏やかに
「それがどうも不思議でなりませんので。手前の預っている室ですけれど、どうして無くなるかそれを発見する事は手前の力には迚（とて）も及びません」

（三）

レンショーはいたく激せる様にて言葉を次ぎ

「貴君は毎日々々私を検査なすったじゃ有ませんか。もし私がそンな、不正の事をしたのならもう疾に目附ってるはずじゃ有ませんか。この上手前をどうなさるてぃ思召なんです」

ウィンセントは静かにその手をレンショーの肩に置きて

「私はただ犯人を索せば可いのだ。この室には何でも大変な秘密があるに相違ないから、その秘密を捜し出そうというまでだ。レンショー、私はお前を愛して不憫を加えているのだから、お前にはなお最後の機会を与えてやろう。どうだ、お前がもしかこの事件に関係があるならば実はこれこれであると話してくれんか。ここにお出のは警察の探偵ではないのだから、お前を決して公然の犯罪者として突出さぬという約束をしてやるぞ。それでも白状せぬというならば最早容赦は出来ん。さ、どうだ、白状が出来んか」

レンショーは渋面作りてウィンセントを見挙しが、やがて前の如く冷やかに口を開き

「何遍仰しゃろうと同じ事です。それは私が盗んだものなら盗んだと白状します。盗まないものを白状は出来ません」

余等はレンショーを残してウィンセントの室に赴むきたる後

「私の考えでは犯人は必らずレンショーに極まってます。そしてあの男はどこか人に知られぬ秘密の隠し処を持てるです」

と云えばウィンセントは失望の体にて

「しかしどンな隠し処でしょうか。今まで毎日々々捜索しても発見の出来んのですからな。私は全く無効に終りはせんかと信じられます」

余は静かに

「けれども私はそれほどには思いません。その捜索と仰しゃるのも到底人間の捜索した事ですから、どんな処にちょっとした見落しがないとも限らんです。ところでこうと……何か上の方からレンショーの仕事を見張っているというような方法は有ますまいか」

「イヤ有ますよ。丁度十五号室の天井には光線取の窓

が有ますが、貴君もお気がつかれたでしょう。あすこの処からお窺きになったならレンショーに知られずに彼の仕事を見張ることが出来ます」

「なるほど、それは結構です。それで、私が一ツあすこから張番をしてみましょう。しかし彼奴（きゃつ）は私の来た事を知ては自分から注意もしていましょう。この二三日は盗みを働かずに余焔（ほとぼり）を冷してるでしょうから、五日の後に私は捜索に取掛ります。その間貴君が御注意をしてお出になる事は素より必要でまたこの事件に私が関わっておるという事はどうぞ誰にも知らさんようにして頂きます。殊に天窓に私の潜んでいる事をレンショーに知られては最早仕事が出来ませんから」

　かくて余はウィンセントの許を辞し帰りしが五日の後再びこの試金所に来り、かの十五号室の天窓に潜みてレンショーの挙動を漏なく注意しぬ。されど不思議や彼の仕事をなせる様を見るに少しも疑を挿むべき処あらず。彼はいと静かにいと平らかに形通りの仕事を続けつつありて最も勤勉なる職工と見るの外何の怪しき所をも発見する事能わず。ただ彼は時々仕事を休息する合間にその長き手をくし削りし事無しと覚しき乱れて褐色（とびいろ）をなせる頭上に置きもしくは頭上を撫でて何をか思案せる様を見なせる事あり。

（四）

余は終日天窓の上なる不愉快なる位置を取りて、若きレンショーの挙動を注意しいたるなりき。されど不思議や少しの怪しき点をも発見する能わざる中にやがて終業の時間来りて、彼はこの室を立去りたれば、余は急ぎ天窓より下り来りて直ちにウィンセントの室に赴きぬ。

「ウィンセントさん、私の見張は全く無効に終りました。で私は今からすぐレンショーの宿へ行って取調べて来ようと思います。どこに居るか処書を書いて下さい。私の取調は三十分ほどを要しましょうから、その間はレンショーに帰らせないように、今直ぐ何か用事を拵えて引止めておいて下さい」

　と云えばウィンセントは直ちに承諾し、呼鈴を打鳴して監理人を呼びよせレンショーに用事あれば三十分ほど待いるべき事を伝えしめ、かくて紙と筆とを取りてレンショーの下宿せる宿を書記（かきしる）しくれたり。余はそを手に摑むや否や、門外（おもて）に出でて通り合わせし馬車に飛乗り、レンショーの住えるプリクストン、アカシアウィラ二十二番に走らしめぬ。余はそこに到着するや直ちに名刺を出せるに主婦（あるじ）はまず『探偵』なる文字に恐れをなしたる様にて一言も拒まず、唯々（いい）としてレンショーの居室に導びきたるままかなたに立去りぬ。余は勿論主婦（あるじ）に向い、もしレンショーの帰り来るべき場合には探偵の来りおる事を夢にも知らしむべからずと命じおきたるなり。

かくて後余は最も叮嚀に室内を捜索しぬ。余は小簞笥の抽斗（ひきだし）より買物の諸払書幾枚かを見出せり。思うにそは最近にレンショーの支払いたるものならん、そは通例の請取書（うけとりがき）にして別に余の注目を惹くに足らざりしかど、その中の一枚にアニリン染毛剤（そめげぐすり）の瓶の請取ありたるが、余に異様の感を生ぜしめぬ。彼は何故にこの染毛剤を以てその毛髪を染むるの必要あるかと思案しぬ。されどこの時余は先刻見たるレンショーの髪の毛は赤みの勝てる褐色（とびいろ）なりしを余は天然のままなるべしと思いたるは誤（あやまり）にして、このアニリン染毛剤にて染めたるものなるに心注（こころづ）けり。

さわれ彼は何故に髪の色を変えおるならんか。余は暫らく考うる中にはや三十分は過去りたるが、故に彼の最早帰り来る刻限ならんと、戸外（おもて）を見やりたるに幸いにもレンショーの帰り来れる処なりしかば悟られじと私（ひそ）かに帷帳（とばり）の後に隠れしが、そこは丁度室の隅にて燈火（ともしび）の光さえ善くは届かねば彼を注意するには適当なりと思いながら、待居れる間もなくレンショーはつかつかと急がわしく己が室に入来れり。彼は入来るや否や寝台の上にどたりと腰を下せしが、その下なる金盥（かなだらい）を窺きてちょっと舌打し「また水が無い」と呟やきながら、戸口に赴むきて声高く

「お主婦（かみ）さん、水が汲んでないじゃないか。困るぜ、いつも頼んどくのに。己が帰って来りゃア第一に身体を洗う事はお主婦さんも知ってるじゃないか」

（五）

余はレンショーの身体が格別汚れもせず、高が職工風情にてかく清潔にするとは異（かわ）った嗜好（たしなみ）なり、殊に十五号室にて仕事を終りたる際にはその手を洗いたるをさえ見たるに、さりとては一種の潔癖家にてもあるならんかなど訝りながらなおも様子を伺いいる中、下より下女がバケツに水を入れたるを下げて入来りぬ。レンショーは

「有難う、そのまま置いてって下さい」
と下女を出だしやりて、確(しか)と戸口を閉し洗う事の仕度に取かかりぬ。余は直ちに彼がこの水を要する理由を見出し得たり。彼は金盥の中に水を充したる後、己が頭(かしら)をこの水中につけ、四五十秒の後に静かにそを引上げぬ。彼は一度二度ならず幾度もこの法を繰返せるなり。余はただ驚ろき怪しみてその様を見守りぬ。勿論二三度頭を水につけて洗う男は珍らしからぬなれど九度も十度も浸(つけ)ては引上げおるを見ては誰とて呆気に取られざるものあらん。

　余は後よりこの夜の事を思う毎に、何故にその時に限りてわが想像力の鈍かりしやと驚ろき訝かるほど、この時は一切レンショーの挙動が合点行かず、ただ怪しむのみなりしが、レンショーが頭を洗い終りてそを拭いつつ窓の方に赴むける機会を外さず、余は暗がりより出でて寝台の後に這いより、怪しき金盥の中を窺きこみて驚ろきぬ。

　見よ、金盥の底には一面に金粉の充満(みちみち)て燦爛(さんらん)たるなり。今や何事も明白となりぬ。犯罪人は慥かにレンショーにてありけるなり。余はこの発見に思わず声を発し後にてハッと思いしが、それよりも驚ろけるはレンショー自身にて彼は余のこの室内にあるを認むるや青くなりてつッ立てるまま言葉も出でず。余はつかつかと進みて彼の腕を捕え
「貴様、これでも強情を張るか、種は最早知れたぞ」
彼は漸やくに声を放って
「恐れ入りました。こう種が知れてはいたし方がありません。どうとも御勝手になさいまし」
「言までもなく貴様を逮捕する」
彼は少しの抵抗をもなさざるなり。

　余は何故に彼がアニリン染毛剤を用ゆるやを知り、また彼がその仕事場において仕事の合間々々にその手を頭上に運び行くの理由をも確かめ得ぬ。この染毛剤は毛髪の色を金粉と同一の色沢(しょくたく)となすと共に粘着性を帯ばしむるがためにして、また彼が手を頭上に持行くと見たる時は少量の金粉を運びいたる時なりしなり。それは実に功名なる手段にして長くそを発見し得ざりしもまた無理ならずというべき歟(か)。

解題

横井司

1

菊池幽芳といえば、明治三十年代に隆盛を極めた家庭小説というジャンルの代表作家として近代文学史にその名を刻んでいる。ここでいう家庭小説とは、社会の暗黒面を題材とする悲惨小説・深刻小説・観念小説と呼ばれた作品群の反動として登場した、「家庭にあつて、子女を前にしても公然読んで差支へない道徳小説、純潔小説」（高須芳次郎『日本現代文学十二講』新潮社、一九二四）のことで、光明小説とも呼ばれる。幽芳はその代表作家として盛名を馳せ、生前には十五巻にも及ぶ個人全集を刊行するほどであった。だが、その後に登場する、自然主義と名づけられる作家たちの登場によって、通俗的な興味を中心とすると見られた家庭小説が正統的とされる文学史の傍流へと追いやられたこともあり、幽芳は、文学研究の対象として取りあげられることが稀な、忘れられた作家となってしまった。今日における幽芳は、幼いころの江戸川乱歩に初めて探偵小説の面白味を味わわせた作家として、熱心な探偵小説ファンたちに、かろうじてその名を知られている作家といってよいかもしれない。

日本探偵小説史において菊池幽芳にふれる際、必ずといっていいほど引かれる江戸川乱歩の文章を、ここでもやはり引いておかねばなるまい。作家生活を回顧した文章の集大成である『探偵小説四十年』（桃源社、六一）の冒頭の一章「処女作発表まで」において、乱歩は次のように書いている（以下引用は『江戸川乱歩全集』第28巻、光文社文庫、二〇〇六から）。

> 私が探偵小説の面白味を初めて味わったのは小学三年生のときであったと思う。算（かぞ）えて見ると、日露戦争の直前、明治三十六年に当る。巌谷小波山人の世界お伽噺の大きな活字に夢中になっているころで、私はまだ新聞を読む力もなかったが、生来小説好きの母は新聞小説を欠かさず読んでいて、私は毎日その話を聞かせてもらうのが一つの楽しみであった。
>
> 　そのころ、大阪毎日新聞に菊池幽芳訳の「秘中の秘」が連載され、これが非常にサスペンスのあるミステリ小説で、母の好みにも叶い、私は毎日その挿絵を見ながら、母の話を聞くのを、こよなき喜びとしていた。「秘中の秘」の原作が何であるか、まだ調べていないが、古い型の怪奇探偵小説として可なり面白いもので、初めてそういう味に接した私を、夢中にさせるには充分であった。
>
> 　ちょうどその時分、小学校に年に一度の学芸会があって、私は三年生の中から選ばれて、何かお話をすることになったが、それを申し渡されたとき、私は直ちに「秘中の秘」の話をすることにきめたのである。教室を幾つもぶちぬいて、全生徒の外（ほか）に父兄なども招待する、はれがましい会であった。私は黒と薄鼠の荒い縦縞の米琉（よねりゅう）の袷に袴をはいて演壇に立った。この米琉のパッチリと派手な柄が非常に好きで、大いに得意になって壇上にのぼったのだが、人の前で話をするのは全く初めての上に、話の内容が相当こみいった大人の小説だったので、聴衆を面白がらせるなんて思いもよらず、独り合点の話し方で、話の筋も通らず、失敗を意識して壇を降りたことであった。

中島河太郎は右の箇所を引いた上で「この回想を読むと、乱歩が後年推理小説と深い因縁を結ぶに至った因子として、『秘中の秘』はミステリー愛好家の興趣を唆るにちがいない」といい（『日本推理小説史』桃源社、六四）、伊藤秀雄は「『秘中の秘』は当時の乱歩の好みに適い、後年彼が探偵小説をもって生活をたてるに至った一因ともなっていることは探偵小説愛好者の興趣をそそるものがあろう」と述べている（『明治の探偵小説』晶文社、八六）。

このようにいわれながら、菊池幽芳の『秘中の秘』は、長い間、幻の作品であった。詳しい解題は後の記述に譲るが、管見に入った限りにおいて、『秘中の秘』が最後に公刊されたのは、一九三九（昭和一四）年のことである。ほとんどのミステリ愛好家ないし探偵小説愛好者にとっては、興趣をそそられながらも、実際の作品に接することが難しいという時代が長く続いたのであった。その『秘中の秘』を収めた本書『菊池幽芳探偵小説選』は、最後の出版から数えて実に七十四年ぶりの復刊であり、多くの探偵小説ファンないし乱歩ファンにとっては待望の一冊といえるだろう。

2

菊池幽芳は、一八七〇（明治三）年一〇月二七日、茨城県に生まれた。本名・清。一八八三（明治一六）年、茨城県水戸中学校（現・県立水戸第一高等学校）に入学するが、「水戸の貧乏士族の長男に生れた」ため「一家の生計は」「中学校に入れてくれるのが関の山」であり、「高等の学校に入りたい希望は山々であつたが、私の中学に居る間も、家に伝はる甲冑を売り、刀を売り、それも売尽して、果ては家屋敷までも売払ひ、場末の屋敷と買替たりして、僅にその日を送つて居た一家の事情では、さういふ希望を私かに育む事さへ許されず」、中学を卒業すると同時に「水戸から二十里ほど離れた南の方取手といふ町の高等小学校に雇教師として採用され、任地に赴いた」のだという（引用は「私の自叙伝」『幽芳全集』第十三巻、国民図書株式会社、二五から。以下、特に断らない限り引用はすべて同エッセイによる）。

当時、巌本善治主催の『女学雑誌』を愛読し、「熱心な恋愛神聖論者」だった幽芳は、「恋愛神聖の持論を骨子とした十五六回ばかりの小説」を書き上げた。それが「蕾の花」という題名で「水戸の新聞に掲載された」のが「小説に筆を染めた皮切り」だった（前掲「私の自叙伝」）。母親から文芸好きの血を引いたと語る幽芳は、当時愛読していた作家として、「在来のもの」では滝沢馬琴が大好きで、柳亭種彦、山東京伝、式亭三馬、為永春水なども読んだそうだし、「其頃の現作家」では森田思軒と須藤南翠、特に後者は「中学時代に大抵読んで居て、『新粧の佳人』などはどんなに愛読したかも知れない」ほどで、他には、尾崎紅葉、幸田露伴、山田美妙なども読んでいたようだ。美妙が主催した雑誌『以良都女』に

「懸賞の和歌を出して二三度賞品を貰つた事がある」というのは、先の小説「蕾の花」とも合わせ、文学的な早熟さをよく示すエピソードである。他にも、音楽に親しみ、月琴や提琴をよくし、小学校が購入したオルガンを「弄んで居た」そうだから、かなりの才人である。また、中学校時代得意だった英語の勉強を独学で続け、「通俗小説位どうやら読めるやうになり、暇にあかして翻訳なども試みて居た」というから、後年の翻訳家としての素地も、教員時代にできあがっていたわけである。

一八九一（明治二四）年ごろ、同郷の新聞記者で、当時は『大阪毎日新聞』社長を務めていた渡辺台水（たいすい）から、「郷里の見込ある青年を採用し、新聞記者を養成したい」という話が興り、それに幽芳が推薦された。将来は「文学者になる希望であつたので、聊か勝手の違つた感はあつたが、然し文学者も新聞記者もあんまり違ひはないと思つたし」「新聞記者もたしかに私の憧憬（あこがれ）の一つだつたので」、その話を承けた幽芳は、大阪に向かう。当初は東京の新聞の政治記事をまとめる雑報係を務めていたが、九一年十月に濃尾地震に遭遇。その際の、地震学者に対する探訪記事で注目され、大阪朝日新聞系の文学者が中心となっていた『なにはがた』に対抗して創刊された雑誌『大阪文芸』に寄稿を求められる。そこに短編小説「片輪車」（九一）、「鶯宿梅」（九二）を発表。これが大阪の文壇へのデビューとなった。

九二年には、病気療養中の渡辺台水に呼ばれ、台水が翻案する予定だったデュ・ボアゴベ Fortuné Du Boisgobey（一八二一〜九一、仏）原作の *Bertha's Secret*（一八八五／原題 *Le secret de Berthe*、一八八四）を、代わりに訳すように申し渡される。これが、幽芳が初めて『大阪毎日新聞』に連載した長編小説「光子の秘密」（九二年連載）である。その後も「無言の誓」（同）、「小夜嵐」（九三連載）、「夏木立」（同）などを『大阪毎日新聞』に連載し、次第に文芸欄の人気作家として頭角を現すようになっていくが、その人気を決定的なものにしたのが、一八九九（明治三二）年から連載が始まった「己（おの）が罪」であった。同作品は劇化、映画化もされ、同じ頃に発表された徳冨盧花の「不如帰」（一八九八〜九九発表）とともに、洛陽の紙価を高めたという。また一九〇三（明治三六）年にはバーサ・クレイ Bertha M. Clay（一八三六〜八四、英）の *Dora Thorne*（一八七一）に基づく「乳姉妹（ちきょうだい）」を連載。こちらは「己が罪」を凌駕するほどの評判を呼び、何度も劇化上演された。この「己が罪」・「乳姉妹」の二編をもって、押しも押されぬ人気作家となり、家庭小説の大家としての地位を確立する。

一九〇九（明治四二）年一月から翌年四月にかけては、新聞事業視察の名目で渡欧。帰国後はエッセイ「新聞小説の未来」（〇九）を発表した他、エクトル・マロー Hector Malot（一八三〇～一九〇七、仏）の「家なき児」*Sans famille*（一八七八）を『大阪毎日新聞』に訳載した。

大正時代に入ってからは『大阪毎日新聞』の他に、『婦人画報』や『東京日日新聞』にも小説を連載するようになり、「百合子」（一九一三連載）、「毒草」（二六～二七連載）、「白蓮紅蓮（しろはすべにはす）」（二一～二二連載）等の代表作を発表して旺盛な筆力を示した。一九二二（大正一一）年には、創刊なった『サンデー毎日』に自伝的エッセイ「三十年間の私の記者生活」（のち「私の自叙伝」と改題）を連載。一九二四年から二五年にかけて、右の自伝的エッセイも収めた『幽芳全集』全十五巻（国民図書株式会社）がまとめられている。一九二四（大正一三）年には大阪毎日新聞・取締役に就任するが、二六年に辞任し、社友（相談役）となった。それから後、昭和に入ってからも、「妖美人物語」（二七～二八連載）を『講談倶楽部』に、「井の底の人魚」（二八連載）を『サンデー毎日』に、「燃ゆる花」（三〇～三一連載）を『キング』に発表するが、次第に自分の書く小説世界が文壇の新しい傾向にそぐわないと思うようになり、「燃ゆる花」を最後に創作の筆を断った。

晩年は年来の趣味であった菊作りに専念する悠々自適の生活に入り、また一方で川田順に師事して短歌を学んだ幽芳は、一九三九（昭和一四）年には古稀記念として『幽芳歌集』を上梓している。一九四五（昭和二〇）年八月、芦屋の自宅が空襲に遭い、辛くも一命を留めたが、妻ともども焼け出されてしまう。隣人の好意で裏山の茶室住まいとなって終戦を迎えたが、その二年後の一九四七（昭和二二）年七月二一日、脳溢血のために歿した。享年七十八歳。

3

一八九二年に「光子の秘密」を『大阪毎日新聞』に連載して以来、同紙を中心に長編小説を発表してきた幽芳は、「純な感情と堅実な信念、同時に人類愛を基調とした作家の中心思想が新聞小説の使命と考へ」、その姿勢で「終始一貫して来た」と後に回想している（「自序」『菊池幽芳全集』第一巻、改造社、三三・一)。いわゆる家庭小説を連綿と書き続けてきたわけだが、家庭小説が「家庭の団欒にあって読まれるにふさわしい読物というところから起ってきた」(瀬沼茂樹「家庭小説の展開」『文学』五七・一二)ものであるなら、いわゆる普通小説(現代小説)だけでなく、サブ・ジャンルにあたる探偵小説・冒険小説などが含まれてもおかしくはない。

伊藤秀雄は、「幽芳は涙香を読んでいて、且つ、外国の通俗小説にもさかんに目を通していたから、探偵味を伴っている作が多い」といい、「そうした探偵趣味が多くの読者をかち得た魅力の一つであった」と指摘している(前掲『明治の探偵小説』。幽芳が黒岩涙香の作品を読んでいたことは「私の自叙伝」の記述などからも分かる)。そう述べる伊藤は、「己が罪」や「乳姉妹」、「妻の秘密」(二三連載)、江戸川乱歩が「濃厚な探偵趣味があつた」と伝える「毒草」(「続・一般文壇と探偵小説」『幻影城』岩谷書店、五一)などの名をあげているのだが、こうなると、全作品の内どれが探偵小説ないしその類縁の小説でどれがそうでないのか、ひとつひとつの作品に当って判断していく必要が出てくるのだろうが、作品自体が入手難だということもあり、いまだ全貌は明らかになっていない。

ただ翻案・翻訳作品については、先人の研究が積み重ねられてきて、比較的しぼりこまれている。たとえば伊藤秀雄は前掲『明治の探偵小説』の中で「探偵ないし冒険ものにしぼった翻訳物」として、以下のタイトルをあげている(発表順)。

「大探検」*King Solomon's Mines*(一八八五)ライダー・ハガード原作
「国事探偵」原作未詳
「探偵叢話」原作未詳
「秘中の秘」原作未詳
「白衣の婦人」*The Woman in White*(一八六九)ウィルキー・コリンズ原作
「二人女王」*Allan Quatermain*(一八八七)ライダー・ハガード原作
「女の行方」(原作については後述)

右の内、ウィルキー・コリンズ Wilkie Collins(一八二四〜八九、英)のもの(一九〇一連載)は、全訳ではないようだ。ライダー・ハガード Rider Haggard(一八五六〜一九二五、英）の二冊は「亜蘭手記／幽芳訳述」として、前者は一八九五年に、後者は一八九七年に連載された（いずれも『大阪毎日新聞』）。

後に伊藤は、「無言の誓」が原作未詳ながら「怪奇探偵小説の翻案物であった」と報告している（「菊池幽芳の『無言の誓』について」『日本推理作家協会会報』二〇〇三・一二）。本解題で先に述べた通り、「光子の秘密」はデュ・ボアゴベ原作であろう。また「新聞売子」（一八九七連載）は「イギリスの懸賞小説の翻案」で「催眠術の不可思議な魔力を利用して犯罪者をあばくという筋立てでミステリアスな傾向が濃」いという報告もある（岩田光子「菊池幽芳／三　業績」『近代文学研究叢書』第六十一巻、昭和女子大学近代文化研究所、八八）。こうなると「探偵ないし冒険ものにしぼった翻訳物」（伊藤、前掲書）は九編ということになりそうだが、いまだ原作不詳のものも多く、今後の研究が待たれるところである。

ちなみに右にあげた「女の行方」は、伊藤秀雄の前掲『明治の探偵小説』ではロバート・グリーン原作とされているが、幽芳が『幽芳全集』第十一巻（国民図書株式会社、二四・一二）に寄せた序文において「カゼリン女史の探偵小説を仏国文壇の耆宿（きしゅく）であるローニー（兄の方）の仏訳から重訳したもの」と書いていることから判断するに、アンナ・キャサリン・グリーン Anna Katharine Green（一八四六〜一九三五、米）の *That After Next Door*（一八九七）をＪ＝Ｈ・ロニー J.-H. Rosny aîné（一八五六〜一九四〇、仏）が仏訳した *Le crime de Gramercy Park*（?）ではないかと思われる。同書は、Ａ・Ｋ・グリーンが創造した女性探偵キャラクターの一人であるアメリア・バターワーズの初登場作品であり、グリーンのデビュー作『リーヴェンワース事件』*The Leavenworth Case*（一八七八）以来のシリーズ探偵イベニザー・グライス警部も共演するという。参考までに補足しておきたい。

以下、本書に収録した各編について解題を付しておく。作品によっては内容に踏み込んでいる場合もあるので、未読の方はご注意されたい。

なお、これまで論創ミステリ叢書では、基本的に発表順に目次を構成してきたが、今回は文学史上の重要性を考えて、あえて「秘中の秘」を冒頭に配置することにしたことをお断りしておく。

4

「宝庫探険　秘中の秘」は、『大阪毎日新聞』に一九〇二（明治三五）年一一月三日から翌年三月二八日まで、八七回にわたって連載された後、一九一三（大正二）年一一月に前篇が、同年一二月に後篇が、金尾文淵堂から刊行された。その後、角書きを省かれて、一九三六（昭和一一）年七月に東京の大洋社出版部から、また一九三九（昭和一四）年一月に大阪の祐文堂から再刊されている。

本書は初出紙を底本として、適宜生前最後の単行本を参照し、明らかな誤植などを正した。初出紙上の表記は読点が多く、本来なら句点を用いる場所においても読点で処理している箇所が多い。本書では現代の読者にとっての読みやすさを考えて、明らかに文が終止していると思われる箇所が読点で止められている場合は、句点に変えている。なお当時の慣習として段落の出だしは一字分空けられておらず、会話文の話者が変わるたびに改行するということがほとんどない。それらも現代の慣用的な表記に準じたことをお断りしておく。また、単行本には各章の連載回数を示す節番号は省略されているが、本書では連載時の体裁を残した。したがって、連載後篇の冒頭で二回にわたって掲げられた「前篇の大意（あらまし）」（一九〇三／一／一〜二）も、そのまま再録した。もちろんこれまで単行本に再録されたことはなく、本書が初めてとなる。

なお、「黒鬼鉄平」の章では、第一節が一二月二五日の紙面に掲載された、その翌日の一二月二六日の紙面に第三節が掲載されるという事故が起きている。本書収録の際、順序を正したので、一二月二七日付紙面の冒頭に置かれた以下の注記は再現されていない。参考までに、左に掲げておくことにする。

> お断はり　職工の過誤にて本日組込むべき分即ち（黒鬼鉄平、三）を昨日（さくじつ）の紙上に挿入したれば本日は不体裁ながら（黒鬼鉄平、二）を掲げたり読者幸ひに諒せよ

また初出紙と単行本との間には微妙なヴァリアントも散見されたが、煩雑になるのでここでは省略する。ただし幽芳の場合、単行本を後年になって再刊するに際して、著者校を入れ、文章を推敲したかどうかは疑わしい。た

とえば『明治大正文学全集』（春陽堂、一九二八）に「己が罪」を再録した際は、著者あとがきにあたる「私の著作其他――年表、解説、自叙伝に代へて」の中で「何分三十年前の旧作で、私自身としては今更読返して見る勇気がなく、今度の全集版としては、校正一切すべて春陽堂に一任した次第である」と述べているからだ。したがって後年の単行本テクストに由来するヴァリアントは著者の意向に沿った変更かどうか判然としない場合がありうることに留意すべきだと考える。

連載に先立って、作者の言葉などは掲げられていないが、「新小説披露」と題した予告記事が、一〇月二八日付、同三〇日付、一一月二日付の各紙面に掲載された。以下に再録しておく。

明日（めうにち）の天長節紙上より左の新小説を掲ぐ

宝庫
探険　**秘中の秘**　幽芳訳述

変化なく波瀾なき小説に飽きたるものは来りて本編を読め

千篇一律の人情小説に飽きたるものは来りて本編を読め

極めて奇怪の小説極めて異様の物語を求めつつあるものは来りて本編を読め

常に好奇心を満足せしむるの小説なきを嘆ずるものは来りて本編を読め

秘中の秘は実に斯（かく）の如き読者の渇望を慰（い）すべき絶好の物語（ローマンス）なり、その初回より全く読者を魅し去りて、その終（おはり）まで読まざれば決して読者の意を安んぜしめざるべし

ロバート、スチブンソン、ライダー、ハッガード、マックス、ペンバートン等（ら）の手に成れる有名の探険譚もこの物語に比しては実に顔色なからんとす

ロバート・スチブンソン Robert Stevenson（一八五〇～九四、英）やライダー・ハッガード、マックス・ペンバートン Max Pemberton（一八六三～一九五〇、英）の名前が並んでいることから、海外小説通だった幽芳自身の手に成る予告かもしれない。

「秘中の秘」は、江戸川乱歩が『探偵小説四十年』（前掲）の中で「探偵小説の面白味を初めて味わった」作品としてあげてから、探偵小説ファンの間ではよく知られ

るようになったが、先にも引いた通り「古い型の怪奇探偵小説として可なり面白いもので、初めてそういう味に接した私を、夢中にさせるには充分であった」と、やや客観的な視点からの評価が下されている。これに対して、乱歩が作家デビュー以前にまとめた自作手製本『奇譚』の中では、作品のどこに惹かれたのかが、もう少し明確に述べられていた。

『奇譚』の第一章で押川春浪の小説を紹介する乱歩は、春浪が訳したスティーヴンスンの『宝島』にふれた際に、「秘中の秘」についても言及している。『江戸川乱歩推理文庫59　奇譚／獏の言葉』（講談社、一九八八）に写真版で復刻されたものを基に、以下に該当箇所をおこしておく。原文は漢字カタカナまじりで書かれているが、左の引用では読みやすさを考えてカタカナをひらがなに改めた。

> 宝島 Stevenson の Treasure island を訳したもの［°］近頃改版して詳しく訳したのが矢張り著者の名によつて出て居る。流石（は）Stevenson 春浪の及ぶ所ではない。一本足の怪水夫。宝島の秘密地図。物凄さと秘密性が興味の中心となる。菊池幽芳の訳になる 秘中の秘 と何所か似通つた所がある。序だからこの秘中の秘に付て一言しやう。これは小学時代大阪毎日に連載されたもので、その頃母から話して貰つて大変興味を感じ、更らに学校の談話会で自から話し（た）ものである。最も早い僕の Curiosity をそつたもの、一つは確かに是である。海上に函の様なものが漂ふ不審（いぶか）しさ、船室の狂人、狂人に秘密を語らせんとする苦心、宝の所在の暗号文書、探索の競争、悪人の妨害。凡てが探偵小説の奇怪性を具へて居る。僕の幼い好奇心は是によつて如何に教育せられたであらう。

ここで乱歩が「海上に函の様なものが漂ふ不審（いぶか）しさ、船室の狂人、狂人に秘密を語らせんとする苦心、宝の所在の暗号文書、探索の競争、悪人の妨害」などの要素を「探偵小説の奇怪性を具え」たものとして受け止めていることに注目しておきたい。後に近代的探偵小説の形式に通暁する前の、素朴な読者感覚が見出されるからだが、それがかえって作品の魅力をよく捉えているように思われる。

これが、近代的な謎解き小説に基づいた評価軸によって評するとなると、たとえば次の中島河太郎のような評価を下すことになるだろう。

　怪奇冒険味の濃厚なミステリーで、推理小説としては敵方の正体も見当がつき、暗号解読がとりあげられているものの、宝物の所在を示すだけで大きな謎が解明されるわけではないから、不可解味に乏しい。ただ敵方にありながら主人公に好意を寄せる女性の存在や、殺されたばかりの死骸が誰でどういうわけか、謎といえばいえるが、筋全体からみれば脇道にすぎない。（前掲『日本推理小説史』）

これが伊藤秀雄になると、さすがに明治期の探偵小説に通暁しているだけあって、近代的な謎解き小説寄りの評価にとどまってはいない。

　冒険味のあるミステリーで、宝の存在を隠す敵の正体も見当がつくので物足りないが、かなり面白く読ませる。それと言うのが、宝の在りかの謎があるうえに、大筋には関係は薄いけれど、夜更けに怪しい美人に連れて行かれた話やその美人の正体の謎や、どんな敵で、その敵はどうして宝の存在を知ったか。塗り込められた部屋で死んでいた貴婦人は何を意味するか。怪美人は悪人の徒党になぜ加わっていたか。芦屋老人の秘密等々と、いくつもの謎を提示しながら進行しているからである。（前掲『明治の探偵小説』）

伊藤は「乱歩の借用について」（『日本推理作家協会会報』一九八一・二）において、幽芳の「秘中の秘」が乱歩の小説の「何処かに生かされていたのではなかろうかと想像される」といい、「孤島の鬼」（三〇）との比較検討を試みている。

　「孤島の鬼」はそのはしがきによれば、涙香の「白髪鬼」からヒントを得ていたことは明らかだが、そのほかに「秘中の秘」と比べて見ると幾つかの類似点が見出される。

　主人公の私に協力した探偵は「秘中の秘」の古城博士に対し「孤島の鬼」では深山木幸吉と諸戸道雄。宝の在所では前者の長者屋敷に対し後者の諸戸屋敷。犯人黒鬼鉄平と古島（ママ）新平に対して怪老人大五郎。私の恋人園山菊枝に対して秀ちゃんとなろう。

　宝の在所を示す暗号について前者は夢のお告げによ

っており、（忘るなよ、三つ目の三つのその下に、黄金の花や咲きいでぬらん）で、日光が長者屋敷の窓に反射して敷石の上に三の数字を刻んだ豹の模様の輪郭を明らかにさせ、宝の在所の謎を解くきっかけを与えるが、後者は（神と仏があうたなら、巽の鬼をうちやぶり、弥陀の利益をさぐるべし、六道の辻に迷うなよ）で、これまた日光によってできる物の影が鍵になっている。両者は何やら似かよっているのである。

しかし作の出来から言うと、前者の暗号の鍵の発見は夢のお告げという御都合主義であり、且つはじめの方で敵方の正体の見当がついてしまうなどの不満もあるが、後者は暗号文の発見とその解明のプロセスは合理的であるばかりか、犯人探しの謎や、不具者の孤島のおぞましい情景など人に迫るものがあって乱歩の傑作の一つになっている。だが、如何にも巧みに換骨奪胎されているが、「孤島の鬼」の種本は多分「秘中の秘」であったろうと私は考えている。

ここで伊藤が比較している暗号は、乱歩の「暗号記法の分類」（『続・幻影城』早川書房、五四）でいうところの「寓意法」で示されたものに相当するが、「秘中の秘」にはもうひとつ、シーザーの換字表を応用した暗号も登場する。この暗号が面白いのは、その解法をめぐる謎解きの興味ではなく（もちろんその興味も満たしてはいるのだが）、幽芳が「英字を解し玉はざる」読者を意識しているという点ではないかと考える（「手掛の発見（三）」）。「英字を解し玉はざる諸君は、か丶る符号の並べるものと思召さばそれにて十分なり」という「注意」は、英字を文字としてではなく単なる記号として見ても構わないという謂いであろう。要するに作品の雰囲気作りに与る意匠として見てもらえばいいのであって、合理的に解けることを踏まえた読者との知恵比べは、もとより書き手（訳者）には意識されていないことをうかがわせる。つまりはそういう時代の、あえていうなら近代的な謎解きミステリ以前のテクストであることを、テクスト自身が読み手に告げているわけである。こうしたテクストを近代的な謎解きミステリの評価軸で論じようとすることは、作品の魅力を捉え損なうことにつながるのではないかと思えてならない。

なお、テクスト中で堀彦市が「君は仏蘭西の有名な探偵の云つた事を知つてるだらう。上手な盗賊が隠したものほど却つて捜し易いと云つてる」（「勧化僧（一）」）

と言うのは、もちろんエドガー・アラン・ポオEdgar Allan Poe（一八〇九～四九、米）の「盗まれた手紙」The Purloined Letterを踏まえたものだ。本作品に見られる暗号趣味は当然「黄金虫」The Gold Bugが踏まえられてもいるだろう。シーザーの換字表にひと捻り加えられているのも、ポオへのリスペクトだと思われる。

5

「**探偵叢話**」は、『大阪毎日新聞』に一八九九（明治三二）年五月二八日から八月一八日まで、休載をはさみながら五十回にわたって連載された後、一九〇〇（明治三三）年九月、大阪の駸々堂から刊行された。

本作品については初出年月日の確定が遅れたため、本書では単行本のテクストを底本として使用している。句読点や表記については、「秘中の秘」と同様、現代の慣用に合わせて修正した。特に「郵便切手の秘密」に頻出する手紙文は、候文であることもあり、句読点は一切打たれていない。候文に馴れない現代の読者には読みにくかろうと判断して、句点を補った。諒とされたい。

単行本を底本としているが、連載回数を示す節の数字はすべて残っている。ただし、初出時にあった、各挿話の最後に付されていた次回予告に相当する短文がすべて削られてしまっているのは、いささか問題なしとはしない。「はしがき」の内容から分かるとおり、各挿話はそれぞれ別人の語り（談話）を書き起こしたという体裁になっている。第一挿話の「犯人追躡（ついじょう）の失敗」こそ、冒頭に「（フーカーの談話）」とあって話者を明確にしているが、以下の挿話では必ずしもそれが踏襲されていない。冒頭で話者を明確にしているのは他に「富豪の誘拐（かどわかし）」くらいである。そのため、個々の挿話における話者が分かりにくく、アラン・フーカーの送別会に参加した人々が銘々の経験談を語るという枠物語あるいは額縁小説という形式が見えにくくなってしまった嫌いがなくもない。

そこで以下に、初出紙における各編の掲載月日を記すと同時に、各挿話の話者と、話の最後に付されていた次回予告文を復刻しておくことにする。

「**はしがき**」五月二八日

語り手：あきしく

「**犯人追躡（ついじょう）の失敗**」五月二九日～六月二日

語り手：アラン・フーカー
末尾の予告文：
　フーカーの次に表はれたるは同じスコツトランドヤードにて老練の名を博せしワイズマンにして彼は自己の功名談を説出(ときいで)たり即ち明日(みやうにち)の紙上より掲載す

「郵便切手の秘密」六月四日～七日、九日～一二日
語り手：ワイズマン
末尾の予告文：
　この次にはエドワード、レビーの談話にかゝる富豪の誘拐と題する面白き探偵談を掲載す

「富豪の誘拐(かどわかし)」六月二七日～七月一日、三日～五日
語り手：エドワード・レビー
末尾の予告文：
　此次(このつぎ)には探偵モルスの談にかゝる異様の腕と題する船中の探偵談を掲載す

「異様の腕」七月一一日～一四日
語り手：モルス
末尾の予告文：
　次の紙上には探偵ミルストンの談話にかかる二千三百四十三と題する汽車中の殺人事件を掲載す

「二千三百四十三」七月一七日～二〇日
語り手：ミルストン
末尾の予告文：
　次号の紙上には暗殺倶楽部(ママ)と題する探偵キスクの興味ある失敗談を掲ぐ可(べ)し

「暗殺倶楽部？」七月二三日～二七日
語り手：キスク
末尾の予告文：

次号の紙上には**少寡婦**と題する老探偵ガードルストーンの頗る面白き探偵失敗談を掲載す

「少寡婦」七月三〇日〜八月二日、四日〜九日
語り手：ガードルストーン
末尾の予告文：

次号には**試金室の秘密**と題せる探偵ボーランドの好話を掲ぐ

「試金室の秘密」八月一三日〜一四日、一六日〜一八日
語り手：ボーランド

本書に関して中島河太郎は、「はしがき」に「本篇成立の由来はつくされている」といい、個々のエピソードが「ヴァラエティに富んでいる」と軽く済ませている（前掲『日本推理小説史』）。

一方、伊藤秀雄は、「この頃は盧花の『外交奇譚』（三十一年刊）、『探偵異聞』（三十三年刊）や南陽外史の探偵実話談『稀代の探偵』（三十三年、中央新聞）等、短編の西洋探偵小説が訳載されているので、当時の流行であったらしい」と指摘し、「成功談ばかりでなく失敗談も混り、変化に富んだ、平易で楽しい読物となっている」と評している（前掲『明治の探偵小説』）。短編連載が流行していたという指摘は、明治期の探偵小説を博捜する伊藤ならではの指摘として傾聴に値する。

「探偵叢話」は、毒殺トリックや動物犯人トリック、物の隠し場所トリックなど、現在であれば本格ミステリといわれそうな作品が多く収録されているのが特徴である。また、「犯人追躡（ついじょう）の失敗」などは江戸川乱歩の怪人ものを連想させ、「暗殺倶楽部？」はＬ・Ｊ・ビーストンL. J. Beeston（一八七四〜一九六三、英）の作品を連想させる。犯罪が起きる場所にしても、列車内や船上など、多彩である。あまりに多様であり、またあまりにトリッキーであるため、かえってフィクションであるかのような印象すら受ける。仮に幽芳が、異なる作者によるいくつかの短編小説をセレクトして一冊のアンソロジーに仕上げたのだとすれば、当時において幽芳の探偵小説ジャンルに対するセンスは群を抜いていたことになるだろう、などと考えさせるくらいの出来ばえを示している。

ちなみに、初刊本の奥付の著者名義は「あきしく」と

なっていた。「あきしく」とは菊池幽芳の別号で、古語で「菊」を意味する。この「あきしく」という号は、これ以前に『大阪毎日新聞』に連載していた「家庭の栞」と題する囲み記事の署名として使われたのが最初である。後には「乳姉妹」を連載した際にも使われた。「家庭の栞」は、岡保生によれば「育児、家政、料理、化粧など、それぞれ専門家の談話をもとに平易な読み物としてまとめあげた実用記事」であり、「女性にとって最大の関心事を網羅していたから」「歓迎されたのは当然」で、「商才に長けた大阪の出版社駸々堂は、さっそく目をつけて、『あきしく』編『家庭の栞』第一編、第二編というように次々と刊行した」という（『近代文学の異端者――日本近代文学外史』角川書店、七六）。その同じ駸々堂から単行本を出すにあたって、すでに人口に膾炙していた「あきしく」名義で出すことは、「商才に長けた」出版社ならら販売戦略として、当然考えていただろう。ただし、連載時にはタイトル傍にこそ署名がなかったものの、「はしがき」の末尾に「（あきしく）」と小さく署名されていた。「あきしく」名義では他に紀行文などを発表しており、これから察するに本作品において「あきしく」という名義を使用したのは、「家庭の栞」と同じく、フィクションではなく実話であることが意識されていたからなのかもしれない。

ただしそう考えた時、後年「乳姉妹」を連載するにあたって「あきしく」と署名した理由は分からなくなってくるのだが（「乳姉妹」が単行本として刊行された際は幽芳名義に改められた）、その場合に限って、「愛好する、高雅で静謐な」「菊花のイメージをもって、女性読者たちに語りかけようとした」と岡保生が前掲『近代文学の異端者』で推察したような理由で、「あきしく」名義を使ったものだろうか。岡のように考えると今度は探偵と犯罪の物語である『探偵叢話』を「あきしく」名義で出した意図が見えなくなってくるのだが、それこそ駸々堂の商業主義の現れであったのかもしれない。

［解題］**横井 司**（よこい つかさ）
1962年、石川県金沢市に生まれる。大東文化大学文学部日本文学科卒業。専修大学大学院文学研究科博士後期課程修了。95年、戦前の探偵小説に関する論考で、博士（文学）学位取得。共著に『本格ミステリ・ベスト100』（東京創元社、1997年）、『日本ミステリー事典』（新潮社、2000年）、『本格ミステリ・フラッシュバック』（東京創元社、2008）、『本格ミステリ・ディケイド300』（原書房、2012）など。現在、専修大学人文科学研究所特別研究員。日本推理作家協会・本格ミステリ作家クラブ会員。

菊池幽芳探偵小説選（きくちゆうほうたんていしょうせつせん）　〔論創ミステリ叢書 63〕

2013年5月15日　初版第1刷印刷
2013年5月20日　初版第1刷発行

著　者　菊池幽芳
監　修　横井　司
装　訂　栗原裕孝
発行人　森下紀夫
発行所　論 創 社
〒101-0051 東京都千代田区神田神保町 2-23 北井ビル
電話 03-3264-5254　振替口座 00160-1-155266
http://www.ronso.co.jp/

印刷・製本　中央精版印刷

Printed in Japan　ISBN978-4-8460-1241-0

論創ミステリ叢書

①平林初之輔Ⅰ
②平林初之輔Ⅱ
③甲賀三郎
④松本泰Ⅰ
⑤松本泰Ⅱ
⑥浜尾四郎
⑦松本恵子
⑧小酒井不木
⑨久山秀子Ⅰ
⑩久山秀子Ⅱ
⑪橋本五郎Ⅰ
⑫橋本五郎Ⅱ
⑬徳冨蘆花
⑭山本禾太郎Ⅰ
⑮山本禾太郎Ⅱ
⑯久山秀子Ⅲ
⑰久山秀子Ⅳ
⑱黒岩涙香Ⅰ
⑲黒岩涙香Ⅱ
⑳中村美与子
㉑大庭武年Ⅰ
㉒大庭武年Ⅱ
㉓西尾正Ⅰ
㉔西尾正Ⅱ
㉕戸田巽Ⅰ
㉖戸田巽Ⅱ
㉗山下利三郎Ⅰ
㉘山下利三郎Ⅱ
㉙林不忘
㉚牧逸馬
㉛風間光枝探偵日記
㉜延原謙
㉝森下雨村
㉞酒井嘉七
㉟横溝正史Ⅰ
㊱横溝正史Ⅱ
㊲横溝正史Ⅲ
㊳宮野村子Ⅰ
㊴宮野村子Ⅱ
㊵三遊亭円朝
㊶角田喜久雄
㊷瀬下耽
㊸高木彬光
㊹狩久
㊺大阪圭吉
㊻木々高太郎
㊼水谷準
㊽宮原龍雄
㊾大倉燁子
㊿戦前探偵小説四人集
(別)怪盗対名探偵初期翻案集
51守友恒
52大下宇陀児Ⅰ
53大下宇陀児Ⅱ
54蒼井雄
55妹尾アキ夫
56正木不如丘Ⅰ
57正木不如丘Ⅱ
58葛山二郎
59蘭郁二郎Ⅰ
60蘭郁二郎Ⅱ
61岡村雄輔Ⅰ
62岡村雄輔Ⅱ
63菊池幽芳

論創社